T0109838

BESTSELLER

Patrick Rothfuss nació y vive en Stevens Point, Wisconsin. Fue profesor adjunto de lengua y literatura inglesa en la universidad local, y ahora se dedica exclusivamente a la escritura gracias al éxito de su primera novela, *El nombre del viento*, primer volumen de la trilogía Crónica del Asesino de Reyes. Este título obtuvo el Premio Quill al mejor libro de literatura fantástica y fue seleccionado como una de las diez «joyas ocultas» de Amazon en 2007. Asimismo, ha sido traducido a más de treinta lenguas, se publica en más de treinta países y se considera el debut más fulgurante en literatura fantástica de los últimos años. Su continuación, *El temor de un hombre sabio*, no hizo sino confirmar su talento como escritor, y hoy en día sigue cosechando un enorme éxito de crítica y ventas. En 2014 publicó *La música del silencio*, una historia protagonizada por Auri, uno de los personajes más emblemáticos de la trilogía. En la actualidad, Rothfuss, quien gracias a su maestría como narrador ha sido equiparado por la crítica especializada con grandes escritores como J. R. R. Tolkien, Ursula K. Le Guin y George R. R. Martin, está trabajando en la tercera entrega de la saga.

Para más información, visita la página web del autor:
www.patrickrothfuss.com

También puedes seguir a Patrick Rothfuss en Facebook y en X:
🅵 Patrick Rothfuss
🆇 @PatrickRothfuss

Biblioteca

PATRICK ROTHFUSS

El nombre del viento
Crónica del Asesino de Reyes: primer día

Traducción de
Gemma Rovira

DEBOLS!LLO

Papel certificado por el Forest Stewardship Council®

MIXTO
Papel | Apoyando la
silvicultura responsable
FSC® C117695
www.fsc.org

Penguin
Random House
Grupo Editorial

Título original: *The Name of the Wind. The Kingkiller Chronicle: Day One*

Primera edición con esta encuadernación: marzo de 2024

© 2007, Patrick Rothfuss
© 2009, 2024, Penguin Random House Grupo Editorial, S. A. U.
Travessera de Gràcia, 47-49. 08021 Barcelona
© 2009, Gemma Rovira Ortega, por la traducción
Ilustración del mapa: © 2007, Dave Senior, sobre un diseño
realizado con el asesoramiento de Patrick Rothfuss.
Mapa cedido por The Orion Publishing Group, Londres
Diseño de la cubierta: Penguin Random House Grupo Editorial basado
en el diseño original de Orion Publishing Group
Imagen de la cubierta: © Queralt Anglada

Printed in Spain – Impreso en España

ISBN: 978-84-663-5402-8
Depósito legal: B-681-2024

Compuesto en Anglofort, S. A.

Impreso en Liberdúplex
Sant Llorenç d'Hortons (Barcelona)

P 3 5 4 0 2 8

A mi madre, que me enseñó a amar los libros y me abrió las puertas de Narnia, Pern y la Tierra Media.

Y a mi padre, que me enseñó que si tenía que hacer algo, debía tomarme mi tiempo y hacerlo bien.

AGRADECIMIENTOS

A...

... todos los lectores de mis primeros borradores. Sois muchísimos, demasiados para que os mencione a todos, pero no para que os ame a todos. Si seguí escribiendo fue gracias a los ánimos que me disteis. Si seguí mejorando fue gracias a vuestras críticas. De no ser por vosotros, no habría ganado...

... el concurso Writers of the Future. De no ser por su taller, no habría conocido a mis maravillosos colegas del volumen 18, ni...

... a Kevin J. Anderson. De no ser por sus consejos, no habría dado con...

... Matt Bialer, el mejor agente del mundo. De no ser por sus indicaciones, no le habría vendido el libro a...

... Betsy Wolheim, adorable editora y presidenta de la editorial DAW. De no ser por ella, no tendríais este libro en las manos. Quizá tendríais un libro parecido, pero este libro no existiría.

Y por último, al señor Bohage, mi profesor de historia del instituto. En 1989 le prometí que lo mencionaría en mi primera novela. Siempre cumplo mis promesas.

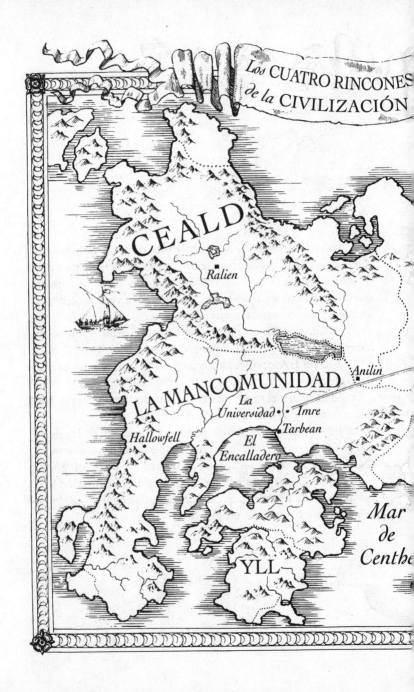

Los CUATRO RINCONES de la CIVILIZACIÓN

CEALD

Ralien

LA MANCOMUNIDAD

Anilin

La Universidad · Imre

Hallowfell

Tarbean

El Encalladero

YLL

Mar de Centhe

Un silencio triple

Volvía a ser de noche. En la posada Roca de Guía reinaba el silencio, un silencio triple.

El silencio más obvio era una calma hueca y resonante, constituida por las cosas que faltaban. Si hubiera soplado el viento, este habría suspirado entre las ramas, habría hecho chirriar el letrero de la posada en sus ganchos y habría arrastrado el silencio calle abajo como arrastra las hojas caídas en otoño. Si hubiera habido gente en la posada, aunque solo fuera un puñado de clientes, ellos habrían llenado el silencio con su conversación y sus risas, y con el barullo y el tintineo propios de una taberna a altas horas de la noche. Si hubiera habido música... pero no, claro que no había música. De hecho, no había ninguna de esas cosas, y por eso persistía el silencio.

En la posada Roca de Guía, un par de hombres, apiñados en un extremo de la barra, bebían con tranquila determinación, evitando las discusiones serias sobre noticias perturbadoras. Su presencia añadía otro silencio, pequeño y sombrío, al otro silencio, hueco y mayor. Era una especie de aleación, un contrapunto.

El tercer silencio no era fácil reconocerlo. Si pasabas una hora escuchando, quizá empezaras a notarlo en el suelo de madera y en los bastos y astillados barriles que había detrás de la barra. Estaba en el peso de la chimenea de piedra negra, que conservaba el calor de un fuego que ya llevaba mucho rato apagado. Estaba en el lento ir y venir de un trapo de hilo blanco que frotaba el veteado de la barra. Y estaba en las manos del hombre allí de pie, sacándole brillo a una superficie de caoba que ya brillaba bajo la luz de la lámpara.

El hombre tenía el pelo rojo como el fuego. Sus ojos eran oscuros y distantes, y se movía con la sutil certeza de quienes saben muchas cosas.

La posada Roca de Guía era suya, y también era suyo el tercer silencio. Así debía ser, pues ese era el mayor de los tres silencios, y envolvía a los otros dos. Era profundo y ancho como el final del otoño. Era grande y pesado como una gran roca alisada por la erosión de las aguas de un río. Era un sonido paciente e impasible como el de las flores cortadas; el silencio de un hombre que espera la muerte.

1

Un sitio para los demonios

Era una noche de Abatida, y la clientela habitual se había reunido en la Roca de Guía. No podía decirse que cinco personas formaran un grupo muy numeroso, pero últimamente, en los tiempos que corrían, nunca se reunían más de cinco clientes en la taberna.

El viejo Cob oficiaba de narrador y suministrador de consejos. Los que estaban sentados a la barra bebían y escuchaban. En la cocina, un joven posadero, de pie junto a la puerta, sonreía mientras escuchaba los detalles de una historia que ya conocía.

—Cuando despertó, Táborlin el Grande estaba encerrado en una alta torre. Le habían quitado la espada y lo habían despojado de sus herramientas: no tenía ni la llave, ni la moneda ni la vela. Pero no creáis que eso era lo peor... —Cob hizo una pausa para añadir suspense— ¡porque las lámparas de la pared ardían con llamas azules!

Graham, Jake y Shep asintieron con la cabeza. Los tres amigos habían crecido juntos, escuchando las historias que contaba Cob e ignorando sus consejos.

Cob miró con los ojos entrecerrados al miembro más nuevo y más atento de su reducido público, el aprendiz de herrero.

—¿Sabes qué significaba eso, muchacho? —Llamaban «muchacho» al aprendiz de herrero, pese a que les pasaba un palmo a todos. Los pueblos pequeños son así, y seguramente seguirían llamándolo «muchacho» hasta que tuviera una barba poblada o hasta que, harto de ese apelativo, hiciera sangrar a alguien por la nariz.

El muchacho asintió lentamente y respondió:

—Los Chandrian.

—Exacto —confirmó Cob—. Los Chandrian. Todo el mundo sabe que el fuego azul es una de sus señales. Pues bien, estaba...

—Pero ¿cómo lo habían encontrado? —lo interrumpió el muchacho—. Y ¿por qué no lo mataron cuando tuvieron ocasión?

—Cállate, o sabrás todas las respuestas antes del final —dijo Jake—. Deja que nos lo cuente.

—No le hables así, Jake —intervino Graham—. Es lógico que el muchacho sienta curiosidad. Bébete tu cerveza.

—Ya me la he bebido —refunfuñó Jake—. Necesito otra, pero el posadero está despellejando ratas en la cocina. —Subió la voz y golpeó la barra de caoba con su jarra vacía—. ¡Eh! ¡Aquí hay unos hombres sedientos!

El posadero apareció con cinco cuencos de estofado y dos hogazas calientes de pan. Les sirvió más cerveza a Jake, a Shep y al viejo Cob, moviéndose con vigor y desenvoltura.

Los hombres interrumpieron el relato mientras daban cuenta de la cena. El viejo Cob se zampó su cuenco de estofado con la eficacia depredadora de un soltero de toda la vida. Los otros todavía estaban soplando en su estofado para enfriarlo cuando él se terminó el pan y retomó la historia.

—Táborlin tenía que huir, pero cuando miró alrededor vio que en su celda no había puerta. Ni ventanas. Lo único que había era piedra lisa y dura. Una celda de la que jamás había escapado nadie.

»Pero Táborlin conocía el nombre de todas las cosas, y todas las cosas estaban a sus órdenes. Le dijo a la piedra: "¡Rómpete!", y la piedra se rompió. La pared se partió como una hoja de papel, y por esa brecha Táborlin vio el cielo y respiró el dulce aire primaveral. Se acercó al borde, miró hacia abajo y, sin pensárselo dos veces, se lanzó al vacío...

El muchacho abrió mucho los ojos.

—¡No! —exclamó.

Cob asintió con seriedad.

—Táborlin se precipitó, pero no perdió la esperanza. Porque conocía el nombre del viento, y el viento le obedeció. Le habló al viento, y este lo meció y lo acarició. Lo bajó hasta el suelo suavemente, como si fuera un vilano de cardo, y lo posó de pie con la dulzura del beso de una madre.

»Y cuando Táborlin llegó al suelo y se tocó el costado, donde lo habían apuñalado, vio que no tenía más que un rasguño. Quizá fuera cuestión de suerte —Cob se dio unos golpecitos en el puente de la nariz, con aire de complicidad—, o quizá tuviera algo que ver con el amuleto que llevaba debajo de la camisa.

—¿Qué amuleto? —preguntó el muchacho intrigado, con la boca llena de estofado.

El viejo Cob se inclinó hacia atrás en el taburete, contento de que le exigieran más detalles.

—Unos días antes, Táborlin había conocido a un calderero en el camino. Y aunque Táborlin no llevaba mucha comida, compartió su cena con el anciano.

—Una decisión muy sensata —le dijo Graham en voz baja al muchacho—. Porque como sabe todo el mundo, «Un calderero siempre paga doblemente los favores».

—No, no —rezongó Jake—. Dilo bien: «Con un consejo paga doble el calderero el favor imperecedero».

El posadero, que estaba plantado en la puerta de la cocina, detrás de la barra, habló por primera vez esa noche.

—Te dejas más de la mitad:

> Siempre sus deudas paga el calderero:
> paga una vez cuando lo ha comprado,
> paga doble a quien le ha ayudado,
> paga triple a quien le ha insultado.

Los hombres que estaban sentados a la barra se mostraron casi sorprendidos de ver a Kote allí de pie. Llevaban meses yendo a la Roca de Guía todas las noches de Abatida, y hasta entonces Kote nunca había participado en la conversación. De hecho, eso no le extrañaba a nadie. Solo llevaba un año en el pueblo; todavía lo consideraban un forastero. El aprendiz de herrero vivía allí desde los once años y seguían llamándole «ese chico de Rannish», como si Rannish fuera un país extranjero y no un pueblo que estaba a menos de cincuenta kilómetros de allí.

—Lo oí decir una vez —dijo Kote, notablemente turbado, para llenar el silencio.

El viejo Cob asintió con la cabeza, carraspeó y retomó el hilo de la historia.

—Pues bien, ese amuleto valía un cubo lleno de reales de oro, pero para recompensar a Táborlin por su generosidad, el calderero se lo vendió por solo un penique de hierro, un penique de cobre y un penique de plata. Era negro como una noche de invierno y estaba frío como el hielo, pero mientras lo llevara colgado del cuello, Táborlin estaría a salvo de todas las cosas malignas. Demonios y demás.

—Daría lo que fuera por una cosa así en los tiempos que corren —dijo Shep, sombrío. Era el que más había bebido y el que menos había hablado en el curso de la velada. Todos sabían que algo malo había pasado en su granja la noche del Prendido pasado, pero como eran buenos amigos, no le habían insistido para que se lo contara. Al menos no tan pronto, ni estando todos tan sobrios.

—Ya, ¿y quién no? —dijo el viejo Cob diplomáticamente, y dio un largo sorbo de su cerveza.

—No sabía que los Chandrian fueran demonios —dijo el muchacho—. Tenía entendido...

—No son demonios —dijo Jake con firmeza—. Fueron las seis primeras personas que rechazaron el camino marcado por Tehlu, y él los maldijo y los condenó a deambular por los rincones de...

—¿Eres tú quien cuenta esta historia, Jacob Walker? —saltó Cob—. Porque si es así, puedes continuar.

Los dos hombres se miraron largo rato con fijeza. Al final, Jake desvió la mirada y masculló algo que quizá fuera una disculpa.

Cob se volvió hacia el muchacho y explicó:

—Ese es el misterio de los Chandrian. ¿De dónde vienen? ¿Adónde van después de cometer sus sangrientos crímenes? ¿Son hombres que vendieron su alma? ¿Demonios? ¿Espíritus? Nadie lo sabe. —Cob le lanzó una mirada de profundo desdén a Jake y añadió—: Aunque los imbéciles aseguren saberlo...

A partir de ese momento, la historia dio pie a numerosas discusiones sobre la naturaleza de los Chandrian, sobre las señales que alertaban de su presencia a los que estaban atentos y sobre si el amuleto protegería a Táborlin de los bandidos, o de los perros enloquecidos, o de las caídas del caballo. La conversación se estaba acalorando cuando la puerta se abrió de par en par.

Jake giró la cabeza.

—Ya era hora, Carter. Explícale a este idiota cuál es la diferencia entre un demonio y un perro. Todo el mundo sab... —Jake se interrumpió y corrió hacia la puerta—. ¡Por el cuerpo de Dios! ¿Qué te ha pasado?

Carter dio un paso hacia la luz; estaba pálido y tenía la cara manchada de sangre. Apretaba contra el pecho una vieja manta de montar a caballo con una forma extraña, incómoda de sujetar, como si llevara un montón de astillas para prender el fuego.

Al verlo, sus amigos se levantaron de los taburetes y corrieron hacia él.

—Estoy bien —dijo Carter mientras entraba lentamente en la taberna. Tenía los ojos muy abiertos, como un caballo asustadizo—. Estoy bien, estoy bien.

Dejó caer la manta encima de la mesa más cercana, y el fardo golpeó con un ruido sonoro contra la madera, como si estuviera cargado de piedras. Tenía la ropa llena de cortes largos y rectos. La camisa gris colgaba hecha jirones, salvo donde la tenía pegada al cuerpo, manchada de una sustancia mate de color rojo oscuro.

Graham intentó sentarlo en una silla.

—Madre de Dios. Siéntate, Carter. ¿Qué te ha pasado? Siéntate.

Carter sacudió la cabeza con testarudez.

—Ya os he dicho que estoy bien. No estoy malherido.

—¿Cuántos eran? —preguntó Graham.

—Uno —respondió Carter—. Pero no es lo que pensáis...

—Maldita sea. Ya te lo dije, Carter —prorrumpió el viejo Cob con la mezcla de susto y enfado propia de los parientes y de los amigos íntimos—. Llevo meses diciéndotelo. No puedes salir solo. No puedes ir hasta Baedn. Es peligroso. —Jake le puso una mano en el brazo al anciano para hacerlo callar.

—Venga, siéntate —insistió Graham, que todavía intentaba llevar a Carter hasta una silla—. Quítate esa camisa para que podamos lavarte.

Carter sacudió la cabeza.

—Estoy bien. Tengo algunos cortes, pero la sangre es casi toda de Nelly. Le saltó encima. La mató a unos tres kilómetros del pueblo, más allá del Puente Viejo.

Esa noticia fue recibida con un profundo silencio. El aprendiz de herrero le puso una mano en el hombro a Carter y dijo, comprensivo:

—Vaya. Lo siento mucho. Era dócil como un cordero. Cuando nos la traías a herrar, nunca intentaba morder ni tirar coces. El mejor caballo del pueblo. ¡Maldita sea! Yo... —balbuceó—. Caray. No sé qué decir. —Miró alrededor con gesto de impotencia.

Cob consiguió soltarse de Jake.

—Ya te lo dije —repitió apuntando a Carter con el dedo índice—. Últimamente hay por ahí tipos capaces de matarte por un par de peniques, y no digamos por un caballo y un carro. ¿Qué vas a hacer ahora? ¿Tirar tú del carro?

Hubo un momento de incómodo silencio. Jake y Cob se miraron con odio; los demás parecían no saber qué decir ni cómo consolar a su amigo.

Sin llamar la atención, el posadero se abrió paso entre el silencio. Pasó con destreza al lado de Shep, con los brazos cargados de objetos, que empezó a disponer encima de una mesa cercana: un cuenco de agua caliente, unas tijeras, unos retales de sábanas limpios, unas cuantas botellas de cristal, aguja e hilo de tripa.

—Si me hubiera hecho caso, esto no habría pasado —masculló el viejo Cob. Jake intentó hacerlo callar, pero Cob lo ignoró—. Solo digo la verdad. Lo de Nelly es una lástima, pero será mejor que me escuche ahora si no quiere acabar muerto. Con esa clase de tipos, no se tiene suerte dos veces.

Carter apretó los labios dibujando una fina línea. Estiró un brazo y tiró del extremo de la manta ensangrentada. Lo que había dentro rodó sobre sí mismo una vez y se enganchó en la tela. Carter dio otro tirón y se oyó un fuerte ruido, como si hubieran vaciado un saco de guijarros encima de la mesa.

Era una araña negra como el carbón y del tamaño de una rueda de carro.

El aprendiz de herrero dio un brinco hacia atrás, chocó contra una mesa, la derribó y estuvo a punto de caer él también al suelo. El rostro de Cob se aflojó. Graham, Shep y Jake dieron gritos inarticulados y se apartaron llevándose las manos a la cara. Carter retrocedió un paso en un gesto crispado. El silencio inundó la habitación como un sudor frío.

El posadero frunció el ceño.

—No puede ser que ya hayan llegado tan al oeste —dijo en voz baja.

De no ser por el silencio, lo más probable es que nadie lo hubiera oído. Pero lo oyeron. Todos apartaron la vista de aquella cosa que había encima de la mesa y miraron, mudos, al pelirrojo.

Jake fue el primero en recuperar el habla:

—¿Sabes qué es?

El posadero tenía la mirada ausente.

—Un escral —respondió, ensimismado—. Creí que las montañas...

—¿Un escral? —le cortó Jake—. Por el carbonizado cuerpo de Dios, Kote. ¿Habías visto alguna vez una cosa como esa?

—¿Cómo? —El posadero levantó bruscamente la cabeza, como si de pronto hubiera recordado dónde estaba—. Ah, no. No, claro que no. —Al ver que era el único que se había quedado a escasa distancia de aquella cosa negra, dio un paso hacia atrás—. Es algo que oí decir. —Todos lo miraron—. ¿Os acordáis del comerciante que vino hace un par de ciclos?

Todos asintieron.

—El muy capullo intentó cobrarme diez peniques por media libra de sal —dijo Cob automáticamente, repitiendo esa queja por enésima vez.

—Debí comprarle un poco —murmuró Jake. Graham asintió en silencio.

—Era un miserable —escupió Cob con desprecio, como si aquellas palabras tan familiares lo reconfortaran—. En un momento de apuro, podría pagarle dos, pero diez es un robo.

—No es un robo si hay más cosas de esas en el camino —dijo Shep, sombrío.

Todos volvieron a dirigir la mirada hacia la cosa que estaba encima de la mesa.

—Comentó que había oído decir que los habían visto cerca de Melcombe —se apresuró a decir Kote escudriñando el rostro de sus clientes, que seguían observando aquella cosa—. Creí que solo pretendía subir los precios.

—¿Qué más te contó? —preguntó Carter.

El posadero se quedó un momento pensativo y luego se encogió de hombros.

—No me enteré de toda la historia. Solo se quedó un par de horas en el pueblo.

—No me gustan las arañas —dijo el aprendiz de herrero. Se había quedado a más de cuatro metros de la mesa—. Tapadla.

—No es una araña —aclaró Jake—. No tiene ojos.

—Tampoco tiene boca —apuntó Carter—. ¿Cómo come?

—¿Qué come? —preguntó Shep, sombrío.

El posadero seguía observando aquella cosa con curiosidad. Se acercó un poco más y estiró un brazo. Los demás se apartaron un poco más de la mesa.

—Cuidado —dijo Carter—. Tiene las patas afiladas como cuchillos.

—Como navajas de afeitar, diría yo —dijo Kote. Acarició con sus largos dedos el cuerpo negro e informe del escral—. Es duro y suave, como la cerámica.

—No lo toques —dijo el aprendiz de herrero.

Con cuidado, el posadero cogió una de las largas y lisas patas e intentó partirla con ambas manos, como si fuera un palo.

—No, no es duro como la cerámica —rectificó. La puso contra el borde de la mesa y se apoyó en ella con todo el peso del cuerpo.

La pata se partió con un fuerte crac—. Parece más bien de piedra. —Miró a Carter y preguntó—: ¿Cómo se hizo todas esas grietas? —Señaló las finas rajas que cubrían la lisa y negra superficie del cuerpo.

—Nelly se le cayó encima —explicó Carter—. Esa cosa saltó de un árbol y empezó a trepar por ella, haciéndole cortes con las patas. Se movía muy deprisa. Yo ni siquiera sabía qué estaba pasando. —Ante la insistencia de Graham, Carter se dejó caer, por fin, en la silla—. Nelly se enredó con el arnés, se cayó encima de esa cosa y le rompió unas cuantas patas. Entonces eso se dirigió hacia mí, se me subió encima y empezó a treparme por todo el cuerpo. —Cruzó los brazos sobre el pecho ensangrentado y se estremeció—. Conseguí quitármelo de encima y lo pisé con todas mis fuerzas. Entonces volvió a subírseme... —Dejó la frase sin terminar; estaba pálido como la cera.

El posadero asintió con la cabeza y siguió examinando aquella cosa.

—No tiene sangre. Ni órganos. Por dentro es solo una masa gris. —Hundió un dedo—. Como una seta.

—¡Por Tehlu! ¡No la toques más! —dijo, suplicante, el aprendiz de herrero—. A veces las arañas pican después de muertas.

—¿Queréis hacer el favor? —intervino Cob con mordacidad—. Las arañas no son grandes como cerdos. Ya sabéis qué es esa cosa. —Miró alrededor, deteniéndose en cada uno de los presentes—. Es un demonio.

Todos miraron aquella cosa rota.

—No digas tonterías —dijo Jake, acostumbrado a llevar la contraria—. No es como... —Hizo un ademán vago—. No puede...

Todos sabían qué estaba pensando. Era verdad que existían los demonios. Pero eran como los ángeles de Tehlu. Eran como los héroes y como los reyes: pertenecían al mundo de las historias. Táborlin el Grande invocaba al fuego y a los rayos para destruir demonios. Tehlu los destrozaba con las manos y los lanzaba, aullantes, a un vacío innombrable. Tu amigo de la infancia no mataba uno a pisotones en el camino de Baedn-Bryt. Eso era ridículo.

Kote se pasó una mano por el cabello rojo, y luego interrumpió el silencio:

—Solo hay una forma de saberlo —dijo metiéndose una mano en el bolsillo—. Hierro o fuego. —Sacó una abultada bolsita de cuero.

—Y el nombre de Dios —puntualizó Graham—. Los demonios temen tres cosas: el hierro frío, el fuego limpio y el sagrado nombre de Dios.

El posadero apretó los labios sin llegar a esbozar una mueca de desagrado.

—Claro —dijo mientras vaciaba la bolsita de cuero sobre la mesa, y empezó a rebuscar entre las monedas. Había pesados talentos de plata, finos sueldos de plata, iotas de cobre, medios peniques y drabines de hierro—. ¿Alguien tiene un ardite?

—Hazlo con un drabín —propuso Jake—. Son de hierro del bueno.

—No quiero hierro del bueno —replicó el posadero—. Los drabines tienen demasiado carbono. Es casi todo acero.

—Tiene razón —terció el aprendiz de herrero—. Pero no es carbono. Para hacer acero se emplea coque. Coque y cal.

El posadero asintió con deferencia.

—Tú lo sabes mucho mejor que yo, joven maestro. Al fin y al cabo, te dedicas a eso. —Sus largos dedos encontraron por fin un fino ardite entre el montón de monedas. Lo alzó—. Aquí está.

—¿Qué le hará? —preguntó Jake.

—El hierro mata a los demonios —dijo Cob con voz vacilante—, pero este ya está muerto. Quizá no le haga nada.

—Solo hay una forma de averiguarlo. —El posadero los miró a todos a los ojos, uno por uno, como tanteándolos. Luego se volvió con decisión hacia la mesa, y todos se apartaron un poco.

Kote apretó el ardite de hierro contra el negro costado de aquella criatura y se oyó un breve e intenso crujido, como el de un leño de pino al partirse en el fuego. Todos se sobresaltaron, y luego se relajaron al ver que aquella cosa negra seguía sin moverse. Cob y los demás intercambiaron unas sonrisas temblorosas, como niños asustados por una historia de fantasmas. Pero se les borró la sonrisa de los labios cuando la habitación se llenó del dulce y acre olor a flores podridas y pelo quemado.

El posadero puso el ardite sobre la mesa con un fuerte clic.

—Bueno —dijo secándose las manos en el delantal—. Supongo que ya ha quedado claro. ¿Qué hacemos ahora?

Unas horas más tarde, el posadero, plantado en la puerta de la Roca de Guía, descansó la vista contemplando la oscuridad. Retazos de luz procedentes de las ventanas de la posada se proyectaban sobre el camino de tierra y las puertas de la herrería de enfrente. No era un camino muy ancho, ni muy transitado. No parecía que condujera a ninguna parte, como pasa con algunos caminos. El posadero inspiró el aire otoñal y miró alrededor, inquieto, como si esperase que sucediera algo.

Se hacía llamar Kote. Había elegido ese nombre cuidadosamente cuando llegó a ese lugar. Había adoptado un nuevo nombre por las razones habituales, y también por algunas no tan habituales, entre las que estaba el hecho de que, para él, los nombres tenían importancia.

Miró hacia arriba y vio un millar de estrellas centelleando en el oscuro terciopelo de una noche sin luna. Las conocía todas, sus historias y sus nombres. Las conocía bien y le eran tan familiares como, por ejemplo, sus propias manos.

Miró hacia abajo, suspiró sin darse cuenta y entró en la posada. Echó el cerrojo de la puerta y cerró las grandes ventanas de la taberna, como si quisiera alejarse de las estrellas y de sus muchos nombres.

Barrió el suelo metódicamente, sin dejarse ni un rincón. Limpió las mesas y la barra, desplazándose de un sitio a otro con paciente eficacia. Tras una hora de trabajo, el agua del cubo todavía estaba tan limpia que una dama habría podido lavarse las manos con ella.

Por último, llevó un taburete detrás de la barra y empezó a limpiar el enorme despliegue de botellas apretujadas entre los dos inmensos barriles. Esa tarea no la realizó con tanto esmero como las otras, y pronto se hizo evidente que limpiar las botellas era solo un pretexto para tener las manos ocupadas. Incluso tarareó un poco, aunque ni se dio cuenta; si lo hubiera sabido, habría dejado de hacerlo.

Hacía girar las botellas con sus largas y elegantes manos, y la familiaridad de ese movimiento borró algunas arrugas de cansancio de su rostro, haciéndolo parecer más joven, por debajo de los treinta años. Muy por debajo de los treinta años. Era joven para ser posadero. Era joven para que se marcaran en su rostro tantas arrugas de cansancio.

Kote llegó al final de la escalera y abrió la puerta. Su habitación era austera, casi monacal. En el centro había una chimenea de piedra negra, un par de butacas y una mesita. Aparte de eso, no había más muebles que una cama estrecha con un gran arcón oscuro a los pies. Ninguna decoración en las paredes, nada que cubriera el suelo de madera.

Se oyeron pasos en el pasillo, y un joven entró en la habitación con un cuenco de estofado que humeaba y olía a pimienta. Era moreno y atractivo, con la sonrisa fácil y unos ojos que revelaban astucia.

—Hacía semanas que no subías tan tarde —dijo al mismo tiempo que le daba el cuenco—. Esta noche deben de haber contado buenas historias, Reshi.

Reshi era otro de los nombres del posadero, casi un apodo. Al oírlo, una de las comisuras de su boca se desplazó componiendo una sonrisa irónica, y se sentó en la butaca que había delante del fuego.

—A ver, Bast, ¿qué has aprendido hoy?

—Hoy, maestro, he aprendido por qué los grandes amantes tienen mejor vista que los grandes eruditos.

—Ah, ¿sí? Y ¿por qué es, Bast? —preguntó Kote con un deje jocoso en la voz.

Bast cerró la puerta y se sentó en la otra butaca, girándola para colocarse enfrente de su maestro y del fuego. Se movía con una elegancia y una delicadeza extrañas, casi como si danzara.

—Verás, Reshi, todos los libros interesantes se encuentran en lugares interiores y mal iluminados. En cambio, las muchachas adorables suelen estar al aire libre, y por lo tanto es mucho más fácil estudiarlas sin riesgo de estropearse la vista.

Kote asintió.

—Pero un alumno excepcionalmente listo podría llevarse un libro afuera, y así podría mejorar sin temor a perjudicar su valiosa facultad de la vista.

—Lo mismo pensé yo, Reshi. Que soy, por supuesto, un alumno excepcionalmente listo.

—Por supuesto.

—Pero cuando encontré un sitio al sol donde podía leer, una muchacha hermosa se me acercó y me impidió dedicarme a la lectura —terminó Bast con un floreo.

Kote dio un suspiro.

—¿Me equivoco si deduzco que hoy no has podido leer ni una página de *Celum Tinture*?

Bast compuso un gesto de falso arrepentimiento.

Kote miró el fuego y trató de adoptar una expresión severa, pero no lo consiguió.

—¡Ay, Bast! Espero que esa muchacha fuera tan adorable como una brisa templada bajo la sombra de un árbol. Ya sé que soy un mal maestro por decirlo, pero me alegro. Ahora mismo no estoy muy inspirado para una larga tanda de lecciones. —Hubo un momento de silencio—. Esta noche a Carter lo ha atacado un escral.

La fácil sonrisa de Bast desapareció como si se le resquebrajara una máscara, dejándole un semblante pálido y afligido.

—¿Un escral? —Hizo ademán de levantarse, como si pensara salir corriendo de la habitación; entonces frunció el ceño, abochornado, y se obligó a sentarse de nuevo en la butaca—. ¿Cómo lo sabes? ¿Quién ha encontrado su cadáver?

—Carter sigue vivo, Bast. Lo ha traído aquí. Solo había uno.

—No puede haber un solo escral —dijo Bast con rotundidad—. Ya lo sabes.

—Sí, lo sé —afirmó Kote—. Pero el hecho es que solo había uno.

—¿Y dices que Carter lo mató? —se extrañó Bast—. No pudo ser un escral. Quizá...

—Era un escral, Bast. Lo he visto con mis propios ojos. —Kote lo miró con seriedad y añadió—: Carter tuvo suerte, eso es todo. Aunque quedó muy malherido. Le he dado cuarenta y ocho puntos. He gastado casi todo el hilo de tripa que tenía. —Kote cogió su cuenco de estofado y prosiguió—: Si alguien pregunta, diles que mi abuelo era un guardia de caravanas que me enseñó a limpiar y coser heridas. Esta noche estaban todos demasiado conmocionados para hacer preguntas, pero mañana algunos sentirán curiosidad. Y eso no me interesa. —Sopló en el cuenco levantando una nube de vaho que le tapó la cara.

—¿Qué has hecho con el cadáver?

—Yo no he hecho nada con el cadáver —aclaró Kote—. Yo solo soy un posadero. No me corresponde ocuparme de ese tipo de cosas.

—No puedes dejar que se las arreglen ellos solos, Reshi.

Kote suspiró.

—Se lo han llevado al sacerdote, que ha hecho todo lo que hay que hacer, aunque por motivos totalmente equivocados.

Bast abrió la boca pero, antes de que pudiera decir algo, Kote continuó:

—Sí, me he asegurado de que la fosa fuera lo bastante profunda. Sí, me he asegurado de que hubiera madera de serbal en el fuego. Sí, me he asegurado de que ardiera bien antes de que lo enterrasen. Y sí, me he asegurado de que nadie se quedara un trozo como recuerdo. —Frunció la frente hasta juntar las cejas—. No soy idiota, ¿sabes?

Bast se relajó notablemente y se recostó de nuevo en la butaca.

—Ya sé que no eres idiota, Reshi. Pero yo no confiaría en que la mitad de esos tipos sean capaces de mear a sotavento sin ayuda. —Se quedó un momento pensativo—. No me explico que solo hubiese uno.

—Quizá murieran cuando atravesaron las montañas —sugirió Kote—. Todos menos ese.

—Puede ser —admitió Bast de mala gana.

—Quizá fuera esa tormenta de hace un par de días —apuntó Kote—. Fue una auténtica tumbacarretas, como las llamábamos en la troupe. El viento y la lluvia podrían haber hecho que uno se separara de la manada.

—Me gusta más tu primera idea, Reshi —dijo Bast, incómodo—. Tres o cuatro escrales en este pueblo serían como... como...

—¿Como un cuchillo caliente cortando mantequilla?

—Como varios cuchillos calientes cortando a varias docenas de granjeros, más bien —repuso Bast con aspereza—. Esos tipos no saben defenderse. Apuesto a que entre todos no llegarían a juntar seis espadas. Aunque las espadas no servirían de mucho contra los escrales.

Hubo un largo y reflexivo silencio. Al cabo de un rato, Bast empezó a moverse, inquieto, en la butaca.

—¿Alguna noticia?

Kote negó con la cabeza.

—Esta noche no han llegado a las noticias. Carter los ha interrumpido cuando todavía estaban contando historias. Eso ya es algo, supongo. Volverán mañana por la noche. Así tendré algo que hacer.

Kote metió distraídamente la cuchara en el estofado.

—Debí comprarle ese escral a Carter —musitó—. Así él habría podido comprarse otro caballo. Habría venido gente de todas partes a verlo. Habríamos tenido trabajo, para variar.

Bast lo miró horrorizado.

Kote lo tranquilizó con un gesto de la mano con que sujetaba la cuchara.

—Lo digo en broma, Bast. —Esbozó una sonrisa floja—. Pero habría estado bien.

—No, Reshi. No habría estado nada bien —dijo Bast con mucho énfasis—. «Habría venido gente de todas partes a verlo» —repitió con sorna—. Ya lo creo.

—Habría sido bueno para el negocio —aclaró Kote—. Me vendría bien un poco de trabajo. —Volvió a meter la cuchara en el estofado—. Cualquier cosa me vendría bien.

Se quedaron callados largo rato. Kote contemplaba su cuenco de estofado con la frente arrugada y la mirada ausente.

—Esto debe de ser horrible para ti, Bast —dijo por fin—. Debes de estar muerto de aburrimiento.

Bast se encogió de hombros.

—Hay unas cuantas esposas jóvenes en el pueblo. Y unas cuantas doncellas. —Sonrió como un niño—. Sé buscarme diversiones.

—Me alegro, Bast. —Hubo otro silencio. Kote cogió otra cucharada, masticó y tragó—. Creían que era un demonio.

Bast se encogió de hombros.

—Es mejor así, Reshi. Seguramente es mejor que piensen eso.

—Ya lo sé. De hecho, yo he colaborado a que lo piensen. Pero ya sabes qué significa eso. —Miró a Bast a los ojos—. El herrero va a tener un par de días de mucho trabajo.

El rostro de Bast se vació lentamente de toda expresión.

—Ya.

Kote asintió.

—Si quieres marcharte no te lo reprocharé, Bast. Tienes sitios mejores donde estar que este.

Bast estaba perplejo.

—No podría marcharme, Reshi. —Abrió y cerró la boca varias veces, sin saber qué decir—. ¿Quién me instruiría?

Kote sonrió, y por un instante su semblante mostró lo joven que era en realidad. Pese a las arrugas de cansancio y a la plácida expresión de su rostro, el posadero no parecía mayor que su moreno compañero.

—Eso. ¿Quién? —Señaló la puerta con la cuchara—. Vete a leer, o a perseguir a la hija de algún granjero. Estoy seguro de que tienes cosas mejores que hacer que verme comer.

—La verdad es que...

—¡Fuera de aquí, demonio! —dijo Kote, y con la boca llena, y con un marcado acento témico, añadió—: *¡Tehus antausa eha!*

Bast rompió a reír e hizo un gesto obsceno con una mano.

Kote tragó y cambió de idioma:

—*¡Aroi te denna-leyan!*

—¡Pero bueno! —le reprochó Bast, y la sonrisa se borró de sus labios—. ¡Eso es un insulto!

—¡Por la tierra y por la piedra, abjuro de ti! —Kote metió los dedos en la jarra que tenía al lado y le lanzó unas gotas a Bast—. ¡Que pierdas todos tus encantos!

—¿Con sidra? —Bast consiguió parecer divertido y enojado a la vez, mientras recogía una gota de líquido de la pechera de su camisa—. Ya puedes rezar para que esto no manche.

Kote comió un poco más.

—Ve a lavarla. Si la situación es desesperada, te recomiendo que utilices alguna de las numerosas fórmulas disolventes que aparecen en *Celum Tinture*. Capítulo trece, creo.

—Está bien. —Bast se levantó y fue hacia la puerta, caminando con su extraña y desenfadada elegancia—. Llámame si necesitas algo. —Salió y cerró la puerta.

Kote comió despacio, rebañando hasta la última gota de salsa del cuenco con un trozo de pan. Mientras comía, miraba por la ventana, o lo intentaba, porque la luz de la lámpara hacía espejear el cristal contra la oscuridad de fuera.

Inquieto, paseó la mirada por la habitación. La chimenea estaba hecha de la misma piedra negra que la que había en el piso de abajo. Estaba en el centro de la habitación, una pequeña hazaña de ingeniería de la que Kote se sentía muy orgulloso. La cama era pequeña, poco más que un camastro, y si la tocabas veías que el colchón era casi inexistente.

Un observador avezado se habría fijado en que había algo que la mirada de Kote evitaba. De la misma manera que se evita mirar a los ojos a una antigua amante en una cena formal, o a un viejo enemigo al que se encuentra en una concurrida taberna a altas horas de la noche.

Kote intentó relajarse, no lo consiguió, se retorció las manos, suspiró, se revolvió en la butaca, y al final no pudo evitar que sus ojos se fijaran en el arcón que había a los pies de la cama.

Era de roah, una madera poco común, pesada, negra como el carbón y lisa como el cristal. Muy valorada por perfumistas y alquimistas, un trozo del tamaño de un pulgar valía oro. Un arcón hecho de esa madera era un auténtico lujo.

El arcón tenía tres cierres. Uno era de hierro; otro, de cobre, y el tercero era invisible. Esa noche, la madera impregnaba la habitación de un aroma casi imperceptible a cítricos y a hierro recién enfriado.

Cuando Kote posó la mirada en el arcón, no la apartó rápidamente. Sus ojos no resbalaron con astucia hacia un lado, fingiendo no haber reparado en él. Pero solo con mirarlo un momento, su rostro recuperó todas las arrugas que los sencillos placeres del día habían borrado. El consuelo que le habían proporcionado sus botellas y sus libros se esfumó en un segundo, dejando detrás de sus ojos solo vacío y dolor. Por un instante, una nostalgia y un pesar intensos se reflejaron en su cara.

Entonces desaparecieron, y los sustituyó el rostro cansado de un posadero, un hombre que se hacía llamar Kote. Volvió a suspirar sin darse cuenta y se puso en pie.

Tardó un buen rato en pasar al lado del arcón y en llegar a la cama. Una vez acostado, tardó un buen rato en conciliar el sueño.

Tal como Kote había imaginado, a la noche siguiente volvieron todos a la Roca de Guía para cenar y beber. Hubo unos cuantos intentos desganados de contar historias, pero fracasaron rápidamente. Nadie estaba de humor para historias.

De modo que todavía era temprano cuando la conversación abordó asuntos de mayor trascendencia. Comentaron los rumores que circulaban por el pueblo, la mayoría inquietantes. El Rey Penitente estaba teniendo dificultades con los rebeldes en Resavek. Eso era motivo de preocupación, aunque solo en términos generales. Resavek quedaba muy lejos, e incluso a Cob, que era el que más había viajado, le habría costado localizarlo en un mapa.

Hablaron de los aspectos de la guerra que les afectaban directamente. Cob predijo la recaudación de un tercer impuesto después de la cosecha. Nadie se lo discutió, pese a que nadie recordaba un año en que se hubieran cobrado tres impuestos.

Jake auguró que la cosecha sería buena, y que por lo tanto ese tercer impuesto no arruinaría a muchas familias. Excepto a los Bentley, que ya tenían dificultades. Y a los Orisson, cuyas ovejas no paraban de desaparecer. Y a Martin el Chiflado, que ese año solo había plantado cebada. Todos los granjeros con dos dedos de frente habían plantado judías. Eso era lo bueno que tenía la guerra: que los soldados comían judías, y que los precios subirían.

Después de unas cuantas cervezas más, empezaron a expresar otras preocupaciones más graves. Los caminos estaban llenos de desertores y de otros oportunistas que hacían que hasta los viajes más cortos resultaran peligrosos. Que los caminos estuvieran mal no era ninguna novedad; eso lo daban por hecho, como daban por hecho que en invierno hiciera frío. La gente se quejaba, tomaba sus precauciones y seguía ocupándose de vivir su vida.

Pero aquello era diferente. Desde hacía dos meses, los caminos estaban tan mal que la gente había dejado de quejarse. La última caravana que había pasado por el pueblo la formaban dos carromatos y cuatro guardias. El comerciante había pedido diez peniques por media libra de sal, y quince por una barra de azúcar. No llevaba pimienta, canela ni chocolate. Tenía un pequeño saco de café, pero quería dos talentos de plata por él. Al principio, la gente se había reído de esos precios. Luego, al ver que el comerciante se mantenía firme, lo insultaron y escupieron en el suelo.

Eso había ocurrido hacía dos ciclos: veintidós días. Desde entonces no había pasado por el pueblo ningún otro comerciante serio, aunque era la estación en que solían hacerlo. De modo que, pese a que todos tenían presente la amenaza de un tercer impuesto, la gente miraba en sus bolsitas de dinero y lamentaba no haber comprado un poco de algo por si las primeras nevadas se adelantaban.

Nadie habló de la noche anterior, ni de esa cosa que habían quemado y enterrado. En el pueblo sí hablaban, por supuesto. Circulaban muchos rumores. Las heridas de Carter contribuían a que esos rumores se tomaran medio en serio, pero solo medio en serio. Más de uno pronunció la palabra «demonio», pero tapándose la sonrisa con una mano.

Solo los seis amigos habían visto aquella cosa antes de que la enterraran. Uno de ellos estaba herido, y los otros habían bebido. El sacerdote también la había visto, pero su trabajo consistía en ver demonios. Los demonios eran buenos para su negocio.

Al parecer, el posadero también la había visto. Pero él era un forastero. Él no podía saber esa verdad que resultaba tan obvia a todos los que habían nacido y habían crecido en aquel pueblecito: las historias se contaban allí, pero sucedían en algún otro sitio. Aquel no era un sitio para los demonios.

Además, la situación ya estaba lo bastante complicada como para buscarse más problemas. Cob y los demás sabían que no tenía sentido hablar de ello. Si trataban de convencer a sus convecinos, solo conseguirían ponerse en ridículo, como Martin el Chiflado, que llevaba años intentando cavar un pozo dentro de su casa.

Sin embargo, cada uno de ellos compró una barra de hierro frío en la herrería, la más pesada que pudieran blandir, y ninguno dijo en qué estaba pensando. Se limitaron a protestar porque los caminos estaban cada vez peor. Hablaron de comerciantes, de desertores, de impuestos y de que no había suficiente sal para pasar el invierno. Recordaron que tres años atrás a nadie se le habría ocurrido cerrar las puertas con llave por la noche, y mucho menos atrancarlas.

A partir de ahí, la conversación fue decayendo, y aunque ninguno reveló lo que estaba pensando, la velada terminó en una atmósfera deprimente. Eso pasaba casi todas las noches, dados los tiempos que corrían.

2

Un día precioso

Era uno de esos días perfectos de otoño tan comunes en las historias y tan raros en el mundo real. El tiempo era agradable y seco, el ideal para que madurara la cosecha de trigo o de maíz. A ambos lados del camino, los árboles mudaban de color. Los altos álamos se habían vuelto de un amarillo parecido a la mantequilla, mientras que las matas de zumaque que invadían la calzada estaban teñidas de un rojo intenso. Solo los viejos robles parecían reacios a dejar atrás el verano, y sus hojas eran una mezcla uniforme de verde y dorado.

Es decir, que no podía haber un día más bonito para que media docena de ex soldados armados con arcos de caza te despojaran de cuanto tenías.

—No es una yegua muy buena, señor —dijo Cronista—. Apenas sirve para arrastrar una carreta, y cuando llueve...

El hombre lo hizo callar con un ademán brusco.

—Mira, amigo, el ejército del rey paga muy bien por cualquier cosa con cuatro patas y al menos un ojo. Si estuvieses completamente majara y fueras por el camino montado en un caballito de juguete, también te lo quitaría.

El jefe del grupo tenía un aire autoritario. Cronista dedujo que debía de ser un ex oficial de baja graduación.

—Apéate —ordenó serio el individuo—. Acabemos con esto y podrás seguir tu camino.

Cronista bajó de su montura. Le habían robado otras veces, y sabía cuándo no se podía conseguir nada discutiendo. Esos tipos sabían lo que hacían. No gastaban energía en bravuconadas ni en falsas amenazas. Uno de los soldados examinó la yegua y comprobó el estado de los cascos, los dientes y el arnés. Otros dos le registraron las alforjas con eficacia militar, y pusieron en el suelo todas sus posesiones materiales: dos mantas, una capa con capucha, la cartera plana de cuero y el pesado y bien provisto macuto.

—No hay nada más, comandante —dijo uno de los soldados—. Salvo unas veinte libras de avena.

El comandante se arrodilló y abrió la cartera plana de piel para examinar su contenido.

—Ahí dentro solo hay papel y plumas —dijo Cronista.

El comandante giró la cabeza y le miró por encima del hombro.

—¿Eres escribano?

Cronista asintió.

—Así es como me gano la vida, señor. Y eso a usted no le sirve para nada.

El hombre rebuscó en la cartera, comprobó que era cierto y la dejó a un lado. A continuación vació el macuto sobre la capa extendida de Cronista y revisó su contenido.

Se quedó casi toda la sal de Cronista y un par de cordones de bota. Luego, para consternación del escribano, cogió la camisa que Cronista se había comprado en Linwood. Era de hilo bueno, teñida de color azul real, oscuro, demasiado bonita para viajar. Cronista ni siquiera había tenido ocasión de estrenarla. Dio un suspiro.

El comandante dejó todo lo demás sobre la capa y se levantó. Los otros se turnaron para rebuscar entre los objetos personales de Cronista.

El comandante dijo:

—Tú solo tienes una manta, ¿verdad, Janns? —Uno de los soldados asintió—. Pues quédate esa. Necesitarás otra antes de que termine el invierno.

—Su capa está más nueva que la mía, señor.

—Cógela, pero deja la tuya. Y lo mismo te digo a ti, Witkins. Si te llevas ese yesquero, deja el tuyo.

—El mío lo perdí, señor —dijo Witkins—. Si no, lo dejaría.

Todo el proceso resultó asombrosamente civilizado. Cronista perdió todas sus agujas menos una, sus dos pares de calcetines de repuesto, un paquete de fruta seca, una barra de azúcar, media botella de alcohol y un par de dados de marfil. Le dejaron el resto de su ropa, la cecina y media hogaza de pan de centeno increíblemente dura. La cartera de piel quedó intacta.

Mientras los hombres volvían a llenar el macuto de Cronista, el comandante se volvió hacia el escribano.

—Dame la bolsa del dinero.

Cronista se la entregó.

—Y el anillo.

—Apenas tiene plata —balbuceó Cronista mientras se lo quitaba del dedo.

—¿Qué es eso que llevas colgado del cuello?

Cronista se desabrochó la camisa revelando un tosco aro de metal colgado de un cordón de piel.

—Solo es hierro, señor.

El comandante se le acercó, frotó el aro con los dedos y lo soltó de nuevo sobre el pecho de Cronista.

—Puedes quedártelo. Yo nunca me meto entre un hombre y su religión —dijo. Vació la bolsa en una mano y se sonrió mientras tocaba las monedas con un dedo—. La profesión de escribano está mejor pagada de lo que yo creía —comentó mientras empezaba a repartir las monedas entre sus hombres.

—¿Le importaría mucho dejarme un penique o dos? —preguntó Cronista—. Lo justo para pagar un par de comidas calientes.

Los seis hombres se volvieron y miraron a Cronista como si no pudieran dar crédito a lo que acababan de oír.

El comandante rió.

—¡Por el cuerpo de Dios! Los tienes bien puestos, ¿eh? —Había un deje de respeto en su voz.

—Parece usted una persona razonable —replicó Cronista encogiéndose de hombros—. Y todos necesitamos comer para vivir.

El jefe del grupo sonrió abiertamente por primera vez.

—Esa es una apreciación que no puedo discutir. —Cogió dos peniques y los blandió un momento antes de ponerlos de nuevo en la bolsa de Cronista—. Aquí tienes un par de peniques, por tu par de huevos. —Le lanzó la bolsa a Cronista y guardó la bonita camisa de color azul real en sus alforjas.

—Gracias, señor —dijo Cronista—. Quizá le interese saber que esa botella que ha cogido uno de sus hombres contiene alcohol de madera que utilizo para limpiar mis plumas. Si se lo bebe le sentará mal.

El comandante sonrió y asintió con la cabeza.

—¿Veis lo que se consigue cuando se trata bien a la gente? —les dijo a sus hombres al mismo tiempo que montaba en su caballo—. Ha sido un placer, señor escribano. Si te pones en marcha ahora, llegarás al vado de Abbott antes del anochecer.

Cuando Cronista ya no pudo oír los cascos de caballos a lo lejos, metió sus pertenencias en el macuto, asegurándose de que todo iba bien guardado. Entonces se quitó una bota, arrancó el forro y sacó un paquetito de monedas que llevaba escondido en la puntera. Puso unas cuantas en la bolsa. Luego se desabrochó los pantalones, sacó otro paquetito de monedas de debajo de varias capas de ropa y guardó también unas cuantas en la bolsita de cuero.

La clave estaba en llevar siempre la cantidad adecuada en la bolsa. Si llevabas muy pocas, los bandidos se frustraban y tenían tendencia a buscar más. Si llevabas muchas, se emocionaban, se crecían y podían volverse codiciosos.

Había un tercer paquetito de monedas dentro de la hogaza de pan, tan dura que solo habría interesado al más desesperado de los delincuentes. Ese no lo tocó de momento, como tampoco el talento de plata que tenía escondido en un tintero. Con los años, había acabado por considerar esa última moneda un amuleto. Nadie la había encontrado todavía.

Tenía que admitir que seguramente aquel había sido el robo más civilizado de que había sido víctima. Los soldados habían demostrado ser educados, eficientes y no demasiado despabilados. Perder el caballo y la silla era una contrariedad, pero podía comprar otro en el vado de Abbott y aún le quedaría dinero para vivir con holgura hasta que terminara esa insensatez y se reuniese con Skarpi en Treya.

Cronista sintió necesidad de orinar y se metió entre los zumaques, rojos como la sangre, que había en la cuneta. Cuando estaba abrochándose de nuevo los pantalones, algo se movió entre los matorrales cercanos, y de ellos salió una figura oscura.

Cronista dio unos pasos hacia atrás y gritó, asustado; pero entonces se dio cuenta de que no era más que un cuervo que agitaba las alas para echar a volar. Chascó la lengua, avergonzado de sí mismo; se arregló la ropa y volvió al camino a través del zumaque, apartando las telarañas invisibles que se le enganchaban en la cara.

Se colgó el macuto y la cartera de los hombros, y de pronto se sintió más animado. Lo peor ya había pasado, y no había sido tan grave. La brisa desprendía las hojas de los álamos, que caían girando sobre sí mismas, como monedas doradas, sobre el camino de tierra y con profundas roderas. Hacía un día precioso.

3

Madera y palabra

Kote hojeaba distraídamente un libro, tratando de ignorar el silencio de la posada vacía, cuando se abrió la puerta y por ella entró Graham.

—Ya he terminado. —Graham maniobró entre el laberinto de mesas con exagerado cuidado—. Iba a traerlo anoche, pero me dije: «Una última capa de aceite, lo froto y lo dejo secar». Y no me arrepiento. ¡Qué caramba! Es lo más bonito que han hecho estas manos.

Entre las cejas del posadero apareció una fina arruga. Entonces, al ver el paquete plano que sujetaba Graham, su rostro se iluminó.

—¡Ah! ¡El tablero de soporte! —Kote esbozó una sonrisa cansada—. Lo siento, Graham. Ha pasado mucho tiempo. Casi lo había olvidado.

Graham lo miró con extrañeza.

—Cuatro meses no es mucho tiempo para traer madera desde Aryen tal como están los caminos.

—Cuatro meses —repitió Kote. Reparó en que Graham seguía mirándolo y se apresuró a añadir—: Eso puede ser una eternidad si estás esperando algo. —Intentó componer una sonrisa tranquilizadora, pero le salió muy forzada.

Kote no tenía buen aspecto. No parecía exactamente enfermizo, pero sí apagado. Lánguido. Como una planta a la que han trasplantado a un tipo de tierra que no le conviene, y que empieza a marchitarse porque le falta algún nutriente vital.

Graham percibió la diferencia. Los gestos del posadero ya no eran tan prolijos. Su voz no era tan profunda. Hasta sus ojos habían cambiado: ya no brillaban como unos meses atrás. Su color parecía más pálido. Eran menos espuma de mar, menos verde hierba que antes. Ahora parecían del color de las algas de río, o del culo de una botella de cristal verde. Antes también le brillaba el cabello, de color fuego. Ahora parecía... rojo, sencillamente rojo.

Kote retiró la tela y miró debajo. La madera era de color carbón, con veteado negro, y pesada como una plancha de hierro. Había tres ganchos negros clavados sobre una palabra tallada en la madera.

—«Delirio» —leyó Graham—. Extraño nombre para una espada.

Kote asintió tratando de borrar toda expresión de su semblante.

—¿Cuánto te debo? —preguntó en voz baja.

Graham caviló unos instantes.

—Después de lo que me diste para pagar la madera... —Un atisbo de astucia brilló en sus ojos—. Uno con tres.

Kote le dio dos talentos.

—Quédate el cambio. Es una madera difícil de trabajar.

—Sí que lo es —replicó Graham con cierta satisfacción—. Dura como la piedra bajo la sierra. Y con el formón, como el hierro. Las voces que llegué a dar. Y luego, no podía quemarla.

—Ya me he fijado —dijo Kote con un destello de curiosidad, y pasó un dedo por el oscuro surco de las letras en la madera—. ¿Cómo lo has conseguido?

—Bueno —respondió Graham con petulancia—, cuando ya había malgastado medio día, la llevé a la herrería. El muchacho y yo conseguimos marcarla con un hierro candente. Tardamos más de dos horas en grabar las letras. No salió ni una voluta de humo, pero apestaba a cuero viejo y a trébol. ¡La condenada! ¿Qué clase de madera es esa que no arde?

Graham esperó un minuto, pero el posadero no daba señales de haberlo oído.

—Y ¿dónde quieres que lo cuelgue?

Kote despertó lo suficiente para mirar en torno a sí.

—Creo que eso ya lo haré yo —dijo—. Todavía no he decidido dónde voy a ponerlo.

Graham dejó un puñado de clavos de hierro y se despidió del posadero. Kote se quedó en la barra, pasando distraídamente las manos por el tablero de madera y por la palabra grabada en él. Poco después, Bast salió de la cocina y miró por encima del hombro de su maestro.

Hubo un largo silencio que parecía un homenaje a los difuntos.

Al final, Bast habló:

—¿Puedo hacerte una pregunta, Reshi?

Kote sonrió con amabilidad.

—Por supuesto, Bast.

—¿Una pregunta molesta?

—Esas suelen ser las únicas que merecen la pena.

Se quedaron otra vez en silencio contemplando el objeto que reposaba sobre la barra, como si trataran de guardarlo en la memoria. *Delirio*.

Bast luchó consigo mismo unos instantes; abrió la boca, la cerró, puso cara de frustración y repitió todo el proceso.

—Suéltalo ya —dijo Kote.

—¿En qué pensabas? —preguntó Bast con una extraña mezcla de confusión y preocupación.

Kote tardó mucho en contestar.

—Tengo tendencia a pensar demasiado, Bast. Mis mayores éxitos fueron producto de decisiones que tomé cuando dejé de pensar e hice sencillamente lo que me parecía correcto. Aunque no hubiera ninguna buena explicación para lo que había hecho. —Compuso una sonrisa nostálgica—. Aunque hubiera muy buenas razones para que no hiciese lo que hice.

Bast se pasó una mano por un lado de la cara.

—Entonces, ¿intentas no adelantarte a los acontecimientos?

Kote vaciló un momento.

—Podríamos decirlo así —admitió.

—Yo podría decir eso, Reshi —dijo Bast con aire de suficiencia—. Tú, en cambio, complicarías las cosas innecesariamente.

Kote se encogió de hombros y dirigió la mirada hacia el tablero.

—Lo único que tengo que hacer es buscarle un sitio, supongo.

—¿Aquí fuera? —Bast estaba horrorizado.

Kote sonrió con picardía y su rostro recuperó cierta vitalidad.

—Por supuesto —dijo regodeándose, al parecer, con la reacción de Bast. Contempló las paredes con mirada especulativa y frunció los labios—. Y tú, ¿dónde la pondrías?

—En mi habitación —contestó Bast—. Debajo de mi cama.

Kote asintió distraídamente, sin dejar de observar las paredes.

—Pues ve a buscarla.

Hizo un leve ademán de apremio, y Bast salió a toda prisa y claramente contrariado.

Cuando Bast volvió a la habitación, con una vaina negra colgando de la mano, sobre la barra había un montón de botellas relucientes y Kote estaba de pie en el mostrador, ahora vacío, montado entre los dos pesados barriles de roble.

Kote, que estaba colocando el tablero sobre uno de los barriles, se quedó quieto y gritó, consternado:

—¡Ten cuidado, Bast! Eso que llevas en la mano es una dama, no una moza de esas con las que bailas en las fiestas de pueblo.

Bast se paró en seco y, obediente, cogió la vaina con ambas manos antes de recorrer el resto del camino hasta la barra.

Kote clavó un par de clavos en la pared, retorció un poco de alambre y colgó el tablero.

—Pásamela, ¿quieres? —dijo con una voz extraña.

Bast la levantó con ambas manos, y por un instante pareció un escudero ofreciéndole una espada a un caballero de reluciente armadura. Pero allí no había ningún caballero, sino solo un posadero, un hombre con un delantal que se hacía llamar Kote. Kote cogió la espada y se puso de pie sobre el mostrador, detrás de la barra.

La sacó de la vaina con un floreo. La espada, de un blanco grisáceo, relucía bajo la luz otoñal de la habitación. Parecía nueva; no tenía melladuras ni estaba oxidada. No había brillantes arañazos en la hoja. Pero aunque no estuviera deteriorada, era antigua. Y, pese a ser evidente que era una espada, tenía una forma insólita. Al menos, ningún vecino del pueblo la habría encontrado normal. Era como si un alquimista hubiera destilado una docena de espadas y, cuando se hubiera enfriado el crisol, hubiese aparecido aquello en el fondo: una espada en su estado puro. Era fina y elegante. Era mortífera como una piedra afilada en el lecho de un río de aguas bravas.

Kote la sostuvo un momento. No le tembló la mano.

Entonces colgó la espada en el tablero. El metal blanco grisáceo brillaba sobre la oscura madera de roah. Aunque se veía el puño, era lo bastante oscuro para que casi no se distinguiera de la madera. La palabra que estaba grabada debajo, negra sobre la negra madera, parecía un reproche: *Delirio*.

Kote bajó del mostrador, y Bast y él se quedaron un momento lado a lado, mirando hacia arriba en silencio.

—La verdad es que es asombrosa —dijo entonces Bast, como si le costara admitirlo—. Pero... —Dejó la frase inacabada, buscando las palabras adecuadas. Se estremeció.

Kote le dio una palmada en la espalda con extraña jovialidad.

—No te molestes por mí. —Parecía más animado, como si la actividad le proporcionara energía—. Me gusta —dijo con repentina convicción, y colgó la vaina negra de uno de los ganchos del tablero.

Había cosas que hacer: limpiar las botellas y ponerlas de nuevo en su sitio, preparar la comida, fregar los cacharros. Durante un rato, hubo una atmósfera alegre y ajetreada. Los dos conversaron de asuntos sin mucha relevancia mientras trabajaban. Y aunque ambos iban sin parar de un lado para otro, resultaba evidente que eran reacios a terminar cualquier tarea que estuvieran a punto de completar, como si temiesen el momento en que terminarían el trabajo y el silencio volvería a llenar la habitación.

Entonces ocurrió algo inusual. Se abrió la puerta y el ruido inundó la Roca de Guía como una suave marea. Fue entrando gente, charlando y descargando fardos. Buscaron mesas y dejaron las capas en los respaldos de las sillas. Un individuo que llevaba una gruesa cota de malla se quitó la espada desabrochándose el cinto y la apoyó contra una pared. Dos o tres hombres llevaban cuchillos en la cintura. Cuatro o cinco pidieron bebidas.

Kote y Bast se quedaron mirándolos un momento, y rápidamente se pusieron a trabajar. Kote, sonriente, empezó a servir bebidas. Bast salió afuera para ver si había caballos que hubiera que llevar a los establos.

Pasados diez minutos, la posada parecía otro sitio. Las monedas tintineaban sobre la barra. Aparecieron bandejas con queso y fruta, y colgaron un caldero de cobre a hervir en la cocina. Los hombres cambiaron de sitio mesas y sillas para acomodar mejor al grupo de casi una docena de personas.

Kote iba identificándolos a medida que entraban. Dos hombres y dos mujeres, carreteros curtidos tras años viviendo en los caminos y felices de poder pasar una noche al abrigo del viento. Tres guardias de mirada severa que olían a hierro. Un calderero barrigudo, de sonrisa fácil con la que exhibía los pocos dientes que le quedaban. Dos jóvenes, uno rubio y otro moreno, bien vestidos y de habla educada: viajeros que habían sido lo bastante sensatos para juntarse con un grupo más grande que les brindaría protección en el camino.

Les llevó una o dos horas instalarse. Regatearon los precios de las habitaciones. Empezaron a discutir amistosamente sobre quién dormiría con quién. Fueron a buscar lo indispensable a los carromatos y a las alforjas. Pidieron que les prepararan bañeras y se les calentó agua. Se llevó heno a los caballos, y Kote llenó de aceite todas las lámparas.

El calderero salió precipitadamente afuera para aprovechar la última luz del día. Recorrió las calles del pueblo con su carro de dos ruedas tirado por una mula. Los niños lo rodearon, pidiéndole caramelos, historias y ardites.

Cuando comprendieron que no iban a sacarle nada, la mayoría perdió el interés. Formaron un círculo con un niño en el centro y empezaron a dar palmadas al son de una canción infantil que ya era antiquísima cuando la cantaban sus abuelos:

Cuando de azul se tiñe el fuego del hogar,
¿cómo podemos actuar?, ¿cómo podemos actuar?
Salgamos corriendo, escondámonos huyendo.

Riendo, el niño que estaba en el centro intentó salir del corro mientras los otros trataban de impedírselo.

—Calderero —anunció el anciano con su voz cantarina—. Hojalatero. Afilador. Zahorí. Corcho cortado. Balsamaria. Pañuelos de seda traídos de la ciudad. Papel de escribir. Dulces y golosinas.

Eso atrajo a los niños, que volvieron a acercarse al calderero y lo siguieron formando un pequeño desfile por la calle. El anciano iba cantando:

—Cuero para cinturones. Pimienta negra. Fino encaje y suaves plumas. Este calderero solo se quedará un día en el pueblo. No esperen a que anochezca. ¡Vengan, señoras! ¡Vengan, muchachas! ¡Tengo ropa interior y agua de rosas!

Un par de minutos más tarde, se instaló delante de la posada Roca de Guía, montó su rueda de afilar y empezó a afilar un cuchillo.

Cuando los adultos empezaron a rodear al anciano, los niños se pusieron a jugar otra vez. Una niña que estaba en el centro del corro se tapó los ojos con una mano e intentó atrapar a los otros niños, que correteaban dando palmadas y cantando:

Si sus ojos son como el azabache,
¿adónde escaparse?, ¿adónde escaparse?
Lejos y cerca, los tienes a la puerta.

El calderero atendía a todos por turnos, y a veces a dos o tres personas a la vez. Cambiaba cuchillos afilados por cuchillos romos y una moneda pequeña. Vendía tijeras y agujas, cazos de cobre y botellitas que las mujeres escondían rápidamente. Vendía botones y bolsitas de canela y de sal. Limas de Tinuë, chocolate de Tarbean, cuerno pulido de Aerueh...

Y mientras los niños no paraban de cantar:

¿Veis a un hombre sin rostro?
Se mueven como fantasmas de un sitio para otro.
¿Cuál es su plan?, ¿cuál es su plan?
Los Chandrian, los Chandrian.

Kote calculó que aquellos viajeros debían de llevar juntos cerca de un mes, lo bastante para encontrarse cómodos unos con otros, pero no lo suficiente para pelearse por nimiedades. Olían a polvo de los caminos y a caballo. El posadero aspiró ese olor como si fuera un perfume.

Lo mejor era el ruido. El cuero crujía. Los hombres reían. El fuego crepitaba y chisporroteaba. Las mujeres coqueteaban. Incluso alguien volcó una silla. Por primera vez desde hacía mucho tiempo, no había silencio en la Roca de Guía. O si lo había, era demasiado tenue para que pudiera apreciarse, o estaba muy bien escondido.

Kote estaba en medio de todo aquello; no paraba de moverse, como si manejara una enorme y compleja máquina. Tenía una bebida preparada en cuanto alguien la pedía, y hablaba y escuchaba en la medida justa. Reía los chistes, estrechaba manos, sonreía y retiraba rápidamente las monedas de la barra, como si de verdad necesitara el dinero.

Entonces, cuando llegó la hora de las canciones y todos hubieron cantado sus favoritas y seguían queriendo más, Kote se puso a dar palmadas desde detrás de la barra, marcando el compás. Con el fuego brillando en su pelo, cantó «Calderero, curtidor». Cantó más estrofas de las que nadie había oído jamás, y a nadie le extrañó lo más mínimo.

Horas más tarde reinaba una atmósfera cálida y jovial en la taberna. Kote estaba arrodillado frente a la chimenea, avivando el fuego, cuando alguien dijo a sus espaldas:

—¿Kvothe?

El posadero se dio la vuelta, con una sonrisa algo confundida.

—¿Señor?

Era el rubio bien vestido. Se tambaleaba un poco.

—Tú eres Kvothe.

—Kote, señor —replicó Kote con el tono indulgente que las madres emplean con los niños y los posaderos con los borrachos.

—Kvothe el Sin Sangre —insistió el hombre con la típica obstinación de los beodos—. Tu cara me resultaba familiar, pero no la identificaba. —Sonrió con orgullo y se tocó la punta de la nariz con un dedo—. Entonces te he oído cantar, y he sabido que eras tú. Te oí una vez en Imre. Después lloré a mares. Jamás había oído nada parecido, ni lo he oído desde entonces. Me partiste el corazón.

El joven siguió hablando, y sus frases eran un tanto inconexas; su rostro, sin embargo, mantenía una expresión muy seria.

—Ya sabía que no podías ser tú. Pero me ha parecido que sí. A pesar de todo. ¿A quién conoces que tenga ese pelo? —Sacudió la cabeza tratando sin éxito de aclarar sus ideas—. Vi el sitio donde lo mataste, en Imre. Junto a la fuente. Los adoquines están destrozados. —Frunció el ceño y se concentró en esa palabra—. Destrozados. Dicen que nadie puede arreglarlos.

El hombre rubio hizo otra pausa. Entrecerró los ojos para enfocar mejor al posadero, y pareció sorprendido por su reacción.

El hombre pelirrojo sonreía.

—¿Insinúas que me parezco a Kvothe? ¿Al famoso Kvothe? Yo siempre lo he pensado. Incluso tengo un retrato suyo. Mi ayudante siempre se burla de mí por eso. ¿Me harías el favor de repetirle lo que acabas de decirme a mí?

Kote tiró un último leño al fuego y se levantó. Pero al apartarse de la chimenea, se le dobló una pierna y cayó pesadamente al suelo derribando una silla.

Varios viajeros se le acercaron, pero el posadero ya se había puesto en pie y les hacía señas para que volvieran a sus asientos.

—No, no. Estoy bien. No os preocupéis. —A pesar de su sonrisa, era evidente que se había hecho daño. Tenía el rostro transido de dolor, y tuvo que apoyarse en una silla—. Hace tres veranos, cuando atravesaba el Eld, me dispararon una flecha en la rodilla.

Me cede de vez en cuando. —Hizo una mueca de dolor y añadió con tono nostálgico—: Por eso dejé la buena vida en los caminos. —Se agachó para tocarse suavemente la pierna, doblada en un ángulo extraño.

Uno de los mercenarios dijo:

—Yo en tu lugar me pondría una cataplasma, o se te hinchará mucho.

Kote volvió a tocarse la pierna y asintió con la cabeza.

—Sí, creo que tiene usted razón, señor —dijo. Se volvió hacia el joven rubio, que estaba de pie junto al fuego, oscilando ligeramente—. ¿Podrías hacerme un favor, hijo?

El joven asintió, abstraído.

—Cierra el tiro. —Kote señaló la chimenea—. ¿Me ayudas a subir, Bast?

Bast fue hasta él y se colocó un brazo de Kote sobre los hombros. El posadero se apoyó en él y, cojeando, fue hasta la puerta y subió la escalera.

—¿Una flecha en la pierna? —preguntó Bast por lo bajo—. ¿Tanto te avergüenzas de una pequeña caída?

—Menos mal que eres tan ingenuo como ellos —dijo Kote con aspereza en cuanto estuvieron fuera del alcance de la vista de la clientela. Empezó a maldecir por lo bajo mientras subía unos escalones más; era evidente que no le pasaba nada en la rodilla.

Bast abrió mucho los ojos, y luego los entrecerró.

Kote se paró en lo alto de la escalera y se frotó los ojos.

—Hay un tipo que me ha reconocido —dijo frunciendo el ceño—. Al menos sospecha.

—¿Quién? —preguntó Bast con una mezcla de enfado y aprensión.

—Ese rubio de la camisa verde. El que estaba más cerca de mí, junto a la chimenea. Dale algo que le haga dormir. Ya ha bebido mucho. Si se queda frito, a nadie le extrañará.

Bast caviló un momento.

—¿Nogrura? —preguntó.

—Mejor mhenka.

Bast arqueó una ceja, pero asintió con la cabeza.

Kote se enderezó.

—Escúchame con atención, Bast.

Bast parpadeó una vez y asintió con la cabeza.

Kote habló resuelta y decididamente:

—Era escolta municipal de Ralien. Me hirieron unos bandidos cuando defendía una caravana. Una flecha en la rodilla. Hace tres años. En verano. Hice bien mi trabajo. Un comerciante ceáldico, agradecido, me dio dinero para montar una posada. Se llama Deolan. Habíamos viajado juntos desde Purvis. Menciónalo de pasada. ¿Lo tienes?

—Te he escuchado con atención —respondió Bast con formalidad.

—Ya puedes bajar.

Media hora más tarde Bast llevó un cuenco a la habitación de su maestro y le aseguró que abajo todo iba bien. Kote asintió y le dio instrucciones a su pupilo de que no lo molestaran durante el resto de la noche.

Bast cerró la puerta al salir; su expresión era de preocupación. Se quedó un rato en lo alto de la escalera, pensando qué podía hacer.

Resulta difícil decir qué era lo que tanto preocupaba a Bast. No se apreciaba ningún cambio en la actitud de Kote. Salvo que se movía un poco más despacio, quizá, y que la pequeña chispa que la actividad de esa noche había prendido en sus ojos se había apagado un poco. De hecho, apenas se veía ya. De hecho, podía no haber existido nunca.

Kote se sentó delante del fuego y se comió la comida con movimientos mecánicos, como si sencillamente buscara un sitio en su interior donde depositarla. Después del último bocado, se quedó sentado con la mirada perdida; no se acordaba de qué había comido ni de qué sabor tenía.

El fuego crepitó; Kote parpadeó y miró alrededor. Se miró las manos, recogidas una dentro de la otra sobre su regazo. Pasados unos instantes, las levantó y las abrió, como si quisiera calentarlas a la lumbre. Eran unas manos elegantes, con dedos largos y delicados. Las observó atentamente, como si esperara que hiciesen algo por propia iniciativa. Entonces las bajó de nuevo al regazo, recogidas, y siguió contemplando el fuego. Así permaneció —inexpresivo, inmóvil— hasta que en la chimenea solo quedaron cenizas grises y unas brasas que ardían débilmente.

Cuando estaba desvistiéndose para acostarse, el fuego llameó. La luz rojiza descubrió unas débiles líneas en su cuerpo, en la espalda y en los brazos. Todas las cicatrices eran lisas y plateadas, y lo surcaban como rayos, como rastros de dulces recuerdos. La llamarada del fuego las iluminó brevemente todas: las antiguas y las nuevas. Todas las cicatrices eran lisas y plateadas excepto una.

El fuego parpadeó y se apagó. El sueño recibió a Kote como un amante en una cama vacía.

Los viajeros partieron a la mañana siguiente, temprano. Bast los atendió y les explicó que a su amo se le había hinchado mucho la rodilla y que no se veía con ánimos de bajar la escalera tan pronto. Todos lo entendieron salvo el joven rubio, que estaba demasiado atontado para entender nada. Los guardias se sonrieron y pusieron los ojos en blanco mientras el calderero soltaba un sermón improvisado sobre la abstinencia de bebidas alcohólicas. Bast le recomendó diversas curas para la resaca, todas desagradables.

Cuando se hubieron marchado, Bast se quedó atendiendo la posada. Una tarea sencilla, porque no había clientes. La mayor parte del tiempo la dedicó a buscar maneras de distraerse.

Poco después del mediodía Kote bajó por la escalera y se lo encontró en la barra cascando nueces con la ayuda de un grueso libro encuadernado en piel.

—Buenos días, Reshi.

—Buenos días, Bast —dijo Kote—. ¿Alguna noticia?

—Ha pasado el hijo de Orrison. Quería saber si necesitamos cordero.

Kote asintió, como si hubiera estado esperando esa noticia.

—¿Cuánto le has encargado?

Bast hizo una mueca.

—Odio el cordero, Reshi. Sabe a mitones mojados.

Kote se encogió de hombros y fue hacia la puerta.

—Tengo que hacer unos encargos. Vigila esto, ¿quieres?

—Siempre lo hago.

Fuera de la posada Roca de Guía, en la vacía calle de tierra que discurría por el centro del pueblo, no corría ni pizca de brisa. El cielo era una extensión uniforme de nubes grises; parecía que quisiera llover pero no lograse reunir la energía suficiente.

Kote cruzó la calle y fue hasta la puerta de la herrería, que estaba abierta. El herrero llevaba el pelo muy corto y tenía una poblada y enmarañada barba. Mientras Kote lo observaba, metió con cuidado un par de clavos por la abrazadera de la hoja de una guadaña, fijándola con firmeza a un mango curvo de madera.

—Hola, Caleb.

El herrero apoyó la guadaña en la pared.

—¿En qué puedo ayudarte, maese Kote?

—¿Por tu casa también ha pasado el hijo de Orrison? —Caleb asintió—. ¿Siguen perdiendo ovejas? —preguntó Kote.

—La verdad es que han aparecido algunas de las que habían perdido. Destrozadas, eso sí. Prácticamente trituradas.

—¿Lobos? —preguntó Kote.

El herrero se encogió de hombros.

—Ya sé que es raro en esta época del año, pero ¿qué va a ser? ¿Un oso? Creo que están vendiendo los animales que no pueden vigilar, porque andan escasos de mano de obra.

—¿Escasos de mano de obra?

—Han tenido que dejar marchar al jornalero por culpa de los impuestos, y su hijo mayor se alistó al servicio del rey a principios de verano. Está combatiendo a los rebeldes en Menat.

—En Meneras —le corrigió amablemente Kote—. Si vuelves a ver al chico, dile que me gustaría comprar tres mitades.

—Lo haré. —El herrero miró al posadero con complicidad—. ¿Algo más?

—Bueno... —Kote miró hacia otro lado; de pronto parecía

cohibido—. Me preguntaba si tendrías por ahí alguna barra de hierro —dijo sin mirar al herrero a los ojos—. No hace falta que sea bonita. Un trozo de hierro basto me serviría.

Caleb chascó la lengua.

—No sabía si vendrías. El viejo Cob y los demás pasaron anteayer. —Fue hasta un banco de trabajo y levantó un trozo de lona—. Hice un par de más por si acaso.

Kote cogió una barra de hierro de unos sesenta centímetros de largo y la hizo oscilar con una mano.

—Eres un tipo listo.

—Conozco el negocio —repuso el herrero con petulancia—. ¿Necesitas algo más?

—Pues... —dijo Kote al mismo tiempo que apoyaba cómodamente la barra de hierro sobre un hombro—, sí, hay otra cosa. ¿No te sobrarán un delantal y unos guantes de forja?

—Tal vez —respondió Caleb con vacilación—. ¿Por qué?

—Detrás de la posada hay una vieja parcela llena de zarzas —dijo Kote señalando hacia la Roca de Guía con la cabeza—. Creo que voy a desbrozarla para plantar un huerto el año que viene. Pero no quiero despellejarme vivo.

El herrero asintió e hizo señas a Kote para que lo siguiera a la trastienda.

—Tengo los viejos —dijo mientras desenterraba un par de pesados guantes y un acartonado delantal de cuero; ambos estaban chamuscados en varios sitios y manchados de grasa—. No son bonitos, pero supongo que te protegerán un poco.

—¿Cuánto quieres por ellos? —preguntó Kote sacando su bolsa.

El herrero negó con la cabeza.

—Si te pidiera una iota ya me parecería excesivo. Ni el muchacho ni yo los necesitamos.

El posadero le dio una moneda, y el herrero metió el delantal y los guantes en un viejo saco de arpillera.

—¿Estás seguro de que quieres hacerlo ahora? —preguntó el herrero—. Hace tiempo que no llueve. La tierra estará más blanda en primavera, después del deshielo.

Kote se encogió de hombros.

—Mi abuelo siempre decía que el otoño es la estación idónea para arrancar de raíz cualquier cosa que no quieras que vuelva a molestarte. —Kote imitó la temblorosa voz de un anciano—: «En los meses de primavera todo está demasiado lleno de vida. En verano, está demasiado fuerte y no hay manera de soltarlo. El otoño...» —Miró alrededor; las hojas de los árboles estaban cambiando de color—. «El otoño es el momento idóneo. En otoño todo está cansado y más dispuesto a morir.»

Esa misma tarde, Kote envió a Bast a recuperar horas de sueño. Entonces se movió con desgana por la posada, haciendo las pequeñas tareas que no había terminado la noche anterior. No había clientes. Cuando por fin anocheció, el posadero encendió las lámparas y, sin mucho interés, se puso a hojear un libro.

Se suponía que el otoño era la estación del año más ajetreada, pero últimamente escaseaban los viajeros. Kote sabía con funesta certeza lo largo que iba a ser el invierno.

Cerró la posada temprano, lo que nunca había hecho hasta entonces. No se molestó en barrer, no hacía falta. No limpió las mesas ni la barra, porque no se habían utilizado. Restregó un par de botellas, cerró la puerta con llave y fue a acostarse.

No había nadie allí que pudiera notar la diferencia. Solo estaba Bast, que, preocupado, observaba a su maestro y esperaba.

4

De camino a Newarre

Cronista caminaba. El día anterior había cojeado, pero ahora le dolían los pies pisara como pisase, así que no tenía sentido cojear. Había buscado caballos en el vado de Abbott y en Rannish, y había ofrecido sumas exorbitantes por los animales más lamentables. Pero en los pueblos pequeños como esos, a la gente no le sobraban caballos, sobre todo estando próximo el tiempo de la cosecha.

Pese a llevar todo el día andando, seguía en el camino cuando cayó la noche; la calzada de tierra, con profundas rodadas, se convirtió en un terreno traicionero, lleno de siluetas apenas vistas. Tras dos horas avanzando a tientas en la oscuridad, Cronista vio unas luces que parpadeaban entre los árboles y abandonó su propósito de llegar a Newarre esa noche, pues no pudo renunciar a la hospitalidad de una granja.

Dejó el camino y fue hacia la luz dando tumbos entre los árboles. Pero el fuego estaba más lejos y era mayor de lo que le había parecido. No se trataba de la lámpara de una vivienda, ni de las chispas de una fogata. Era una hoguera que ardía con fiereza entre las ruinas de una casa de la que solo quedaban dos muros de piedra desmoronadizos. Acurrucado en la esquina que formaban esas dos paredes había un hombre. Llevaba una capa con capucha, y se abrigaba con ella como si fuera un día de pleno invierno y no una templada noche de otoño.

Las esperanzas de Cronista aumentaron cuando vio un pequeño fuego de cocinar con un cazo colgando encima. Pero al acercarse, percibió un olor desagradable que se mezclaba con el del humo de leña. Apestaba a pelo quemado y a flores podridas. Rápidamente, Cronista decidió que fuera lo que fuese lo que ese hombre estuviera cocinando en el cazo de hierro, él no quería probarlo. Sin embargo, la perspectiva de sentarse junto al fuego era mejor que la de acurrucarse en la cuneta.

Cronista entró en el círculo de luz que proyectaba la hoguera.

—He visto el fu... —Se interrumpió, porque la figura se puso en pie de un brinco, blandiendo una espada con ambas manos. No, no era una espada, sino una especie de garrote, largo y oscuro, con una forma demasiado regular para ser un tronco.

Cronista se paró en seco.

—Solo buscaba un sitio donde dormir —se apresuró a decir, e inconscientemente agarró el aro de hierro que llevaba colgado del cuello—. No quiero causar problemas. Te dejaré cenar en paz. —Dio un paso atrás.

La figura se relajó; bajó el garrote, que rozó una piedra y produjo un sonido metálico.

—Por el carbonizado cuerpo de Dios, ¿qué haces aquí a estas horas de la noche?

—Iba hacia Newarre y he visto el fuego.

—¿Y te has dirigido en plena noche hacia un fuego desconocido? —El hombre encapuchado sacudió la cabeza—. Será mejor que te acerques. —Le hizo señas para que se aproximara, y el escribano se fijó en que el individuo llevaba puestos unos gruesos guantes de cuero—. Que Tehlu nos asista, ¿has tenido mala suerte toda la vida, o la reservabas toda para esta noche?

—No sé a quién esperas —dijo Cronista, y todavía retrocedió un paso más—, pero estoy seguro de que prefieres hacerlo solo.

—Cállate y escucha —replicó el individuo con aspereza—. No sé cuánto tiempo nos queda. —Miró hacia abajo y se frotó la cara—. Dios, nunca sé cuánto tengo que decir. Si no me crees, pensarás que estoy loco. Y si me crees, te asustarás y será peor. —Volvió a mirar hacia arriba y vio que Cronista no se había movido—. Ven aquí, maldita sea. Si te vas ahora, eres hombre muerto.

Cronista miró por encima del hombro hacia el oscuro bosque.

—¿Por qué? ¿Qué hay ahí fuera?

El hombre lanzó una breve y amarga risotada y sacudió la cabeza, exasperado.

—¿Quieres que te diga la verdad? —Se pasó las manos por el pelo, y al hacerlo se bajó la capucha. La luz de la hoguera iluminó un cabello de un rojo increíble, y unos ojos de un verde asombroso e intenso. Miró a Cronista como si se midiera con él—. Demonios —dijo—. Demonios con forma de arañas enormes y negras.

Cronista se relajó.

—Los demonios no existen. —Por su tono de voz, era evidente que había pronunciado esas palabras muchas, muchas veces.

El pelirrojo soltó una risotada de incredulidad.

—¡Bueno, en ese caso supongo que podemos marcharnos todos a casa! —Y le lanzó una sonrisa de loco a Cronista—. Mira, supongo que eres un hombre instruido. Eso lo respeto, y en gran parte tienes razón. —Adoptó una expresión más seria—. Pero aquí y ahora, esta noche, te equivocas. Te equivocas de plano. Cuando lo comprendas no querrás estar al otro lado de la hoguera.

La rotunda certeza en la voz de aquel hombre le produjo a Cronista un escalofrío. Con la impresión de que estaba cometiendo una estupidez, bordeó la hoguera poco a poco hasta situarse al otro lado.

El desconocido enseguida lo caló.

—Supongo que no llevarás armas, ¿verdad? —preguntó, y Cronista negó con la cabeza—. En realidad no importa. Una espada no te serviría de mucho. —Le puso en las manos un grueso leño—. Dudo que consigas darle a alguno, pero vale la pena intentarlo. Son rápidos. Si se te sube uno encima, tírate al suelo. Intenta caer sobre él y aplastarlo con el cuerpo. Rueda por el suelo. Si logras sujetar a uno, lánzalo al fuego.

Volvió a ponerse la capucha y siguió hablando, muy deprisa:

—Si llevas alguna prenda de repuesto, póntela. Si tienes una manta, podrías envolver...

De pronto se interrumpió y miró más allá del círculo de luz.

—Quédate con la espalda pegada a la pared —dijo de pronto, y levantó el garrote de hierro con ambas manos.

Cronista miró más allá de la hoguera. Una silueta oscura se movía entre los árboles.

Llegaron a la zona iluminada, avanzando pegadas al suelo: eran unas siluetas negras, con muchas patas y del tamaño de ruedas de carreta. Una, más rápida que las demás, se dirigió hacia la luz sin vacilar, moviéndose con la inquietante y sinuosa velocidad de un insecto que se escabulle.

Antes de que Cronista pudiera levantar el leño, la cosa avanzó de lado bordeando la hoguera y saltó sobre él con la agilidad de un grillo. Cronista levantó las manos al mismo tiempo que la cosa negra le golpeaba en la cara y en el pecho. Sus frías y duras patas buscaron un sitio donde sujetarse, y Cronista sintió unas fuertes punzadas de dolor en la parte de atrás de uno de sus brazos. El escribano se tambaleó; se le torció un tobillo y empezó a caer hacia atrás agitando los brazos.

Al caer, Cronista vio el círculo de luz por última vez. Había más cosas negras saliendo de la oscuridad; sus patas marcaban un rápido *staccato* contra las raíces, las piedras y las hojas. Al otro lado de la hoguera, el hombre de la capa sostenía su garrote de hierro en alto con ambas manos. Estaba completamente inmóvil, completamente callado, esperando.

Cronista todavía estaba cayendo hacia atrás, con esa cosa negra encima, cuando notó una sorda y oscura explosión: se había golpeado la cabeza contra la pared de piedra. Todo se ralentizó alrededor, se volvió borroso y, finalmente, negro.

Cronista abrió los ojos y vio una confusa mezcla de luminosidad y siluetas oscuras. Le dolía la cabeza. Notaba diversas líneas de intenso dolor en la parte de atrás de los brazos y, al respirar, un dolor más sordo en el costado izquierdo.

Tras un largo momento de concentración, el mundo volvió a aparecer ante él, aunque desenfocado. El desconocido estaba sentado cerca de él. Ya no llevaba puestos los guantes, y su pesada capa colgaba de su cuerpo hecha jirones; pero por lo demás parecía ileso. La capucha de la capa le tapaba la cara.

—¿Estás despierto? —preguntó el hombre con curiosidad—. Me alegro. Con las heridas en la cabeza nunca se sabe. —Ladeó un poco la cabeza—. ¿Puedes hablar? ¿Sabes dónde estás?

—Sí —contestó Cronista con voz pastosa. Tuvo que hacer un gran esfuerzo para pronunciar esa única palabra.

—Mejor aún. Veamos, la tercera es la definitiva. ¿Crees que podrás levantarte y echarme una mano? Tenemos que quemar y enterrar los restos.

Cronista movió un poco la cabeza y de pronto sintió náuseas.

—¿Qué ha pasado? —preguntó.

—Quizá te haya roto un par de costillas —respondió el hombre—. Se te había subido uno encima. No tuve muchas opciones. —Se encogió de hombros—. Lo siento, si te sirve de algo. Ya te he cosido los cortes de los brazos. Creo que se te curarán bien.

—¿Se han ido?

El hombre de la capucha meneó la cabeza.

—Los escrales no se retiran. Son como las avispas cuando salen del avispero. Siguen atacando hasta morir.

Una expresión de horror se extendió por el rostro de Cronista.

—¿Hay un nido de esas cosas?

—No, por Dios. Solo eran cinco. Sin embargo, tenemos que quemarlos y enterrarlos, para asegurarnos. Ya he cortado la leña que vamos a necesitar, de fresno y de serbal.

Cronista soltó una risotada que sonó un tanto histérica.

—Como en la canción infantil:

> Atiende, si no escuchas no da igual:
> esta vez cavarás un hoyo abismal,
> cogerás fresno, olmo y serbal...

—Sí, exacto —dijo el hombre de la capucha con aspereza—. Te sorprendería la cantidad de verdades que se esconden en las canciones infantiles. No creo que haga falta cavar tan hondo, pero... no me vendría mal un poco de ayuda.

Cronista levantó una mano y se palpó la parte de atrás de la cabeza; luego se miró los dedos y le sorprendió que no estuvieran manchados de sangre.

—Creo que estoy bien —dijo al mismo tiempo que lentamente se apoyaba en un codo y a continuación se sentaba—. ¿Hay algún...? —Parpadeó un momento y todo él se desmadejó; cayó hacia atrás sin fuerzas. Su cabeza golpeó el suelo, rebotó una vez y se quedó quieta, ligeramente ladeada.

Kote esperó largo rato pacientemente sentado, observando al hombre inconsciente. Cuando no vio más movimiento que el lento subir y bajar del pecho, se puso en pie con dificultad y se arrodilló al lado de Cronista. Le levantó un párpado y luego el otro, y dio un gruñido. Al parecer, lo que acababa de ver no lo había sorprendido mucho.

—Supongo que no vas a volver a despertarte, ¿verdad? —preguntó sin muchas esperanzas. Le dio unos golpecitos en la pálida mejilla—. No, no lo creo. —Una gota de sangre cayó en la frente de Cronista, seguida rápidamente de otra.

Kote se enderezó y le limpió la sangre a Cronista lo mejor que pudo. No fue fácil, porque también tenía las manos ensangrentadas.

—Lo siento —dijo distraídamente.

Exhaló un hondo suspiro y se quitó la capucha. Tenía el rojo cabello apelmazado y adherido al cráneo, y media cara cubierta de sangre seca. Poco a poco empezó a quitarse los restos de la capa. Debajo llevaba un delantal de herrero, cubierto de grandes tajaduras. Se lo quitó también, revelando una sencilla camisa gris de tejido artesanal. Tenía el brazo izquierdo y los hombros oscuros y mojados de sangre.

Kote hizo ademán de empezar a desabrocharse la camisa, pero entonces decidió no quitársela. Se puso trabajosamente en pie, cogió la pala y poco a poco, con mucho dolor, empezó a cavar.

5

Notas

Era pasada la medianoche cuando Kote llegó a Newarre cargando el cuerpo inerte de Cronista sobre los hombros lacerados. Las casas y las tiendas del pueblo estaban a oscuras y en silencio, pero la posada Roca de Guía estaba iluminada.

Bast, de pie en el umbral, casi danzaba de irritación. Al ver acercarse a Kote, echó a correr calle abajo agitando, furioso, un pedazo de papel.

—¿Una nota? ¿Te escapas y me dejas una nota? —dijo en voz baja, pero furioso—. ¿Por quién me has tomado, por una ramera de puerto?

Kote se dio la vuelta y sacudió los hombros hasta depositar el cuerpo inerte de Cronista en los brazos de Bast.

—Sabía que lo único que harías sería discutir conmigo, Bast.

Bast sujetó a Cronista ante él sin esfuerzo.

—Si al menos hubiera sido una nota decente. «Si estás leyendo esto, seguramente estoy muerto.» ¿Qué clase de nota es esa?

—Se suponía que no la encontrarías hasta mañana —respondió Kote cansado, y echaron a andar por la calle hacia la posada.

Bast miró al hombre que llevaba en brazos como si lo viera por primera vez.

—¿Quién es este? —Lo zarandeó un poco, mirándolo con curiosidad antes de cargárselo sobre un hombro con facilidad, como si fuera un saco de arpillera.

—Un pobre desgraciado que pasaba por el camino en el momento menos adecuado —contestó Kote con desdén—. No lo sacudas demasiado. Todavía debe de tener la cabeza un poco suelta.

—Pero ¿qué demonios has ido a hacer? —preguntó Bast cuando entraron en la posada—. Si me dejas una nota, al menos deberías decirme qué... —Bast abrió mucho los ojos al ver a Kote a la luz del interior de la posada, pálido y cubierto de barro y de sangre.

—Si quieres puedes preocuparte —dijo Kote con brusquedad—. Es tan grave como parece.

—Has salido a buscarlos, ¿verdad? —dijo Bast en voz baja, y entonces abrió mucho los ojos—. No. Te quedaste un trozo del que mató Carter. No puedo creerlo. Me mentiste. ¡A mí!

Kote suspiró y subió pesadamente la escalera.

—¿Estás enfadado porque te he mentido, o porque no me has pillado mintiéndote? —preguntó.

—Me ofende que pensaras que no podías confiar en mí —contestó Bast farfullando de rabia.

Interrumpieron su conversación mientras abrían una de las numerosas habitaciones vacías del segundo piso, desvestían a Cronista, lo acostaban y lo arropaban. Kote dejó la cartera y el macuto del escribano en el suelo, cerca de la cama.

Tras salir y cerrar la puerta de la habitación, Kote dijo:

—Confío en ti, Bast, pero no quería ponerte en peligro. Sabía que podía hacerlo yo solo.

—Podría haberte ayudado, Reshi —replicó Bast, dolido—. Lo sabes muy bien.

—Todavía puedes ayudarme, Bast —dijo Kote. Se dirigió a su habitación y se dejó caer en el borde de la estrecha cama—. Necesito que me cosas las heridas. —Empezó a desabrocharse la camisa—. Lo haría yo mismo, pero a los hombros y a la espalda no llego.

—No digas tonterías, Reshi. Ya lo haré yo.

Kote señaló la puerta.

—Mis cosas están en el sótano.

—Usaré mis propias agujas, muchas gracias —dijo Bast con desdén—. Son de un hueso de excelente calidad. No como esas repugnantes agujas de hierro mellado tuyas, que te perforan como pequeñas astillas de odio. —Se estremeció—. ¡Piedra y arroyo! Es espeluznante lo primitivos que podéis llegar a ser. —Bast salió de la habitación y dejó la puerta abierta.

Kote se quitó lentamente la camisa, haciendo muecas de dolor y aspirando entre los dientes, pues la sangre seca se pegaba y tiraba de las heridas. Volvió a adoptar una expresión estoica cuando Bast regresó con un cuenco de agua y empezó a lavarle.

Cuando Bast hubo limpiado toda la sangre seca, aparecieron numerosos cortes largos y rectos. Se destacaban rojizos sobre la blanca piel del posadero, como si lo hubieran acuchillado con una navaja de barbero o con un trozo de cristal roto. En total había cerca de una docena de cortes, la mayoría en los hombros, y unos cuantos en la espalda y en los brazos. Uno empezaba en su coronilla y discurría por el cuero cabelludo hasta detrás de una oreja.

—Creía que no sangrabas, Reshi —comentó Bast—. ¿No te llamaban el Sin Sangre?

—No te creas todas las historias que te cuenten, Bast. Las historias mienten.

—Bueno, no estás tan mal como creía —dijo Bast limpiándose las manos—. Aunque merecías haber perdido un trozo de oreja. ¿Estaban heridos, como el que atacó a Carter?

—No, no me lo ha parecido —respondió Kote.

—¿Cuántos eran?

—Cinco.

—¿Cinco? —dijo Bast, asombrado—. ¿Cuántos ha matado el otro?

—Distrajo a uno un rato —contestó Kote con generosidad.

—*Anpauen*, Reshi —dijo Bast sacudiendo la cabeza mientras enhebraba una aguja de hueso con un hilo más delgado y más fino que el de tripa—. Deberías estar muerto. Dos veces muerto.

Kote se encogió de hombros.

—No es la primera vez que debería estar muerto, Bast. Se me da bastante bien evitarlo.

Bast se puso a trabajar.

—Te dolerá un poco —avisó mientras movía las manos con

una extraña suavidad—. La verdad, Reshi, no entiendo cómo has conseguido vivir tanto tiempo.

Kote volvió a encogerse de hombros y cerró los ojos.

—Yo tampoco, Bast —admitió. Tenía la voz triste y cansada.

Horas más tarde se abrió un poco la puerta de la habitación de Kote y Bast asomó la cabeza. Al no oír sino una lenta y acompasada respiración, el joven entró de puntillas, fue hasta la cama y se inclinó sobre el hombre dormido. Bast observó el color de sus mejillas, le olió el aliento y le tocó suavemente la frente, la muñeca y el hueco entre las clavículas.

Bast acercó una butaca a la cama, se sentó y se quedó contemplando a su maestro y escuchándolo respirar. Luego estiró un brazo y le apartó el rebelde y rojo cabello de la cara, como haría una madre con su hijo dormido. Entonces, en voz baja, entonó una melodía cadenciosa y extraña, casi una nana:

> Qué extraño ver la luz que alumbra
> a los mortales apagarse día a día,
> saber que sus brillantes almas son yesca
> y que el viento encontrará su propio guía.
> Ojalá pudiera prestarles mi fuego.
> ¿Qué presagia tu parpadeo?

La voz de Bast se fue extinguiendo, y el joven se quedó allí sentado, inmóvil, observando el silencioso subir y bajar del pecho de su maestro durante las largas horas de la temprana oscuridad de la mañana.

6

El precio de los recuerdos

Cronista no bajó por la escalera a la taberna de la posada Roca de Guía hasta el día siguiente por la noche. Pálido y vacilante, llevaba su cartera de cuero debajo de un brazo.

Encontró a Kote sentado detrás de la barra, hojeando un libro.

—¡Hombre, nuestro invitado involuntario! ¿Qué tal va la cabeza?

Cronista levantó una mano y se tocó la nuca.

—Me duele un poco si la giro demasiado deprisa. Pero todavía funciona.

—Me alegro de oírlo —dijo Kote.

—¿Es esto...? —Cronista miró alrededor, titubeante—. ¿Estamos en Newarre?

Kote asintió.

—De hecho estás en el centro mismo de Newarre. —Hizo un ademán teatral—. Una próspera metrópolis. Densamente poblada.

Cronista miró con fijeza al pelirrojo que estaba detrás de la barra. Se apoyó en una mesa para sostenerse.

—Por el chamuscado cuerpo de Dios —dijo con un hilo de voz—. Eres tú, ¿verdad?

El posadero puso cara de desconcierto.

—¿Cómo dices?

—Ya sé que lo negarás —dijo Cronista—. Pero lo que vi anoche...

El posadero levantó una mano para hacerlo callar.

—Antes de discutir la posibilidad de que ese golpe en la cabeza te haya trastornado, dime, ¿qué hacías en el camino de Tinuë?

—¿Qué? —replicó Cronista, irritado—. Yo no iba a Tinuë. Iba... Bueno, los caminos están muy difíciles, sin contar lo de anoche. Me robaron cerca del vado de Abbott y tuve que continuar a pie. Pero valió la pena, ya que estás aquí. —El escribano vio la espada colgada sobre la barra, dio un grito ahogado y adoptó una expresión de vago nerviosismo—. No he venido aquí con ánimo de crear problemas, te lo aseguro. No he venido por el precio que le han puesto a tu cabeza. —Compuso una débil sonrisa—. Como es lógico, yo no podría causarte problemas...

—Estupendo —le cortó el posadero al mismo tiempo que cogía un paño de hilo blanco y empezaba a limpiar la barra—. Y ¿quién eres?

—Puedes llamarme Cronista.

—No te he preguntado cómo puedo llamarte —repuso Kote—. ¿Cómo te llamas?

—Devan. Devan Lochees.

Kote dejó de pasar el paño por la barra y levantó la cabeza.

—¿Lochees? ¿Eres pariente del duque...? —Kote asintió antes de haber terminado la frase—. Sí, claro que eres pariente suyo. No eres un cronista, sino el Cronista. —Miró de arriba abajo al escribano, un hombre con calva incipiente—. ¿Qué te parece? El desenmascarador de patrañas en persona.

Cronista se relajó un tanto; era evidente que le complacía comprobar que su reputación lo precedía.

—Antes no pretendía ponerte las cosas difíciles. Hace años que no pienso en mí como Devan. Dejé atrás ese nombre hace mucho tiempo. —Miró al posadero con complicidad—. Supongo que tú también sabrás algo de eso...

Kote ignoró la pregunta que el escribano no había llegado a formular.

—Leí tu libro hace años. *Los ritos nupciales del draccus común*. Una obra reveladora para un joven con la cabeza llena de historias. —Miró hacia abajo y siguió pasando el paño blanco por la madera veteada de la barra—. He de admitir que me decepcionó saber que los dragones no existían. Esa es una dura lección para cualquier niño.

Cronista sonrió.

—Yo también me desilusioné un poco, la verdad. Fui a buscar una leyenda y encontré un lagarto. Un lagarto fascinante, pero lagarto al fin y al cabo.

—Y ahora estás aquí —dijo Kote—. ¿Has venido a demostrar que no existo?

Cronista soltó una risa nerviosa.

—No. Verás, oímos un rumor...

—¿Oímos? —le interrumpió Kote.

—Viajaba con un viejo amigo tuyo, Skarpi.

—Se ha hecho cargo de ti, ¿no? —dijo Kote para sí—. ¿Qué te parece? El aprendiz de Skarpi.

—Un colega, más bien.

Kote asintió, pero su expresión seguía sin revelar nada.

—Debí imaginar que él sería el primero en encontrarme. Sois los dos unos propagadores de rumores.

La sonrisa de Cronista se convirtió en una mueca de amargura. El escribano se tragó las primeras palabras que acudieron a sus labios y se esforzó por recuperar una actitud serena.

—Y ¿en qué puedo ayudarte? —Kote dejó el trapo y compuso su mejor sonrisa de posadero—. ¿Te apetece beber o comer algo? ¿Necesitas una habitación para pasar la noche?

Cronista vaciló.

—Tengo de todo. —Kote hizo un amplio gesto con el brazo, señalando, una a una, las botellas que había detrás de la barra—. ¿Jerez, mosto, vino tinto? ¿Aguamiel? ¿Cerveza negra? ¡Licor dulce de fruta! ¿De mora? ¿De ciruela? ¿De manzana? ¿De cereza? Sin duda algo habrá que te apetezca. —Mientras hablaba, su sonrisa iba ensanchándose, mostrando demasiados dientes para ser la sonrisa de un afable posadero. Al mismo tiempo, sus ojos denotaban frialdad, dureza y enfado.

Cronista bajó la mirada.

—Pensé que...

—¿Pensaste? —dijo Kote con desdén, y dejó de fingir que sonreía—. Lo dudo mucho. Porque si lo hubieras hecho, habrías pensado —dijo arrancando esa palabra de un mordisco— en el peligro en que me ponías viniendo aquí.

Cronista se ruborizó.

—Me habían dicho que Kvothe no le tenía miedo a nada —dijo, muy acalorado.

El posadero se encogió de hombros.

—Solo los sacerdotes y los locos no le tienen miedo a nada, y yo nunca me he llevado muy bien con Dios.

Cronista frunció el ceño, consciente de que le estaban tendiendo una trampa.

—Mira —dijo con calma—, tuve muchísimo cuidado. Solo Skarpi conoce mi intención de venir aquí. No le hablé de ti a nadie. De hecho, ni siquiera confiaba en encontrarte.

—Imagínate qué alivio —dijo Kote con sarcasmo.

Cronista prosiguió, claramente desalentado:

—Seré el primero en admitir que venir aquí quizá haya sido un error. —Hizo una pausa, dándole a Kote la oportunidad de contradecirlo. Pero Kote no lo hizo. Cronista dio un pequeño y contenido suspiro y añadió—: Pero lo hecho, hecho está. ¿Ni siquiera te has planteado...?

Kote negó con la cabeza.

—Fue hace mucho tiempo...

—Menos de dos años —objetó Cronista.

—... y ya no soy el que era —continuó Kote sin detenerse.

—Y ¿quién eras, exactamente?

—Kvothe —contestó el posadero, negándose a dejarse arrastrar a dar más explicaciones—. Ahora soy Kote. Regento esta posada. Eso significa que una cerveza cuesta tres arditos y que una habitación individual se paga con cobre. —Empezó a limpiar la barra de nuevo, pasando el paño con ímpetu—. Como bien dices, «lo hecho, hecho está». Las historias ya se ocuparán de sí mismas.

—Pero...

Kote levantó la cabeza, y Cronista vio más allá de la ira que destellaba en la superficie de sus ojos. Por un instante distinguió dolor debajo, un dolor crudo y sangrante, como una herida demasiado profunda para cicatrizar. Entonces Kote desvió la mirada, y solo quedó la ira.

—¿Qué serías capaz de ofrecerme que valga el precio de mis recuerdos?

—Todos creen que estás muerto.

—No lo entiendes, ¿verdad? —Kote sacudió la cabeza, entre divertido y exasperado—. De eso se trata. Cuando estás muerto, nadie te busca. Los viejos enemigos no intentan ajustar cuentas contigo. La gente no te busca para que le narres historias —concluyó con mordacidad.

Cronista no se rendía.

—Según otros, eres un mito.

—Sí, soy un mito —afirmó Kote con soltura, haciendo un gesto extravagante—. Un mito muy especial que se crea a sí mismo. Las mejores mentiras sobre mí son las que yo mismo he contado.

—Dicen que nunca has existido —le corrigió Cronista con delicadeza.

Kote se encogió de hombros, y su sonrisa se apagó un poco.

Cronista, al detectar un atisbo de debilidad, continuó:

—Algunas historias te retratan como poco más que un asesino sorprendido in fraganti.

—También soy eso. —Kote se dio la vuelta y se puso a limpiar el mostrador de detrás de la barra. Volvió a encogerse de hombros, pero sin tanta indiferencia—. He matado a hombres y a seres que eran más que hombres. Y todos se lo habían ganado.

Cronista sacudió lentamente la cabeza.

—Las historias te llaman «asesino», no «héroe». Kvothe el Arcano y Kvothe el Asesino de Reyes son dos personajes muy diferentes.

Kote dejó de limpiar el mostrador y se volvió hacia el escribano. Asintió sin levantar la cabeza.

—Algunos incluso dicen que hay un nuevo Chandrian. Un nuevo terror en la noche. Tiene el pelo tan rojo como la sangre que derrama.

—Las personas que importan saben ver la diferencia —replicó

Kote como si intentara convencerse a sí mismo, pero lo dijo sin convicción, con una voz cansada que denotaba desaliento.

Cronista dio una breve risotada.

—Claro. De momento. Pero tú, más que nadie, tendrías que darte cuenta de lo delgada que es la línea que separa la verdad de una mentira convincente. La línea que separa la historia de un relato entretenido. —Cronista hizo una pausa para que su interlocutor asimilara sus palabras—. Sabes cuál de las dos cosas ganará con el tiempo.

Kote se quedó de cara a la pared de detrás de la barra, con las manos apoyadas en el mostrador. Tenía la cabeza un poco agachada, como si soportara una pesada carga. No dijo nada.

Cronista, intuyendo la victoria, decidió ir un poco más allá.

—Dicen que hubo una mujer...

—¿Qué saben ellos? —dijo Kote con una voz cortante como una sierra—. ¿Qué saben ellos de lo que pasó? —Hablaba en voz tan baja que Cronista tuvo que contener la respiración para oírlo.

—Dicen que esa mujer... —De pronto, las palabras de Cronista se atascaron en su garganta reseca, y se produjo un silencio artificial en la habitación. Kote estaba de espaldas, inmóvil, y apretaba la mandíbula. Su mano derecha, envuelta en un trapo blanco y limpio, se cerró lentamente formando un puño.

A unos dos palmos de distancia se rompió una botella. El olor a fresas llenó la taberna junto con el sonido de cristales rotos. Fue un ruido pequeño dentro de una quietud enorme, pero fue suficiente. Suficiente para romper el silencio en pequeñas y afiladas esquirlas. Cronista se quedó helado al comprender, de pronto, lo peligroso que era el juego al que estaba jugando. «De modo que esa es la diferencia entre contar una historia y estar dentro de una historia —pensó como atontado—: el miedo.»

Kote se dio la vuelta.

—¿Qué saben ellos de esa mujer? —preguntó en voz baja. Al ver la cara de Kote, a Cronista se le cortó la respiración. La expresión plácida del posadero era como una máscara destrozada. El semblante que había debajo de esa máscara reflejaba una profunda angustia; sus ojos estaban en este mundo y en otro, recordando.

Cronista pensó, sin proponérselo, en una historia que había oído. Una de tantas. Era el relato de cómo Kvothe había perseguido el deseo de su corazón. Tuvo que engañar a un demonio para conseguirlo. Pero una vez conseguido, tuvo que pelear con un ángel para conservarlo. «Es cierto —pensó Cronista—. Antes solo era una historia, pero ahora puedo creer en ella. Esta es la cara de un hombre que ha matado a un ángel.»

—¿Qué van a saber ellos de mí? —preguntó Kote con una ira sorda en la voz—. ¿Qué van a saber de nada de todo esto? —Hizo un breve pero enérgico ademán que parecía abarcarlo todo: la botella rota, la barra, el mundo entero.

Cronista tragó saliva para aliviar la garganta reseca.

—Solo lo que les cuentan.

Tip, tip-tip, tip. El goteo del licor de la botella rota empezó a marcar una cadencia irregular en el suelo.

—¡Ahhh! —Kote dio un largo resoplido. Tip-tip, tip, tip—. Muy listo. Utilizarías mi mejor truco contra mí. Tomarías mi relato como rehén.

—Contaría la verdad.

—Solo la verdad podría romperme. ¿Qué hay más duro que la verdad? —Sus labios dibujaron una sonrisa burlona y forzada. Durante unos instantes, solo el débil golpeteo de las gotas contra el suelo mantuvo el silencio a raya.

Entonces Kote salió por la puerta que había detrás de la barra. Cronista se quedó plantado, incómodo, en la habitación vacía, sin saber si lo habían echado de allí o no.

Unos minutos más tarde, Kote regresó con un cubo de agua jabonosa. Sin mirar a Cronista, empezó a lavar sus botellas con parsimonia. Una a una, Kote les limpió la base, que se había manchado de licor de fresas, y fue poniéndolas en la barra, entre Cronista y él, como si ellas pudieran defenderlo.

—De modo que saliste en busca de un mito y encontraste a un hombre —dijo con voz monótona, sin levantar la cabeza—. Has oído las historias y ahora quieres los hechos reales.

Cronista, muy aliviado, dejó su cartera en una de las mesas, sorprendido por el ligero temblor de sus manos.

—Oímos hablar de ti no hace mucho. Solo era un vago rumor. La verdad es que yo no esperaba... —Hizo una pausa; de pronto se sentía turbado—. Creía que serías mayor.

—Lo soy —replicó Kote. Cronista lo miró, desconcertado, pero antes de que pudiera decir nada más, el posadero continuó—: ¿Qué te trae a este miserable rincón del mundo?

—Una cita con el conde de Baedn-Bryt —contestó Cronista con cierto orgullo—. Dentro de tres días, en Treya.

El posadero se quedó quieto, con una botella en la mano.

—¿Pretendes llegar a la mansión del conde en cuatro días? —preguntó.

—Me he retrasado —admitió Cronista—. Me robaron el caballo cerca del vado de Abbott. —Miró por la ventana y contempló el cielo, cada vez más oscuro—. Pero estoy dispuesto a perder unas horas de sueño. Me marcharé por la mañana y te dejaré tranquilo.

—Bueno, no querría que por mi culpa dejaras de dormir —dijo Kote con sarcasmo, y su mirada volvió a endurecerse—. Puedo resumirlo todo en una frase. —Carraspeó—. «Viajé, amé, perdí, confié y me traicionaron.» Escríbelo y haz con ello lo que quieras.

—No te lo tomes así —se apresuró a decir Cronista—. Si quieres, podemos dedicarle toda la noche. Y también unas horas de la mañana.

—Qué gracia —le espetó Kote—. ¿Pretendes que te cuente mi historia en una noche? ¿Sin tiempo para serenarme? ¿Sin tiempo para prepararme? —Sus labios dibujaron una fina línea—. No. Ve a coquetear con tu conde. No quiero saber nada.

—Si estás seguro de que necesitarás... —dijo Cronista atropelladamente.

—Sí. —Kote dejó una botella en la barra con un fuerte golpazo—. Creo estar seguro de que necesitaré más tiempo que el que tú me ofreces. Y esta noche no voy a darte ni un minuto. Una historia de verdad lleva tiempo prepararla.

Cronista frunció el ceño, nervioso, y se pasó las manos por el pelo.

—Podría dedicar todo el día de mañana a registrar tu historia... —Se interrumpió al ver que Kote sacudía la cabeza. Tras una pausa, volvió a empezar, casi como si hablara solo—: Si consigo un caballo en Baedn, puedo dedicarte todo el día mañana, gran parte de la noche y una parte del día siguiente. —Se frotó la frente—. Odio cabalgar de noche, pero...

—Necesitaré tres días —dijo Kote—. Estoy completamente seguro.

Cronista palideció.

—Pero el conde...

Kote hizo un ademán de desdén.

—Nadie necesita tres días —dijo Cronista con firmeza—. He entrevistado a Oren Velciter. A Oren Velciter, nada menos. Tiene ochenta años, pero es como si hubiera vivido doscientos. Quinientos, si contamos las mentiras. Él fue a buscarme —añadió con un énfasis particular—. Solo tardó dos días.

—Esta es mi oferta —se limitó a replicar el posadero—. O lo hago bien, o no lo hago.

—¡Espera! —De pronto, el rostro de Cronista se iluminó—. Ya lo había pensado —dijo sacudiendo la cabeza, avergonzado de su propio descuido—. Iré a visitar al conde y volveré aquí. Entonces podrás tomarte todo el tiempo que quieras. Hasta podría traer a Skarpi.

Kote miró a Cronista con profundo desprecio.

—¿Qué te hace pensar que seguiré aquí cuando regreses? —preguntó, incrédulo—. Y además, ¿qué te hace pensar que tienes la libertad de salir de aquí cuando se te antoje, sabiendo lo que sabes?

Cronista se quedó muy quieto.

—¿Me estás...? —Tragó saliva y empezó otra vez—. ¿Me estás diciendo que...?

—Tardaré tres días en contarte la historia —lo interrumpió Kote—. Empezaré mañana. Eso es lo que te estoy diciendo.

Cronista cerró los ojos y se pasó una mano por la cara. El conde se pondría furioso, por supuesto. A saber lo que le costaría a Cronista volver a ganarse su simpatía. Sin embargo...

—Si es la única manera, acepto.

—Me alegro. —El posadero se relajó y esbozó una sonrisa—. Pero dime, ¿de verdad es tan inusual lo de los tres días?

Cronista volvió a aparentar seriedad.

—Sí, tres días es bastante raro. Pero... —Su tono de voz ya no denotaba tanta altanería—. Pero... —hizo un gesto para expresar lo inservibles que eran las palabras— eres Kvothe.

El hombre que se hacía llamar Kote levantó la cabeza detrás de sus botellas. Sus carnosos labios compusieron una sonrisa pícara. Le chispeaban los ojos. Parecía más alto.

—Sí, supongo que sí —dijo Kvothe con una voz de hierro.

7

De los inicios y de los nombres de las cosas

El sol entraba a raudales en la Roca de Guía. Era una luz fresca y limpia, ideal para cualquier inicio. Acarició al molinero cuando este puso en marcha su noria. Iluminó la forja que el herrero estaba encendiendo de nuevo después de cuatro días trabajando el metal en frío. Tocó a los caballos de tiro enganchados a los carros, y las hojas de las guadañas, que relucían afiladas y preparadas para empezar ese día de otoño.

Dentro de la Roca de Guía, la luz iluminaba la cara de Cronista y una página en blanco que esperaba las primeras palabras de una historia, otro principio. Resbalaba por la barra, esparcía un millar de diminutos arcos iris que nacían en las botellas de colores, y trepaba por la pared hacia la espada, como si buscara un último principio.

Pero cuando la luz alcanzó la espada, no se vio ningún inicio. De hecho, la luz que reflejaba la hoja de la espada era mate, bruñida y muy antigua. Cronista la miró y recordó que, aunque aquello fuera el comienzo de un día, estaban a finales de otoño y cada vez hacía más frío. La espada brillaba con la conciencia de que el amanecer era un pequeño principio comparado con el final de una estación, con el final de un año.

Cronista apartó la mirada de la espada; sabía que Kvothe había dicho algo, pero no sabía qué.

—Perdón, ¿cómo dices?

—¿Qué hace la gente normalmente para contar su historia? —preguntó Kvothe.

Cronista se encogió de hombros.

—Me describen lo que recuerdan, sencillamente. Luego yo registro los hechos en el orden correcto, elimino los pasajes innecesarios, aclaro, simplifico y esas cosas.

Kvothe frunció el ceño.

—Me parece que eso no servirá.

Cronista lo miró y esbozó una tímida sonrisa.

—Cada narrador tiene su estilo. En general, todos prefieren que no corrija sus historias. Pero también prefieren un público atento. Normalmente, yo escucho y registro más tarde. Tengo una memoria casi perfecta.

—¿Casi perfecta? A mí no me basta con eso. —Kvothe se llevó un dedo a los labios—. ¿Escribes deprisa?

Cronista sonrió con seguridad.

—Más rápido de lo que hablo.

Kvothe arqueó una ceja.

—Me gustaría comprobarlo.

Cronista abrió su cartera. Sacó un fajo de papel blanco, muy fino, y un tintero. Después de colocarlos con cuidado, mojó una pluma y miró, expectante, a Kvothe.

Kvothe se inclinó hacia delante en la silla y empezó a hablar a toda velocidad:

—Yo soy. Nosotros somos. Ella es. Él era. Ellos serán. —La pluma de Cronista se deslizaba por la página, danzando, bajo la atenta mirada de Kvothe—. Yo, Cronista, reconozco por la presente que no sé leer ni escribir. Supino. Irreverente. Grajilla. Cuarzo. Laca. Egoliante. *Lhin ta Lu soren hea*. «Érase una vez una joven viuda de Faeton, cuya moral era más dura que el tizón. Fue a confesarse, por obsesionarse...» —Kvothe se inclinó un poco más hacia delante para ver cómo escribía Cronista—. Interesante... Ya puedes parar.

Cronista volvió a sonreír y limpió la pluma con un trapo. La página que tenía delante mostraba una sola línea de símbolos incomprensibles.

—¿Qué es, una clave? —se preguntó Kvothe en voz alta—. Y eres muy pulcro. Seguro que no malgastas mucho papel. —Le dio la vuelta a la hoja para examinarla más de cerca.

—Nunca malgasto el papel —dijo Cronista con altanería.

Kvothe asintió sin levantar la cabeza.

—¿Qué significa «egoliante»? —preguntó el escribano.

—¿Hmmm? Ah, nada. Me lo he inventado. Quería comprobar si una palabra desconocida te hacía ir más despacio. —Se enderezó y acercó más su silla a la de Cronista—. En cuanto me enseñes a descifrar esto, podremos empezar.

Cronista lo miró, indeciso.

—Es un código muy complejo... —Al ver el ceño de Kvothe, suspiró—. Está bien, lo intentaré.

Cronista inspiró hondo y empezó a escribir una línea de símbolos mientras hablaba.

—Para hablar empleamos cerca de cincuenta sonidos diferentes. Le he asignado a cada uno un símbolo que consiste en uno o dos trazos de la pluma. Es todo sonido. Podría transcribir un idioma aunque no lo entendiera. —Señaló—. Estos son los diferentes sonidos vocales.

—Todas las líneas son verticales —observó Kvothe mirando atentamente la página.

Cronista hizo una pausa y perdió el ritmo.

—Pues... sí.

—Entonces, ¿las consonantes serían horizontales? ¿Y se combinarían así? —Kvothe cogió la pluma y trazó unos símbolos en la página—. Muy hábil. Para escribir una palabra, nunca necesitarías más de dos o tres.

Cronista miró a Kvothe sin decir nada. Kvothe no se dio cuenta, porque estaba concentrado en la hoja.

—Si aquí pone «yo soy», estos signos deben de representar el sonido «o». —Examinó uno de los grupos de caracteres que había escrito Cronista—. «Ella es.» «E, a, e.» —Kvothe asintió y le puso la pluma en la mano a Cronista—. Enséñame las consonantes.

Cronista las escribió, perplejo, recitando los sonidos a medida que los transcribía. Pasados unos momentos, Kvothe cogió la pluma y completó él mismo la lista, pidiéndole al atónito Cronista que le corrigiera si cometía algún error.

El escribano vio y escuchó cómo Kvothe completaba la lista.

Todo el proceso duró unos quince minutos. Kvothe no cometió ni un solo error.

—Un sistema maravillosamente eficaz —admitió Kvothe—. Muy lógico. ¿Lo has concebido tú mismo?

Cronista tardó un rato en replicar; se quedó mirando las hileras de símbolos que Kvothe había anotado en la hoja. Al final, ignorando la pregunta de su interlocutor, preguntó:

—¿Es cierto que aprendiste temán en un solo día?

Kvothe esbozó una sonrisa y agachó la cabeza.

—De eso hace mucho tiempo. Casi lo había olvidado. Tardé un día y medio, para ser exactos. Un día y medio sin dormir. ¿Por qué lo preguntas?

—Me lo contaron en la Universidad, pero no me lo creí. —Miró la página, con su clave escrita con la pulcra caligrafía de Kvothe—. ¿Entero?

Kvothe lo miró sin comprender.

—¿Cómo?

—¿Aprendiste todo el idioma entero?

—No, claro que no —contestó Kvothe con cierta irritación—. Solo una parte. Una parte importante, desde luego, pero no creo que se pueda aprender todo de nada, y menos de un idioma. —Se frotó las manos—. Bueno, ¿estás listo?

Cronista sacudió la cabeza como para despejarla, sacó otra hoja de papel y asintió.

Kvothe levantó una mano para impedir que Cronista empezara a escribir, y dijo:

—Nunca he contado esta historia, y dudo mucho que vuelva a contarla. —Se inclinó hacia delante—. Antes de empezar, debes recordar que soy del Edena Ruh. Nosotros ya contábamos historias antes de que ardiera Caluptena. Antes de que hubiera libros donde escribir. Antes de que hubiera música que tocar. Cuando prendió el primer fuego, nosotros, los Ruh, estábamos allí contando historias en el círculo de su parpadeante luz.

Kvothe miró al escribano, asintió y prosiguió:

—Conozco tu reputación de gran coleccionista de historias y cronista de sucesos. —La mirada de Kvothe se endureció, se volvió dura como el pedernal y afilada como un trozo de cristal roto—. Ahora bien, ni se te ocurra cambiar ni una sola palabra de lo que voy a decir. Si te parece que me voy por las ramas, si te parece que divago, recuerda que las historias reales pocas veces toman el camino más recto.

Cronista asintió con solemnidad, tratando de imaginar la mente capaz de descifrar su código en menos de una hora. Una mente capaz de aprender un idioma en un solo día.

Kvothe compuso una amable sonrisa y miró alrededor como si pretendiera grabar todos los detalles de la habitación en su memoria. Cronista mojó la pluma; Kvothe agachó la cabeza y se miró las manos durante el tiempo que se tarda en inspirar tres veces.

Y empezó a hablar.

—Podríamos decir que todo empezó cuando la oí cantar. Su voz hermanándose, mezclándose con la mía. Su voz era como un retrato de su alma: salvaje como un incendio, afilada como un cristal roto, dulce y limpia como el trébol.

Kvothe sacudió la cabeza.

—No. Todo empezó en la Universidad. Fui a aprender el tipo de magia de que hablan en las historias. Magia como la de Táborlin el Grande. Quería aprender el nombre del viento. Quería dominar el fuego y el rayo. Quería respuestas a diez mil preguntas y acceso a su Archivo. Sin embargo, lo que encontré en la Universidad no se parecía en nada a las historias, y eso me dejó muy consternado.

»Pero supongo que el verdadero principio está en lo que me llevó a la Universidad. Fuegos inesperados en el crepúsculo. Un hombre con ojos como el hielo en el fondo de un pozo. El olor a sangre y a pelo quemado. Los Chandrian. —Movió la cabeza afirmativamente—. Sí. Supongo que ahí es donde empieza todo. Esto, en gran medida, es una historia sobre los Chandrian.

Kvothe sacudió la cabeza como si tratara de librarse de un pensamiento siniestro.

—Pero supongo que tengo que remontarme aún más en el tiempo. Si esto tiene que ser una especie de libro de hechos, tendré que dedicarle el tiempo que merece. Valdrá la pena si se me recuerda, si no con halago, al menos con cierta medida de precisión.

»Pero ¿qué pensaría mi padre si me oyera contar una historia así? "Empieza por el principio." Muy bien, si vamos a contar una historia, contémosla bien.

Kvothe se inclinó hacia delante.

—Al principio, según tengo entendido, Aleph creó el mundo a partir del vacío innombrable. Aleph les dio un nombre a todas las cosas. O, según la versión de la historia, encontró los nombres que todas las cosas poseían ya.

Cronista dejó escapar una risita, aunque no levantó la vista de la página ni dejó de escribir.

Kvothe continuó, sonriendo para sí:

—Veo que te ríes. Muy bien, en aras de la sencillez, supongamos que yo soy el centro de la creación y pasemos por alto innumerables y aburridas historias: el ascenso y la caída de imperios, sagas de héroes, baladas de amor trágico. Vayamos directamente al único relato de verdadera importancia. —Su sonrisa se ensanchó—. El mío.

Me llamo Kvothe, que se pronuncia «cuouz». Los nombres son importantes porque dicen mucho sobre la persona. He tenido más nombres de los que nadie merece.

Los Adem me llaman Maedre. Que, según cómo se pronuncie, puede significar la Llama, el Trueno o el Árbol Partido.

La Llama es obvio para todo el que me haya visto. Tengo el pelo de color rojo intenso. Si hubiera nacido hace un par de siglos, seguramente me habrían quemado por demonio. Lo llevo corto, pero aun así me cuesta dominarlo. Si lo dejo a su antojo, se me pone de punta y parece que me hayan prendido fuego.

El Trueno lo atribuyo a mi potente voz de barítono y a la instrucción teatral que recibí a temprana edad.

El Árbol Partido nunca lo he considerado muy importante.

Aunque pensándolo bien, supongo que podríamos considerarlo al menos parcialmente profético.

Mi primer mentor me llamaba E'lir porque yo era listo y lo sabía. Mi primera amante me llamaba Dulator porque le gustaba cómo sonaba. También me han llamado Shadicar, Dedo de Luz y Seis Cuerdas. Me han llamado Kvothe el Sin Sangre, Kvothe el Arcano y Kvothe el Asesino de Reyes. Todos esos nombres me los he ganado. Los he comprado y he pagado por ellos.

Pero crecí siendo Kvothe. Una vez mi padre me dijo que significaba «saber».

Me han llamado de muchas otras maneras, por supuesto. La mayoría eran nombres burdos, aunque muy pocos eran inmerecidos.

He robado princesas a reyes agónicos. Incendié la ciudad de Trebon. He pasado la noche con Felurian y he despertado vivo y cuerdo. Me expulsaron de la Universidad a una edad a la que a la mayoría todavía no los dejan entrar. He recorrido de noche caminos de los que otros no se atreven a hablar ni siquiera de día. He hablado con dioses, he amado a mujeres y he escrito canciones que hacen llorar a los bardos.

Quizá hayas oído hablar de mí.

8

Ladrones, herejes y prostitutas

Si este relato tiene que ser una especie de libro de hechos, debemos empezar por el principio: aclarando quién soy en realidad. Para eso, debes recordar que, antes que nada, fui miembro del Edena Ruh.

Contrariamente a la creencia popular, no todos los artistas itinerantes son del Ruh. Mi troupe no era un lamentable grupo de actorzuelos folclóricos de esos que cuentan chistes en las encrucijadas por unos peniques o que cantan para ganarse la cena. Nosotros éramos artistas de la corte, vasallos de lord Greyfallow. Nuestra llegada a los pueblos era un acontecimiento mayor que las Fiestas del Solsticio de Invierno y los Juegos del Solsticio de Verano juntos. Nuestra caravana solía componerse de al menos ocho carromatos, y de más de dos docenas de artistas: actores y acróbatas, músicos y prestidigitadores, juglares y bufones. Ellos eran mi familia.

Mi padre era mejor actor y mejor músico que cualquiera a quien hayas visto jamás. Mi madre tenía un don natural para las palabras. Eran ambos atractivos; tenían el cabello castaño oscuro y la risa fácil. Eran Ruh hasta la médula, y en realidad eso es lo único que hace falta decir.

Salvo quizá que mi madre fue noble antes de ser artista. Me contó que mi padre la engatusó con dulce música y dulces palabras para que abandonara «un terrible y deprimente infierno». Yo deduje que se refería a Los Tres Cruces, donde una vez fuimos a visitar a sus parientes cuando yo era muy pequeño. Una sola vez.

Mis padres nunca se casaron; con eso quiero decir que nunca se molestaron en hacer oficial su relación ante ninguna iglesia. Eso no me produce ningún tipo de bochorno. Ellos consideraban que estaban casados y que no había ninguna necesidad de anunciárselo a ningún gobierno ni a Dios. Yo lo respeto. La verdad es que parecían más satisfechos y fieles que muchas parejas oficialmente casadas que he conocido desde entonces.

Nuestro mecenas era el barón Greyfallow; ese nombre nos abría muchas puertas que normalmente les habrían estado cerradas a los Edena Ruh. A cambio, nosotros llevábamos sus colores —el verde y el gris— y acreditábamos su buena reputación allá donde íbamos. Una vez al año, pasábamos dos ciclos en su mansión, actuando para él y para el resto de los habitantes de la casa.

Fue una infancia feliz; puede decirse que crecí en medio de una función sin fin. Mi padre me leía los grandes monólogos en los largos trayectos en carromato de un pueblo a otro. Los recitaba de memoria, y su voz se oía desde más de medio kilómetro de distancia. Recuerdo que yo leía a medida que él recitaba, y que intervenía interpretando los papeles secundarios. Mi padre me animaba a atreverme con pasajes especialmente buenos, y así fue como aprendí a amar las buenas palabras.

Mi madre y yo componíamos canciones. Otras veces mis padres representaban diálogos románticos mientras yo los seguía en los libros. Entonces parecían juegos. Yo no era consciente de la astucia con que mis padres me estaban educando.

Era un niño curioso, preguntón y ávido de conocimiento. Mis maestros eran acróbatas y actores, y es asombroso que no cogiera manía a las lecciones, como les pasa a la mayoría de los niños.

Los caminos eran más seguros que hoy en día, pero, aun así, había gente que viajaba con nuestra troupe porque de ese modo se sentía más segura. Esas personas complementaron mi educación. Adquirí conocimientos rudimentarios del derecho de la Mancomunidad de un abogado itinerante demasiado borracho o demasiado pedante para darse cuenta de que le estaba dando sermones a un niño de ocho años. Aprendí los secretos del bosque de un cazador llamado Laclith que viajó con nosotros casi una estación entera.

Aprendí las sórdidas maquinaciones de la corte real de Modeg de... una cortesana. Como solía decir mi padre: «Al pan, pan y al vino, vino. Pero a una prostituta llámala siempre señora. La vida de las prostitutas es muy dura, y no cuesta nada ser respetuoso con ellas».

Hetera olía a canela, y a los nueve años yo la encontraba fascinante, aunque sin saber exactamente por qué. Ella me enseñó que no debía hacer nada en privado de lo que no quisiera que se hablara en público, y me advirtió del peligro de hablar en sueños.

Y luego vino Abenthy, mi primer maestro de verdad. Él me enseñó más que todos los otros juntos. De no ser por él, no me habría convertido en el hombre que soy hoy.

Te agradecería que no se lo tengas en cuenta, porque él lo hizo con buena intención.

—Tendréis que marcharos de aquí —dijo el alcalde—. Acampad fuera del pueblo y nadie os molestará mientras no provoquéis peleas ni os llevéis nada que no sea vuestro. —Le lanzó una mirada elocuente a mi padre—. Y mañana os vais con viento fresco. Nada de representaciones. No causan más que problemas.

—Tenemos licencia —protestó mi padre sacando una hoja de pergamino doblada del bolsillo interior de la chaqueta—. Es más, pagamos para actuar.

El alcalde negó con la cabeza y ni se molestó en leer nuestro documento de mecenazgo.

—La gente se alborota —dijo, vehemente—. La última vez hubo una pelea de mil demonios durante la función. Demasiado alcohol y demasiada excitación. La gente arrancó las puertas de la taberna y destrozó las mesas. Ese local es municipal. El ayuntamiento tiene que hacerse cargo de las reparaciones.

Nuestros carromatos ya habían empezado a despertar curiosidad. Trip estaba haciendo malabarismos. Marion y su esposa estaban montando un espectáculo de marionetas improvisado.

Yo observaba a mi padre desde la parte de atrás de nuestro carromato.

—No es nuestra intención ofenderlos ni ofender a su mecenas —prosiguió el alcalde—. Pero el pueblo no puede permitirse otra noche como aquella. Como gesto de buena voluntad, estoy dispuesto a ofrecerles un cobre a cada uno, pongamos veinte peniques, si siguen su camino y nos dejan tranquilos.

Me gustaría aclarar que veinte peniques quizá fuera un buen pellizco para una troupe de pacotilla que viviera de forma precaria. Pero para nosotros esa cifra era sencillamente insultante. El alcalde debería habernos ofrecido cuarenta peniques por actuar una sola noche; además, debería habernos garantizado el uso de la taberna, una buena comida y camas en la posada. Las camas las habríamos rechazado educadamente, pues seguro que estaban llenas de piojos y las de nuestros carromatos, no.

Si mi padre estaba sorprendido u ofendido, no se le notó.

—¡Recoged! —gritó por encima del hombro.

Trip se guardó las bolas de malabarista en varios bolsillos sin siquiera un floreo. Hubo un coro de decepción por parte de varias docenas de vecinos cuando, de repente, las marionetas se quedaron quietas y regresaron a sus baúles. El alcalde, aliviado, sacó su bolsa de dinero y extrajo dos peniques de plata.

—Informaré al barón de su generosidad —dijo mi padre con circunspección cuando el alcalde le puso las monedas en la mano.

El alcalde se quedó petrificado.

—¿Al barón?

—Al barón Greyfallow. —Mi padre hizo una pausa y buscó una muestra de reconocimiento en el rostro del alcalde—. El señor de las Marismas Orientales, de Hudumbran junto al Thiren y de los montes Wydeconte. —Mi padre miró de un extremo a otro del horizonte—. Porque todavía estamos en los montes Wydeconte, ¿verdad?

—Sí —confirmó el alcalde—. Pero el señor Semelan...

—¡Ah! ¿Estamos en el feudo de Semelan? —exclamó mi padre mirando alrededor como si hasta entonces no se hubiera ubicado—. ¿Un caballero delgado, con barbita? —Se acarició la barbilla con los dedos. El alcalde asintió, perplejo—. Un tipo encantador, con una voz preciosa. Lo conocimos el año pasado, por las Fiestas del Solsticio de Invierno, cuando estuvimos alojados en la mansión del barón.

—Ah, claro. —El alcalde hizo una pausa elocuente—. ¿Me permite ver su licencia?

Vi cómo el alcalde leía el documento. Le llevó un buen rato, porque mi padre no se había molestado en mencionar la mayoría de los títulos del barón, tales como vizconde de Montrone y señor de Trelliston. La clave del asunto era la siguiente: era verdad que Semelan controlaba aquel pequeño pueblo y todas las tierras circundantes, pero Semelan le debía fidelidad a Greyfallow. Más concretamente, Greyfallow era el capitán del barco, y Semelan fregaba la cubierta y le hacía el saludo.

El alcalde dobló la hoja de pergamino y se la devolvió a mi padre.

—Entiendo —dijo.

Eso fue todo. Recuerdo que me quedé estupefacto al ver que el alcalde no se disculpaba ni le ofrecía más dinero a mi padre.

Mi padre también hizo una pausa, y luego continuó:

—El pueblo está dentro de su jurisdicción, señor. Pero nosotros actuaremos de todas formas, ya sea aquí o fuera de los límites del municipio.

—No pueden utilizar la taberna —dijo el alcalde con firmeza—. No quiero que vuelvan a destrozarla.

—Podemos actuar aquí mismo —dijo mi padre señalando la plaza del mercado—. Hay espacio suficiente, y así la gente no tendrá que salir de la ciudad.

El alcalde vaciló; yo no podía creerlo. A veces, cuando el local público de un pueblo era demasiado pequeño, actuábamos en la plaza. Dos de nuestros carromatos podían convertirse en escenario en caso de necesidad. Pero podía contar con los dedos de las manos las veces que, en mis once años de vida, nos habían obligado a actuar en la plaza. Y nunca habíamos actuado fuera de los límites de un pueblo.

Pero al final el alcalde cedió: asintió y le hizo señas a mi padre para que se le acercara más. Salí con sigilo de la parte de atrás del carromato y me acerqué lo suficiente para oír el final de su conversación:

—... gente temerosa de Dios por estos lares. Nada vulgar ni herético. Con la última troupe que pasó por aquí tuvimos graves problemas: hubo dos peleas, gente que perdió su colada, y una de las hijas de los Branston se quedó en estado.

Me sentí ultrajado. Esperé a que mi padre le mostrara al alcalde su dominio de la ironía, y que le explicara la diferencia entre los artistillos itinerantes y los Edena Ruh. Nosotros no robábamos. No dejábamos que las cosas se descontrolaran tanto como para que una pandilla de borrachos destrozaran el local donde actuábamos.

Sin embargo, mi padre se limitó a asentir y volver hacia nuestro carromato. Le hizo señas a Trip para que siguiera haciendo malabarismos. Volvieron a sacar las marionetas de los baúles.

Mi padre rodeó el carromato y me vio de pie, medio escondido junto a los caballos.

—Por la cara que pones, supongo que habrás oído toda la conversación —dijo con una sonrisa irónica—. No se lo tengas en cuenta, hijo mío. No destaca por su elegancia, pero sí por su sinceridad. Solo ha dicho en voz alta lo que otros piensan y callan. ¿Por qué crees que os hago ir a todos por parejas cuando actuamos en ciudades más grandes?

Yo sabía que mi padre tenía razón. Sin embargo, era un trago amargo para un niño de mi edad.

—Veinte peniques —dije en tono mordaz—. Es como si nos ofreciera limosna.

Eso era lo más difícil de creer en el Edena Ruh. Somos extraños en todas partes. Mucha gente nos ve como vagabundos y mendigos, mientras que otros nos comparan con ladrones, herejes y prostitutas. Es duro que te acusen injustamente, pero aún es peor cuando los que te miran con desprecio son unos zoquetes que jamás han leído un libro ni han ido a ningún sitio que esté a más de treinta kilómetros de su pueblo natal.

Mi padre rió y me alborotó el cabello.

—Deberías sentir lástima por él, hijo. Mañana nos iremos, pero él tendrá que convivir consigo mismo hasta el día de su muerte.

—Es un ignorante y un cretino —dije con amargura.

Mi padre me puso una mano firme en el hombro para darme a entender que ya había hablado suficiente.

—Supongo que eso nos pasa por acercarnos demasiado a Atur. Mañana nos dirigiremos hacia el sur: allí hay verdes pastos, gente más amable y mujeres más hermosas. —Ahuecó una mano alrededor de una oreja, se inclinó hacia el carromato y me hincó un codo en las costillas.

—Lo estoy oyendo todo —dijo mi madre con voz dulce desde el interior. Mi padre sonrió y me guiñó un ojo.

—Bueno, ¿qué obra vamos a representar? —pregunté a mi padre—. Nada vulgar, por supuesto. La gente de por aquí es muy temerosa de Dios.

Me miró.

—¿Qué te gustaría?

Lo pensé largo rato.

—Yo representaría algo del ciclo Campo Luminoso. *La forja del camino* o algo por el estilo.

Mi padre hizo una mueca.

—No es una obra muy buena.

Me encogí de hombros.

—No lo van a notar. Además, habla todo el rato de Tehlu, así que nadie podrá quejarse de que sea vulgar. —Miré al cielo—. Solo espero que no se ponga a llover en medio de la función.

Mi padre también miró las nubes.

—Lloverá. Pero hay cosas peores que actuar bajo la lluvia.

—¿Como actuar bajo la lluvia y que te timen? —pregunté.

El alcalde vino hacia nosotros; caminaba tan aprisa como se lo permitían las piernas. Tenía la frente perlada de sudor y resoplaba un poco, como si hubiera recorrido una larga distancia.

—He estado hablando con unos miembros del ayuntamiento y hemos decidido que, si lo preferís, podéis utilizar la taberna.

Empleando con maestría el lenguaje no verbal, mi padre dejó

clarísimo que estaba ofendido, pero que era demasiado educado para manifestarlo.

—De verdad que no quisiera causarle...

—No, no. No es ninguna molestia. Es más, insisto.

—Muy bien. Si insiste usted...

El alcalde sonrió y se marchó apresuradamente.

—Bueno, eso está un poco mejor —dijo mi padre dando un suspiro—. De momento no tendremos que apretarnos el cinturón.

—Medio penique por cabeza. Eso es. Los que no tengan cabeza entran gratis. Gracias, señor.

Trip se ocupaba de la entrada y se aseguraba de que todo el mundo pagara para ver la obra.

—Medio penique por cabeza. Aunque a juzgar por el rosado brillo de sus mejillas, señora, debería cobrarle por una cabeza y media. Pero eso no es asunto mío...

Trip era el miembro de la troupe con más labia, y eso lo convertía en el candidato idóneo para la tarea de asegurarse de que nadie entrara sin pagar. Era imposible engatusarlo o acobardarlo. Con su variopinto traje de bufón, verde y gris, Trip podía decir casi lo que quisiera y salir airoso.

—Hola, mami. El pequeño no paga, pero si se pone a llorar, será mejor que le des el pecho o te lo lleves afuera. —Trip no callaba ni un momento—. Eso es, medio penique. Sí, señor, las cabezas huecas también pagan.

Aunque siempre era divertido ver trabajar a Trip, yo estaba distraído mirando un carromato que había entrado por el otro extremo del pueblo hacía cerca de un cuarto de hora. El alcalde había discutido con el anciano que lo conducía y se había marchado como un vendaval. Vi que el alcalde volvía al carromato acompañado de un individuo alto y provisto de un largo garrote; si no me equivocaba, debía de ser el alguacil.

Me venció la curiosidad y me dirigí hacia el carromato, procurando que no me vieran. El alcalde y el anciano volvían a discutir cuando me acerqué lo suficiente para oírlos. El alguacil estaba a escasa distancia, con cara de irritación y nerviosismo.

—... dicho que no tengo licencia. No necesito licencia. ¿Los vendedores ambulantes necesitan licencia? ¿Los caldereros necesitan licencia?

—Usted no es calderero —argumentó el alcalde—. No intente hacerse pasar por lo que no es.

—No intento hacerme pasar por nada —le espetó el anciano—. Soy calderero y vendedor ambulante, y más que eso. Soy arcanista, pedazo de idiota.

—Con más razón —dijo el alcalde, obstinado—. Por aquí somos temerosos de Dios. No queremos saber nada de gente que tontea con cosas oscuras que es mejor dejar en paz. Los de su clase solo causan problemas.

—¿Los de mi clase? —repitió el anciano—. ¿Qué sabe usted de los de mi clase? Seguramente, hace cincuenta años que no pasa ningún arcanista por aquí.

—Y nos gusta que sea así. Dé media vuelta y márchese por donde ha venido.

—¡Y un cuerno! No pienso pasar la noche bajo la lluvia por culpa de un cazurro como usted —dijo el anciano, muy acalorado—. No necesito su permiso para alquilar una habitación ni para hacer negocios en la calle. Y ahora, déjeme en paz o comprobará de primera mano el tipo de problemas que podemos causar los de mi clase.

El miedo pasó fugazmente por el semblante del alcalde, pero la indignación lo sustituyó rápidamente. Le hizo una seña al alguacil y dijo:

—En ese caso, pasará la noche en el calabozo por vagancia y conducta amenazadora. Lo soltaremos por la mañana, si es que ha aprendido a dominar su lengua. —El alguacil fue hacia el carromato con el garrote al lado del cuerpo.

Sin moverse de donde estaba, el anciano levantó una mano. Una intensa luz roja surgió de las esquinas delanteras de su carromato.

—Ya hay suficiente —dijo en tono amenazador—. Si no, las cosas podrían ponerse feas.

Tras un momento de sorpresa, comprendí que esa extraña luz provenía de un par de lámparas simpáticas que el anciano había instalado en su carromato. Yo había visto esas lámparas en la biblioteca de lord Greyfallow. Daban una luz más intensa que las de gas, y más firme que la de las velas o las lámparas de aceite, y duraban casi eternamente. Además eran carísimas. Habría apostado a que en aquel pueblo nadie había oído hablar de ellas ni las había visto jamás.

El alguacil se paró en seco cuando la luz empezó a intensificarse. Pero como no parecía que pasara nada, apretó la mandíbula y siguió andando hacia el carromato.

El rostro del anciano denotaba nerviosismo.

—Espere un momento —dijo al mismo tiempo que la luz roja del carromato empezaba a apagarse—. No me gustaría que...

—Cierra el pico, viejo charlatán —le cortó el alguacil. Agarró al arcanista por el brazo como si metiera la mano en un horno. Como no pasó nada, se sonrió y se sintió más seguro de sí mismo—. Si es necesario, estoy dispuesto a darte una buena tunda para que no hagas más brujerías de esas.

—Así se hace, Tom —terció el alcalde, que rebosaba de alivio—. Llévatelo, y ya enviaremos a alguien a buscar el carromato.

El alguacil sonrió y le retorció el brazo al anciano. El arcanista se dobló por la cintura y, dolorido, dejó escapar un grito ahogado.

Agazapado en una esquina, vi que la expresión del anciano pasaba del nerviosismo al dolor y a la rabia en solo un segundo. Y le vi mover los labios.

Una violenta ráfaga de viento surgió de la nada, como si de pronto, sin previo aviso, hubiera estallado una tormenta. El viento sacudió el carromato del anciano, que se levantó sobre dos ruedas para luego caer de golpe sobre las cuatro. El alguacil se tambaleó y cayó al suelo, como si lo hubiera derribado la mano de Dios. Incluso donde yo estaba escondido, casi a diez metros de distancia, el viento era tan fuerte que tuve que dar un paso adelante, como si me hubieran empujado bruscamente por la espalda.

—¡Fuera de aquí! —chilló, furioso, el anciano—. ¡No me atormentes más! ¡Le prenderé fuego a tu sangre y te invadirá un miedo frío como el hielo y duro como el hierro! —Esas palabras me resultaron vagamente familiares, pero no sabía de qué me sonaban.

El alcalde y el alguacil se dieron la vuelta y echaron a correr, con los ojos abiertos y enloquecidos como caballos espantados.

El viento cesó con la misma rapidez con que había empezado a soplar. La ráfaga no debió de durar más de cinco segundos. Como la mayoría de los vecinos se habían congregado frente a la taberna, no creí que nadie lo hubiera visto excepto yo, el alcalde, el alguacil y los asnos del anciano, que estaban completamente quietos e imperturbables en sus aparejos.

—Dejad este lugar limpio de vuestra repugnante presencia —masculló el arcanista mientras los veía marchar—. Por el poder de mi nombre ordeno que así sea.

Entonces comprendí por qué sus palabras me resultaban tan familiares: el anciano estaba recitando unos versos de la escena del exorcismo de *Daeonica*. Poca gente conocía esa obra.

El anciano se volvió hacia su carromato y empezó a improvisar:

—Os convertiré en mantequilla en un día de verano. Os convertiré en poetas con alma de sacerdotes. Os llenaré de crema de limón y os arrojaré por una ventana. —Escupió en el suelo—. Cabrones.

Se le fue pasando el enfado, y dio un hondo y cansado suspiro.

—Bueno, podría haber sido mucho peor —murmuró mientras se frotaba el hombro del brazo que el alguacil le había retorcido—. ¿Creéis que volverán con una turba detrás?

Al principio pensé que el anciano me lo decía a mí, pero entonces me percaté de que estaba hablando con sus asnos.

—Yo tampoco —les dijo—. Pero ya me he equivocado otras veces. Quedémonos cerca de los límites del pueblo y echémosle un vistazo a la avena que nos queda, ¿de acuerdo?

Subió al carromato por la parte de atrás y reapareció un momento más tarde con un gran cubo y un saco de arpillera casi vacío. Vació el saco en el cubo, y el resultado pareció desanimarlo. Separó un puñado de avena para él antes de acercarles el cubo a los asnos con el pie.

—No me miréis así —les dijo—. Las raciones son escasas para todos. Además, vosotros podéis pastar. —Acarició a uno de los animales mientras se comía su puñado de avena, parando de vez en cuando para escupir una cáscara.

Ver a aquel anciano tan solo en el camino, sin nadie con quien hablar sino sus asnos, me produjo una honda tristeza. La vida también era dura para los Edena Ruh, pero al menos nosotros siempre teníamos compañía. Aquel hombre, en cambio, no tenía a nadie.

—Nos hemos alejado demasiado de la civilización, chicos. Los que me necesitan no confían en mí, y los que confían en mí no pueden pagarme. —El anciano miró en el interior de su bolsa de dinero con los ojos entrecerrados—. Tenemos un penique y medio, de modo que nuestras opciones son limitadas. ¿Qué queremos, mojarnos esta noche o pasar hambre mañana? No vamos a trabajar, así que seguramente será o una cosa o la otra.

Asomé la cabeza hasta alcanzar a ver lo que estaba escrito en el costado del carromato del anciano:

ABENTHY: ARCANISTA SUBLIME
Escribano. Zahorí. Boticario. Dentista.
Artículos insólitos. Curo todo tipo de dolencias.
Encuentro objetos perdidos. Reparo de todo.
Horóscopos no. Filtros de amor no. Felonías no.

Abenthy me vio en cuanto asomé la cabeza desde mi escondite.

—Hola. ¿Puedo ayudarte en algo?

—¿Puedo comprarle algo con un penique?

El anciano parecía debatirse entre la curiosidad y el regocijo.

—¿Qué necesitas?

—Un poco de lacillium. —Habíamos representado *Farien el Rubio* una docena de veces en el último mes, y mi joven imaginación se había llenado de intrigas y asesinatos.

—¿Temes que te envenenen? —inquirió él con cierto asombro.

—No, no es eso. Pero me parece que si esperas hasta el momento en que sabes que necesitas un antídoto, seguramente ya es demasiado tarde para buscarlo.

—Creo que puedo venderte un penique de lacillium —dijo—. Equivaldrá a una dosis para una persona de tu tamaño. Pero es un producto peligroso. Solo cura ciertos venenos. Si lo tomas equivocadamente, puede hacerte daño.

—Ahí va —dije—. Eso no lo sabía. —En la obra lo ofrecían como panacea infalible.

Abenthy se dio unos golpecitos en los labios con un dedo, pensativo.

—Mientras tanto, ¿puedes contestarme una pregunta? —Asentí—. ¿De quién es esa troupe?

—Mía, en cierto modo —respondí—. Pero por otra parte es de mi padre, porque él dirige el espectáculo y señala el camino por donde tienen que ir los carromatos. Pero también es del barón Greyfallow, porque él es nuestro mecenas. Somos vasallos de lord Greyfallow.

El anciano me miró, risueño.

—He oído hablar de vosotros. Sois una buena troupe. Con muy buena reputación.

Asentí, pues me pareció absurdo aparentar modestia.

—¿Crees que a tu padre podría interesarle un poco de ayuda? —me preguntó—. No soy un gran actor, pero podría serle útil. Podría prepararos maquillaje y carmín sin plomo, mercurio ni arsénico. También sé hacer luces: rápidas, limpias y brillantes. De diferentes colores, si queréis.

No tuve que pensármelo mucho: las velas eran caras y vulnerables a las corrientes de aire, y las antorchas eran sucias y peligrosas. Y todos los miembros de la troupe aprendían los peligros de los cosméticos a edad muy temprana. Resultaba difícil convertirse en un artista anciano y experimentado si cada tres días te pintabas con veneno y acababas loco de atar antes de haber cumplido veinticinco años.

—Quizá me esté precipitando —dije tendiéndole una mano para que me la estrechara—, pero permítame ser el primero en darle la bienvenida a la troupe.

Si esto tiene que ser un relato completo y sincero de mi vida y de mis actos, creo que debería mencionar que los motivos que me llevaron a invitar a Ben a entrar en nuestra troupe no eran del todo altruistas. Es cierto que los cosméticos y las luces de calidad eran cosas de las que la troupe podía beneficiarse. También es cierto que había sentido lástima por aquel anciano al imaginármelo tan solo por aquellos caminos.

Pero sobre todo sentía curiosidad. Había visto a Abenthy hacer algo que yo no podía explicar, algo extraño y maravilloso. No me refiero a lo de las lámparas simpáticas; sabía muy bien que eso solo era teatro, un truco para impresionar a los pueblerinos ignorantes.

Pero lo que había hecho después era diferente. Había llamado al viento, y el viento había acudido. Eso era magia, magia de la de verdad. La clase de magia de la que yo había oído hablar en las historias sobre Táborlin el Grande. La clase de magia en que no creía desde que tenía seis años. Ya no sabía qué creer.

Así que lo invité a unirse a nuestra troupe, con la esperanza de encontrar respuestas a mis preguntas. Aunque entonces no lo sabía, yo estaba buscando el nombre del viento.

9

En el carromato de Ben

Abenthy fue el primer arcanista que conocí, una figura extraña y emocionante para un niño tan pequeño como yo. Dominaba todas las ciencias: botánica, astronomía, psicología, anatomía, alquimia, geología, química...

Era corpulento, con unos ojos chispeantes que no paraban de moverse en todas direcciones. Tenía una franja horizontal de pelo gris oscuro en la parte de atrás de la cabeza, pero (y eso es lo que mejor recuerdo de él) no tenía cejas. O mejor dicho, las tenía, pero en un estado perpetuo de renacimiento, porque se las quemaba continuamente durante sus experimentos de alquimia. Esa peculiaridad le daba un aire de sorpresa y burla.

Hablaba con dulzura, reía a menudo y nunca ejercitaba su ingenio a costa de los demás. Maldecía como un marinero borracho con una pierna rota, pero solo a sus asnos. Los animales se llamaban Alfa y Beta, y Abenthy les daba zanahorias y terrones de azúcar cuando creía que nadie lo veía. La química era su disciplina favorita, y mi padre aseguraba que jamás había conocido a nadie que manejara mejor el alambique.

Cuando Abenthy solo llevaba un par de días en la troupe, yo ya tenía por costumbre viajar en su carromato. Le hacía preguntas y él me las contestaba. Luego él me pedía que le cantara canciones, y yo las tocaba con un laúd que había tomado prestado del carromato de mi padre.

De vez en cuando, incluso cantaba. Tenía una potente voz de tenor y siempre desafinaba, buscando las notas donde no correspondía. Casi siempre que pasaba eso, paraba y se reía de sí mismo. Era un buen hombre, y nada engreído.

Un día, poco después de conocerlo, le pregunté a Abenthy qué se sentía cuando se era un arcanista.

Me miró atentamente.

—¿Conoces a algún arcanista? —preguntó.

—Una vez pagamos a uno que encontramos en el camino para que nos arreglara un eje roto. —Hice una pausa para pensar—. Se dirigía al interior con una caravana de pescado.

Abenthy hizo un ademán de desdén.

—No, no, chico. Me refiero a un arcanista de verdad, y no a un pobre hechicero de tres al cuarto que se gana la vida por las rutas de las caravanas tratando de impedir que la carne se pudra.

—¿Qué diferencia hay? —pregunté intuyendo que eso era lo que se esperaba de mí.

—Bueno —repuso él—, me llevaría tiempo explicártelo...

—Tengo todo el tiempo del mundo.

Abenthy me miró como evaluándome. Yo estaba esperando esa mirada. Era la clase de mirada que decía: «Hablas como si fueras mayor de lo que aparentas». Confiaba en que lo asumiera deprisa. Resulta tedioso que te hablen como si fueras un niño, aunque lo seas.

Abenthy respiró hondo.

—El que uno sepa hacer un par de trucos no significa que sea un arcanista. Hay gente que sabe arreglar un hueso roto o leer víntico éldico. Quizá hasta practiquen un poco de simpatía, pero...

—¿Simpatía? —le interrumpí con todo el respeto de que fui capaz.

—Supongo que tú lo llamas magia —dijo Abenthy de mala gana—. Pero en realidad no lo es. —Se encogió de hombros y continuó—: Pero aunque practiques la simpatía, eso no te convierte en arcanista. Un verdadero arcanista es el que ha estudiado el Arcano en la Universidad.

Cuando mencionó el Arcano, se me ocurrieron una docena de preguntas más. Quizá pienses que no son muchas, pero si las añades a las cincuenta preguntas que yo llevaba conmigo a todas partes, comprenderás que estaba a punto de explotar. Hice un gran esfuerzo para permanecer callado, porque quería que Abenthy continuara él solo.

Abenthy, sin embargo, se percató de mi reacción.

—Veo que has oído hablar del Arcano, ¿no? —Parecía hacerle gracia—. A ver, explícame lo que te han contado.

Ese pequeño apunte era la única excusa que yo necesitaba.

—Un niño de Temper Glen me contó que si te cortas un brazo te lo pueden coser en la Universidad. ¿Es verdad? Hay historias que dicen que Táborlin el Grande fue a la Universidad a aprender los nombres de todas las cosas. Hay una biblioteca con mil libros. ¿De verdad hay tantos?

Abenthy contestó mi última pregunta; las otras las había formulado demasiado deprisa y no le había dejado responder.

—Hay más de mil. Diez veces diez mil libros. O más. Más libros de los que jamás podrías leer. —La voz de Abenthy adquirió un deje nostálgico.

¿Más libros de los que jamás podría leer? Eso no acababa de creérmelo.

Ben continuó:

—La gente que ves viajando en las caravanas, como hechiceros que hacen que la comida no se estropee, zahoríes, adivinos, embaucadores, ellos no son verdaderos arcanistas, igual que todos los artistas itinerantes no son del Edena Ruh. Quizá sepan un poco de alquimia, un poco de simpatía, un poco de medicina. —Sacudió la cabeza—. Pero no son arcanistas de verdad.

»Hay mucha gente que asegura serlo. Llevan túnica y se dan muchos aires para aprovecharse de los ignorantes y de los ingenuos. Pero te voy a decir cómo puedes reconocer a un verdadero arcanista.

Abenthy se quitó una fina cadena que llevaba colgada del cuello y me la dio. Era la primera vez que yo veía un florín del Arcano. No llamaba mucho la atención; solo era un trozo plano de plomo con una extraña inscripción grabada.

—Eso es un verdadero *florijn*. O florín, si lo prefieres —me explicó Abenthy con cierta satisfacción—. Es la única forma infalible de saber quién es y quién no es un arcanista. Tu padre me pidió que le enseñara el mío antes de dejarme viajar con vuestra troupe. Eso demuestra que es un hombre de mundo. —Me miró con astuta indiferencia—. Incómodo, ¿verdad?

Me aguanté y asentí con la cabeza. La mano con que había cogido el florín se me había dormido. Sentía curiosidad por examinar las inscripciones del anverso y el reverso, pero pasados unos segundos se me había dormido el brazo hasta el hombro, como si me hubiera recostado toda la noche sobre él. Me pregunté si se me dormiría todo el cuerpo si seguía sujetándolo.

No tuve ocasión de comprobarlo, porque el carromato pasó por un bache y se me cayó el florín de Abenthy de la mano. El anciano lo atrapó al vuelo y volvió a colgárselo del cuello, riendo.

—¿Cómo lo soporta? —pregunté, y me froté la mano entumecida para recuperar la sensibilidad.

—Solo le produce ese efecto a los demás —me explicó—. Su propietario solo nota calor. Así es como se diferencia a un arcanista de alguien que tiene un don para encontrar agua o para predecir el tiempo.

—Trip tiene algo parecido —dije—. En todas las tiradas saca sietes.

—Eso es un poco diferente —dijo Abenthy riendo—. No es tan inexplicable como un don. —Se recostó un poco más en el asiento—. Y probablemente sea también más seguro. Hace doscientos años, uno podía darse por muerto si la gente sospechaba que tenía un don. Los tehlinos los consideraban señales diabólicas, y quemaban a la gente que los tenía. —Se puso serio.

—Nosotros hemos tenido que sacar a Trip de la cárcel un par de veces —dije tratando de aligerar el tono de la conversación—. Pero nadie ha intentado nunca quemarlo.

Abenthy esbozó una sonrisa cansada.

—Sospecho que Trip tiene un par de dados muy especiales, o una habilidad muy especial que seguramente exhibe también cuando juega a cartas. Te agradezco mucho tu oportuno comentario, pero un don es algo completamente distinto.

No soporto que me traten con condescendencia.

—Trip no haría trampas ni para salvar el cuello —dije con más aspereza de la que pretendía—. Y todos los miembros de la troupe saben distinguir unos dados buenos de unos dados amañados. Trip saca sietes. No importa qué dados use: siempre saca sietes. Si hace una apuesta con alguien, saca sietes. Si tropieza con una mesa sobre la que hay unos dados, marcan un siete.

—Hmmm. —Abenthy asintió—. Te pido disculpas. Eso sí parece un don. Me gustaría verlo.

Asentí.

—Coja sus propios dados. Hace años que no le dejamos jugar. —Entonces se me ocurrió una cosa—. Quizá ya no funcione.

Abenthy se encogió de hombros.

—Los dones no desaparecen así como así. Cuando vivía en Staup, conocí a un joven que tenía un don. Era excepcional con las plantas. —La sonrisa de Abenthy se esfumó mientras el anciano contemplaba algo que yo no podía ver—. Sus tomates estaban rojos cuando las tomateras de todos los demás todavía estaban creciendo. Sus calabazas eran más grandes y más dulces, sus uvas, nada más prensarlas y embotellarlas, enseguida se convertían en vino. —Se quedó callado, con la mirada perdida.

—¿Lo quemaron? —pregunté con la morbosa curiosidad propia de los jóvenes.

—¿Qué? No, claro que no. No soy tan viejo. —Me miró con el ceño fruncido, fingiendo severidad—. Hubo una sequía y el tipo tuvo que huir de la ciudad. A su pobre madre se le rompió el corazón.

Hubo un momento de silencio. Oí a Teren y a Shandi, que viajaban dos carromatos más adelante, ensayar unos versos de *El porquero y el ruiseñor*.

Abenthy también los escuchaba, distraídamente. Después de que Teren se perdiera a medio monólogo del jardín de Fain, me volví y miré al anciano.

—¿En la Universidad enseñan teatro? —pregunté.

Abenthy negó con la cabeza, y me miró como si le hiciera gracia mi pregunta.

—Enseñan muchas cosas, pero eso no.

Miré a Abenthy y vi que él me estaba observando a mí con sus danzarines ojos.

—¿Usted podría enseñarme alguna de esas otras cosas? —pregunté.

Me sonrió. Fue así de fácil.

A continuación Abenthy me hizo un breve repaso de cada una de las ciencias. Aunque su disciplina preferida era la química, él era partidario de una educación equilibrada. Aprendí a utilizar el sextante, la brújula, la regla de cálculo, el ábaco. Y lo más importante: aprendí a pasar sin ellos.

Al cabo de un ciclo sabía identificar todas las sustancias químicas que había en el carromato de Abenthy. Pasados dos meses sabía destilar licor hasta que era demasiado fuerte para beberlo, vendar una herida, arreglar un hueso roto y diagnosticar cientos de enfermedades a partir de sus síntomas. Conocía el proceso para fabricar cuatro tipos diferentes de afrodisíacos, tres brebajes anticonceptivos, nueve contra la impotencia y dos filtros que Abenthy llamaba simplemente «ayuda para doncellas» y acerca de cuyos propósitos era muy impreciso, aunque yo tenía mis sospechas.

Aprendí las fórmulas para preparar una docena de venenos y ácidos y un centenar de medicinas y panaceas, algunas de las cuales hasta funcionaban. Doblé mis conocimientos sobre hierbas, si no los prácticos, al menos los teóricos. Abenthy empezó a llamarme Rojo, y yo lo llamaba a él Ben, primero para desquitarme, y luego cariñosamente.

Solo ahora, después de tanto tiempo, me doy cuenta del esmero con que Ben me preparó para lo que encontraría cuando fuera a la Universidad. Lo hizo con mucha sutileza. Una o dos veces al día, intercalaba en las lecciones un pequeño ejercicio mental que yo tenía que resolver antes de proseguir con lo que estuviéramos haciendo. Me hacía jugar a «tirani» sin tablero, siguiendo los movimientos de las piedras mentalmente. Otras veces se interrumpía en medio de una conversación y me hacía repetir todo cuanto habíamos dicho en los últimos minutos, palabra por palabra.

Eso estaba mucho más allá de los sencillos ejercicios de memorización que yo había practicado para actuar en el escenario. Mi cerebro estaba aprendiendo a trabajar de una manera diferente y se estaba fortaleciendo. Mentalmente me sentía como se siente el cuerpo después de un día cortando leña, o nadando, o en la cama con una mujer. Te sientes agotado, lánguido y casi divino. Esa sensación era parecida: solo era mi intelecto lo que estaba cansado y expandido, lánguido y, de forma latente, poderoso. Notaba cómo mi mente empezaba a despertar.

A medida que progresaba, iba ganando impulso, como cuando el agua empieza a desmoronar un dique de arena. No sé si entiendes el concepto de progresión geométrica, pero esa es la mejor manera de describirlo. Mientras tanto, Ben seguía enseñándome ejercicios mentales que yo sospechaba que inventaba por pura maldad.

10

Alar y piedras

Ben cogió del suelo un pedrusco algo más grande que su puño.

—¿Qué pasará si suelto esta piedra?

Pensé un poco. Las preguntas aparentemente sencillas que surgían durante las lecciones casi nunca eran sencillas. Al final di la respuesta obvia:

—Probablemente caerá.

Ben arqueó una ceja. Llevaba varios meses entretenido con mi educación y no había tenido muchas ocasiones de quemárselas.

—¿Probablemente? Hablas como un sofista, hijo. ¿Acaso no cae siempre una piedra cuando la sueltas?

Le saqué la lengua.

—No intentes liarme. Eso es una falacia. Tú mismo me lo has enseñado.

Ben sonrió.

—De acuerdo. ¿Te parece bien decir que crees que caerá?

—Sí, me parece bien.

—Quiero que creas que cuando la suelte, caerá hacia arriba. —Su sonrisa se ensanchó.

Lo intenté. Era como hacer gimnasia mental. Al cabo de un rato hice un gesto de asentimiento.

—Vale.

—¿Estás convencido?

—No mucho —admití.

—Quiero que creas que esta piedra flotará. Tienes que creerlo con una fe capaz de sacudir árboles y de mover montañas. —Hizo una pausa y cambió de táctica—. ¿Crees en Dios?

—¿En Tehlu? Más o menos.

—Eso no basta. ¿Crees en tus padres?

Esbocé una sonrisa.

—A veces. Ahora no los veo.

Ben dio un resoplido y cogió la vara que utilizaba para espolear a Alfa y a Beta cuando se ponían vagos.

—¿Crees en esto, E'lir? —Solo me llamaba E'lir cuando consideraba que mi actitud era excesivamente obstinada. Levantó la vara para que yo la inspeccionara.

Había un destello de malicia en sus ojos. Decidí no tentar a la suerte.

—Sí.

—Bien. —Golpeó el costado del carromato con la vara, produciendo un fuerte crac. Al oír el ruido, Alfa torció una oreja; no estaba segura de si iba dirigido a ella o no—. Esa es la clase de fe que necesito. Cuando suelte esta piedra, saldrá flotando, libre como un pájaro.

Blandió un poco la vara.

—Y no me vengas con filosofías de pacotilla, o haré que te lamentes de haberte aficionado a esos jueguecillos.

Asentí con la cabeza. Puse la mente en blanco mediante uno de los trucos que ya había aprendido, y me concentré en creer. Empecé a sudar.

Pasados unos diez minutos, volví a hacer un gesto de asentimiento.

Ben soltó la piedra, que cayó al suelo.

Empezó a dolerme la cabeza.

Ben recogió la piedra.

—¿Crees que ha flotado?

—¡No! —Me froté las sienes, enfurruñado.

—Bien. No ha flotado. Nunca te engañes y percibas cosas que no existen. Ya sé que es una tentación, pero la simpatía no es un arte para los débiles de voluntad.

Volvió a coger la piedra.

—¿Crees que flotará?

—¡No ha flotado!

—No importa. Inténtalo otra vez. —Agitó la piedra—. El Alar es la piedra angular de la simpatía. Si pretendes imponerle tu voluntad al mundo, debes controlar tu capacidad de creer.

Lo intenté y lo intenté. Era lo más difícil que había hecho jamás. Me llevó casi toda la tarde.

Al final Ben consiguió soltar la piedra y que yo mantuviese mi firme creencia de que no caería, pese a que todo indicara lo contrario.

Oí el golpe de la piedra contra el suelo y miré a Ben.

—Ya lo entiendo —dije con calma y con una buena dosis de pedantería.

Ben me miró con el rabillo del ojo, como si no me creyera del todo pero no quisiese admitirlo. Con aire ausente, golpeteó la piedra con una uña, luego se encogió de hombros y la levantó en alto.

—Quiero que creas que, cuando la suelte, esta piedra caerá y no caerá. —Se sonrió.

Esa noche me acosté tarde. Me sangraba la nariz y sonreía de satisfacción. Mantuve ambas creencias en mi mente y dejé que su disonancia me calmara hasta quedarme dormido.

Pensar en dos cosas distintas a la vez, además de resultar asombrosamente eficaz, era muy parecido a cantar uno mismo las dos voces de una canción. Se convirtió en uno de mis juegos favoritos. Después de dos días practicando, podía cantar un trío. Poco después, había conseguido el equivalente mental a hacer desaparecer cartas y hacer malabarismos con puñales.

Hubo muchas lecciones más, pero ninguna resultó tan fundamental como la del Alar. Ben también me enseñó el Corazón de Piedra, un ejercicio mental que te permitía apartar tus emociones y tus prejuicios y pensar con lucidez en lo que quisieras. Ben aseguraba que un hombre que dominara de verdad el Corazón de Piedra podía ir al funeral de su hermana sin derramar ni una sola lágrima.

También me enseñó un juego llamado «buscar la piedra». El juego consistía en hacer que una parte de tu mente escondiera una piedra imaginaria en una habitación imaginaria. Luego, otra parte de tu mente tenía que encontrarla.

En la práctica, mediante esa técnica se desarrolla un valioso control mental. Si aprendes a jugar a «buscar la piedra», consigues un Alar duro como el hierro, que es lo que necesitas para practicar la simpatía.

Sin embargo, aunque pensar en dos cosas a la vez resulta enormemente útil, el entrenamiento que se precisa para dominar esa habilidad es cuando menos frustrante, y a veces, muy perturbador.

Recuerdo una ocasión en que busqué la piedra durante casi una hora antes de consentir en preguntarle a la otra mitad de mí dónde la había escondido. Pues bien, resulta que no había escondido la piedra. Solo quería saber cuánto rato buscaría antes de rendirme. ¿Alguna vez has estado a la vez enfadado y contento contigo mismo? Es un sentimiento interesante, por no decir más.

En otra ocasión pedí pistas, y acabé burlándome de mí mismo. No es de extrañar que muchos arcanistas sean un poco excéntricos, por no decir que están absolutamente chalados. Como había dicho Ben, la simpatía no es para los débiles de voluntad.

11

El vínculo de hierro

Estaba sentado en la parte de atrás del carromato de Abenthy. Era un lugar maravilloso para mi tierna mente, con centenares de botellas y paquetes, impregnado de un millar de olores. Por lo general lo encontraba más divertido que el carro de un calderero; sin embargo, ese día estaba muy desanimado.

La noche anterior había llovido mucho, y el camino se había convertido en un lodazal. Como la troupe no tenía ningún programa determinado, habíamos decidido esperar un par de días y dejar que los caminos se secaran. Era algo que ocurría con frecuencia, y Ben aprovechó esa pausa en el camino para darle un empujón a mi educación. Así que estaba sentado ante la mesa de madera de la parte de atrás del carromato de Ben, enfurruñado ante la perspectiva de pasarme todo el día oyéndole darme lecciones sobre cosas que yo ya entendía.

Mis pensamientos debían de reflejarse en mi cara, porque Abenthy suspiró y se sentó a mi lado.

—No es exactamente lo que esperabas, ¿verdad?

Me relajé un poco, porque sabía que ese tono significaba un aplazamiento temporal de la lección. Ben cogió un puñado de drabines de hierro que había sobre la mesa y los juntó con cuidado.

Entonces me miró.

—¿Sabrías hacer malabarismos con todos a la vez? ¿Y con cinco pelotas? ¿Y con cuchillos?

Me ruboricé un poco. Recordé que, al principio, Trip ni siquiera me dejaba probar con tres pelotas a la vez. Me hacía practicar con dos. Y se me habían caído un par de veces. Se lo dije a Ben.

—Muy bien —repuso él—. Cuando aprendas este truco podremos pasar a otro. —Pensé que iba a levantarse para continuar con la lección, pero no lo hizo.

Me mostró el puñado de drabines de hierro.

—¿Qué sabes de estos objetos? —Los hizo sonar en la mano.

—¿En qué sentido? —pregunté—. ¿Físicamente, químicamente, históricamente...?

—Históricamente. —Ben sonrió—. Sorpréndeme con tus conocimientos de nimiedades históricas, E'lir. —En una ocasión le había preguntado qué significaba E'lir, y Ben me había contestado que significaba «el sabio»; pero, por la forma en que había torcido la boca al decirlo, yo tenía mis dudas.

—Hace mucho tiempo, el pueblo que...

—¿Cuánto tiempo?

Fruncí el ceño y lo miré con acritud.

—Unos dos mil años. Los pueblos nómadas que deambulaban por las estribaciones de los montes Shalda se reunieron bajo el mando de un jefe.

—¿Cómo se llamaba?

—Heldred. Sus hijos se llamaban Heldim y Heldar. ¿Quieres que te recite todo el linaje o puedo ir al grano? —pregunté mirándolo a los ojos.

—Discúlpeme, señor. —Ben se enderezó en el asiento y adoptó una expresión de embeleso que nos hizo sonreír a ambos.

Proseguí:

—Heldred acabó controlando las estribaciones que rodean los montes Shalda. Eso significaba que controlaba también las montañas. Empezaron a cultivar la tierra, abandonaron su estilo de vida nómada y poco a poco empezaron a...

—¿Eso es ir al grano? —preguntó Abenthy. Tiró los drabines en la mesa, delante de mí.

Lo ignoré lo mejor que pude.

—Controlaban la única fuente de metal abundante y fácilmente accesible en muchos kilómetros a la redonda, y pronto se convirtieron también en los trabajadores más diestros de esos metales. Explotaron esa ventaja y obtuvieron gran cantidad de riqueza y poder.

»Hasta ese momento, el trueque era el sistema más habitual de comercio. Había ciudades más grandes que acuñaban su propia moneda, pero fuera de esas ciudades, el dinero solo valía el peso del metal. Las barras de metal eran mejores para el trueque, pero resultaba incómodo transportarlas.

Ben me miró con su mejor cara de alumno aburrido. El efecto solo quedó ligeramente inhibido por el hecho de que, un par de días atrás, había vuelto a quemarse las cejas.

—No irás a entrar en los méritos de la moneda figurativa, ¿verdad?

Inspiré hondo y me propuse no chinchar tanto a Ben durante las lecciones.

—Los hasta entonces nómadas, que en aquellos tiempos ya recibían el nombre de ceáldimos, fueron los primeros en establecer una moneda estandarizada. Si cortas una de esas barras pequeñas en cinco partes, obtienes cinco drabines. —Empecé a hacer dos pilas de cinco drabines para ilustrar mi explicación. Parecían pequeños lingotes de metal—. Diez drabines equivalen a una iota de cobre; diez iotas...

—Muy bien —intervino Ben cuando yo no lo esperaba—. De modo que estos dos drabines —cogió un par y me los acercó para que los examinara— podrían proceder de la misma barra, ¿no?

—Bueno, seguramente los fundieron por separado... —Me callé al ver la severa mirada de Ben—. Sí, claro.

—Entonces, todavía hay algo que los conecta, ¿no? —Volvió a traspasarme con la mirada.

Yo no estaba de acuerdo, pero sabía que no era el momento adecuado para interrumpir.

—Sí.

Ben dejó los dos drabines en la mesa.

—Así pues, cuando mueves uno, el otro también debería moverse, ¿no?

En aras del argumento le di la razón, y luego alargué la mano para mover uno. Pero Ben detuvo mi gesto negando con la cabeza.

—Antes tienes que recordárselo —dijo—. En realidad, antes tienes que convencerlos.

Cogió un cuenco y, lentamente, vertió en él una gota de resina de pino. Mojó uno de los drabines en la resina y lo juntó con el otro; pronunció unas palabras que no identifiqué y, poco a poco, separó las dos piezas. La resina se estiró entre los dos drabines formando unos filamentos.

Ben dejó una moneda en la mesa y se quedó la otra en la mano. Entonces murmuró unas palabras más y se relajó.

Levantó la mano, y la moneda que estaba encima de la mesa imitó su movimiento. Ben agitó la mano, y la pieza de hierro marrón empezó a moverse por el aire.

Dejó de mirarme y miró la moneda.

—La ley de la simpatía es uno de los fundamentos de la magia. Establece que cuanto más parecidos son dos objetos, mayor es su relación simpática. Cuanto mayor es la relación, más fácilmente se influencian uno a otro.

—Tu definición es circular.

Dejó la moneda en la mesa. La máscara de profesor de Ben dio paso a una sonrisa mientras el arcanista intentaba, sin mucho éxito, limpiarse la resina de las manos con un trapo. Caviló un rato y dijo:

—No parece muy útil, ¿verdad?

Asentí pero indeciso. Las preguntas con trampa eran muy comunes cuando estábamos estudiando.

—¿Preferirías aprender a llamar al viento? —Sus ojos danzaron sobre mi rostro. Murmuró una palabra, y el techo de lona del carromato se agitó alrededor de nosotros.

Noté cómo una sonrisa lobuna se apoderaba de mi cara.

—Lo siento, E'lir. —La sonrisa de Ben también era lobuna, casi salvaje—. Antes de aprender a escribir tienes que aprender el alfabeto. Antes de aprender a tocar y a cantar tienes que aprender los acordes.

Sacó una hoja de papel y anotó un par de palabras en ella.

—El truco consiste en fijar el Alar con firmeza en tu mente. Tienes que creer que están conectados. Tienes que saber que están conectados. —Me dio la hoja—. Aquí tienes la transcripción fonética. Se llama Vínculo Simpático del Movimiento Paralelo. Practica. —Viejo, entrecano y sin cejas, cada vez se parecía más a un lobo.

Fue a lavarse las manos. Vacié mi mente mediante el Corazón de Piedra. Al cabo de unos instantes me sentí flotar en un mar de desapasionada calma. Enganché las dos monedas de metal con resina de pino. Fijé el Alar en mi mente y me concentré en la inquebrantable creencia de que aquellos dos drabines estaban conectados. Pronuncié las palabras, separé las monedas, dije la última palabra y esperé.

No sentí ninguna oleada de poder. No sentí frío ni calor. No descendió sobre mí ningún rayo de luz.

Estaba muy decepcionado. Es decir, todo lo decepcionado que podía estar con el Corazón de Piedra. Levanté la moneda con una mano, y la moneda que estaba encima de la mesa se levantó sola, imitando el movimiento de la otra. Era magia, de eso no cabía ninguna duda. Pero me quedé muy impasible. Yo esperaba... No sé qué esperaba, pero desde luego algo muy diferente.

Pasé el resto del día experimentando con el sencillo vínculo simpático que Abenthy me había enseñado. Aprendí que se podía unir casi todo. Un drabín de hierro y un talento de plata; una piedra y un trozo de fruta; dos ladrillos; un terrón y un asno. Tardé unas dos horas en comprender que no necesitaba la resina de pino. Cuando se lo comenté a Ben, él admitió que la resina solo era una ayuda para la concentración. Creo que le sorprendió que lo hubiera averiguado por mis propios medios.

Déjame resumir de manera breve el concepto de simpatía, dado que seguramente tú nunca necesitarás tener más que una vaga comprensión de cómo funcionan esas cosas.

En primer lugar, la energía no puede crearse ni destruirse. Cuando levantas un drabín y el otro se levanta él solo de la mesa, el que tienes en la mano pesa como si los estuvieras levantando los dos, porque en realidad lo estás haciendo.

Eso, en teoría. En la práctica, notas como si estuvieras levantando tres drabines. Ningún vínculo simpático es perfecto. Cuanto más diferentes son los objetos, más energía se pierde en el proceso. Imagina un acueducto que pierde agua y que conduce a una noria. Un buen vínculo simpático tiene muy pocas pérdidas, y aprovecha la mayor parte de la energía. Un mal vínculo está lleno de agujeros; solo una pequeña parte del esfuerzo que pones en ello va hacia lo que tú quieres hacer.

Intenté, por ejemplo, unir un trozo de tiza y una botella de cristal llena de agua. Había muy poca similitud entre los dos objetos, así que aunque la botella de agua pesara un kilo, cuando intenté levantar la tiza me pareció que pesaba veinticinco. El mejor vínculo que encontré fue el de una rama que había partido por la mitad.

Cuando hube comprendido ese ejercicio de simpatía, Ben me enseñó otros. Docenas de vínculos simpáticos. Un centenar de pequeños trucos para canalizar la fuerza. Cada uno de ellos era una palabra diferente del vasto vocabulario que yo estaba empezando a conocer. Muchas veces era tedioso; no te lo cuento con más detalles para no aburrirte.

Ben seguía dándome lecciones de otras disciplinas: historia, aritmética y química; sin embargo, lo que más me interesaba era la simpatía. Ben compartía sus secretos con moderación, y me hacía demostrarle que dominaba uno antes de pasar al siguiente. Pero por lo visto, yo tenía un don, más allá de mi afición natural a absorber conocimientos, de modo que nunca tenía que esperar demasiado.

No estoy diciendo que el camino siempre fuera llano. La misma curiosidad que me convertía en un alumno tan entusiasta me causaba problemas con cierta regularidad.

Una noche, cuando encendía el fuego para cocinar de mis padres, mi madre me sorprendió cantando una canción que había aprendido el día anterior. No me había percatado de que mi madre estaba detrás de mí, así que se quedó escuchándome mientras yo golpeaba un leño contra otro y, distraído, recitaba:

Siete cosas guarda lady Lackless
bajo su negro vestido:
un anillo que no es para ponerse,
una palabra que es casi un gemido.
Junto al cirio de su esposo
hay una puerta sin pomo;
en una caja sin tapa ni candado
encierra Lackless las piedras de su amado.
Ella tiene un secreto guardado,
que sueña en vez de dormir sin tardanza;
por un camino que no es el trillado
lady Lackless lía su adivinanza.

Se la había oído cantar a una niña que iba por la calle dando saltitos. Solo la había oído dos veces, pero se me había quedado grabada. Era una canción pegadiza, como casi todas las canciones infantiles.

Mi madre me oyó y se acercó al fuego.

—¿Qué era eso que cantabas, cielo? —No lo dijo con enfado, pero me di cuenta de que tampoco estaba contenta.

—Es una canción que oí en Fallows —contesté de manera evasiva. Tenía prohibido jugar con los niños de los pueblos por los que pasábamos. «La desconfianza se convierte rápidamente en aversión —subrayaba mi padre a los nuevos miembros de la troupe—, así que cuando estemos en un pueblo manteneos juntos y sed educados.» Puse unos troncos más gruesos en el fuego y dejé que las llamas los acariciaran.

Mi madre se quedó un rato callada, y cuando yo ya empezaba a pensar que no seguiría insistiendo, me dijo:

—No me gusta esa canción. ¿Te has parado a pensar en su significado?

La verdad era que no. Parecía un poemilla sin sentido. Pero cuando la repetí mentalmente, caí en la cuenta de que encerraba claras alusiones sexuales.

—No, no lo había pensado.

Su expresión se suavizó un tanto, y se agachó para acariciarme el cabello.

—Piensa siempre en lo que cantas, cariño.

Por lo visto, me había librado; pero no pude evitar preguntar:

—¿Qué diferencia hay con algunos pasajes de *Después de tan larga espera*? Es como cuando Fain le pregunta a lady Perial por su sombrero. «Tantos hombres me han hablado de él que quería verlo con mis propios ojos y probármelo.» Es evidente a qué se refiere.

Vi cómo mi madre componía una expresión firme, ni enfadada ni contenta. Entonces cambió algo en su cara.

—Dime tú dónde está la diferencia —dijo.

Yo detestaba las preguntas con trampa. La diferencia era obvia: una me metería en un lío, y la otra, no. Esperé un poco para demostrar que había reflexionado lo suficiente sobre el asunto, y luego sacudí la cabeza.

Mi madre se arrodilló ante el fuego y se calentó las manos.

—La diferencia es... Ve a buscar el trébede, ¿quieres? —Me dio un empujoncito; me levanté y fui a la parte de atrás del carromato mientras ella continuaba—: La diferencia consiste en decirle algo a una persona y decir algo sobre una persona. Lo primero puede ser una grosería, pero lo segundo es, siempre, un chisme.

Le llevé el trébede y la ayudé a montarlo sobre el fuego.

—Además, lady Perial solo es un personaje ficticio. En cambio, lady Lackless es una persona real, con sentimientos que pueden resultar heridos. —Levantó la cabeza y me miró.

—No lo sabía —argumenté poniendo cara de culpabilidad.

Debí de lograr una expresión digna de lástima, porque mi madre me abrazó y me dio un beso.

—No es nada grave, tesoro. Pero recuerda que tienes que pensar siempre lo que estás haciendo. —Me pasó una mano por la cabeza y sonrió, radiante como el sol—. Creo que podrías reconciliarte conmigo y con lady Lackless si encontraras unas ortigas para la cena de esta noche.

Cualquier pretexto para eludir un juicio y jugar un rato en la maraña de arbustos que había junto al camino me parecía bueno. Me marché casi antes de que mi madre hubiera terminado la frase.

También debería aclarar que gran parte del tiempo que pasaba con Ben lo sacaba de mi tiempo libre. Yo seguía teniendo mis obligaciones en la troupe. Interpretaba el papel del joven paje siempre que era necesario. Ayudaba a pintar los decorados y a coser los trajes. Por la noche almohazaba los caballos, y cuando había que imitar truenos agitaba una plancha de hojalata detrás del escenario.

Pero no me importaba ocupar así mi tiempo libre. Mi infinita energía infantil y mi insaciable afán de conocimiento hicieron del siguiente año uno de los más felices que recuerdo.

12

Piezas de rompecabezas que encajan

Hacia finales del verano, oí, sin proponérmelo, una conversación que me sacó de mi estado de dichosa ignorancia. Cuando somos niños, casi nunca pensamos en el futuro. Esa inocencia nos deja libres para disfrutar como pocos adultos pueden hacerlo. El día que empezamos a preocuparnos por el futuro es el día que dejamos atrás nuestra infancia.

Era de noche, y la troupe había acampado en el margen del camino. Abenthy me había pedido que practicara otro ejercicio de simpatía: la Máxima de Calor Variable Transferido al Movimiento Constante, o algo igual de pretencioso.

Era difícil, pero había conseguido hacerlo encajar como una pieza de rompecabezas. Me había llevado unos quince minutos, y por el tono de Abenthy, deduje que él había calculado que tardaría al menos tres o cuatro horas.

Así que fui a buscarlo. En parte para que me pusiera más trabajo, y en parte para pavonearme un poco.

Lo encontré en el carromato de mis padres. Los oí a los tres mucho antes de verlos. Sus voces eran meros murmullos, la música distante que produce la conversación cuando está demasiado oscuro para hablar. Pero al acercarme, oí claramente una palabra: Chandrian.

Me paré en seco. Todos los miembros de la troupe sabíamos que mi padre estaba componiendo una canción. Llevaba más de un año sonsacándoles viejas historias y canciones a los habitantes de los pueblos en que parábamos a actuar.

Durante meses recopiló historias sobre Lanre. Luego empezó a recopilar también antiguos cuentos de hadas, leyendas sobre ojáncanos y engendros. Y entonces empezó a hacer preguntas sobre los Chandrian...

De eso hacía meses. En el último medio año había preguntado más sobre los Chandrian y menos sobre Lanre, Lyra y los demás. La mayoría de las canciones que mi padre componía estaban terminadas en una estación, mientras que en esa llevaba ya dos años trabajando.

También debes saber que mi padre nunca dejaba que nadie oyera ni una palabra, ni el más leve susurro, de una canción hasta que consideraba que estaba lista para ser tocada. Solo le hacía confidencias a mi madre, pues mi madre intervenía en la composición de todas las canciones de mi padre. La gracia de la música era de mi padre; los mejores versos eran de mi madre.

Cuando llevas ciclos, o incluso meses, esperando oír una canción, la expectación añade sabor. Pero al cabo de un año, la emoción empieza a agriarse. Ya había pasado un año y medio, y la gente se moría de curiosidad. Ocasionalmente, eso daba pie a discusiones cuando, por ejemplo, sorprendían a alguien pasando demasiado cerca de nuestro carromato mientras mis padres trabajaban.

De modo que me acerqué con sigilo al fuego de mis padres. Escuchar a hurtadillas es una costumbre deplorable, pero desde entonces he desarrollado otras peores.

—... gran cosa sobre ellos —oí decir a Ben—. Pero me gustaría.

—Me alegro de poder hablar con un hombre culto sobre el asunto. —La potente voz de barítono de mi padre contrastaba con la voz de tenor de Ben—. Estoy harto de estos pueblerinos supersticiosos, y...

Alguien echó un tronco al fuego, y el chisporroteo me impidió oír lo que dijo mi padre a continuación. Me acerqué lo más aprisa que pude y me agazapé bajo la larga sombra del carromato de mis padres.

—... como si persiguiera fantasmas con esta canción. Intentar recomponer esta historia es una quimera. Ojalá no la hubiera empezado nunca.

—No digas tonterías —intervino mi madre—. Esta será tu mejor obra, y tú lo sabes.

—Entonces, ¿crees que existe una historia original de la que proceden todas las demás? —preguntó Ben—. ¿Crees que Lanre tiene una base histórica?

—Todo apunta a que sí —respondió mi padre—. Es como mirar a una docena de nietos y ver que diez de ellos tienen los ojos azules. Sabes que la abuela también tenía los ojos azules. Lo he hecho otras veces; se me da bien. Así fue como escribí «Bajo las murallas». Pero... —Le oí suspirar.

—¿Qué pasa? ¿Qué problema hay?

—Esta historia es más antigua —explicó mi madre—. Es como si mirara a unos ta-ta-tataranietos.

—Y están esparcidos por todos los rincones del mundo —refunfuñó mi padre—. Y cuando por fin encuentro a uno, tiene cinco ojos; dos verdes, uno azul, uno castaño y otro verde ambarino. Y el siguiente solo tiene un ojo, que cambia de color. ¿Así cómo voy a extraer conclusiones?

Ben carraspeó.

—Una analogía inquietante —concedió—. Pero no me importa que me interrogues sobre los Chandrian. He oído muchas historias a lo largo de los años.

—Lo primero que necesito saber es cuántos son —dijo mi padre—. La mayoría de las historias afirman que siete, pero ni siquiera en eso se ponen de acuerdo. En algunas son tres; otras, cinco; y en *La caída de Felior* son trece: uno por cada pontificato de Atur, y uno más por la capital.

—Eso sí lo sé —dijo Ben—. Son siete. De eso puedes estar seguro. De hecho, su mismo nombre lo dice: *Chaen* significa siete. *Chaen-dian* significa «siete de ellos». De ahí viene Chandrian.

—No lo sabía —repuso mi padre—. *Chaen*. ¿En qué idioma? ¿En íllico?

—Parece temán —comentó mi madre.

—Tienes buen oído —dijo Ben—. En realidad es témico. Es unos mil años anterior al temán.

—Bueno, eso simplifica las cosas —oí decir a mi padre—. Ojalá te lo hubiera preguntado hace un mes. Y supongo que no sabrás por qué hacen lo que hacen, ¿verdad? —Comprendí, por el tono de voz de mi padre, que no esperaba obtener una respuesta.

—Ese es el verdadero misterio, ¿no? —dijo Ben con una risita—. Supongo que eso es lo que los hace más temibles que el resto de los seres fantásticos de que hablan las historias. Un fantasma busca venganza, un demonio quiere tu alma, un engendro tiene hambre y frío. Eso los hace menos aterradores. Las cosas que entendemos podemos intentar controlarlas. Pero los Chandrian aparecen como un rayo en un cielo despejado. Son pura destrucción, sin sentido y sin motivo.

—Mi canción tendrá las dos cosas —dijo mi padre con decisión—. Creo que después de tanto tiempo he descubierto sus motivos. Los he deducido juntando partes de diferentes historias. Eso es lo más mortificante: tener la parte más difícil acabada y que todos esos pequeños detalles me causen tantos problemas.

—¿Crees que lo sabes? —preguntó Ben, intrigado—. ¿Cuál es tu teoría?

Mi padre soltó una risita.

—No, Ben. Tendrás que esperar, como los demás. Esta canción me ha hecho sudar mucho, y no voy a revelar su esencia hasta que esté terminada.

Detecté desilusión en la voz de Ben cuando refunfuñó:

—Estoy seguro de que esto solo es una artimaña para que siga viajando con vosotros. No podré marcharme hasta que haya oído esa maldita canción.

—Entonces ayúdanos a terminarla —terció mi madre—. Las señales de los Chandrian son otra información clave que nos está costando mucho aclarar. Todo el mundo coincide en que hay señales que alertan de su presencia, pero nadie se pone de acuerdo sobre cuáles son.

—Déjame pensar... —dijo Ben—. El fuego azul es evidente, por supuesto. Pero no estoy seguro de si debe atribuirse en particular a los Chandrian. En algunas historias indica, simplemente, la presencia de demonios. En otras, de seres fata, o de cualquier tipo de magia.

—Conozco algunas en que también es una señal de presencia de partículas nocivas en el aire —aportó mi madre.

—Ah, ¿sí? —dijo mi padre.

Mi madre asintió.

—Cuando una lámpara arde con llama azul, sabes que hay grisú en la atmósfera.

—Dios mío, grisú en una mina de carbón —dijo mi padre—. Apaga la llama y piérdete en la oscuridad, o déjala arder y haz que explote todo. Eso me daría más miedo que los demonios.

—También admito el hecho de que ciertos arcanistas utilizan ocasionalmente velas o antorchas amañadas para impresionar a los aldeanos ingenuos —dijo Ben carraspeando con afectación.

Mi madre rió.

—No olvides con quién estás hablando, Ben. Nosotros nunca le reprocharíamos a nadie su sentido de la teatralidad. De hecho, las velas azules quedarían muy bien la próxima vez que representemos *Daeonica*. Si es que encuentras un par por algún sitio.

—Veré lo que puedo hacer —dijo Ben, jocoso—. Otras señales... Se supone que una es tener los ojos como las cabras, o no tener ojos, o tenerlos negros. Eso lo he oído a menudo. También he oído decir que las plantas se mueren cuando los Chandrian andan cerca. La madera se pudre, el metal se oxida, los ladrillos se desmenuzan... —Hizo una pausa—. Aunque no sé si eso son varias señales, o una sola.

—Ahora empiezas a entender los problemas que tengo —dijo mi padre con aire taciturno—. Y por otra parte está por determinar si todos comparten las mismas señales, o si cada uno tiene las suyas.

—Ya te lo he dicho —dijo mi madre con exasperación—. Una señal para cada uno. Es mucho más lógico.

—Es la teoría favorita de mi señora esposa —dijo mi padre—. Pero no encaja. En la mayoría de las historias, la única señal es el fuego azul. En otras, hay animales que enloquecen y, en cambio, no hay fuego azul. En otras, hay un hombre con ojos negros y animales que enloquecen y fuego azul.

—Ya te he dicho cómo interpretarlo —dijo ella. Su tono, irritado, indicaba que mis padres ya habían mantenido otras veces esa discusión—. No tienen por qué aparecer siempre juntos. Podrían ir en grupos de tres o de cuatro. Si uno de ellos hace que se apague el fuego, parecerá lo mismo que si todos ellos hicieran apagarse el fuego. Eso explicaría las diferencias entre las historias. Diferentes números y diferentes señales, dependiendo de los grupos que formen.

Mi padre masculló algo.

—Tienes una esposa muy inteligente, Arl —dijo Ben, suavizando la tensión—. ¿Por cuánto me la venderías?

—La necesito para trabajar, desgraciadamente. Pero si te interesa alquilármela por una breve temporada, estoy seguro de que podríamos llegar a un... —Se oyó un golpazo, blando, seguido de una risita y un quejido de mi padre—. ¿Se te ocurre alguna otra señal?

—Dicen que son fríos al tacto. Aunque no me explico cómo pueden saberlo. He oído que el fuego no arde cuando están cerca. Aunque eso contradice directamente lo del fuego azul. Podría...

El viento sopló más fuerte, agitando los árboles. El susurro de las hojas no me dejó oír lo que decía Ben. Aproveché el ruido para acercarme sigilosamente un poco más al carromato.

—... y estar «enyuntados a las sombras», aunque no sé qué significa eso —oí decir a mi padre cuando amainó el viento.

Ben emitió un gruñido.

—Yo tampoco lo sé. Oí una historia en la que los descubrían porque sus sombras apuntaban en una dirección ilógica, hacia la luz. Y otra en la que a uno de ellos lo llamaban «adumbrado». Algo así como «fulanito el Adumbrado». Vaya, no logro recordar el nombre.

—Hablando de nombres, esa es otra cosa con la que tengo problemas —dijo mi padre—. He recopilado un par de docenas y me gustaría que me dieras tu opinión. La mayoría...

—Mira, Arl —lo interrumpió Ben—, te agradecería que no los dijeras en voz alta. Me refiero a los nombres propios. Si quieres puedes escribirlos en el suelo, o voy a buscar una pizarra, pero prefiero que no los pronuncies. Ya sabes lo que dicen: más vale prevenir que curar.

Se hizo un profundo silencio. Me quedé quieto, con un pie en alto, temiendo que me hubieran oído.

—No me miréis así —dijo Ben con irritación.

—Es que nos has sorprendido, Ben —dijo la dulce voz de mi madre—. No pareces una persona supersticiosa.

—No lo soy —dijo Ben—. Soy prudente, que no es lo mismo.

—Claro —concedió mi padre—. Yo nunca...

—Guárdate eso para tus clientes, Arl —le cortó Ben sin disimular su enfado—. Eres demasiado buen actor para que se te note, pero sé muy bien cuándo alguien me considera un chiflado.

—Es que no me lo esperaba, Ben —se disculpó mi padre—. Eres una persona culta, y yo estoy harto de la gente que toca hierro y derrama la cerveza en cuanto menciono a los Chandrian. Solo estoy reconstruyendo una historia; no juego con las artes oscuras.

—Bueno, escuchadme bien. Me caéis demasiado bien para dejar que penséis que soy un viejo chiflado —dijo Ben—. Además, después quiero hablar con vosotros de un asunto, y necesito que me toméis en serio.

El viento siguió aumentando, y aproveché el ruido para recorrer el trozo que me faltaba. Bordeé con sigilo el carromato de mis padres y me asomé entre un velo de hojas. Estaban los tres sentados alrededor del fuego: Ben encima de un tocón, acurrucado bajo su capa, marrón y deshilachada; mis padres enfrente de él —mi madre, recostada sobre mi padre—, con una manta que los cubría a los dos.

Ben cogió una jarra de arcilla, llenó una taza de cuero y se la dio a mi madre. Cuando habló, le salió vaho por la boca.

—¿Qué sienten en Atur con relación a los demonios? —preguntó.

—Les tienen miedo. —Mi padre se dio unos golpecitos en la sien—. Tanta religión les reblandece el cerebro.

—¿Y en Vintas? —preguntó Ben—. Muchos son tehlinos. ¿Sienten lo mismo?

Mi madre sacudió la cabeza.

—Piensan que es un poco absurdo. Sus demonios son metafóricos.

—Entonces, ¿de qué tienen miedo por la noche en Vintas?

—De los Fata —contestó mi madre.

Mi padre dijo al mismo tiempo:

—De los draugar.

—Ambos tenéis razón, dependiendo de la región del país —dijo Ben—. Y aquí, en la Mancomunidad, la gente se muere de risa cuando alguien menciona cualquiera de esas dos cosas. —Señaló los árboles con un amplio movimiento del brazo—. Pero aquí, cuando llega el otoño, todos se cuidan de no atraer la atención de los engendros.

—Sí, tienes razón —concedió mi padre—. Para ser un buen artista tienes que conocer a tu público.

—Sigues pensando que estoy loco —dijo Ben, risueño—. Mira, si mañana entráramos en Biren y alguien te dijera que hay engendros en los bosques, ¿le creerías? —Mi padre negó con la cabeza—. ¿Y si te lo dijeran dos personas? —Mi padre volvió a negar.

Ben se inclinó hacia delante.

—¿Y si una docena de personas te dijeran, muy serias, que había engendros en los campos de cultivo, comiendo...?

—Claro que no les creería —dijo mi padre con enfado—. Es ridículo.

—Claro que lo es —concedió Ben levantando un dedo—. Pero la cuestión es esta: ¿entrarías en el bosque?

Mi padre se quedó pensativo y muy quieto.

Ben asintió.

—Sería una temeridad ignorar las advertencias de medio pueblo, aunque vosotros no creáis en las mismas cosas que ellos. Si no teméis a los engendros, ¿a qué teméis?

—A los osos.

—A los bandidos.

—Unos temores muy sensatos, tratándose de artistas itinerantes —observó Ben—. Unos temores que los aldeanos no entienden. Cada lugar tiene sus pequeñas supersticiones, y todo el mundo se ríe de lo que piensa la gente que vive al otro lado del río. —Los miró con seriedad—. Pero ¿alguno de los dos ha oído una canción humorística sobre los Chandrian? Apuesto un penique a que no.

Mi madre negó con la cabeza tras un momento de reflexión. Mi padre dio un largo trago antes de imitarla.

—Mirad, yo no digo que los Chandrian estén ahí fuera, surgiendo como rayos de un cielo despejado. Pero los temen en todas partes. Normalmente, eso tiene una explicación.

Ben sonrió e inclinó su taza de arcilla, tirando al suelo las últimas gotas de cerveza.

—Y los nombres son cosas extrañas. Peligrosas —prosiguió el arcanista mirando con fijeza a mis padres—. Eso lo sé muy bien porque soy un hombre culto. Y si también soy un poco supersticioso... —Se encogió de hombros—. Bueno, eso es asunto mío. Soy viejo. Tenéis que ser tolerantes conmigo.

Mi padre asintió, pensativo.

—Es curioso. Nunca me había fijado en que todo el mundo trata igual a los Chandrian. Debí percatarme de ello antes. —Sacudió la cabeza como si quisiera despejarse—. Supongo que podemos dejar lo de los nombres para más adelante. ¿Qué era eso de lo que querías hablarnos?

Me preparé para escabullirme antes de que me descubrieran, pero lo que dijo Ben a continuación me dejó paralizado, y no pude dar ni un paso.

—Seguramente no os habréis dado cuenta, porque sois sus padres. Pero vuestro joven Kvothe es muy inteligente. —Ben se sirvió más cerveza y le ofreció la jarra a mi padre, que la rechazó—. De hecho, «inteligente» es poco, poquísimo.

Mi madre miró a Ben por encima del borde de su taza.

—Eso lo sabe cualquiera que haya pasado cierto tiempo con el chico, Ben. No sé por qué tendría que sorprenderle a nadie. Y menos a ti.

—Creo que no sois plenamente conscientes de la situación —continuó Ben estirando las piernas hasta que casi tocó el fuego con los pies—. ¿Le costó mucho aprender a tocar el laúd?

Mi padre se mostró un poco sorprendido por el repentino cambio de tema.

—No, no mucho. ¿Por qué?

—¿Cuántos años tenía?

Mi padre se tiró un poco de la barba. En medio del silencio, la voz de mi madre sonó como una flauta:

—Ocho.

—Piensa en cuando tú empezaste a tocar. ¿Te acuerdas de qué edad tenías? ¿Te acuerdas de la clase de dificultades que encontraste? —Mi padre seguía tirándose de la barba, pero ahora tenía una expresión más reflexiva y la mirada distante.

Abenthy continuó:

—Estoy convencido de que aprendió cada acorde, cada digitación a la primera, sin vacilar y sin protestar. Y que cuando cometía un error, nunca volvía a repetirlo. ¿Me equivoco?

Mi padre parecía un poco perturbado.

—Sí, más o menos. Pero le costaba, igual que a todo el mundo. Tenía especial dificultad con el *mi*. Le costaban mucho el *mi* menor y el *mi* mayor.

Mi madre intervino con voz queda:

—Yo también lo recuerdo, cariño, pero creo que eso era porque tenía las manos muy pequeñas. Era un crío...

—Estoy seguro de que no tardó en superar ese impedimento —dijo Ben—. Tiene unas manos maravillosas; mi madre las habría llamado manos de mago.

Mi padre sonrió.

—Las ha heredado de su madre: delicadas pero fuertes. Perfectas para fregar cacharros, ¿verdad, mujer?

Mi madre le dio un manotazo; luego le cogió una mano a su esposo y se la abrió para enseñársela a Ben.

—Mi hijo tiene las mismas manos que su padre: elegantes y suaves. Perfectas para seducir a las hijas de los nobles. —Mi padre quiso protestar, pero ella no le hizo caso—. Con esos ojos y esas manos, no habrá ni una sola mujer a salvo en el mundo cuando mi hijo empiece a correr detrás de las faldas.

—Cuando empiece a cortejar doncellas, querida —la corrigió mi padre.

—No discutamos sobre matices de significado —repuso ella—. No es más que una persecución, y creo que compadezco a las mujeres castas que huyen y se pierden el final de la carrera. —Ladeó ligeramente la cabeza, y mi padre se inclinó y la besó en la comisura de los labios.

—Amén —dijo Ben levantando su taza.

Mi padre rodeó a mi madre con un brazo y le dio un apretón.

—Sigo sin saber a dónde quieres llegar, Ben.

—Todo lo que hace lo hace así: rápido como el rayo, y sin apenas cometer errores. Seguro que sabe de memoria todas las canciones que le habéis cantado alguna vez. Sabe mejor que yo lo que hay en mi carromato.

Cogió la jarra y le quitó el tapón de corcho.

—Pero no es simple memorización. El chico entiende las cosas. La mitad de lo que yo me había propuesto enseñarle ya lo había descubierto él por sus propios medios.

Ben volvió a llenarle la taza a mi madre.

—Tiene once años. ¿Conocéis a algún niño de su edad que hable como él? En parte, eso es consecuencia de vivir en un ambiente tan liberal. —Ben señaló los carromatos—. Sin embargo, lo que más interesa a la mayoría de los niños de once años es aprender a jugar a cabrillas en el río y a hacer girar un gato sujetándolo por la cola.

Mi madre soltó una risa cantarina, pero Abenthy seguía muy circunspecto.

—Hablo en serio. He tenido alumnos mayores que él a los que les habría encantado hacerlo la mitad de bien. —Sonrió—. Si yo tuviera sus manos y una cuarta parte de su ingenio, dentro de un año me estarían sirviendo en bandejas de plata.

Se produjo un silencio. Mi madre dijo en voz baja:

—Recuerdo cuando no era más que un crío y empezaba a caminar. Siempre estaba mirándolo todo. Con unos ojos brillantes y claros que parecía que quisieran absorber el mundo entero. —Le temblaba un poco la voz. Mi padre la abrazó, y ella recostó la cabeza en su pecho.

El siguiente silencio fue más largo. Estaba a punto de escabullirme cuando mi padre dijo:

—¿Qué propones que hagamos? —Su voz era una mezcla de preocupación y orgullo paternal.

Ben esbozó una sonrisa amable.

—Solo que penséis en las opciones que queréis ofrecerle cuando llegue el momento. Vuestro hijo dejará su huella en el mundo como uno de los mejores.

—Uno de los mejores ¿qué? —preguntó mi padre.

—Lo que él quiera. Si se queda aquí, estoy seguro de que se convertirá en el próximo Illien.

Mi padre sonrió. Illien es el héroe de los artistas itinerantes. El único Edena Ruh verdaderamente famoso de toda la historia. Todas nuestras mejores y más antiguas canciones hablan de él.

Es más, cuenta la leyenda que Illien fue quien reinventó el laúd. Illien era maestro luthier, y transformó el arcaico, frágil y poco manejable laúd de corte en el maravilloso y versátil laúd de siete cuerdas que utilizamos hoy en día. Esas mismas historias aseguran que el laúd de Illien tenía ocho cuerdas.

—Illien. Me gusta esa idea —dijo mi madre—. Vendrían reyes de muy lejos a oír tocar a mi pequeño Kvothe.

—Su música pararía las riñas de taberna y las guerras de fronteras —dijo Ben sonriendo.

—Mujeres salvajes —añadió mi padre, entusiasmado— posarían los pechos en su cabeza.

Hubo un silencio atónito. Entonces mi madre dijo, despacio y con tono amenazante:

—Querrás decir «Bestias salvajes posarían la cabeza en su regazo».

—Ah, ¿sí?

Ben tosió y continuó:

—Si decide hacerse arcanista, estoy seguro de que conseguirá un cargo en la corte antes de cumplir veinticuatro años. Si se le mete en la cabeza ser comerciante, medio mundo será suyo antes de morir.

Mi padre arrugó la frente. Ben sonrió y dijo:

—No te preocupes por esa última opción. Tu hijo es demasiado curioso para ser comerciante.

Ben hizo una pausa, como si escogiera con mucho cuidado las palabras que iba a decir a continuación.

—Lo aceptarían en la Universidad. No por su edad, por supuesto. En teoría no los aceptan hasta los diecisiete años, pero no tengo ninguna duda de que...

No oí el resto de la frase. ¡La Universidad! Para mí, la Universidad era como la corte de los Fata para la mayoría de los niños: un lugar mítico reservado para soñar con él. Una escuela del tamaño de una ciudad pequeña. Una biblioteca con diez veces diez mil libros. Personas que sabían la respuesta a tantas preguntas como se me ocurriera formular...

Cuando volví a prestarles atención, estaban callados.

Mi padre miraba a mi madre, que seguía acurrucada bajo su brazo.

—¿Qué te parece, mujer? ¿Acaso te acostaste con algún dios vagabundo hace doce años? Eso resolvería nuestro pequeño misterio.

Mi madre le dio un manotazo, y se quedó pensativa.

—Ahora que lo pienso, una noche, hace unos doce años, se me acercó un hombre. Me cubrió de besos y de acordes de laúd. Me robó la honra y me raptó. —Hizo una pausa—. Pero no tenía el pelo rojo. No, no pudo ser él.

Sonrió, traviesa, a mi padre, que se quedó un poco turbado. Entonces mi madre le dio un beso, y él se lo devolvió.

Así es como me gusta recordarlos todavía hoy. Me marché sin hacer ruido, con la cabeza llena de ideas sobre la Universidad.

13

Interludio: sangre bajo la piel

En la posada Roca de Guía reinaba el silencio. Rodeaba a los dos hombres que estaban sentados a una mesa en una habitación, por lo demás, vacía. Kvothe había dejado de hablar, y si bien parecía que estuviera mirándose las manos entrelazadas, en realidad su pensamiento estaba muy lejos de allí. Cuando finalmente levantó la cabeza, casi pareció sorprenderle encontrar a Cronista sentado al otro lado de la mesa, con la pluma suspendida sobre el tintero.

Kvothe exhaló un suspiro y le hizo una seña a Cronista para que dejara de escribir. El escribano obedeció y secó el plumín con un trapo limpio antes de dejar la pluma sobre la mesa.

—Necesito beber algo —anunció de pronto Kvothe, como si eso lo sorprendiera—. No acostumbro a hablar tanto últimamente, y tengo la boca seca. —Se levantó de la mesa con un ágil movimiento y se dirigió hacia la barra entre el laberinto de mesas vacías—. Puedo ofrecerte de todo: cerveza negra, vino blanco, sidra con especias, chocolate, café...

Cronista arqueó una ceja.

—¿Tienes chocolate? Qué maravilla. No esperaba encontrar una cosa así tan lejos de... —Carraspeó educadamente—. Bueno, de ninguna parte.

—Aquí, en la Roca de Guía, tenemos de todo —dijo Kvothe con un ademán que abarcó la vacía estancia—. Excepto clientes, por supuesto. —Sacó una jarra de barro cocido de debajo de la barra y la puso encima con un ruido hueco. Suspiró y gritó—: ¡Bast! Trae un poco de sidra, ¿quieres?

Detrás de la puerta que había al fondo del local sonó una ininteligible respuesta.

—Bast —dijo Kvothe con fastidio, pero al parecer demasiado bajo para que lo oyeran.

—¡Mueve el culo y baja a buscarla! —gritó la voz desde el sótano—. Estoy ocupado.

—¿Tienes un empleado? —preguntó Cronista.

Kvothe se acodó en la barra y sonrió con indulgencia.

Pasados unos instantes, al otro lado de la puerta se oyó a alguien con botas de suela dura que subía una escalera de madera. Entonces apareció Bast, murmurando por lo bajo.

Vestía con sencillez: una camisa negra de manga larga remetida en unos pantalones negros; unos pantalones negros remetidos en unas botas negras de piel blanda. Tenía una cara de facciones afiladas y delicadas, casi hermosa, con unos asombrosos ojos azules.

Llevó una jarra a la barra; caminaba con una elegancia extraña que no resultaba desagradable.

—¿Un cliente? —dijo con reproche—. ¿Y no podías bajar a buscarla tú? Estaba leyendo *Celum Tinture*. Llevas casi un mes insistiendo en que lo lea.

—¿Sabes qué les hacen en la Universidad a los alumnos que escuchan a sus maestros a hurtadillas, Bast? —preguntó Kvothe con aire de superioridad.

Bast se puso una mano en el pecho y empezó a declarar su inocencia.

—Bast... —Kvothe lo miró con severidad.

Bast cerró la boca, y por un instante pareció que intentaría ofrecer una excusa; pero entonces dejó caer los hombros.

—¿Cómo lo has sabido?

Kvothe rió.

—Llevas una eternidad evitando ese libro. O te has convertido de repente en un alumno excepcionalmente aplicado, o estabas haciendo algo que no debías.

—¿Qué les hacen en la Universidad a los alumnos que escuchan a hurtadillas? —preguntó Bast, intrigado.

—No tengo ni idea. A mí nunca me pillaron. Creo que obligarte a sentarte y escuchar el resto de mi historia será suficiente castigo. Pero ¡qué modales! —añadió Kvothe volviéndose hacia la taberna—. Estamos desatendiendo a nuestro invitado.

Cronista estaba cualquier cosa menos aburrido. Tan pronto como Bast entró en la habitación, Cronista había empezado a observarlo con curiosidad. A medida que avanzaba la conversación, la expresión de Cronista iba volviéndose más desconcertada e intensa.

Para ser justos, deberíamos aclarar algo sobre Bast. A primera vista, parecía un joven del montón, aunque atractivo. Pero tenía algo especial. Llevaba unas botas negras de piel blanda, por ejemplo. Al menos, eso era lo que veías si lo mirabas. Pero si lo mirabas con el rabillo del ojo, y si él estaba de pie bajo la sombra adecuada, lo que veías era completamente diferente.

Y si tenías cierto tipo de mente, el tipo de mente que ve realmente lo que mira, quizá notaras que tenía unos ojos extraños. Si tu mente tenía el excepcional talento de no dejarse engañar por sus propias expectativas, quizá vieras algo más en esos ojos, algo extraño y maravilloso.

Es por eso por lo que Cronista había estado mirando con fijeza al joven pupilo de Kvothe, tratando de decidir qué era eso que le hacía parecer diferente. Cuando terminó la conversación entre Kvothe y Bast, la mirada de Cronista podía describirse como intensa por lo menos, por no decir grosera. Cuando Bast se dio la vuelta, Cronista abrió mucho los ojos y desapareció el escaso color de su cara.

Cronista metió una mano debajo de su camisa y se arrancó algo que llevaba colgado del cuello. Lo puso encima de la mesa, tan lejos como alcanzaba su brazo, entre él y Bast. Todo eso lo hizo en unas milésimas de segundo, y sin que sus ojos se apartaran del joven moreno que estaba junto a la barra. El rostro de Cronista reflejaba serenidad cuando apretó firmemente el disco de metal contra la mesa.

—Hierro —dijo. Su voz tenía una extraña resonancia, como si fuera una orden que había que obedecer.

Bast se dobló por la cintura, como si hubiera recibido un puñetazo en el estómago; estiró los labios mostrando los dientes e hizo un ruido entre un gruñido y un grito. Moviéndose con una velocidad sinuosa y nada natural, se llevó una mano a la nuca y se puso en tensión para enderezarse.

Todo pasó en un abrir y cerrar de ojos. Sin embargo, asombrosamente, Kvothe había sujetado a Bast por la muñeca con una mano de largos dedos. Sin notarlo, o sin importarle, Bast se lanzó hacia Cronista, pero se quedó clavado, como si la mano de Kvothe fuera un grillete. Bast forcejeó violentamente para soltarse, pero Kvothe permaneció de pie detrás de la barra, con un brazo estirado, inmóvil como el acero o la piedra.

—¡Quieto! —La voz de Kvothe hendió el aire como un precepto, y sus palabras resonaron en el silencio que se produjo a continuación, furiosas y afiladas—. No voy a permitir peleas entre mis amigos. Ya he perdido a demasiados sin ellas. —Miró a Cronista—. Deshaz eso o lo romperé yo.

Cronista se quedó quieto un instante, impresionado. Entonces movió los labios y, con un ligero temblor, apartó la mano del círculo de metal mate que había puesto sobre la mesa.

La tensión desapareció del cuerpo de Bast, y por un instante quedó lánguido como una muñeca de trapo; Kvothe seguía sujetándolo desde detrás de la barra. Tembloroso, Bast consiguió enderezarse y apoyarse en la barra. Kvothe lo miró a los ojos y le soltó la muñeca.

Bast se dejó caer en un taburete sin dejar de mirar a Cronista. Se movía con cuidado, como quien tiene una herida reciente.

Y había cambiado. Los ojos que observaban a Cronista todavía eran de un asombroso azul marino, pero no había ni pizca de blanco en ellos; eran como piedras preciosas, o como una honda charca del bosque. Y en lugar de las botas negras de piel blanda tenía unas elegantes y hendidas pezuñas.

Kvothe le hizo una seña imperiosa a Cronista para que se acercara; entonces se volvió y agarró dos vasos de cristal grueso y una botella, aparentemente al azar. Puso los vasos en la barra, mientras Bast y Cronista se miraban con recelo.

—Bueno —dijo Kvothe con enfado—, ambos habéis actuado de forma comprensible, pero eso no significa que ninguno de los dos os hayáis comportado correctamente. Así que será mejor que empecemos de nuevo.

Respiró hondo.

—Bast, te presento a Devan Lochees, también conocido como Cronista. Sin duda alguna, un gran narrador, recordador y recopilador de historias. Además, si no me equivoco, consumado miembro del Arcano, Re'lar como mínimo, y una de las quizá dos veintenas de personas en el mundo que conocen el nombre del hierro.

»Sin embargo —prosiguió Kvothe—, pese a todas esas virtudes, parece un poco ingenuo con relación a los usos mundanos. Como demuestra su absoluta falta de ingenio al emprender un ataque casi suicida contra el que supongo que es el primer ser fata que ha tenido la suerte de ver.

Cronista permaneció quieto durante la presentación, observando a Bast como si fuera una serpiente.

—Cronista, te presento a Bastas, hijo de Remmen, príncipe del Crepúsculo y del Telwyth Mael. El alumno más inteligente, es decir, el único alumno al que he tenido la desgracia de instruir. Seductor, barman y, no menos importante, amigo mío.

»Quien, en sus ciento cincuenta años de vida, por no mencionar mis casi dos años de tutela personal, ha conseguido no aprender unos cuantos hechos importantes. El primero es este: atacar a un miembro del Arcano lo bastante hábil para realizar un vínculo de hierro es una estupidez.

—¡Él me ha atacado a mí! —protestó Bast, acalorado.

Kvothe lo miró con frialdad.

—Yo no he dicho que tu reacción no estuviera justificada. He dicho que es una estupidez.

—Le habría ganado.

—Es muy probable. Pero habrías resultado herido, y él habría resultado herido o muerto. ¿No recuerdas que te lo he presentado como mi invitado?

Bast no dijo nada, pero su expresión seguía siendo beligerante.

—Muy bien —dijo Kvothe con crispada jovialidad—. Ya os he presentado.

—Encantado —dijo Bast con frialdad.

—Igualmente —replicó Cronista.

—No hay ninguna razón para que vosotros dos no seáis amigos —continuó Kvothe con irritación—. Y así no es como se saludan los amigos.

Bast y Cronista se miraron a los ojos, pero no se movieron.

Kvothe dijo en voz baja:

—Si no acabáis con esta estupidez, podéis marcharos los dos ahora mismo. Uno lo hará con un pequeño fragmento de historia, y el otro podrá empezar a buscarse otro maestro. Si hay algo que no voy a tolerar es el delirio del orgullo.

La intensidad de la débil voz de Kvothe hizo que los otros dos dejaran de mirarse. Y cuando se volvieron y lo miraron, les pareció que detrás de la barra había alguien muy diferente. El jovial posadero había desaparecido, y en su lugar había un personaje fiero y misterioso.

«Qué joven es —se dijo Cronista, admirado—. No puede tener más de veinticinco años. ¿Cómo no me di cuenta antes? Me partiría con las manos como si fuera una astilla para encender el fuego. ¿Cómo pude tomarlo por un posadero, ni que fuera un instante?»

Entonces reparó en los ojos de Kvothe. Se habían vuelto de un verde tan oscuro que parecían negros. «Es a él a quien he venido a ver —se dijo—. Este es el hombre que ha aconsejado a reyes y que ha recorrido viejos caminos sin otra guía que su ingenio. Este es el hombre cuyo nombre tanto han elogiado como maldecido en la Universidad.»

Kvothe miró con fijeza a Cronista y luego a Bast; ninguno de los dos pudo sostenerle mucho rato la mirada. Tras una pausa incómoda, Bast ofreció su mano. Cronista vaciló un instante antes de alargar un brazo rápidamente, como si metiera la mano en el fuego.

No pasó nada; ambos parecían un tanto sorprendidos.

—Asombroso, ¿verdad? —observó Kvothe con tono mordaz—. Cinco dedos y sangre bajo la piel. Casi se diría que al otro lado de esa mano había una persona.

El sentimiento de culpa se reflejó en el semblante de los dos hombres. Se soltaron la mano.

Kvothe vertió el líquido de la botella verde en los vasos. Ese sencillo gesto lo cambió. Se fue apagando hasta ser el de antes, hasta que no quedó casi nada del hombre de ojos oscuros que estaba detrás de la barra hacía solo un instante. Cronista se quedó un momento sin saber qué hacer mientras contemplaba al posadero, que tenía una mano envuelta en un trapo de hilo.

—Bueno. —Kvothe les acercó los vasos—. Coged vuestras bebidas, sentaos a una mesa y hablad. Cuando vuelva, no quiero encontrar ningún cadáver ni el edificio en llamas. ¿De acuerdo?

Bast sonrió, turbado, mientras Cronista tomaba los vasos y volvía a la mesa. Bast lo siguió y, antes de sentarse, regresó a la barra y cogió también la botella.

—No os paséis con eso —los previno Kvothe antes de desaparecer en la cocina—. No quiero oíros reír mientras cuento mi historia.

Los dos hombres iniciaron una tensa y titubeante conversación, y Kvothe se fue a la cocina. Regresó unos minutos más tarde, con queso y una hogaza de pan moreno, pollo y salchichas fríos, mantequilla y miel.

Se trasladaron a una mesa más grande; Kvothe sacó las bandejas; volvía a ser el animado posadero de siempre. Cronista lo miraba con disimulo; le costaba creer que ese hombre que tarareaba y cortaba las salchichas pudiera ser la misma persona que estaba detrás de la barra unos minutos atrás, con esos ojos oscuros y terribles.

Mientras Cronista cogía su papel y sus plumas, Kvothe estudió el ángulo de los rayos de sol que entraban por la ventana con gesto pensativo. Al final se volvió hacia Bast y dijo:

—¿Has oído mucho?

—Casi todo, Reshi —confesó Bast, sonriente—. Tengo buen oído.

—Estupendo. No tenemos tiempo para retroceder. —Inspiró hondo—. Sigamos, pues. Preparaos, porque ahora la historia da un giro. Un giro hacia abajo. Todo se vuelve más oscuro. Y aparecen nubes en el horizonte.

14

El nombre del viento

El invierno es la época del año floja para las troupes itinerantes, pero Abenthy le sacó provecho y se puso a enseñarme simpatía en serio. Sin embargo, como suele pasar, especialmente tratándose de niños, lo que yo había imaginado era mucho más emocionante que la realidad.

No sería correcto que dijera que la simpatía me decepcionó. Pero la verdad es que me decepcionó. No coincidía con el concepto que yo tenía de la magia.

Resultaba útil, eso no podía negarse. Ben utilizaba la simpatía para iluminar nuestros espectáculos. Con simpatía se podía hacer fuego sin pedernal o levantar pesos sin necesidad de utilizar aparatosas cuerdas y poleas.

Pero el día que nos conocimos, Ben había llamado al viento. Eso no era mera simpatía. Eso era magia de la de los libros de cuentos. Ese era el secreto que yo más anhelaba descubrir.

El deshielo primaveral había quedado atrás, y la troupe recorría los bosques y los campos de la región occidental de la Mancomunidad. Yo viajaba, como de costumbre, en la parte delantera del carromato de Ben. El verano había decidido presentarse de nuevo y el campo estaba verde y crecido.

Llevábamos cerca de una hora tranquilos. Ben dormitaba con las riendas sueltas en una mano cuando el carromato golpeó una piedra y nos sacó a ambos de nuestros respectivos ensueños.

Ben se enderezó en el asiento y se dirigió a mí en un tono que yo tenía clasificado como «Tengo un enigma para ti».

—¿Cómo harías hervir un hervidor lleno de agua?

Miré alrededor y vi una gran piedra en el margen del camino. La señalé.

—El sol debe de haber calentado esa piedra. La vincularía al agua del hervidor y utilizaría el calor de la piedra para llevar el agua a ebullición.

—¿Piedra a agua? No es un vínculo muy eficaz —me reprendió Ben—. Solo una quinceava parte acabaría calentando el agua.

—Funcionaría.

—De acuerdo. Pero es una chapuza. Tú puedes hacerlo mejor, E'lir.

Entonces empezó a gritar a Alfa y a Beta, una señal de que estaba de un humor excelente. Los animales se lo tomaron con más calma que nunca, pese a que Ben los acusó de cosas que estoy seguro de que ningún asno, y mucho menos Beta, que tenía una moral impecable, jamás ha hecho voluntariamente.

Ben se interrumpió en plena invectiva y me preguntó:

—¿Cómo derribarías ese pájaro? —Señaló un halcón que sobrevolaba un campo de trigo que había a un lado del camino.

—No creo que lo derribara. No me ha hecho nada.

—Hipotéticamente.

—Eso digo, hipotéticamente. No lo derribaría.

Ben rió.

—Bien dicho, E'lir. Pero exactamente ¿cómo no lo harías? Detalles, por favor.

—Le pediría a Teren que lo derribara.

Ben asintió, pensativo.

—Muy bien, muy bien. Sin embargo, es un asunto entre el pájaro y tú. Ese halcón —lo señaló, indignado— ha insultado a tu madre.

—Ah. Entonces mi honor exige que defienda personalmente el buen nombre de mi madre.

—Claro que sí.

—¿Tengo a mano una pluma?

—No.

—Tehlu, dame paciencia para no... —Ben me miró con desaprobación, y me guardé lo que iba a decir—. No te gusta ponerme las cosas fáciles, ¿verdad?

—Es una costumbre molesta que cogí de un estudiante demasiado listo para su propio bien. —Sonrió—. ¿Qué podrías hacer si tuvieras una pluma?

—La vincularía al pájaro y lo enjabonaría con jabón de lejía.

Ben arrugó la frente.

—¿Con qué tipo de vínculo?

—Químico. Seguramente un segundo catalizador.

Hizo una pausa.

—Un segundo catalizador... —Se rascó la barbilla—. ¿Para disolver el aceite que suaviza la pluma?

Asentí.

Ben miró el pájaro.

—No se me había ocurrido —dijo con un deje de admiración. Lo tomé como un cumplido.

»Sin embargo —volvió a mirarme—, no tienes plumas. ¿Cómo lo haces bajar?

Cavilé unos minutos, pero no se me ocurrió nada. Decidí probar suerte y cambiar el rumbo de la lección.

—Llamaría al viento —dije con indiferencia— y le haría derribar al pájaro.

Ben me miró como dándome a entender que sabía exactamente lo que me traía entre manos.

—Y ¿cómo harías eso, E'lir?

Me pareció intuir que Ben estaba dispuesto, por fin, a revelarme el secreto que había guardado todo el invierno. Al mismo tiempo tuve una idea.

Inspiré hondo y pronuncié unas palabras para vincular el aire de mis pulmones al aire de fuera. Fijé el Alar en mi mente, puse el pulgar y el índice delante de los labios fruncidos y soplé entre ellos.

Noté una débil ráfaga de viento detrás de mí que me alborotó el cabello y que tensó brevemente la lona que cubría el carromato. Quizá solo fuera una coincidencia, pero de todas formas, una sonrisa exultante se apoderó de mi cara. Por unos instantes no hice sino sonreír como un loco mirando a Ben, que me observaba, a su vez, con incredulidad.

Entonces noté que algo me oprimía el pecho, como si estuviera bajo el agua.

Intenté aspirar, pero no pude. Un poco aturdido, seguí intentándolo. Era como si me hubiera caído de espaldas y me hubiera quedado sin aire en los pulmones.

De pronto comprendí qué había hecho. Noté un súbito sudor frío y, desesperado, agarré a Ben por la camisa, apuntándome el pecho, el cuello y la boca abierta.

La expresión de Ben pasó de la perplejidad al pánico.

Reparé en lo quieto que estaba todo. No se movía ni una brizna de hierba. Hasta el ruido que hacía el carromato parecía amortiguado, como si pasara a lo lejos.

El terror se apoderó de mi mente y borró todos mis pensamientos. Empecé a arañarme el cuello, abriéndome la camisa. Oía los latidos de mi corazón. Intentaba respirar, pero un fuerte dolor me oprimía el pecho.

Moviéndose más deprisa de lo que jamás lo había visto moverse, Ben me agarró por los jirones de la camisa y saltó del asiento del carromato. Aterrizando en la hierba del margen del camino, me tiró al suelo con tanta fuerza que, de haber tenido algo de aire en los pulmones, me lo habría sacado.

Me revolcaba, a ciegas, y las lágrimas resbalaban por mi cara. Sabía que iba a morir. Me ardían los ojos. Arañé frenéticamente el suelo con unas manos entumecidas y frías como el hielo.

Oí gritar a alguien, pero los gritos parecían muy lejanos. Ben se arrodilló a mi lado, pero el cielo se estaba oscureciendo detrás de él. Ben parecía casi enajenado, como si escuchara algo que yo no podía oír.

Entonces me miró; solo recuerdo sus ojos, que parecían distantes y llenos de un poder terrible, desapasionados y fríos.

Me miró. Movió los labios. Invocó al viento.

Me estremecí como una hoja en una tormenta. Y oí un trueno negro.

Lo siguiente que recuerdo es que Ben me ayudó a levantarme. Me pareció ver que paraban otros carromatos y que la gente nos miraba con curiosidad. Mi madre salió de su carromato y, antes de que llegara al nuestro, Ben fue a hablar con ella, riendo y tranquilizándola. No oí qué le decía, porque estaba concentrado en respirar hondo.

Los otros carromatos reemprendieron la marcha, y, sin decir nada, seguí a Ben al suyo. Hizo como si estuviera muy entretenido arreglando las cuerdas que sujetaban la lona. Me recompuse y le ayudé lo mejor que pude hasta que hubo pasado el último carromato de la troupe.

Cuando levanté la cabeza, Ben me miró, furioso.

—¿En qué estabas pensando? —me dijo en voz baja—. ¿En qué? ¡Dime! ¿En qué estabas pensando?

Yo nunca lo había visto tan alterado. Estaba muy tenso, como si todo su cuerpo formara un nudo de rabia. Y temblaba. Echó un brazo hacia atrás para pegarme y... se controló. Un instante después dejó caer la mano al lado del cuerpo.

Empezó a moverse metódicamente, comprobando el estado de las últimas cuerdas, y luego subió al carromato. Como no sabía qué otra cosa hacer, lo seguí.

Ben sacudió las riendas, y Alfa y Beta echaron a andar. Éramos los últimos de la caravana. Ben dirigía la vista al frente. Me palpé la pechera desgarrada de la camisa. Nos rodeaba un tenso silencio.

Lo que había hecho era una tremenda estupidez. Al vincular mi aliento al aire que me rodeaba, había provocado que me fuera imposible respirar. Mis pulmones no tenían suficiente fuerza para desplazar tanto volumen de aire. Habría necesitado una caja torácica como un fuelle de hierro. Habría tenido la misma suerte si hubiera intentado beberme un río o levantar una montaña.

Viajamos unas dos horas en medio de un silencio incómodo. El sol acariciaba las copas de los árboles cuando por fin Ben aspiró hondo y soltó el aire con un suspiro explosivo. Me pasó las riendas.

Cuando lo miré, me di cuenta por primera vez de lo mayor que era. Yo ya sabía que Ben estaba a punto de cumplir su tercera veintena, pero hasta ese momento nunca había aparentado la edad que tenía.

—Antes le he mentido a tu madre, Kvothe. Nos ha visto, y estaba preocupada por ti. —Mientras hablaba no apartaba la mirada del carromato que iba delante del nuestro—. Le he dicho que estábamos ensayando una cosa para una función. Es una buena mujer. No se merece que le mintamos.

Seguimos un rato en un doloroso silencio, pero todavía faltaban unas horas para el ocaso cuando oí unas voces que gritaban «¡Itinolito!» más adelante. El bandazo que dio nuestro carromato al pasar de la calzada de tierra al margen de hierba sacó a Ben de su ensimismamiento.

Miró alrededor y vio que todavía brillaba el sol.

—¿Por qué paramos tan pronto? ¿Hay un árbol atravesado en el camino?

—No, es un itinolito. —Señalé la losa de piedra que se alzaba por encima de los techos de los carromatos que iban delante de nosotros.

—¿Qué?

—De vez en cuando encontramos uno en el camino. —Volví a señalar el itinolito, que asomaba por encima de las copas de los árboles más pequeños que había junto al camino. Como la mayoría de los itinolitos, era un rectángulo bastamente tallado, de más de tres metros de altura. Los carromatos que estaban formando un círculo alrededor de él parecían inconsistentes comparados con la sólida presencia de la piedra—. También los llaman «piedras erguidas», pero yo he visto muchos que no estaban de pie, sino tumbados de lado. Siempre que encontramos uno paramos a pasar el día, a menos que tengamos muchísima prisa. —Me interrumpí, porque me di cuenta de que estaba balbuceando.

—Yo los conocía por otro nombre. Rocas de Guía —comentó Ben en voz baja. Parecía cansado y muy anciano. Al cabo de un rato me preguntó—: ¿Por qué paráis cuando encontráis uno?

—No lo sé. Para descansar. —Pensé un momento—. Dicen que traen buena suerte. —Me habría gustado poder añadir algo más para alargar la conversación, porque Ben parecía interesado, pero no se me ocurrió nada.

—Debe de ser eso. —Ben guió a Alfa y a Beta hasta un sitio alejado de la piedra y de los otros carromatos—. Ven a la hora de cenar o después. Tenemos que hablar. —Se dio la vuelta sin mirarme y empezó a desenganchar a Alfa del carromato.

Nunca había visto a Ben de ese humor. Corrí hacia el carromato de mis padres, temiendo haber estropeado las cosas entre nosotros dos.

Encontré a mi madre sentada delante de un fuego recién encendido, añadiendo lentamente ramitas para alimentarlo. Mi padre estaba sentado detrás de ella, masajeándole el cuello y los hombros. Al oírme correr hacia ellos, ambos levantaron la cabeza.

—¿Puedo cenar con Ben esta noche?

Mi madre miró a mi padre y luego a mí.

—No quiero que te conviertas en una carga para él, corazón.

—Ben me ha invitado. Si voy ahora, podré ayudarle a instalarse para pasar la noche.

Mi madre sacudió los hombros y mi padre siguió masajeándoselos. Entonces me sonrió.

—Está bien, pero no te quedes hasta muy tarde. Dame un beso —añadió tendiéndome los brazos, y yo la abracé y la besé.

Mi padre también me besó.

—Dame tu camisa. Así tendré algo que hacer mientras tu madre prepara la cena. —Me la quitó y pasó los dedos por los desgarrones—. Esta camisa está llena de agujeros, más de los que debería.

Empecé a balbucear una explicación, pero él hizo un ademán de indiferencia.

—Ya lo sé, ya lo sé. Ha sido por una buena causa. Procura tener más cuidado o la próxima vez tendrás que coserla tú mismo. Tienes otra en el baúl. Tráeme aguja e hilo ahora que estás aquí, por favor.

Corrí a la parte de atrás del carromato y me puse una camisa limpia. Mientras revolvía buscando aguja e hilo oí cantar a mi madre:

Al anochecer, cuando el sol se oculta,
desde lo alto mi mirada te busca.
Hace horas que te espero,
pero mi amor es eterno.

Mi padre contestó:

Al anochecer, cuando la luz se apaga,
por fin pongo rumbo a casa.
Entre los sauces suspira el viento;
te ruego, mantén el fuego ardiendo.

Cuando salí del carromato, mi padre tenía a mi madre inclinada en sus brazos y la estaba besando. Dejé la aguja y el hilo junto a mi camisa y esperé. Me pareció un buen beso. Observé con mirada calculadora, vagamente consciente de que quizá en el futuro quisiera besar a una dama. Si llegaba ese momento, quería hacerlo bien.

Pasados unos instantes, mi padre se percató de mi presencia y enderezó a mi madre.

—Será medio penique por el espectáculo, señor Mirón —dijo riendo—. ¿Todavía estás aquí, hijo? Apuesto ese mismo medio penique a que te retiene una pregunta.

—¿Por qué paramos en los itinolitos?

—Por tradición, hijo mío —contestó solemnemente, abriendo los brazos—. Y por superstición. Que vienen a ser lo mismo. Paramos porque traen buena suerte y porque a todo el mundo le gustan unas vacaciones inesperadas. —Hizo una pausa—. Sabía un poema sobre ellos. ¿Cómo era...?

Como la calamita aunque estés dormido,
junto al camino una piedra erguida
al mundo de los Fata siempre te guía.
Busca el itinolito por montañas y hondonadas
y llegarás al no-sé-qué no-sé-cuántos... «adas».

Mi padre se quedó un momento de pie, con la mirada ausente, pellizcándose el labio inferior. Al final sacudió la cabeza.

—No me acuerdo del final del último verso. ¡Qué poco me gusta la poesía! ¿Cómo puede uno recordar las palabras sin música? —Arrugó la frente, concentrado, mientras articulaba en silencio las palabras.

—¿Qué es una calamita? —pregunté.

—Es como llamaban antes a las piedras imán —me explicó mi madre—. Son trozos de magnetita que atraen el hierro. Hace años vi una en una atracción de feria. —Miró a mi padre, que seguía murmurando—. ¿No fue en Peleresin donde vimos la piedra imán?

—¿Hmmm? ¿Qué? —La pregunta lo sacó de su ensimismamiento—. Sí, en Peleresin. —Volvió a pellizcarse el labio y frunció el ceño—. Recuerda esto, hijo mío, aunque olvides todo lo demás: un poeta es un músico que no sabe cantar. Las palabras tienen que encontrar la mente de un hombre si pretenden llegar a su corazón, y la mente de algunos hombres es lamentablemente pequeña. La música llega al corazón por pequeña o acérrima que sea la mente de quien la escucha.

Mi madre dio un bufido muy poco femenino.

—Qué elitista. Lo que pasa es que estás haciéndote mayor. —Dio un dramático suspiro—. Ya sé que es una tragedia, pero lo segundo que pierden los hombres es la memoria.

Mi padre infló el pecho y adoptó una pose indignada, pero mi madre lo ignoró y me dijo:

—Además, la única tradición que hace que las troupes paremos en los itinolitos es la pereza. El poema debería decir así:

> Ya sea invierno o verano,
> cuando voy por el camino
> siempre busco algún motivo
> —piedra imán o magnetita—
> para hacer una paradita.

Mi padre se colocó detrás de ella, con un misterioso destello en la mirada.

—¿Mayor? —Lo dijo en voz baja mientras empezaba a masajearle de nuevo los hombros—. Estoy dispuesto a demostrarle que se equivoca, señora.

Ella compuso una sonrisa irónica.

—Estoy dispuesta a dejar que me lo demuestre, señor.

Decidí dejarlos con su discusión y eché a correr hacia el carromato de Ben; entonces oí que mi padre me gritaba:

—¿Practicamos escalas mañana después de comer? ¿Y el segundo acto de *Tinbertin*?

—De acuerdo. —Seguí corriendo.

Cuando llegué al carromato de Ben, él ya había desenganchado a Alfa y a Beta y los estaba almohazando. Me puse a encender el fuego, rodeando un montón de hojas secas con una pirámide de ramitas y ramas cada vez más gruesas. Cuando hube terminado, fui a donde Ben estaba sentado.

Más silencio. Casi lo veía escogiendo sus palabras mientras hablaba.

—¿Qué sabes de la nueva canción de tu padre?

—¿Esa sobre Lanre? —pregunté—. No gran cosa. Ya sabes cómo es mi padre. Nadie oye la canción hasta que está terminada. Ni siquiera yo.

—No me refiero a la canción en sí —aclaró Ben—. Me refiero a la historia que hay detrás. La historia de Lanre.

Pensé en las docenas de historias que había oído recopilar a mi padre a lo largo del año anterior, tratando de encontrar una trama común.

—Lanre era un príncipe —dije—. O un rey. Un personaje importante. Quería ser el hombre más poderoso del mundo. Vendió su alma a cambio de poder, pero entonces algo salió mal, y después creo que se volvió loco, o que nunca pudo volver a dormir, o... —Me callé al ver que Ben sacudía la cabeza.

—No vendió su alma —dijo—. Eso es una tontería. —Dio un hondo suspiro que pareció dejarlo desinflado—. No lo estoy haciendo bien. Olvídate de la canción de tu padre. Ya hablaremos de ella cuando la termine. Conocer la historia de Lanre podría proporcionarte un poco de perspectiva.

Ben respiró hondo y volvió a intentarlo.

—Imagínate a un irreflexivo crío de seis años. ¿Qué daño puede hacer?

No sabía qué tipo de respuesta quería Ben, así que esperé un momento. Pensé que lo mejor era una respuesta sencilla.

—No mucho.

—Imagínate que tiene veinte años, y que sigue siendo igual de irreflexivo. ¿Es peligroso?

Decidí ceñirme a las respuestas obvias.

—No mucho, pero más que antes.

—¿Y si le das una espada?

Entonces lo entendí, y cerré los ojos.

—Más, mucho más. Ya lo entiendo, Ben. De verdad. El poder está bien, y la estupidez es, por lo general, inofensiva. Pero el poder y la estupidez juntos son peligrosos.

—Yo nunca te he llamado estúpido —me corrigió Ben—. Eres inteligente, eso ya lo sabemos. Pero a veces eres irreflexivo. Una persona inteligente e irreflexiva es una de las cosas más aterradoras que existen. Y lo peor es que te he estado enseñando cosas peligrosas.

Ben miró la estructura de leña que yo había preparado, cogió una hoja, murmuró unas palabras y vi cómo una pequeña llama cobraba vida en el centro, entre las ramitas y la yesca. Giró la cabeza y me miró.

—Podrías matarte haciendo algo tan sencillo como esto. —Compuso una sonrisa forzada—. O buscando el nombre del viento.

Fue a decir algo más, pero se frotó la cara con ambas manos. Exhaló un gran suspiro. Cuando apartó las manos, su rostro denotaba cansancio.

—¿Cuántos años tienes?

—El mes que viene cumpliré doce.

Sacudió la cabeza.

—Es tan fácil olvidarlo. No te comportas conforme a tu edad. —Cogió un palo y atizó el fuego—. Yo tenía dieciocho años cuando entré en la Universidad —dijo—. Hasta los veinte no supe todo lo que sabes tú. —Se quedó mirando el fuego—. Lo siento, Kvothe. Esta noche necesito estar solo. Necesito pensar.

Asentí en silencio. Subí a su carromato, cogí un trébede y un hervidor, agua y té. Bajé y lo dejé todo al lado de Ben. Él seguía contemplando el fuego cuando me marché.

Como sabía que mis padres no me esperaban hasta más tarde, me fui al bosque. Yo también necesitaba pensar. Le debía eso a Ben. Me habría gustado poder hacer algo más.

Ben tardó todo un ciclo en volver a ser el de siempre. Pero nuestra relación se resintió. Todavía éramos muy amigos, y sin embargo había algo que se interponía entre nosotros. Yo me daba cuenta de que Ben se estaba separando deliberadamente de mí.

Nuestras lecciones casi se interrumpieron. Ben dejó de enseñarme rudimentos de alquimia, limitándose a la química. Se negó a enseñarme sigaldría y, por si fuera poco, empezó a racionar la poca simpatía que consideraba prudente enseñarme.

A mí me irritaba ese retraso, pero me lo tomé con calma, confiando en que si le demostraba que era responsable, meticuloso y sensato, él acabaría relajándose y las cosas volverían a la normalidad. Éramos de la familia, y yo sabía que cualquier problema que hubiera entre nosotros acabaría solucionándose. Lo único que necesitaba era tiempo.

No sospechaba que nuestro tiempo se estaba agotando.

15

Espectáculos y despedidas

La ciudad se llamaba Hallowfell. Paramos unos días allí porque había un buen taller, y casi todos nuestros carromatos necesitaban algún tipo de reparación. Mientras esperábamos, Ben recibió una oferta que no pudo rechazar.

Ella era una viuda muy rica y muy joven, y, para mis inexpertos ojos, muy atractiva. La historia oficial era que necesitaba un tutor para su hijo. Sin embargo, cualquiera que los hubiera visto paseando juntos se habría dado cuenta de la verdad que se escondía detrás de esa historia.

Era la viuda del cervecero, que se había ahogado dos años atrás. Ella intentaba seguir llevando la fábrica de cerveza lo mejor que podía, pero en realidad no tenía los conocimientos necesarios...

Como veréis, no creo que nadie le hubiera podido tender una trampa mejor a Ben.

La troupe cambió de planes y nos quedamos en Hallowfell unos cuantos días más. Hicimos coincidir mi duodécimo cumpleaños con la fiesta de despedida de Ben.

Para haceros una idea de cómo fue ese día, debéis tener en cuenta que no hay nada más espectacular que una troupe que actúa para sí misma. Los buenos artistas procuran que cada función parezca única, pero no podemos olvidar que el espectáculo que están representando para nosotros es el mismo que han representado centenares de veces ante otros públicos. Hasta las troupes más profesionales tienen una función deslucida de vez en cuando, sobre todo cuando saben que nadie lo va a notar.

En las aldeas pequeñas y en las posadas rurales no sabían distinguir un buen espectáculo de otro malo. Pero tus compañeros de troupe sí sabían.

Así pues, pensadlo: ¿cómo entretienes a la gente que te ha visto actuar un millar de veces? Desempolvas los viejos trucos. Pruebas con algunos nuevos. Te arriesgas y confías en que todo saldrá bien. Y los grandes fracasos son, por supuesto, tan divertidos como los grandes éxitos.

Recuerdo esa noche como un maravilloso remolino de tiernas emociones con un matiz de amargura. Sonaban violines, laúdes y tambores; todo el mundo tocaba, bailaba y cantaba como quería. Me atrevería a decir que superamos cualquier jolgorio feérico que podáis imaginar.

Me hicieron muchos regalos. Trip me regaló un puñal con mango de cuero y me dijo que todos los chicos debían tener algo con lo que pudieran hacerse daño. Shandi me regaló una capa preciosa que había hecho ella misma, con un montón de bolsillitos donde esconder mis tesoros. Mis padres me regalaron un laúd, un instrumento precioso de madera lisa y oscura. Tuve que tocar una canción, por supuesto, y Ben cantó conmigo. Como no estaba familiarizado con el instrumento, mis dedos vacilaban un poco sobre las cuerdas, y Ben se perdió un par de veces buscando las notas, pero en general lo hizo bien.

Ben abrió un pequeño barril de aguamiel que reservaba para «una ocasión como esta». Recuerdo su sabor: dulce, amargo y triste, muy acorde con mi estado de ánimo.

Varias personas habían colaborado en la composición de «La balada de Ben, cervecero sublime». Mi padre la recitó con la misma gravedad que si fuera el linaje real de los modeganos, acompañándose de un arpa pequeña. Todos se desternillaron de risa, y Ben rió más que nadie.

En mitad de la fiesta, mi madre me agarró y me hizo bailar con ella describiendo un amplio círculo. Su risa resonaba como la música transportada por el viento. Su cabello y su falda giraban alrededor de mí mientras ella daba vueltas y vueltas. Desprendía un olor reconfortante, un olor que solo tienen las madres. Ese olor, y el fugaz y risueño beso que me dio, me ayudaron más que todas las diversiones a soportar el dolor de la partida de Ben.

Shandi se ofreció para hacerle un baile especial a Ben, pero solo si accedía a entrar en su tienda. Yo nunca había visto a Ben ruborizarse. Vaciló un momento, y cuando rechazó la invitación, quedó claro que le costó tanto hacerlo como le habría costado arrancarse el alma. Shandi protestó e hizo pucheros; dijo que llevaba mucho tiempo practicando. Al final lo metió a rastras en su tienda, y su desaparición fue acompañada del aplauso de toda la troupe.

Trip y Teren protagonizaron un combate de esgrima; en parte era una exhibición del manejo de la espada, pero incluía un soliloquio teatral (por parte de Teren) y una serie de payasadas que estoy seguro que Trip debió de improvisar. Se metieron por todo el campamento con sus chanzas. Durante el curso del combate, Trip consiguió romper su espada, esconderse bajo el vestido de una dama, defenderse con una salchicha y realizar unas acrobacias tan fantásticas que fue un milagro que no sufriera ninguna lesión grave. Aunque se le rajaron los pantalones por detrás.

Dax se quemó cuando lanzaba fuego por la boca; solo se chamuscó un poco la barba, pero su orgullo se resintió. Se recuperó rápidamente gracias a las tiernas atenciones de Ben, que le llevó una taza de aguamiel y le recordó que no todo el mundo estaba destinado a tener cejas.

Mis padres cantaron «La balada de sir Savien Traliard». Como casi todas las grandes canciones, la de sir Savien la había compuesto Illien, y todo el mundo la consideraba su obra maestra.

Es una canción muy bonita, y me lo pareció más porque solo había oído a mi padre cantarla entera unas cuantas veces. Es endemoniadamente complicada, y seguramente mi padre era el único de la troupe que podía hacerle justicia. Aunque no se le notó mucho, yo sabía que era muy difícil incluso para él. Mi madre cantó la segunda voz con una voz débil y cadenciosa. Hasta el fuego parecía más tenue cada vez que hacían una pausa para respirar. Sentí que mi corazón se elevaba y descendía. Lloré tanto por la belleza de aquellas dos voces, tan perfectamente armonizadas, como por la tragedia que narraba la canción.

Sí, al final lloré. Lloré aquel día, y he llorado siempre desde entonces. Hasta una lectura en voz alta de la historia me arranca las lágrimas. En mi opinión, cualquiera que no se emocione con ella no es del todo humano.

Cuando mis padres terminaron de cantar hubo unos momentos de silencio que todos aprovecharon para enjugarse las lágrimas y sonarse la nariz. Entonces, tras un conveniente periodo de recuperación, alguien gritó:

—¡Lanre! ¡Lanre!

Otras voces se hicieron eco de aquel grito:

—¡Sí, Lanre!

Mi padre esbozó una sonrisa sardónica y negó con la cabeza. Nunca cantaba un fragmento de una canción si no estaba acabada.

—¡Vamos, Arl! —gritó Shandi—. Ya le has dado muchas vueltas al guiso. ¡Saca un poco del cazo!

Mi padre volvió a negar con la cabeza, sin dejar de sonreír.

—Todavía no está lista. —Se agachó y, con cuidado, guardó el laúd en su estuche.

—Solo unos versos, Arliden —insistió Teren.

—Sí, hazlo por Ben. No es justo que haya tenido que oírte hablar de ella todo este tiempo y que...

—... a saber qué hacías en el carromato con tu esposa si no...

—¡Cántala!

—¡Lanre!

Trip organizó rápidamente a toda la troupe y la convirtió en un gran coro que no paraba de bramar; mi padre consiguió soportar aquella situación durante casi un minuto, antes de agacharse y sacar su laúd del estuche. Todos aplaudieron.

El público se calló en cuanto mi padre volvió a sentarse. Afinó un par de cuerdas, a pesar de que acababa de guardar el instrumento. Dobló los dedos, tanteó unas cuantas notas y se puso a tocar la canción con tanta suavidad que no me di cuenta de que había empezado. Entonces la voz de mi padre sonó por encima del subir y bajar de la música:

Sentaos y prestad atención, pues voy a cantar
una historia en tiempos remotos forjada
y ya olvidada. La historia de un hombre.
El orgulloso Lanre, fuerte como la primavera,
como el acero de la espada que empuñaba.
Os contaré cómo luchó, cayó y se levantó,
para caer de nuevo. Esta vez en las sombras.
Lo abatió el amor: el amor a su tierra natal
y a su esposa Lyra, cuya llamada dicen algunos que atendió,
traspasando las puertas de la muerte
para pronunciar su nombre con renacido aliento.

Mi padre aspiró e hizo una pausa, con la boca abierta como si fuera a continuar. Entonces una amplia y pícara sonrisa iluminó su cara; se agachó y guardó su laúd. Hubo protestas y muestras de indignación, pero todos sabían que podían considerarse afortunados por haber oído los pocos versos que mi padre había cantado. Entonces alguien se puso a tocar una canción para bailar, y las protestas se apagaron.

Mis padres bailaron juntos; mi madre con la cabeza apoyada en el pecho de mi padre. Ambos tenían los ojos cerrados y parecían perfectamente satisfechos. Si encuentras a una persona así, alguien a quien puedas abrazar y con la que puedas cerrar los ojos a todo lo demás, puedes considerarte muy afortunado. Aunque solo dure un minuto, o un día. Después de tantos años, esa imagen de mis padres meciéndose suavemente al son de la música es, para mí, la imagen del amor.

Después, Ben bailó con mi madre; sus pasos eran seguros y majestuosos. Me impresionó lo guapos que estaban juntos. Ben, viejo, canoso y corpulento, con la cara surcada de arrugas y las cejas chamuscadas. Mi madre, delgada, fresca y radiante, pálida y con el cutis liso a la luz del fuego. Se complementaban estupendamente. Me dolió pensar que quizá jamás volviera a verlos juntos.

Empezaba a clarear por el este. Nos congregamos todos para despedirnos.

No recuerdo qué le dije antes de separarnos. Sé que me pareció deplorable e inadecuado, pero supe que él lo entendería. Ben me hizo prometer que no me metería en líos tonteando con las cosas que él me había enseñado.

Se agachó y me dio un abrazo; luego me alborotó el cabello. Ni siquiera me importó. Como represalia, intenté alisarle las cejas, algo que siempre había querido hacer.

La expresión de sorpresa de Ben fue maravillosa. Volvió a abrazarme, y entonces se apartó de mí.

Mis padres prometieron pasar por el pueblo siempre que la troupe se encontrara por la zona. Todos los miembros de la troupe dijeron que no necesitarían que les insistieran mucho. Pero, pese a ser muy joven, yo sabía la verdad. Pasaría mucho tiempo antes que volviera a ver a Ben. Años.

No recuerdo habernos puesto en marcha esa mañana, pero sí recuerdo que intenté dormir y que me sentía muy solo. Mi única compañía era un dolor sordo y agridulce.

Cuando desperté, a última hora de la tarde, encontré un paquete a mi lado. Estaba envuelto con arpillera y atado con un cordel, y había un pedazo de papel con mi nombre enganchado, agitándose al viento como una banderita.

Desenvolví el paquete y reconocí la cubierta del libro. Era *Retórica y lógica*, el libro que Ben había utilizado para enseñarme a polemizar. Era el único libro de su pequeña biblioteca, compuesta por una docena de volúmenes, que yo no había leído de cabo a rabo. Y yo lo odiaba.

Lo abrí y vi que había algo escrito en la guarda. Rezaba:

Kvothe:
Defiéndete bien en la Universidad. Haz que esté orgulloso de ti. Recuerda la canción de tu padre. Ten cuidado con el delirio.
Tu amigo,

Abenthy

Ben y yo nunca habíamos hablado de la posibilidad de que yo fuera a la Universidad. Yo soñaba con estudiar allí algún día, por supuesto. Pero eran sueños que no me atrevía a compartir con mis padres. Estudiar en la Universidad significaría dejarles a ellos, a la troupe, a todos y todo lo que constituía mi mundo.

La verdad es que era una idea aterradora. ¿Cómo sería instalarme en un sitio, no para pasar una noche ni un ciclo, sino meses, quizá años? No volver a actuar. No hacer acrobacias con Trip, ni interpretar al joven y engreído hijo del noble en *Tres peniques por un deseo*. No volver a viajar en carromato. No tener a nadie con quien cantar.

Yo nunca había dicho nada en voz alta, pero Ben debía de saber todo eso. Releí sus palabras, lloré un poco y le prometí que lo haría lo mejor que pudiera.

16

Esperanza

En los meses siguientes, mis padres hicieron todo lo posible para llenar el vacío de la ausencia de Ben; se ocuparon de que los otros artistas colmaran mi tiempo de manera productiva para que no me deprimiera.

Veréis, en la troupe la edad no tenía ninguna importancia. Si eras lo bastante fuerte para ensillar los caballos, ensillabas los caballos. Si eras rápido con las manos, hacías malabares. Si ibas bien afeitado y te sentaba bien el traje, interpretabas a lady Reythiel en *El porquero y el ruiseñor*. En general, las cosas eran así de sencillas.

Así que Trip me enseñó a contar chistes y a dar volteretas. Shandi me enseñó los bailes finos de media docena de países. Teren me midió comparándome con su espada y decidió que ya era lo bastante alto para aprender los fundamentos de la esgrima. No lo bastante alto para pelear de verdad, puntualizó, pero sí lo suficiente para hacer una actuación digna en el escenario.

Los caminos estaban bien en esa época del año, de modo que avanzábamos a buen ritmo hacia el norte de la Mancomunidad: recorríamos veinticinco o treinta kilómetros diarios en busca de pueblos donde actuar. Ahora que Ben nos había dejado, yo viajaba casi siempre en el carromato de mi padre, que empezó a instruirme de manera más formal para los escenarios.

Yo ya sabía muchas cosas, por supuesto. Pero lo que había ido aprendiendo era un batiburrillo. Mi padre se propuso enseñarme de forma sistemática los verdaderos mecanismos del oficio de actor. Cómo pequeños cambios en la entonación o en la postura hacen que un hombre parezca torpe, ladino o bobo.

Por último, mi madre empezó a enseñarme a comportarme en sociedad. Yo ya tenía algunas nociones, que había aprendido en nuestras poco frecuentes estancias en casa del barón Greyfallow, y creía que ya era bastante refinado sin necesidad de memorizar fórmulas de cortesía, modales en la mesa y las enmarañadas jerarquías de la nobleza. Tal cual se lo dije a mi madre.

—¿A quién le importa si un vizconde modegano está por encima de un spara-thain víntico? —protesté—. ¿Y a quién le importa si a uno hay que llamarlo «excelencia» y al otro «señor»?

—Les importa a ellos —contestó mi madre con firmeza—. Si actúas para ellos, necesitas comportarte con dignidad y aprender a no meter el codo en la sopa.

—A padre no le importa qué tenedor tiene que usar ni quién está jerárquicamente por encima a quién.

Mi madre frunció el ceño y entrecerró los ojos.

—Quién está por encima de quién —me corregí.

—Tu padre sabe más de lo que parece —replicó mi madre—. Y lo que no sabe lo disimula gracias a su considerable encanto. Así es como se salva. —Me cogió la barbilla y me giró la cabeza hacia ella. Sus ojos eran verdes con un cerco dorado junto a la pupila—. ¿Te contentas con salvarte? ¿O quieres que esté orgullosa de ti?

Esa pregunta solo tenía una respuesta. Una vez que me puse a trabajar en serio para aprender aquellas cosas, comprobé que no eran más que otra clase de teatro. Otro guión. Mi madre componía poemas para ayudarme a recordar los elementos más disparatados de la etiqueta. Y juntos escribimos una cancioncilla obscena titulada «El pontífice siempre está debajo de la reina». Nos pasamos todo un mes riéndonos con ella, y mi madre me prohibió expresamente cantársela a mi padre, porque cualquier día podía ocurrírsele tocarla delante de quien no debía y podía ponernos a todos en una situación comprometida.

—¡Árbol! —El grito se oyó a lo lejos—. ¡Roble del tres!

Mi padre interrumpió el monólogo que estaba recitándome y dio un suspiro de irritación.

—Ya veo que hoy tendremos que quedarnos aquí —masculló mirando al cielo.

—¿Por qué paramos? —preguntó mi madre desde el interior del carromato.

—Otro árbol en el camino —expliqué.

—Hay que ver... —dijo mi padre mientras maniobraba para situar el carromato en el margen del camino—. ¿Esto es un camino real o no? Se diría que somos los únicos que lo utilizamos. ¿Cuánto tiempo ha pasado desde aquella tormenta? ¿Dos ciclos?

—No tanto —dije—. Dieciséis días.

—¡Y todavía hay árboles bloqueando el camino! Me parece que voy a enviar al consulado una factura por cada árbol que hemos tenido que cortar y apartar del camino. Esto nos va a retrasar tres horas más. —Saltó del carromato en cuanto este se detuvo.

—No te enfades —dijo mi madre bajando del carromato por la parte trasera—. Así podremos hacer algo caliente... —le lanzó a mi padre una mirada expresiva— para comer. Es una lata tener que pasar con lo que puedes pillar al final de la jornada. El cuerpo necesita algo más.

El humor de mi padre se templó considerablemente.

—También es verdad —concedió.

—Corazón —me dijo mi madre—, ¿por qué no vas a buscarme un poco de salvia?

—No sé si crece salvia por aquí —dije con la dosis adecuada de incertidumbre.

—Por probar no se pierde nada —dijo ella, con razón. Miró a mi padre con el rabillo del ojo—. Si la encuentras, trae toda la que puedas y la secaremos.

Como de costumbre, si encontraba o no lo que tenía que buscar no importaba mucho.

Yo solía alejarme de la troupe a última hora de la tarde. Siempre tenía que hacer algún encargo mientras mis padres preparaban la cena. Pero en realidad eso solo era una excusa para separarnos un rato. En el camino es difícil encontrar momentos de intimidad, y ellos los necesitaban tanto como yo. Así que si yo tardaba una hora en reunir un montón de leña, a mis padres no les importaba. Y si, cuando volvía, ellos no habían empezado a preparar la cena... Bueno, estaban en su derecho, ¿no?

Espero que pasaran esas últimas horas a gusto. Espero que no las malgastaran en tareas tontas como encender el fuego o trocear las verduras para la cena. Espero que cantaran juntos, como solían hacer. Espero que se retiraran a nuestro carromato y que pasasen un rato el uno en los brazos del otro. Espero que después se tumbaran lado a lado y hablasen en voz baja de cosas sin importancia. Espero que estuvieran juntos, amándose el uno al otro, hasta que llegó el final.

Es una esperanza pequeña, y en realidad absurda, porque de todas formas están muertos.

Pero yo lo espero.

Pasemos por alto el rato que pasé solo en el bosque esa tarde, jugando a juegos que los niños inventan para distraerse. Fueron las últimas horas despreocupadas de mi vida. Los últimos momentos de mi infancia.

Pasemos por alto mi regreso al campamento cuando empezaba a ponerse el sol. La imagen de los cadáveres esparcidos por el suelo como muñecas rotas. El olor a sangre y a pelo quemado. Cómo me paseé sin rumbo por allí, demasiado desorientado para sentir verdadero pánico, conmocionado y petrificado de miedo.

De hecho, me gustaría pasar por alto todo lo que ocurrió aquella noche. Os ahorraría los detalles si no fueran necesarios para la historia. Pero son vitales. Son el eje sobre el que pivota la historia, como una puerta que se abre. En cierto sentido, aquí es donde empieza la historia.

Así que vamos allá.

Había nubes de humo suspendidas en el aire. Reinaba el silencio, como si todos los miembros de la troupe aguzaran el oído para oír algo. Como si todos contuvieran la respiración. Una débil brisa agitó las hojas de los árboles y empujó una nube de humo hacia mí. Salí del bosque y me adentré en el humo, en dirección al campamento.

Salí de la nube de humo y me froté los ojos, que me escocían. Miré alrededor y vi la tienda de Trip medio derrumbada sobre un fuego. La lona, pisoteada, ardía de manera irregular, y el humo, acre y gris, se mantenía cerca del suelo.

Vi el cadáver de Teren junto a su carromato, con la espada rota en la mano. Tenía la ropa, de color verde y gris, empapada y teñida de rojo. Una pierna se le torcía en un ángulo absurdo, y el hueso, roto y muy blanco, sobresalía de la piel.

Me quedé inmóvil, incapaz de apartar la vista de Teren, de su camisa gris, de su roja sangre, de su blanco hueso. Lo miraba como si fuera un dibujo de un libro que tratara de comprender. Tenía todo el cuerpo entumecido. Era como si tratara de pensar a través de una masa de jarabe.

Una pequeña parte de mi mente, que todavía razonaba, comprendió que estaba conmocionado. Me lo repetí una y otra vez. Puse en práctica las enseñanzas de Ben. No quería pensar en lo que estaba viendo. No quería saber qué había pasado allí. No quería saber qué significaba todo aquello.

Al cabo de un rato, no sé cuánto, una voluta de humo entró en mi campo de visión. Me senté junto al fuego más cercano, aturdido. Era el fuego de Shandi, y tenía colgado un pequeño cazo donde hervían unas patatas; era un elemento extrañamente familiar en medio del caos.

Me concentré en el hervidor. Algo normal. Con un palo, pinché las patatas y vi que ya estaban cocidas. Normal. Levanté el hervidor del fuego y lo puse en el suelo, junto al cadáver de Shandi. Shandi tenía la ropa hecha jirones. Intenté apartarle el pelo de la cara y se me manchó la mano de sangre. La luz del fuego se reflejó en sus ojos, fijos e inexpresivos.

Me quedé plantado mirando alrededor sin saber qué hacer. La

tienda de Trip ya estaba completamente en llamas, y el carromato de Shandi tenía una rueda en el fuego de Marion. Las llamas estaban teñidas de azul, y conferían a la escena un aire de ensueño, irreal.

Oí voces. Me asomé por detrás del carromato de Shandi y vi a unos desconocidos, hombres y mujeres, sentados alrededor de un fuego. El fuego de mis padres. Sentí mareo y estiré un brazo para sujetarme a la rueda del carromato. Cuando la así, las bandas de hierro que reforzaban la rueda se deshicieron en mi mano, descascarillándose y formando ásperas virutas de óxido marrón. Cuando retiré la mano, la rueda chirrió y empezó a romperse. Me aparté al ver que cedía, y el carromato se derrumbó, como si la madera estuviera tan podrida como la de un viejo tocón.

Ya nada se interponía entre el fuego y yo. Uno de los hombres dio una voltereta hacia atrás y se puso en pie, con la espada en la mano. Su movimiento me recordó al mercurio cayendo de una jarra sobre una mesa: ágil y fluido. La expresión de su cara era de concentración, pero su cuerpo estaba relajado, como si acabara de levantarse y desperezarse.

Su espada era pálida y elegante. Al moverse, hendía el aire produciendo un débil zumbido. Me recordó al silencio que reina en los días más fríos del invierno, cuando duele respirar y todo está en calma.

El individuo estaba a dos docenas de pasos de mí, pero yo lo veía perfectamente bajo la luz del ocaso. Lo recuerdo tan claramente como recuerdo a mi madre, y a veces mejor. Tenía la cara estrecha y afilada, con la belleza perfecta de la porcelana. Llevaba el pelo por los hombros, y los rizos sueltos, del color de la escarcha, enmarcaban su cara. Era un ser de una palidez invernal. Todo en él era frío, afilado y blanco.

Excepto sus ojos. Tenía los ojos negros como los de una cabra, pero sin iris. Sus ojos eran como su espada: no reflejaban la luz del fuego ni la del sol poniente.

Al verme, se relajó. Bajó la punta de la espada y sonrió mostrando unos dientes impecables. Tenía una expresión de pesadilla. Una punzada de sentimiento penetró en la confusión que me rodeaba como una gruesa manta protectora y a la que me aferraba. Algo metió ambas manos en mi pecho y me lo comprimió. Creo que fue la primera vez en mi vida que sentí verdadero miedo.

Junto al fuego, un hombre calvo con barba gris soltó una risotada.

—Por lo visto nos hemos dejado un conejito. Ten cuidado, Ceniza; podría tener los dientes afilados.

El tal Ceniza envainó la espada, que produjo un sonido parecido al de un árbol que cruje bajo el peso del hielo en invierno. Se arrodilló, manteniendo las distancias. De nuevo me recordó al movimiento del mercurio. Ahora tenía la cabeza a la misma altura que la mía, y sus ojos, negros y mates, denotaban preocupación.

—¿Cómo te llamas, muchacho?

Me quedé allí plantado, mudo. Paralizado como un cervato asustado.

Ceniza suspiró y miró un momento al suelo. Cuando volvió a mirarme, vi compasión en aquellos ojos vacíos.

—Dime, muchacho —insistió—, ¿dónde están tus padres? —Me sostuvo un momento la mirada y luego miró por encima del hombro hacia el fuego donde estaban sentados los otros—. ¿Alguien sabe dónde están sus padres?

Algunos soltaron risitas tensas y crispadas, como si acabaran de contarles un chiste buenísimo. Un par de ellos rieron abiertamente. Ceniza se volvió hacia mí, y la compasión desapareció de golpe de su rostro, como si se le hubiera roto una máscara, dejando solo aquella sonrisa de pesadilla.

—¿Es este el fuego de tus padres? —me preguntó con un terrible placer en la voz.

Asentí como atontado.

Su sonrisa se borró lentamente. Me miró con fijeza, con gesto inexpresivo. Con voz queda, fría y afilada, dijo:

—Sé de unos padres que han estado cantando unas canciones que no hay que cantar.

—*Ceniza.* —Una fría voz llegó de donde estaba el fuego.

Ceniza entornó los ojos con irritación.

—¿Qué? —susurró.

—*Me estás causando contrariedad. Ese no ha hecho nada. Envíalo a la blanda e indolora manta de su sueño.* —La voz se atascó ligeramente en la última palabra, como si le costara pronunciarla.

El que había hablado era un hombre que estaba a cierta distancia de los demás, rodeado de sombras, más allá de la zona iluminada por el fuego. Pese a que todavía había luz en el cielo y no había nada entre el fuego y donde él estaba sentado, las sombras se derramaban alrededor de él como una mancha de espeso aceite. El fuego chisporroteaba y crepitaba, vivo y caliente, teñido de azul, pero su luz no lo alcanzaba. Esas sombras eran más densas alrededor de su cabeza. Atisbé una casulla como las que llevan algunos monjes, pero debajo las sombras eran tan profundas que era como mirar en el interior de un pozo a medianoche.

Ceniza miró un momento al hombre que estaba envuelto en sombras y luego se dio la vuelta.

—Sois un excelente centinela, Haliax —le espetó.

—*Y tú pareces haber olvidado nuestro propósito* —le contestó el hombre, con una voz más afilada—. *¿O acaso tu propósito difiere del mío?* —Las últimas palabras las articuló con cuidado, como si encerraran un significado especial.

La arrogancia de Ceniza se desvaneció en un instante, como el agua vertida de un cubo.

—No —dijo volviéndose hacia el fuego—. No, por supuesto que no.

—*Me alegro. No me gustaría que nuestra larga amistad llegara a su fin.*

—A mí tampoco.

—*Recuérdame cuál es nuestra relación, Ceniza* —dijo el hombre envuelto en sombras, y la ira impregnó el tono paciente de su voz.

—Yo... estoy a vuestras órdenes... —dijo Ceniza, e hizo un gesto apaciguador.

—*Eres una herramienta en mi mano* —le interrumpió el

hombre envuelto en sombras sin brusquedad—. *Nada más que eso.*

Un atisbo de desafío asomó a la expresión de Ceniza. Hizo una pausa y dijo:

—Yo...

La débil voz se volvió dura como una barra de acero de Ramston:

—*Férula.*

La agilidad mercúrica de Ceniza desapareció. Se tambaleó; de pronto su cuerpo estaba rígido de dolor.

—*Eres una herramienta en mi mano* —repitió la voz—. *Dilo.*

Ceniza apretó un momento la mandíbula, rabioso; entonces se convulsionó y gritó. Parecía más un animal herido que un hombre.

—Soy una herramienta en vuestra mano —dijo jadeando.

—*Lord Haliax.*

—Soy una herramienta en vuestra mano, lord Haliax —se corrigió Ceniza al mismo tiempo que caía, temblando, de rodillas.

—*¿Quién conoce los giros internos de tu nombre, Ceniza?* —Pronunció esas palabras con lentitud y paciencia, como un maestro de escuela que recita una lección olvidada.

Ceniza se abrazó la cintura con brazos temblorosos y se encorvó cerrando los ojos.

—Vos, lord Haliax.

—*¿Quién te protege de los Amyr? ¿De los cantantes? ¿De los Sithe? ¿De todo lo que podría hacerte daño?* —preguntó Haliax con serenidad y cortesía, como si sintiera verdadera curiosidad por la respuesta.

—Vos, lord Haliax. —La voz de Ceniza era una brizna de dolor.

—*Y ¿a qué propósito sirves?*

—Al vuestro, lord Haliax —contestó Ceniza con voz estrangulada—. Al vuestro. A ningún otro. —La tensión desapareció de la atmósfera, y de pronto el cuerpo de Ceniza se quedó inerte. Cayó hacia delante sobre las manos, y unas gotas de sudor resbalaron de su cara y golpearon el suelo como gotas de lluvia. El blanco cabello colgaba, lacio, alrededor de su cara—. Gracias, señor —dijo jadeando—. No volveré a olvidarlo.

—*Lo harás. Te gustan demasiado tus pequeños actos de crueldad. Os gustan a todos.* —El encapuchado miró a cada una de las figuras que estaban sentadas alrededor del fuego. Todos se rebulleron, incómodos—. *Me alegro de haber decidido acompañaros hoy. Os estáis desviando, os estáis permitiendo muchos caprichos. Algunos de vosotros parecéis haber olvidado qué es lo que buscamos, qué es lo que perseguimos.* —Los que estaban sentados alrededor del fuego se revolvieron, intranquilos.

El encapuchado volvió a mirar a Ceniza.

—*Pero tienes mi perdón. De no ser por estos recordatorios, quizá sería yo quien olvidaría.* —Las últimas palabras las dijo con rabia—. *Y ahora, acaba con...* —Su fría voz se apagó mientras la capucha se alzaba lentamente hacia el cielo. Se produjo un silencio de expectación.

Los que estaban sentados alrededor del fuego se quedaron completamente quietos, muy concentrados. Todos echaban la cabeza atrás a la vez, como si miraran el mismo punto de la bóveda celeste. Como si trataran de captar el aroma de algo en el viento.

De pronto tuve la impresión de que me observaban. Noté una tensión, un sutil cambio en la textura del aire. Me concentré en eso, agradecido por aquella distracción, contento de tener algo que me impidiese pensar claramente aunque solo fuera unos segundos más.

—*Vienen* —dijo Haliax con voz queda. Se levantó, y las sombras se arremolinaron hacia fuera como una oscura niebla—. *Rápido. Acercaos a mí.*

Los otros se levantaron. Ceniza se puso en pie con dificultad y dio unos pasos, tambaleándose, hacia el fuego.

Haliax abrió los brazos, y la sombra que lo rodeaba se expandió como una flor que se abre. Entonces los demás se volvieron con una facilidad estudiada y dieron un paso hacia Haliax, hacia la sombra que lo envolvía. Pero al poner el pie en el suelo, su movimiento se hizo más lento, y suavemente, como si estuvieran hechos de arena y el viento soplara sobre ellos, se desvanecieron. Solo Ceniza giró la cabeza, y había ira en aquellos ojos de pesadilla.

Desaparecieron.

No voy a aburriros con una descripción detallada de lo que pasó a continuación. De cómo corrí de un cadáver a otro, frenético, buscando en ellos alguna señal de vida como me había enseñado Ben. De mis inútiles intentos de cavar una tumba. De cómo arañé la tierra hasta que se me quedaron los dedos ensangrentados y en carne viva. De cómo encontré a mis padres...

Encontré nuestro carromato cuando ya era noche cerrada. Nuestro caballo lo había arrastrado casi un centenar de metros por el camino antes de morir. Dentro todo estaba en orden y tranquilo. Me sorprendió comprobar cuánto olía a ellos dos en la parte de atrás.

Encendí todas las lámparas y todas las velas que encontré en el carromato. La luz no me reconfortaba, pero al menos tenía el dorado sincero del fuego de verdad, y no aquel tono azulado. Cogí el estuche del laúd de mi padre. Me tumbé en la cama de mis padres con el laúd a mi lado. La almohada de mi madre olía a su cabello, a sus abrazos. No tenía intención de dormir, pero el sueño me venció.

Desperté tosiendo, rodeado de llamas. Habían sido las velas, claro. Todavía atontado, conmocionado, metí unas cuantas cosas en una bolsa. Lento, desorientado y sin miedo, saqué el libro de Ben de debajo de mi colchón en llamas. ¿Cómo iba a asustarme ya un simple incendio?

Metí el laúd de mi padre en el estuche. Sentí como si estuviera robando, pero no se me ocurría nada más que pudiera recordarme a mis padres. Sus manos habían acariciado esa madera miles de veces.

Entonces me marché. Me adentré en el bosque y seguí caminando hasta que el amanecer empezó a iluminar el horizonte por el este. Cuando los pájaros empezaron a cantar, me detuve y dejé mi bolsa en el suelo. Saqué el laúd de mi padre, lo sujeté contra mi cuerpo y me puse a tocar.

Me dolían los dedos, pero toqué de todas formas. Toqué hasta que me sangraron los dedos. Toqué hasta que el sol brilló a través de los árboles. Toqué hasta que me dolieron los brazos. Toqué, intentando no recordar, hasta que me quedé dormido.

17

Interludio: otoño

Kvothe levantó una mano para indicar a Cronista que iba a hacer una pausa; luego se volvió hacia su pupilo y, frunciendo el ceño, dijo:

—Deja de mirarme así, Bast.

Bast estaba a punto de llorar.

—No sabía nada, Reshi —dijo con voz estrangulada.

Kvothe hizo un ademán, como si cortara el aire con el filo de la mano.

—No tenías por qué saber nada, Bast, y tampoco hay motivo para exagerar.

—Pero Reshi...

Kvothe miró a su pupilo con severidad.

—¿Qué, Bast? ¿Tengo que llorar y mesarme el pelo? ¿Maldecir a Tehlu y a sus ángeles? ¿Darme golpes en el pecho? No. Eso es drama barato. —Su expresión se suavizó un tanto—. Agradezco tu preocupación, pero esto no es más que una parte de la historia, ni siquiera la peor parte, y no os la estoy contando para cosechar vuestra simpatía.

Kvothe apartó la silla de la mesa y se levantó.

—Además, todo eso pasó hace mucho tiempo —dijo quitándole importancia con un ademán—. Ya sabes lo que dicen: el tiempo todo lo cura.

Se frotó las manos y prosiguió:

—Bueno, voy a buscar suficiente leña para calentarnos el resto de la noche. Todo parece indicar que va a hacer frío. Mientras estoy fuera, podríais hornear un par de hogazas e intentar serenaros. Me niego a contar el resto de esta historia si seguís mirándome con esos ojos de vaca.

Dicho eso, Kvothe fue detrás de la barra y atravesó la cocina hasta llegar a la puerta trasera de la posada.

Bast se frotó los ojos.

—Mientras esté ocupado estará bien —dijo en voz baja.

—¿Cómo dices? —preguntó Cronista. Se revolvió en el asiento, como si quisiera ponerse en pie y no encontrase una forma educada de disculparse.

Bast compuso una amable sonrisa; sus ojos volvían a ser de un azul humano.

—Me emocioné mucho cuando me enteré de quién eras, y de que él iba a contar su historia. Últimamente ha estado de un humor muy sombrío, y no había forma de animarlo; no tenía otra cosa que hacer que sentarse y cavilar. Estoy seguro de que recordar los buenos tiempos le hará... —Bast hizo una mueca—. Creo que no estoy diciendo lo que quería decir. Te pido disculpas por lo que ha pasado antes. Estaba ofuscado.

—N-no —balbuceó Cronista—. Soy yo quien... Fue culpa mía. Lo siento.

Bast sacudió la cabeza.

—Es lógico que te sorprendieras, y solo intentaste vincularme. —Compuso un gesto de dolor—. No es que me guste, a ver si me explico. Es como si te dieran una patada en la entrepierna, solo que notas el dolor en todo el cuerpo. Te sientes débil y mareado, pero es solo dolor. No me has hecho ninguna herida. —Bast parecía turbado—. Yo estaba dispuesto a llegar más lejos. Podría haberte matado antes de pararme a pensarlo.

Antes de que se produjera un tenso silencio, Cronista dijo:

—¿Por qué no aceptamos lo que ha dicho Kvothe, que ambos hemos sido víctimas de una idiotez cegadora, y lo dejamos así? —Cronista esbozó una tímida sonrisa, sincera a pesar de las circunstancias—. ¿En paces? —Extendió una mano.

—En paces. —Se estrecharon las manos, con mucho más afecto que la primera vez. Cuando Bast estiró el brazo sobre la mesa, se le subió la manga y esta reveló un cardenal alrededor de la muñeca.

Bast tiró del puño de la camisa hacia abajo para taparse la muñeca.

—Es de cuando me ha agarrado —se apresuró a decir—. Es más fuerte de lo que parece. No se lo digas. Eso solo le haría sentirse mal.

Kvothe salió de la cocina y cerró la puerta. Miró alrededor y pareció sorprenderle encontrar una templada tarde de otoño y no el bosque primaveral de su historia. Levantó las varas de una carretilla y la llevó hacia el bosque que había detrás de la posada. Sus pies hacían crujir las hojas caídas.

No muy lejos, entre los árboles, estaba la reserva de leña para el invierno. Los leños de roble y de fresno se amontonaban formando altas y torcidas paredes entre los troncos de los árboles. Kvothe puso en la carretilla dos leños que al golpear el fondo produjeron un sonido parecido al de un tambor amortiguado. Luego tiró otros dos. Sus movimientos eran precisos; su gesto, inexpresivo; y tenía la mirada ausente.

Siguió cargando la carretilla. Cada vez se movía más despacio, como una máquina que va quedándose sin cuerda. Al final paró del todo y se quedó un largo minuto de pie, inmóvil como una estatua. Entonces se derrumbó. Y aunque no había allí nadie que pudiera verlo, se tapó la cara con las manos y lloró en silencio, y una oleada tras otra de profundos y silenciosos sollozos sacudieron su cuerpo.

18

Caminos a lugares seguros

Quizá la mayor facultad que posee nuestra mente sea la capacidad de sobrellevar el dolor. El pensamiento clásico nos enseña las cuatro puertas de la mente, por las que cada uno pasa según sus necesidades.

La primera es la puerta del sueño. El sueño nos ofrece un refugio del mundo y de todo su dolor. El sueño marca el paso del tiempo y nos proporciona distancia de las cosas que nos han hecho daño. Cuando una persona resulta herida, suele perder el conocimiento. Y cuando alguien recibe una noticia traumática, suele desvanecerse o desmayarse. Así es como la mente se protege del dolor: pasando por la primera puerta.

La segunda es la puerta del olvido. Algunas heridas son demasiado profundas para curarse, o para curarse deprisa. Además, muchos recuerdos son dolorosos, y no hay curación posible. El dicho de que «el tiempo todo lo cura» es falso. El tiempo cura la mayoría de las heridas. El resto están escondidas detrás de esa puerta.

La tercera es la puerta de la locura. A veces, la mente recibe un golpe tan brutal que se esconde en la demencia. Puede parecer que eso no sea beneficioso, pero lo es. A veces, la realidad es solo dolor, y para huir de ese dolor, la mente tiene que abandonar la realidad.

La última puerta es la de la muerte. El último recurso. Después de morir, nada puede hacernos daño, o eso nos han enseñado.

Después de que mataran a mi familia, me adentré en el bosque y dormí. El cuerpo me lo exigía, y mi mente utilizó la primera puerta para aliviar el dolor que me embargaba. La herida quedó cubierta hasta que llegara el momento propicio para la curación. Era un mecanismo de defensa: una buena parte de mi mente dejó de funcionar. Se apagó, por así decirlo.

Mientras mi mente dormía, gran parte de los detalles dolorosos del día anterior se escondieron detrás de la segunda puerta. Pero no del todo. No olvidé lo que había pasado, y sin embargo el recuerdo quedó amortiguado, como si lo viera a través de una tupida gasa. Si hubiera querido, habría podido recordar las caras de los muertos, la cara de aquel hombre de ojos negros. Pero no quería recordar. Empujé esos pensamientos y dejé que acumularan polvo en un rincón de mi mente que utilizaba poco.

Soñé. No con sangre, ojos vidriosos y olor a pelo quemado, sino con cosas más agradables. Y poco a poco, la herida dejó de dolerme...

Soñé que iba por el bosque con Laclith, aquel cazador que había viajado con nuestra troupe cuando yo era más pequeño. Él caminaba en silencio entre la maleza, mientras que yo hacía más ruido que un buey herido arrastrando un carro volcado.

Tras un largo silencio, me paré para contemplar una planta. Él se me acercó por detrás con sigilo y dijo: «Milenrama. Puedes reconocerla por el filo de las hojas». Estiró un brazo y acarició suavemente las hojas vellosas. Asentí.

«Esto es un sauce. Puedes masticar la corteza para aliviar el dolor. —Era amarga y un poco arenosa—. Esto es vedegambre. No toques las hojas. —No lo hice—. Esto es cimífuga. Los frutos son comestibles cuando están rojos, pero nunca cuando están verdes, amarillos o naranjas.

»Así es como tienes que pisar cuando quieras caminar sin hacer ruido. —Lo probé y me dolieron las pantorrillas—. Así es como tienes que apartar silenciosamente la maleza sin dejar señales de tu paso. Aquí es donde encontrarás madera seca. Así es como te proteges de la lluvia cuando no tienes una lona. Eso es paterradícula. Puedes comerla, pero sabe mal. Esto —continuó señalando— es ferularia, y eso, naranjina: no las comas nunca. La que tiene pequeños nudos es burrum. Solo debes comerla si antes has comido ferularia, por ejemplo. Te hará vomitar lo que tengas en el estómago.

»Con este cepo nunca atraparás un conejo. Con este, en cambio, sí.» Hizo un lazo con una cuerda, y luego hizo otro diferente.

Mientras veía cómo sus manos manipulaban la cuerda, comprendí que ya no era Laclith, sino Abenthy. Íbamos en el carromato, y él me estaba enseñando a hacer nudos de marinero.

«Los nudos son interesantes —comentó Ben—. El nudo puede ser la parte más fuerte o la más débil de la cuerda. Depende por completo de lo bien que lo ates.» Levantó las manos y me mostró un nudo muy complejo que se extendía entre sus dedos.

Le brillaron los ojos.

«¿Alguna pregunta?»

«¿Alguna pregunta?», dijo mi padre. Habíamos parado porque habíamos encontrado un itinolito. Estaba sentado afinando su laúd; por fin iba a cantarnos su canción a mi madre y a mí. Habíamos esperado mucho ese momento. «¿Alguna pregunta?», repitió, sentado con la espalda apoyada en la gran piedra gris.

«¿Por qué nos paramos en las rocas de guía?»

«Sobre todo por tradición. Pero hay gente que dice que señalaban antiguos caminos... —la voz de mi padre cambió y se convirtió en la voz de Ben— caminos seguros. A veces, caminos a lugares seguros; otras, caminos seguros que conducían a lugares peligrosos. —Ben acercó una mano a la piedra, como si se la calentara junto al fuego—. Pero tienen poder. Eso solo un loco lo negaría.»

Entonces Ben ya no estaba, y no había una piedra erguida, sino muchas. Más de las que yo había visto jamás juntas en un sitio. Formaban un doble círculo a mi alrededor. Una piedra estaba apoyada sobre otras dos, formando un arco enorme bajo el que había espesas sombras. Estiré un brazo para tocarla...

Y desperté. Mi mente había cubierto el dolor con los nombres de un centenar de raíces y bayas, cuatro maneras de hacer fuego, nueve cepos hechos con solo un árbol joven y una cuerda, y un truco para encontrar agua potable.

El resto del sueño no me pareció tan interesante. Ben nunca me había enseñado nudos de marinero. Y mi padre no había terminado su canción.

Hice inventario de lo que tenía: un saco de lona, un cuchillo pequeño, un ovillo de cuerda, cera, un penique de cobre, dos ardites de hierro y *Retórica y lógica*, el libro que me había regalado Ben. Aparte de mi ropa y el laúd de mi padre, no tenía nada más.

Me puse a buscar agua. «Lo primero es el agua —me había dicho Laclith—. Sin todo lo demás puedes aguantar varios días.» Me fijé en la inclinación del terreno y seguí algunos rastros de animales. Para cuando encontré una pequeña charca, alimentada por un manantial, entre unos abedules, el cielo empezaba a teñirse de rojo detrás de los árboles. Estaba muerto de sed, pero fui prudente y solo bebí un pequeño sorbo.

Luego recogí leña seca de los huecos de los árboles y de debajo de las copas más espesas. Hice un cepo sencillo. Busqué tallos de balsamaria y me unté las heridas de los dedos con la savia. El escozor me ayudó a no recordar cómo me los había lastimado.

Mientras esperaba a que se secara la savia, miré por primera vez alrededor. Los robles y los abedules competían por el espacio. Sus troncos componían un dibujo de luz y oscuridad alternas bajo el toldo formado por las ramas. Un riachuelo salía de la charca, discurría entre unas rocas y se perdía hacia el este. Debía de ser bonito, pero no me di cuenta. No podía darme cuenta. Para mí, los árboles eran un refugio; la maleza, una fuente de alimento; y la charca en que se reflejaba la luz de la luna solo me recordaba la sed que tenía.

También había una gran piedra rectangular, tumbada sobre un lado, cerca de la charca. Unos días atrás, la habría reconocido al instante: era un itinolito. Sin embargo, ahora la veía como un eficaz cortavientos, algo en lo que apoyar la espalda para dormir.

Vi, a través del toldo de hojas, que habían salido las estrellas. Eso significaba que habían pasado varias horas desde que probara el agua. Como no me había encontrado mal, deduje que debía de ser potable y di un largo sorbo.

En lugar de reanimarme, lo único que conseguí al beber fue darme cuenta de lo hambriento que estaba. Me senté en la piedra, al borde de la charca. Arranqué las hojas de los tallos de balsamaria y me comí una. Era áspera, rugosa y amarga. Me comí el resto, pero no sirvió de nada. Bebí un poco más de agua y me tumbé para dormir; no me importaba que la piedra fuera dura y estuviese fría, o al menos hice como si no me importara.

Desperté, bebí agua y fui a ver el cepo que había puesto. Me sorprendió encontrar un conejo todavía vivo atrapado en la cuerda. Cogí mi cuchillo y recordé lo que Laclith me había explicado que había que hacer para matar y desollar un conejo. Entonces pensé en la sangre y en lo que sentiría cuando me manchara las manos. Sentí náuseas y vomité. Solté el conejo y volví a la charca.

Bebí un poco más de agua y me senté en la piedra. Estaba un poco mareado, y me pregunté si sería de hambre.

Al cabo de un rato me despejé y me reprendí por lo estúpido que había sido. Vi unas setas que crecían en un árbol muerto y me las comí después de lavarlas en la charca. Eran arenosas y sabían a tierra. Me comí todas las que encontré.

Puse otro cepo, un cepo que matara a la presa. Entonces olí que se avecinaba lluvia y volví al itinolito para hacerle un refugio a mi laúd.

19

Dedos y cuerdas

Al principio era casi como un autómata y realizaba sin pensar las acciones imprescindibles para mantenerme vivo.

Me comí el segundo conejo que atrapé, y el tercero. Encontré unas matas de fresas silvestres. Arranqué raíces. Al final del cuarto día, tenía cuanto necesitaba para sobrevivir: un hoyo rodeado de piedras donde hacer fuego y un refugio para mi laúd. Incluso había reunido un pequeño montón de alimentos a los que podría recurrir en caso de emergencia.

También tenía una cosa que no necesitaba: tiempo. Una vez que me hube ocupado de mis necesidades inmediatas, me di cuenta de que no tenía nada que hacer. Creo que fue entonces cuando una pequeña porción de mi mente empezó a despertar poco a poco.

No os confundáis: ya no era yo mismo. Al menos no era la misma persona que un ciclo atrás. En todo lo que hacía empleaba por entero mi cerebro, para que no quedara ninguna parte desocupada, libre para recordar.

Adelgacé y mi aspecto físico empeoró. Dormía bajo la lluvia o bajo el sol, sobre la blanda hierba, sobre la húmeda tierra o sobre las piedras con una indiferencia que solo el sufrimiento puede proporcionar. Únicamente me fijaba en mi entorno cuando llovía, porque entonces no podía sacar mi laúd para tocar, y eso me dolía.

Claro que tocaba. Tocar era mi único consuelo.

Hacia finales del primer mes, se me habían formado unos callos duros como piedras en los dedos y podía tocar durante horas seguidas. Tocaba y volvía a tocar todas las canciones que sabía de memoria. Luego empecé a tocar también las canciones que recordaba a medias, llenando como podía las partes que había olvidado.

Al final podía tocar desde que despertaba hasta que me dormía. Dejé de tocar las canciones que ya sabía y empecé a inventarme otras. Antes ya había compuesto canciones; incluso había ayudado a mi padre a componer un verso o dos. Pero ahora le dediqué toda mi atención. Algunas de esas canciones me han acompañado hasta hoy.

Poco después empecé a tocar... ¿cómo podría describirlo?

Empecé a tocar otra cosa que no eran canciones. Cuando el sol calienta la hierba y la brisa te refresca, sientes algo especial, y yo tocaba hasta que conseguía expresar ese sentimiento. Tocaba hasta que la música sonaba a «Hierba tibia y brisa fresca».

Tocaba para mí mismo, pero era un público muy exigente. Recuerdo que pasé casi tres días enteros tratando de capturar «El viento al girar una hoja».

Hacia finales del segundo mes, podía tocar cosas casi con la misma facilidad con que las veía y las sentía: «El sol poniéndose detrás de las nubes», «Un pájaro bebiendo», «El rocío en los helechos».

Hacia mediados del tercer mes dejé de buscar fuera y empecé a buscar temas en mi interior. Aprendí a tocar «Viajar en el carromato con Ben», «Cantar con padre junto al fuego», «Ver bailar a Shandi», «Moler hojas cuando hace buen tiempo», «La sonrisa de madre»...

Tocar esas cosas me dolía, por supuesto; pero era un dolor como el de los dedos tiernos sobre las cuerdas del laúd. Sangraba un poco, pero confiaba en que pronto me saldría el callo.

Hacia finales del verano, se rompió una cuerda del laúd. No había forma de repararla. Me pasé casi todo el día sumido en un mudo estupor, sin saber qué hacer. Todavía tenía la mente adormecida. Rescaté los vestigios de mi inteligencia y me concentré en el problema. Tras comprender que no podía fabricar una cuerda ni conseguir una nueva, volví a sentarme y me propuse aprender a tocar con solo seis cuerdas.

Al cabo de un ciclo, tocaba tan bien con seis cuerdas como con siete. Tres ciclos más tarde, cuando intentaba tocar «Esperando mientras llueve», se rompió otra cuerda.

Esa vez no lo dudé: quité la cuerda rota y seguí tocando.

Hacia mediados de Siega se rompió la tercera cuerda. Después de intentarlo durante casi medio día, comprendí que tres cuerdas rotas eran demasiado. Así que metí el cuchillo romo, el ovillo de cuerda y el libro de Ben en el andrajoso saco de lona. Luego me colgué el laúd de mi padre del hombro y me puse a andar.

Intenté tararear «Nieve que cae con las últimas hojas del otoño», «Dedos encallecidos» y «Un laúd de cuatro cuerdas», pero no era lo mismo que tocar.

Mi plan consistía en encontrar un camino y seguirlo hasta llegar a un pueblo. No tenía ni idea de a qué distancia podían estar el pueblo ni el camino más cercanos, ni de cómo podían llamarse. Sabía que me encontraba en el sur de la Mancomunidad, pero mi ubicación exacta estaba enterrada y enredada con otros recuerdos que no quería desenterrar.

El clima me ayudó a decidirme. El frescor otoñal se estaba convirtiendo en frío invernal. Sabía que el tiempo sería más cálido en el sur. Así que, a falta de otro plan mejor, me situé con el sol sobre mi hombro izquierdo y me propuse recorrer tanta distancia como pudiera.

El siguiente ciclo fue un suplicio. Pronto se me acabó la poca comida que me había llevado, y tenía que parar y buscar alimento cuando tenía hambre. Había días en que no encontraba agua, y cuando la encontraba, no tenía nada con qué llevármela. El pequeño camino de carro desembocó en un camino más ancho, que a su vez me condujo hasta otro aún más ancho. Tenía los pies rozados y llenos de ampollas. Algunas noches hacía un frío tremendo.

Encontraba posadas, pero por lo general las evitaba y solo ocasionalmente me limitaba a beber un trago en el abrevadero de los caballos. También encontré algunas aldeas, pero yo necesitaba una población más grande. A los campesinos no les hacen falta cuerdas de laúd.

Al principio, cada vez que oía acercarse un carromato o un caballo, me escondía, cojeando, en el margen del camino. No había hablado con ningún ser humano desde la noche que mataron a mi familia. Parecía más un animal salvaje que un niño de doce años. Pero al final el camino se hizo demasiado ancho y concurrido, y pasaba más tiempo escondiéndome que caminando. Acabé quedándome en el camino, y sentí alivio al ver que la mayoría de la gente me ignoraba.

Una mañana, cuando llevaba menos de una hora caminando, oí una carreta que venía detrás de mí. El camino era lo bastante ancho para que pasaran dos carromatos a la vez, pero de todas formas me aparté y me quedé en la hierba del margen.

—¡Eh, muchacho! —gritó una áspera voz masculina. No me di la vuelta—. ¡Eh, muchacho!

Me aparté un poco más de la calzada, sin mirar atrás. Mantuve la cabeza agachada, mirándome los pies.

La carreta se detuvo a mi lado. La voz sonó mucho más fuerte que antes:

—¡Muchacho! ¡Eh, muchacho!

Levanté la cabeza y vi a un anciano de rostro curtido que me miraba con los ojos entornados para protegerse del sol. Podía tener entre cuarenta y setenta años. Sentado a su lado iba un joven de hombros anchos y rostro feúcho. Supuse que debían de ser padre e hijo.

—¿Estás sordo, hijo? —me preguntó el anciano.

Negué con la cabeza.

—Entonces, ¿eres mudo?

Volví a negar con la cabeza.

—No. —Resultaba extraño hablar con alguien. Mi voz sonó rara, áspera y oxidada.

Me miró con los ojos entornados.

—¿Vas a la ciudad?

Asentí. No quería volver a hablar.

—Sube. —Señaló con la cabeza hacia la parte trasera de la carreta—. A Sam no le importará tirar de un chiquillo como tú. —Le dio unas palmadas en la grupa al mulo.

Era más fácil obedecer que huir. Y el sudor acumulado en mis zapatos hacía que me dolieran aún más las ampollas. Fui hacia la parte de atrás de la carreta descubierta y monté en ella con mi laúd. Estaba llena de grandes bolsas de arpillera. De uno de los sacos, abierto, se habían caído unas cuantas calabazas, redondas y nudosas, que rodaron por el suelo.

El anciano sacudió las riendas, gritó «¡Arre!», y el mulo se puso en marcha con desgana. Recogí las calabazas sueltas y las metí en el saco que se había abierto. El granjero me sonrió por encima del hombro.

—Gracias, chico. Me llamo Seth, y este es Jake. Será mejor que te sientes. Si pillamos un bache, podrías caerte de la carreta.

Me senté encima de un saco; me sentía inexplicablemente tenso y no sabía qué podía esperar.

El anciano granjero le pasó las riendas a su hijo y sacó una gran hogaza de pan de una bolsa que tenía a los pies. Arrancó un gran pedazo, lo untó con abundante mantequilla y me lo dio.

Esa muestra de generosidad tan natural me produjo una punzada de dolor en el pecho. Hacía medio año que no probaba el pan; estaba blando y caliente, y la mantequilla era dulce. Reservé un trozo para más tarde y lo guardé en mi saco de lona.

Al cabo de un cuarto de hora, el anciano se volvió.

—¿Sabes tocar eso, chico? —Señaló el estuche del laúd, y yo lo apreté contra mi cuerpo.

—Está roto —dije.

—Ah —repuso él, desilusionado. Creí que iba a pedirme que me apeara, pero me sonrió e hizo un gesto con la cabeza hacia el joven que iba sentado a su lado—. Entonces tendremos que entretenerte nosotros a ti.

Se puso a cantar «Calderero, curtidor», una canción de taberna más antigua que Dios. Al cabo de un segundo, su hijo se puso a cantar también, y sus burdas voces armonizaban con una sencillez que me produjo una punzada de dolor al recordar otros carromatos, otras canciones y un hogar medio olvidado.

20

Manos ensangrentadas y puños doloridos

Alrededor de mediodía, la carreta tomó otro camino, ancho como un río y adoquinado. Al principio solo encontramos a un puñado de viajeros y un par de carromatos, pero a mí me pareció una multitud después de pasar tanto tiempo solo.

Nos internamos en la ciudad, y los edificios bajos dieron paso a tiendas y posadas más altas. Los árboles y los jardines fueron sustituidos por callejones y puestos de vendedores ambulantes. Aquel gran río que era la calzada se anegó y taponó con centenares de carros y peatones, docenas de carromatos y carretas y, de vez en cuando, un hombre a caballo.

Se oían cascos de caballo y gritos de gente; olía a cerveza, a sudor, a basura y a brea. Me pregunté qué ciudad sería aquella, y si habría estado allí antes, y entonces...

Apreté los dientes y me obligué a pensar en otras cosas.

—Ya casi hemos llegado —dijo Seth subiendo la voz para hacerse oír por encima del bullicio. Al final, la calle desembocaba en un mercado. Los carros avanzaban por los adoquines produciendo un sonido parecido al de truenos lejanos. La gente regateaba y discutía. A lo lejos se oía el llanto estridente de un niño. Circulamos un rato sin rumbo fijo hasta que encontramos una esquina vacía delante de una librería.

Seth paró la carreta y yo salté mientras ellos, cansados después del largo trayecto, estiraban los miembros entumecidos. Entonces, con una especie de acuerdo tácito, los ayudé a bajar los sacos y a amontonarlos a un lado.

Media hora más tarde estábamos descansando entre los sacos. Seth me miró haciendo visera con una mano.

—¿Qué piensas hacer hoy en la ciudad, muchacho?

—Necesito cuerdas para mi laúd —contesté. Entonces caí en la cuenta de que no sabía dónde estaba el laúd de mi padre. Miré alrededor, angustiado. No estaba en la carreta, donde yo lo había dejado, ni apoyado en la pared, ni entre los montones de calabazas. Se me hizo un nudo en la garganta, hasta que lo vi debajo de un saco de arpillera vacío. Lo recogí con manos temblorosas.

El anciano granjero me sonrió y me ofreció un par de aquellas nudosas calabazas que habíamos estado descargando.

—¿Qué diría tu madre si le llevaras a casa un par de las mejores calabazas que se pueden encontrar a este lado del Eld?

—No, no puedo —balbuceé al mismo tiempo que apartaba de mi pensamiento un recuerdo de dedos en carne viva cavando en el barro y de olor a pelo quemado—. Quiero decir... Usted ya... —No terminé la frase. Apreté el laúd contra el pecho y di un par de pasos hacia atrás.

El anciano me miró con fijeza, como si me viera por primera vez. De pronto me sentí cohibido al imaginar el aspecto que debía de ofrecer, andrajoso y muerto de hambre. Abracé el laúd y me alejé unos pasos más. El granjero bajó los brazos y los dejó al lado del cuerpo, y la sonrisa se borró de su cara.

—Ay, hijo —dijo con un hilo de voz.

Dejó las calabazas; luego se volvió hacia mí y, con seriedad y ternura, dijo:

—Jake y yo vamos a quedarnos aquí, vendiendo, hasta que se ponga el sol. Si para entonces has encontrado lo que buscas, puedes venir a la granja con nosotros. Hay días en que a mi mujer y a mí nos vendría bien que nos echaran una mano. Serás bienvenido. ¿Verdad, Jake?

Jake también me miraba; la compasión y la honradez se reflejaban en su rostro.

—Claro que sí, padre. Madre lo dijo antes de que nos marcháramos.

El anciano siguió mirándome con gesto serio.

—Esto es la plaza de la Marinería —dijo señalándose los pies—. Estaremos aquí hasta el anochecer, quizá un poco más. Si quieres que te llevemos, vuelve aquí. —Su mirada denotaba preocupación—. ¿Me has oído? Puedes volver con nosotros.

Seguí retrocediendo, paso a paso, sin saber muy bien por qué lo hacía. Solo sabía que si me iba con ellos tendría que dar explicaciones, que tendría que recordar. Prefería cualquier cosa a abrir esa puerta...

—No. No, gracias —balbuceé—. Me han ayudado mucho. Ya me las arreglaré. —Un hombre con un delantal de cuero me empujó por detrás. Sobresaltado, di media vuelta y eché a correr.

Les oí llamarme, pero la muchedumbre ahogó sus gritos. Corrí con el corazón latiéndome con fuerza en el pecho.

Tarbean es lo bastante grande para que no puedas recorrerla a pie de un extremo a otro en un solo día, aunque consigas no perderte y aunque nadie te aborde en el laberinto de sinuosas callejas y callejones sin salida.

De hecho era demasiado grande. Era vasta, inmensa. Mares de gente, bosques de edificios, calles anchas como ríos. Olía a orina, a sudor, a humo de carbón y a brea. Si hubiera estado en mi sano juicio, jamás habría ido allí.

Con el tiempo, me perdí. Doblé una esquina demasiado pronto o demasiado tarde, y luego intenté arreglarlo atajando por un callejón que discurría entre dos altos edificios y que parecía un estrecho abismo. Serpenteaba como un barranco labrado por un río que había desaparecido en busca de un lecho más limpio. La basura se amontonaba junto a las paredes y llenaba las rendijas entre los edificios y los portales. Después de dar varias vueltas, percibí el rancio olor a animal muerto.

Doblé una esquina y fui tambaleándome hasta una pared; me cegaban estrellas de dolor. Noté unas manos fuertes que me agarraban por los brazos.

Abrí los ojos y vi a un muchacho mayor que yo. Me doblaba en estatura, y tenía el pelo negro y unos ojos de mirada salvaje. La suciedad de la cara hacía que pareciera que tuviera barba y le daba un aire extrañamente cruel a su joven rostro.

Otros dos chicos me separaron bruscamente de la pared. Uno de ellos me retorció un brazo y grité. El mayor de los tres sonrió al oírme gritar y se pasó una mano por el pelo.

—¿Qué haces aquí, *nalt*? ¿Te has perdido? —Su sonrisa se ensanchó.

Intenté apartarme, pero uno de los chicos me retorció la muñeca.

—No —contesté.

—Creo que se ha perdido, Pike —dijo el que estaba a mi derecha. El que estaba a mi izquierda me dio un fuerte codazo en la cabeza, y el callejón empezó a oscilar alrededor de mí.

Pike soltó una carcajada.

—Busco una carpintería —mascullé, aturdido.

La expresión de Pike se volvió asesina. Me agarró por los hombros con ambas manos.

—¿Te he preguntado algo? —gritó—. ¿Te he dado permiso para hablar? —Me golpeó en la cara con la frente, y noté un fuerte crac seguido de un estallido de dolor.

—Eh, Pike. —La voz parecía provenir de una dirección imposible. Un pie le dio un empujón al estuche de mi laúd, dándole la vuelta—. Eh, Pike, mira esto.

Pike miró el estuche del laúd, que cayó al suelo con un golpazo.

—¿Qué has robado, *nalt*?

—No lo he robado.

Uno de los chicos que me tenía sujeto por el brazo rió.

—Ya, tu tío te lo ha dado para que vayas a venderlo porque necesitáis comprar medicinas para tu abuelita enferma. —Volvió a reír mientras yo parpadeaba para quitarme las lágrimas de los ojos.

Oí tres chasquidos cuando abrieron los cierres. Luego oí la inconfundible vibración armónica cuando sacaron el laúd de su estuche.

—Tu abuela se va a llevar un disgusto cuando sepa que has perdido esto, *nalt* —dijo Pike con voz serena.

—¡Que Tehlu nos aplaste! —exclamó el chico que estaba a mi derecha—. ¿Sabes cuánto vale una cosa de esas, Pike? ¡Oro, Pike!

—No pronuncies el nombre de Tehlu así —dijo el chico que estaba a mi izquierda.

—¿Qué?

—«No invoques a Tehlu salvo en caso de necesidad, porque Tehlu juzga todos los pensamientos y todas las obras» —recitó.

—Que Tehlu se me mee encima con su reluciente nabo si esta cosa no vale veinte talentos. Eso significa que Diken nos dará al menos seis. ¿Sabes qué se puede hacer con ese dinero?

—Si no dejas de decir esas cosas, no podrás hacer nada con él. Tehlu nos vigila, pero es vengativo —dijo el otro con tono reverente y temeroso.

—Has vuelto a dormir en la iglesia, ¿no? A ti se te pega la religión como a mí se me pegan las pulgas.

—Te voy a hacer un nudo con los brazos.

—Tu madre es una puta.

—No hables de mi madre, Lin.

—Una puta barata.

Para entonces, yo había conseguido quitarme las lágrimas de los ojos a base de parpadear, y podía ver a Pike acuclillado en el callejón. Parecía fascinado por mi laúd. Mi precioso laúd. Lo miraba con aire soñador, dándole vueltas y vueltas con las sucias manos. A través de la neblina de miedo y dolor, el horror iba apoderándose de mí.

Las dos voces subieron de tono detrás de mí, y empecé a notar una rabia feroz en mi interior. Me puse en tensión. No podía luchar contra ellos, pero sabía que si conseguía agarrar mi laúd y meterme entre la muchedumbre, podría huir de mis agresores.

—... y ella seguía follando por ahí. Pero ahora solo cobra medio penique por polvo. Por eso tienes la cabeza tan blanda. Es un milagro que no tengas ninguna abolladura. Así que no te sientas mal, por eso te pones religioso con tanta facilidad —concluyó, triunfante, el primer chico.

Solo noté una ligera tensión a mi derecha. Yo también me puse en tensión, dispuesto a saltar.

—Pero gracias por la advertencia. Dicen que a Tehlu le gusta esconderse detrás de grandes montones de estiércol y que...

De pronto uno de los chicos se abalanzó sobre el otro y lo aprisionó contra la pared, y me encontré con los brazos libres. Di tres zancadas hasta donde estaba Pike, agarré el laúd por el mástil y tiré de él.

Pero Pike era más rápido de lo que yo había calculado, o más fuerte. No conseguí arrebatarle el laúd. Me quedé clavado, y Pike se levantó.

Mi frustración y mi ira iban en aumento. Solté el laúd y me lancé sobre Pike. Le arañé la cara y el cuello con fiereza, pero él era un veterano de las peleas callejeras y se protegió bien. Le hice una herida en la cara con una uña, desde la oreja hasta la barbilla. Entonces Pike se me echó encima y me obligó a retroceder hasta que me di contra la pared del callejón.

Me golpeé la cabeza contra la pared de ladrillo, y me habría caído si Pike no me hubiera estado apretando contra el muro desmoronadizo. Intenté respirar a boqueadas, y entonces me di cuenta de que llevaba un rato gritando.

Pike olía a sudor de varios días y a aceite rancio. Me sujetó los brazos junto a los costados mientras me apretaba aún más fuerte contra la pared. Pensé fugazmente que debía de haber soltado mi laúd.

Volví a aspirar por la boca y sacudí los brazos, golpeándome otra vez la cabeza contra la pared. Me encontré con la cara pegada contra el hombro de Pike y mordí con todas mis fuerzas. Noté cómo le desgarraba la piel con los dientes y el sabor de su sangre.

Pike dio un grito y se apartó de mí. Respiré hondo y sentí un fuerte dolor en el pecho.

Antes de que pudiera moverme o pensar, Pike volvió a sujetarme y me aporreó repetidamente contra la pared. Luego me agarró por el cuello, me dio la vuelta y me tiró al suelo.

Entonces fue cuando oí el ruido, y pareció que todo se detenía.

Después de que mataran a mi troupe, a veces soñaba con mis padres; los veía vivos, cantando. En mi sueño, su muerte había sido un error, un malentendido, una nueva obra que ellos estaban ensayando. Y por unos momentos sentía alivio del intenso dolor que me aplastaba constantemente. Los abrazaba, y los tres nos reíamos de mis infundadas preocupaciones. Cantaba con ellos, y durante un rato todo era maravilloso. Maravilloso.

De pronto despertaba, y me encontraba solo en la oscuridad, junto a la charca del bosque. ¿Qué hacía allí? ¿Dónde estaban mis padres?

Entonces lo recordaba todo, y era como si se me abriera una herida. Mis padres habían muerto y yo estaba terriblemente solo. Y ese gran peso que por unos instantes se había aligerado volvía a aplastarme, peor que antes, porque no estaba prevenido. Me tumbaba boca arriba y contemplaba la oscuridad; me dolía el pecho y me costaba respirar, y en el fondo sabía que nunca, jamás, nada volvería a ser como antes.

Cuando Pike me tiró al suelo, yo tenía el cuerpo tan entumecido que casi no noté cómo aplastaba el laúd de mi padre. El ruido que hizo fue como un sueño que se desvanece y volvió a producirme ese asfixiante dolor en el pecho.

Miré alrededor y vi a Pike respirando con dificultad y con la mano en un hombro. Uno de los chicos estaba arrodillado sobre el pecho del otro. Ya no peleaban: ambos me miraban, perplejos.

Me miré las manos, ensangrentadas y con astillas de madera clavadas.

—Ese cerdo me ha mordido —dijo Pike en voz baja, como si no pudiera creer lo que había pasado.

—Suéltame —dijo el chico que estaba tumbado en el suelo.

—Ya te dije que no debías decir esas cosas. Mira qué ha pasado.

Pike tenía el rostro crispado y muy colorado.

—¡Me ha mordido! —gritó, y me dio una fuerte patada dirigida a la cabeza.

Intenté apartarme sin estropear aún más el laúd. La patada me alcanzó en un riñón y me obligó a revolcarme de nuevo sobre los restos del instrumento, que se astilló aún más.

—¿Has visto lo que pasa cuando te burlas de Tehlu?

—Para ya con Tehlu. Sal de encima y recoge esa cosa. Quizá Diken todavía nos dé algo por él.

—¡Mira lo que has hecho! —siguió bramando Pike. Me dio una patada en el costado que casi me dio la vuelta. Los bordes de mi campo de visión empezaron a oscurecerse. Casi lo agradecí, porque era una distracción. Pero el otro dolor, más intenso, seguía allí, intacto. Cerré las manos ensangrentadas y formé dos puños doloridos.

—Las clavijas están enteras. Son de plata. Seguro que nos dan algo por ellas.

Pike volvió a llevar un pie hacia atrás. Intenté levantar las manos para parar el golpe, pero mis brazos se limitaron a temblar y Pike me alcanzó en el estómago.

—Coge ese trozo de ahí...

—Pike. ¡Pike!

Pike me dio otra patada en el estómago y vomité un poco en los adoquines.

—¡Eh! ¡Quietos! ¡Guardia! —Era una voz diferente. Hubo un momento de silencio, seguido de un correteo. Unos segundos más tarde, unas pesadas botas pasaron a mi lado y se perdieron a lo lejos.

Recuerdo el dolor en el pecho. Me desmayé.

Al despertar noté que alguien me vaciaba los bolsillos. Intenté sin éxito abrir los ojos.

Oí una voz que murmuraba:

—¿Esto es toda mi recompensa por salvarte la vida? ¿Un cobre y un par de ardites? ¿Cerveza para una noche? Maldito desgraciado. —El tipo tosió, y me llegó una vaharada que olía a licor rancio—. Qué manera de gritar. Si no hubieras gritado como una chica no habría venido corriendo.

Intenté decir algo, pero solo logré emitir un gemido.

—Bueno, estás vivo. Ya es algo, supongo. —Oí un gruñido; el tipo se levantó y los pasos de sus botas se alejaron hasta perderse en el silencio.

Al cabo de un rato conseguí abrir los ojos. Veía borroso y notaba la nariz más grande que el resto de la cabeza. Me la palpé y comprobé que estaba rota. Recordé lo que me había enseñado Ben; me sujeté la nariz poniendo una mano a cada lado y la retorcí con fuerza hasta ponerla en su sitio. Apreté los dientes y contuve un grito de dolor; los ojos se me llenaron de lágrimas.

Parpadeé y me tranquilicé al ver la calle, menos borrosa que hacía un rato. El contenido de mi saco estaba esparcido por el suelo: medio ovillo de cuerda, un cuchillo romo, *Retórica y lógica* y los restos del trozo de pan que me había dado el granjero. Parecía que hubiera pasado una eternidad.

El granjero. Pensé en Seth y Jake. Pan blando con mantequilla. Canciones como las que cantábamos en los carromatos. Su oferta de un lugar seguro, un nuevo hogar...

De pronto me asaltó un recuerdo y me inundó una oleada de pánico. Eché un vistazo al callejón y, al mover la cabeza, sentí un fuerte dolor. Aparté la basura con las manos y encontré unos restos de madera que reconocí al instante. Me quedé mirándolos, mudo, y el mundo pareció oscurecerse un poco alrededor de mí. Eché una ojeada a la delgada franja de cielo visible sobre mi cabeza y vi que se estaba tiñendo de rojo.

¿Qué hora era? Me apresuré a recoger mis cosas, tratando el libro de Ben con más cuidado que el resto de objetos, y eché a andar, cojeando, por donde creí que llegaría a la plaza de la Marinería.

Cuando encontré la plaza, la última luz del ocaso ya había desaparecido del cielo. Unos cuantos carros circulaban lentamente entre los compradores rezagados. Desesperado, fui de una esquina a otra de la plaza, buscando al anciano granjero que me había llevado hasta allí. Buscando una de esas feas y nudosas calabazas.

Cuando por fin encontré la librería junto a la que había aparcado Seth, estaba jadeando y tambaleándome. No veía a Seth ni su carreta por ninguna parte. Me dejé caer en el espacio que había dejado la carreta y noté el dolor de una docena de heridas que hasta ese momento me había obligado a ignorar.

Me las toqué, una por una. Tenía varias costillas doloridas, aunque no sabía si estaban rotas o si el cartílago estaba desgarrado. Si movía la cabeza demasiado deprisa, me mareaba y me daban náuseas; seguramente sufría una conmoción. Tenía la nariz rota, y más cardenales y desolladuras de los que podía contar. Además estaba hambriento.

Como el hambre era lo único que podía solucionar, cogí el pan que me quedaba y me lo comí. No fue suficiente, pero era mejor que nada. Bebí un poco de agua de un abrevadero; tenía tanta sed que no me importó que el agua estuviera agria y salobre.

Pensé en marcharme de allí, pero en mi estado tendría que caminar durante horas. Además, no había nada esperándome en las afueras de la ciudad, salvo kilómetros y kilómetros de tierras de labranza cosechadas. Ni árboles que me protegieran del viento. Ni madera para encender fuego. Ni conejos a los que ponerles cepos. Ni raíces que arrancar. Ni brezo para improvisar una cama.

Tenía tanta hambre que me dolía el estómago. Allí, al menos, olía a pollo cocinándose. Habría seguido el rastro de ese olor, pero estaba mareado y me dolían las costillas. Quizá al día siguiente alguien me diera algo de comer. De momento estaba demasiado cansado. Lo único que quería era dormir.

Los adoquines estaban perdiendo el último calor del sol y el viento soplaba cada vez con más fuerza. Me metí en el portal de la librería para protegerme del viento. Estaba a punto de dormirme cuando el dueño de la tienda abrió la puerta, me dio una patada y me amenazó con llamar a los guardias si no me largaba de allí. Me alejé cojeando tan aprisa como pude.

Después encontré unas cajas vacías en un callejón. Me acurruqué detrás de ellas, magullado y exhausto. Cerré los ojos e intenté no recordar lo que era dormir caliente y con el estómago lleno, rodeado de gente que te quería.

Esa fue la primera noche de los casi tres años que pasé en Tarbean.

21

Sótano, pan y cubo

Si hubiera comido algo podría decir que era pasada la hora de comer. Estaba mendigando en la Rambla del Comercio; hasta ese momento había conseguido dos patadas (de un guardia y de un mercenario), tres empujones (de dos carromateros y de un marinero), una original maldición relativa a una inverosímil configuración anatómica (también del marinero) y una rociada de babas de un repugnante anciano de ocupación indeterminada.

Y un ardite de hierro. Aunque eso lo atribuí más a las leyes de la probabilidad que a la bondad humana. Hasta un cerdo ciego encuentra una bellota de vez en cuando.

Llevaba casi un mes viviendo en Tarbean, y el día anterior había probado por primera vez qué tal se me daba robar. Fue una experiencia muy desalentadora. Me habían pillado con la mano en el bolsillo de un carnicero, y me había llevado un porrazo tan tremendo en la cabeza que todavía me mareaba cuando intentaba ponerme en pie o girar la cabeza demasiado deprisa. Desanimado por mi primera incursión en el robo, había decidido que ese día me dedicaría a pedir limosna. Y de momento, el día estaba resultando mediocre.

El hambre me comprimía el estómago, y un solo ardite de pan rancio no iba a ayudarme mucho. Me estaba planteando trasladarme a otra calle cuando vi a un niño que corría hacia un mendigo más joven que yo. Le dijo algo al oído, con prisas, y ambos se marcharon pitando.

Los seguí, por supuesto; todavía me quedaba algo de curiosidad. Además, cualquier cosa que los alejara de la esquina de una calle bulliciosa en pleno día merecía que le dedicase atención. Quizá los tehlinos estuvieran repartiendo pan otra vez. O quizá hubiera volcado un carro de fruta. O quizá los guardias estuvieran ahorcando a alguien. Cualquiera de esas cosas bien valía media hora de mi tiempo.

Seguí a los niños por las sinuosas calles hasta que los vi doblar una esquina y bajar unos escalones que conducían al sótano de un edificio ruinoso. Me detuve; el sentido común sofocó la débil chispa de mi curiosidad.

Los niños reaparecieron al poco rato; cada uno llevaba un pedazo de pan moreno. Los vi pasar, riendo y dándose empujones. El pequeño, que no debía de tener más de seis años, me vio mirarlo y me hizo señas con la mano.

—Todavía queda un poco —dijo con la boca llena—. Pero será mejor que te des prisa.

Mi sentido común hizo una rápida corrección, y me dirigí con cautela hacia los escalones. Al final de los escalones había unas tablas podridas, lo único que quedaba de una puerta rota. Detrás de las tablas atisbé un corto pasillo que conducía a una habitación escasamente iluminada. Una joven de mirada pétrea me dio un empujón y pasó a mi lado sin mirarme. También llevaba un trozo de pan.

Pasé por encima de los trozos de puerta rota y entré en la húmeda y fría habitación. Di unos pasos, y entonces oí un débil gemido que me hizo parar en seco. Era un sonido casi animal, pero mi oído me decía que provenía de una garganta humana.

No sé qué esperaba encontrar, pero desde luego nada parecido a lo que encontré. Había dos lámparas viejas alimentadas con aceite de pescado que arrojaban débiles sombras contra las paredes de piedra oscura. Había seis catres en la habitación, todos ocupados. Dos niños que eran poco más que bebés compartían una manta en el suelo de piedra, y otro estaba acurrucado en un montón de harapos. Un chico de mi edad estaba sentado en un oscuro rincón, con la cabeza apoyada en la pared.

Uno de los niños se movió un poco en su catre, como si se agitara en sueños. Pero había algo en su forma de moverse que resultaba extraño. Era un movimiento forzado, demasiado tenso. Me acerqué y vi que el crío estaba atado al catre. Todos lo estaban.

El niño tiró de las cuerdas e hizo ese ruido que yo había oído desde el pasillo. Entonces sonó mucho más claro, un largo y lastimero grito: «Aaaaabaaaah».

Al principio pensé en todas las historias que había oído sobre el duque de Gibea. El duque y sus secuaces secuestraron y torturaron a gente durante veinte años, hasta que la iglesia intervino y puso fin a sus atrocidades.

—Qué, qué —dijo una voz desde la otra habitación. Era una voz con una inflexión extraña, como si en realidad no estuviera formulando una pregunta.

El niño del catre tiró de las cuerdas.

—Aaahbeeeh.

Un hombre entró por el umbral limpiándose las manos en la parte delantera de una túnica andrajosa.

—Qué, qué —repitió en el mismo tono monocorde.

Era una voz vieja y cansada, pero también paciente. Paciente como una roca o como una gata con gatitos. No era la clase de voz que yo le habría atribuido al duque de Gibea.

—Qué, qué. Ya va, ya va, Tanee. No me he ido, estaba aquí mismo. Ya he vuelto. —Dio unos golpecitos con un pie en el desnudo suelo de piedra. Iba descalzo. Noté cómo la tensión se vaciaba lentamente de mi cuerpo. Fuera lo que fuese lo que estaba pasando allí, no parecía tan siniestro como había pensado al principio.

Al ver aparecer a aquel hombre, el niño dejó de tirar de las cuerdas.

—Eeeeeaah —dijo, y tiró de las cuerdas que lo sujetaban.

—¿Qué? —Esa vez sí era una pregunta.

—Eeeeeaah.

—¿Hmmm? —El anciano miró alrededor y me vio—. Ah, hola. —Volvió a mirar al niño que estaba en el catre—. ¡Qué despabilado estás hoy! ¡Tanee me ha llamado para que vea que tenemos visita! —Tanee compuso una macabra sonrisa y dio un sonoro graznido. El sonido que emitió no se parecía en nada a aquel lastimero gemido; era evidente que estaba riendo.

El anciano se volvió hacia mí y dijo:

—No te reconozco. ¿Habías estado aquí antes?

Negué con la cabeza.

—Bueno, tengo un poco de pan de hace solo dos días. Si me llenas un cubo de agua, puedes llevarte todo el pan que puedas comerte. —Me miró—. ¿Te parece bien?

Asentí. Aparte de los catres, los únicos muebles que había en la habitación eran una silla, una mesa y un barril abierto junto a una de las puertas. Encima de la mesa había amontonadas cuatro grandes hogazas de pan.

El anciano asintió también, y luego empezó a avanzar con cuidado hacia la silla. Andaba con cautela, como si le dolieran los pies al pisar.

Llegó a la silla, se sentó y señaló el barril que estaba junto a la puerta.

—Detrás de la puerta hay una bomba y un cubo. No hace falta que corras, no es ninguna carrera. —Mientras hablaba, cruzó distraídamente las piernas y empezó a frotarse un pie.

«Mala circulación —pensó una parte de mi mente que llevaba tiempo sin utilizar—. Riesgo de infección y molestias considerables. Debería tener los pies y las piernas en alto, darse masajes y bañarlos en una infusión caliente de corteza de sauce, alcanfor y arruruz.»

—No llenes demasiado el cubo. No quiero que te lastimes ni que te mojes. Aquí abajo ya hay bastante humedad. —Puso el pie en el suelo y se agachó para coger en brazos a uno de los bebés que empezaba a moverse, inquieto, en la manta.

Mientras llenaba el barril, yo miraba de reojo al anciano. Tenía el pelo gris, pero a pesar de eso, y de sus andares lentos y comedidos, vi que no era muy viejo. Tendría unos cuarenta años, quizá menos. Llevaba una larga túnica, remendada hasta tal punto que no se distinguían la forma ni el color originales. Aunque iba casi tan harapiento como yo, iba más limpio. Lo cual no quiere decir que fuera precisamente limpio, sino más limpio que yo. No era difícil.

Se llamaba Trapis. La túnica remendada era la única prenda que tenía. Pasaba casi todas las horas del día en aquel húmedo sótano cuidando a los desesperados que no le importaban a nadie más. La mayoría eran niños. Algunos, como Tanee, tenían que estar atados para que no se lastimaran ni se cayeran de la cama. Otros, como Jaspin, que había enloquecido dos años atrás, tenían que estar atados para que no lastimaran a los demás.

Paralíticos, tullidos, catatónicos, espásticos... Trapis los cuidaba a todos con la misma paciencia infinita. Jamás le oí quejarse de nada, ni siquiera de sus pies descalzos, que estaban siempre hinchados y que debían de producirle un dolor constante.

Nos ofrecía a los niños toda la ayuda que podía, un poco de comida cuando la tenía. A cambio, nosotros le llevábamos agua, le fregábamos el suelo, le hacíamos encargos y cogíamos a los bebés en brazos para que no lloraran. Hacíamos todo lo que nos pedía, y cuando no había comida, al menos siempre había un poco de agua, una sonrisa cansada y alguien que nos miraba como si fuéramos humanos y no animales vestidos con harapos.

A veces daba la impresión de que Trapis se encargaba él solo de todas las criaturas desesperadas de aquella zona de Tarbean. Nosotros, a cambio, lo queríamos con una ferocidad de que solo son capaces los animales. Si alguien le hubiera levantado una mano a Trapis, un centenar de niños enfurecidos lo habrían hecho trizas en medio de la calle.

Esos primeros meses fui con frecuencia a su sótano, y luego cada vez menos. Trapis y Tanee eran buenos compañeros. Ninguno de nosotros sentía la necesidad de hablar demasiado, y eso me gustaba. Pero los otros niños de la calle me ponían muy nervioso, así que solo iba por allí cuando estaba desesperado y necesitaba ayuda, o cuando tenía algo que compartir.

Pese a que casi nunca estaba allí, era agradable saber que había un sitio en la ciudad donde no me darían patadas, no me perseguirían ni me escupirían. Saber que existían Trapis y su sótano me ayudaba cuando estaba solo en los tejados. Era casi como un hogar al que siempre podías regresar. Casi.

22

Tiempo de demonios

Esos primeros meses en Tarbean aprendí muchas cosas.

Aprendí qué posadas y qué restaurantes tiraban la mejor comida, y lo podrida que tenía que estar la comida para ponerte enfermo si te la comías.

Aprendí que el complejo de edificios, cercado por una tapia, que había cerca de los muelles era el templo de Tehlu. A veces los tehlinos nos daban pan, pero antes de coger nuestra hogaza teníamos que rezar unas oraciones. No me importaba; era más fácil que mendigar. A veces, los sacerdotes de túnica gris intentaban que entrara en la iglesia para rezar las oraciones, pero yo había oído rumores, y cuando me lo pedían me escapaba, tanto si ya me habían dado la hogaza como si no.

Aprendí a esconderme. Tenía un sitio secreto encima de una vieja curtiduría, donde confluían tres tejados proporcionándome abrigo del viento y de la lluvia. Escondí el libro de Ben bajo las vigas, envuelto en una lona. Solo lo sacaba de allí de vez en cuando, como si fuera una reliquia sagrada. El libro era el único objeto sólido de mi pasado que conservaba, y tomaba todo tipo de precauciones para protegerlo.

Aprendí que Tarbean es enorme. Si no la has visto con tus propios ojos, no puedes imaginarlo. Es como el océano. Por mucho que te hayan hablado del agua y de las olas, no te haces una idea de su tamaño hasta que te plantas en la orilla. No comprendes realmente el océano hasta que te hallas en medio de él, rodeado de agua por todos los lados extendiéndose hasta el infinito.

Solo entonces comprendes lo pequeño y lo impotente que eres.

Parte de la inmensidad de Tarbean se debe a que está dividida en un millar de barrios, cada uno con su propia personalidad. El Conejal, Arrieros, Lavanderas, Centro, Cererías, Toneleros, el Puerto, La Brea, Sastrerías... Podías pasar una vida entera en Tarbean sin llegar a conocer todos sus barrios.

Sin embargo, a efectos prácticos Tarbean tenía dos sectores: la Ribera y la Colina. En la Ribera vivían los pobres: mendigos, ladrones y prostitutas. En la Colina vivían los ricos: abogados, políticos y cortesanos.

Llevaba dos meses en Tarbean cuando se me ocurrió probar suerte en la Colina. El invierno se había apoderado con firmeza de la ciudad, y las Fiestas del Solsticio de Invierno hacían que las calles fueran más peligrosas que de costumbre.

Eso me sorprendió. Todos los inviernos, desde que yo tenía uso de razón, nuestra troupe había organizado las Fiestas del Solsticio de Invierno en algún pueblo. Disfrazados con máscaras de demonios, aterrorizábamos a los habitantes durante los siete días del Gran Duelo, para gran regocijo de todos. Mi padre estaba tan convincente interpretando a Encanis que parecía que lo hubiéramos conjurado. Lo más importante es que dábamos miedo y al mismo tiempo teníamos cuidado. Nadie resultó jamás herido cuando nuestra troupe se encargaba de los festejos.

Pero en Tarbean era diferente. Bueno, los elementos de la fiesta eran los mismos. Había hombres con máscaras de demonio pintadas con colores chillones merodeando por la ciudad y haciendo trastadas. También estaba Encanis, con la máscara negra tradicional y causando problemas más graves. Y aunque yo no lo había visto, estaba seguro de que Tehlu, con su máscara plateada, debía de rondar por los barrios más ricos interpretando su papel. Como digo, los elementos de la fiesta eran los mismos.

Pero la forma de interpretar esos personajes era diferente. Para empezar, Tarbean era demasiado grande para que una sola troupe aportara suficientes demonios. Un centenar de troupes no habrían sido suficientes. Así que en lugar de pagar a profesionales, que era lo más sensato y lo más seguro, las iglesias de Tarbean optaban por vender máscaras de demonio, lo que resultaba más lucrativo.

Por eso, el primer día del Gran Duelo, diez mil demonios andaban sueltos por la ciudad. Diez mil demonios aficionados, con licencia para hacer cualquier trastada que se les ocurriera.

Podría parecer que esa era una situación ideal de la que un joven ladrón sabría aprovecharse, pero en realidad era todo lo contrario. Los demonios eran siempre de la Ribera. Y aunque la mayoría se comportaban correctamente, y huían al oír el nombre de Tehlu y mantenían sus diabluras dentro de unos límites razonables, muchos no lo hacían. Los primeros días del Gran Duelo eran peligrosos, y yo pasaba la mayor parte del tiempo evitando correr riesgos.

Pero al acercarse el Solsticio, las cosas se calmaron. El número de demonios fue disminuyendo gradualmente, porque la gente perdía sus máscaras o se cansaba del juego. Tehlu también contribuyó a eliminar a unos cuantos, pero con máscara plateada o sin ella, estaba solo, y no habría podido cubrir toda Tarbean en solo siete días.

Escogí el último día del Gran Duelo para ir a la Colina. El día del Solsticio de Invierno la gente siempre está de muy buen humor, y eso se traduce en buenas limosnas. Además, como el número de demonios había disminuido considerablemente, ya no era tan peligroso andar por la calle.

Me puse en marcha a primera hora de la tarde; estaba hambriento, porque no había podido robar nada de pan. Recuerdo que me sentía vagamente emocionado. Quizá una parte de mí recordara otras Fiestas del Solsticio que había pasado con mi familia: comidas calientes y, luego, camas calientes. Quizá me hubiera afectado el olor de las ramas que la gente amontonaba y a las que después prendía fuego para celebrar el triunfo de Tehlu.

Ese día aprendí dos cosas. Aprendí por qué los mendigos no salen de la Ribera y aprendí que, diga lo que diga la iglesia, el Solsticio es el tiempo de los demonios.

Salí de un callejón y, de inmediato, noté lo diferente que era la atmósfera en aquella zona de la ciudad.

En la Ribera, los comerciantes abordaban a la gente por la calle y la engatusaban con la esperanza de hacerla entrar en sus tiendas. Si no lo conseguían, no les importaba ponerse belicosos: maldecían e incluso intimidaban a los transeúntes.

En la Colina, los tenderos se retorcían las manos con nerviosismo. Saludaban con la cabeza, se contenían y se mostraban indefectiblemente corteses. Nunca elevaban la voz. Después de la cruda realidad de la Ribera, tuve la impresión de haber entrado en un baile elegante. Todo el mundo llevaba ropa nueva. Todo el mundo iba limpio y parecía estar participando en una especie de compleja danza social.

Pero también en la Colina había sombras. Eché un vistazo a la calle y vi a un par de hombres escondidos en el callejón, enfrente de mí. Llevaban unas bonitas máscaras de color rojo sangre, realmente fieras. Una tenía la boca abierta, y la otra sonreía mostrando unos dientes blancos y afilados. Ambos llevaban la tradicional túnica negra con capucha, y eso me pareció bien. En la Ribera, muchos demonios no se molestaban en ponerse el disfraz adecuado.

La pareja de demonios empezó a seguir a una pareja bien vestida que paseaba tranquilamente por la calle, cogida del brazo. Los demonios los siguieron con cautela durante unos treinta metros; entonces uno de ellos le arrancó el sombrero al caballero y lo lanzó a un montón de nieve cercano. El otro abrazó bruscamente a la mujer y la levantó del suelo. La mujer chilló mientras su acompañante, muy desconcertado, forcejeaba con los demonios, que intentaban arrebatarle el bastón.

Afortunadamente, la mujer no perdió la compostura.

—¡*Tehus*! ¡*Tehus*! —gritó—. ¡*Tehus antausa eha*!

Al oír el nombre de Tehlu, las dos figuras enmascaradas se acobardaron; dieron media vuelta y echaron a correr.

Todos aplaudían. Un tendero ayudó al caballero a recuperar su sombrero. Me sorprendió mucho lo civilizado que resultaba todo. Por lo visto, en aquella parte de la ciudad hasta los demonios eran educados.

Envalentonado por lo que acababa de ver, observé a la multitud, buscando a mis mejores candidatos. Me acerqué a una joven. Llevaba un vestido de color azul pastel y un chal de piel blanca. Tenía el cabello rubio y largo, con rizos alrededor de la cara.

Me acerqué a ella, y la mujer me miró y se detuvo. Le oí dar un grito ahogado de sorpresa al mismo tiempo que se llevaba una mano a la boca.

—¿Unos peniques, señora? —Extendí una mano y la hice temblar un poco. La voz también me temblaba—. Por favor. —Intenté parecer tan insignificante y desesperado como me sentía, arrastrando los pies sobre la fina capa de nieve gris.

—Pobrecillo mío —dijo la mujer con un hilo de voz. Rebuscó en su bolso, sin poder o sin querer quitarme los ojos de encima. Pasados unos instantes, miró en su bolso y extrajo algo de él. Cuando me dobló los dedos alrededor del objeto, noté el frío y tranquilizador peso de una moneda.

—Gracias, señora —dije automáticamente. Miré un momento y atisbé un destello de plata entre mis dedos. Abrí la mano y vi un penique de plata. Un penique de plata enterito.

Abrí la boca. Un penique de plata equivalía a diez peniques de cobre, o a cincuenta peniques de hierro. Es más, equivalía a tener el estómago lleno todas las noches durante medio mes. Con un penique de hierro, podría dormir en el suelo en el Ojo Rojo; con dos, podría dormir frente a la chimenea, junto a las brasas. Podría comprarme una manta y esconderla en los tejados, y calentarme con ella todo el invierno.

Miré a la mujer, que seguía contemplándome con gesto compasivo. Ella no podía saber todo lo que había puesto al alcance de mi mano con lo que acababa de hacer.

—Gracias, señora —dije con la voz quebrada. Recordé una de las cosas que decíamos cuando vivía en la troupe—: Que todas sus historias sean alegres, y que todos sus caminos sean cortos y llanos.

Ella me sonrió, y quizá me habría dicho algo, pero noté una sensación extraña en la nuca. Alguien me estaba observando. Cuando vives en la calle, o desarrollas una sensibilidad especial para detectar ciertas cosas, o tu vida está condenada a ser breve y desgraciada.

Giré la cabeza y vi a un tendero que hablaba con un guardia y que me señalaba. No era un guardia como los de la Ribera. Iba erguido y bien afeitado. Llevaba un jubón de cuero negro con tachones, e iba provisto de un garrote forrado de latón, tan largo como su brazo. Alcancé a oír parte de lo que le estaba diciendo el tendero.

—... clientes. ¿Quién va a comprar chocolate si...? —me señaló otra vez y dijo algo que no oí— ¿... le paga? Eso es. Quizá debería mencionar...

El guardia giró la cabeza y miró hacia donde estaba yo. Le vi los ojos. Me di la vuelta y eché a correr.

Me metí en el primer callejón que encontré; las finas suelas de mis zapatos resbalaban por la delgada capa de nieve que cubría el suelo. Oí las pesadas botas del guardia pisando detrás de mí; me metí por otro callejón que salía del primero.

Me ardía el pecho. Buscaba un sitio por donde meterme, un sitio donde escabullirme. Pero no conocía esa parte de la ciudad. No había montones de desperdicios donde esconderme, ni edificios en ruinas por los que trepar. Noté cómo la grava, fría y afilada, cortaba la suela de uno de mis zapatos. Seguí corriendo, pese a notar un fuerte dolor en el pie.

Doblé tres esquinas y fui a dar a un callejón sin salida. Estaba trepando por una de las paredes cuando noté una mano que se cerraba alrededor de mi tobillo y tiraba de mí hacia abajo.

Me golpeé la cabeza contra los adoquines y todo empezó a darme vueltas. El guardia me levantó del suelo sujetándome por el pelo y por una muñeca.

—Te crees muy listo, ¿verdad? —dijo jadeando y echándome el aliento en la cara. Olía a cuero y a sudor—. Ya eres mayorcito, deberías saber que no debes correr. —Me zarandeó bruscamente y me retorció el pelo. Grité mientras el callejón oscilaba alrededor de mí.

El guardia me apoyó contra una pared.

—Y deberías saber que no puedes venir a la Colina. —Siguió zarandeándome—. ¿Eres mudo, chico?

—No —dije, medio atontado, mientras tocaba la fría pared con la mano que tenía libre—. No.

Mi respuesta lo enfureció.

—¿No? —dijo con rabia—. Me has hecho quedar mal, chico. Podrían amonestarme. Si no eres mudo, debe de ser que necesitas una lección. —Me levantó y me tiró. Me golpeé el codo contra el suelo y se me quedó el brazo insensible. Sin querer, abrí la mano con que aferraba un mes de comida, mantas calientes y zapatos secos. Un valioso objeto salió despedido y fue a parar al suelo con un breve tintineo.

Apenas lo noté. El aire produjo un zumbido e, inmediatamente después, el garrote del guardia se estrelló contra mi pierna. El tipo me gruñó:

—No vuelvas a la Colina, ¿entendido? —Volvió a pegarme con el garrote, esa vez entre los omoplatos—. Los hijos de puta como tú no podéis pasar de la calle del Barbecho. ¿Entendido? —Me dio un revés en la cara; noté el sabor de la sangre y mi cabeza rebotó en los adoquines cubiertos de nieve.

Me hice un ovillo mientras el guardia me decía entre dientes:

—Y yo trabajo en la calle del Molino y en el mercado del Molino, así que no-vuelvas-más-por-aquí. —Enfatizó cada palabra con un golpe de garrote—. ¿Me has entendido?

Me quedé allí tendido, temblando sobre la nieve revuelta, confiando en que todo hubiera terminado y en que el guardia se marchara.

—¿Entendido? —Me dio una patada en el estómago y noté que se rompía algo dentro de mí.

Di un grito, y debí de farfullar algo. Al ver que no me levantaba, el guardia me dio otra patada y se marchó.

Creo que me desmayé, o al menos me quedé aturdido. Cuando por fin recobré los sentidos, estaba anocheciendo. Estaba muerto de frío. Me arrastré por la nieve fangosa y por la basura húmeda buscando a tientas el penique de plata; tenía los dedos tan entumecidos por el frío que apenas podía moverlos.

Tenía un ojo hinchado —no podía separar del todo los párpados— y sangre en la boca, pero seguí buscando hasta que la luz del anochecer se extinguió por completo. Aunque el callejón estaba negro como boca de lobo, seguí removiendo la nieve con las manos; en el fondo, sabía que tenía los dedos tan ateridos que, aunque tuviera la suerte de tocar la moneda, no la notaría.

Me apoyé en la pared para levantarme y me puse a andar. El pie que me había lastimado me impedía avanzar deprisa. El dolor me atenazaba la pierna con cada paso que daba, e intenté utilizar la pared como muleta para no apoyar tanto peso en ella.

Llegué a la Ribera, la parte de la ciudad donde me sentía más en mi casa. Tenía el pie agarrotado e insensible a causa del frío, y aunque eso preocupaba a mi parte más racional, mi parte más pragmática se alegraba de que al menos hubiera una parte del cuerpo que no me doliera.

Mi escondite estaba a varios kilómetros y la cojera me obligaba a avanzar muy despacio. Debí de caerme. No lo recuerdo, pero sí recuerdo estar tendido sobre la nieve y darme cuenta de lo maravillosamente cómodo que estaba. Noté que el sueño me cubría poco a poco como una gruesa manta, como la muerte.

Cerré los ojos. Recuerdo el profundo silencio de la calle desierta a mi alrededor. Estaba demasiado entumecido y cansado para sentir miedo. En mi delirio, imaginaba la muerte con forma de un gran pájaro con alas de fuego y sombras. Estaba suspendida sobre mí, observándome pacientemente, esperándome...

Me dormí, y el gran pájaro me envolvió con sus llameantes alas. Imaginé un calor delicioso. Entonces el pájaro me clavó las garras, desgarrándome...

No, solo era el dolor de mis costillas rotas. Alguien me había dado la vuelta.

Adormilado, abrí un ojo y vi a un demonio inclinado sobre mí. En mi estado de credulidad y confusión, la visión de aquella figura con máscara de demonio me sobresaltó y me hizo despertar del todo; el tentador calor que había sentido unos momentos antes se desvaneció, dejándome el cuerpo flojo y sin fuerzas.

—Sí lo es. Ya te lo he dicho. ¡Hay un niño tendido en la nieve! —El demonio me levantó del suelo.

Ya despierto, me fijé en que la máscara era completamente negra. Era Encanis, el Señor de los Demonios. Me levantó del suelo y empezó a sacudirme la nieve que me cubría.

Con mi ojo bueno vi otra figura con una máscara de color verde pálido.

—Vamos... —dijo ese otro demonio con apremio; su voz, femenina, resonaba detrás de la hilera de puntiagudos dientes.

Encanis no le hizo caso.

—¿Estás bien? —me preguntó.

No supe qué responder, así que me concentré en conservar el equilibrio mientras el hombre seguía sacudiéndome la nieve con la manga de su túnica negra. Oí el sonido de cornetas a lo lejos.

El demonio de la máscara verde miró con nerviosismo hacia el final de la calle.

—Si nos alcanzan, estamos perdidos —dijo entre dientes.

Encanis me quitó la nieve del pelo con sus dedos enguantados; entonces hizo una pausa y se inclinó un poco más para examinarme la cara. Yo no lograba enfocar su negra máscara.

—Por el cuerpo de Dios, Holly, a este chico le han dado una paliza tremenda. Y el día del Solsticio, nada menos.

—Guardia —conseguí decir con voz ronca, y volví a notar el sabor de la sangre.

—Estás helado —dijo Encanis, y empezó a frotarme los brazos y las piernas con las manos, tratando de activar mi circulación—. Tendrás que venir con nosotros.

Volvieron a oírse las cornetas, más cerca y mezcladas con el débil murmullo de una multitud.

—No digas estupideces —dijo el otro demonio—. No está en condiciones de correr por la ciudad.

—Tampoco está en condiciones de quedarse aquí —le espetó Encanis, y siguió masajeándome los brazos y las piernas con fuerza. Poco a poco, empecé a recuperar la sensibilidad; básicamente, lo que sentía era unas punzadas de calor, un cosquilleo que era un doloroso vestigio del reconfortante calor que había sentido un minuto antes, cuando me estaba quedando dormido. El dolor me apuñalaba cada vez que el demonio me tocaba un cardenal, pero mi cuerpo estaba demasiado cansado para esquivarlo.

El demonio de la máscara verde se acercó y puso una mano sobre el hombro de su acompañante.

—¡Tenemos que irnos, Gerrek! Ya cuidará alguien de él. —Intentó llevarse a su amigo, pero no lo consiguió—. Si nos encuentran aquí, pensarán que hemos sido nosotros.

El hombre de la máscara negra soltó una palabrota; luego asintió y empezó a rebuscar debajo de su túnica.

—No vuelvas a tumbarte —me dijo con tono apremiante—. Y métete en algún sitio donde puedas calentarte. —El gentío se había acercado lo suficiente para que yo distinguiera voces aisladas en medio del ruido de cascos de caballos y del chirriar de ruedas de madera. El hombre de la máscara negra me tendió una mano.

Tardé un momento en enfocar lo que me estaba mostrando: un talento de plata, más grueso y más pesado que el penique que yo había perdido. Era tanto dinero que apenas podía pensar en él.

—Vamos, cógelo.

El desconocido era pura oscuridad: capa negra con capucha, máscara negra, guantes negros. Encanis estaba delante de mí ofreciéndome una moneda de plata en la que se reflejaba la luz de la luna. Recordé la escena de *Daeonica* en que Tarso vende su alma.

Cogí el talento, pero tenía la mano tan entumecida que no lo notaba. Tuve que mirarme la mano para asegurarme de que mis dedos lo sujetaban. Imaginé que sentía un calor extendiéndose por mi brazo, y me sentí fortalecido. Sonreí al desconocido de la máscara negra.

—Quédate también mis guantes. —Se los quitó y me los puso contra el pecho. Entonces la mujer de la máscara verde se llevó a mi benefactor antes de que yo pudiera darle las gracias. Los vi marchar. Sus túnicas oscuras les hacían parecer fragmentos de sombras contra los oscuros colores de las calles de Tarbean iluminadas por la luna.

Ni siquiera había transcurrido un minuto cuando vi aparecer la antorcha de los festejos, que doblaba la esquina y venía hacia mí. Las voces de un centenar de hombres y mujeres que cantaban y gritaban se me echaron encima como olas. Me aparté hasta que noté que mi espalda se apoyaba contra la pared; fui deslizándome débilmente hasta encontrar un portal.

Observé a la multitud desde el rincón del portal. La gente pasaba gritando y riendo. Tehlu, alto y orgulloso, iba en la parte de atrás de un carro tirado por cuatro caballos blancos. Su máscara, plateada, relucía bajo la luz de la antorcha. Vestía una inmaculada túnica blanca, con ribetes de piel en el cuello y en los puños. Unos sacerdotes de túnicas grises iban a pie, junto al carro, haciendo sonar campanillas y recitando oraciones. Muchos llevaban las gruesas cadenas de hierro de los sacerdotes penitentes. Los sonidos de las voces y las campanillas, de los rezos y las cadenas se mezclaban hasta formar una especie de música. Todos miraban a Tehlu. Nadie me vio, pues estaba bien protegido por la oscuridad del portal.

Tardaron casi diez minutos en pasar todos; entonces salí de mi escondite e inicié el regreso a casa. Iba muy despacio, pero me sentía fortalecido por la moneda que llevaba en el puño. De vez en cuando miraba el talento para asegurarme de que mi entumecida mano todavía lo sujetaba con fuerza. Quería ponerme los guantes que me habían regalado, pero temía que al hacerlo se me cayera la moneda y la perdiera en la nieve.

No sé cuánto tardé en llegar. Caminar me hizo entrar en calor, aunque todavía tenía los pies agarrotados e insensibles. Cuando miré por encima del hombro, vi el rastro de sangre que dejaba mi pie herido. Eso, curiosamente, me tranquilizó. Un pie que sangra es mejor que un pie completamente congelado.

Paré en la primera posada que encontré, el Hombre Risueño. Dentro había música y mucho jolgorio. Evité la puerta principal y me dirigí al callejón de la parte de atrás. Había un par de muchachas charlando en la puerta de la cocina, escaqueándose de sus tareas.

Fui cojeando hasta ellas, utilizando la pared como muleta. Ellas no me vieron hasta que casi me tuvieron encima. La más joven me miró y lanzó un grito de asombro.

Di un paso más hacia ellas.

—¿Podríais traerme comida y una manta? Tengo dinero. —Estiré un brazo, y me asusté al ver cómo me temblaba la mano, manchada de sangre de cuando me había tocado la cara. Notaba la cara interna de la mejilla en carne viva. Me dolía al hablar—. Por favor.

Ellas me miraron un momento, mudas de asombro. Entonces se miraron, y la mayor de las dos le hizo señas a la otra para que entrara en la posada. La más joven desapareció por la puerta sin decir nada. La mayor, que debía de tener dieciséis años, se acercó a mí y me tendió una mano.

Le di la moneda y dejé caer pesadamente el brazo junto al costado. Ella miró la moneda y se metió en la cocina sin volver a mirarme.

Dejaron la puerta abierta, y oí los cálidos y ajetreados sonidos de una posada en plena actividad: el débil murmullo de las conversaciones, salpicado de risas; el tintineo del cristal de las botellas; y los sordos golpazos de las jarras de madera sobre los tableros de las mesas.

Y, suavemente entretejido en todo aquello, la música de fondo de un laúd. Era débil, los otros ruidos la apagaban casi por completo, pero yo la distinguí con la misma claridad con que una madre distingue el llanto de su hijo aunque esté lejos de él. Esa música era como un recuerdo de la familia, de la amistad y de la agradable sensación de pertenencia a algo. Hizo que se me retorcieran las tripas y que me dolieran los dientes. Por un instante, dejaron de dolerme las manos de frío: ansiaban sentir la música corriendo por ellas.

Arrastré lentamente los pies y di un paso adelante. Poco a poco, sujetándome a la pared, me aparté de la puerta hasta que dejé de oír la música. Entonces di otro paso, hasta que volvieron a dolerme las manos de frío y hasta que solo noté en el pecho el dolor que me producían las costillas rotas. Esos eran unos dolores más simples y más fáciles de soportar.

No sé cuánto tiempo tardaron las dos muchachas en regresar. La más joven me dio una manta en la que había algo envuelto. Lo apreté contra el lastimado pecho. Parecía desproporcionadamente pesado para su tamaño, pero me temblaban los brazos bajo su propio peso, así que era difícil decirlo. La mayor me ofreció una pequeña bolsa de dinero, llena; la cogí también, y la agarré con tanta fuerza que me dolieron los dedos, rígidos de frío.

La muchacha me miró.

—Si quieres puedes echarte en un rincón junto al fuego —dijo.

La más joven se apresuró a asentir y añadió:

—A Nattie no le importará. —Se me acercó para cogerme del brazo.

Me aparté bruscamente y estuve a punto de caerme.

—¡No! —quise gritar, pero solo emití un débil graznido—. No me toques. —Me temblaba la voz, aunque no sabía si estaba enfadado o asustado. Me aparté, tambaleándome, hasta llegar a la pared. Oí mi propia voz, pastosa—: No, gracias.

La más joven rompió a llorar, con los brazos colgando, inútiles, al lado del cuerpo.

—Tengo un sitio adonde ir. —Se me quebró la voz y me di la vuelta. Me alejé de allí tan aprisa como pude. No sabía con certeza de qué huía, a menos que fuera de la gente. Esa era otra lección que había aprendido, quizá demasiado bien: la gente hacía daño. Oí unos sollozos amortiguados detrás de mí. Me pareció que tardaba una eternidad en llegar a la esquina.

Llegué a mi escondite, donde confluían los tejados de dos edificios bajo el alero de un tercero. No sé cómo conseguí trepar hasta allí.

Envuelta en la manta había una botella de vino con especias, una hogaza de pan recién hecho y una pechuga de pavo más grande que mis dos puños. Me envolví con la manta y me aparté del viento, porque empezaba a nevar otra vez. Los ladrillos de la chimenea que tenía detrás desprendían un calor prodigioso.

El primer trago de vino hizo que me ardiera el corte que tenía en la boca. Pero el segundo no me hizo tanto daño. El pan estaba tierno y el pavo, todavía caliente.

Desperté a medianoche, cuando empezaron a sonar todas las campanas de la ciudad. La gente corría y gritaba por las calles. Los siete días del Gran Duelo habían terminado. Había pasado el Solsticio de Invierno y había empezado un nuevo año.

23

La rueda ardiente

Permanecí en mi escondite toda la noche y desperté tarde al día siguiente. Todo mi cuerpo se había tensado formando un prieto nudo de dolor. Como todavía tenía comida y un poco de vino, me quedé donde estaba en lugar de intentar bajar a la calle, por miedo a caerme.

El cielo estaba nublado y soplaba un viento húmedo y pertinaz. Caía aguanieve más allá de la protección del saliente del tejado. Notaba el calor de la chimenea en la espalda, pero ese calor no era suficiente para secarme la manta ni la ropa empapada.

No tardé mucho en terminarme el pan y el vino, y después pasé la mayor parte del tiempo royendo los huesos del pavo e intentando calentar nieve en la botella de vino para poder bebérmela. Ninguna de las dos cosas resultó muy productiva, y acabé comiendo puñados de nieve fangosa que me dejaron temblando y con sabor a brea en la boca.

Pese a las lesiones, por la tarde me quedé dormido y desperté a altas horas de la noche envuelto en un calor maravilloso. Me quité la manta de encima y me aparte de la chimenea, demasiado caliente; volví a despertar casi al amanecer, temblando y empapado de sudor. Me sentía extraño, mareado y embotado. Volví a acurrucarme junto a la chimenea y pasé el resto del día nervioso y afiebrado, entrando y saliendo del sueño.

No recuerdo cómo conseguí bajar del tejado, delirando de fiebre y casi paralizado. No recuerdo haber recorrido las calles de Cererías y Embaladores. Solo recuerdo que me caí por la escalera que conducía al sótano de Trapis, agarrando con fuerza la bolsa de dinero llena. Me quedé allí tumbado, temblando y sudando, y al poco rato oí las débiles pisadas de sus pies desnudos sobre la piedra.

—Qué, qué —dijo suavemente Trapis al levantarme—. Ya va, ya va.

Trapis me cuidó durante los largos días que duró la fiebre. Me arropó con mantas, me dio de comer, y como la fiebre no daba señales de bajar por sus propios medios, empleó el dinero que yo había llevado para comprarme una medicina agridulce. Mantenía mi cara y mis manos húmedas y frías mientras murmuraba con paciencia y ternura: «Qué, qué. Ya va, ya va», mientras yo lloraba después de tener interminables sueños en que aparecían mis padres, los Chandrian y un hombre con ojos vacíos.

Desperté fresco y con la mente despejada.

—¡Ooooriaaaa! —gritó Tanee, que estaba atado en su camastro.

—Qué, qué. Ya va, ya va —dijo Trapis mientras dejaba a uno de los bebés y cogía a otro. El bebé miraba alrededor con los ojos oscuros muy abiertos, como una lechuza, pero parecía incapaz de mantener erguida la cabeza. La habitación estaba en silencio.

—¡Ooooriaaaa! —repitió Tanee.

Tosí para aclararme la garganta.

—Tienes una taza en el suelo —dijo Trapis mientras le pasaba una mano por la cabeza al bebé que tenía en brazos.

—¡Ooooh oohriii iiiaa! —bramó Tanee, puntuando su grito con unos extraños jadeos. El ruido agitó a los otros niños, que se movieron nerviosos en sus camastros. El mayor de todos ellos, que estaba en el rincón, se tapó las orejas con las manos y empezó a gemir. Comenzó a mecerse adelante y atrás, primero suavemente, luego cada vez con más ímpetu, hasta golpearse la cabeza en el suelo de piedra cuando se inclinaba.

Trapis llegó a su lado antes de que el niño pudiera hacerse daño de verdad. Lo abrazó y dijo: «Qué, qué. Ya va, ya va, Loni». El niño empezó a mecerse más despacio, pero no dejó de hacerlo del todo.

—No hagas tanto ruido, Tanee. —La voz del anciano era seria, pero no severa—. ¿Por qué alborotas tanto? Loni podría hacerse daño.

—Ooooriaaaa —repitió Tanee en voz baja. Detecté una nota de remordimiento en su voz.

—Me parece que quiere que le cuente una historia —dije a Trapis, sorprendiéndome a mí mismo.

—¡Aaaa! —dijo Tanee.

—¿Es eso lo que quieres, Tanee?

—Iiii.

Hubo un momento de silencio.

—Yo no sé ninguna historia —dijo Trapis.

Tanee permaneció callado y enfurruñado.

«Todo el mundo sabe alguna historia —pensé—. Todo el mundo sabe al menos una.»

—¡Ooooriaaaa!

Trapis miró alrededor, como si buscara una excusa.

—Bueno —dijo con reticencia—, hace tiempo que no contamos historias, ¿verdad? —Miró al niño que tenía en brazos—. ¿Te gustaría oír una historia, Loni?

Loni asintió con tanta vehemencia que estuvo a punto de golpearle la mejilla a Trapis con la cabeza.

—¿Te portarás bien y te sentarás tú solo para que pueda contaros una historia?

Loni dejó de mecerse casi de inmediato. Trapis lo soltó poco a poco y se apartó de él. Tras lanzarle una larga mirada para asegurarse de que el niño no volvería a las andadas, fue lentamente hasta su silla.

—Bueno —murmuró por lo bajo al mismo tiempo que se agachaba para coger en brazos al bebé que acababa de dejar—. ¿Tengo alguna historia? —le preguntó al niño, que tenía los ojos muy abiertos—. No, no tengo ninguna. ¿Recuerdo alguna? Será mejor que sí.

Hizo una larga pausa, tarareando al niño en sus brazos y con aire pensativo.

—Sí, claro. —Se irguió en el asiento—. ¿Estáis preparados?

Lo que voy a contaros pasó hace mucho tiempo. Antes de que naciéramos ninguno de nosotros. Y antes de que nacieran nuestros padres. Fue hace mucho tiempo. Quizá... quizá hace cuatrocientos años. No, más de cuatrocientos años. Mil años, seguramente. O quizá no tanto.

Eran malos tiempos. La gente estaba hambrienta y enferma. Había hambrunas y grandes epidemias. Había muchas guerras y otras cosas malas en esa época, porque no había nadie que las impidiera.

Pero lo peor de todo era que en esa época había demonios en el mundo. Algunos eran pequeños y molestos; herían a los caballos y agriaban la leche. Pero había otros mucho peores que esos.

Había demonios que se escondían en el cuerpo de las personas y las hacían enfermar o enloquecer, pero esos no eran los peores. Había demonios como grandes bestias que capturaban hombres y se los comían vivos, pero esos no eran los peores. Había demonios que les arrancaban la piel a las personas y la utilizaban para vestirse, pero esos tampoco eran los peores.

Había un demonio que destacaba entre todos: Encanis, la oscuridad devoradora. Pasara por donde pasase, su cara siempre estaba oculta en sombras, y los escorpiones que le picaban morían al entrar en contacto con tanta corrupción.

Pues bien, Tehlu, creador del mundo y señor de todas las cosas, vigilaba el mundo de los humanos. Vio que los demonios se burlaban de nosotros y nos mataban y se comían nuestros cuerpos. Salvó a algunos, pero solo a unos pocos. Porque Tehlu es justo y solo salva a los dignos de ser salvados, y en aquellos tiempos, muy pocas personas actuaban buscando su propio bien, y menos aún buscando el bien de los demás.

Eso hacía que Tehlu se sintiera desgraciado. Porque él había creado el mundo para que fuera un lugar agradable para los humanos. Pero su iglesia estaba corrompida; robaba a los pobres y no vivía de acuerdo con las leyes que él le había dictado...

No, esperad. Todavía no había iglesia, ni sacerdotes. Solo había hombres y mujeres, y algunos sabían quién era Tehlu. Pero incluso esos eran malvados, así que cuando pedían ayuda al señor Tehlu, él no se sentía inclinado a socorrerlos.

Pero tras años observando y esperando, Tehlu encontró a una mujer pura de corazón y de espíritu. Se llamaba Perial. Su madre le había enseñado quién era Tehlu, y ella lo adoraba tanto como se lo permitían sus pobres circunstancias. Pese a que la vida no era fácil para ella, Perial solo rezaba por los demás, y nunca por ella misma.

Tehlu la observó durante años. Vio que llevaba una vida difícil, llena de desgracias y tormentos a manos de los demonios y de otra gente malvada. Sin embargo, ella nunca maldijo a Tehlu ni dejó de rezar, y siempre trataba a todo el mundo con respeto y amabilidad.

Así que una noche Tehlu se apareció a Perial en un sueño. Se plantó ante ella; parecía que estuviera hecho de fuego o de luz solar. Se acercó a ella, resplandeciente, y le preguntó si sabía quién era.

—Por supuesto —contestó la mujer. No se puso nada nerviosa porque pensó que solo era un sueño extraño—. Eres Tehlu, mi señor.

Tehlu asintió y le preguntó si sabía por qué había ido a verla.

—¿Vas a hacer algo para ayudar a mi vecina Deborah? —preguntó ella. Porque antes de acostarse había estado rezando por su vecina—. ¿Vas a hacer algo para que su esposo Losel sea mejor persona? No la trata bien. Un hombre no debe ponerle nunca la mano encima a una mujer, salvo por amor.

Tehlu conocía a los vecinos de Perial. Sabía que eran indignos y que habían cometido maldades. Todos los habitantes del pueblo eran indignos excepto Perial. Todos los habitantes del mundo eran indignos. Se lo dijo.

—Deborah se ha portado muy bien conmigo —repuso Perial—. Y Losel, al que no le tengo ninguna simpatía, es mi vecino de todas formas.

Tehlu le dijo que Deborah se acostaba con muchos hombres, y que Losel bebía todos los días de la semana, incluso en Duelo. No, esperad. Todavía no existía el Duelo. Pero de todos modos, Losel bebía mucho. A veces se enfurecía tanto que pegaba a su esposa hasta que ella no se tenía en pie y ni siquiera podía llorar.

En su sueño, Perial guardó silencio. Sabía que Tehlu decía la verdad, pero aunque Perial era pura de corazón, no era necia. Ella ya sospechaba que sus vecinos hacían esas cosas que Tehlu había mencionado. Con todo, incluso sabiéndolo con certeza, seguía sintiendo cariño por ellos.

—¿No vas a ayudarla?

Tehlu dijo que los dos esposos eran un buen castigo el uno para el otro. Eran malos, y a la gente mala había que castigarla.

Perial habló con sinceridad, quizá porque creía que estaba soñando; pero seguramente habría dicho lo mismo si hubiera estado despierta, porque Perial siempre decía lo que pensaba.

—Ellos no tienen la culpa de que la vida sea tan difícil ni de que haya tanta hambre y tanta tristeza en el mundo —dijo—. ¿Qué se puede esperar de la gente si tiene que convivir con los demonios?

Pero aunque Tehlu escuchó las sabias palabras de Perial con los oídos, insistió en que los humanos eran malvados, y en que a los malvados había que castigarlos.

—Me parece que no sabes qué significa ser humano —replicó ella—. Y yo, si pudiera, los ayudaría de todas formas —dijo con decisión.

—Pues así será —dijo Tehlu; estiró un brazo y le puso la mano sobre el corazón. Cuando Tehlu la tocó, Perial sintió como si fuera una gran campana dorada que acabaran de tañer por vez primera. Abrió los ojos y comprendió que aquel no había sido un sueño normal.

Por eso no le sorprendió descubrir que estaba embarazada. Tres meses más tarde, dio a luz a un precioso niño de ojos oscuros. Lo llamó Mend. El día después de nacer, Mend ya gateaba. Dos días más tarde, sabía andar. Perial estaba sorprendida, pero no preocupada, porque sabía que su hijo era un regalo de Dios.

Sin embargo, Perial era una mujer sabia. Ella sabía que la gente no lo entendería, así que no se separaba de Mend, y cuando sus amigos y vecinos iban a visitarla, ella los echaba con cualquier pretexto.

Pero esa situación no podía prolongarse mucho, porque en los pueblos pequeños no se pueden guardar secretos. La gente sabía que Perial no estaba casada. Y aunque en esos tiempos era habitual que nacieran hijos fuera del matrimonio, no lo era que los niños se convirtieran en hombres en menos de dos meses. La gente temía que Perial se hubiera acostado con un demonio, y que su hijo fuera hijo de un demonio. Esas cosas no eran insólitas en esos oscuros tiempos, y la gente tenía miedo.

Así que el primer día del séptimo ciclo se reunieron todos y fueron a la casita donde Perial vivía con su hijo. El herrero del pueblo, que se llamaba Rengen, hizo de portavoz.

—Enséñanos al niño —gritó. Pero no hubo respuesta—. Tráenos al niño y demuéstranos que es humano, como nosotros.

La casa seguía en silencio, y aunque había muchos hombres en la calle, nadie quería entrar en la casa donde se sospechaba que habitaba un demonio. Así que el herrero volvió a gritar:

—Trae al joven Mend, Perial, o quemaremos la casa con vosotros dentro.

Se abrió la puerta y salió un hombre. Nadie lo reconoció, porque aunque solo hacía siete ciclos que había salido del vientre de su madre, Mend aparentaba diecisiete años. Se quedó allí plantado, orgulloso, con sus negros ojos y su negro cabello.

—Yo soy el que llamáis Mend —dijo con una voz grave y sonora—. ¿Qué queréis de mí?

Al oír su voz, Perial, que seguía dentro de la casa, dio un grito ahogado. Además de ser la primera vez que Mend hablaba, Perial reconoció su voz: era la misma que había oído en un sueño, meses atrás.

—¿Qué quieres decir con eso de que te llamamos Mend? —preguntó el herrero asiendo con fuerza su martillo. Sabía que había demonios que parecían humanos, o que se disfrazaban con su piel, como hacían algunos ocultándose bajo una piel de cordero.

El niño que ya no era un niño dijo:

—Soy el hijo de Perial, pero no soy Mend. Y tampoco soy un demonio.

—Entonces toca el hierro de mi martillo —dijo Rengen, porque sabía que los demonios temían dos cosas: el hierro frío y el fuego limpio. Le tendió su pesado martillo de forja. Le temblaban las manos, pero nadie se lo reprochó.

El que no era Mend dio un paso adelante y puso ambas manos sobre la cabeza de hierro del martillo. No sucedió nada. Perial, que observaba desde el umbral de su casa, rompió a llorar, porque aunque confiaba en Tehlu, en el fondo había temido por su hijo.

—No soy Mend, aunque ese es el nombre que me puso mi madre. Soy Tehlu, señor de todas las cosas. He venido a liberaros de los demonios y de la maldad de vuestros corazones. Soy Tehlu, hijo de mí mismo. Que los malvados oigan mi voz y tiemblen.

Y todos temblaron. Pero algunos se resistían a creer. Lo llamaron demonio y lo amenazaron. El miedo les hizo pronunciar duras palabras. Algunos le lanzaron piedras y lo maldijeron, y escupieron hacia donde estaban su madre y él.

Entonces Tehlu se enfureció, y habría podido matarlos a todos, pero Perial se le acercó y le puso una mano en el hombro para retenerlo.

—¿Qué se puede esperar de ellos? —le preguntó en voz baja—. De unos hombres que conviven con los demonios. Hasta el mejor de los perros muerde cuando se cansa de que lo maltraten.

Tehlu reflexionó y comprendió que Perial era una mujer sabia. Miró en el corazón de Rengen y dijo:

—Rengen, hijo de Engen, tienes una amante a la que pagas para que se acueste contigo. Engañas y robas a tus empleados. Y aunque rezas en voz alta, no crees que yo, Tehlu, creara el mundo ni que vigile a todos los que vivís en él.

Al oír eso, Rengen palideció y dejó caer el martillo al suelo. Porque lo que Tehlu acababa de decir era cierto. Tehlu miró a todos los hombres y mujeres que se hallaban allí. Miró dentro de sus corazones y dijo lo que veía. Todos eran indignos, hasta tal punto que Rengen podía considerarse uno de los mejores.

Entonces Tehlu trazó una raya en el suelo que lo separaba de los vecinos.

—Este camino es como el sinuoso curso de una vida. Hay dos caminos paralelos que podéis tomar. Todos vosotros viajáis ya por ese lado del camino. Tenéis que elegir. Podéis quedaros en vuestro camino, o cruzar y venir al mío.

—Pero el camino es el mismo, ¿no? Lleva al mismo sitio —dijo alguien.

—Sí.

—¿Adónde lleva el camino?

—A la muerte. Todas las vidas conducen a la muerte, excepto una. Así son las cosas.

—Entonces, ¿qué importancia tiene el lado por el que vayamos? —preguntó Rengen. Era corpulento, uno de los pocos que superaban en estatura a Tehlu. Pero estaba impresionado por todo lo que había visto y oído en las horas pasadas—. ¿Qué hay en nuestro lado del camino?

—Dolor —respondió Tehlu con una voz dura y fría como la piedra—. Castigo.

—¿Y en tu lado?

—Dolor ahora —dijo Tehlu con la misma voz—. Castigo ahora, por todo lo que habéis hecho. Eso no se puede eludir. Pero yo también estoy aquí, este es mi camino.

—¿Qué tengo que hacer para cruzar?

—Arrepentirte y venir a mi lado.

Rengen cruzó la raya y se situó al lado de su Dios. Entonces Tehlu se agachó y recogió el martillo que el herrero había dejado caer al suelo. Pero en lugar de devolvérselo, golpeó a Rengen con él como si fuera un látigo. Una vez. Dos veces. Tres. Y el tercer golpe hizo caer a Rengen de rodillas, sollozando y chillando de dolor. Pero después del tercer golpe, Tehlu dejó el martillo y se arrodilló para mirar a Rengen a los ojos.

—Has sido el primero en cruzar —dijo en voz baja, para que solo lo oyera el herrero—. Hacía falta valor; no era fácil. Estoy orgulloso de ti. Ya no te llamas Rengen; ahora te llamas Wereth, el forjador del camino. —Tehlu lo abrazó, y el contacto con sus brazos alivió gran parte del dolor de Rengen, que ya se llamaba Wereth. Pero no todo, porque Tehlu hablaba en serio cuando decía que el castigo no podía eludirse.

Fueron cruzando la raya uno a uno, y uno a uno Tehlu los golpeó con el martillo. Pero cuando caían arrodillados, Tehlu se arrodillaba a su lado y hablaba con ellos; les daba un nuevo nombre y aliviaba parte de su dolor.

Muchos de aquellos hombres y mujeres tenían demonios escondidos dentro que huían chillando cuando los tocaba el martillo. A ellos Tehlu les dedicaba más tiempo, pero al final siempre los abrazaba, y todos se mostraban agradecidos. Algunos se ponían a bailar de felicidad al sentirse liberados de esos seres tan terribles que habitaban en su interior.

Al final solo quedaron siete personas al otro lado de la línea. Tehlu les preguntó tres veces si querían cruzar, y ellos se negaron tres veces. Después de la tercera vez, Tehlu saltó al otro lado de la raya y les asestó a cada uno un fuerte golpe, haciéndolos caer al suelo.

Pero no todos eran hombres. Cuando Tehlu golpeó al cuarto, se oyó un ruido parecido al del hierro al enfriarse y olió a cuero quemado. Porque el cuarto hombre no era un hombre, sino un demonio con piel de hombre. Tehlu agarró al demonio y lo despedazó con las manos, maldiciéndolo y lanzándolo a la oscuridad exterior, donde habitan los de su clase.

Los otros tres se dejaron golpear. Ninguno era un demonio, aunque de los cuerpos de algunos de los que habían caído salieron huyendo demonios. Cuando hubo terminado, Tehlu no habló con los seis que no habían cruzado, ni se arrodilló para abrazarlos y aliviar su dolor.

Al día siguiente, Tehlu se puso en camino para terminar lo que había empezado. Fue de pueblo en pueblo ofreciendo a sus habitantes la misma elección que les había planteado a los convecinos de Perial. El resultado siempre era el mismo: algunos cruzaban, y algunos se quedaban; algunos no eran hombres, sino demonios, y a esos Tehlu los destruía.

Pero había un demonio que seguía eludiendo a Tehlu: Encanis, que tenía la cara en sombras. Encanis, cuya voz era como un cuchillo en la mente de los humanos.

Siempre que Tehlu paraba en un pueblo para ofrecer a sus habitantes la posibilidad de elegir su camino, Encanis había estado allí antes, destrozando los cultivos y envenenando los pozos. Encanis hacía que los hombres se mataran entre ellos y se llevaba a los niños de sus camas por la noche.

Pasados siete años, Tehlu había recorrido el mundo entero. Había echado a los demonios que nos atormentaban. A todos excepto a uno. Encanis seguía en libertad y hacía el trabajo de un millar de demonios, destruyéndolo y saqueándolo todo a su paso.

Tehlu perseguía a Encanis, y Encanis huía. Pronto Tehlu estuvo a solo un ciclo del demonio, y luego a dos días, y luego a medio día. Por fin estaba tan cerca que sentía el frío que dejaba Encanis a su paso, y veía sitios donde había puesto las manos y los pies, porque estaban marcados con una fría y negra escarcha.

Encanis sabía que lo perseguían, y se dirigió a una gran ciudad. El Señor de los Demonios empleó todo su poder y la ciudad quedó arrasada. Lo hizo con la esperanza de retrasar a Tehlu y escapar, pero el Dios Andante solo se detuvo para encargar a unos sacerdotes que se ocuparan de la gente de la ciudad en ruinas.

Encanis huyó durante seis días, y seis grandes ciudades quedaron destruidas. Pero al séptimo día, Tehlu llegó antes de que Encanis pudiera emplear su poder, y la séptima ciudad se salvó. Por eso el siete es el número de la suerte, y por eso celebramos el Chaen.

Encanis se hallaba en apuros, y concentró todas sus fuerzas en escapar de Tehlu. Pero al octavo día Tehlu no se entretuvo comiendo ni durmiendo. Y así fue como, al final de la Abatida, Tehlu atrapó a Encanis. Se abalanzó sobre el demonio y lo golpeó con su martillo de forja. Encanis cayó como una piedra, pero el martillo de Tehlu se hizo pedazos, y los pedazos quedaron esparcidos por el polvoriento camino.

Tehlu se cargó el cuerpo inerte del demonio a la espalda y caminó toda la noche, y en la mañana del noveno día llegó a la ciudad de Atur. Cuando la gente vio a Tehlu llevando el cuerpo inerte del demonio, creyeron que Encanis estaba muerto. Pero Tehlu sabía que matar a Encanis no era fácil. Ninguna espada normal ni ningún golpe normal podían matarlo. Y ninguna celda con barrotes podía retenerlo.

Así que Tehlu llevó a Encanis a la herrería. Pidió que le llevaran hierro, y la gente le trajo todo el hierro que tenía. Pese a que no había descansado ni un momento ni había comido nada, Tehlu trabajó durante todo el noveno día. Diez hombres manejaban el fuelle, y Tehlu forjó la gran rueda de hierro.

Trabajó sin descanso toda la noche, y al despuntar el alba del décimo día, Tehlu le dio un último golpe a la rueda, que quedó terminada. Era una rueda de hierro negro, más alta que un hombre. Tenía seis rayos más gruesos que el mango de un martillo, y el aro medía un palmo de ancho. Pesaba como cuarenta hombres, y estaba fría. El sonido de su nombre era terrible, y nadie podía pronunciarlo.

Tehlu escogió a un sacerdote de entre la gente que se había acercado a curiosear. Entonces los puso a todos a cavar un gran hoyo de cuatro metros de ancho y seis de profundidad en medio del pueblo.

Mientras salía el sol, Tehlu puso el cuerpo del demonio sobre la rueda. Al tocar el hierro, Encanis, dormido, empezó a agitarse. Pero Tehlu lo ató con unas cadenas a la rueda, uniendo los eslabones a golpe de martillo y sellándolas hasta que fueron más seguras que cualquier candado.

Entonces Tehlu se apartó, y todos vieron cómo Encanis se rebullía, como si tuviera una pesadilla. Se sacudió y despertó del todo. Encanis tiró de las cadenas, arqueando el cuerpo. Donde el hierro le tocaba los pies, notaba como si le clavaran cuchillos, agujas y clavos; era un dolor punzante como la quemazón del hielo, como la picadura de un centenar de tábanos. Encanis no paraba de sacudirse sobre la rueda y empezó a aullar, porque el hierro lo quemaba, lo mordía y lo congelaba.

Ese sonido era como dulce música para Tehlu. Se tumbó en el suelo junto a la rueda y durmió profundamente, porque estaba muy cansado.

Despertó la noche del décimo día. Encanis seguía encadenado a la rueda, pero ya no bramaba ni forcejeaba como un animal atrapado. Tehlu se agachó y, haciendo un gran esfuerzo, levantó la rueda y la apoyó contra un árbol. En cuanto se acercó a él, Encanis lo maldijo en lenguas que nadie conocía, arañando y mordiendo.

—Tú lo has querido —dijo Tehlu.

Esa noche celebraron una gran fiesta. Tehlu envió a unos hombres a cortar una docena de troncos y les mandó encender una hoguera en el fondo del profundo hoyo que habían cavado.

Los vecinos del pueblo bailaron y cantaron toda la noche alrededor del fuego. Sabían que por fin habían capturado al último y el más peligroso demonio que quedaba en el mundo.

Y toda la noche Encanis colgó de su rueda y los observó, inmóvil como una serpiente.

Al amanecer del undécimo día, Tehlu se acercó a Encanis por tercera y última vez. El demonio parecía feroz y agotado. Estaba amarillento y los huesos se le marcaban bajo la piel. Pero su poder todavía lo rodeaba como un oscuro manto, ocultando su rostro en sombras.

—Encanis —dijo Tehlu—, esta es tu última oportunidad para hablar. Hazlo, porque sé que tienes poder para hacerlo.

—No soy Encanis, señor Tehlu —dijo el demonio con voz lastimera, y todos los que lo oyeron sintieron pena por él. Pero luego se oyó un ruido de hierro al enfriarse, y la rueda resonó como una campana. El cuerpo de Encanis se arqueó, dolorido, al oír aquel ruido, y luego quedó inerte, colgando de las muñecas, mientras se extinguía el zumbido de la rueda.

—Basta de trucos, criatura tenebrosa. No mientas más —dijo Tehlu con severidad; sus ojos eran tan duros y oscuros como el hierro de la rueda.

—¿Qué quieres, pues? —masculló Encanis. Su voz era áspera como el roce de una piedra contra otra—. ¿Qué? Maldito seas, ¿qué quieres de mí?

—Tu camino es muy corto, Encanis. Pero todavía puedes elegir por qué lado quieres viajar.

Encanis soltó una risotada.

—¿Me vas a ofrecer la misma elección que le ofreces al ganado? De acuerdo, cruzaré a tu lado del camino, me arrepiento y...

La rueda volvió a sonar produciendo un sonido parecido al largo y grave tañido de una campana. Encanis volvió a tensar el cuerpo contra las cadenas, y su grito agitó la tierra y sacudió las piedras en un radio de un kilómetro.

Cuando se extinguieron los gritos y el sonido de la rueda, Encanis quedó colgando, jadeando y temblando.

—Ya te he advertido que no mintieras —dijo Tehlu, implacable.

—¡Entonces elijo mi camino! —gritó Encanis—. ¡No me arrepiento! Si pudiera elegir otra vez, solo cambiaría lo rápido que puedo correr. ¡Tu gente es como el ganado del que se alimentan los de mi clase! ¡Así te pudras! Si me concedieras media hora, haría cosas tales que esos malditos campesinos ignorantes enloquecerían de miedo. Me bebería la sangre de sus hijos y me bañaría en las lágrimas de sus mujeres. —Habría seguido hablando, pero no paraba de forcejear y de tirar de las cadenas que lo sujetaban, y le faltaba el aliento.

—Muy bien —dijo Tehlu, y se acercó más a la rueda. Por un instante pareció que fuera a abrazar a Encanis, pero solo estaba asiendo los rayos de hierro de la rueda. Entonces Tehlu levantó la rueda por encima de su cabeza. Con ambos brazos estirados, la llevó hacia el hoyo y arrojó en él a Encanis.

Durante las largas horas de la noche, una docena de troncos habían alimentado el fuego. Las llamas se habían apagado al amanecer, dejando una gruesa capa de brasas que relucían cuando las acariciaba el viento.

La rueda cayó plana en el fondo del hoyo, con Encanis encadenado a ella. Se hundió varios centímetros en las brasas ardientes, y hubo una explosión de chispas y ceniza. Encanis quedó tendido sobre las brasas, sujeto al hierro que se le clavaba y lo quemaba.

Aunque no estaba en contacto directo con el fuego, el calor era tan intenso que la ropa de Encanis se chamuscó y empezó a desmenuzarse sin llegar a prender. El demonio se sacudía y tiraba de las cadenas, y al hacerlo hundía aún más la rueda en las brasas.

Encanis gritaba, porque sabía que el fuego y el hierro mataban a los demonios. Y aunque tenía grandes poderes, estaba encadenado y ardía. Notaba el metal de la rueda calentándose bajo su cuerpo, chamuscándole la piel de los brazos y las piernas. Encanis chillaba, e incluso cuando su piel empezó a desprender humo y a quemarse, su rostro seguía envuelto en una sombra que surgía de él como una lengua de oscuro fuego.

Entonces Encanis se calló, y lo único que se oyó fue el sonido sibilante del sudor y la sangre que goteaban del cuerpo del demonio. Se produjo un largo silencio. Encanis tiró de las cadenas que lo sujetaban a la rueda; parecía que fuera a tirar de ellas hasta que los músculos se le desprendieran del hueso y de los tendones.

Entonces se oyó un fuerte ruido, como una campana al romperse, y uno de los brazos del demonio se soltó de la rueda. Varios eslabones de la cadena, al rojo vivo, salieron despedidos hacia arriba y fueron a parar, humeando, a los pies de la gente que estaba al borde del hoyo. Solo se oyó la súbita y salvaje risa de Encanis, aguda como el ruido del cristal al romperse.

Al poco rato, el demonio soltó la otra mano, pero antes de que pudiera hacer nada más, Tehlu se lanzó al hoyo; cayó con tanta fuerza que hizo resonar el hierro. Tehlu le agarró las manos al demonio y las apretó contra la rueda.

Encanis gritó furioso e incrédulo, pues aunque Tehlu volvía a aprisionarlo contra la rueda, y pese a que notaba la fuerza de Tehlu, mayor que las cadenas que Encanis acababa de romper, vio que Tehlu estaba ardiendo.

—¡Estás loco! —gritó—. Morirás aquí conmigo. Suéltame y déjame vivir. Suéltame y no te causaré más problemas. —Y la rueda no resonó, porque Encanis estaba asustado de verdad.

—No —dijo Tehlu—. Tu castigo es la muerte. Te lo mereces.

—¡Estás loco! —seguía gritando Encanis, sin éxito—. ¡Estás ardiendo, vas a morir igual que yo!

—Todo vuelve a las cenizas, así que esta carne también arderá. Pero yo soy Tehlu. Hijo de mí mismo. Padre de mí mismo. Yo estaba antes, y estaré después. Si soy un sacrificio, lo soy únicamente a mí mismo. Y si alguien me necesita y me invoca de la forma correcta, volveré para juzgar y castigar.

Tehlu lo sujetó contra la rueda, y ni los gritos ni las amenazas del demonio lograron apartarlo ni un centímetro. Y así fue como Encanis abandonó este mundo, y con él Tehlu, que era Mend. Ambos ardieron hasta quedar reducidos a cenizas en el hoyo de Atur. Por eso los sacerdotes tehlinos llevan túnicas de color gris. Y por eso sabemos que Tehlu nos cuida, nos vigila y nos protege de...

Trapis interrumpió su relato, porque Jaspin empezó a aullar y a agitarse, tensando las cuerdas que lo sujetaban. Como la historia ya no me mantenía despierto, me fui desvaneciendo lentamente.

Después de aquello, empecé a albergar una sospecha que nunca me abandonó por completo. ¿Era Trapis un sacerdote tehlino? Su túnica estaba sucia y hecha jirones, pero parecía del mismo gris que las túnicas de los tehlinos. Algunos fragmentos de su historia eran torpes e imprecisos, mientras que otros eran solemnes y majestuosos, como si Trapis los recitara tras rescatarlos de una memoria semiolvidada. ¿Serían sermones? ¿Serían lecturas del *Libro del camino*?

Nunca se lo pregunté. Y aunque pasé por su sótano muchas veces en los meses siguientes, nunca oí a Trapis relatar ninguna otra historia.

24

Como si fueran sombras

Durante mi estancia en Tarbean seguí aprendiendo, aunque la mayoría de las lecciones fueron dolorosas y desagradables.

Aprendí a mendigar. Era una pieza de teatro muy sencilla con un público muy difícil. Lo hacía bien, pero en la Ribera había poco dinero, y un cuenco vacío significaba una noche de hambre y frío.

Por ensayo y error descubrí la forma correcta de rajar una bolsa de dinero y de meter la mano en un bolsillo. Esto último se me daba especialmente bien. Los cierres y los candados de todo tipo pronto me revelaron sus secretos. Utilizaba mis hábiles dedos para cosas que ni mis padres ni Abenthy habrían sospechado jamás.

Aprendí a huir de cualquiera que tuviera una sonrisa de un blanco artificial. La resina de denner te blanquea lentamente los dientes; de modo que los consumidores de denner que viven lo suficiente para que sus dientes se vuelvan completamente blancos, lo más probable es que ya se lo hayan vendido todo. Tarbean está llena de gente peligrosa, pero nada hay más peligroso que un adicto al denner con una desesperada necesidad de consumir más resina. Son capaces de matarte por un par de peniques.

Aprendí a fabricarme zapatos con retales. Los zapatos de verdad se convirtieron en un sueño para mí. Los dos primeros años, parecía que siempre tuviera los pies fríos, o cortados, o ambas cosas. Pero al tercer año, mis pies eran como el cuero viejo, y podía correr descalzo durante horas por las calles adoquinadas sin sentir ningún dolor.

Aprendí a no esperar ayuda de nadie. En las partes más peligrosas de Tarbean, una llamada de ayuda atrae a los depredadores como el olor de la sangre transportado por el viento.

Estaba acurrucado en mi escondite, donde confluían los tres tejados. Desperté de un profundo sueño al oír risotadas y pasos en el callejón.

Los pasos se detuvieron; se oyó un desgarrón de ropa, seguido de más risas. Me acerqué al borde del tejado y miré hacia abajo. Vi a un grupo de cinco o seis muchachos, casi hombres. Iban vestidos como yo, harapientos y sucios. Entraban y salían de la penumbra, como si fueran sombras. Habían corrido y jadeaban; oía su respiración desde el tejado.

La víctima estaba en medio del callejón: era un niño de apenas ocho años. Uno de los muchachos lo sujetaba boca abajo contra el suelo. La desnuda piel del niño brillaba pálida a la luz de la luna. Se oyó otro desgarrón; el niño dio un débil grito que terminó en un sollozo ahogado.

Los otros lo miraban y hablaban entre ellos con tono apremiante mientras sonreían con avidez y crueldad.

A mí también me habían perseguido por la noche, varias veces. También a mí me habían atrapado, unos meses atrás. Miré hacia abajo y me sorprendió ver que tenía una pesada teja roja en la mano, y que estaba dispuesto a lanzarla.

Entonces giré la cabeza y le eché un vistazo a mi escondite. Tenía una manta raída y media hogaza de pan. Allí era donde guardaba mi dinero para los momentos de apuro: ocho peniques de hierro que había ahorrado por si tenía una racha de mala suerte. Y lo más valioso de todo: el libro de Ben. Allí estaba a salvo. Aunque le diera a uno de aquellos muchachos con la teja, los otros solo tardarían dos minutos en llegar al tejado. Entonces, aunque lograra escapar, no tendría ningún sitio adonde ir.

Solté la teja. Volví a lo que se había convertido en mi hogar y me acurruqué en el hueco bajo el alero. Retorcí la manta con las manos y apreté los dientes, tratando de no oír el murmullo de la conversación, salpicada de risotadas y silenciosos y desesperados sollozos.

25

Interludio: ávido de explicaciones

K vothe le hizo señas a Cronista para que dejara la pluma y se desperezó, entrelazando los dedos y estirando los brazos por encima de la cabeza.

—Hacía mucho tiempo que no recordaba todo eso —dijo—. Si te interesa saber por qué me convertí en el Kvothe del que hablan las historias, supongo que tendrías que buscar ahí.

Cronista arrugó la frente.

—¿Qué quieres decir exactamente?

Kvothe hizo una larga pausa y se miró las manos.

—¿Sabes cuántas palizas me han dado en el curso de mi vida?

Cronista negó con la cabeza.

Kvothe levantó la mirada, sonrió y se encogió de hombros con indiferencia.

—Yo tampoco. Parece que esas cosas tengan que grabarse en la memoria. Parece que tuviera que recordar cuántos huesos me han roto. Parece que tuviera que acordarme de todos los puntos y los vendajes. —Sacudió la cabeza—. Pues no. Recuerdo a aquel niño sollozando en la oscuridad. Lo recuerdo como si hubiera sucedido ayer.

Cronista frunció el ceño.

—Tú mismo has dicho que no podías hacer nada.

—Sí podía —dijo Kvothe con seriedad—. Y no lo hice. Tomé una decisión, y todavía me arrepiento de ella. Los huesos se sueldan. El arrepentimiento perdura para siempre.

Kvothe se apartó de la mesa.

—Bueno, ya he hablado bastante del lado oscuro de Tarbean. —Se levantó y se estiró cuan largo era, con los brazos en alto.

—¿Por qué, Reshi? —Las palabras salieron a borbotones por la boca de Bast—. ¿Por qué te quedaste allí, si tan terrible era?

Kvothe asintió con la cabeza, como si estuviera esperando esa pregunta.

—¿Adónde querías que fuera, Bast? Todos mis conocidos habían muerto.

—Todos no —insistió Bast—. Estaba Abenthy. Podrías haber acudido a él.

—Hallowfell estaba a cientos de kilómetros, Bast —dijo Kvothe con voz cansina mientras iba hacia el otro lado de la estancia y pasaba detrás de la barra—. Cientos de kilómetros sin los mapas de mi padre para guiarme con ellos. Cientos de kilómetros sin un carromato en el que viajar o en el que dormir. Sin ayuda de ninguna clase, ni dinero, ni zapatos. Supongo que no era un viaje imposible. Pero para un niño como yo, traumatizado todavía por la muerte de sus padres...

Kvothe sacudió la cabeza.

—No. En Tarbean, al menos, podía mendigar o robar. Había logrado sobrevivir un verano en el bosque, a duras penas. Pero el invierno... —Negó con la cabeza—. Habría muerto de hambre o de frío.

De pie detrás de la barra, Kvothe llenó su copa de madera y empezó a añadirle pellizcos de especias que cogía de diversos recipientes; luego fue hasta la gran chimenea de piedra con gesto pensativo.

—Tienes razón, claro. Cualquier sitio habría sido mejor que Tarbean.

Se paró delante del fuego y se encogió de hombros.

—Pero los humanos somos animales de costumbres. Tendemos a caminar por los surcos que nos vamos labrando. Quizá hasta lo considerara justo. Mi castigo por no haber estado allí para ayudar cuando llegaron los Chandrian. Mi castigo por no morir cuando debería haber muerto, con el resto de mi familia.

Bast abrió la boca; luego la cerró y agachó la cabeza, frunciendo el ceño.

Kvothe miró por encima del hombro y esbozó una amable sonrisa.

—No digo que sea razonable, Bast. Las emociones, por definición, no son razonables. Ahora no me siento así, pero entonces sí. Lo recuerdo. —Se volvió hacia el fuego—. Las enseñanzas de Ben me han proporcionado una memoria tan clara y afilada que a veces he de tener cuidado para no cortarme.

Kvothe cogió una piedra caliente de la chimenea y la metió en su copa de madera. La piedra se hundió produciendo un intenso silbido. La estancia se impregnó de olor a clavo y a nuez moscada.

Kvothe removió la sidra con una cuchara larga mientras se dirigía de nuevo hacia la mesa.

—También debes recordar que no estaba en mi sano juicio. Todavía seguía conmocionado; adormilado, si lo prefieres. Necesitaba que algo o alguien me despertara.

Le hizo una seña a Cronista, que agitó la mano con que escribía para desentumecerla y destapó su tintero.

Kvothe se recostó en el asiento.

—Necesitaba que me recordaran cosas que había olvidado. Necesitaba una razón para marcharme de allí. Pasaron años hasta que conocí a alguien que podía hacerlo. —Miró a Cronista con una sonrisa en los labios—. Hasta que conocí a Skarpi.

26

La otra cara de Lanre

Ya llevaba varios años en Tarbean. Había cumplido años tres veces sin enterarme, y tenía poco más de quince. Sabía sobrevivir en la Ribera. Me había convertido en un mendigo y un ladrón consumado. Los cierres y los bolsillos se abrían con solo rozarlos mis dedos. Sabía en qué casas de empeños te compraban artículos «de un tío mío» sin hacer preguntas.

Todavía iba vestido con harapos y seguía pasando hambre, pero ya no corría peligro de morir de inanición. Poco a poco había ido ahorrando dinero. Incluso tras un duro invierno durante el que a menudo me vi obligado a pagar para dormir en un sitio caliente, tenía ahorrados más de veinte peniques de hierro. Para mí era como el tesoro de un dragón.

Había acabado por sentirme cómodo allí. Pero aparte del deseo de ahorrar más dinero, mi vida no tenía sentido. No había nada que me motivara. No tenía ningún objetivo. Pasaba los días buscando cosas que robar y formas de distraerme.

Pero eso había cambiado unos días atrás en el sótano de Trapis. Había oído hablar a una niña, con admiración, de un narrador que estaba siempre en una taberna del Puerto llamada el Medio Mástil. Por lo visto, contaba una historia todos los días, al sonar la sexta campanada. Se jactaba de poder contar cualquier historia que le pidieras. Es más, la niña explicó que aquel tipo aceptaba apuestas. Si no conocía tu historia, te daba un talento.

Pasé el resto del día cavilando sobre lo que había dicho esa niña. Dudaba que fuera cierto, pero no podía evitar pensar en lo que podría hacer con un talento de plata. Podría comprarme unos zapatos, y quizá un cuchillo; podría darle dinero a Trapis, y aun así doblaría mis ahorros.

Aunque lo de las apuestas fuera mentira, sentía curiosidad. En la calle no era fácil encontrar entretenimiento. De vez en cuando, una troupe de pilluelos representaba una obra en una esquina; a veces oía tocar a un violinista en alguna taberna. Ahora bien, los espectáculos de verdad costaban dinero, y los peniques que tanto me había costado ganar eran demasiado valiosos para despilfarrarlos.

Pero había un problema. El Puerto no era un barrio seguro para mí.

Me explicaré. Más de un año atrás, había visto a Pike caminando por la calle. Era la primera vez que lo veía desde mi primer día en Tarbean, cuando sus amigos y él me asaltaron en aquel callejón y destrozaron el laúd de mi padre.

Lo seguí con cautela durante casi un día entero, guardando la distancia y sin apartarme de las sombras. Al final, Pike se metió en un pequeño callejón del Puerto donde tenía su propia versión de mi escondrijo. El suyo era un nido de cajas rotas con las que había improvisado un refugio para protegerse de las inclemencias del tiempo.

Pasé toda la noche encaramado en el tejado, esperando a que Pike saliera de su refugio por la mañana. Entonces bajé a su nido de cajas y lo registré. Era acogedor, y en él se acumulaban las pequeñas posesiones recogidas durante varios años. Encontré una botella de cerveza y me la bebí. También encontré medio queso que me comí, y una camisa que robé, porque no estaba tan harapienta como la mía.

Seguí buscando y encontré otras bagatelas, entre ellas una vela, un ovillo de cuerda y unas canicas. Lo más sorprendente fueron unos trozos de lona con una cara de mujer dibujada al carbón. Tuve que revolver casi durante diez minutos hasta que encontré lo que en realidad estaba buscando. Escondido detrás de todo lo demás había una cajita de madera muy manoseada. Dentro había un ramillete de violetas secas atadas con una cinta blanca, un caballo de juguete que había perdido casi toda su crin de cuerda, y un mechón de pelo rubio y rizado.

Tardé varios minutos en encender el fuego, utilizando pedernal y eslabón. Las violetas eran una buena yesca y, al poco rato, empezaron a ascender unas densas nubes de humo. Me quedé allí de pie viendo cómo las llamas devoraban todo lo que Pike amaba.

Pero me quedé demasiado rato saboreando aquel momento. Pike llegó corriendo con un amigo por el callejón, atraído por el humo, y yo me vi atrapado. Furioso, Pike se abalanzó sobre mí. Medía casi un palmo más que yo, y pesaba veinte kilos más. Peor aún: tenía un trozo de cristal con un extremo envuelto con cordel, y lo usaba como puñal.

Me clavó el cristal en el muslo, por encima de la rodilla, antes de que yo le agarrara la mano y se la aplastara contra los adoquines, obligándole a soltarlo. Después Pike todavía se las ingenió para dejarme un ojo morado y romperme varias costillas, antes de que yo consiguiera pegarle una patada en la entrepierna y largarme. Pike me persiguió cojeando y gritando que me mataría por lo que había hecho.

Le creí. Me curé la herida de la pierna, cogí todo el dinero que había ahorrado y compré cinco pintas de dreg, un licor barato y asqueroso lo bastante fuerte para hacerte ampollas en la boca. Entonces me fui cojeando al Puerto y esperé a que me vieran Pike y sus amigos.

No tardaron mucho. Dejé que Pike y dos de sus amigos me siguieran durante medio kilómetro; pasamos por Sastrerías y llegamos a Cererías. Yo no me apartaba de las calles principales, porque sabía que no se atreverían a atacarme en plena luz del día y con gente alrededor.

Pero cuando me metí corriendo en un callejón, ellos aceleraron el paso para alcanzarme, creyendo que yo intentaba huir. Sin embargo, cuando doblaron la esquina no encontraron a nadie.

A Pike se le ocurrió mirar hacia arriba en el preciso instante en que yo le vaciaba encima el cubo de dreg desde el borde de un tejado. Quedó empapado, y el licor le salpicó la cara y el pecho. Pike gritó y se tapó los ojos con las manos al mismo tiempo que se arrodillaba. Entonces saqué la cerilla de fósforo que había robado y se la tiré, y vi cómo la cerilla chisporroteaba al caer.

Invadido por un intenso y feroz odio infantil, creía que Pike quedaría envuelto en llamas. No fue así, aunque algo sí se quemó. Volvió a gritar y empezó a girar sobre sí mismo mientras sus amigos intentaban apagar las llamas dándole manotazos. Me escabullí aprovechando la confusión.

Había transcurrido más de un año y no había vuelto a ver a Pike. Él no había intentado encontrarme, y yo me había mantenido lejos del Puerto; a veces daba un rodeo de varios kilómetros para no pasar cerca de aquel barrio. Era una especie de tregua. Sin embargo, no tenía ninguna duda de que Pike y sus amigos recordaban mi aspecto, ni de que si me veían querrían ajustarme las cuentas.

Después de pensarlo bien, decidí que era demasiado peligroso. Ni siquiera la promesa de oír historias gratis y de la oportunidad de ganar un talento de plata compensaba el riesgo de provocar otra vez a Pike. Además, ¿qué historia iba a pedir?

Esa pregunta danzó en mi pensamiento durante varios días. ¿Qué historia podía pedir? Empujé a un estibador y me llevé un coscorrón antes de poder meterle la mano en el bolsillo. ¿Qué historia? Me puse a mendigar en la esquina opuesta a la iglesia de los tehlinos. ¿Qué historia? Robé tres hogazas de pan y le llevé dos de regalo a Trapis. ¿Qué historia?

Más tarde, tumbado en mi escondite donde confluían los tres tejados, encontré la respuesta cuando estaba a punto de quedarme dormido. Lanre. Claro. Podía pedirle la verdadera historia de Lanre. La historia que mi padre estaba...

Mi corazón empezó a dar trompicones cuando de pronto recordé cosas en las que llevaba años evitando pensar: mi padre rasgueando distraídamente el laúd; mi madre a su lado en el carromato, cantando. Automáticamente, empecé a apartarme de esos recuerdos, como cuando retiras la mano de un fuego.

Pero me sorprendió comprobar que esos recuerdos solo me producían un dolor leve, y no el intenso que había esperado. En cambio, la perspectiva de oír una historia que a mi padre tanto le interesaba me produjo cierta emoción. Una historia que él mismo habría contado.

Con todo, sabía que era una locura correr hasta el Puerto por una historia. Todo el pragmatismo que había aprendido en Tarbean esos años me instaba a quedarme en mi rincón conocido del mundo, donde estaba a salvo...

Lo primero que vi al entrar en el Medio Mástil fue a Skarpi. Estaba sentado en un taburete alto, en la barra; era un anciano con unos ojos como diamantes y un cuerpo como de espantapájaros. Era delgado y curtido, con pelo blanco en los brazos, en la cara y en la cabeza. La blancura del pelo contrastaba con su intenso bronceado; parecía que estuviera salpicado de espuma de mar.

A sus pies había una veintena de niños; algunos tenían mi edad, pero la mayoría eran más pequeños. Formaban un grupo variopinto: pilluelos mugrientos y descalzos como yo, pero también niños bien vestidos y aseados que seguramente tenían padres y hogares decentes.

No reconocí a ninguno, pero nunca se sabía quién podía ser amigo de Pike. Encontré un sitio cerca de la puerta, y me quedé allí en cuclillas, con la espalda pegada a la pared.

Skarpi carraspeó un par de veces, y ese sonido me produjo sed. Entonces, como si realizara un ritual, miró tristemente en la copa de barro cocido que tenía delante y, con mucho cuidado, la puso del revés sobre la barra.

Los niños se acercaron y dejaron unas monedas encima de la barra. Hice un recuento rápido: dos medios peniques de hierro, nueve ardites y un drabín. En total, poco más de tres peniques de hierro en la moneda de la Mancomunidad. Quizá Skarpi ya no ofreciera el talento de plata. Lo más probable era que el rumor que yo había oído fuera falso.

El anciano le hizo una seña al camarero.

—Tinto de Fallows. —Su voz era áspera y grave, casi hipnótica.

El camarero, un tipo calvo, cogió las monedas y le sirvió vino a Skarpi en la copa de barro cocido.

—Y bien, ¿qué queréis que os cuente hoy? —dijo Skarpi con su sonora voz, que se extendió como un trueno lejano.

Hubo un momento de silencio que también me pareció ritualista, casi reverente. Entonces todos los niños se pusieron a hablar a la vez:

—¡Una historia de los Fata!

—... Oren y la pelea en Mnat...

—¡Sí, la historia de Oren Velciter! La del barón...

—Lartam...

—¡Myr Tariniel!

—¡Illien y el oso!

—Lanre —dije yo, casi sin proponérmelo.

La taberna volvió a sumirse en el silencio mientras Skarpi tomaba un sorbo de vino. Los niños lo miraban con una intensidad y una familiaridad que no supe identificar.

Skarpi permanecía sereno en medio del silencio.

—Me ha parecido oír —dijo una voz que fluía lentamente, como la miel— que alguien mencionaba a Lanre. —Me miró con sus ojos azules, claros y de mirada intensa.

Asentí. No sabía qué podía pasar.

—Yo quiero que nos hables de los desiertos de más allá de la sierra de Borrasca —protestó una de las niñas más pequeñas—. De las serpientes que salen de la arena como tiburones. Y de los hombres del desierto, que se esconden bajo las dunas y beben sangre en lugar de agua. Y de... —Los niños que la rodeaban empezaron a darle coscorrones para hacerla callar.

Volvió a producirse un silencio, y Skarpi tomó otro sorbo de vino. Observé a los niños, que clavaban sus ojos en Skarpi, y comprendí a qué me recordaban: a una persona mirando nerviosa un reloj. Supuse que cuando el anciano se hubiera terminado la bebida, la historia se habría terminado también.

Skarpi volvió a beber; esa vez solo dio un sorbito, y luego dejó la copa en la barra y se volvió hacia nosotros.

—¿Quién quiere oír la historia de un hombre que perdió un ojo y que así ganó visión?

Por su tono de voz, o por la reacción de los otros niños, deduje que aquella era una pregunta puramente retórica.

—Muy bien, Lanre y la Guerra de la Creación. Una historia muy antigua. —Paseó la mirada por el grupo de niños—. Sentaos y prestad atención, pues voy a hablaros de cómo era la ciudad reluciente hace muchos años, a muchos kilómetros de aquí...

Hace muchos años, a muchos kilómetros de aquí, existía Myr Tariniel. La ciudad reluciente. Se erguía entre las altas montañas del mundo como una piedra preciosa en la corona de un rey.

Imaginaos una ciudad tan grande como Tarbean. Pero en cada esquina de cada calle había una fuente, o un árbol, o una estatua tan hermosa que incluso un hombre orgulloso lloraba al verla. Los edificios eran altos y elegantes, excavados en la montaña, excavados en una piedra blanca y reluciente que conservaba la luz del sol hasta más allá del anochecer.

Selitos gobernaba en Myr Tariniel. Con solo mirar una cosa, Selitos veía su nombre oculto y lo entendía. En aquellos tiempos, había mucha gente que podía hacer eso, pero Selitos era el nominador más poderoso de cuantos vivían en aquella época.

Selitos era amado por la gente a la que protegía. Sus juicios eran estrictos y justos, y no había nadie que pudiera influir en él con falsedades o engaños. El poder de su visión era tal que podía leer los corazones de los hombres como si fueran libros de gruesas letras.

En aquellos tiempos se libraba una guerra terrible en un vasto imperio. La guerra se llamaba Guerra de la Creación, y el imperio se llamaba Ergen. Y pese a que el mundo jamás ha visto un imperio tan magnífico ni una guerra tan terrible, ambos ya solo viven en las historias. Hasta los libros de historia que los mencionaban como rumores inciertos se han convertido en polvo.

La guerra duraba tanto que la gente apenas recordaba los tiempos en que el humo de las ciudades incendiadas no ennegrecía el cielo. Antaño había habido cientos de hermosas ciudades esparcidas por todo el imperio. Ahora eran solo ruinas cubiertas de cadáveres. Había peste y hambre por todas partes, y en algunos sitios era tal la desesperación que las madres ya no lograban reunir suficiente esperanza para ponerles nombres a sus hijos. Pero quedaban ocho ciudades: Belen, Antus, Vaeret, Tinusa, Emlen y las ciudades gemelas de Murilla y Murella. Por último estaba Myr Tariniel, la más grande de todas y la única que no estaba marcada por largos siglos de guerra. La protegían las montañas y unos valientes soldados. Pero la verdadera causa de la paz de Myr Tariniel era Selitos. Utilizando el poder de su visión, Selitos vigilaba los puertos de montaña que conducían a su amada ciudad. Sus estancias estaban en las torres más altas de la ciudad, para que pudiera divisar cualquier ataque mucho antes de que llegara a convertirse en una amenaza.

Las otras siete ciudades, que no contaban con los poderes de Selitos, se protegían de otras maneras. Depositaron su esperanza en gruesos muros, en la piedra y en el acero. Depositaron su esperanza en la fuerza de los brazos, en el valor y en la sangre. Depositaron su esperanza en Lanre.

Lanre había luchado desde que podía levantar una espada, y para cuando empezó a cambiarle la voz, peleaba como una docena de hombres hechos y derechos. Se desposó con una mujer llamada Lyra, por la que sentía un profundo amor, una intensa pasión.

Lyra era terrible y sabia, y tenía tanto poder como Lanre. Pues mientras que Lanre tenía la fuerza de su brazo y el apoyo de hombres leales, Lyra sabía los nombres de las cosas, y el poder de su voz podía matar a un hombre o aplacar una tormenta.

Pasaban los años, y Lanre y Lyra combatían hombro con hombro. Defendieron Belen de un ataque por sorpresa, salvando la ciudad de un enemigo que la habría destruido. Reunían ejércitos y hacían comprender a las ciudades la importancia de la lealtad. Durante largos años rechazaron a los enemigos del imperio. La gente, que se había dejado vencer por la desesperación, empezó a sentir que la esperanza volvía a arder en su interior. La gente confiaba en alcanzar la paz, y depositó esas débiles esperanzas en Lanre.

Entonces llegó la Nagra de Vessten Tor. *Nagra* significaba «batalla» en el idioma de la época, y en Vessten Tor tuvo lugar la mayor y más terrible batalla de esa terrible guerra. Los ejércitos luchaban sin cesar durante tres días bajo el sol, y sin cesar durante tres noches a la luz de la luna. Ningún bando consiguió derrotar al otro, y ambos se resistían a retirarse.

Sobre la batalla en sí solo tengo una cosa que decir. En Vessten Tor murieron más personas de las que viven hoy en día en el mundo.

Lanre siempre estaba donde la batalla era más cruenta, donde más lo necesitaban. Nunca soltó la espada ni la enfundó en su vaina. Al final, cubierto de sangre en medio de un campo sembrado de cadáveres, Lanre se enfrentó, solo, a un terrible enemigo. Una bestia enorme con escamas de hierro negro, cuyo aliento era una oscuridad que sofocaba a los hombres. Lanre peleó con la bestia y la mató. Lanre consiguió la victoria, pero la pagó con la vida.

Una vez terminada la batalla, y cuando el enemigo ya se había retirado detrás de las puertas de piedra, los supervivientes encontraron el cadáver de Lanre, frío e inerte, cerca de la bestia que había matado. La noticia de la muerte de Lanre se extendió rápidamente, cubriendo el campo de batalla con un manto de desesperación. Habían ganado la batalla y habían cambiado el curso de la guerra, pero todos sentían un frío intenso en su interior. La pequeña llama de esperanza que todos habían cultivado empezó a parpadear y a apagarse. Habían depositado todas sus esperanzas en Lanre, y Lanre estaba muerto.

En medio del silencio, Lyra se quedó de pie junto al cadáver de Lanre y pronunció su nombre. Su voz era un precepto. Su voz era de acero y de piedra. Su voz le ordenaba que volviera a vivir. Pero Lanre yacía inmóvil y muerto.

Con temor, Lyra se arrodilló junto al cadáver de Lanre y susurró su nombre. Su voz era una llamada. Su voz era de amor y de deseo. Su voz le pedía que volviera a vivir. Pero Lanre yacía frío y muerto.

Desesperada, Lyra se echó sobre el cadáver de Lanre y lloró su nombre. Su voz era un susurro. Su voz era de eco y de vacío. Su voz le suplicaba que volviera a vivir. Pero Lanre yacía sin aliento y muerto.

Lanre estaba muerto. Lyra lloraba y le tocaba la cara con manos temblorosas. Alrededor, los hombres giraron la cabeza, porque era menos doloroso contemplar el campo ensangrentado que el dolor de Lyra.

Pero Lanre oyó la llamada de Lyra. Lanre se volvió hacia el sonido de su voz y fue hacia ella. Lanre regresó de detrás de las puertas de la muerte. Pronunció el nombre de su esposa y abrazó a Lyra para consolarla. Abrió los ojos e hizo cuanto pudo para enjugarle las lágrimas con sus temblorosas manos. Y entonces respiró hondo y volvió a la vida.

Los supervivientes de la batalla vieron moverse a Lanre y se maravillaron. La débil esperanza de paz que cada uno de ellos había alimentado durante tanto tiempo ardió con intensidad en su interior.

—¡Lanre y Lyra! —gritaban con voz atronadora—. ¡El amor de nuestro señor es más fuerte que la muerte! ¡La voz de nuestra señora lo ha devuelvo a la vida! ¡Juntos han derrotado a la muerte! Juntos, ¿cómo no van a conseguir la victoria?

La guerra continuó, pero ahora que Lanre y Lyra luchaban hombro con hombro, el futuro parecía menos desalentador. Pronto todos supieron la historia de cómo Lanre había muerto, y de cómo su amor y el poder de Lyra lo habían devuelto a la vida. Por primera vez la gente podía hablar abiertamente de paz sin que la consideraran necia o loca.

Pasaron los años. Los enemigos del imperio estaban cada vez más debilitados y más desesperados, y hasta los más cínicos se percataban de que el fin de la guerra estaba próximo.

Entonces empezaron a circular rumores: Lyra estaba enferma. Habían secuestrado a Lyra. Lyra había muerto. Lanre había huido del imperio. Lanre había enloquecido. Algunos incluso decían que Lanre se había suicidado y había ido a reunirse con su esposa en la tierra de los muertos. Había historias en abundancia, pero nadie sabía la verdad.

En medio de todos esos rumores, Lanre llegó a Myr Tariniel. Llegó solo, con su espada de plata y su cota de malla negra de hierro. La cota de malla se le adhería al cuerpo como una segunda piel de sombra. La había forjado con el armazón de la bestia que había matado en Vessten Tor.

Lanre pidió a Selitos que lo acompañara fuera de la ciudad. Selitos accedió, con la esperanza de que Lanre le revelara qué problema tenía y dispuesto a ofrecerle todo el consuelo que puede ofrecer un amigo. Solían darse consejos mutuamente, porque ambos eran señores entre sus gentes.

Selitos había oído los rumores, y estaba preocupado. Temía por la salud de Lyra, pero sobre todo temía por Lanre. Selitos era un hombre sabio. Sabía que el sufrimiento puede afectar gravemente al corazón, y que las pasiones conducen a hombres buenos al delirio.

Juntos recorrieron los senderos de las montañas; Lanre iba delante. Llegaron a una cima desde donde se contemplaba una vasta extensión de tierras. Las orgullosas torres de Myr Tariniel brillaban a la luz del ocaso.

Tras un largo silencio, Selitos dijo:

—He oído terribles rumores sobre tu esposa.

Lanre no dijo nada, y Selitos dedujo que Lyra había muerto.

Tras otra larga pausa, Selitos volvió a intentarlo:

—Aunque no sé qué ha pasado, Myr Tariniel está contigo, y te prestaré toda la ayuda que se puede prestar a un amigo.

—Ya me has dado suficiente, viejo amigo —replicó Lanre, y le puso una mano en el hombro a Selitos—. *Silanxi*, te vinculo; por el nombre de la piedra, que permanezcas inmóvil. *Aeruh*, le ordeno al aire que pese sobre tu lengua. *Selitos*, te nombro; que te abandonen todos tus poderes salvo el de la visión.

En todo el mundo solo había tres personas que supieran de nombres tanto como Selitos: Aleph, Iax y Lyra. Lanre no tenía don para los nombres; su poder residía en la fuerza de su brazo. Su intento de vincular a Selitos mediante su nombre era tan inútil como el de un niño de atacar a un soldado con una vara de sauce.

Sin embargo, el poder de Lanre descendió sobre él como una pesada carga, como un torno de hierro, y Selitos comprobó que no podía moverse ni hablar. Se quedó allí de pie, quieto como una estatua, sin poder hacer otra cosa que maravillarse: ¿cómo había conseguido Lanre ese poder?

Confundido y desesperado, Selitos vio que la noche descendía sobre las montañas. Horrorizado, vio que parte de esa oscuridad que lo invadía todo era, de hecho, un gran ejército que se acercaba a Myr Tariniel. Y lo peor era que no sonaban las campanas de alerta. Selitos solo podía contemplar cómo el ejército se acercaba más y más sin que nadie lo advirtiera.

El enemigo masacró e incendió Myr Tariniel; cuanto menos hablemos de lo que sucedió, mejor. Las blancas murallas quedaron calcinadas y de las fuentes brotaba sangre. Durante una noche y un día, Selitos permaneció allí de pie, impotente, junto a Lanre, sin poder hacer otra cosa que mirar y escuchar los gritos de los moribundos, el resonar del hierro, los crujidos de la piedra al romperse.

A la mañana siguiente, cuando la luz del amanecer iluminó las torres ennegrecidas de la ciudad, Selitos comprobó que ya podía moverse. Se volvió hacia Lanre, y esa vez la visión no le falló. Vio en Lanre una gran oscuridad y un espíritu atormentado. Pero Selitos todavía notaba las cadenas del sortilegio que lo inmovilizaba. Lidiando con la rabia y el desconcierto, dijo:

—¿Qué has hecho, Lanre?

Lanre siguió contemplando las ruinas de Myr Tariniel. Estaba encorvado, como si llevara un gran peso sobre los hombros. Con voz cansina, dijo:

—¿Se me consideraba un buen hombre, Selitos?

—Eras de los mejores. Te considerábamos impecable.

—Y sin embargo, mira lo que he hecho.

Selitos no podía mirar su ciudad en ruinas.

—Sí, mira lo que has hecho —concedió—. ¿Por qué?

Lanre hizo una pausa.

—Mi esposa ha muerto —dijo—. He sido víctima del engaño y de la traición, pero soy el único responsable de su muerte. —Tragó saliva y giró la cabeza para contemplar el paisaje.

Selitos lo imitó. Desde el mirador donde se encontraban, divisó unas columnas de humo negro. Selitos comprendió, con certeza y horror, que Myr Tariniel no era la única ciudad que había quedado destruida. Los aliados de Lanre habían devastado los últimos bastiones del imperio.

Lanre se volvió.

—Y eso que era de los mejores. —Era terrible contemplar el rostro de Lanre; el dolor y la desesperación habían hecho estragos en él—. ¡Yo, un hombre al que todos consideraban sabio y bueno, soy el responsable de todo esto! —Agitó los brazos—. Imagínate las infamias que un hombre de menos valía que yo puede ocultar en su corazón. —Lanre contempló Myr Tariniel, y lo invadió una especie de paz—. Para ellos, al menos, todo ha terminado. Ahora ya están a salvo. A salvo de las innumerables desgracias de la vida diaria. A salvo de los dolores de un destino injusto.

Selitos dijo en voz baja:

—A salvo del goce y de la maravilla...

—¡No existe el goce! —gritó Lanre con una voz espantosa. El sonido de su voz rompió las piedras y rebotó hacia ellos con un eco cortante—. Cualquier goce que surja aquí lo asfixian rápidamente las malas hierbas. Yo no soy un monstruo que destruye por puro placer. Si siembro sal es porque tengo que elegir entre las malas hierbas o nada. —Selitos solo veía vacío detrás de sus ojos.

Selitos se agachó para coger del suelo una piedra con un canto puntiagudo.

—¿Pretendes matarme con una piedra? —Lanre soltó una risotada—. Quería que lo entendieras, que supieras que no era la locura lo que me obligaba a hacer estas cosas.

—Tú no estás loco —admitió Selitos—. No veo locura en ti.

—Confiaba en que quizá quisieras unirte a mí en lo que me propongo hacer. —Lanre habló con un desesperado anhelo en la voz—. Este mundo es como un amigo con una herida mortal. Una pócima amarga administrada con prisas solo consigue aliviar el dolor.

—¿Destruir el mundo? —murmuró Selitos—. Tú no estás loco, Lanre. Lo que se ha apoderado de ti es algo peor que la locura. Yo no puedo curarte. —Tocó la afilada punta de la piedra que tenía en la mano.

—¿Quieres matarme para curarme, viejo amigo? —Lanre volvió a reír; era una risa terrible y salvaje. Entonces miró a Selitos, y una repentina esperanza se reflejó en sus vacíos ojos—. ¿Puedes hacerlo? —preguntó—. ¿Puedes matarme, viejo amigo?

Selitos miró a su amigo a los ojos. Vio que Lanre, casi loco de dolor, había buscado el poder para devolver a Lyra a la vida. Por amor a Lyra, Lanre había buscado el conocimiento donde es mejor dejar el conocimiento en paz, y lo había obtenido pagando un precio terrible.

Sin embargo, incluso con ese poder que tanto le había costado obtener, no había podido devolverle la vida a Lyra. Sin ella, para Lanre la vida no era más que una carga, y el poder que había adquirido era como un puñal caliente en su pensamiento. Para huir de la desesperación y de la agonía, Lanre se había suicidado. Había recurrido al último refugio de los hombres: había intentado escapar por las puertas de la muerte.

Pero así como el amor de Lyra lo había rescatado a él de detrás de la última puerta, esa vez el poder de Lanre lo había obligado a regresar del dulce estado de inconsciencia. Su recién adquirido poder lo hizo volver a su cuerpo, obligándolo a vivir.

Selitos miró a Lanre y lo comprendió todo. Ante el poder de su visión, esas revelaciones colgaban en el aire, como oscuros tapices, alrededor de la temblorosa figura de Lanre.

—Puedo matarte —dijo Selitos, y apartó la vista del rostro de Lanre, que reflejaba una repentina esperanza—. Estarías muerto una hora, o un día. Pero regresarías, atraído como el hierro a una piedra imán. Tu nombre arde con el poder que tienes dentro. No puedo extinguir ese fuego, como tampoco podría lanzar una piedra que alcanzara la luna.

Lanre encorvó los hombros.

—Abrigaba esperanzas —se limitó a decir—. Pero sabía la verdad. Ya no soy el Lanre que tú conocías. Mi nombre es nuevo y terrible. Soy Haliax, y ninguna puerta puede cerrarme el paso. Lo he perdido todo: no tengo a Lyra, no tengo el dulce consuelo del sueño, no puedo olvidar, y hasta la locura está fuera de mi alcance. La muerte es una puerta abierta a mi poder. No tengo forma de huir. Solo tengo la esperanza del olvido después de que todo haya desaparecido y de que el Aleu se desprenda, innombrable, del cielo. —Y después de decir eso, Lanre se tapó la cara con ambas manos, y unos silenciosos y bruscos sollozos sacudieron su cuerpo.

Selitos contempló las tierras que se extendían a sus pies y sintió una débil chispa de esperanza. Seis columnas de humo se alzaban en la lejanía. Myr Tariniel había sido borrada y seis ciudades, arrasadas. Pero eso significaba que no todo estaba perdido. Aún quedaba una ciudad...

A pesar de todo lo que había ocurrido, Selitos miró a Lanre con compasión, y cuando habló, su voz denotaba tristeza.

—Entonces, ¿no queda nada? ¿Ni una pizca de esperanza? —Le puso una mano en el brazo a Lanre—. En la vida hay cosas buenas. Incluso después de todo esto, yo te ayudaré a buscarlas. Si quieres intentarlo.

—No —dijo Lanre. Se irguió cuan largo era, y detrás de las arrugas de sufrimiento, su gesto era majestuoso—. No hay nada bueno. Sembraré sal, para que no crezcan las malas hierbas.

—Lo siento —dijo Selitos, y se irguió también.

Entonces Selitos habló con una voz potente:

—Mi visión nunca se había nublado como ahora. No supe ver la verdad que había dentro de tu corazón.

Selitos respiró hondo y continuó:

—Mis ojos me engañaron. Que nunca vuelva... —Levantó la piedra y se clavó el canto puntiagudo en un ojo. Su grito resonó entre las rocas, y Selitos cayó de rodillas, jadeando—. Que nunca vuelva a estar tan ciego.

Se produjo un terrible silencio, y las cadenas del sortilegio soltaron a Selitos. Lanzó la piedra a los pies de Lanre y dijo:

—Por el poder de mi propia sangre te vinculo. Que tu propio nombre te maldiga.

Selitos pronunció el largo nombre que había visto en el corazón de Lanre, y el sol se oscureció y el viento arrancó las piedras de la montaña.

Entonces Selitos dijo:

—Caiga sobre ti mi maldición. Que tu rostro siempre esté en sombras, negro como las torres caídas de mi amada Myr Tariniel.

»Caiga sobre ti mi maldición. Que tu propio nombre se vuelva en tu contra, y que nunca encuentres la paz.

»Caiga sobre ti y sobre todos los que te sigan mi maldición. Que dure hasta el fin del mundo y hasta que el Aleu se desprenda, innombrable, del cielo.

Selitos vio cómo una masa oscura rodeaba a Lanre. Al poco rato, dejaron de distinguirse sus hermosas facciones; solo se percibía una vaga impresión de la nariz, la boca y los ojos. Todo lo demás era una negra sombra.

Entonces Selitos se levantó y dijo:

—Me has vencido una vez mediante la astucia, pero eso no volverá a suceder. Ahora veo con más claridad que antes, y soy dueño de mi poder. No puedo matarte, pero puedo echarte de aquí. ¡Vete! Tu imagen es aún más repugnante porque sé que antes eras justo.

Ya mientras las pronunciaba, esas palabras tenían un sabor amargo. Lanre, con la cara en sombras, más oscura que una noche sin estrellas, salió despedido como el humo impulsado por el viento.

Entonces Selitos agachó la cabeza y derramó ardientes lágrimas de sangre sobre la tierra.

Hasta que Skarpi no dejó de hablar, no reparé en lo inmerso que estaba en la historia. Inclinó la cabeza hacia atrás y vació el resto del vino de su copa de barro cocido. La puso boca abajo en la barra con un sordo y tajante golpazo.

Hubo un breve clamor de preguntas, comentarios, súplicas y agradecimientos por parte de los niños, que habían permanecido quietos como estatuas durante el relato. Skarpi le hizo una seña al camarero, que le sirvió una jarra de cerveza mientras los niños empezaban a desfilar hacia la calle.

Esperé hasta que se hubo marchado el último, y entonces me acerqué al anciano. Me miró con sus ojos azules como diamantes, y me hizo balbucear.

—Gracias. Quería darle las gracias. A mi padre le habría encantado esa historia. Es lo... —Me interrumpí—. Quería darle esto. —Le tendí medio penique de hierro—. No sabía qué tenía que hacer, cómo tenía que pagar. —Mi voz parecía oxidada. En todo un mes no había pronunciado tantas frases seguidas.

Skarpi me miró a los ojos.

—Las reglas son estas —dijo enfatizándolas con sus dedos nudosos—. Uno: no hables mientras yo hablo. Dos: da una moneda pequeña, si puedes permitírtelo.

Miró el medio penique que yo había dejado encima de la barra.

Como no quería reconocer cuánto necesitaba esa moneda, busqué algo más que decir.

—¿Sabe muchas historias?

Skarpi sonrió, y el entramado de arrugas que le surcaba la cara se movió hasta componer una sonrisa.

—Solo sé una historia. Pero muchas veces, los pequeños fragmentos parecen historias independientes. —Tomó un sorbo de cerveza—. Crece alrededor de nosotros. En las mansiones de los ceáldimos y en los talleres de los ceáldaros, más allá de la sierra de Borrasca, en el gran mar de arena. En las casitas de piedra de los Adem, llenas de silenciosas conversaciones. Y a veces... —sonrió— a veces la historia crece en sórdidas tabernas, en el barrio del Puerto de Tarbean. —Sus chispeantes ojos me traspasaron, como si yo fuera un libro en el que él pudiera leer.

—No hay ninguna buena historia que no contenga nada de verdad —dije repitiendo algo que solía decir mi padre, sobre todo para llenar el silencio. Resultaba extraño volver a hablar con alguien; extraño pero agradable—. Supongo que aquí hay tanta verdad como en cualquier otro sitio. Es una lástima, al mundo le vendría bien un poco menos de verdad y un poco más de... —No terminé la frase, porque no sabía de qué quería más. Me miré las manos y lamenté que no estuvieran más limpias.

Skarpi deslizó el medio penique hacia mí. Lo cogí y él sonrió. Su áspera mano se posó, suave como un pájaro, en mi hombro.

—Todos los días salvo el Duelo. Al sonar la sexta campanada, más o menos.

Hice ademán de marcharme, pero me detuve.

—¿Es verdad? La historia. —Hice un gesto impreciso—. Esa parte que usted ha contado hoy.

—Todas las historias son ciertas —respondió Skarpi—. Pero esta pasó de verdad, si es a eso a lo que te refieres. —Bebió otro lento sorbo de cerveza; luego volvió a sonreír y se le iluminaron los ojos—. Más o menos. Hay que ser un poco mentiroso para contar bien una historia. Demasiada verdad tergiversa los hechos. Demasiada sinceridad te hace parecer falso.

—Mi padre también lo decía. —Nada más mencionarlo, un fárrago de emociones surgió dentro de mí. Hasta que no vi los ojos de Skarpi siguiéndome no me percaté de que estaba retrocediendo, nervioso, hacia la puerta. Me paré, me obligué a darme la vuelta y caminé hasta la puerta—. Volveré, si puedo.

Oí la sonrisa en su voz detrás de mí:

—Ya lo sé.

27

Revelación

Salí de la taberna con una sonrisa en los labios, sin pensar en que todavía estaba en el Puerto y que corría peligro. Me animaba mucho saber que pronto tendría ocasión de oír otra historia. Hacía mucho tiempo que no anhelaba algo. Volví a mi esquina y malgasté tres horas mendigando; todos mis esfuerzos solo me valieron un fino ardite. Pero ni siquiera eso me desanimó. Al día siguiente era Duelo, pero después habría más historias.

Sin embargo, mientras estaba allí sentado sentí que una vaga inquietud se apoderaba de mí. La sensación de que se me olvidaba algo incidía en mi insólita felicidad. Intenté ignorarla, pero me acompañó todo el día y el siguiente también, como un mosquito que no podía ver y al que no podía aplastar. Al final del día, estaba convencido de que había pasado algo por alto. Algo relacionado con la historia que había contado Skarpi.

Sin duda para vosotros será fácil, porque habéis oído la historia convenientemente ordenada y narrada. Tened en cuenta que yo llevaba casi tres años en Tarbean, viviendo como un animalillo. Había partes de mi mente que todavía dormían, y mis dolorosos recuerdos acumulaban polvo detrás de la puerta del olvido. Me había acostumbrado a evitarlos, igual que un tullido procura no cargar el peso sobre la pierna que tiene lesionada.

La suerte me sonrió al día siguiente, y me las ingenié para robar un fardo de harapos de la parte de atrás de un carromato y vendérselos a un trapero por cuatro peniques de hierro. Estaba demasiado hambriento para pensar en el día de mañana, así que me compré un gran trozo de queso y una salchicha, y luego una hogaza entera de pan y una tarta de manzana caliente. Por último me concedí un capricho: fui a la puerta trasera de una posada cercana y me gasté mi último penique en una jarra de cerveza fuerte.

Me senté en los escalones de una panadería que había enfrente de la posada y me quedé viendo pasar a la gente mientras disfrutaba de la mejor comida que me regalaba desde hacía meses. Pronto el crepúsculo dio paso al anochecer, y empezó a darme vueltas la cabeza por efecto de la cerveza. Era una sensación agradable, pero cuando la comida se asentó en mi estómago, volví a notar esa sensación acuciante, y con más intensidad que antes. Fruncí el ceño; me fastidiaba que eso me estropeara un día que, por lo demás, podía considerar perfecto.

La oscuridad se acentuó, hasta que la posada del otro lado de la calle quedó bañada por un charco de luz. Unas mujeres merodeaban cerca de la puerta. Murmuraban en voz baja y les lanzaban elocuentes miradas a los hombres que pasaban.

Me terminé la cerveza, y cuando me disponía a cruzar la calle y devolver la jarra, vi el parpadeo de una antorcha que se acercaba. Miré hacia el final de la calle y vi el inconfundible color gris de la túnica de un sacerdote tehlino, y decidí esperar hasta que hubiera pasado de largo. Borracho el día de Duelo y recién convertido en ladrón, cuanto menos contacto tuviera con el clero, mejor.

El sacerdote llevaba puesta la capucha, y la antorcha que sostenía se interponía entre nosotros dos, así que no pude verle la cara. Se acercó al grupo de mujeres y hubo una breve discusión. Oí el distintivo tintineo de unas monedas y me agazapé aún más en el oscuro portal.

El tehlino dio media vuelta y se marchó por donde había llegado. Me quedé quieto para que no se fijara en mí, porque no quería tener que echar a correr con la cabeza dándome vueltas. Esa vez, sin embargo, la antorcha no se interponía entre nosotros dos. Cuando el sacerdote se volvió hacia donde estaba yo, no le vi la cara, sino solo oscuridad bajo la capucha, solo sombras.

El tehlino siguió su camino sin percatarse de mi presencia, o sin que le importara. Pero me quedé donde estaba, sin poder moverme. La imagen del hombre encapuchado, con la cara oculta en sombras, había abierto de golpe una puerta en mi pensamiento, y los recuerdos se estaban derramando. Recordé a un hombre con los ojos vacíos y con una sonrisa de pesadilla, recordé la sangre de su espada. Ceniza, se llamaba, y su voz era como un viento helado: «¿Es este el fuego de tus padres?».

Pero no era él, sino el hombre que tenía detrás. El que estaba callado, sentado junto al fuego. El hombre cuya cara estaba oculta en sombras. Haliax. Ese era el recuerdo que se cernía sobre mi conciencia desde que oyera la historia de Skarpi.

Corrí a los tejados y me envolví en mi manta raída. Poco a poco, los fragmentos de la historia y los fragmentos de mi memoria iban encajando. Empecé a admitir imposibles verdades. Los Chandrian existían. Haliax existía. Si la historia que había contado Skarpi era cierta, Lanre y Haliax eran la misma persona. Los Chandrian habían matado a mis padres, a toda mi troupe. ¿Por qué?

Otros recuerdos ascendieron burbujeando hasta la superficie de mi memoria. Vi al hombre de los ojos negros, Ceniza, arrodillado ante mí. Su rostro inexpresivo, su voz fría y afilada. «Sé de unos padres —había dicho— que han estado cantando unas canciones que no hay que cantar.»

Habían matado a mis padres por recopilar historias sobre los Chandrian. Habían matado a toda mi troupe por una canción. Me quedé toda la noche despierto dando vueltas a esos pensamientos. Poco a poco comprendí que esos pensamientos eran la verdad.

¿Qué hice entonces? ¿Juré que los encontraría, que los mataría a todos por lo que habían hecho? Quizá. Pero aunque lo hiciera, en el fondo sabía que eso era imposible. Tarbean me había inculcado mucho pragmatismo. ¿Matar a los Chandrian? ¿Matar a Lanre? ¿Por dónde iba a empezar? Era más probable que consiguiera robar la luna. Al menos sabía dónde buscar la luna por la noche.

Pero había una cosa que sí podía hacer. Al día siguiente interrogaría a Skarpi sobre la verdad que había detrás de sus historias.

No era gran cosa, pero era lo único que podía hacer. Quizá la venganza estuviera fuera de mi alcance, al menos de momento. Pero todavía abrigaba esperanzas de descubrir la verdad.

Me aferré con fuerza a esa esperanza durante toda la noche, hasta que salió el sol y me quedé dormido.

28

La vigilante mirada de Tehlu

Al día siguiente desperté al oír las campanadas que daban la hora. Conté cuatro campanadas, pero no sabía cuántas no había oído. Parpadeé, adormilado, e intenté calcular qué hora era a partir de la posición del sol. Cerca de la sexta campanada. Skarpi debía de estar empezando su historia.

Eché a correr por las calles. Mis pies descalzos golpeaban los duros adoquines, pisaban charcos y tomaban atajos por los callejones. Lo veía todo borroso y aspiraba grandes bocanadas del aire húmedo y estancado de la ciudad.

Irrumpí en el Medio Mástil casi corriendo y me quedé apoyado en la pared del fondo, junto a la puerta. Reparé en que en la posada había más gente de la habitual a tan temprana hora de la noche. Entonces la historia de Skarpi me capturó, y no pude sino escuchar su grave y cadenciosa voz y contemplar sus chispeantes ojos.

... Selitos el Tuerto se adelantó y dijo:

—Señor, si hago esto, ¿se me otorgará el poder para vengar la pérdida de la ciudad reluciente? ¿Podré desbaratar los planes de Lanre y de sus Chandrian, que mataron a tantos inocentes y que incendiaron mi amada Myr Tariniel?

Aleph dijo:

—No. Todo lo personal debe quedar aparte, y tú solo debes castigar o recompensar lo que tú mismo veas a partir de hoy.

Selitos agachó la cabeza.

—Lo siento —dijo—, pero mi corazón me dice que debo intentar impedir esas cosas antes de que sucedan, y no esperar y castigar más tarde.

Algunos Ruach murmuraron palabras de aprobación y se pusieron al lado de Selitos, porque recordaban Myr Tariniel y estaban llenos de rabia y de dolor por la traición de Lanre.

Selitos se acercó a Aleph y se arrodilló ante él.

—No puedo hacerlo, porque no puedo olvidar. Pero me enfrentaré a él con la ayuda de estos fieles Ruach. Veo que sus corazones son puros. Nos llamaremos los Amyr, en memoria de la ciudad devastada. Frustraremos los planes de Lanre y de todos los que lo sigan. Nada nos impedirá alcanzar el bien mayor.

Muchos Ruach se apartaron de Selitos. Tenían miedo, y no querían involucrarse en asuntos tan serios.

Pero Tehlu dio un paso adelante y dijo:

—Para mí lo primero es la justicia. Dejaré este mundo para servirlo mejor, sirviéndote a ti. —Se arrodilló ante Aleph, con la cabeza agachada y las palmas extendidas junto a los costados.

Otros se acercaron. El alto Kirel, al que habían quemado pero que había sobrevivido entre las cenizas de Myr Tariniel. Deah, que había perdido a dos esposos en la batalla, y cuyo rostro, boca y corazón eran duros y fríos como la piedra. Enlas, que no llevaba espada ni comía carne de animales, y a quien nadie había oído hablar jamás con dureza. La rubia Geisa, que tenía un centenar de pretendientes en Belen antes de que cayeran las murallas; la primera mujer que fue forzada por un hombre.

Lecelte, que reía a menudo, incluso cuando estaba afligido. Imet, que no era más que un niño, y que nunca cantaba, y que mataba con rapidez y sin derramar ni una lágrima. Ordal, la más joven de todos, que nunca había visto morir a nadie, y que estaba ante Aleph, valiente, con el dorado cabello adornado con cintas. Y a su lado estaba Andan, cuyo rostro era una máscara con ojos llameantes, y cuyo nombre significaba «ira».

Se acercaron todos a Aleph, y él los tocó. Les tocó las manos, los ojos y los corazones. La última vez que los tocó sintieron dolor, y les salieron unas alas en la espalda que les permitirían ir a donde quisieran. Alas de fuego y sombra. Alas de hierro y cristal. Alas de piedra y sangre.

Entonces Aleph pronunció sus largos nombres, y los envolvió un fuego blanco. El fuego recorrió sus alas, y se volvieron rápidos. El fuego les acarició los ojos, y pudieron ver en lo más profundo del corazón de los hombres. El fuego les llenó la boca y cantaron canciones de poder. Entonces el fuego se instaló en su frente, como estrellas de plata, y se volvieron de inmediato honrados, sabios y sobrecogedores. Entonces el fuego los consumió, y desaparecieron para siempre de la vista de los mortales.

Solo los más poderosos pueden verlos, y aun ello solo con gran dificultad y gran peligro. Ellos imponen justicia en el mundo, y Tehlu es el más poderoso de todos...

—Ya he oído suficiente. —No lo dijo en voz alta, pero fue como si hubiera gritado. Cuando Skarpi contaba una historia, cualquier interrupción era como masticar un grano de arena en medio de un bocado de pan.

Dos individuos ataviados con capas oscuras que estaban en el fondo de la estancia fueron hacia la barra. Uno era alto y orgulloso, y el otro, bajito y con capucha. Atisbé una túnica gris debajo de sus capas, y supe que eran sacerdotes tehlinos. Peor aún: vi a otros dos hombres que llevaban una coraza debajo de la capa. Mientras estuvieron sentados no me había fijado en ellos, pero al verlos levantarse comprendí que eran los hombres duros de la iglesia. Tenían el rostro adusto, y la caída de sus capas me hizo sospechar que llevaban espadas.

No fui el único que lo vio. Los niños se escabulleron por la puerta. Los más vivos trataron de aparentar indiferencia, pero algunos echaron a correr antes de llegar a la calle. Solo quedamos tres: un muchacho ceáldico que llevaba una camisa con encaje, una niña que iba descalza y yo. Tres insensatos.

—Creo que ya hemos oído todos bastante —dijo el más alto de los sacerdotes con severidad. Era delgado y tenía unos ojos hundidos con un brillo tenue, como brasas. Una barba muy bien cortada del color del hollín afilaba los bordes de su cara, que parecía la hoja de un cuchillo.

Le dio su capa al otro sacerdote, más bajito y con capucha. Debajo llevaba la túnica de color gris pálido de los tehlinos. Alrededor del cuello llevaba un juego de pesas de plata. Se me cayó el alma a los pies. No era un simple sacerdote, sino un juez. Los otros dos niños salieron por la puerta.

El juez dijo:

—Bajo la vigilante mirada de Tehlu, te acuso de herejía.

—Doy fe —dijo el otro sacerdote.

El juez les hizo señas a los mercenarios.

—Atadlo.

Los mercenarios obedecieron con brusca eficacia. Skarpi soportó todo el proceso sin alterarse y sin articular ni una sola palabra.

El juez vio cómo sus guardaespaldas empezaban a atarle las muñecas a Skarpi; luego se dio un poco la vuelta, como si quisiera apartar al contador de historias de su pensamiento. Recorrió la taberna con la mirada, y su inspección terminó en el hombre calvo y con delantal que estaba detrás de la barra.

—¡Que Te-Tehlu os bendiga! —tartamudeó el dueño del Medio Mástil.

—Que así sea —se limitó a decir el juez. Volvió a recorrer la estancia con la mirada. Por fin se volvió hacia el otro sacerdote, que se apartó de la barra—. Anthony, ¿crees que en un local tan bonito como este puede haber herejes?

—Todo es posible, señor juez.

—Ahhh —dijo el juez, y paseó lentamente la vista por toda la estancia; una vez más, terminó inspeccionando al tabernero.

—¿Puedo ofrecerles algo de beber a sus señorías? —se apresuró a decir el tabernero.

Hubo un único silencio.

—Quiero decir... algo de beber para ustedes y para sus hermanos. ¿Un buen barril de vino blanco de Fallows? Para mostrarles mi agradecimiento. Le dejo estar aquí porque al principio sus historias eran interesantes. —Tragó saliva y siguió hablando atropelladamente—: Pero entonces empezó a decir cosas escandalosas. No me atrevía a echarlo, porque es evidente que está loco, y todo el mundo sabe que Dios castiga con dureza a los que maltratan a los locos... —Se interrumpió, y de pronto la estancia quedó en silencio. Tragó saliva, y desde donde yo estaba, cerca de la puerta, oí el seco chasquido de su garganta.

—Es un ofrecimiento muy generoso —dijo el juez por fin.

—Muy generoso —repitió el otro sacerdote.

—Sin embargo, a veces los licores tientan a los hombres a cometer perversidades.

—Perversidades —susurró el otro sacerdote.

—Y algunos de nuestros hermanos han hecho votos contra las tentaciones de la carne. Así pues, debo rechazar tu ofrecimiento. —La voz del juez rezumaba piadoso pesar.

Conseguí que Skarpi me mirara y le vi esbozar una discreta sonrisa. Sentí un nudo en el estómago. El anciano contador de historias no parecía tener ni idea del aprieto en que se había metido. Pero al mismo tiempo, en el fondo, mi egoísmo me decía: «Si hubieras llegado antes y ya hubieses averiguado lo que necesitabas saber, ahora no te parecería tan grave, ¿no?».

El dueño de la taberna rompió el silencio:

—En ese caso, ya que no pueden llevárselo, ¿por qué no aceptan el valor del barril?

El juez se quedó pensativo.

—Háganlo por los niños —añadió el tabernero—. Sé que emplearán ese dinero para ayudarlos.

El juez frunció los labios.

—Está bien —dijo tras una pausa—. Por los niños.

El otro sacerdote dijo con un tono desagradable:

—Por los niños.

El tabernero compuso una débil sonrisa.

Skarpi me miró, puso los ojos en blanco y me lanzó un guiño.

—Se diría —dijo Skarpi con su voz melosa— que unos elegantes clérigos como vosotros encontrarían cosas mejores que hacer que detener a contadores de historias y extorsionar a hombres decentes.

El tintineo de las monedas del tabernero se extinguió, y fue como si toda la estancia contuviera la respiración. Con estudiada tranquilidad, el juez le dio la espalda a Skarpi y habló por encima del hombro dirigiéndose al otro sacerdote:

—¡Por lo visto nos hallamos ante un hereje cortés, Anthony! ¡Qué cosa tan extraña y maravillosa! Podríamos vendérselo a una troupe Ruh; guarda cierto parecido con un perro parlante.

Skarpi habló con la mirada fija en la espalda del juez:

—No es que espere que salgáis en busca de Haliax y los Siete. «Hombres pequeños, actos pequeños», digo yo siempre. Imagino que el problema reside en encontrar un trabajo lo bastante pequeño para unos hombres como vosotros. Pero tenéis recursos. Podríais recoger basura, o mirar si hay piojos en las camas de los burdeles cuando los visitáis.

El juez se dio la vuelta, agarró la copa de barro cocido de encima de la barra y la estrelló contra la cabeza de Skarpi, haciéndola añicos.

—¡No hables en mi presencia! —chilló—. ¡Tú no sabes nada!

Skarpi sacudió un poco la cabeza, como para despejarse. Un hilillo de sangre empezó a correr por su rostro curtido y se perdió en una de sus cejas de espuma de mar.

—Supongo que en eso tienes razón. Tehlu siempre decía...

—¡No pronuncies su nombre! —bramó el juez, muy colorado—. Tu boca lo mancilla. Es una blasfemia en tu lengua.

—Vamos, Erlus —dijo Skarpi como si hablara con un niño pequeño—. Tehlu te odia más que el resto de la gente, lo que no es poco.

Un silencio artificial se apoderó de la taberna. El juez palideció.

—Que Dios se apiade de ti —dijo con voz fría y temblorosa.

Skarpi miró un momento al juez sin decir nada. Entonces se puso a reír. Era una risa retumbante y sonora que surgía del fondo de su alma.

Los ojos del juez buscaron a uno de los hombres que había atado al contador de historias. El mercenario, sin preámbulos, golpeó a Skarpi con el puño. Primero en un riñón, y luego en la parte de atrás de la cabeza.

Skarpi cayó al suelo. La taberna quedó en silencio. El ruido de su cuerpo al golpear las tablas del suelo pareció apagarse antes que el eco de su risa. El juez hizo una seña, y uno de los guardias levantó al anciano por el pescuezo. Skarpi colgaba como una muñeca de trapo, y sus pies rozaban el suelo.

Pero Skarpi no estaba inconsciente, sino solo aturdido. El contador de historias hizo girar los ojos hasta enfocar al juez.

—Que Dios se apiade «de mí». —Emitió un graznido que en otro momento podría haber sido una carcajada—. No sabes la gracia que tiene eso viniendo de ti.

Entonces Skarpi habló como si se dirigiera al aire:

—Corre, Kvothe. Con esta clase de gente no se consigue nada bueno. Vete a los tejados. Quédate un tiempo donde no puedan verte. Tengo amigos en la iglesia que pueden ayudarme; tú, en cambio, no puedes hacer nada. Vete.

Como no me miraba mientras hablaba, hubo un momento de confusión. Entonces el juez hizo otra seña, y uno de los guardias le asestó un golpe a Skarpi en la cabeza. El anciano puso los ojos en blanco, y se le cayó la cabeza hacia delante. Me escabullí por la puerta y salí a la calle.

Seguí el consejo de Skarpi, y antes de que salieran de la taberna yo ya corría por los tejados.

29

Las puertas de mi mente

Subí a los tejados y me refugié en mi escondite; una vez allí, me envolví en mi manta y lloré. Lloré como si algo se hubiera roto dentro de mí y todo se desbordara.

Cuando me cansé de llorar ya era noche cerrada. Me quedé allí tumbado contemplando el cielo, agotado pero sin poder dormir. Pensé en mis padres y en la troupe, y me sorprendió comprobar que los recuerdos eran menos amargos que antes.

Por primera vez en todos esos años, utilicé uno de los trucos que me había enseñado Ben para serenar y agudizar la mente. Me costó más de lo que recordaba, pero lo conseguí.

Cuando duermes toda una noche sin moverte, al despertar por la mañana tienes el cuerpo entumecido. Si recordáis cómo es ese primer desperezo, agradable y doloroso, quizá entendáis cómo se sentía mi mente después de tantos años, desperezándose para despertar en los tejados de Tarbean.

Pasé el resto de la noche abriendo las puertas de mi mente. Dentro encontré cosas que había olvidado hacía mucho tiempo: mi madre combinando palabras para componer una canción, ejercicios de dicción para actuar, tres recetas de té para calmar los nervios y favorecer el sueño, escalas de laúd.

Mi música. ¿De verdad hacía años que no tenía un laúd en las manos?

Pasé mucho tiempo pensando en los Chandrian, en lo que le habían hecho a mi troupe, en lo que me habían arrebatado. Recordé la sangre y el olor a pelo quemado y sentí arder en mi pecho una rabia sorda y profunda. Confieso que esa noche tuve pensamientos vengativos y tenebrosos.

Pero los años que había pasado en Tarbean me habían infundido un férreo pragmatismo. Sabía que la venganza no era más que una fantasía infantil. Tenía quince años. ¿Qué podía hacer yo?

Sin embargo sabía una cosa. Se me había ocurrido mientras estaba allí tumbado, recordando. Era algo que Haliax le había dicho a Ceniza. «¿Quién te protege de los Amyr? ¿De los cantantes? ¿De los Sithe? ¿De todo lo que podría hacerte daño?»

Los Chandrian tenían enemigos. Si lograba encontrarlos, ellos me ayudarían. No tenía ni idea de quiénes eran los cantantes ni los Sithe, pero todo el mundo sabía que los Amyr eran los caballeros de la iglesia, la poderosa mano derecha del imperio de Atur. Desgraciadamente, todo el mundo sabía también que hacía trescientos años que no existían los Amyr. Se habían disuelto tras la caída del imperio de Atur.

Pero Haliax había hablado de ellos como si todavía existieran. Y la historia de Skarpi sugería que los Amyr habían empezado con Selitos, no con el imperio de Atur, como a mí siempre me habían enseñado. Era evidente que había más cosas que yo necesitaba saber.

Cuanto más pensaba en ello, más preguntas surgían. Resultaba obvio que los Chandrian no mataban a todo el que recogiera historias o cantara canciones sobre ellos. Todo el mundo sabía alguna historia sobre los Chandrian, y todos los niños del mundo, en un momento u otro, han cantado esa cancioncilla absurda sobre sus señales. ¿Qué era lo que hacía que la canción de mis padres fuera diferente?

Tenía muchas preguntas. Y solo podía ir a un sitio, por supuesto.

Repasé mis escasas posesiones. Tenía una manta raída y un saco de arpillera relleno con un poco de paja que utilizaba como almohada. Tenía una botella de medio litro llena de agua, con un tapón de corcho. Un trozo de lona que sujetaba con unos ladrillos y utilizaba como cortavientos en las noches frías. Un par de terrones de sal y un zapato gastado que me iba pequeño, pero que esperaba poder cambiar por alguna otra cosa.

Y veintisiete peniques de hierro en moneda corriente. Todos mis ahorros. Unos días atrás, me había parecido un tesoro inmenso, pero ahora sabía que nunca sería suficiente.

Mientras salía el sol, saqué *Retórica y lógica* de su escondite, debajo de una viga. Retiré el envoltorio de gastada lona con que lo protegía y sentí un gran alivio al ver que estaba seco e intacto. Acaricié el suave cuero de las cubiertas. Lo apreté contra mi mejilla y percibí el olor de la parte trasera del carromato de Ben: olor a especias y a levadura, mezclado con el olor acre de los ácidos y las sales químicas. Era el último objeto tangible de mi pasado.

Lo abrí y leí lo que Ben había escrito en la guarda hacía más de tres años:

Kvothe:
Defiéndete bien en la Universidad. Haz que esté orgulloso de ti. Recuerda la canción de tu padre. Ten cuidado con el delirio.
Tu amigo,

Abenthy

Asentí para mí y pasé la página.

30

La cubierta rota

El letrero de la jamba de la puerta rezaba LA CUBIERTA ROTA. Lo interpreté como una señal auspiciosa y entré.

Había un hombre sentado detrás de un mostrador. Deduje que era el propietario. Era alto y delgado, con calva incipiente. Tenía en las manos un libro de contabilidad, y levantó la vista con cierta expresión de fastidio. Decidí reducir al mínimo las sutilezas; fui hacia el mostrador y puse mi libro encima.

—¿Cuánto me daría por esto?

El hombre lo hojeó con aire de profesional, palpando el papel y examinando la calidad de la encuadernación. Se encogió de hombros y dijo:

—Un par de iotas.

—¡Vale mucho más! —protesté, indignado.

—Vale lo que te den por él —replicó sin alterarse—. Te doy una y media.

—Dos talentos, y tengo la opción de volver a comprarlo dentro de un mes.

El tipo dio una breve y acartonada risotada.

—Esto no es una casa de empeños. —Empujó el libro hacia mí con una mano y cogió su pluma con la otra.

—¿Veinte días?

Vaciló un momento; le echó otro rápido vistazo al libro y sacó su bolsa de dinero. Extrajo dos pesados talentos de plata. Hacía mucho, muchísimo tiempo que yo no veía tanto dinero junto.

Me acercó las monedas deslizándolas por el mostrador. Contuve el impulso de agarrarlas de inmediato y dije:

—Necesito un recibo.

Esa vez me lanzó una mirada tan dura y tan larga que empecé a ponerme un poco nervioso. Entonces caí en la cuenta del aspecto que debía de ofrecer, cubierto de la suciedad acumulada en las calles durante un año, tratando de obtener un recibo por un libro que, evidentemente, había robado.

Al final, el tipo se encogió de hombros y garabateó algo en un trozo de papel. Trazó una línea y la señaló con la pluma:

—Firma aquí.

Leí lo que había escrito:

Yo, el abajo firmante, atestiguo que no sé leer ni escribir.

Miré al librero, que permaneció imperturbable. Mojé el plumín y, con mucho cuidado, escribí «A. I.», como si fueran mis iniciales.

El tipo agitó el trozo de papel para que se secara la tinta y me acercó el «recibo».

—¿Qué significa la «A»? —me preguntó esbozando una sonrisa.

—Anulación —contesté—. Significa invalidar algo, hacer que resulte nulo. Generalmente, un contrato. La «I» es de Incineración. Que consiste en arrojar a alguien al fuego. —El tipo me miró sin comprender—. La incineración es el castigo por falsificación en Junpui. Creo que los recibos falsos entran en esa categoría.

No hice el menor ademán de tocar el dinero ni el recibo. Se produjo un tenso silencio.

—No estamos en Junpui —argumentó el individuo controlando la expresión de su rostro.

—Cierto —admití—. Tiene usted dotes para la malversación. Quizá debería añadir una «M».

El hombre dio otra fuerte risotada y sonrió.

—Me has convencido, joven maestro. —Sacó otro trozo de papel y me lo puso delante—. Escribe tú el recibo, y yo lo firmaré.

Cogí la pluma y escribí: «Yo, el abajo firmante, me comprometo a devolver el libro *Retórica y lógica* con la inscripción "Para Kvothe" al portador de esta nota a cambio de dos peniques de plata, con la condición de que presente este recibo antes del día...».

Levanté la cabeza.

—¿Qué día es hoy?

—Odren. Treinta y ocho.

Hacía tiempo que había abandonado la costumbre de contar los días. En la calle, todos los días se parecen, solo que la gente está un poco más borracha los Hepten, y un poco más generosa los Duelos.

Pero si estábamos a treinta y ocho, solo tenía cinco días para llegar a la Universidad. Ben me había dicho que las admisiones terminaban en Prendido. Si llegaba tarde, tendría que esperar dos meses a que empezara el siguiente bimestre.

Puse la fecha en el recibo y tracé una línea para que firmara el librero. Me miró con expresión de desconcierto cuando le puse el papel delante. Es más, no se fijó en que en el recibo decía «peniques» en lugar de «talentos». Los talentos valían mucho más. Eso significaba que el librero acababa de comprometerse a devolverme el libro por menos dinero que por el que él lo había comprado.

Mi satisfacción disminuyó cuando comprendí que todo aquello era una estupidez. Ya fueran peniques o talentos, yo no iba a tener suficiente dinero para recuperar el libro pasados dos ciclos. Si todo iba bien, ni siquiera estaría en Tarbean al día siguiente.

Pese a ser inútil, el recibo me ayudó a calmar el dolor que me producía separarme del último objeto de mi infancia que conservaba. Soplé sobre el papel, lo doblé con cuidado, me lo metí en un bolsillo y cogí mis dos talentos de plata. Me llevé una sorpresa cuando el librero me tendió la mano.

Sonrió con aire arrepentido y dijo:

—Perdona lo de la nota. Es que no me ha parecido que fueras a volver. —Se encogió de hombros—. Toma. —Me puso una iota de cobre en la mano.

Decidí que el tipo no era tan mala persona. Le devolví la sonrisa y, por un instante, casi me sentí culpable por lo que había escrito en el recibo.

También me sentí culpable por las tres plumas que le había robado, pero el malestar solo me duró unos segundos. Y como no había ninguna forma conveniente de devolvérselas, antes de marcharme le robé un tintero.

31

El carácter de los nobles

El peso de aquellos dos talentos me tranquilizó. Cualquiera que haya pasado una larga temporada sin dinero entenderá a qué me refiero. Mi primera inversión fue una buena bolsa de cuero para el dinero. La llevaba debajo de la ropa, pegada a la piel.

La siguiente fue un buen desayuno. Un plato de huevos calientes y una loncha de jamón. Pan blando recién hecho, mucha miel y mucha mantequilla, y un vaso de leche recién ordeñada. Me costó cinco peniques de hierro. Creo que fue la mejor comida que he tomado jamás.

Resultaba extraño estar sentado a una mesa, comiendo con cuchillo y tenedor. Resultaba extraño estar rodeado de gente. Resultaba extraño que una persona me sirviera la comida.

Mientras rebañaba los restos de mi desayuno con el último trozo de pan, comprendí que tenía un problema.

Incluso en aquella lamentable posada de la Ribera, yo llamaba la atención. Mi camisa no era más que un viejo saco de arpillera con agujeros para los brazos y la cabeza. Mis pantalones estaban hechos con lona y me iban enormes. Apestaban a humo, a grasa y a agua estancada de los callejones. Los llevaba atados con un trozo de cuerda que había encontrado entre la basura. Iba sucio y descalzo, y apestaba.

¿Qué me convenía más, comprarme ropa o darme un baño? Si me bañaba primero, luego tendría que ponerme la ropa usada. Sin embargo, si intentaba comprarme ropa con el aspecto que tenía, quizá ni siquiera me dejaran entrar en la tienda. Y dudaba mucho que alguien estuviera dispuesto a tomarme medidas.

El posadero vino a recoger mi plato, y decidí que lo primero era el baño, sobre todo porque estaba harto de oler como una rata que lleva muerta una semana. Le sonreí.

—¿Hay por aquí cerca algún sitio donde tomar un baño?

—Aquí mismo, si tienes un par de peniques. —Me miró de arriba abajo—. O a cambio de una hora de trabajo. Una hora de trabajo duro. Hay que limpiar la chimenea.

—Necesitaré mucha agua, y jabón.

—Entonces dos horas, porque también tengo platos por lavar. Primero la chimenea, luego el baño y por último los platos. ¿De acuerdo?

Una hora más tarde, me dolían los hombros y la chimenea estaba limpia. El posadero me acompañó a una habitación trasera con una gran tina de madera y una rejilla en el suelo. En las paredes había ganchos para colgar la ropa, y una plancha de estaño clavada en la pared hacía las veces de rudimentario espejo.

El posadero me llevó un cepillo, un cubo lleno de agua humeante y una pastilla de jabón de lejía. Me froté el cuerpo hasta que se me quedó la piel rosada y dolorida. El posadero me llevó otro cubo de agua caliente, y luego un tercero. Recé en silencio y agradecí no estar plagado de piojos. Seguramente estaba demasiado sucio para que ningún piojo que se preciara se instalara en mí.

Mientras me aclaraba por última vez, me fijé en la ropa que acababa de quitarme. Hacía años que no estaba tan limpio y no quería ni tocar aquella ropa, y mucho menos ponérmela. Si intentaba lavarla, se deshilacharía.

Me sequé y utilicé el cepillo para desenredarme el pelo. Lo tenía mucho más largo de lo que parecía cuando lo llevaba sucio. Limpié el vaho del improvisado espejo y me llevé una sorpresa. Parecía mayor. Mayor que antes, en cualquier caso. Y no solo eso: parecía el joven hijo de un noble. Tenía la cara blanca y delgada. A mi pelo le habría venido bien un corte, pero lo tenía liso y largo hasta los hombros, como era la moda. Lo único que me faltaba era la ropa de noble.

Y entonces se me ocurrió una idea.

Todavía desnudo, me envolví con una toalla y salí por la puerta trasera. Cogí mi bolsa de dinero, pero la escondí. Faltaba poco para mediodía y había gente por todas partes. Muchos transeúntes me miraron, por supuesto; yo los ignoré y eché a andar con brío, sin tratar de esconderme. Compuse una expresión de enojo e impasibilidad, sin ni rastro de vergüenza.

Me acerqué a un padre y un hijo que cargaban sacos de arpillera en un carro. El hijo debía de tener cuatro años más que yo, y yo le llegaba por los hombros.

—Oye, chico —le espeté—, ¿dónde se puede comprar ropa por aquí? —Miré de forma significativa su camisa y añadí—: Ropa decente.

El muchacho me miró entre confuso y enojado. Su padre se quitó rápidamente el sombrero y se puso delante de su hijo.

—Podríais probar en Bentley, señor. Venden ropa sencilla, pero está a solo un par de calles de aquí.

Puse cara de disgusto.

—¿No hay ningún otro sitio?

Se quedó mirándome.

—Bueno, podría... hay una tienda...

Le hice callar con un ademán de impaciencia.

—¿Dónde está? Limítese a señalar, ya que se ha quedado embobado.

El hombre señaló, y eché a andar a grandes zancadas. Mientras caminaba me acordé de uno de los papeles de joven paje que solía interpretar en la troupe. El paje, un crío insoportablemente pedante con un padre importante, se llamaba Dunstey. Era perfecto. Levanté la barbilla, adapté un poco la posición de los hombros e hice un par de ajustes mentales.

Abrí la puerta e irrumpí en la tienda. Había un hombre con un delantal de cuero; supongo que debía de ser Bentley. Tenía unos cuarenta años, era delgado y con una calva incipiente. Al golpear la puerta contra la pared, Bentley dio un respingo. Se volvió y me miró con gesto de incredulidad.

—Tráeme un batín, inútil. Estoy harto de que me miréis con la boca abierta, tú y todos los otros bobalicones que han decidido ir hoy al mercado. —Me repantingué en una butaca y fruncí el ceño. Como el hombre no se movía, le lancé una mirada fulminante—. ¿Acaso no se me entiende cuando hablo? ¿Acaso no son obvias mis necesidades? —Tiré del borde de la toalla para que quedara claro.

El hombre seguía allí plantado, boquiabierto.

Bajé la voz y, en tono amenazador, dije:

—Si no me traes algo que ponerme —me levanté y grité—, ¡te destrozo la tienda! Le pediré a mi padre tus pelotas como regalo de Solsticio. Haré que sus perros monten tu cadáver. ¿TIENES IDEA DE QUIÉN SOY?

Bentley se marchó a toda prisa, y yo volví a dejarme caer en la butaca. Una clienta a la que no había visto hasta entonces salió precipitadamente de la tienda, deteniéndose un momento para hacerme una reverencia.

Contuve la risa.

Después todo resultó muy fácil. Lo tuve media hora corriendo de aquí para allá, llevándome una prenda tras otra. Yo me burlaba de la tela, del corte y de la factura de todo lo que me presentaba. En resumen, me comporté como el perfecto niño mimado.

La verdad es que no habría podido quedar más complacido. La ropa era sencilla, pero estaba bien hecha. La verdad es que, teniendo en cuenta lo que llevaba puesto una hora antes, un saco de arpillera limpio habría supuesto una gran mejora.

Si no habéis pasado mucho tiempo en la corte ni en grandes ciudades, no entenderéis por qué me resultó todo tan fácil. Dejad que os lo explique.

Los hijos de los nobles son una de las fuerzas de la naturaleza más destructivas, como las inundaciones o los tornados. Cuando una persona corriente se enfrenta a una de esas catástrofes, lo único que puede hacer es aguantarse y tratar de minimizar los daños.

Bentley lo sabía. Marcó la camisa y los pantalones y me ayudó a quitármelos. Volví a ponerme el batín que me había dado, y él empezó a coser como si un demonio lo estuviera vigilando.

Volví a sentarme haciendo grandes aspavientos.

—Puedes preguntármelo —dije—. Ya sé que te mueres de curiosidad.

Bentley levantó un momento la cabeza y me miró.

—¿Señor?

—Las circunstancias que han provocado mi actual desnudez.

—Ah, sí. —Cortó el hilo y empezó con los pantalones—. Admito que siento cierta curiosidad. Pero no más de la estrictamente correcta. Yo no me meto en lo que hacen los demás.

—Ah. —Asentí fingiendo decepción—. Una actitud muy loable.

A continuación se produjo un largo silencio; lo único que se oía era el ruido del hilo al traspasar la tela. Me puse a tamborilear con los dedos en el brazo de la butaca. Al final, continué como si Bentley me lo hubiera preguntado:

—Una prostituta me ha robado la ropa.

—¿En serio, señor?

—Sí. La muy zorra pretendía devolvérmela a cambio de mi bolsa de dinero.

Bentley levantó un momento la cabeza; su rostro denotaba auténtica curiosidad.

—¿No llevaba usted la bolsa en la ropa, señor?

Puse cara de sorpresa.

—¡Por supuesto que no! Un caballero nunca debe separarse de su bolsa. Eso dice mi padre. —Se la mostré.

Vi que Bentley contenía la risa, y eso me hizo sentir un poco mejor. Llevaba casi una hora maltratando a aquel hombre; lo menos que podía hacer era contarle una historia que él, a su vez, pudiera contar a sus amigos.

—Me dijo que si quería conservar la dignidad, tenía que darle mi bolsa; entonces podría marcharme con la ropa puesta. —Sacudí la cabeza con desdén—. «Desvergonzada», le dije. «La dignidad de un caballero no está en su ropa. Si te entregara mi bolsa solo para ahorrarme un bochorno, te estaría entregando mi dignidad.»

Me quedé pensativo unos segundos, y luego continué en voz baja, como si pensara en voz alta:

—De lo que se deduce que la dignidad de un caballero está en su bolsa. —Miré la bolsita de dinero que tenía en las manos e hice una larga pausa—. Creo que el otro día oí a mi padre decir algo parecido.

Bentley soltó una risotada y acabó tosiendo; entonces se levantó y sacudió la camisa y los pantalones.

—Ya está, señor. Ahora le quedarán como un guante.

El amago de una sonrisa danzó en sus labios cuando me entregó las prendas.

Me quité el batín y me puse los pantalones.

—Supongo que me llevarán a casa. ¿Qué te debo, Bentley? —pregunté.

Bentley caviló un momento.

—Uno con dos.

Empecé a abrocharme la camisa y no dije nada.

—Lo siento, señor —se apresuró a decir Bentley—. Se me olvidó con quién estaba hablando. —Tragó saliva—. Uno será suficiente.

Abrí mi bolsa, le puse un talento de plata en la mano y lo miré a los ojos.

—Necesitaré un poco de cambio.

Sus labios trazaron una fina línea, pero asintió y me devolvió dos iotas.

Me guardé las monedas y até firmemente mi bolsa debajo de la camisa; le di unas palmaditas y miré con elocuencia a Bentley.

Volví a ver la sonrisa asomando en sus labios.

—Adiós, señor.

Recogí mi toalla, salí de la tienda y, con un aspecto menos sospechoso, me encaminé hacia la posada donde había desayunado y me había dado el baño.

—¿Qué puedo ofrecerle, joven señor? —me preguntó el posadero cuando me acerqué a la barra. Me sonrió y se limpió las manos en el delantal.

—Un montón de platos sucios y un trapo.

Me miró entrecerrando los ojos; entonces sonrió y soltó una carcajada.

—Creía que te habías escapado desnudo por las calles.

—No iba desnudo del todo. —Dejé la toalla encima de la barra.

—Antes había más mugre que persona. Y habría apostado un marco entero a que tenías el pelo negro. Desde luego, no pareces el mismo. —Me contempló unos instantes, maravillado—. ¿Quieres tu ropa vieja?

Negué con la cabeza.

—Tírela. O mejor, quémela, y asegúrese de que nadie aspira el humo accidentalmente. —El posadero volvió a reír—. Pero tenía otras cosas que sí me gustaría recuperar —le recordé.

El posadero asintió y se dio unos golpecitos en un lado de la nariz.

—Desde luego. Un segundo. —Se dio la vuelta y desapareció por una puerta que había detrás de la barra.

Eché un vistazo a la taberna, y me pareció diferente ahora que ya no atraía tantas miradas hostiles. La chimenea de piedra con el hervidor negro hirviendo; los olores, ligeramente acres, a madera barnizada y a cerveza derramada; el débil murmullo de las conversaciones...

Siempre me han gustado las tabernas. Creo que eso se debe a que crecí en los caminos. Una taberna es un lugar seguro, una especie de refugio. Entonces me sentí muy cómodo, y pensé que no estaría mal regentar un sitio como aquel.

—Aquí tienes. —El posadero puso las tres plumas, el tintero y mi recibo de la librería encima de la barra—. He de reconocer que esto me ha desconcertado casi tanto como que te largaras sin la ropa.

—Voy a la Universidad —expliqué.

El posadero arqueó una ceja.

—¿No eres demasiado joven?

Sus palabras me produjeron un ligero nerviosismo, pero me controlé.

—Aceptan a todo tipo de alumnos.

Él asintió educadamente, como si eso explicara por qué había aparecido descalzo y apestando a callejones. Esperó un poco para ver si yo le daba más explicaciones, y luego se sirvió una bebida.

—No quisiera ofenderte, pero no creo que sigas dispuesto a lavar platos.

Abrí la boca para protestar; un penique de hierro por una hora de trabajo era una ganga que no quería desperdiciar. Dos peniques equivalían a una hogaza de pan, y no podía contar todas las veces que había pasado hambre en los últimos meses.

Entonces vi mis manos apoyadas sobre la barra. Estaban tan limpias que casi no las reconocí.

Me di cuenta de que no quería lavar los platos. Tenía cosas más importantes que hacer. Me aparté de la barra y saqué un penique de mi bolsa.

—¿Cuál es el mejor sitio para buscar una caravana que se dirija hacia el norte? —pregunté.

—El Solar del Arriero, en la Colina. Está medio kilómetro más allá del molino de la calle de los Vergeles.

Al oírle mencionar la Colina sentí un escalofrío. Lo ignoré lo mejor que pude y asentí con la cabeza.

—Tiene usted una posada muy bonita. Me consideraría muy afortunado si tuviera una parecida cuando sea mayor. —Le di el penique.

El posadero esbozó una amplia sonrisa y me devolvió el penique.

—Con esos cumplidos tan generosos, puedes volver cuando quieras.

32

Cobres, zapateros y multitudes

Faltaba cerca de una hora para mediodía cuando salí a la calle. El sol ya estaba muy alto, y notaba el calor de los adoquines en la planta de los pies. Los ruidos del mercado formaban un irregular murmullo a mi alrededor; intenté disfrutar de la agradable sensación de tener el estómago lleno y el cuerpo limpio.

Pero notaba una vaga inquietud en la boca del estómago. Era una sensación parecida a la que tienes cuando alguien te mira la nuca. Me acompañó hasta que me pudo el instinto y, rápido como un pez, me colé por un callejón.

Me quedé de pie, apoyado contra una pared, esperando, y esa extraña sensación fue desapareciendo. Pasados unos minutos, empecé a sentirme estúpido. Confiaba en mi instinto, pero a veces daba falsas alarmas. Esperé unos minutos más para asegurarme, y luego volví a la calle.

La sensación de desasosiego regresó casi de inmediato. La ignoré mientras trataba de averiguar de dónde provenía. Pero cinco minutos más tarde, perdí el valor y volví a meterme por una callejuela, escudriñando a la multitud para ver quién me seguía.

Nadie. Hicieron falta media hora de nerviosismo y dos callejones más para que averiguara qué estaba pasando.

Resultaba extraño caminar en medio de la multitud.

En los dos últimos años, las multitudes se habían convertido para mí en parte del decorado de la ciudad. Podía utilizar al gentío para esconderme de un guardia o de un tendero. Podía moverme a través de la muchedumbre para llegar a donde quisiera ir.

Hasta podía avanzar en la misma dirección que la multitud, pero nunca formaba parte de ella.

Estaba tan acostumbrado a que me ignoraran, que casi eché a correr cuando el primer comerciante se me acercó para venderme algo.

Una vez que hube identificado qué era eso que me inquietaba, la mayor parte de esa inquietud desapareció. Generalmente, el miedo proviene de la ignorancia. Una vez que supe cuál era el problema, este pasó a ser solo un problema y no algo que temer.

Como ya he mencionado, Tarbean se dividía en dos partes: la Colina y la Ribera. La Ribera era pobre; la Colina era rica. La Ribera apestaba; la Colina estaba limpia. En la Ribera había ladrones; en la Colina había banqueros (o mejor dicho... estafadores).

Ya os he contado la historia de mi única y catastrófica incursión en la Colina. De modo que quizá comprendáis por qué, cuando el gentío que tenía delante se separó un momento, vi lo que estaba buscando. Un miembro de la guardia. Me colé por la primera puerta que encontré, con el corazón latiéndome a toda prisa.

Pasé un momento recordándome que ya no era el pilluelo al que habían aporreado años atrás. Iba limpio y bien vestido. No desentonaba en absoluto en aquella parte de la ciudad. Pero los viejos hábitos difícilmente mueren. Me esforcé para controlar una intensa rabia, pero no sabía si estaba enfadado conmigo mismo, con el guardia o con el mundo en general. Seguramente, las tres cosas.

—Enseguida te atiendo —dijo una alegre voz detrás de un umbral protegido por una cortina.

Eché un vistazo a la tienda. La luz que entraba por el escaparate iluminaba un abarrotado banco de trabajo y docenas de pares de zapatos colocados en unos estantes. Decidí que no habría podido refugiarme en ningún sitio mejor.

—A ver si lo adivino... —dijo la voz desde la trastienda. Un anciano canoso salió de detrás de la cortina con un largo trozo de cuero en las manos. Era bajito y caminaba encorvado, pero su arrugado rostro me sonrió—. Necesitas unos zapatos. —Sonrió con timidez; su chiste era como unas botas viejas y gastadas, pero tan cómodas que cuesta deshacerse de ellas. Me miró los pies. Yo también me los miré, a mi pesar.

Iba descalzo, por supuesto. Hacía tanto tiempo que no usaba zapatos que ya ni siquiera pensaba en ellos. Al menos durante el verano. En invierno soñaba con tenerlos.

Levanté la cabeza. El hombre miraba de un lado a otro, como si tratara de determinar si reírse podía costarle un cliente.

—Sí, creo que necesito unos zapatos —admití.

El zapatero rió, me condujo hasta un asiento y me midió los pies con las manos. Por fortuna, las calles estaban secas, de modo que tenía los pies sencillamente sucios del polvo de los adoquines. Si hubiera llovido, habrían estado vergonzosamente mugrientos.

—Veamos qué zapatos te gustan, y si tengo algún par de tu talla. Si no, puedo hacértelos, o retocarlos, y tenerlos listos dentro de un par de horas. A ver, ¿para qué quieres los zapatos? ¿Para andar? ¿Para bailar? ¿Para montar? —Se inclinó hacia atrás en el taburete y cogió un par de zapatos de un estante que tenía a sus espaldas.

—Para andar.

—Me lo imaginaba. —Con destreza, me puso unos calcetines en los pies, como si todos sus clientes entraran descalzos en la tienda. A continuación me calzó unos zapatos de piel negra con hebillas—. ¿Cómo los notas? Camina un poco para asegurarte.

—Es que...

—Te aprietan. Me lo imaginaba. No hay nada más molesto que unos zapatos que aprietan. —Me los quitó y, rápidamente, me calzó otro par—. ¿Y estos? —Eran de terciopelo o de fieltro, de color morado.

—No...

—¿No son exactamente lo que buscabas? No me extraña. Se gastan muy deprisa. Aunque el color es bonito, adecuado para cortejar a las damas. —Me calzó otro par—. ¿Y estos?

Eran unos zapatos de sencillo cuero marrón, y parecían hechos a mi medida. Pisé con firmeza, y el zapato se me ciñó. Había olvidado lo maravillosa que podía llegar a ser la sensación de ir bien calzado.

—¿Cuánto valen? —pregunté con aprensión.

En lugar de contestarme, el anciano se levantó y empezó a buscar con la mirada en los estantes.

—Los pies dicen mucho de la persona —caviló—. Hay hombres que entran aquí, sonrientes, con los zapatos muy limpios y los calcetines empolvados. Pero cuando se descalzan, sus pies huelen a rayos. Esas son las personas que ocultan cosas. Tienen secretos apestosos e intentan ocultarlos, como intentan ocultar el hedor de sus pies.

Se volvió hacia mí.

—Pero nunca funciona. La única forma de impedir que te huelan los pies es airearlos un poco. Quizá ocurra lo mismo con los secretos. Pero yo de eso no entiendo. Yo solamente entiendo de zapatos.

Empezó a buscar entre el revoltijo acumulado sobre su banco de trabajo.

—A veces vienen esos jóvenes de la corte, abanicándose la cara y relatando tragedias inverosímiles. Pero tienen unos pies blandos y rosados. Se nota que nunca han ido solos a ninguna parte. Se nota que nunca han sufrido de verdad.

Al final encontró lo que estaba buscando. Cogió un par de zapatos parecidos a los que yo acababa de probarme.

—Aquí están. Estos zapatos eran de mi Jacob cuando tenía tu edad. —Se sentó en el taburete y me desató los cordones de los zapatos que yo llevaba puestos—. Tú tienes unas plantas muy curtidas para tu edad —continuó—: cicatrices, callos. Unos pies como los tuyos podrían correr todo el día descalzos sobre la piedra y no necesitarían zapatos. Un muchacho de tu edad solo consigue unos pies así de una manera.

Me miró a los ojos con gesto inquisitivo. Asentí con la cabeza.

El anciano sonrió y me puso una mano en el hombro.

—¿Cómo los notas?

Me levanté para probarlos. Eran aún más cómodos que el otro par, porque estaban un poco más gastados.

—Mira, estos zapatos son nuevos —dijo agitando los que tenía en la mano—. No han recorrido ni un kilómetro, y por unos zapatos nuevos como estos suelo cobrar un talento, quizá un talento con dos. —Me señaló los pies—. Esos, en cambio, están usados, y yo no vendo zapatos usados.

Me dio la espalda y se puso a ordenar el banco de trabajo mientras tarareaba una melodía. Tardé un segundo en reconocerla: «Vete de la ciudad, calderero».

Yo sabía que el anciano estaba tratando de hacerme un favor, y una semana antes no habría dejado escapar la oportunidad de hacerme con un par de zapatos gratis. Pero por algún extraño motivo, no me parecía justo. Recogí rápidamente mis cosas y dejé un par de iotas de cobre encima del taburete antes de salir de la tienda.

¿Por qué? Porque el orgullo nos hace hacer cosas extrañas, y porque la generosidad debe recompensarse con generosidad. Pero sobre todo porque me pareció que era lo correcto, y eso ya es razón suficiente.

—Cuatro días. Seis si llueve.

Roent era el tercer carromatero al que había preguntado si se dirigía a Imre, en el norte; Imre era la ciudad que estaba más cerca de la Universidad. Era un grueso ceáldico con una poblada barba negra que le tapaba casi toda la cara. Se volvió y le gritó unas palabrotas en siaru a un hombre que estaba cargando rollos de tela en un carromato. Cuando hablaba en su lengua materna, sonaba como un monumental desprendimiento de rocas.

Su áspera voz se redujo a un murmullo cuando volvió a dirigirse a mí.

—Dos cobres. Iotas. Peniques no. Puedes viajar en un carromato si hay sitio. Si quieres, por la noche puedes dormir debajo. Cenas con nosotros. Para comer solo hay pan. Si algún carromato se atasca, ayudas a empujar.

Roent volvió a interrumpir nuestra conversación y se puso a gritar a sus hombres. Había tres carromatos en los que estaban cargando mercancías, mientras que el cuarto me resultaba dolorosamente familiar: era una de esas casas con ruedas en que yo había pasado la mayor parte de mi vida. La esposa de Roent, Reta, iba sentada en la parte delantera de ese vehículo. Adoptaba un semblante severo cuando observaba a los hombres que cargaban los carromatos, pero sonreía cuando hablaba con una niña que estaba de pie allí cerca.

Deduje que la niña era una pasajera, como yo. Tenía aproximadamente mi edad; quizá fuera un año mayor que yo, pero a esa edad un año marca una gran diferencia. Los Tahl tienen un dicho sobre los niños de nuestra edad: «El niño crece, pero la niña madura».

Llevaba pantalones y camisa, ropa sencilla y cómoda para viajar, y era lo bastante joven para que ese atuendo no resultara inadecuado. Su porte era tal que, si hubiera sido un año mayor, me habría visto obligado a considerarla una dama. Mientras hablaba con Reta se balanceaba hacia delante y hacia atrás con delicada elegancia y, al mismo tiempo, con exuberancia infantil. Tenía el cabello negro y largo, y...

Resumiendo: era hermosa. Hacía mucho tiempo que yo no veía nada hermoso.

Roent siguió la dirección de mi mirada y dijo:

—Por la noche todos ayudan a montar el campamento. Todos montan guardia por turnos. Si te duermes durante tu guardia, te quedas atrás. Comes con nosotros, sea lo que sea lo que haya cocinado mi esposa. Si te quejas, te quedas atrás. Si caminas demasiado despacio, te quedas atrás. Si molestas a la niña... —pasó una mano por su densa y negra barba— te la juegas.

Intervine con la esperanza de llevar sus pensamientos por otros derroteros:

—¿Cuándo estarán cargados los carromatos?

—Dentro de dos horas —respondió él con adusta certeza, como desafiando a los braceros a contradecirlo.

Uno de los hombres se subió en lo alto de un carromato, haciendo visera con una mano. Gritó para hacerse oír por encima del ruido de caballos, carromatos y hombres que inundaba la plaza.

—No dejes que te asuste, chico. Gruñe mucho pero es una persona decente.

Roent lo apuntó con un dedo, y el hombre siguió con lo que estaba haciendo.

Yo no necesitaba que me convencieran. Generalmente se puede confiar en los hombres que viajan con su esposa. Además, el precio era razonable, y la caravana partía ese mismo día. Aproveché la ocasión para sacar un par de iotas de mi bolsa y ofrecérselas a Roent.

Se volvió hacia mí.

—Dos horas. —Levantó dos dedos para enfatizar sus palabras—. Si llegas tarde, te quedas atrás.

Asentí con solemnidad.

—*Rieusa, tu kialus A'isha tua.* —«Gracias por acercarme a tu familia.»

Roent arqueó las pobladas cejas. Se recuperó enseguida e hizo una rápida inclinación de cabeza que fue casi una pequeña reverencia. Eché un vistazo a la plaza tratando de situarme.

—Hay gente llena de sorpresas. —Me volví y vi al bracero que me había gritado desde lo alto del carromato. Me tendió una mano—. Me llamo Derrik.

Le estreché la mano y me sentí torpe. Hacía tanto tiempo que no charlaba con nadie que me notaba rudo y vacilante.

—Kvothe —atiné a decir.

Derrik juntó las manos detrás de la espalda y se estiró haciendo una mueca de dolor. Me sacaba una cabeza y era rubio.

—Has dejado a Roent un poco desconcertado. ¿Dónde has aprendido a hablar siaru?

—Me enseñó un arcanista que conocí —expliqué. Vi que Roent iba a hablar con su esposa. La niña morena me miró y sonrió. Desvié la vista, porque no se me ocurrió qué otra cosa podía hacer.

El bracero se encogió de hombros.

—Bueno, te dejo para que vayas a buscar tus cosas. Roent gruñe mucho y no muerde, pero una vez que los carromatos estén cargados no esperará a nadie.

Asentí con la cabeza, aunque no tenía «cosas» que ir a buscar.

Sin embargo sí tenía algunas compras que hacer. Dicen que en Tarbean puedes encontrar de todo si tienes suficiente dinero, y en general es cierto.

Bajé los escalones que conducían al sótano de Trapis. Resultaba extraño recorrerlos con zapatos. Estaba acostumbrado a notar la fría humedad de la piedra en las plantas de los pies cuando iba a hacerle una visita.

Cuando recorría el corto pasillo, un niño harapiento salió de las habitaciones interiores con una pequeña manzana en la mano. Al verme paró en seco; entonces frunció el ceño, entrecerró los ojos y me miró con recelo. Agachó la cabeza y pasó rozándome.

Sin pensarlo siquiera, aparté su mano de mi bolsita de cuero y me volví para mirarlo, demasiado aturdido para decir nada. El niño salió corriendo y me dejó confuso y trastornado. Allí nunca nos robábamos unos a otros. En las calles cada uno hacía lo que quería, pero el sótano de Trapis era lo más parecido a un santuario que teníamos, una especie de iglesia. Ninguno de nosotros se habría arriesgado a ponerlo en peligro.

Di los últimos pasos, llegué a la habitación principal y sentí alivio al ver que todo lo demás parecía normal. Trapis no se encontraba allí; seguramente estaba pidiendo caridad para ayudar a cuidar a sus niños. Había seis camastros, todos llenos, y más niños acostados en el suelo. Alrededor de la mesa, sobre la que había un cesto, vi a varios críos mugrientos con manzanas en la mano. Se volvieron y se quedaron mirándome con dureza y rencor.

Entonces lo entendí: ninguno me había reconocido. Limpio y bien vestido, parecía un chico normal y corriente. Aquel no era lugar para mí.

Entonces llegó Trapis, con unas hogazas de pan bajo un brazo y una niña que no paraba de berrear en el otro.

—Ari —le dijo a uno de los críos que estaban cerca del cesto de manzanas—, ven a ayudarme. Tenemos una invitada nueva y hay que cambiarla.

El niño fue corriendo y cogió a la niña en brazos. Trapis dejó el pan encima de la mesa, junto al cesto, y las miradas de todos los críos se fijaron atentamente en él. Se me contrajo el estómago. Trapis ni siquiera me había mirado. ¿Y si no me reconocía? ¿Y si me echaba de allí? No sabía si lo soportaría, así que empecé a caminar hacia la puerta.

Trapis fue apuntando a los niños uno a uno:

—Veamos. David, vacía el barril de beber y friégalo bien. El agua se está poniendo salobre. Cuando David haya terminado, Nathan puede llenarlo con agua de la bomba.

—¿Puedo coger pan para dos? —preguntó Nathan—. Necesito un poco para mi hermano.

—Tu hermano puede venir él mismo a buscar su pan —dijo Trapis con dulzura. Luego miró con más atención al niño, como si hubiera notado algo raro—. ¿O está enfermo?

Nathan asintió, mirando al suelo.

Trapis le puso una mano en el hombro.

—Tráelo aquí y veremos qué tiene.

—Es la pierna —farfulló Nathan, que parecía estar a punto de llorar—. La tiene muy caliente y no puede caminar.

Trapis asintió y se dirigió al siguiente niño:

—Jen, ayuda a Nathan a traer a su hermano. —Los niños salieron corriendo—. Tam, como Nathan se ha ido, tú puedes traer el agua.

»Kvothe, tú ve a buscar jabón. —Me tendió medio penique—. Ve a la tienda de Marna, en Lavanderas. Te hará un buen precio si le dices para quién es.

De pronto se me hizo un nudo en la garganta. Trapis me había reconocido. No sé cómo describir el alivio que sentí. Trapis era lo más parecido que yo tenía a una familia. La idea de que no me reconociera me había horrorizado.

—No tengo tiempo para hacerte el encargo, Trapis —dije, titubeante—. Me marcho. Me voy al interior, a Imre.

—Ah, ¿sí? —dijo Trapis; entonces hizo una pausa y volvió a mirarme, esa vez con más detenimiento—. Ya veo.

Claro. Trapis nunca se fijaba en la ropa, sino solo en el niño que había dentro.

—He venido para decirte dónde están mis cosas. En el tejado de la cerería hay un sitio donde confluyen tres aleros. Tengo algunas cosas allí: una manta, una botella... Ya no las necesito. Es un buen sitio para dormir si alguien lo necesita, y seco. Allí nunca sube nadie... —Enmudecí.

—Eres muy amable. Enviaré a uno de los chicos —dijo Trapis—. Ven aquí. —Se me acercó y me dio un torpe abrazo; su barba me hizo cosquillas en la mejilla—. Siempre me alegro cuando alguno de vosotros se marcha —me dijo en voz baja—. Sé que te las arreglarás bien, pero siempre puedes volver aquí si lo necesitas.

Una de las niñas que estaban en los camastros empezó a agitarse y a gemir. Trapis se separó de mí y se dio la vuelta.

—Qué, qué —dijo al ir a atenderla, y las plantas de sus pies hicieron ruido sobre el suelo de piedra—. Qué, qué. Ya va, ya va.

33

Un mar de estrellas

Volví al Solar del Arriero con un macuto colgado de un hombro. En él llevaba una muda de ropa, una hogaza de pan, un poco de cecina, un odre de agua, aguja e hilo, pedernal y eslabón, plumas y tinta. En resumen, todo lo que una persona inteligente se lleva por lo que pueda pasar cuando emprende un viaje.

Sin embargo, la adquisición de que estaba más orgulloso era una capa de color azul marino que le había comprado a un vendedor de ropa usada por solo tres iotas. Era cálida, estaba limpia y, a menos que me equivocara, solo había tenido un dueño antes que yo.

Dejadme explicar una cosa: cuando viajas, una buena capa vale más que todas tus otras posesiones juntas. Si no tienes donde dormir, la capa puede ser tu cama y tu manta. Te protege de la lluvia y del sol. Si eres listo, debajo de la capa puedes esconder toda clase de armas; y si no lo eres, al menos un arma pequeña.

Pero por encima de todo hay dos cosas por las que se recomienda una capa. En primer lugar, porque hay pocas cosas más llamativas que una capa bien llevada, ondeando ligeramente detrás de ti cuando sopla la brisa. Y en segundo lugar, porque las buenas capas tienen innumerables bolsillitos por los que siento una atracción irracional e irresistible.

Como ya he dicho, aquella era una buena capa, y tenía muchos bolsillitos de esos. Escondidos en ellos tenía cuerda y cera, un poco de manzana seca, un yesquero, una canica en una bolsita de cuero, un saquito de sal, una aguja de sutura e hilo de tripa.

Me había gastado todas las monedas de la Mancomunidad que con tanto cuidado había ido ahorrando, y me había quedado las duras monedas ceáldicas para el viaje. Los peniques funcionaban muy bien en Tarbean, pero la moneda ceáldica era sólida en cualquier rincón del mundo donde te encontraras.

Cuando llegué, se estaban ultimando los preparativos. Roent se paseaba alrededor de los carromatos como un animal inquieto, comprobándolo todo una vez más. Reta observaba a los braceros con mirada severa, y les corregía cada vez que hacían algo que no la satisfacía del todo. A mí me ignoraron hasta que nos pusimos en marcha rumbo a las afueras de la ciudad y a la Universidad.

A medida que nos alejábamos de Tarbean, sentía como si me estuviera librando de un gran peso. Me regodeaba con el tacto del suelo bajo mis zapatos, con el olor del aire, con el débil susurro del viento que acariciaba los tallos de trigo en los campos. Me sorprendí sonriendo sin ningún motivo especial, salvo que estaba contento. A los Ruh no nos gusta quedarnos mucho tiempo en el mismo sitio. Respiré hondo y estuve a punto de soltar una carcajada.

Mientras viajábamos, yo iba a mi aire, porque no estaba acostumbrado a tener compañía. Roent y los mercenarios no tenían inconveniente en dejarme tranquilo. Derrik bromeaba conmigo de vez en cuando, pero en general me encontraba demasiado reservado para su gusto.

Solo quedaba la otra pasajera, Denna. No nos dijimos nada hasta que hubimos recorrido casi todo el trayecto de la primera jornada. Yo iba en un carromato con uno de los mercenarios, pelando distraídamente la corteza de una rama de sauce. Mientras mis dedos trabajaban, escudriñaba el perfil de Denna, admirando la línea de su mentón, la curva de su cuello hasta llegar al hombro. Me preguntaba por qué viajaría sola, y adónde iría. En medio de mis cavilaciones, Denna giró la cabeza y me sorprendió mirándola.

—¿En qué piensas? —me preguntó apartándose un mechón de pelo de la cara.

—Me preguntaba qué podrías estar haciendo aquí —contesté. Era una respuesta casi sincera.

Ella sonrió y me sostuvo la mirada.

—Mentiroso.

Utilicé un viejo truco de actor para no ruborizarme, me encogí de hombros fingiendo indiferencia y bajé la mirada hacia la rama de sauce que estaba pelando. Unos minutos más tarde, oí que Denna reanudaba su conversación con Reta. Sentí una extraña desilusión.

Cuando hubimos montado el campamento y ya se estaba preparando la cena, me paseé entre los carromatos, examinando los nudos que Roent utilizaba para sujetar su cargamento. Oí pasos detrás de mí, me di la vuelta y vi acercarse a Denna. Me dio un vuelco el corazón y respiré hondo para serenarme.

Denna se detuvo a unos pasos de mí.

—¿Ya lo has averiguado?

—¿Cómo dices?

—Si ya has averiguado qué hago aquí. —Esbozó una dulce sonrisa—. Es que llevo toda la vida haciéndome esa pregunta. He pensado que si a ti se te ocurría algo... —Me miró, esperanzada e irónica.

Negué con la cabeza; la situación me desconcertaba demasiado como para que le encontrara la gracia.

—Lo único que he deducido es que vas a algún sitio.

Denna asintió, muy seria.

—Como yo. —Hizo una pausa y contempló el círculo que el horizonte formaba alrededor de nosotros. El viento le agitó el cabello, y ella se lo arregló—. ¿Por casualidad sabes adónde voy?

Noté que una sonrisa empezaba a asomar lentamente a mis labios. Ya no me acordaba de cómo se sonreía.

—¿No lo sabes? —pregunté.

—Tengo algunas sospechas. Ahora mismo creo que a Anilin. —Se balanceó sobre las plantas de los pies—. Pero ya me he equivocado otras veces.

El silencio se apoderó de nuestra conversación. Denna se miró las manos y jugueteó con un anillo, haciéndolo rodar. Me pareció ver que era de plata, con una piedra de color azul claro. De pronto Denna separó las manos, dejó caer los brazos al lado del cuerpo y me miró.

—¿Adónde vas tú? —me preguntó.

—A la Universidad.

Denna arqueó una ceja, y de pronto pareció diez años mayor.

—Con qué seguridad lo dices. —Sonrió, y al hacerlo dejó de parecer mayor—. ¿Qué siente uno cuando sabe adónde va?

No se me ocurrió ninguna respuesta, pero en ese preciso instante Reta nos llamó para cenar y me ahorró el trabajo de buscarla. Denna y yo fuimos juntos hacia la hoguera.

Empecé el día siguiente con un breve y torpe cortejo. Ansioso, pero procurando que no se notara que lo estaba, realicé una lenta danza alrededor de Denna hasta que al final encontré alguna excusa para pasar un rato con ella.

Denna, por su parte, parecía muy tranquila. Pasamos el resto de la jornada como si fuéramos viejos amigos. Bromeamos y nos contamos historias. Yo señalé las diferentes clases de nubes y le expliqué qué tiempo anunciaban. Ella me mostró las formas que encerraban: una rosa, un arpa, una cascada.

Así pasamos el día. Más tarde, cuando echamos a suertes los turnos de guardia, a Denna y a mí nos tocaron los dos primeros. Sin siquiera hablarlo, compartimos nuestras cuatro horas de guardia. Hablando en voz baja para no despertar a los demás, nos sentamos cerca del fuego y pasamos el rato mirándonos el uno al otro y sin vigilar mucho.

El tercer día hicimos más o menos lo mismo. Lo pasamos muy a gusto, sin hablar demasiado, contemplando el paisaje y diciendo lo que se nos ocurría. Esa noche paramos en una posada, donde Reta compró forraje para los caballos y algunas provisiones.

Reta se retiró temprano con su esposo, y nos dijo que le había encargado cena y camas para todos al posadero. La comida estuvo bien: puré de patata y panceta con pan y mantequilla. Las camas estaban en los establos, pero aun así eran mucho mejores que los sitios donde yo había tenido que dormir en Tarbean.

La taberna olía a humo, a sudor y a cerveza derramada. Me alegré cuando Denna me preguntó si me apetecía dar un paseo. Hacía una templada noche de primavera, sin viento. Hablamos mientras paseábamos lentamente por el bosque que había detrás de la posada. Al cabo de un rato llegamos a un amplio claro en cuyo centro había una charca.

Al borde del agua había un par de rocas de guía; su plateada superficie se destacaba contra el negro del cielo y contra el negro del agua. Una estaba de pie, y parecía un dedo que señalara el cielo. La otra estaba tumbada, y se extendía hasta el agua como un pequeño embarcadero de piedra.

No había viento que alterara la superficie del agua. Así que cuando nos subimos a la piedra caída, las estrellas se reflejaban perfectamente en la charca. Era como si estuviéramos sentados en medio de un mar de estrellas.

Pasamos horas hablando, hasta muy entrada la noche. Ninguno de los dos mencionamos nuestro pasado. Me pareció que había cosas de las que Denna prefería no hablar, y por la forma como evitaba interrogarme, creo que a ella le pasaba lo mismo. Hablamos de nosotros, de esperanzas y de sueños imposibles. Yo apuntaba al cielo y le decía los nombres de las estrellas y las constelaciones. Ella me contaba historias sobre ellas que yo nunca había oído.

No me cansaba de mirar a Denna. Estaba sentada a mi lado, abrazándose las rodillas. Su piel era más luminosa que la luna, y sus ojos, más enormes que el cielo, más profundos que el agua, más oscuros que la noche.

Poco a poco reparé en que llevaba largo rato mirándola fijamente sin hablar. Absorto en mis pensamientos, perdido en su contemplación. Pero Denna no parecía ofendida, ni extrañada. Era como si estudiara las líneas de mi cara, casi como si esperase algo.

Quería cogerle una mano. Quería acariciarle la mejilla con las yemas de los dedos. Quería decirle que era la primera mujer hermosa que veía desde hacía años. Que verla bostezar tapándose la boca con el dorso de la mano bastaba para que se me cortara la respiración. Que a veces no captaba el sentido de sus palabras porque me perdía en las dulces ondulaciones de su voz. Quería decirle que si ella estuviera conmigo, nunca volvería a pasarme nada malo.

Estuve a punto de pedírselo. Notaba la pregunta burbujeando en mi pecho. Recuerdo que tomé aliento y que, en el último momento, vacilé. ¿Qué podía decir? ¿Ven conmigo? ¿Quédate conmigo? ¿Ven a la Universidad? No. Una repentina certeza se tensó en mi pecho como un frío puño. ¿Qué podía pedirle? ¿Qué podía ofrecerle? Nada. Cualquier cosa que dijera parecería estúpida, una fantasía infantil.

Cerré la boca y miré más allá del agua. Denna, a solo unos centímetros de mí, hizo lo mismo. Notaba su calor. Olía a polvo del camino, a miel, y a ese olor que hay en la atmósfera segundos antes de un aguacero de verano.

No dijimos nada. Cerré los ojos. La proximidad de Denna era lo más dulce y lo más intenso que yo había sentido jamás.

34

Todavía por aprender

A la mañana siguiente desperté con esfuerzo después de dos horas de sueño, me metí en uno de los carromatos y procedí a pasar el resto de la mañana dormitando. Era casi mediodía cuando reparé en que la noche pasada, en la posada, habíamos aceptado a otro pasajero.

Se llamaba Josn, y había pagado a Roent para que lo llevara a Anilin. Era simpático y tenía una sonrisa sincera. Parecía un hombre honrado. No me cayó bien.

Mis razones eran sencillas. Josn se pasó todo el día viajando al lado de Denna. La adulaba de forma escandalosa y bromeaba con ella diciendo que iba a convertirla en una de sus esposas. A Denna no parecía haberle afectado lo tarde que nos habíamos acostado la noche pasada, y estaba tan fresca y lozana como siempre.

El resultado fue que me pasé el día irritado y celoso, y fingiendo indiferencia. Como era demasiado orgulloso para unirme a su conversación, me quedé solo. Pasé el día pensando cosas tristes, tratando de ignorar el sonido de la voz de Josn y, de vez en cuando, recordando la imagen de Denna la noche anterior, con la luna reflejada en el agua detrás de ella.

Esa noche pensaba proponerle a Denna dar un paseo después de que todos se hubieran acostado. Pero antes de que pudiera acercarme a ella, Josn fue a uno de los carromatos y cogió un gran estuche negro con cierres de latón en un lado. Al verlo, me dio un vuelco el corazón.

Percibiendo el interés del grupo, aunque no el mío en particular, Josn desabrochó despacio los cierres de latón y sacó su laúd con afectado descuido. Era un laúd de artista de troupe; el largo y elegante mástil y la redondeada caja me resultaban dolorosamente familiares. Tras comprobar que contaba con la atención de todos, ladeó la cabeza y rasgueó las cuerdas, deteniéndose para escuchar el sonido. Entonces, asintiendo para sí, empezó a tocar.

Tenía una bonita voz de tenor y unos dedos medianamente ágiles. Tocó una balada, luego una canción ligera de taberna y una lenta y triste melodía en un idioma que no reconocí, pero que sospeché que podía ser íllico. Por último tocó «Calderero, curtidor», y todos cantaron el estribillo a coro. Todos menos yo.

Estaba sentado, quieto como una estatua, y me dolían los dedos. Quería tocar, no escuchar. «Quería» no es un verbo suficientemente intenso. Me moría de ganas de tocar. No me enorgullezco de haberme planteado robarle el laúd y marcharme de allí aprovechando la oscuridad de la noche.

Josn terminó la canción con un floreo, y Roent dio un par de palmadas para llamar la atención de todos.

—Hora de acostarse —dijo—. Si os dormís...

Derrik terminó la frase con tono jocoso:

—... nos quedamos atrás. Ya lo sabemos, maese Roent. Estaremos listos al amanecer.

Josn rió y abrió el estuche de su laúd con el pie. Pero antes de que pudiera guardar el instrumento, le dije:

—¿Me dejas verlo un momento? —Disimulé el deje de aprensión de mi voz, e intenté hacerla pasar por una vaga curiosidad.

Me odié a mí mismo por haber hecho esa pregunta. Pedirle a un músico que te deje coger su instrumento es como pedirle a un hombre que te deje besar a su esposa. Eso es algo que solo entiendes si eres músico. Un instrumento es como un compañero y una amante. Los desconocidos suelen pedir a los músicos que les dejen coger sus instrumentos, y eso les fastidia mucho. Yo lo sabía, pero aun así no pude contenerme.

—Solo un momento.

Vi cómo Josn se ponía en tensión. Pero mantener una apariencia amistosa es una de las especialidades de los bardos, casi tanto como la música.

—Desde luego —replicó con una jocosidad que a mí me pareció falsa, pero que seguramente convenció a los demás. Se acercó a mí y me dio el laúd—. Ten cuidado...

Josn dio un par de pasos hacia atrás y se esmeró para aparentar tranquilidad. Pero me fijé en su postura, con los brazos un poco doblados, listo para lanzarse hacia delante y arrebatarme el laúd si surgía la necesidad.

Le di unas vueltas en las manos. Si era objetivo, no tenía nada especial. Mi padre no habría dudado en afirmar que poco le faltaba para usarse como leña para el fuego. Acaricié la madera. Apreté el instrumento contra mi pecho.

Sin levantar la cabeza, comenté:

—Es muy bonito. —Lo dije en voz baja, con la voz quebrada por la emoción.

Era bonito, es verdad. Era la cosa más bonita que yo había visto en los últimos tres años. Más bonito que un campo en primavera después de tres años viviendo en la cloaca pestilente que había sido aquella ciudad. Más bonito que Denna. Casi.

No miento si digo que todavía no me había recuperado del todo. Hacía solo cuatro días, vivía en la calle. No era la misma persona que en la época de la troupe, pero tampoco era todavía la persona de que hablan las historias que habéis oído vosotros. Tarbean me había hecho cambiar. Allí había aprendido muchas cosas sin las cuales vivir habría resultado más fácil.

Pero sentado junto al fuego, inclinado sobre el laúd, noté cómo las duras y desagradables partes de mí mismo que había ganado en Tarbean se resquebrajaban. Como un molde de arcilla alrededor de un trozo de hierro que se ha enfriado, se desprendieron, dejando atrás algo limpio y duro.

Toqué las cuerdas, una a una. Cuando toqué la tercera, sonó un poco desafinada, y, sin pensar, moví un poco la clavija.

—Eh, no toques eso —Josn trató de aparentar naturalidad—,

lo vas a desafinar. —Pero yo ni le oí. Josn y los demás no habrían estado más lejos de mí si hubieran estado en el fondo del mar de Centhe.

Toqué la última cuerda y la afiné también ligeramente. Compuse un acorde sencillo y rasgueé las cuerdas produciendo un sonido suave y afinado. Desplacé un dedo, y el acorde pasó a menor produciendo un sonido que siempre me hacía pensar que el laúd estaba diciendo «triste». Volví a mover las manos, y el laúd produjo dos acordes que susurraron el uno contra el otro. Entonces, sin darme cuenta de lo que hacía, me puse a tocar.

El tacto de las cuerdas me producía extrañeza; mis dedos y las cuerdas eran como dos amigos que se reencuentran y que no recuerdan qué tienen en común. Toqué flojo y despacio, sin lanzar las notas más allá del círculo de luz de la hoguera. Mis dedos y las cuerdas mantenían una cuidadosa conversación, como si su danza describiera el guión de un enamoramiento.

Entonces noté que algo se rompía dentro de mí, y la música empezó a brotar invadiendo el silencio. Mis dedos bailaban; con movimientos ágiles e intrincados, tejían algo trémulo y sutil que abarcaba el círculo de luz que proyectaba nuestra hoguera. La música se movía como una telaraña agitada por un débil soplo, cambiaba como una hoja que gira al caer al suelo, y te hacía sentir tres años en la Ribera de Tarbean, el vacío dentro de ti y las manos doloridas por el frío.

No sé cuánto rato toqué. Quizá diez minutos, o quizá una hora. Pero mis manos no estaban acostumbradas al esfuerzo. De pronto resbalaron, y la música se derrumbó, como un sueño al despertar.

Levanté la cabeza y vi a todos completamente inmóviles, con gestos que iban de la conmoción a la sorpresa. Entonces, como si mi mirada hubiera roto algún hechizo, todos se movieron a la vez. Roent cambió de postura en su asiento. Los dos mercenarios se volvieron y se miraron arqueando las cejas. Derrik me miró como si nunca me hubiera visto antes. Reta permaneció quieta, con una mano delante de la boca. Denna se tapó la cara con las manos y rompió a llorar con silenciosos y desesperados sollozos.

Josn se quedó de pie. Tenía el rostro pálido y desencajado, como si lo hubieran apuñalado.

Le tendí el laúd, sin saber si debía darle las gracias o pedirle disculpas. Él lo cogió y no dijo nada. Al cabo de unos momentos, me levanté, los dejé sentados junto al fuego y me dirigí a los carromatos.

Y así fue como Kvothe pasó su última noche antes de ir a la Universidad, con su capa haciendo de manta y de cama. Al acostarse, detrás de él había un círculo de fuego, y delante, un manto de sombras. Tenía los ojos abiertos, eso seguro, pero ¿quién de nosotros puede afirmar que sabe lo que estaba viendo?

Será mejor que miréis detrás de él, hacia el círculo de luz que proyecta el fuego, y que dejéis en paz a Kvothe de momento. Todo el mundo se merece unos momentos de soledad cuando los necesita. Y si derramó algunas lágrimas, perdonémoslo. Al fin y al cabo, no era más que un niño, y todavía tenía que aprender qué significaba sufrir de verdad.

35

Despedida

Siguió haciendo buen tiempo, así que los carromatos entraron en Imre a la puesta de sol. Yo estaba dolido y malhumorado. Denna había viajado todo el día en el mismo carromato que Josn, y yo, orgulloso y estúpido, me había quedado al margen.

Nada más detenerse los carromatos, empezó un torbellino de actividad. Roent se puso a discutir con un individuo sin barba ni bigote, tocado con un sombrero de terciopelo, antes de que su carromato se hubiera parado del todo. Tras las primeras negociaciones, una docena de hombres empezaron a descargar rollos de tela, barriles de melaza y sacos de arpillera llenos de café. Reta los vigilaba a todos con mirada severa. Josn correteaba por allí tratando de que no le robaran ni le estropearan el equipaje.

Mi equipaje era más fácil de manejar, porque consistía en un único macuto. Lo pesqué de entre unos rollos de tela y me aparté de los carromatos. Me colgué el macuto del hombro y miré alrededor buscando a Denna.

Pero a quien encontré fue a Reta.

—Nos has ayudado mucho —me dijo con claridad. Su atur era mucho mejor que el de Roent, sin apenas rastro de acento siaru—. Se agradece que haya en la caravana alguien capaz de desenganchar un caballo sin ayuda. —Me tendió una moneda.

La cogí sin pensar; fue un acto reflejo de mi época de mendigo, algo así como el acto reflejo contrario a apartar la mano del fuego. No me fijé bien en la moneda hasta que la tuve en la mano. Era una iota de cobre, equivalente a la mitad de lo que había pagado para viajar con la caravana hasta Imre. Cuando levanté la cabeza, Reta ya se había dado la vuelta e iba hacia los carromatos.

Sin saber qué pensar, me acerqué a Derrik, que estaba sentado en el borde de un abrevadero. Hizo visera con una mano para protegerse de los últimos rayos de sol y me miró.

—¿Te marchas? Creí que quizá te quedaras un tiempo con nosotros.

Sacudí la cabeza.

—Reta acaba de darme una iota.

Derrik asintió.

—No me sorprende mucho. La mayoría de los tipos que encontramos por el camino no son más que pesos muertos. —Se encogió de hombros—. Y le gustó oírte tocar. ¿Nunca te has planteado hacerte bardo? Dicen que en Imre hay muchos y que se ganan bien la vida.

Volví a llevar la conversación hacia Reta.

—No quiero que Roent se enfade con ella. Me ha parecido que se toma muy en serio su dinero.

Derrik rió.

—¿Y ella no?

—Yo le pagué a Roent —aclaré—. Si él hubiera querido devolverme parte del dinero, creo que lo habría hecho él mismo.

Derrik asintió.

—Ellos no funcionan así. Los hombres no dan dinero.

—A eso mismo me refería —dije—. No quiero que Reta tenga problemas por mi culpa.

Derrik me cortó con un ademán.

—Ya veo que no me estoy explicando bien —dijo—. Roent lo sabe. Hasta es posible que haya enviado a Reta a darte ese dinero. Pero los varones ceáldicos no dan dinero. Lo consideran un comportamiento femenino. Ni siquiera compran cosas, si pueden evitarlo. ¿No te fijaste en que, hace unos días, fue Reta quien negoció el precio de nuestras habitaciones y nuestra cena en la posada?

Sí, me acordaba, ahora que Derrik lo mencionaba.

—Pero ¿por qué? —pregunté.

Derrik se encogió de hombros.

—No hay ningún motivo. Es como hacen ellos las cosas. Por eso hay tantas caravanas ceáldicas dirigidas por un equipo formado por un matrimonio.

—¡Derrik! —La voz de Roent provenía de detrás de los carromatos.

Derrik se levantó exhalando un suspiro.

—El deber me llama —dijo—. Nos vemos.

Me guardé la iota en el bolsillo y reflexioné sobre lo que me había dicho Derrik. La verdad era que mi troupe nunca había llegado tan al norte como para entrar en el Shald. Era desconcertante pensar que yo no tenía tanto mundo como creía.

Me colgué el macuto del hombro y miré alrededor por última vez, pensando que quizá fuera mejor que me marchara sin molestas despedidas. No veía a Denna por ninguna parte, así que me decidí. Me di la vuelta...

... y la encontré de pie detrás de mí. Ella me sonrió con cierta torpeza, con las manos entrelazadas detrás de la espalda. Era hermosa como una flor, y no tenía la menor conciencia de su hermosura. De pronto me quedé sin aliento y me olvidé de mi enfado, de mi pena, de todo.

—¿Te marchas? —me preguntó.

Asentí con la cabeza.

—¿Por qué no nos acompañas a Anilin? —propuso—. Dicen que allí las calles están pavimentadas con oro. Podrías enseñar a Josn a tocar ese laúd que tiene. —Sonrió—. Se lo he preguntado, y me ha dicho que no le importaría.

Me lo planteé. Por un instante estuve a punto de abandonar todos mis planes solo para estar un poco más con ella. Pero ese momento pasó, y negué con la cabeza.

—No pongas esa cara —me dijo con una sonrisa—. Me quedaré un tiempo allí, si las cosas no te salen bien aquí. —Se quedó callada, expectante.

Yo no sabía qué iba a hacer si las cosas no me salían bien. Había depositado todas mis esperanzas en la Universidad. Además, Anilin estaba a cientos de kilómetros. No tenía más que lo que llevaba puesto. ¿Cómo iba a encontrar a Denna?

Denna debió de ver mis pensamientos reflejados en mi semblante. Sonrió y dijo:

—Ya veo que tendré que ir a buscarte yo a ti.

Los Ruh somos viajeros. Nuestra vida se compone de encuentros y despedidas, con breves e intensas relaciones entremedias. Por eso yo sabía la verdad. La sentía, pesada y certera en el fondo de mi estómago: nunca volvería a ver a Denna.

Antes de que yo pudiera decir nada, ella miró nerviosa hacia atrás.

—Tengo que irme. Búscame. —Volvió a esbozar su pícara sonrisa, se dio la vuelta y se marchó.

—Lo haré —le dije—. Nos veremos donde se encuentran los caminos.

Denna giró la cabeza y vaciló un momento. Me dijo adiós con la mano y se perdió en la penumbra del ocaso.

36

Menos tres talentos

Pasé la noche durmiendo fuera de los límites de la ciudad de Imre, en una blanda cama de brezo. Al día siguiente me desperté tarde, me lavé en un arroyo cercano y me encaminé hacia el este, hacia la Universidad.

Mientras andaba, oteaba el horizonte en busca del edificio más grande de la Universidad. Sabía qué aspecto tenía gracias a las descripciones de Ben: era un bloque gris y cuadrado, sin ningún distintivo, alto como cuatro graneros puestos uno encima de otro. Sin ventanas ni ornamentos, y con una sola puerta de piedra. Diez veces diez mil libros. El Archivo.

Había ido a la Universidad por muchos motivos, pero ese era el principal. El Archivo encerraba respuestas, y yo tenía muchísimas preguntas. Ante todo, quería descubrir la verdad acerca de los Chandrian y los Amyr. Necesitaba saber qué había de cierto en la historia de Skarpi.

Cuando el camino llegaba al río Omethi, había un viejo puente de piedra. Seguro que sabéis a qué clase de puente me refiero. Era una de esas antiguas y gigantescas obras de arquitectura que hay repartidas por todo el mundo, tan viejas y tan sólidamente construidas que se han convertido en parte del paisaje, sin que nadie se pregunte quién las construyó ni por qué. Aquel puente era particularmente impresionante; tenía más de setenta metros de longitud y era lo bastante ancho para que pasaran por él dos carromatos. Se extendía sobre el cañón que el Omethi había labrado en la roca. Cuando llegué a la parte más alta del puente, divisé el Archivo por primera vez en mi vida, alzándose como un gran itinolito por encima de las copas de los árboles, hacia el oeste.

La Universidad estaba en el centro de una pequeña ciudad. Aunque pensándolo bien, no sé si debo llamarla ciudad. No tenía nada que ver con Tarbean, con sus tortuosos callejones y su olor a basura. Era más bien una población grande, con calles anchas y una atmósfera limpia. Entre las casitas y las tiendas había extensiones de césped y jardines.

Pero como esa población había crecido para satisfacer las peculiares necesidades de la Universidad, un observador atento podía descubrir pequeñas diferencias en los servicios que ofrecía Imre. Había, por ejemplo, dos sopladores de vidrio, tres boticas muy bien abastecidas, dos talleres de encuadernación, cuatro librerías, dos prostíbulos y un número absolutamente desproporcionado de tabernas. En una de ellas había un gran letrero de madera clavado en la puerta que rezaba: SIMPATÍA NO. Me pregunté qué pensarían de esa advertencia los visitantes que no tuvieran ninguna relación con el Arcano.

La Universidad consistía en unos quince edificios que no guardaban mucho parecido unos con otros. Las Dependencias tenían un cubo central circular del que irradiaban ocho alas; recordaba a una rosa de los vientos. El Auditorio era un edificio sencillo y cuadrado, con vidrieras en las que aparecía Teccam en una postura clásica: plantado, descalzo, ante la boca de su cueva, hablando con un grupo de estudiantes. La Principalía era el edificio más particular: ocupaba media hectárea y parecía que lo hubieran construido a toda prisa a partir de varios edificios desiguales y más pequeños.

Me acerqué al Archivo, y su superficie gris y sin ventanas me recordó a un inmenso itinolito. Me costaba creer que por fin hubiera llegado allí, después de tantos años de espera. Rodeé el edificio hasta que encontré la entrada, una inmensa puerta de piedra, de doble hoja, abierta de par en par. Sobre la puerta, labrada en la piedra, una inscripción rezaba: VORFELAN RHINATA MORIE. No identifiqué el idioma. No era siaru. Quizá fuera íllico, o témico. Ya tenía otra pregunta más que necesitaba respuesta.

Por la puerta de piedra se accedía a una pequeña antecámara con una puerta de madera, también de doble hoja, pero más sencilla. La abrí y noté una ráfaga de aire frío y seco. Las paredes eran de piedra gris, y estaban bañadas en la distintiva y constante luz rojiza de las lámparas simpáticas. Había un gran mostrador de madera sobre el que reposaban, abiertos, unos grandes libros que parecían registros de contabilidad.

Sentado detrás del mostrador había un joven que parecía cealdo de pura cepa, con el característico cutis rubicundo y el pelo y los ojos oscuros.

—¿Puedo ayudarte en algo? —me preguntó pronunciando las erres con un marcado acento siaru.

—He venido a ver el Archivo —dije como un tonto. Notaba un cosquilleo en el estómago y me sudaban las manos.

El joven me miró de arriba abajo preguntándose, obviamente, qué edad debía de tener.

—¿Eres alumno?

—Lo seré —contesté—. Todavía no he pasado por Admisiones.

—Primero tienes que ir a Admisiones —me dijo él con seriedad—. No puedo dejar entrar a nadie que no esté en el registro. —Señaló los libros que había encima del mostrador.

El cosquilleo de mi estómago desapareció. No me molesté en disimular mi desilusión.

—¿Estás seguro de que no puedo echar un vistazo? He venido desde muy lejos... —Miré las dos puertas que había en la habitación; una tenía un letrero que rezaba VOLÚMENES, y la otra, ESTANTERÍAS. Detrás del mostrador había otra puerta, más pequeña, con el letrero SOLO SECRETARIOS.

La expresión del joven se ablandó un tanto.

—No, no puedo. Tendría problemas. —Volvió a mirarme de arriba abajo—. ¿De verdad vas a ir a Admisiones? —Su escepticismo, pese a su marcado acento, era evidente.

Asentí.

—Es que primero quería pasar por aquí —dije paseando la mirada por la sala vacía, fijándome en las puertas cerradas y tratando de pensar en alguna forma de convencerlo para que me dejara entrar.

El joven habló antes de que se me ocurriera nada.

—Si de verdad piensas ir a Admisiones, será mejor que te des prisa. Hoy es el último día. A veces terminan a mediodía.

Se me aceleró el corazón. Yo creía que tenía todo el día.

—¿Dónde está?

—En el Auditorio. —Señaló la puerta de salida—. Bajando a la izquierda. Un edificio bajo con... ventanas de colores. Y dos grandes... árboles delante. —Hizo una pausa—. ¿Arces? ¿Se llaman arces?

Asentí y salí precipitadamente.

Dos horas más tarde estaba en el Auditorio, tratando de vencer el dolor de estómago y subiendo al escenario de un anfiteatro vacío. La sala estaba a oscuras; solo había un amplio círculo de luz que abrazaba la mesa de los maestros. Me situé al borde de ese círculo de luz y esperé. Poco a poco, los nueve maestros dejaron de hablar entre ellos y se volvieron hacia mí.

Estaban sentados a una mesa enorme con forma de media luna. La mesa estaba elevada, de modo que, pese a estar ellos sentados, quedaban a más altura que yo. Eran hombres de aspecto serio, cuya edad iba de la madurez a la vejez.

Hubo un largo silencio antes de que el que estaba sentado en el centro de la mesa me hiciera señas para que me acercara. Deduje que debía de ser el rector.

—Acércate para que podamos verte. Así. Hola. Veamos, ¿cómo te llamas, hijo?

—Kvothe, señor.

—Y ¿por qué has venido?

Lo miré a los ojos.

—Quiero estudiar en la Universidad. Quiero ser arcanista.
—Los miré uno a uno. Ninguno parecía particularmente sorpren-

dido, aunque me pareció que a algunos les hacía gracia mi respuesta.

—¿Ya sabes —dijo el rector— que la Universidad es para continuar los estudios, y no para empezarlos?

—Sí, señor rector. Lo sé.

—Muy bien —dijo él—. ¿Puedo ver tu carta de presentación?

No titubeé:

—Me temo que no tengo carta de presentación, señor. ¿Es absolutamente imprescindible?

—Lo acostumbrado es tener un padrino —me explicó—. A ser posible, un arcanista. En su carta nos expone lo que sabes. Las disciplinas en que destacas y tus puntos débiles.

—El arcanista con quien estudié se llamaba Abenthy, señor. Pero no me dio ninguna carta de presentación. ¿No puedo explicárselo yo mismo?

El rector me miró con gravedad y meneó la cabeza.

—Desgraciadamente, si no nos presentas ninguna prueba, no podemos tener la certeza de que has estudiado con un arcanista. ¿Tienes algo que pueda corroborar tu historia? ¿Alguna otra carta?

—Antes de separarnos, mi maestro me regaló un libro, señor. Me lo dedicó y firmó con su nombre.

El rector sonrió.

—Eso servirá. ¿Lo tienes aquí?

—No. —Dejé que se filtrara en mi voz un deje de sincera amargura—. Tuve que empeñarlo en Tarbean.

El maestro retórico Hemme, que estaba sentado a la izquierda del rector, hizo un ruidito de disgusto al oír mi comentario, con lo que se ganó una mirada de censura por parte del rector.

—Por favor, Herma —dijo Hemme golpeando la mesa con la palma de la mano—. Es evidente que el chico miente. Tengo asuntos importantes que atender esta tarde.

El rector le lanzó una mirada de enojo.

—No le he dado permiso para hablar, maestro Hemme. —Se miraron fijamente; al final Hemme desvió la mirada y se quedó con el ceño fruncido.

El rector volvió a mirarme, pero entonces se fijó en otro de los maestros, que se había movido.

—¿Sí, maestro Lorren?

El alto y delgado maestro me miró con pasividad.

—¿Cómo se titulaba el libro?

—*Retórica y lógica*, señor.

—Y ¿dónde lo empeñaste?

—En La Cubierta Rota, en la plaza de la Marinería.

Lorren miró al rector y dijo:

—Mañana tengo que ir a Tarbean a buscar materiales que necesito para el próximo bimestre. Si el libro está allí, lo traeré. Así sabremos si lo que dice el chico es cierto.

El rector asintió.

—Gracias, maestro Lorren. —Se acomodó en la silla y juntó las manos sobre la mesa—. Muy bien. ¿Qué nos habría contado Abenthy en su carta si la hubiera escrito?

Inspiré hondo.

—Les habría contado que me sé de memoria los noventa primeros vínculos simpáticos. Que sé destilar, hacer análisis volumétricos, calcificar, sublimar y precipitar soluciones. Que soy muy versado en historia, polémica, gramáticas, medicina y geometría.

El rector hizo cuanto pudo para contener la risa.

—No está mal. ¿Seguro que no te dejas nada?

Hice una pausa.

—Seguramente también habría mencionado mi edad, señor.

—¿Cuántos años tienes, chico?

—Kvothe, señor.

El rector esbozó una sonrisa.

—Kvothe. ¿Cuántos años tienes?

—Quince, señor. —Se oyó un susurro; los maestros intercambiaron miradas, arquearon las cejas, sacudieron la cabeza. Hemme puso los ojos en blanco.

El rector fue el único que no hizo nada.

—Y ¿qué nos habría dicho de tu edad, exactamente?

Esbocé una tímida sonrisa y respondí:

—Los habría instado a que no se fijaran en ella.

Hubo un breve silencio. El rector inspiró hondo y se recostó en el respaldo de su asiento.

—Muy bien. Tenemos unas cuantas preguntas para ti. ¿Quiere empezar usted, maestro Brandeur? —Señaló hacia uno de los extremos de la mesa.

Miré a Brandeur, un hombre corpulento y con calva incipiente. Era el maestro aritmético de la Universidad.

—¿Cuántos granos hay en trece onzas?

—Seis mil doscientos cuarenta —contesté inmediatamente.

Brandeur arqueó un poco las cejas.

—Si tuviera cincuenta talentos de plata y los convirtiera a la moneda víntica y luego al revés, ¿cuánto tendría si el ceáldimo se quedara el cuatro por ciento cada vez?

Empecé a calcular la lenta y pesada conversión de moneda, pero entonces sonreí porque me di cuenta de que no era necesaria.

—Cuarenta y seis talentos con ocho drabines, si es honrado. Cuarenta y seis justos, si no lo es.

El maestro volvió a inclinar la cabeza, y esa vez me miró con más atención.

—Tienes un triángulo —dijo despacio—. Un lado mide siete pies. Otro lado, tres pies. Un ángulo mide sesenta grados. ¿Cuánto mide el otro lado?

—¿Está ese ángulo entre esos dos lados? —El maestro asintió. Cerré los ojos una milésima de segundo y volví a abrirlos—. Seis pies y seis pulgadas. Justos.

El maestro dio un resoplido de sorpresa.

—Muy bien, muy bien. ¿Maestro Arwyl?

Arwyl formuló su pregunta antes de que yo tuviera tiempo de volverme hacia él.

—¿Cuáles son las propiedades medicinales del eléboro?

—Antiinflamatorias, antisépticas, ligeramente sedantes, ligeramente analgésicas. Purifica la sangre —contesté mirando al anciano con gafas y cara de abuelo—. Ingerido con exceso tiene efectos tóxicos. Es peligroso para las mujeres embarazadas.

—Enumera las estructuras componentes de la mano.

Nombré los veintisiete huesos por orden alfabético. A continuación nombré los músculos, de mayor a menor. Los enumeré deprisa, con desenvoltura, señalando su ubicación en mi propia mano.

La velocidad y la precisión de mis respuestas los impresionaron. Algunos lo disimularon, pero a otros se les notaba en la cara. La verdad era que necesitaba impresionarlos. Sabía, por mis anteriores discusiones con Ben, que para entrar en la Universidad necesitabas dinero o inteligencia. Cuanto más tenías de una cosa, menos necesitabas de la otra.

Sí, había hecho trampa. Me había colado en el Auditorio por una puerta trasera, haciéndome pasar por un chico de los recados. Había forzado dos cerraduras y había pasado más de una hora observando las entrevistas de otros estudiantes. Oí cientos de preguntas y miles de respuestas.

También oí el precio que ponían a las matrículas de otros alumnos. La más baja había sido de cuatro talentos y seis iotas, pero la mayoría costaban el doble. A un estudiante le habían cobrado más de treinta talentos por la matrícula. A mí me habría resultado más fácil conseguir un pedazo de luna que esa cantidad de dinero.

Tenía dos iotas de cobre en el bolsillo y ninguna forma de conseguir ni un solo penique más. De modo que necesitaba impresionarlos. Más que eso: necesitaba desconcertarlos con mi inteligencia. Deslumbrarlos.

Terminé de enumerar los músculos de la mano y empecé con los ligamentos cuando Arwyl me hizo callar con un ademán y formuló su siguiente pregunta:

—¿Cuándo hay que sangrar a un paciente?

La pregunta me pilló desprevenido.

—¿Cuándo queremos que muera? —pregunté, titubeante.

Arwyl asintió y dijo:

—¿Maestro Lorren?

El maestro Lorren era un individuo pálido y exageradamente alto, incluso estando sentado.

—¿Quién fue el primer rey declarado de Tarvintas?

—¿A título póstumo? Feyda Calanthis. Si no a título póstumo, su hermano Jarvis.

—¿Por qué se derrumbó el imperio de Atur?

La amplitud de la pregunta me sorprendió. A ningún otro alumno le habían formulado una pregunta tan extensa.

—Pues bien —dije despacio para ganar un poco de tiempo y ordenar mis pensamientos—, en parte porque lord Nalto era un inepto y unególatra. En parte porque la iglesia se rebeló y denunció a la Orden Amyr, que era, en gran medida, la fuerza de Atur. En parte porque el ejército estaba librando tres guerras de conquista a la vez, y los elevados impuestos fomentaron la rebelión en territorios que ya formaban parte del imperio.

Observé la expresión del maestro, con la esperanza de ver en ella alguna señal cuando ya hubiera oído suficiente.

—También alteraron su moneda, redujeron la universalidad de la ley del hierro y suscitaron el antagonismo de los Adem. —Me encogí de hombros—. Pero es más complicado que eso, por supuesto.

El maestro Lorren seguía sin mudar la expresión, pero dio un cabezazo.

—¿Quién es el hombre más grande de todos los tiempos?

Otra pregunta insólita. Cavilé un minuto y respondí:

—Illien.

El maestro Lorren parpadeó una vez, pero su rostro seguía sin expresar nada.

—¿Maestro Mandrag? —dijo.

Mandrag tenía el cutis liso y bien rasurado, y las manos descarnadas manchadas de medio centenar de colores diferentes.

—Si necesitaras fósforo, ¿dónde lo buscarías?

Su forma de hablar me recordó tanto a Abenthy que olvidé dónde estaba y respondí sin pensar:

—¿En una botica?

Uno de los maestros del otro lado de la mesa soltó una carcajada, y lamenté mi precipitación.

Mandrag esbozó una sonrisa, y suspiré de alivio.

—Suponiendo que no tuvieras acceso a ninguna botica.

—Podría obtenerlo a partir de la orina —me apresuré a decir—. Suponiendo que tuviera un horno y tiempo suficiente.

—¿Cuánta orina necesitarías para obtener dos onzas de fósforo puro? —Hizo crujir los nudillos, distraído.

Hice una pausa para pensar, pues esa pregunta también era nueva.

—Por lo menos cuarenta galones, maestro Mandrag, dependiendo de la calidad del material.

Hubo una larga pausa, y Mandrag hizo crujir sus nudillos uno a uno.

—¿Cuáles son las tres leyes más importantes del químico?

Eso sí me lo había enseñado Ben.

—Etiquetar con claridad. Medir dos veces. Comer en otro sitio.

El maestro asintió sin dejar de sonreír.

—¿Maestro Kilvin?

Kilvin era ceáldico. Sus gruesos hombros y su pinchuda y negra barba me recordaron a un oso.

—Bueno —dijo con voz resonante, juntando las manos encima de la mesa—. ¿Cómo fabricarías una lámpara de llama perpetua?

Cada uno de los otros ocho maestros hizo algún ruidito o algún gesto de exasperación.

—¿Qué pasa? —preguntó Kilvin mirándolos con gesto de fastidio—. Es mi pregunta. Puedo preguntar lo que quiera. —Volvió a mirarme—. A ver, ¿cómo la fabricarías?

—Bueno —dije despacio—, seguramente empezaría con algún tipo de péndulo. Entonces lo vincularía a...

—*Kraem*. No. Así no. —Kilvin masculló un par de palabras y golpeó la mesa con un puño; cada golpe que daba en la mesa iba acompañado de un destello intermitente de luz rojiza que salía de su mano—. Sin simpatía. No quiero una lámpara de resplandor permanente. Quiero una lámpara de llama perpetua. —Volvió a mirarme mostrándome los dientes, como si fuera a comerme.

—¿Con sal de litio? —pregunté sin pensar, y enseguida di marcha atrás—. No, con aceite de sodio ardiendo en un... No, maldita sea. —Me quedé callado. Ningún otro candidato había tenido que enfrentarse a preguntas como aquellas.

El maestro me cortó con un ademán y dijo:

—Ya es suficiente. Hablaremos más tarde. Elxa Dal.

Tardé un momento en recordar que Elxa Dal era el siguiente maestro. Lo miré. Parecía el arquetípico mago siniestro que nunca falta en las burdas obras de teatro atur. Ojos oscuros de mirada severa, rostro delgado, barba negra y corta. Pese a todo eso, su expresión era muy cordial.

—¿Cuáles son las palabras del primer vínculo cinético en paralelo?

Las recité de un tirón.

El maestro no se mostró sorprendido.

—¿Qué vínculo ha utilizado el maestro Kilvin hace un momento?

—Luminosidad cinética capacatorial.

—¿Cuál es el periodo sinódico?

Lo miré con extrañeza.

—¿De la luna? —La pregunta no sintonizaba con las otras dos.

El maestro asintió.

—Setenta y dos días y un tercio, señor. Más o menos.

Se encogió de hombros y me lanzó una sonrisa irónica, como si hubiera esperado pillarme con su última pregunta.

—¿Maestro Hemme?

Hemme me miró por encima de las manos, unidas por las yemas de los dedos.

—¿Cuánto mercurio haría falta para reducir dos cuarterones de azufre blanco? —Me preguntó con ostentación, como si yo ya hubiera dado una respuesta incorrecta.

Una de las cosas que había aprendido en la hora previa de silenciosa observación era esta: el maestro Hemme era el más cabronazo de todos. Disfrutaba viendo sufrir a los alumnos y hacía todo lo posible para fastidiarlos y ponerlos nerviosos. Y le gustaban las preguntas con trampa.

Afortunadamente, ya le había visto utilizar esa pregunta con otros estudiantes. Veréis, es que no se puede reducir el azufre blanco con mercurio.

—Bueno —dije despacio, fingiendo que cavilaba la respuesta. La petulante sonrisa de Hemme iba ensanchándose por momentos—. Suponiendo que haya querido usted decir azufre rojo, harían falta unas cuarenta y una onzas. Señor. —Le dediqué una radiante sonrisa.

—Nombra las nueve falacias principales —me espetó.

—Simplificación. Generalización. Circularidad. Reducción. Analogía. Falsa causalidad. Semantismo. Irrelevancia... —Hice una pausa, porque no conseguía acordarme del nombre real de la última. Ben y yo la llamábamos *nalt*, derivado del emperador Nalto. Me fastidiaba no acordarme de su verdadero nombre, porque lo había leído en *Retórica y lógica* hacía pocos días.

La irritación debió de reflejarse en mi cara. Hemme me fulminó con la mirada y dijo:

—Así que no lo sabes todo. —Se recostó en el asiento, con cara de satisfacción.

—Si no pensara que todavía tengo algo que aprender, no estaría aquí —dije con mordacidad antes de poder controlar mi lengua otra vez. Al otro lado de la mesa, Kilvin soltó una sonora carcajada.

Hemme abrió la boca, pero el rector lo hizo callar con una mirada antes de que dijera nada.

—Muy bien —empezó el rector—. Me parece...

—Yo también quiero hacerle algunas preguntas —dijo el hombre que estaba a la derecha del rector. Tenía un acento que no supe identificar. O quizá fuera que su voz tenía una extraña resonancia. Cuando habló, todos los demás se movieron un poco, y luego se quedaron quietos, como hojas agitadas por el viento.

—Maestro nominador —dijo el rector con deferencia y temor a partes iguales.

Elodin era, como mínimo, doce años más joven que los otros maestros. Iba afeitado y tenía una mirada profunda. De mediana estatura y mediana corpulencia, no tenía nada que llamara la atención, salvo su actitud: tan pronto observaba algo atentamente como se mostraba aburrido y dejaba que su mirada se paseara entre las altas vigas del techo. Era casi como un niño al que hubieran obligado a sentarse con los adultos.

Noté que el maestro Elodin me miraba. Lo noté. Y contuve un escalofrío.

—*¿Soheketh ka Siaru krema'teth tu?* —me preguntó. «¿Hablas bien el siaru?»

—*Rieusa, ta krelar deala tu.* —«No muy bien, gracias.»

Levantó una mano, con el dedo índice apuntando hacia arriba.

—¿Cuántos dedos tengo levantados?

Reflexioné un momento, aunque en principio la pregunta no lo mereciera.

—Al menos uno —contesté—. Probablemente no más de seis.

Elodin compuso una amplia sonrisa y sacó su otra mano de debajo de la mesa. Tenía dos dedos levantados. Se los mostró a los otros maestros, asintiendo con la cabeza con aire distraído e infantil. Entonces posó las manos encima de la mesa, y de pronto se puso muy serio.

—¿Conoces las siete palabras que harán que una mujer te ame?

Lo miré tratando de decidir si la pregunta tenía continuación. Como Elodin no dijo nada más, respondí:

—No.

—Pues existen —me aseguró, y se apoyó en el respaldo, con cara de satisfacción—. ¿Maestro lingüista? —dijo mirando al rector.

—Creo que esto cubre los aspectos académicos —dijo el rector como si hablara para sí. Tuve la impresión de que algo lo había alterado, pero estaba demasiado sereno para que yo pudiera decir exactamente qué—. ¿Te importa que te haga unas preguntas de carácter menos intelectual?

En realidad no tenía alternativa, así que asentí.

El rector me miró largamente.

—¿Por qué no te dio Abenthy una carta de recomendación?

Titubeé. No todos los artistas itinerantes son tan respetables como nuestra troupe, así que, como es lógico, no todo el mundo los respetaba. Pero dudaba que mentir fuera lo mejor que pudiese hacer.

—Dejó mi troupe hace tres años. No he vuelto a verlo desde entonces.

Todos los maestros me miraban. Casi podía oírlos hacer los cálculos mentales para determinar la edad que debía de tener yo entonces.

—Por favor —dijo Hemme con fastidio, e hizo ademán de ponerse en pie.

El rector lo miró con severidad y lo hizo callar.

—¿Por qué quieres estudiar en la Universidad?

Me quedé atónito. Esa era la única pregunta para la que no estaba preparado. ¿Qué podía contestar? «Diez mil libros. Su Archivo. Solía soñar que leía allí cuando era joven.» Cierto, pero demasiado infantil. «Quiero vengarme de los Chandrian.» Demasiado dramático. «Para ser tan poderoso que nadie pueda volver a hacerme daño jamás.» Demasiado alarmante.

Miré al rector y me di cuenta de que llevaba mucho rato callado. Como no se me ocurrió nada más, me encogí de hombros y dije:

—No lo sé, señor. Creo que eso también tendré que aprenderlo aquí.

El rector me miró con extrañeza, pero se sobrepuso y dijo:

—¿Quieres añadir algo? —A los otros aspirantes también les había hecho esa pregunta, pero ninguno la había aprovechado. Parecía casi una pregunta retórica, un ritual antes de que los maestros decidieran la matrícula que había que aplicarle al alumno.

—Sí, por favor —dije, y me di cuenta de que había sorprendido al rector—. Quiero pedirles un favor, aparte de que me admitan. —Inspiré hondo y dejé que centraran toda su atención en mí—. He tardado casi tres años en llegar aquí. Quizá parezca joven, pero tengo tanto derecho, si no más, como cualquier rico señoritingo que no sabe distinguir la sal del cianuro ni probándola.

Hice una pausa.

—Sin embargo, en este momento solo tengo dos iotas en la bolsa, y ningún sitio de donde sacar más dinero. No tengo nada de valor que se pueda vender y que no haya vendido ya.

»Si me piden más de dos iotas, no podré matricularme. Si me piden menos, vendré todos los días, y por las noches haré lo necesario para mantenerme vivo. Dormiré en callejones y en establos, lavaré platos a cambio de las sobras de la cocina, mendigaré para comprarme plumas. Haré lo que sea. —Las últimas palabras las pronuncié con fiereza, casi gruñendo.

»Pero si me admiten sin pagar nada y me dan tres talentos para que pueda vivir y comprar lo que necesite para estudiar, seré un alumno como ustedes jamás hayan visto.

Hubo un instante de silencio, seguido de una sonora risotada de Kilvin.

—¡Ja! —bramó—. Si uno de cada diez alumnos tuviera tanta pasión, impartiría mis clases con un látigo y una silla en lugar de con tiza y una pizarra. —Dio una fuerte palmada en la mesa.

Eso animó a todos a ponerse a hablar al mismo tiempo en diversos tonos. El rector me hizo un ademán y aproveché para sentarme en la silla que había al borde del círculo de luz.

La discusión se prolongó bastante. Pero incluso dos o tres minutos me habrían parecido una eternidad, sentado allí mientras un grupo de ancianos decidían mi futuro. No gritaban, pero agitaban mucho las manos, sobre todo el maestro Hemme, a quien al parecer inspiraba tan poca simpatía como él me inspiraba a mí.

Habría sido más soportable si los hubiera entendido, pero pese a que tenía buen oído para escuchar conversaciones a hurtadillas, no entendía nada de lo que decían.

De pronto dejaron de hablar, y el rector me miró y me hizo señas para que me acercara.

—Hago constar —dijo con formalidad— que Kvothe, hijo de... —Se interrumpió y me miró inquisitivamente.

—Arliden —dije. Ese nombre me sonó extraño después de tanto tiempo sin pronunciarlo. El maestro Lorren giró la cabeza, me miró y parpadeó una vez.

—... hijo de Arliden, es admitido en la Universidad para continuar su educación el cuarenta y tres de Equis. Su admisión en el Arcano estará supeditada a la demostración de que domina los principios básicos de la simpatía. Su padrino será Kilvin, el maestro artífice. El precio de su matrícula queda establecido en menos tres talentos.

Noté que un gran peso se instalaba dentro de mí. En lugar de tres talentos podría haber dicho todo el dinero del mundo, porque yo no tenía ninguna posibilidad de reunir ese dinero antes de que empezara el bimestre. Trabajando en cocinas y haciendo encargos quizá pudiera ahorrar esa cantidad en un año, y con suerte.

Me aferré a la irrazonable esperanza de poder robar esa cantidad de alguna bolsa a tiempo. Pero sabía que era solo eso: una idea irrazonable. Nadie dejaba tres talentos en una bolsa de dinero al alcance de los descuideros.

No me di cuenta de que los maestros se habían levantado de la mesa hasta que uno de ellos se me acercó. Levanté la cabeza y vi al maestro archivero.

Lorren era más alto de lo que yo creía: medía casi dos metros. Su alargado rostro y sus estilizadas manos le hacían parecer aún más estirado. Cuando vio que me había fijado en él, me preguntó:

—¿Has dicho que tu padre se llamaba Arliden?

Lo preguntó con mucha calma, sin rastro de pesar ni disculpa en la voz. De pronto me enfurecí: intentaba frustrar mis ambiciones de entrar en la Universidad y luego se me acercaba y me preguntaba por mi difunto padre como si me diera los buenos días.

—Sí —contesté con brusquedad.

—¿Arliden el bardo?

Mi padre siempre se había considerado artista itinerante. Nunca decía que era bardo, ni trovador. El que Lorren se refiriera a él de esa forma me irritó aún más, si cabe. No me digné contestar, y me limité a asentir con gesto brusco.

Si Lorren consideró seca mi respuesta, no se notó.

—Me pregunto en qué troupe actuaría.

Perdí la compostura.

—Ah, se lo pregunta —dije con todo el veneno de que fue capaz mi afilada lengua de artista de troupe—. Pues puede seguir preguntándoselo un rato. Ahora estoy atrapado en la ignorancia. Creo que usted puede permitirse también un poco de ignorancia. Cuando haya ganado mis tres talentos, quizá pueda volver a preguntármelo. —Le lancé una fiera mirada, como si pretendiera abrasarlo con los ojos.

Su reacción fue mínima. Más tarde me enteré de que obtener una reacción del maestro Lorren era tan improbable como ver guiñar el ojo a una columna de piedra.

Al principio se mostró vagamente desconcertado; luego, ligeramente sorprendido; y por último, cuando lo miré con odio, esbozó una leve sonrisa y, sin decir nada, me entregó una hoja de papel.

La desdoblé y leí: «Kvothe. Bimestre de primavera. Matrícula: –3 Tln.». *Menos* tres talentos. Claro.

Me invadió una profunda sensación de alivio. Como si una gran ola me hubiera empujado las piernas por detrás, de pronto me senté en el suelo y lloré.

37

Rebosante de ilusión

Lorren me guió por el patio.

—La discusión trataba básicamente de eso —me explicó con tono desapasionado—. Teníamos que fijar el precio de la matrícula. Lo hacemos con todos los alumnos.

Había recobrado la compostura y me había disculpado por mis espantosos modales. El maestro Lorren había asentido con serenidad y se había ofrecido a acompañarme al despacho del tesorero para asegurarse de que no hubiera ningún malentendido con respecto a mi «tarifa» de admisión.

—Una vez que hemos decidido admitirte, tal como tú has sugerido —Lorren hizo una breve pero significativa pausa, para darme a entender que no había resultado nada fácil—, ha surgido el problema de que no había ningún precedente de que a un alumno se le pagara para que se matriculase. —Hizo otra pausa—. Eso es algo muy inusual.

Lorren me condujo a otro edificio de piedra, me precedió por un pasillo y bajamos una escalera.

—Hola, Riem.

El tesorero era un hombre mayor e irritable que se mostró más irritado aún cuando se enteró de que tenía que pagarme en lugar de cobrarme. Una vez que me hubo entregado los tres talentos, el maestro Lorren me acompañó afuera.

Me acordé de una cosa y me metí una mano en el bolsillo; me alegraba de tener una excusa para cambiar de tema.

—Tengo un recibo de La Cubierta Rota. —Le entregué el trozo de papel y me pregunté qué pensaría el librero cuando el maestro archivero de la Universidad se presentara en su establecimiento para recuperar el libro que le había vendido un mugriento granuja—. Le agradezco que se tome la molestia de hacerme este favor, maestro Lorren, y espero que no me considere un desagradecido si le pido una cosa más...

Lorren le echó un vistazo al recibo antes de guardárselo en un bolsillo, y me miró atentamente. No, no atentamente. Ni burlonamente. En su rostro no se reflejaba ninguna emoción. Ni curiosidad, ni irritación... Nada. De no ser porque sus ojos estaban clavados en los míos, habría pensado que se había olvidado por completo de que yo estaba allí.

—Pídeme lo que quieras —dijo.

—Ese libro... es lo único que me queda de... esa etapa de mi vida. Me gustaría mucho comprárselo algún día, cuando tenga dinero.

Lorren asintió, imperturbable.

—Podemos arreglarlo. No te preocupes por el libro. Lo guardaré con el mismo cuidado con que guardo los libros del Archivo.

Lorren levantó una mano para saludar a un alumno que pasaba.

El muchacho, de pelo pajizo, se paró en seco y se nos acercó, nervioso. Saludó al maestro archivero con gran solemnidad e hizo una inclinación de cabeza que fue casi una reverencia.

—¿Sí, maestro Lorren?

Lorren me señaló con una de sus largas manos.

—Simmon, te presento a Kvothe. Hay que enseñarle las instalaciones, ayudarlo a apuntarse a las clases, y esas cosas. Kilvin lo quiere en artificería. Por lo demás, lo dejo a tu propio juicio. ¿Te ocuparás de todo?

Simmon asintió de nuevo y se apartó el flequillo de los ojos.

—Sí, señor.

Lorren se dio la vuelta y se marchó. Con sus largas zancadas hacía ondular su negra túnica de maestro.

Simmon también era joven para estudiar en la Universidad, aunque era un par de años mayor que yo. Era más alto que yo, pero todavía tenía una cara y una timidez infantiles.

—¿Ya tienes sitio donde dormir? —me preguntó cuando echamos a andar—. ¿Una habitación en una posada o algo así?

Negué con la cabeza.

—Acabo de llegar. De momento solo me he ocupado de pasar por Admisiones.

Simmon rió un poco.

—Ya sé. Yo todavía tiemblo al principio de cada bimestre. —Señaló un ancho sendero bordeado de árboles que había a nuestra izquierda—. Primero iremos a las Dependencias.

Me paré.

—Todavía no tengo mucho dinero —confesé. No me había planteado alquilar una habitación. Estaba acostumbrado a dormir a la intemperie, y sabía que tenía que ahorrar mis tres talentos para comprar ropa, comida, papel y la matrícula del bimestre siguiente. No podía contar con la generosidad de los maestros dos bimestres seguidos.

—No te ha ido muy bien en Admisiones, ¿verdad? —dijo Simmon, comprensivo, al mismo tiempo que me cogía por el codo y me llevaba hacia otro edificio gris de la Universidad. Era un bloque de tres pisos, con muchas ventanas, y tenía varias alas que irradiaban del cubo central—. No le des mucha importancia. La primera vez que pasé por Admisiones me puse muy nervioso y me cagué. Metafóricamente hablando.

—No me ha ido tan mal —dije, y de pronto noté el peso de los tres talentos que llevaba en la bolsa—. Pero creo que he ofendido al maestro Lorren. Me ha parecido un poco...

—¿Frío? —dijo Simmon—. ¿Distante? ¿Como una columna de piedra? —Se rió—. Lorren es así. Circula el rumor de que Elxa Dal ha ofrecido diez marcos de oro a quien consiga hacerle reír.

—Oh. —Me relajé un poco—. Me alegro. Es la última persona que quisiera que me cogiera manía. Tengo pensado pasar mucho tiempo en el Archivo.

—Cuida los libros y no tendrás problemas. En general, Lorren es muy indiferente, pero ten cuidado con sus libros. —Arqueó las cejas y sacudió la cabeza—. Es más feroz que una osa protegiendo a sus oseznos. De hecho, preferiría que me atrapara una osa a que Lorren me viera doblando una página.

Simmon le dio una patada a una piedra, y esta dio unos saltitos sobre los adoquines.

—A ver. En las Dependencias tienes diferentes opciones. Una litera y un vale para comidas para todo el bimestre te costará un talento. —Se encogió de hombros—. No es nada del otro mundo, pero te protege de la lluvia. Por dos talentos puedes compartir una habitación, y por tres puedes tener una habitación para ti solo.

—¿Qué incluye el vale para comidas?

—En la Cantina sirven tres comidas al día. —Señaló un edificio largo de tejado bajo que había al otro lado de la extensión de césped—. La comida no está mala, siempre que no pienses mucho de dónde puede haber salido.

Calculé mentalmente. Un talento por tres comidas al día y un sitio seco donde dormir era lo máximo a que podía aspirar. Sonreí a Simmon.

—Creo que me quedaré con eso.

Simmon asintió y abrió la puerta de las Dependencias.

—Entonces, litera. Vamos a buscar a un auxiliar para que te registre.

Las literas de los alumnos que no pertenecían al Arcano estaban en el cuarto piso del ala este de las Dependencias; eran las que quedaban más lejos de los baños, que estaban en la planta baja. El alojamiento era tal como lo había descrito Sim: nada del otro mundo. Pero la cama, estrecha, tenía sábanas limpias, y había un baúl con un candado donde podría guardar mis escasos objetos personales.

Todas las literas de abajo ya estaban ocupadas, así que ocupé una de arriba en el fondo de la habitación. Miré por una de las estrechas ventanas que había sobre mi litera y me acordé de mi escondite en los tejados de Tarbean. Esa similitud resultaba extrañamente reconfortante.

La comida consistió en un cuenco de humeante puré de patata, judías, unas estrechas lonchas de panceta y pan moreno recién hecho. Había unos doscientos estudiantes sentados a las enormes mesas, hechas con tablas. Se oía un constante y débil murmullo de conversación, punteado por risas y por el ruido metálico de las cucharas y los tenedores arañando las bandejas de latón.

Simmon me condujo a un rincón del fondo de la larga habitación. Otros dos estudiantes levantaron la cabeza al ver que nos acercábamos.

Simmon hizo un gesto con una mano y dejó su bandeja encima de la mesa.

—Os presento a Kvothe, el nuevo más nuevo de la Universidad. —Fue apuntando a cada una de las personas que nombraba—: Kvothe, estos son los peores alumnos que se pueden encontrar en el Arcano: Manet y Wilem.

—Ya nos conocemos —dijo Wilem. Era el moreno ceáldimo del mostrador del Archivo—. Así que era verdad que ibas a Admisiones —dijo con cierta sorpresa—. Creí que me estabas vendiendo hierro falso. —Me estrechó la mano y añadió—: Bienvenido.

—Que Tehlu nos asista —masculló Manet mirándome de arriba abajo. Tenía como mínimo cincuenta años; llevaba el pelo alborotado y una barba entrecana. Tenía un aire ligeramente desaliñado, como si acabara de levantarse de la cama—. ¿Soy tan viejo como me siento? ¿O es él tan joven como parece?

—Las dos cosas —dijo Simmon, risueño, al mismo tiempo que se sentaba a la mesa—. Verás, Kvothe, Manet lleva más tiempo en el Arcano que todos nosotros juntos.

Manet dio un resoplido.

—Ya que lo dices, dilo bien. Llevo más tiempo en el Arcano del que lleváis vivos cualquiera de vosotros.

—Y todavía es un simple E'lir —añadió Wilem. Su marcado acento siaru hacía difícil distinguir si lo decía con sarcasmo o no.

—Hurra por ser un E'lir —dijo Manet con vehemencia—. Si os

ascienden lo lamentaréis. Confiad en mí. El ascenso solo conlleva más problemas, y tener que pagar una matrícula más cara.

—Queremos nuestros florines, Manet —dijo Simmon—. A ser posible, antes de que nos muramos.

—El florín también está sobrevalorado —replicó Manet partiendo un trozo de pan y mojándolo en la sopa. La conversación tenía un tono distendido, y deduje que era habitual.

—¿Cómo te ha ido? —le preguntó Simmon a Wilem con interés.

—Siete con ocho —gruñó Wilem.

Simmon se mostró sorprendido.

—¿Qué demonios ha pasado? ¿Le has pegado un puñetazo a alguno?

—He fallado en el mensaje cifrado —dijo Wilem, compungido—. Y Lorren me ha preguntado sobre la influencia de la subinfundación en la moneda modegana. Kilvin ha tenido que traducírmelo, y ni así he sabido contestar.

—No sabes cuánto lo siento —dijo Sim alegremente—. Los dos bimestres pasados me derrotaste, pero tarde o temprano tenía que alcanzarte. A mí este año me cobran cinco talentos justos. —Tendió una mano con la palma hacia arriba—. Ya me estás pagando lo que me debes.

Wilem se metió una mano en el bolsillo y sacó una iota de cobre que le dio a Sim.

Miré a Manet.

—¿Tú no participas? —le pregunté.

El hombre de pelo alborotado soltó una risita y negó con la cabeza.

—Las apuestas no me serían muy favorables —dijo con la boca llena.

—A ver —dijo Simmon dando un suspiro—. ¿Cuánto tienes que pagar este bimestre?

—Uno con seis —contestó Manet sonriendo con cara de lobo.

Antes de que a alguien se le ocurriera preguntarme cuánto me había costado la matrícula, dije:

—He oído que a alguien le han impuesto una matrícula de treinta talentos. ¿Pasa eso a menudo?

—No, si tienes la precaución de mantenerte en la zona baja del ranking.

—Solo con la nobleza —aportó Wilem—. Unos desgraciados de mierda que no pintan nada estudiando aquí. Creo que pagan esas matrículas desorbitadas solo para poder quejarse.

—A mí no me importa —intervino Manet—. Ellos, que paguen. Y a mí que sigan cobrándome poco.

Di un respingo, pues alguien dejó bruscamente una bandeja al otro lado de la mesa.

—Supongo que habláis de mí. —El dueño de la bandeja era un joven de ojos azules, atractivo, con una barba muy bien recortada y unos prominentes pómulos modeganos. Llevaba ropa cara y de colores apagados, y un puñal con empuñadura forrada de alambre en el cinto. Era la primera vez que veía a alguien armado en la Universidad.

—¡Sovoy! —Simmon estaba anonadado—. ¿Qué haces aquí?

—Lo mismo me pregunto yo. —Sovoy le echó un vistazo al banco—. ¿Es que en este sitio no hay sillas decentes? —Tomó asiento; se movía con una extraña combinación de elegante distinción y rígida y ofendida dignidad—. Excelente. Ya me veo comiendo en una tabla de trinchar y lanzándoles los huesos a los perros por encima del hombro.

—Las normas de etiqueta dictan que hay que hacerlo por encima del hombro izquierdo, alteza —bromeó Manet, sonriente, mientras masticaba pan.

Los ojos de Sovoy lanzaron un destello de enojo, pero antes de que pudiera decir nada, Simmon preguntó:

—¿Qué ha pasado?

—La matrícula me ha costado sesenta y ocho strehlanes —respondió Sovoy, indignado.

Simmon parecía desconcertado.

—¿Es mucho? —preguntó.

—Sí, muchísimo —dijo Sovoy con sarcasmo—. Y sin ningún motivo. He contestado bien todas las preguntas. Esto es un ajuste de cuentas, sencillamente. A Mandrag no le caigo nada bien. Ni a Hemme. Además, todo el mundo sabe que a los nobles nos sacan más dinero que a vosotros. Nos exprimen como limones.

—Simmon es noble —dijo Manet apuntando a Simmon con una cuchara—. Y a él no le va tan mal.

Sovoy expulsó el aire ruidosamente por la nariz.

—El padre de Simmon es un duque de pacotilla que obedece a un reyecillo de Atur. En los establos de mi padre hay linajes más antiguos que los de la mitad de vuestras mansiones atur.

Simmon se puso un poco tenso, pero no desvió la mirada de su plato.

Wilem se volvió hacia Sovoy y lo miró con dureza. Pero antes de que dijera nada, Sovoy se desplomó y se frotó la cara con una mano.

—Lo siento, Sim, tuyos sean mi casa y mi nombre. Es que... confiaba en que este bimestre las cosas me irían mejor, y en cambio me han ido peor. Con mi asignación no me llega ni para pagar la matrícula, y ya nadie me amplía el crédito. ¿Sabes lo humillante que es eso? He tenido que dejar mis habitaciones en El Pony de Oro. Estoy en el tercer piso de las Dependencias. He estado a punto de tener que compartir una habitación. ¿Qué diría mi padre si se enterara?

Simmon, con la boca llena, se encogió de hombros e hizo un gesto con la cuchara que parecía indicar que no pasaba nada.

—Quizá te iría mejor si no te presentaras siempre tan emperifollado —sugirió Manet—. No te pongas tu ropa de seda para pasar por Admisiones.

—¿Así funciona? —dijo Sovoy, encolerizándose de nuevo—. ¿Tengo que rebajarme? ¿Frotarme el pelo con ceniza? ¿Desgarrarme la ropa? —A medida que se iba enfureciendo, su cadencioso acento iba haciéndose más pronunciado—. No. Ellos no son mejores personas que yo. No tengo por qué inclinarme ante ellos.

Un incómodo silencio se apoderó de la mesa. Vi que muchos alumnos estaban contemplando el espectáculo desde las mesas cercanas.

—*Hylta tiam* —continuó Sovoy—. Odio este sitio. El clima es absurdo e impredecible. La religión es primitiva y mojigata. Las prostitutas son intolerablemente ignorantes y descorteses. El idioma apenas tiene la sutileza necesaria para expresar lo repugnante que es esto...

La voz de Sovoy fue haciéndose más débil a medida que hablaba, hasta que pareció que hablara solo.

—Mi sangre se remonta a cincuenta generaciones, es más vieja que los árboles y que las piedras. Y mirad cómo tengo que verme. —Se sujetó la cabeza con las palmas de las manos y miró su bandeja de latón—. Pan de cebada. ¡Por todos los dioses, los humanos comen trigo!

Me quedé mirándolo mientras masticaba un trozo de pan moreno. Estaba delicioso.

—No sé en qué estaba pensando —dijo de pronto Sovoy poniéndose en pie—. No puedo soportarlo. —Se marchó precipitadamente, dejando su bandeja en la mesa.

—Ese es Sovoy —me dijo Manet—. No es mala gente, aunque generalmente no está tan borracho.

—¿Es modegano?

Simmon rió.

—Es imposible ser más modegano que Sovoy.

—No deberías provocarlo —le dijo Wilem a Manet. Su marcado acento me impidió distinguir si estaba reprendiendo a Manet, pero no cabía duda de que su moreno rostro de ceáldico reflejaba reproche. Supuse que, como también era extranjero, comprendía mejor las dificultades de Sovoy para adaptarse al idioma y a la cultura de la Mancomunidad.

—Sí, lo está pasando muy mal —aportó Simmon—. ¿Os acordáis de cuando tuvo que dejar marchar a su criado?

Con la boca llena, Manet hizo como si tocara un violín imaginario. Puso los ojos en blanco y adoptó una expresión nada comprensiva.

—Esta vez ha tenido que vender sus anillos —añadí. Wilem, Simmon y Manet me miraron con curiosidad—. Tenía unas marcas pálidas en los dedos —expliqué levantando una mano.

Manet me miró con los ojos entornados.

—Vaya, vaya. Nuestro nuevo alumno no tiene ni un pelo de tonto. —Se volvió hacia Wilem y Simmon—. Chicos, me juego dos iotas a que el joven Kvothe consigue entrar en el Arcano antes de que termine el tercer bimestre.

—¿Tres bimestres? —dije, sorprendido—. Tenía entendido que lo único que había que hacer era demostrar que se dominan los principios básicos de la simpatía.

Manet me sonrió y dijo:

—Eso se lo dicen a todos. Principios de Simpatía es una de las asignaturas que te hará sudar tinta antes de que te asciendan a E'lir. —Se volvió hacia Wil y Sim, expectante—. ¿Qué me decís? ¿Dos iotas?

—De acuerdo. —Wilem me miró como disculpándose—. No te ofendas. Me gusta arriesgarme.

—¿Qué asignaturas has elegido? —me preguntó Manet mientras Wil y él cerraban el trato con un apretón de manos.

La pregunta me pilló desprevenido.

—Todas, supongo.

—Hablas como yo hace treinta años —dijo Manet riendo—. ¿Por dónde vas a empezar?

—Por los Chandrian —contesté—. Quiero saber todo lo que pueda sobre los Chandrian.

Manet frunció el ceño, y luego soltó una carcajada.

—Bueno, supongo que no debería extrañarme. Sim estudia a las hadas y a los duendes. Wil cree en todo tipo de absurdos espíritus celestes ceáldicos. —Infló el pecho—. A mí me encantan los diablillos y los engendros.

Noté que me ruborizaba de vergüenza.

—Por el cuerpo de Dios, Manet —le cortó Sim—. ¿Se puede saber qué mosca te ha picado?

—Acabo de apostar dos iotas por un chico que quiere estudiar cuentos infantiles —refunfuñó Manet apuntándome con el tenedor.

—Se refería al folclore y a esas cosas. —Wilem me miró—. ¿Te interesa investigar en el Archivo?

—El folclore es solo una parte —me apresuré a decir para guardar las apariencias—. Quiero ver si las leyendas folclóricas de diferentes culturas se ajustan a la teoría de Teccam de la septología narrativa.

Sim miró a Manet.

—¿Lo ves? ¿Por qué estás tan quisquilloso? ¿Cuándo dormiste por última vez?

—No me hables en ese tono —protestó Manet—. La otra noche dormí unas horas.

—¿La otra noche? ¿Qué noche? —insistió Sim.

Manet hizo una pausa y se quedó mirando su bandeja.

—La noche de Abatida.

Wilem sacudió la cabeza y masculló algo en siaru.

Simmon parecía horrorizado.

—Manet, ayer fue Prendido. ¿Llevas dos días sin dormir?

—No creo —dijo Manet con incertidumbre—. Siempre me hago un lío durante las admisiones. Como no hay clases, pierdo la noción del tiempo. Además, estoy liado con un proyecto en la Factoría. —Se frotó la cara con ambas manos y luego me miró—. Tenéis razón. Hoy estoy un poco quisquilloso. La septología de Teccam, el folclore y todo eso... Es un poco libresco para mí, pero es una materia interesante para el estudio. No era mi intención ofenderte.

—No pasa nada —dije. Señalé la bandeja de Sovoy—. Acércame eso, ¿quieres? Si nuestro joven noble no piensa volver, me comeré su pan.

Simmon me llevó a apuntarme a las clases, y luego me fui al Archivo, ansioso por verlo tras tantos años soñando con él.

Esa vez, cuando entré en el Archivo, había un joven caballero sentado detrás del mostrador, dando golpecitos con una pluma en una hoja de papel con muchas correcciones y tachaduras. Mientras me acercaba a él, frunció el ceño y tachó otra línea. Tenía una cara hecha para fruncir el ceño, y las manos blandas y pálidas. Su camisa de lino, de un blanco cegador, y su chaleco de color azul apestaban a dinero. Esa parte de mí que todavía no se había marchado de Tarbean quiso echarle mano a su bolsillo.

El joven siguió golpeando con la pluma en la hoja; al final la dejó sobre el mostrador con un suspiro de profundo fastidio.

—Nombre —dijo sin mirarme.

—Kvothe.

Hojeó el registro hasta que encontró una página determinada y arrugó la frente.

—No estás en el libro. —Me miró un momento y volvió a fruncir el ceño; luego volvió a concentrarse en el verso en que estaba trabajando. Como yo no daba señales de marcharme, chasqueó los dedos como si ahuyentara a un bicho—. Puedes largarte cuando quieras.

—Acabo de...

Ambrose volvió a dejar la pluma.

—Mira, no estás en el libro —me dijo muy despacio, como si hablara con un retrasado mental. Señaló el registro de forma exagerada, con ambas manos—. Así que no entras. —Volvió a señalar, esa vez la puerta interior—. Fin de la historia.

—Acabo de pasar por Admisiones...

Alzó las manos, exasperado.

—Entonces claro que no estás en el libro.

Me metí la mano en el bolsillo para sacar el recibo que me habían dado.

—El maestro Lorren me ha dado esto.

—Por mí como si te ha llevado en brazos —dijo Ambrose mojando su pluma en el tintero—. Y ahora, no me hagas perder más tiempo. Tengo cosas que hacer.

—¿Que no te haga perder más tiempo? —pregunté; se me estaba acabando la paciencia—. ¿Tienes idea de lo que he tenido que hacer para llegar hasta aquí?

Ambrose me miró; de pronto parecía que la situación le hiciera mucha gracia.

—Espera, a ver si lo adivino —dijo posando ambas manos sobre el mostrador y poniéndose en pie—. Siempre fuiste más listo que los otros niños en Villazoquete, o como quiera que se llame el pueblo de mala muerte de donde eres. Tu habilidad para leer y contar dejaba anonadados a tus convecinos.

Oí que la puerta que daba al exterior se abría y se cerraba detrás de mí, pero Ambrose no le prestó atención; salió de detrás del mostrador y se apoyó en la parte delantera, donde estaba yo.

—Tus padres sabían que eras especial, así que ahorraron durante un par de años, te compraron unos zapatos y te hicieron una camisa con la manta del cerdo. —Estiró un brazo y frotó la tela de mi ropa nueva.

»Anduviste durante meses, recorriste cientos de kilómetros en carros tirados por mulas. Pero al final... —Hizo un amplio ademán con ambas manos—. ¡Alabados sean Tehlu y todos sus ángeles! ¡Aquí estás! ¡Emocionado y rebosante de ilusión!

Oí una risa y me volví. Mientras Ambrose soltaba su diatriba, habían entrado dos hombres y una joven.

—Por el cuerpo de Dios, Ambrose. ¿Por qué te pones así?

—Son estos malditos novatos —gruñó Ambrose mientras volvía detrás del mostrador—. Entran aquí vestidos con harapos y se comportan como si fueran los amos del lugar.

Los tres recién llegados fueron hacia la puerta con el letrero que rezaba ESTANTERÍAS. Tuve que sofocar mi bochorno cuando me miraron de arriba abajo.

—Esta noche vamos al Eolio, ¿no?

Ambrose asintió con la cabeza.

—Por supuesto. Al sonar la sexta campanada.

—¿No vas a comprobar si están en el libro? —pregunté cuando la puerta se cerró detrás de ellos.

Ambrose se volvió y me miró con una radiante sonrisa que no tenía nada de amistoso.

—Mira, voy a darte un consejo gratis. En tu pueblo eras alguien especial. Aquí no eres más que otro crío bocazas. Así que llámame Re'lar, vuelve a tu litera y da gracias a cualquiera que sea el dios pagano al que rezas de que no estemos en Vintas. Mi padre y yo te encadenaríamos a un poste como si fueras un perro rabioso.

Se encogió de hombros.

—O no. Quédate aquí. Monta un numerito. Ponte a llorar. Mejor aún, pégame un puñetazo. —Sonrió—. Te daré una paliza y te pondrán de patitas en la calle. —Cogió de nuevo la pluma y siguió con lo que estaba escribiendo.

Me marché.

Quizá penséis que ese encontronazo me desanimó. Quizá penséis que me sentí traicionado, y que todos mis sueños infantiles sobre la Universidad quedaron cruelmente destrozados.

Pues no, todo lo contrario. Me tranquilizó. Me había sentido fuera de mi elemento hasta que Ambrose me hizo comprender, a su manera, que entre la Universidad y las calles de Tarbean no había mucha diferencia. Estés donde estés, la gente es básicamente la misma.

Además, la rabia puede calentarte por la noche, y el orgullo herido puede alentar a un hombre a hacer cosas maravillosas.

38

Simpatía en la Principalía

La Principalía era el edificio más antiguo de la Universidad. Con el paso de los siglos, había ido creciendo lentamente en todas direcciones, absorbiendo los edificios más pequeños y los patios que iba encontrando. Parecía una variedad arquitectónica de liquen que intentara ocupar tantas hectáreas como pudiera.

No era fácil orientarse en la Principalía. Los pasillos hacían giros imprevisibles, terminaban inesperadamente o daban largos y complicados rodeos. Podías tardar veinte minutos en ir de una estancia a otra, aunque solo estuvieran a quince metros. Los alumnos con más experiencia conocían los atajos y sabían por qué talleres o salas de conferencias tenías que pasar para llegar a tu destino.

Al menos uno de los patios había quedado completamente aislado y solo podía accederse a él trepando por una ventana. Circulaba el rumor de que había habitaciones completamente tapiadas, algunas con alumnos dentro. Decían que sus fantasmas recorrían los pasillos por la noche, lamentándose de su destino y quejándose de la comida que servían en la Cantina.

La primera clase a la que asistí se daba en la Principalía. Afortunadamente, mis compañeros de litera me habían advertido que era difícil orientarse por la Principalía, así que, pese a que me perdí, llegué con tiempo de sobra.

Cuando por fin encontré la sala donde se daba mi primera clase, me sorprendió ver que parecía un pequeño anfiteatro. Los asientos estaban dispuestos en gradas alrededor de un pequeño escenario elevado. En las ciudades grandes, mi troupe había actuado en sitios parecidos a aquel. Ese pensamiento me relajó mientras buscaba un asiento en las filas de atrás.

Estaba muy emocionado. Poco a poco fueron entrando otros alumnos. Todos eran, como mínimo, unos años mayores que yo. Repasé mentalmente los treinta primeros vínculos simpáticos mientras el anfiteatro se llenaba de estudiantes nerviosos. En total éramos unos cincuenta y ocupábamos tres cuartas partes de la sala. Algunos tenían papel y pluma, y libros de tapa dura sobre los que escribir. Otros tenían tablillas de cera. Yo no había llevado nada, pero eso no me preocupaba demasiado, porque siempre he tenido una memoria excelente.

El maestro Hemme entró en la sala, subió a la tarima y se colocó detrás de una gran mesa de trabajo de piedra. Ofrecía un aspecto imponente con su negra túnica de maestro, y en apenas unos segundos, los alumnos dejaron de susurrar y de moverse, y el anfiteatro quedó en silencio.

—¿Queréis ser arcanistas? —preguntó Hemme—. Queréis hacer magia como la de los cuentos infantiles. Habéis oído canciones sobre Táborlin el Grande. Rugientes lenguas de fuego, anillos mágicos, capas invisibles, espadas que nunca se embotan, pociones que te hacen volar. —Sacudió la cabeza con gesto de desaprobación—. Pues si eso es lo que buscáis, ya podéis marcharos ahora mismo, porque aquí no lo encontraréis. Eso no existe.

Un alumno entró en ese momento en la sala, se dio cuenta de que llegaba tarde y se dirigió rápidamente hacia un asiento vacío. Pero Hemme lo vio.

—Hola, me alegro de que hayas venido. ¿Cómo te llamas?

—Gel —contestó el muchacho, nervioso—. Lo siento. He tenido un pequeño problema con...

—Gel —le cortó Hemme—, ¿qué clase es esta?

Gel se quedó cortado un momento, y luego dijo:

—¿Principios de Simpatía?

—No me gustan los retrasos. Mañana me presentarás un trabajo sobre la evolución del reloj simpático, sus diferencias respecto a otros relojes anteriores, más arbitrarios, que empleaban el movimiento armónico, y sus efectos sobre el tratamiento exacto del tiempo.

El chico se retorció en el asiento.

—Sí, señor.

A Hemme pareció satisfacerle la reacción del alumno.

—Muy bien. ¿Qué es la simpatía?

Entró otro muchacho con un libro de tapa dura en la mano. Era joven, con lo cual quiero decir que debía de tener un par de años más que yo. Hemme lo interceptó antes de que llegara a un asiento.

—Hola —dijo con un tono exageradamente cortés—. ¿Cómo te llamas?

—Basil, señor. —El muchacho se quedó plantado en el pasillo, muerto de vergüenza. Lo reconocí: había espiado su entrevista en Admisiones.

—Por casualidad no serás de Yll, ¿verdad, Basil? —le preguntó Hemme componiendo una sonrisa.

—No, señor.

—Ahhh —dijo Hemme fingiendo decepción—. Tenía entendido que las tribus íllicas se guían por el sol para calcular la hora, y que por eso no tienen un concepto claro de la puntualidad. Sin embargo, como no eres íllico, no tienes excusa para llegar tarde, ¿no es así?

Basil movió los labios, como si intentara articular alguna excusa, pero por lo visto desistió.

—No, señor —dijo.

—Estupendo. Mañana me presentarás un trabajo sobre el calendario lunar de Yll, comparado con el calendario atur, más exacto y civilizado, con el que ya deberías de estar familiarizado. Siéntate.

Sin decir nada, Basil se dejó caer en el primer asiento libre que encontró y puso cara de perro apaleado.

Hemme desistió de empezar la clase y esperó a que llegara el siguiente alumno rezagado. El anfiteatro estaba sumido en un tenso silencio cuando entró, vacilante, una muchacha.

Era una joven de unos dieciocho años. Algo no muy frecuente.

La proporción de hombres con respecto a mujeres en la Universidad es de diez a una.

El tono de Hemme se ablandó un tanto cuando la muchacha entró en la sala. El maestro se acercó rápidamente a los escalones para recibirla.

—Ah, querida mía. Me alegro mucho de que todavía no hayamos iniciado la lección de hoy. —La sujetó por el codo y la ayudó a bajar unos cuantos escalones hasta el primer asiento libre.

Era evidente que la joven estaba abochornada por la atención que estaba recibiendo.

—Lo siento, maestro Hemme. La Principalía es más grande de lo que yo creía.

—No te preocupes —dijo Hemme con gentileza—. Lo que importa es que hayas venido. —Solícito, la ayudó a sacar el papel y el tintero antes de volver a la tarima.

Una vez allí, pareció que fuera a empezar la clase. Pero antes de hacerlo, volvió a mirar a la joven que acababa de entrar.

—Disculpa, señorita. —Ella era la única mujer que había en la sala—. Qué maleducado soy. ¿Cómo te llamas?

—Ria.

—Ria. ¿Es el diminutivo de Rian?

—Sí —respondió ella con una sonrisa.

—Por favor, Rian, ¿puedes cruzar las piernas?

Hemme formuló ese requerimiento con tanta seriedad que no se oyó ni la más leve risita. Rian, desconcertada, cruzó las piernas.

—Ahora que las puertas del infierno están cerradas —dijo Hemme con su tono normal, más brusco—, ya podemos empezar.

Y eso hizo, ignorando a Ria durante el resto de la clase. Lo cual, en mi opinión, fue un favor involuntario.

La clase duró dos horas y media que se hicieron larguísimas. Escuché con atención, con la esperanza de que Hemme abordara algún tema que yo no hubiese estudiado con Abenthy. Pero no lo hizo. Enseguida me di cuenta de que Hemme estaba hablando de los principios de la simpatía, ciertamente, pero a un nivel muy básico. Para mí, esa clase era una tremenda pérdida de tiempo.

Cuando Hemme dio por terminada la clase, bajé la escalera y lo alcancé antes de que saliera por una puerta.

—¿Maestro Hemme?

Hemme se dio la vuelta.

—Ah, sí, nuestro niño prodigio. No sabía que estuvieras en mi clase. No habré ido demasiado rápido para ti, ¿verdad?

No cometí el error de contestar sinceramente esa pregunta.

—Ha repasado usted muy claramente los conceptos básicos, señor. Los principios que ha mencionado hoy formarán una buena base para los otros alumnos de la clase. —Para ser artista itinerante hay que dominar la diplomacia.

Hemme se hinchó un poco ante mi cumplido; luego me miró atentamente.

—¿Para los otros alumnos de la clase? —me preguntó.

—Me temo que ya estoy familiarizado con los fundamentos básicos, señor. Conozco las tres leyes y los catorce corolarios. Así como los noventa primeros...

—Sí, sí, ya entiendo —me cortó—. Ahora estoy muy ocupado. Podemos hablar de esto mañana, antes de la clase. —Se dio la vuelta y se alejó a buen paso.

Como media hogaza es mejor que nada, me encogí de hombros y me dirigí al Archivo. Ya que no iba a aprender nada en las clases de Hemme, mejor sería que empezara a educarme yo mismo.

Esa vez, cuando entré en el Archivo, había una joven sentada detrás del mostrador. Era asombrosamente hermosa, con largo cabello castaño y unos ojos vivos y relucientes. Una notable mejora en comparación con Ambrose, desde luego.

Me acerqué al mostrador, y la joven sonrió.

—¿Cómo te llamas?

—Kvothe —contesté—. Hijo de Arliden.

Ella asintió y empezó a hojear el registro.

—¿Y tú? —dije para llenar el silencio.

—Fela —respondió ella sin levantar la cabeza. Entonces meneó la cabeza y dio unos golpecitos en el registro—. Aquí estás. Puedes entrar.

En la antecámara había dos puertas, una con el letrero ESTANTERÍAS y otra con el letrero VOLÚMENES. Como no sabía qué diferencia había entre las dos, me dirigí a la puerta de ESTANTERÍAS. Eso era lo que yo buscaba: estanterías y más estanterías llenas de libros. Montañas inmensas de libros.

Tenía la mano en el pomo de la puerta cuando me detuvo la voz de Fela:

—Perdona. Es la primera vez que vienes aquí, ¿verdad?

Asentí, pero sin soltar el pomo. Estaba tan cerca... ¿Qué pasaba ahora?

—El acceso a Estanterías está reservado para los miembros del Arcano —se disculpó Fela. Se levantó, salió de detrás del mostrador y se dirigió a la otra puerta—. Ven, te lo explicaré.

Solté el pomo a regañadientes y la seguí.

Tiró con ambas manos y abrió una de las pesadas hojas de madera de la puerta, revelando una habitación enorme, de techo alto, llena de mesas largas. Había una docena de estudiantes diseminados por la sala, leyendo. La sala estaba bien iluminada con la firme luz de una docena de lámparas simpáticas.

Fela se acercó a mí y me habló en voz baja.

—Esta es la sala principal de lectura. Aquí encontrarás todos los libros necesarios para la mayoría de las clases elementales. —Mantuvo la puerta abierta con un pie y señaló a lo largo de una pared hasta una larga sección de estantes con trescientos o cuatrocientos libros. Más libros de los que yo jamás había visto juntos.

Fela siguió hablando en voz baja:

—No se puede hacer ruido. Si hablas, has de hacerlo en voz baja. —Me había fijado en que en la habitación reinaba un silencio casi artificial—. Si no encuentras el libro que buscas, puedes presentar una solicitud en el mostrador —y me lo señaló—. Ellos te buscarán el libro y te lo darán.

Me volví para hacerle una pregunta, y entonces reparé en lo cerca que Fela estaba de mí. El que no me hubiera fijado en una de las mujeres más atractivas de la Universidad, a la que tenía a menos de un palmo, dice mucho de lo entusiasmado que estaba con el Archivo.

—¿Cuánto tardan en encontrar un libro? —pregunté en un susurro, tratando de no mirar a Fela con cara de bobo.

—Depende. —Se echó el largo y negro cabello hacia atrás—. A veces tenemos más trabajo, y a veces, no tanto. Hay personas a las que se les da mejor encontrar un determinado libro. —Se encogió de hombros, y su pelo me rozó ligeramente un brazo—. Pero por lo general, no más de una hora.

Asentí; estaba decepcionado por no poder curiosear en todo el Archivo, pero también emocionado por encontrarme allí dentro. Una vez más, media hogaza era mejor que nada.

—Gracias, Fela. —Entré; Fela soltó la puerta, que se cerró detrás de mí.

Pero al cabo de un momento, volvió a abrirla y me dijo:

—Otra cosa. Está de más decirlo, pero como es la primera vez que vienes... —Se había puesto muy seria—. Los libros no salen de aquí. No pueden sacarse del Archivo.

—Claro —dije—. Por supuesto. —No lo sabía.

Fela sonrió y asintió con la cabeza.

—Solo quería asegurarme. Hace un par de años, vino un joven caballero que estaba acostumbrado a llevarse los libros de la biblioteca de su padre. Yo nunca había visto a Lorren fruncir el ceño, ni hablar de otra forma que no fuera en susurros. Pero cuando pilló a ese alumno con uno de sus libros... —Sacudió la cabeza, como si no tuviera palabras para explicar lo que había visto.

Traté de imaginarme al alto y sombrío maestro enfadado, y no lo conseguí.

—Gracias por la advertencia.

—De nada. —Fela volvió al vestíbulo.

Me acerqué al mostrador que Fela me había señalado.

—¿Qué tengo que hacer para pedir un libro? —le pregunté al secretario en voz baja.

El secretario me mostró un gran cuaderno donde estaban anotados los nombres de los alumnos y sus solicitudes. Algunas solicitudes eran títulos de libros o nombres de autores específicos, pero otras eran requerimientos de información más generales. Me llamó la atención una entrada: «Basil: calendario lunar íllico. Historia del calendario atur». Eché un vistazo a la sala y vi al chico de la clase de Hemme encorvado sobre un libro y tomando notas.

Escribí: «Kvothe: historia de los Chandrian. Estudios sobre los Chandrian y sus señales: ojos negros, llamas azules, etc.».

A continuación me acerqué a los estantes y empecé a examinar los libros. Reconocí uno o dos que Ben me había hecho leer. Lo único que se oía era el rasgueo de una pluma sobre el papel, o el débil sonido, parecido al del ala de un pájaro, de una página al pasar. Aquel silencio no resultaba inquietante, sino curiosamente reconfortante. Más tarde me enteré de que a aquella sala la llamaban «la Tumba» por el silencio sepulcral que reinaba en ella.

Al final me llamó la atención un libro titulado *Los ritos nupciales del draccus común*; lo cogí y me lo llevé a una de las mesas de lectura. Lo escogí porque tenía un bonito dragón repujado en la cubierta, pero cuando empecé a leerlo vi que era una investigación culta sobre diversos mitos conocidos.

Estaba leyendo el prólogo (donde se explicaba que, con toda probabilidad, el mito del dragón había evolucionado a partir del draccus, mucho más terrenal) cuando se me acercó un secretario.

—¿Eres Kvothe?

Asentí, y el secretario me dio un librito con la cubierta de tela azul.

Nada más abrirlo, me llevé una desilusión. Era una colección de cuentos de hadas. Lo hojeé con la esperanza de encontrar algo útil, pero estaba lleno de empalagosas historias para entretener a los niños. Ya sabéis: valientes huérfanos que engañan a los Chandrian, amasan una fortuna, se casan con princesas y viven felices comiendo perdices.

Di un suspiro y cerré el libro. En realidad ya me había imaginado que me pasaría algo así. Hasta el día que los Chandrian mataron a mi familia, yo siempre había pensado que aquellas historias solo eran cuentos para niños. Esa clase de búsqueda no iba a llevarme a ninguna parte.

Me acerqué al mostrador y reflexioné largo rato antes de hacer otra anotación en el cuaderno de solicitudes. «Kvothe: historia de la Orden Amyr. Orígenes de los Amyr. Prácticas de los Amyr.» Llegué al final del renglón y, en lugar de empezar otro, me paré y miré al secretario que estaba detrás del mostrador.

—En realidad me interesa cualquier cosa sobre los Amyr —dije.

—Ahora estamos muy ocupados —dijo él señalando la sala. Desde mi llegada, habían entrado otra docena de estudiantes—. Pero te llevaremos algo en cuanto podamos.

Volví a la mesa y me puse a hojear el libro de cuentos infantiles; luego hice lo mismo con el bestiario. Esa vez tuve que esperar mucho más; cuando estaba leyendo sobre la extraña hibernación de verano del susquiniano, noté que me daban unos golpecitos en el hombro. Me volví esperando encontrar a un secretario con un montón de libros, o quizá a Basil, que hubiera venido a saludarme. Me sorprendió ver al maestro Lorren cerniéndose sobre mí con su negra túnica de maestro.

—Ven —me dijo en voz baja, y me hizo una seña para que lo siguiera.

No sabía qué pasaba, pero seguí a Lorren fuera de la sala de lectura. Pasamos por detrás del mostrador del secretario y bajamos por una escalera hasta una pequeña habitación con una mesa y dos sillas. En el Archivo había muchas habitaciones como esa: eran rincones de lectura pensados para que los miembros del Arcano tuvieran un sitio donde estudiar en privado.

Lorren puso el cuaderno de solicitudes de la sala de Volúmenes encima de la mesa.

—Estaba ayudando a uno de los nuevos secretarios y he visto tu solicitud —dijo—. ¿Te interesan los Chandrian y los Amyr? —preguntó.

Asentí.

—¿Está tu interés relacionado con alguna tarea que te haya mandado alguno de tus profesores?

Estuve a punto de contarle la verdad. Lo que les había pasado a mis padres. La historia que había oído en Tarbean.

Pero me acordé de la reacción de Manet cuando yo había mencionado a los Chandrian, y me lo pensé mejor. Yo tampoco creía en los Chandrian hasta que los vi con mis propios ojos. Si alguien me hubiera asegurado que los había visto, habría pensado que estaba loco.

Lorren pensaría, como mínimo, que era un ingenuo y un insensato. De pronto tomé conciencia de que me encontraba en uno de los templos de la civilización, hablando con el maestro archivero de la Universidad.

Eso me hacía ver las cosas desde otra perspectiva. De pronto, las historias de un anciano de una taberna del Puerto parecían lejanas e insignificantes.

Negué con la cabeza.

—No, señor. Solo es para satisfacer mi curiosidad.

—La curiosidad me inspira mucho respeto —dijo Lorren con un tono neutro—. Quizá yo pueda satisfacer en parte la tuya. Los Amyr formaban parte de la iglesia cuando el imperio de Atur todavía tenía fuerza. Su lema era *Ivare Enim Euge*, que significa más o menos «por el bien mayor». Eran en parte caballeros andantes y en parte vigilantes. Tenían poderes judiciales, y podían ejercer de jueces en tribunales tanto religiosos como civiles. Estaban todos eximidos de la ley, en diferentes grados.

Casi todo eso ya lo sabía.

—Pero ¿de dónde salieron? —pregunté. Era lo máximo que me atrevía a decir sin mencionar la historia de Skarpi.

—Evolucionaron a partir de la figura del juez itinerante —explicó Lorren—. Eran hombres que recorrían el imperio de Atur de pueblo en pueblo ejerciendo la ley.

—Entonces, ¿salieron de Atur?

Lorren me miró.

—¿De qué otro sitio quieres que salieran?

No me atrevía a decirle la verdad: que la historia que le había oído contar a un anciano me hacía sospechar que los Amyr podían tener raíces mucho más antiguas que el imperio de Atur. Y que confiaba en que todavía pudieran existir en algún lugar del mundo.

Lorren interpretó mi silencio como una respuesta.

—Voy a darte un consejo —dijo con serenidad—. Los Amyr son personajes dramáticos. Cuando somos pequeños, todos fingimos ser Amyr y librar batallas con espadas hechas con ramas de sauce. Es lógico que los niños se sientan atraídos por esas historias. —Me miró a los ojos—. Sin embargo, los hombres, los arcanistas, deben concentrarse en el presente. Deben dedicarse a asuntos prácticos.

Me sostuvo la mirada y siguió hablando:

—Eres muy joven. Mucha gente te juzgará solo por tu edad. —Inspiré, pero él levantó una mano—. No te acuso de dejarte llevar por fantasías infantiles. Lo que te aconsejo es que evites que parezca que te dejas llevar por fantasías infantiles. —Me miró desapasionadamente, con su habitual serenidad.

Me acordé de cómo me había tratado Ambrose y asentí. Noté que me ruborizaba.

Lorren sacó una pluma y tachó lo que yo había escrito en el cuaderno de solicitudes.

—La curiosidad me inspira mucho respeto —volvió a decir—. Pero no todo el mundo piensa como yo. No quiero que estas cosas te compliquen el primer bimestre. Supongo que ya te resultará suficientemente difícil para que encima tengas esa preocupación adicional.

Agaché la cabeza. Tenía la impresión de que lo había decepcionado.

—Lo entiendo. Gracias, señor.

39

Suficiente cuerda

Al día siguiente llegué a la clase de Hemme con diez minutos de antelación y me senté en la primera fila. Esperaba poder hablar con Hemme antes de que empezara la clase para no tener que quedarme y aguantar otra de sus lecciones.

Desgraciadamente, Hemme no llegó pronto. La sala de conferencias ya estaba llena cuando el maestro entró por la puerta más baja de la sala y subió los tres escalones de la tarima elevada de madera. Recorrió la sala con la mirada, buscándome.

—Ah, sí, aquí está nuestro niño prodigio. Levántate, ¿quieres?

Me levanté sin saber muy bien qué estaba pasando.

—Tengo buenas noticias para todos —anunció Hemme—. El señor Kvothe me ha asegurado que entiende perfectamente los principios de la simpatía. Y se ha ofrecido para impartir la clase de hoy. —Hizo un amplio ademán para indicarme que subiera con él a la tarima. Me sonrió con dureza—. ¿Señor Kvothe?

Se estaba burlando de mí, por supuesto, y esperaba que me quedara en mi asiento, avergonzado y acobardado.

Pero yo ya había soportado suficientes bravuconadas en la vida. Así que subí a la tarima y le estreché la mano. Me dirigí a los alumnos con mi vozarrón de actor:

—Le agradezco mucho al maestro Hemme que me haya brindado esta oportunidad. Confío en poder ayudarle a arrojar algo de luz sobre este importantísimo tema.

Hemme, que había sido quien había empezado ese pequeño juego, no podía interrumpirlo sin ponerse en ridículo. Me estrechó la mano y me miró como mira un lobo a un gato encaramado en un árbol. Sonrió para sí, bajó de la tarima y ocupó el asiento que yo acababa de dejar libre en la primera fila. Estaba seguro de mi ignorancia, y dispuesto a dejar que continuara la farsa.

No habría salido airoso de no ser por dos de los numerosos errores de Hemme. El primero era su estupidez al no creer lo que le había dicho el día anterior. El segundo, su deseo de verme pasar toda la vergüenza que fuera posible.

Para explicarlo en pocas palabras, diré que me estaba dando suficiente cuerda para que me ahorcara yo mismo. Por lo visto no sabía que, una vez que está hecho el nudo, la soga se ajusta con la misma facilidad a un cuello que a otro.

Me volví hacia los alumnos.

—Hoy voy a presentar un ejemplo de las leyes de la simpatía. Sin embargo, como tenemos un tiempo limitado, necesitaré ayuda con los preparativos. —Señalé a un alumno al azar—. ¿Serías tan amable de traerme un pelo del maestro Hemme, por favor?

Hemme se arrancó un pelo y se lo ofreció al alumno con exagerada teatralidad. Cuando el alumno me lo trajo, Hemme sonrió como si aquello lo divirtiera de verdad, convencido de que cuanto más grandiosos fueran los preparativos, mayor sería mi bochorno al final.

Aproveché ese ligero retraso para ver de qué material disponía para trabajar. En uno de los lados de la tarima había un brasero, y en los cajones de la mesa de trabajo encontré tiza, un prisma, cerillas de azufre, una lupa, unas velas y unos bloques de metal de formas extrañas. Cogí solo las tres velas.

A continuación cogí el pelo del maestro Hemme que me trajo el alumno, que resultó ser Basil, el chico al que Hemme había intimidado el día anterior.

—Gracias, Basil. ¿Quieres traer ese brasero y encenderlo tan aprisa como puedas?

Basil acercó el brasero y me alegré al ver que estaba equipado con un pequeño fuelle. Mientras Basil vertía alcohol sobre el carbón y le prendía fuego, me dirigí a la clase:

—Los conceptos de la simpatía no son muy fáciles de comprender. Pero todo se basa en tres sencillas leyes.

»La primera es la Doctrina de la Correspondencia, según la cual "la similitud aumenta la simpatía". La segunda es el Principio de Consanguinidad, que establece que "una parte de una cosa puede representar la totalidad de esa cosa". La tercera es la Ley de la Conservación, que afirma que "la energía ni se crea ni se destruye". Correspondencia, Consanguinidad y Conservación. Las tres "C".

Hice una pausa y escuché el sonido de un centenar de plumas anotando mis palabras. A mi lado, Basil accionaba el fuelle con diligencia. Me di cuenta de que podría encontrarle el gusto a aquello.

—No os preocupéis si todavía no lo entendéis. La demostración os lo aclarará todo. —Miré hacia abajo y vi que el brasero se estaba calentando muy bien. Le di las gracias a Basil, colgué un cazo metálico poco profundo sobre el carbón y metí dos velas dentro para que se derritieran.

Puse otra vela en un soporte, encima de la mesa, y la encendí con una cerilla de azufre de las que había en el cajón. A continuación retiré el cazo del brasero y, con cuidado, vertí la cera derretida sobre la mesa, formando una masa de cera blanda del tamaño de un puño. Volví a mirar a los alumnos.

—Lo que hacemos cuando utilizamos la simpatía consiste, básicamente, en redirigir la energía. La energía viaja a través de los vínculos simpáticos. —Extraje la mecha de la masa de cera y empecé a trabajarla para darle forma de muñeco humano—. La primera ley que he mencionado, «la similitud aumenta la simpatía», significa, sencillamente, que cuanto más se parecen dos cosas, más fuerte será el vínculo simpático entre ellas.

Sostuve el muñeco de cera en alto para que todos lo inspeccionaran.

—Esto —continué— es el maestro Hemme. —Se oyeron risas por toda la sala—. De hecho, esto es mi representación simpática del maestro Hemme. ¿Alguien podría explicarme por qué no es una representación muy buena?

Hubo un momento de silencio. Dejé que se prolongara: me encontraba ante un público poco entusiasta. Hemme los había traumatizado el día anterior y por eso tardaban en reaccionar. Al final, un alumno que estaba sentado al fondo de la sala dijo:

—¿El tamaño no es el adecuado?

Asentí y seguí paseando la mirada por la sala.

—Y él no es de cera.

Asentí de nuevo.

—Guarda cierto parecido con él, en la forma y en las proporciones. Con todo, es una representación simpática muy pobre. Por esa razón, cualquier vínculo simpático basado en este muñeco sería bastante débil. Quizá tuviera un dos por ciento de eficacia. ¿Cómo podemos mejorarlo?

Hubo otro silencio, más breve que el anterior.

—Podrías hacer un muñeco más grande —sugirió alguien.

Asentí y esperé. Otras voces dijeron: «Podrías representar en él la cara del maestro Hemme», «Pintarlo», «Ponerle una pequeña túnica». Todos rieron.

Levanté una mano para pedir silencio y me sorprendió la rapidez con que los alumnos me obedecieron.

—Viabilidad aparte, supongamos que hiciéramos todas esas cosas. Imaginad que tengo a mi lado un muñeco de un metro ochenta, completamente vestido y con la cara del maestro Hemme perfectamente modelada. —Hice un ademán—. Incluso después de tantos esfuerzos, a lo máximo que podríamos aspirar sería a un diez o un quince por ciento de vínculo simpático. Ninguna maravilla.

»Esto nos lleva a la segunda ley, la de la Consanguinidad. Para entenderla, podéis pensar: "Una vez juntos, juntos para siempre". Gracias a la generosidad del maestro Hemme, tengo aquí un pelo de su cabeza. —Lo levanté y, con mucha ceremonia, se lo enganché en la cabeza al muñeco—. Y con este sencillo gesto, conseguimos un vínculo simpático que funcionará al treinta o treinta y cinco por ciento.

Mientras hablaba, no había dejado de observar a Hemme. Al principio parecía un poco receloso, pero había vuelto a componer su sonrisita de suficiencia. Hemme sabía que sin el vínculo apropiado y sin un Alar bien dirigido, ni con toda la cera y todo el pelo del mundo se podía conseguir nada.

Convencido de que Hemme me había tomado por imbécil, señalé la vela y pregunté:

—¿Con su permiso, maestro? —Hemme hizo un magnánimo ademán de conformidad, se recostó en la silla y se cruzó de brazos, confiado.

Pues claro que conocía el vínculo. Ya se lo había dicho. Y Ben me había enseñado a emplear el Alar, la inquebrantable creencia, cuando yo tenía doce años.

Sin embargo, no me molesté en emplear ninguna de esas dos cosas. Metí un pie del muñeco en la llama de la vela, que empezó a chisporrotear y a desprender humo.

Hubo un tenso silencio; todos los alumnos estiraban el cuello para ver cómo reaccionaba el maestro Hemme.

Hemme se encogió de hombros y fingió estupefacción. Pero me miraba como si yo estuviera a punto de quedar atrapado en un cepo. Una sonrisita asomó a sus labios, y Hemme empezó a levantarse del asiento.

—No siento nada. ¿Qué...?

—Exacto —dije haciendo restallar mi voz como si fuera un látigo para atraer de nuevo la atención de los alumnos—. Y ¿a qué se debe eso? —Miré, expectante, a mi público.

»A la tercera ley que he mencionado, la de la Conservación. "La energía ni se crea ni se destruye, solo se pierde o se encuentra." Si sostuviera una vela bajo el pie de nuestro estimado profesor, no pasaría gran cosa. Y como solo está pasando cerca del treinta por ciento del calor, ni siquiera obtenemos ese pequeño resultado.

Hice una pausa para que todos pensaran un momento.

—Este es el principal problema de la simpatía. ¿De dónde sacamos la energía? En este caso, sin embargo, la respuesta es sencilla.

Apagué la vela de un soplido y volví a encenderla en el brasero. Murmuré las pocas palabras necesarias.

—Al añadir un segundo vínculo simpático entre la vela y un fuego más sustancial... —partí mi mente en dos; con una parte vinculé a Hemme y el muñeco, y con la otra conecté la vela y el brasero— conseguimos el efecto deseado.

Puse el pie del muñeco de cera sobre la mecha de la vela, a una distancia de dos centímetros, que es, en realidad, la altura a la que la llama quema más.

Se oyó una exclamación de sorpresa proveniente de donde Hemme estaba sentado.

Sin mirar hacia allí, seguí hablándoles a los alumnos con crudeza.

—Y parece ser que esta vez lo hemos logrado.

Todos rieron.

Apagué la vela con un soplido.

—Esto también es un buen ejemplo del poder que maneja un simpatista inteligente. ¿Imagináis qué pasaría si arrojara este muñeco al fuego? —Lo sostuve sobre el brasero.

Hemme subió precipitadamente a la tarima, como si hubiera estado esperando esa indicación. Quizá fueran imaginaciones mías, pero me pareció que cojeaba un poco con la pierna izquierda.

—Creo que el maestro Hemme quiere volver a dirigir la clase. —Hubo risas por toda la sala, esa vez más fuertes—. Os doy las gracias a todos, alumnos y amigos. Y así concluye mi humilde lección.

Llegado a ese punto, utilicé un truco de actor. Hay cierta inflexión de la voz, y cierto lenguaje corporal, que incita al público a aplaudir. No podría explicar cómo se hace exactamente, pero surtió el efecto deseado. Saludé con una inclinación de cabeza a la clase y me volví hacia Hemme en medio de un aplauso que, pese a no ser ensordecedor, seguramente fue mucho mayor que ninguno que él hubiera recibido jamás.

Cuando Hemme dio los últimos pasos hacia mí, casi me aparté. Estaba muy colorado y le palpitaba una vena en la sien, como si estuviera a punto de explotar.

Mi experiencia teatral me ayudó a conservar la compostura. Con indiferencia, le sostuve la mirada a Hemme y le tendí una mano. Con no poca satisfacción, vi cómo el maestro le lanzaba una rápida ojeada a la clase, que seguía aplaudiendo; entonces tragó saliva y me estrechó la mano.

Su apretón de manos fue tan fuerte que me hizo daño. Pero sospecho que habría sido peor, de no ser porque hice un mínimo gesto sobre el brasero con el muñeco de cera. La cara de Hemme pasó del rojo intenso al blanco ceniza más deprisa de lo que yo habría creído posible. Al instante, Hemme dejó de apretarme la mano y pude retirarla.

Volví a saludar a los alumnos con una inclinación de cabeza y salí de la sala de conferencias sin mirar atrás.

40

Ante las astas del toro

Después de que Hemme diera por terminada su clase, la noticia de mi exhibición se extendió por toda la Universidad como un reguero de pólvora. Deduje, por la reacción de los alumnos, que el maestro Hemme no era un personaje muy querido. Me senté en un banco de piedra delante de las Dependencias, y los estudiantes me sonreían al pasar. Otros me saludaban con la mano o, riendo, levantaban el pulgar.

Esa notoriedad me complacía, pero al mismo tiempo una fría ansiedad empezaba a crecer dentro de mí. Me había enemistado con uno de los nueve maestros. Necesitaba saber hasta qué punto me había metido en un lío.

Cené en la Cantina: pan moreno con mantequilla, estofado y judías. Manet estaba en mi mesa; con aquella mata de pelo parecía un enorme lobo blanco. Simmon y Sovoy se quejaban, por hacer algo, de la comida y especulaban sobre qué clase de carne debía de ser la del estofado. Para mí, que llevaba menos de un ciclo lejos de las calles de Tarbean, era una comida maravillosa.

Sin embargo, lo que estaban diciendo mis amigos me estaba haciendo perder el apetito rápidamente.

—No me interpretes mal —dijo Sovoy—. Los tienes bien puestos. Eso nunca lo pondría en duda. Pero aun así... —hizo un gesto con la cuchara— te van a colgar por esto.

—Eso, si tienes suerte —intervino Simmon—. Porque se trata de un caso de felonía, ¿no?

—No hay para tanto —dije con más convicción de la que tenía—. Lo único que he hecho ha sido calentarle un poco el pie.

—Todo acto de simpatía dañino entra en la categoría de felonía. —Manet me apuntó con su trozo de pan y arqueó sus alborotadas y entrecanas cejas con gesto serio—. Tienes que escoger mejor tus batallas, chico. Mantente al margen de los maestros. Si te cogen manía, pueden hacer de tu vida un infierno.

—Empezó él —dije con resentimiento y con la boca llena de judías.

Un joven se acercó corriendo a la mesa. Estaba jadeando.

—¿Eres Kvothe? —me preguntó mirándome de arriba abajo.

Asentí, y se pronto se me hizo un nudo en el estómago.

—Tienes que presentarte en la Casa de los Maestros.

—¿Dónde está eso? —pregunté—. Solo llevo un par de días aquí.

—¿Podéis enseñárselo vosotros? —preguntó el chico mirando a mis compañeros—. Yo tengo que ir a decirle a Jamison que lo he encontrado.

—Yo lo acompañaré —dijo Simmon apartando su cuenco—. De todas formas no tengo hambre.

El chico se marchó, y Simmon hizo ademán de levantarse de la mesa.

—Espera —dije señalando mi bandeja con la cuchara—. Todavía no he terminado.

Simmon me miró con cara de preocupación.

—No puedo creer que estés comiendo —dijo—. Si yo no puedo comer, ¿cómo puedes hacerlo tú?

—Tengo hambre —contesté—. No sé qué me espera en la Casa de los Maestros, pero seguro que lo afrontaré mejor con el estómago lleno.

—Te van a poner ante las astas del toro —explicó Manet—. Esa es la única razón por la que te ordenarían ir allí a estas horas de la noche.

Yo no sabía qué quería decir con eso, pero no estaba dispuesto a hacer pública mi ignorancia.

—Podrán esperar a que acabe de cenar, ¿no? —dije, y seguí comiéndome el estofado.

Simmon volvió a sentarse y se puso a remover la comida de su bandeja. La verdad es que yo ya no tenía apetito, pero me fastidiaba tener que interrumpir una comida después del hambre que había pasado en Tarbean.

Cuando Simmon y yo nos pusimos por fin en pie, el ruido que generalmente había en la Cantina se redujo y todos giraron la cabeza para mirarnos. Todos sabían adónde iba.

Ya fuera, Simmon metió las manos en los bolsillos y echó a andar hacia el Auditorio a buen paso.

—Bromas aparte, estás metido en un buen lío, ¿sabes?

—Confiaba en que Hemme se avergonzara y no lo contara —admití—. ¿Expulsan a muchos alumnos? —Intenté adoptar un tono jocoso.

—Este bimestre todavía no han expulsado a nadie —dijo Sim mirándome con sus azules ojos y esbozando una tímida sonrisa—. Pero solo llevamos dos días de clase. Podrías establecer un récord.

—No tiene gracia —repliqué, pero me sorprendí sonriendo. Simmon siempre conseguía hacerme sonreír, pasara lo que pasase.

Sim iba delante, y llegamos al Auditorio mucho más deprisa de lo que a mí me habría gustado. Simmon levantó una mano y, vacilante, me dijo adiós cuando abrí la puerta y entré en el edificio.

Me recibió Jamison, el encargado de supervisar todo lo que no controlaban directamente los maestros: las cocinas, la lavandería, los establos, los almacenes... Era un tipo nervioso y con aspecto de pájaro. Un hombre con cuerpo de gorrión y ojos de halcón.

Jamison me acompañó a una habitación, enorme y sin ventanas, en la que había una mesa con forma de media luna que me resultó familiar. El rector estaba sentado en el centro, como durante el proceso de admisiones. La única diferencia real era que esa mesa no estaba elevada, de modo que los maestros y yo nos encontrábamos más o menos a la misma altura.

Los ojos que me miraron no expresaban cordialidad. Jamison me condujo ante la mesa. Al verla desde ese ángulo, comprendí por qué los alumnos hablaban de «estar ante las astas del toro».

Jamison se retiró a otra mesa más pequeña y mojó la pluma en el tintero.

El rector juntó las yemas de los dedos y habló sin preámbulos:

—El día dos de Caitelyn, Hemme reúne a los maestros. —Jamison tomaba nota en una hoja de papel, y de vez en cuando volvía a mojar la pluma en el tintero que tenía en la mesa. El rector continuó con tono formal—: ¿Se hallan presentes todos los maestros?

—Maestro fisiólogo —dijo Arwyl.

—Maestro archivero —dijo Lorren, tan imperturbable como siempre.

—Maestro aritmético —dijo Brandeur haciendo crujir los nudillos sin darse cuenta.

—Maestro artífice —masculló Kilvin sin levantar la vista del tablero de la mesa.

—Maestro alquimista —dijo Mandrag.

—Maestro retórico —dijo Hemme, que tenía el rostro colorado y enojado.

—Maestro simpatista —dijo Elxa Dal.

—Maestro nominador. —Elodin me sonrió. No fue una mueca mecánica, sino una sonrisa cálida, con todas las de la ley. Di un tembloroso suspiro, aliviado al ver que al menos uno de los presentes no parecía ansioso por colgarme de los pulgares.

—Y maestro lingüista —dijo el rector—. Los ocho... —Frunció las cejas—. Perdón. Tacha eso. Los nueve maestros se encuentran presentes. Exponga su queja, maestro Hemme.

Hemme no titubeó.

—Hoy, el alumno de primer curso Kvothe, que no es miembro del Arcano, me ha hecho vínculos simpáticos con malas intenciones.

—El maestro Hemme presenta dos acusaciones contra Kvothe —declaró el rector con severidad, sin dejar de mirarme—. Primera acusación: empleo no autorizado de la simpatía. ¿Qué castigo se aplica a esa falta, maestro archivero?

—Por empleo no autorizado de la simpatía con resultado de lesiones, el alumno infractor será atado y recibirá cierto número de latigazos, no menos de dos ni más de diez, con látigo simple, en la espalda. —Lorren habló como si leyera las instrucciones de una receta.

—¿Número de latigazos propuestos? —El rector miró a Hemme. Hemme se lo pensó un momento.

—Cinco.

Noté que palidecía y me obligué a respirar hondo y despacio, por la nariz, para tranquilizarme.

—¿Algún maestro se opone a este castigo? —El rector miró al resto de maestros, pero todos permanecieron callados y con expresión adusta—. Segunda acusación: felonía. ¿Maestro archivero?

—De cuatro a quince latigazos y expulsión de la Universidad —recitó Lorren desapasionadamente.

—¿Latigazos propuestos?

Hemme me miró a los ojos.

—Ocho.

Trece latigazos y la expulsión. Me entró un sudor frío y tuve que contener las náuseas. No era la primera vez que sentía miedo. En Tarbean, el miedo nunca estaba muy lejos. El miedo te mantenía vivo. Pero jamás había sentido una impotencia tan desesperada. Un miedo no solo a que me hicieran daño físico, sino a que toda mi vida quedara arruinada. Empecé a marearme.

—¿Has entendido las acusaciones que se han presentado contra ti? —me preguntó el rector.

Respiré hondo.

—No del todo, señor. —No me gustó nada cómo sonó mi voz, trémula y débil.

El rector levantó una mano, y Jamison levantó la pluma del papel.

—Va contra las leyes de la Universidad que un alumno que no es miembro del Arcano emplee la simpatía sin el permiso de un maestro.

Su rostro se ensombreció.

—Y está expresamente prohibido causar daño, en cualquier circunstancia, mediante simpatía. Y especialmente a un maestro.

Hace unos centenares de años, a los arcanistas los perseguían y los quemaban por esas cosas. Aquí no toleramos ese comportamiento.

Percibí un deje de dureza en la voz del rector, y entonces comprendí lo enfadado que estaba. Respiró hondo y continuó:

—¿Me has entendido?

Asentí, tembloroso.

El rector le hizo otra señal a Jamison, que volvió a posar el plumín sobre el papel.

—Kvothe, ¿entiendes las acusaciones que se han presentado contra ti?

—Sí, señor —respondí con toda la serenidad de que fui capaz. Lo veía todo muy brillante, y me temblaban un poco las piernas. Traté de controlarlas, pero solo conseguí que temblaran aún más.

—¿Tienes algo que decir en tu defensa? —me preguntó el rector con aspereza.

Lo único que quería era marcharme de allí. Notaba las miradas de los maestros traspasándome. Tenía las manos húmedas y frías. Si el rector no hubiera vuelto a hablar, seguramente habría negado con la cabeza y me habría largado.

—¿Y bien? —insistió el rector—. ¿Nada que alegar?

Sus palabras me tocaron la fibra sensible. Eran las mismas palabras que Ben había utilizado cientos de veces cuando me enseñaba, incansable, a discutir. Recordé sus palabras reprendiéndome: «¿Qué? ¿Nada que alegar? Todos mis pupilos deben ser capaces de defender sus ideas. Hagas lo que hagas en la vida, tu ingenio te defenderá más a menudo que una espada. ¡Cultívalo!».

Volví a respirar hondo, cerré los ojos y me concentré. Al cabo de largo rato, noté la fría imperturbabilidad del Corazón de Piedra alrededor de mí. Dejé de temblar.

Abrí los ojos y me oí decir:

—Tenía permiso para emplear la simpatía, señor.

El rector me miró con dureza antes de decir:

—¿Cómo?

Me envolví en el Corazón de Piedra como si fuera una manta tranquilizadora.

—Tenía permiso del maestro Hemme, tanto explícito como implícito.

Los maestros, desconcertados, se movieron en sus asientos.

El rector no parecía muy complacido.

—Explícate.

—Después de la primera clase del maestro Hemme, fui a hablar con él y le dije que ya estaba familiarizado con los conceptos que había planteado. Él me propuso que lo habláramos al día siguiente.

»Al día siguiente, cuando el maestro Hemme llegó a su clase, anunció que yo daría la lección para demostrar los principios de la simpatía. Tras comprobar de qué materiales disponía, le hice a la clase la primera demostración que mi maestro me había hecho a mí. —Falso, por supuesto. Como ya he mencionado, mi primera lección fue la de los drabines de hierro. Era mentira, pero una mentira plausible.

A juzgar por la cara que pusieron los maestros, Hemme no les había contado cómo había sucedido todo. Abrigado por el Corazón de Piedra, me relajé. Me alegré de que la irritación del rector se debiera a que Hemme había ofrecido una versión abreviada de lo ocurrido.

—¿Hiciste una demostración ante la clase? —preguntó el rector antes de que yo pudiera continuar. Miró a Hemme, y luego otra vez a mí.

Me hice el inocente.

—Fue una demostración muy sencilla. ¿Es eso algo inusual?

—Es un poco insólito, sí —repuso el rector mirando a Hemme. Volví a percibir su enojo, pero esa vez no parecía ir dirigido hacia mí.

—Yo creí que eso era lo que hacías para demostrar tu conocimiento de la materia y pasar a una clase de nivel más avanzado —dije. Otra mentira, pero también plausible.

Entonces intervino Elxa Dal:

—¿Qué elementos empleaste para la demostración?

—Un muñeco de cera, un pelo de la cabeza de Hemme y una vela. Yo habría escogido otro ejemplo, pero el material de que disponía era limitado. Pensé que eso debía de formar parte de la prueba: tenías que ingeniártelas con lo que tuvieras a mano. —Volví a encogerme de hombros—. No se me ocurrió ninguna otra manera de demostrar las tres leyes con el material que tenía.

El rector miró a Hemme.

—¿Es cierto lo que dice el chico?

Hemme abrió la boca y pareció que fuera a negarlo, pero por lo visto recordó que toda un aula llena de alumnos había presenciado nuestro diálogo. No dijo nada.

—Maldita sea, Hemme —estalló Elxa Dal—. ¿Dejas que el chico haga un modelo de ti y luego lo traes aquí y lo acusas de felonía? —farfulló—. Te mereces algo mucho peor.

—El E'lir Kvothe no habría podido hacerte daño con solo una vela —murmuró Kilvin. Se miró los dedos de las manos con aire ausente, como si estuviera cavilando sobre algo—. ¿Con pelo y cera? Imposible. Con sangre y arcilla, quizá, pero...

—Orden. —La voz del rector era demasiado débil para que pueda decirse que gritó, pero contenía la misma autoridad que si lo hubiera hecho. Miró a Elxa Dal y a Kilvin—. Contesta al maestro Kilvin, Kvothe.

—Hice un segundo vínculo entre la vela y el brasero para ilustrar la Ley de la Conservación.

Kilvin no dejó de mirarse las manos.

—¿Cera y pelo? —gruñó como si no estuviera del todo satisfecho con mi explicación.

Lo miré entre desconcertado y avergonzado, y dije:

—Yo tampoco lo entiendo, señor. Como mucho debería haber conseguido una transferencia del diez por ciento. No debería haber bastado ni para hacerle una pequeña ampolla al maestro Hemme, y menos aún para producirle quemaduras.

Me volví hacia Hemme.

—Le aseguro que no pretendía hacerle daño, señor —dije fingiendo una profunda consternación—. Solo esperaba que notara usted algo de calor en el pie. El fuego no llevaba más de cinco minutos encendido, y no pensé que un fuego tan reciente, y al diez por ciento, pudiera causarle daño. —Hasta me retorcí un poco las manos; era el vivo retrato del alumno consternado. Fue una buena interpretación. Mi padre habría estado orgulloso de mí.

—Pues me hiciste daño —repuso Hemme con amargura—. Y por cierto, ¿dónde está ese maldito muñeco? ¡Exijo que me lo devuelvas de inmediato!

—Me temo que no puedo, señor. Lo destruí. Era demasiado peligroso dejarlo por ahí.

Hemme me miró, sagaz, y murmuró:

—Bueno, no tiene importancia.

El rector volvió a tomar las riendas.

—Esto cambia considerablemente las cosas. Hemme, ¿todavía quieres presentar acusaciones contra Kvothe?

Hemme me miró con odio y no dijo nada.

—Yo propongo retirar ambas acusaciones —dijo Arwyl. La anciana voz del fisiólogo me sorprendió un tanto—. Si Hemme lo puso delante de toda la clase, le dio su permiso. Y si le dio un pelo y vio cómo lo enganchaba en la cabeza del modelo, no podemos hablar de felonía.

—Creía que controlaría mejor lo que estaba haciendo —argumentó Hemme lanzándome una mirada asesina.

—No es felonía —insistió Arwyl mirando con fijeza a Hemme a través de las lentes de sus gafas; las arrugas de su cara formaron un ceño feroz.

—Eso entraría en la categoría de uso imprudente de la simpatía —aportó Lorren fríamente.

—¿Es esto una moción para retirar las dos acusaciones y sustituirlas por la de uso imprudente de la simpatía? —preguntó el rector tratando de recuperar una apariencia de formalidad.

—Sí —respondió Arwyl sin dejar de fulminar a Hemme con la mirada.

—¿Apoyan todos la moción? —preguntó el rector.

Todos afirmaron, excepto Hemme.

—¿Alguien se opone?

Hemme permaneció callado.

—Maestro archivero, ¿cuál es el castigo por uso imprudente de la simpatía?

—Si alguien resulta herido por uso imprudente de la simpatía, el alumno infractor recibirá no más de siete latigazos en la espalda. —Me pregunté qué libro estaría citando el maestro Lorren.

—¿Número de latigazos propuestos?

Hemme miró a los otros maestros y comprendió que se había producido un cambio de opinión.

—Tengo ampollas hasta la rodilla —dijo apretando los dientes—. Tres latigazos.

El rector carraspeó.

—¿Se opone algún maestro a esa medida?

—Sí —dijeron Elxa Dal y Kilvin a la vez.

—¿Quién quiere cancelar el castigo? Levanten la mano, por favor.

Elxa Dal, Kilvin y Arwyl levantaron la mano al instante, y a continuación lo hizo el rector. Mandrag, Lorren, Brandeur y Hemme no la levantaron. Elodin me sonrió alegremente, pero no levantó la mano. Lamenté mi reciente visita al Archivo, que tan mala impresión le había causado a Lorren. De no ser por eso, quizá Lorren habría hecho inclinar la balanza a mi favor.

—Cuatro y medio a favor de suspender el castigo —dijo el rector tras una pausa—. El castigo sigue en pie. Se aplicará mañana, el tres de Caitelyn, a mediodía.

Como estaba sumido en el Corazón de Piedra, lo único que sentí fue una leve curiosidad analítica respecto a qué sentiría al ser azotado en público. Todos los maestros fueron a levantarse, pero antes de que la reunión pudiera darse por terminada, dije:

—¿Señor rector?

El rector respiró hondo y soltó el aire con un fuerte bufido.

—¿Sí?

—Durante mi admisión, usted dijo que podría entrar en el Arcano si demostraba que dominaba los principios básicos de la simpatía. —Lo cité casi literalmente—. ¿Constituye esto una prueba?

Hemme y el rector abrieron la boca para hablar. Hemme fue quien lo hizo más alto:

—¡Qué te has creído, gallito!

—¡Hemme! —le espetó el rector. Entonces me miró y dijo—: Me temo que la prueba de dominio requiere algo más que un sencillo vínculo simpático.

—Un vínculo doble —lo corrigió Kilvin con brusquedad.

Entonces intervino Elodin, lo cual sorprendió a los otros maestros:

—Sé de alumnos que actualmente pertenecen al Arcano y que tendrían graves dificultades para completar un vínculo doble, y más aún para obtener calor suficiente para «cubrirle a alguien el pie de ampollas hasta la rodilla». —Había olvidado que la débil voz de Elodin se colaba en los rincones más oscuros de tu pecho cuando hablaba. Volvió a sonreírme alegremente.

Hubo unos momentos de silenciosa reflexión.

—Cierto —admitió Elxa Dal, y me miró con interés.

El rector agachó la cabeza y se quedó un minuto contemplando el tablero de la mesa. Entonces se encogió de hombros, levantó la cabeza y compuso una sonrisa sorprendentemente alegre.

—Quienes estén a favor de admitir el uso imprudente de la simpatía del alumno de primer curso Kvothe como prueba de dominio de los principios básicos de la simpatía, que levanten la mano.

Kilvin y Elxa Dal levantaron las manos a la vez. Arwyl lo hizo poco después. Elodin agitó una mano. Tras una pausa, el rector levantó la mano también, y dijo:

—Cinco y medio a favor de que Kvothe sea admitido en el Arcano. Moción aprobada. Se da por terminada la reunión. Que Tehlu nos proteja a todos, locos y niños. —Eso último lo dijo en voz muy débil al mismo tiempo que apoyaba la frente en el pulpejo de una mano.

Hemme se marchó furioso de la sala, y después lo hizo Brandeur. Cuando ya habían traspasado la puerta, oí a Brandeur preguntar:

—¿No te habías protegido con un gram?

—No —le espetó Hemme—. Y no me hables en ese tono, como si fuera culpa mía. Es como culpar a alguien a quien han apuñalado en un callejón por no llevar armadura.

—Todos deberíamos tomar precauciones —dijo Brandeur en

tono conciliador—. Sabes tan bien como... —Se oyó cerrarse una puerta, y sus voces se perdieron.

Kilvin se levantó y movió los hombros como si los tuviera entumecidos. Me miró, se rascó la poblada barba con ambas manos y aire pensativo, y luego se acercó a mí.

—¿Has empezado ya a estudiar sigaldría, E'lir Kvothe?

Lo miré sin comprender.

—¿Se refiere a las runas, señor? Me temo que no.

Kilvin se pasó las manos por la barba, pensativo.

—No hace falta que asistas a la clase de Artificería Básica a la que te has apuntado. En lugar de eso, mañana vendrás a mi taller. A mediodía.

—Me temo que tengo otro compromiso a mediodía, maestro Kilvin.

—Hmmm. Sí, claro. —Frunció el ceño—. Entonces, al sonar la primera campanada.

—Lo siento, pero el chico tendrá una cita con los míos después de los azotes, Kilvin —dijo Arwyl con un destello de humor en los ojos—. Pídele a alguien que te lleve a la Clínica después, hijo. Te recompondremos un poco.

—Gracias, señor.

Arwyl asintió y se dirigió hacia la puerta.

Kilvin lo vio marchar; luego se volvió hacia mí y dijo:

—En mi taller. Pasado mañana. A mediodía. —Su tono de voz dejaba claro que no era una pregunta.

—Será un honor, maestro Kilvin.

Kilvin masculló algo y se marchó con Elxa Dal.

Me quedé a solas con el rector, que seguía sentado. Nos miramos con fijeza mientras los pasos de los otros maestros se perdían en el pasillo. Salí del Corazón de Piedra y sentí un cosquilleo de nerviosismo y miedo por todo lo que acababa de pasar.

—Siento mucho causar tantos problemas tan pronto, señor —dije con vacilación.

—¡Oh! —exclamó el rector. Desde que estábamos solos, la expresión de su rostro se había suavizado mucho—. ¿Cuánto tiempo pensabas esperar?

—Por lo menos un ciclo, señor. —El haber estado tan cerca del desastre me había dejado mareado de alivio. Noté que mis labios componían una irreprimible sonrisa.

—Por lo menos un ciclo —repitió el rector. Se tapó la cara con ambas manos y se la frotó; luego me miró y me sorprendió con una sonrisa irónica. Me di cuenta de que cuando no adoptaba esa expresión de severidad no parecía tan mayor. Seguramente no tenía ni cincuenta años—. No pareces alguien que sabe que mañana lo van a azotar —observó.

Aparté ese pensamiento de mi mente.

—Supongo que las heridas cicatrizarán, señor. —El rector me miró de forma extraña, y tardé unos momentos en comprender que era la misma mirada que estaba acostumbrado a recibir cuando vivía con la troupe. Fue a decir algo, pero yo me adelanté—: No soy tan joven como parezco, señor. Ya lo sé. Me gustaría que lo supieran también otras personas.

—Creo que no tardarán mucho en saberlo. —Me miró largo rato antes de levantarse de la mesa. Me tendió una mano—. Bienvenido al Arcano.

Le estreché la mano con solemnidad y nos separamos. Salí afuera y me sorprendió ver que era de noche. Aspiré una bocanada de dulce aire primaveral y volví a sonreír.

Entonces alguien me puso una mano en el hombro. Di un salto levantándome dos palmos del suelo y estuve a punto de caer sobre Simmon convertido en el torbellino de gritos, arañazos y mordiscos que en Tarbean había sido mi único método de defensa.

Simmon dio un paso hacia atrás, asustado por la expresión de mi cara.

Traté de controlar los latidos de mi corazón.

—Lo siento, Simmon. Es que... Procura hacer un poco de ruido cuando te acerques a mí. Me asusto fácilmente.

—Yo también —murmuró él, tembloroso, pasándose una mano por la frente—. Pero no te lo reprocho. A todos nos pasa cuando nos ponen ante las astas del toro. ¿Cómo te ha ido?

—Me van a azotar y me han admitido en el Arcano.

Sim me miró con curiosidad, tratando de discernir si estaba bromeando.

—¿Lo siento? ¿Felicidades? —Me miró con una tímida sonrisa en los labios—. ¿Te regalo unas vendas o te invito a una cerveza?

Le devolví la sonrisa.

—Las dos cosas.

Cuando volví al cuarto piso de las Dependencias, el rumor de que no me habían expulsado y de que me habían admitido en el Arcano ya se había extendido. Mis compañeros de literas me recibieron con un aplauso. Hemme no caía muy bien a los alumnos. Algunos de mis compañeros me felicitaron, sobrecogidos, y Basil se me acercó para estrecharme la mano.

Acababa de sentarme en mi litera y le estaba explicando a Basil la diferencia entre un látigo simple y un látigo de seis colas cuando el auxiliar del tercer piso vino a buscarme. Me ordenó que recogiera mis cosas y me explicó que los alumnos del Arcano se alojaban en el ala oeste.

Todas mis pertenencias cabían en mi macuto, así que no me costó mucho recogerlas. Mientras el auxiliar me acompañaba, hubo un coro de despedidas por parte de mis compañeros de primer curso.

Los dormitorios del ala oeste eran parecidos al que acababa de dejar. Seguía habiendo hileras de camas estrechas, pero allí no había literas. Cada cama tenía un pequeño armario y una mesita además del baúl. No era nada del otro mundo, pero estaba mejor.

La diferencia más notoria estaba en la actitud de mis compañeros de dormitorio. Muchos me miraron con recelo y hasta con odio, aunque la mayoría me ignoraron deliberadamente. Fue un recibimiento frío, sobre todo comparado con el que acababan de ofrecerme mis compañeros que no pertenecían al Arcano.

Era fácil entender por qué. La mayoría de los estudiantes pasaban varios bimestres en la Universidad antes de ser admitidos en el Arcano. Todos los que estaban allí habían trabajado duro para ir subiendo poco a poco de categoría. Yo no.

Solo tres cuartas partes de las camas estaban ocupadas. Escogí una en el rincón del fondo, lejos de los demás. Colgué mi única camisa de repuesto y mi capa en el armario y puse mi macuto en el baúl, a los pies de mi cama.

Me tumbé y me quedé mirando el techo. Mi cama quedaba fuera de la luz de las velas y las lámparas simpáticas de los otros alumnos. Por fin era miembro del Arcano; en cierto modo, estaba exactamente donde siempre había querido estar.

41

La sangre de un amigo

A la mañana siguiente, desperté temprano, me lavé y comí algo en la Cantina. Entonces, como no tenía nada que hacer antes de la tanda de latigazos del mediodía, me paseé por la Universidad. Entré en varias boticas y talleres de soplado, y admiré los cuidados jardines y las extensiones de césped.

Al final me senté en un banco de piedra que encontré en un amplio patio. Estaba demasiado nervioso para pensar en hacer algo productivo, así que me quedé allí sentado disfrutando del buen tiempo y mirando cómo el viento arrastraba unos papeles por el suelo adoquinado.

Al poco rato, llegó Wilem y se sentó a mi lado sin que yo lo invitara. El cabello y los ojos, del color castaño oscuro característico de los ceáldicos, le hacían parecer mayor que Simmon y que yo, pero tenía ese aire un tanto torpe de los niños que todavía no se han acostumbrado a manejarse con la estatura de un hombre.

—¿Nervioso? —me preguntó con su marcado acento siaru.

—La verdad es que procuro no pensar en ello —repuse.

Wilem dio un gruñido. Nos quedamos callados un rato, viendo pasar a otros estudiantes. Algunos interrumpieron su conversación para señalarme.

Enseguida me cansé de llamar la atención.

—¿Estás haciendo algo ahora mismo? —le pregunté a Wilem.

—Estar aquí sentado —respondió él—. Respirar.

—Muy listo. Ya entiendo por qué te han admitido en el Arcano. ¿Tienes algo que hacer en la próxima hora?

Wilem se encogió de hombros y me miró con expectación.

—¿Puedes enseñarme dónde está el maestro Arwyl? Me dijo que pasara... después.

—Claro —respondió señalando una de las salidas del patio—. La Clínica está al otro lado del Archivo.

Rodeamos el inmenso bloque sin ventanas del Archivo. Wilem señaló con el dedo y dijo:

—Allí está. La Clínica. —Era un edificio grande y con forma rara. Parecía una versión más alta y menos laberíntica de la Principalía.

—Es más grande de lo que esperaba —comenté—. ¿Todo ese edificio para enseñar medicina?

Wilem negó con la cabeza.

—Gran parte de su trabajo consiste en atender a los enfermos. Nunca rechazan a nadie, aunque no pueda pagar.

—¿En serio? —Volví a contemplar el edificio y pensé en el maestro Arwyl—. Me sorprende.

—No tienes que pagar por adelantado —aclaró Wilem—. Cuando te recuperas —hizo una pausa, y capté la insinuación: *si* te recuperas—, pagas la cuenta. Si no tienes dinero, trabajas hasta que la deuda queda... —Hizo otra pausa—. ¿Cómo se dice *sheyem*? —preguntó levantando las manos con las palmas hacia arriba y moviéndolas alternadamente como si fueran las bandejas de una balanza.

—¿Sopesada? —sugerí.

Negó con la cabeza.

—No. *Sheyem.* —Hizo hincapié en esa palabra y dejó las manos a la misma altura.

—Ah. —Imité el gesto—. Compensada.

Wilem asintió.

—Trabajas hasta que la deuda con la Clínica queda compensada. Muy pocos se marchan sin saldar la cuenta.

Reí entre dientes.

—No me sorprende. ¿Para qué huir de un arcanista que tiene un par de gotas de tu sangre?

Llegamos a otro patio. En el centro había un poste con un banderín, y debajo, un banco de piedra. No tuve que pensar mucho para adivinar quién iba a estar atado al poste al cabo de una hora. Había cerca de un centenar de estudiantes paseándose por el patio, y reinaba una extraña atmósfera festiva.

—No suele haber tanto jaleo —dijo Wilem como disculpándose—. Pero algunos maestros han cancelado sus clases.

—Hemme, seguro. Y Brandeur.

Wilem asintió.

—Hemme es muy rencoroso. —Hizo una pausa para enfatizar su moderada descripción—. Vendrá con toda su corte de adláteres. —Pronunció despacio la última palabra—. ¿Se dice así? ¿Adláteres?

Asentí, y Wilem puso cara de satisfacción. Entonces frunció el ceño.

—Ahora que me acuerdo, hay una frase extraña en tu idioma. La gente siempre me pregunta por el camino de Tinuë. «¿Cómo está el camino de Tinuë?», dicen. ¿Qué significa?

Sonreí.

—Es un modismo. Significa...

—Ya sé qué es un modismo —me interrumpió Wilem—. ¿Qué significa ese en concreto?

—Ah —dije, un tanto abochornado—. Solo es un saludo. Es como preguntar «¿Cómo va todo?», o «¿Qué hay?».

—Eso también es un modismo —protestó Wilem—. Vuestro idioma está plagado de tonterías. Me extraña que os entendáis. «¿Cómo va todo?» ¿Va adónde? —Sacudió la cabeza.

—A Tinuë, por lo visto —dije sonriendo—. *Tuan volgen oketh ama* —añadí. Era uno de mis modismos siaru favoritos. Significaba «No le des importancia», pero la traducción literal era: «No te metas una cuchara en el ojo por eso».

Salimos del patio y deambulamos un rato por la Universidad. Wilem me mostró otros edificios destacados, incluidas varias tabernas, el laboratorio de alquimia, la lavandería ceáldica y dos burdeles: el autorizado y el prohibido. Pasamos al lado de las lisas paredes de piedra del Archivo, de un tonelero, de un encuadernador, de un boticario...

Entonces se me ocurrió una idea.

—¿Sabes mucho de hierbas?

Wilem negó con la cabeza.

—Se me da mejor la química. Y a veces escardo un poco en el Archivo con Títere.

—Escarbo —dije enfatizando la «b»—. Escardar es otra cosa. ¿Quién es Títere?

Wil esperó un momento.

—No es fácil describirlo. —Hizo un ademán para quitarle importancia—. Ya te lo presentaré más tarde. ¿Qué necesitas saber sobre hierbas?

—Nada, en realidad. ¿Me harías un favor? —Wilem asintió, y yo señalé la botica más cercana—. Ve a comprarme dos escrúpulos de nahlrout. —Le di dos drabines de hierro—. Supongo que con esto tendrás suficiente.

—¿Por qué yo? —me preguntó con recelo.

—Porque no quiero que el boticario me mire como diciendo «eres muy joven». —Fruncí el ceño—. Hoy no estoy para aguantar esas cosas.

Wilem tardó en volver, y me puse nervioso.

—El boticario tenía mucho trabajo —me explicó al ver mi expresión de impaciencia. Me dio un paquetito de papel y unas cuantas monedas del cambio—. ¿Qué es?

—Es para calmar el estómago —dije—. El desayuno no me ha sentado bien, y no me gustaría vomitar mientras me estén azotando.

Invité a Wilem a sidra en una taberna cercana; yo también me tomé un vaso, para tragarme el nahlrout. Procuré no hacer muchas muecas, porque tenía un sabor amargo y a tiza. Poco después oímos las campanadas de mediodía.

—Creo que tengo que irme a clase. —Wil trató de decirlo con aire despreocupado, pero tenía la voz estrangulada. Me miró abochornado y un poco pálido pese a su oscuro cutis—. No me gusta la sangre. —Esbozó una sonrisa temblorosa—. Mi sangre... La sangre de un amigo...

—No pienso sangrar mucho —dije—. Pero no te preocupes. Me has ayudado a soportar lo peor: la espera. Gracias.

Nos separamos, y tuve que dominar una oleada de arrepentimiento. Wil, que solo me conocía desde hacía tres días, se había tomado la molestia de ayudarme. Habría podido tomar el camino más fácil y estar resentido por lo rápido que me habían admitido en el Arcano, como habían hecho muchos otros. Pero él se había portado como un amigo y me había ayudado a soportar unos momentos difíciles, y yo le había pagado con mentiras.

Mientras caminaba hacia el poste del banderín, notaba el peso de las miradas de la muchedumbre. ¿Cuánta gente había allí? ¿Doscientas personas? ¿Trescientas? A partir de cierto punto, las cifras dejan de importar, y lo único que queda es la masa sin rostro de una multitud.

Mi experiencia teatral me mantuvo firme bajo aquellas miradas. Caminé con seguridad hacia el poste en medio de un mar de murmullos. No adopté un porte orgulloso, porque sabía que eso podía resultar contraproducente. Tampoco me mostré arrepentido. Actué bien, como me había enseñado mi padre, y ni el miedo ni la aprensión se reflejaron en mi cara.

Mientras andaba, noté que el nahlrout empezaba a hacerme efecto. Me sentía completamente despierto, mientras que alrededor de mí todo se volvía dolorosamente brillante. El tiempo parecía transcurrir más lentamente a medida que me acercaba al centro del patio. Miraba las pequeñas nubes de polvo que levantaban mis pies al pisar los adoquines. Noté que una ráfaga de viento levantaba la orilla de mi capa, se colaba por debajo y ascendía por mi espalda hasta refrescar el sudor entre mis omoplatos. Por un instante me pareció que, si quisiera, podría contar las caras de la multitud que me rodeaba, como si fueran las flores de un campo.

No vi a ningún maestro entre el gentío, salvo a Hemme. Estaba ridículo, plantado cerca del poste con actitud petulante. Tenía los brazos cruzados, y las mangas de su negra túnica de maestro colgaban junto a sus costados. Me miró, y sus labios compusieron una blanda sonrisita.

Decidí morderme la lengua antes que darle la satisfacción de parecer asustado o angustiado. Le dediqué una amplia y serena sonrisa y desvié la mirada, dándole a entender que su presencia no me preocupaba lo más mínimo.

Llegué al poste. Oí que alguien leía algo, pero las palabras no eran más que un vago zumbido. Me quité la capa y la puse en el respaldo del banco de piedra que había en la base del poste. Entonces empecé a desabrocharme la camisa, con la misma naturalidad como si me estuviera desnudando para darme un baño.

Me detuvo una mano que me asió por la muñeca. El hombre que había leído el comunicado me dedicó una sonrisa que trataba de ser consoladora.

—No hace falta que te quites la camisa —me dijo—. Así no te dolerá tanto.

—No pienso estropear una buena camisa —dije.

El tipo me miró con extrañeza; se encogió de hombros y pasó una cuerda por un aro de hierro que colgaba sobre nuestras cabezas.

—Tienes que darme las manos.

Lo miré a los ojos.

—No se preocupe, no voy a huir.

—Es para que no te caigas si te desmayas.

Lo miré con dureza.

—Si me desmayo, puede usted hacer lo que quiera —dije con firmeza—. Hasta que eso no ocurra, no me dejaré atar.

Mi tono de voz le hizo desistir. No discutió conmigo; me subí al banco de piedra que había bajo el poste y estiré los brazos para agarrarme al aro de hierro. Lo así con fuerza con ambas manos. Era liso y frío, y lo encontré extrañamente reconfortante. Me concentré en él mientras me sumergía en el Corazón de Piedra.

Oí cómo la gente se apartaba de la base del poste. Entonces la multitud se calló; ya solo se oían los débiles chasquidos del látigo que estaban probando detrás de mí. Era una suerte que fueran a azotarme con un látigo simple. En Tarbean había visto los estragos que podía causar un látigo de seis colas en la espalda de un hombre.

De pronto se produjo un silencio. Y entonces, antes de que pudiera prepararme, oí un restallido más fuerte que los anteriores. Noté que una débil línea de fuego me cruzaba la espalda.

Apreté los dientes. Pero no era tan doloroso como yo esperaba. Incluso con las precauciones que había tomado, creía que notaría un dolor más intenso.

Entonces recibí el segundo latigazo. El restallido fue más fuerte, y lo oí a través del cuerpo más que con los oídos. Noté una extraña flacidez en la espalda. Contuve la respiración y comprendí que mi piel se había desgarrado y que estaba sangrando. Todo se volvió rojo durante unos instantes, y me apoyé en la áspera y alquitranada madera del poste.

Recibí el tercer latigazo cuando todavía no me había preparado. Me llegó hasta el hombro izquierdo, y me desgarró toda la espalda hasta la cadera. Apreté los dientes y me negué a articular sonido alguno. Mantuve los ojos abiertos y vi cómo los contornos de mi visión se oscurecían un instante antes de volver a enfocarse.

Entonces, ignorando el dolor de la espalda, fijé los pies sobre el banco y solté el aro de hierro. Un joven se lanzó hacia mí, como si creyera que iba a desplomarme. Lo miré con dureza y se apartó. Recogí mi camisa y mi capa, me las colgué con cuidado de un brazo y me marché del patio ignorando a la silenciosa muchedumbre que me rodeaba.

42

Sin sangre

—Podría ser mucho peor, de eso no cabe duda. —El maestro Arwyl describió un círculo alrededor de mí, mirándome con seriedad con su redondeado rostro—. Confiaba en que solo te salieran verdugones. Pero con esa piel que tienes, debí imaginármelo.

Estaba sentado en el borde de una larga mesa, en la Clínica. Arwyl me palpaba la espalda con cuidado mientras hablaba.

—Pero, como iba diciendo, podría haber sido mucho peor. Dos cortes, y de los buenos. Limpios, poco profundos y rectos. Si sigues mis indicaciones, solo te quedarán unas suaves cicatrices plateadas con las que podrás demostrar a las damas lo valiente que eres. —Se paró delante de mí y arqueó las blancas cejas con entusiasmo detrás de la montura redonda de sus gafas—. ¿Eh?

Su expresión me arrancó una sonrisa.

Arwyl se volvió entonces hacia el joven que estaba de pie junto a la puerta.

—Ve a buscar a los siguientes Re'lar de la lista. Limítate a decirles que traigan lo necesario para curar una laceración recta y poco profunda.

El chico se dio la vuelta y se marchó; sus pasos se perdieron a lo lejos.

—Serás un excelente ejemplo para mis Re'lar —anunció Arwyl alegremente—. Ese corte es muy recto, con pocas posibilidades de complicación, pero no tienes mucha carne. —Me hincó un arrugado dedo en el pecho y chascó la lengua—. Solo huesos y un poco de envoltorio. Nosotros trabajamos mejor cuando hay un poco más de carne.

»Pero —continuó, mientras se encogía de hombros, casi tocándose con ellos las orejas, y volvía a bajarlos— las cosas no son siempre ideales. Eso es lo primero que debe aprender un fisiólogo.

Me miró como si esperara una respuesta. Asentí con seriedad.

A Arwyl debió de satisfacerle mi reacción, porque volvió a sonreír. Se dio la vuelta y abrió un armario que había pegado a una de las paredes.

—Veamos qué puedo hacer para calmarte el dolor. —Se puso a rebuscar en los estantes y oí tintinear unas botellas.

—No me duele, maestro Arwyl —dije con estoicismo—. Puede coserme tal como estoy. —Llevaba dos escrúpulos de nahlrout en el cuerpo, y prefería no mezclar anestésicos.

Arwyl se quedó inmóvil, con un brazo dentro del armario, pero tuvo que retirarlo para poder volverse y mirarme.

—¿Te han cosido alguna vez, hijo?

—Sí —contesté. Era verdad.

—¿Sin nada para paliar el dolor?

Volví a asentir.

Como yo estaba sentado en la mesa, mis ojos quedaban a mayor altura que los del maestro. Arwyl me miró desde abajo con escepticismo.

—Déjamelo ver —dijo, como si no me creyera del todo.

Me subí la pernera del pantalón hasta más arriba de la rodilla y apreté los dientes, porque al moverme se me tensó la piel de la espalda. Al final revelé una cicatriz de un palmo de longitud en la parte exterior del muslo, donde Pike, en Tarbean, me había clavado su cuchillo de cristal de botella.

Arwyl examinó concienzudamente la cicatriz, sujetándose las gafas con una mano. La tocó con el dedo índice y luego se enderezó.

—Una chapuza —declaró con ligero desagrado.

A mí no me parecía un mal trabajo.

—El hilo se me rompió cuando iba por la mitad —dije con frialdad—. No trabajaba en las circunstancias ideales.

Arwyl se quedó un rato callado, acariciándose el labio superior con un dedo mientras me observaba con los ojos entornados.

—Y ¿te gustan estas cosas? —me preguntó con recelo.

La cara que ponía me hizo reír, pero paré en seco cuando un dolor sordo me recorrió la espalda.

—No, maestro. Solo intentaba curarme lo mejor que podía.

Arwyl siguió mirándome y acariciándose el labio.

—Enséñame el punto donde se rompió el hilo.

Lo señalé. Es de esas cosas que no se olvidan.

El maestro volvió a examinar mi vieja cicatriz y le dio unos toquecitos más antes de levantar la cabeza.

—Quizá estés diciendo la verdad. —Se encogió de hombros—. No lo sé. Pero yo diría que... —No terminó la frase y se quedó mirándome a los ojos. Se incorporó y me levantó un párpado—. Mira hacia arriba —dijo como de pasada.

Arwyl debió de ver algo, porque frunció las cejas, me cogió una mano, me apretó con fuerza la yema de un dedo y me miró fijamente durante un par de segundos. Su ceño se acentuó cuando se acercó más a mí, me sujetó el mentón con una mano, me abrió la boca y me la olió.

—¿Tenasina? —preguntó, y contestó él mismo—: No. Nahlrout, claro. Debo de estar haciéndome viejo. ¿Cómo no lo habré visto antes? Eso también explica por qué no estás dejando mi bonita mesa perdida de sangre. —Me miró con gravedad—. ¿Cuánto?

No vi ninguna forma de negarlo.

—Dos escrúpulos.

Arwyl guardó silencio mientras me miraba. Al cabo de un rato se quitó las gafas y las frotó enérgicamente contra el puño de la túnica. Volvió a ponérselas y me miró a los ojos.

—No es extraño que a un joven le dé tanto miedo el látigo que decida drogarse. Pero si tuviera tanto miedo, ¿se quitaría la camisa antes de recibir los latigazos? —Volvió a arrugar la frente—. Vas a explicármelo todo. Si antes me has mentido, reconócelo y no te lo tendré en cuenta. Ya sé que a veces los jóvenes os inventáis historias delirantes.

Sus ojos relucían detrás de los cristales de las gafas.

—Pero si me mientes ahora, no te coseremos ni yo ni ninguno de los míos. No me gusta que me mientan. —Se cruzó de brazos—. Bueno. Explícate. No entiendo qué está pasando. Y eso es lo que menos me gusta de todo.

Mi último recurso, pues: la verdad.

—Mi maestro, Abenthy, me enseñó todo lo que pudo de las artes del fisiólogo —expliqué—. Acabé viviendo en las calles de Tarbean y tenía que curarme yo solo. —Me señalé la rodilla—. Me he quitado la camisa porque solo tengo dos, y hasta hace muy poco tiempo no tenía ni siquiera una.

—¿Y el nahlrout? —me preguntó él.

Suspiré.

—No acabo de encajar aquí, señor. Soy el alumno más joven de la Universidad, y mucha gente piensa que no pinto nada aquí. A muchos alumnos les ha sentado mal que me admitieran en el Arcano tan deprisa. Y me he enemistado con el maestro Hemme. Todos esos alumnos, y Hemme, y sus amigos me están observando, buscando alguna señal de debilidad.

Respiré hondo.

—Me tomé el nahlrout porque no quería desmayarme. Necesitaba demostrarles que no podían hacerme daño. La experiencia me ha enseñado que la mejor forma de protegerte es hacer creer a tus enemigos que no pueden hacerte daño. —Sonaba muy mal dicho tan crudamente, pero era la verdad. Lo miré con insolencia.

Hubo un largo silencio. Arwyl me miraba con los ojos ligeramente entrecerrados detrás de las gafas, como si tratara de traspasarme con la mirada y leer en mi interior. Volvió a acariciarse el labio superior con un dedo y luego, despacio, empezó a hablar:

—Supongo que si fuera mayor de lo que soy —dijo en voz muy baja, como si hablara para sí— diría que lo que has hecho es una ridiculez. Que nuestros alumnos son adultos, y no críos rencillosos y peleones.

Hizo otra pausa, sin dejar de acariciarse distraídamente el labio. Entonces se le arrugaron las comisuras de los ojos y me sonrió.

—Pero no soy tan viejo. Hmmm. Todavía no. Ni mucho menos. Quien piense que los niños son dulces e inocentes es que nunca ha sido niño, o lo ha olvidado. Y quien piense que los hombres no son a veces hirientes y crueles no debería salir a menudo de su casa. Y desde luego nunca ha sido fisiólogo. Nosotros, más que nadie, vemos los efectos de la crueldad.

Antes de que yo pudiera responder, Arwyl continuó:

—Cierra la boca, E'lir Kvothe, o me veré obligado a meterte un repugnante tónico en ella. Ah, ya están aquí. —Eso último se lo dijo a dos alumnos que entraron por la puerta; uno era el mismo ayudante que me había enseñado el camino, y la otra, sorprendentemente, era una joven.

—¡Ah, Re'lar Mola! —dijo Arwyl con gran entusiasmo. Adoptó una expresión relajada y amistosa; nadie habría sospechado que, momentos antes, estábamos manteniendo una seria discusión—. Ya te habrán dicho que tu paciente tiene dos laceraciones rectas y limpias. ¿Qué has traído para remediar la situación?

—Lino hervido, aguja de sutura, hilo de tripa, alcohol y tintura de yodo —contestó la joven resueltamente. Tenía unos ojos verdes que destacaban en su pálido rostro.

—¿Cómo? —dijo Arwyl—. ¿No has traído cera simpática?

—No, maestro Arwyl —respondió ella palideciendo un poco ante el tono de voz del maestro.

—Y ¿por qué no?

Ella vaciló.

—Porque no la necesito.

Sus palabras aplacaron a Arwyl.

—Ya. Claro que no la necesitas. Muy bien. ¿Te has lavado antes de entrar aquí?

Mola asintió, y su corto cabello rubio se agitó al mover ella la cabeza.

—Entonces has perdido tiempo y esfuerzo —replicó el maestro con seriedad—. Piensa en todos los gérmenes de enfermedades que podrías haber cogido en el largo recorrido por el pasillo. Lávate otra vez y empezaremos.

La chica se lavó las manos con eficiencia y esmero en un lavamanos que había allí mismo. Arwyl me ayudó a tumbarme boca abajo en la mesa.

—¿Han adormecido al paciente? —preguntó Mola. Aunque no podía verle la cara, aprecié una sombra de duda en su voz.

—Anestesiado —la corrigió Arwyl—. Tienes buen ojo para los detalles, Mola. No, no lo hemos anestesiado. Veamos, ¿qué harías si el E'lir Kvothe te asegurara que no necesita esas cosas? Afirma tener el autocontrol de una barra de acero de Ramston, y que no rechistará cuando le des los puntos. —Arwyl hablaba con seriedad, pero yo detecté una nota de humor escondida en su voz.

Mola me miró primero y luego a Arwyl.

—Le diría que estaba delirando —contestó tras una breve pausa.

—¿Y si él reiterara sus afirmaciones de que no necesita ningún agente somnífero?

Esa vez Mola hizo una pausa más larga.

—Veo que no sangra mucho, así que procedería. También le dejaría claro que si se movía demasiado lo ataría a la mesa y lo trataría como me pareciera conveniente para su bien.

—Hmmm. —Al parecer, a Arwyl le sorprendió la respuesta de Mola—. Sí, muy bien. Bueno, Kvothe, ¿sigues renunciando al anestésico?

—Gracias —dije con educación—. No lo necesito.

—Muy bien —dijo Mola, resignada—. Primero limpiaré y esterilizaré la herida. —El alcohol picaba, pero eso fue lo peor. Hice cuanto pude para relajarme mientras Mola iba explicando el procedimiento. Arwyl no paraba de hacer comentarios y dar consejos. Yo ocupé mi mente con otras cosas y, ayudado por el nahlrout, intenté no moverme cada vez que notaba el pinchazo de la aguja.

Mola terminó enseguida y me vendó con una rapidez y una destreza que me impresionaron. Cuando me ayudó a sentarme, me pregunté si todos los alumnos de Arwyl estarían tan bien entrenados como aquella.

Mola me estaba atando las últimas vendas cuando noté un débil roce en el hombro, casi inapreciable, pues todavía estaba adormecido por el nahlrout.

—Tiene una piel preciosa —oí decir a Mola, seguramente dirigiéndose a Arwyl.

—¡Re'lar! —exclamó el maestro con severidad—. Esa clase de comentarios no son profesionales. Me disgusta tu falta de sentido común.

—Me refería a la clase de cicatriz que seguramente le quedará —replicó la chica en tono mordaz—. No creo que le quede más que una línea pálida, suponiendo que consiga no abrirse la herida.

—Hmmm —dijo Arwyl—. Sí, claro. Y ¿cómo podría evitarlo?

Mola se colocó enfrente de mí.

—Evita movimientos como este —me dijo extendiendo los brazos hacia delante— o este —los levantó por encima de la cabeza—. Evita movimientos bruscos de cualquier tipo: correr, saltar, trepar... El vendaje podría soltarse dentro de dos días. No te lo mojes. —Miró a Arwyl.

El maestro asintió.

—Muy bien, Re'lar. Puedes marcharte. —Miró al otro alumno, más joven que Mola, que había observado en silencio todo el procedimiento—. Tú también puedes irte, Geri. Si alguien os pregunta por mí, estaré en mi despacho. Gracias.

Arwyl y yo volvimos a quedarnos a solas. El maestro permaneció allí plantado, inmóvil, tapándose la boca con una mano, mientras yo, con mucho cuidado, me ponía la camisa. Al final tomó una decisión:

—E'lir Kvothe, ¿te gustaría estudiar aquí, en la Clínica?

—Por supuesto que sí, maestro Arwyl —contesté con sinceridad.

Arwyl asintió; seguía con una mano encima de los labios.

—Vuelve dentro de cuatro días. Si eres lo bastante listo para no abrirte los puntos, te admitiré. —Le brillaban los ojos.

43

Una luz parpadeante

Animado por el efecto estimulante del nahlrout y sintiendo muy poco dolor, me encaminé al Archivo. Como ya era miembro del Arcano, tenía permiso para explorar en Estanterías, algo que llevaba toda la vida esperando poder hacer.

Mejor aún, mientras no pidiera ayuda a los secretarios, nada quedaría anotado en los registros del Archivo. Eso significaba que podría buscar toda la información que quisiera sobre los Chandrian y los Amyr, y que nadie, ni siquiera Lorren, tenía por qué saber de mis «infantiles» indagaciones.

Entré en el Archivo, iluminado con una luz rojiza, y encontré a Ambrose y a Fela sentados detrás del mostrador del vestíbulo. Una suerte y una desgracia.

Ambrose estaba inclinado hacia la joven, hablándole en voz baja. Ella tenía la mirada inconfundiblemente incómoda de una mujer que sabe lo inútil que resulta una negativa educada. Ambrose tenía una mano apoyada en la rodilla de Fela, y el otro brazo sobre el respaldo de su silla, con la mano sobre su nuca. Pretendía parecer tierno y cariñoso, pero Fela estaba tensa como un ciervo asustado. La verdad es que Ambrose la estaba reteniendo, como cuando sujetas a un perro por el pescuezo para que no salga corriendo.

La puerta se cerró con un ruido sordo detrás de mí; Fela levantó la cabeza, me miró y volvió a desviar la mirada, avergonzada del apuro en que se encontraba. Como si ella hubiera hecho algo malo. Yo había visto muchas veces esa mirada en las calles de Tarbean. Despertó en mí una vieja ira.

Me acerqué al mostrador haciendo más ruido del necesario. En el otro extremo del mostrador había una pluma y un tintero, y una hoja de papel con algo escrito y llena de tachaduras. Por lo visto, Ambrose había estado intentando componer un poema.

Llegué al final del mostrador y me quedé un momento allí plantado. Fela miraba a todas partes menos a mí y a Ambrose. Se rebullía en la silla, incómoda, pero era evidente que no quería montar una escena. Carraspeé deliberadamente.

Ambrose miró por encima del hombro, con el ceño fruncido.

—Qué inoportuno eres, E'lir. ¿No ves que desentonas? Vuelve más tarde. —Giró de nuevo la cabeza, ignorándome.

Di un resoplido y me incliné sobre el mostrador, estirando el cuello para leer lo que había escrito en la hoja de papel que Ambrose había dejado allí.

—¿Que yo desentono? Por favor, pero si este verso tiene trece sílabas. —Di unos golpecitos con el dedo en la hoja—. Y no es verso yámbico. La verdad es que no sé si tiene alguna métrica.

Ambrose giró la cabeza y me miró con irritación.

—Cuidado con lo que dices, E'lir. El día que te pida ayuda para componer un poema será el día en que...

—... será el día en que tengas dos horas libres —le interrumpí—. Dos horas largas, y eso será solo para empezar. «¿Así encuentra también bien el humilde tordo un suyo rumbo?» Mira, no sé por dónde empezar a corregir eso. No se aguanta por ninguna parte.

—¿Qué sabrás tú de poesía? —dijo Ambrose sin molestarse en girar la cabeza.

—Sé distinguir un verso que cojea cuando lo oigo —contesté—. Pero este ni siquiera cojea. La cojera tiene ritmo. Esto es como alguien cayendo por una escalera. Una escalera de peldaños irregulares. Con un estercolero al final.

—Es un ritmo saltarín —me dijo con una voz tensa, ofendido—. Es lógico que no lo entiendas.

—¿Saltarín? —Solté una risotada de incredulidad—. Mira, si viera «saltar» así a un caballo, lo sacrificaría por piedad, y luego quemaría su cuerpo para evitar que los perros lo mordisquearan y murieran.

Ambrose se volvió por fin hacia mí, y para hacerlo tuvo que retirar la mano derecha de la rodilla de Fela. Era una pequeña victoria, pero su otra mano seguía sobre la nuca de la chica, sujetándola a la silla con la apariencia de una caricia.

—Me imaginaba que hoy pasarías por aquí —dijo con crispada jovialidad—. Ya he mirado en el registro. Todavía no apareces en las listas. Tendrás que conformarte con ir a Volúmenes o volver más tarde, cuando hayan puesto al día los libros.

—¿Podrías volver a mirar? No te enfades, pero no estoy seguro de poder confiar en alguien que intenta hacer rimar «encuentra» con «merienda». No me extraña que tengas que recurrir a la fuerza para que las mujeres escuchen tus poemas.

Ambrose se puso en tensión, y su brazo resbaló del respaldo de la silla y cayó junto a su costado. Me lanzó una mirada asesina.

—Cuando seas mayor, E'lir, y sepas qué hacen juntos un hombre y una mujer...

—¿Qué? ¿En la intimidad del vestíbulo del Archivo? —Describí un círculo con un brazo—. ¡Cuerpo de Dios! ¡Esto no es ningún prostíbulo! Y, por si no te habías fijado, esa chica es una alumna, y no un clavo que has pagado para golpear. Si quieres forzar a una mujer, ten la decencia de hacerlo en un callejón. Al menos de esa forma ella se sentirá justificada cuando chille.

Ambrose se ruborizó intensamente, y tardó un buen rato en recobrar la voz.

—Tú no tienes ni idea de mujeres.

—Mira, en eso tienes razón —dije con desenvoltura—. De hecho, esa es la razón por la que he venido aquí. Quiero documentarme un poco. Necesitaría un par de libros sobre el tema. —Golpeé el registro con dos dedos, con fuerza—. Así que busca mi nombre y déjame entrar.

Ambrose abrió bruscamente el libro, buscó la página indicada y le dio la vuelta para mostrármela.

—Toma. Si encuentras tu nombre en la lista, puedes examinar en Estanterías a tu antojo. —Compuso una escueta sonrisa y agregó—: Si no, puedes volver dentro de un ciclo, más o menos. Entonces las listas ya estarán actualizadas.

—Pedí a los maestros que enviaran una nota por si había alguna confusión sobre mi admisión en el Arcano —dije, y me levanté la camisa hasta la cabeza, volviéndome para que Ambrose pudiera ver los vendajes—. ¿Alcanzas a leerla desde ahí, o tengo que acercarme más?

Ambrose guardó silencio, así que me bajé la camisa y me volví hacia Fela, ignorándolo a él por completo.

—Señorita —le dije, e hice una reverencia; una reverencia muy pequeña, porque mi espalda no daba para más—, ¿sería usted tan amable de ayudarme a localizar un libro sobre mujeres? Mis mayores me han ordenado informarme sobre esa materia tan sutil.

Fela esbozó una sonrisa débil y se relajó un tanto. Después de que Ambrose retirara la mano, ella había seguido sentada en una posición incómoda y rígida. Deduje que conocía lo suficiente el temperamento de Ambrose para saber que si echaba a correr y lo ponía en evidencia, más tarde él se lo haría pagar.

—No sé si tenemos algo así.

—Me conformaría con un manual —dije con una sonrisa—. Dicen que no tengo ni idea sobre mujeres, así que cualquier cosa, por sencilla que sea, ampliará mis conocimientos.

—¿Un libro con imágenes? —terció Ambrose con desdén.

—Si nuestra búsqueda degenera hasta ese nivel, no dudaré en acudir a ti —dije sin mirarlo. Sonreí a Fela y, con dulzura, añadí—: Quizá un bestiario. He oído decir que las mujeres son unas criaturas singulares, muy diferentes de los hombres.

Fela ensanchó la sonrisa y soltó una risita.

—Bueno, supongo que podríamos echar un vistazo.

Ambrose la miró con el ceño fruncido.

Fela le hizo un gesto apaciguador.

—Todo el mundo sabe que lo han admitido en el Arcano, Ambrose. ¿Qué hay de malo en que lo dejemos entrar?

Ambrose la fulminó con la mirada.

—¿Por qué no vas a Volúmenes y haces de mandadera un rato? —dijo con frialdad—. Puedo encargarme de esto yo solo.

Moviéndose con rigidez, Fela se levantó, cogió el libro que había estado intentando leer y se dirigió a Volúmenes. Quiero pensar que al abrir la puerta me lanzó una breve mirada de gratitud y alivio. Pero quizá fueran imaginaciones mías.

Cuando la puerta se cerró detrás de ella, tuve la impresión de que la habitación se oscurecía un poco. Y no hablo en sentido poético. Me pareció que la luz perdía intensidad. Miré las lámparas simpáticas que estaban colgadas en las paredes y me pregunté qué pasaba.

Pero al cabo de un momento noté cómo, poco a poco, una quemazón empezaba a extenderse por mi espalda, y entonces lo entendí. Se estaban pasando los efectos del nahlrout.

Los analgésicos más potentes tienen graves efectos secundarios. La tenasina puede producir delirio o desmayos. El lacillium es venenoso. El ófalo es muy adictivo. La mhenka es, quizá, el más potente de todos, pero por algo la llaman «raíz del diablo».

El nahlrout es menos potente que todos esos, pero mucho más seguro. Es un anestésico suave, un estimulante y un vasoconstrictor, lo cual explica por qué no había sangrado como un cerdo cuando me habían dado los latigazos. Y lo mejor de todo era que no tenía graves efectos secundarios. Sin embargo, siempre hay que pagar algún precio. Cuando se pasa el efecto del nahlrout, te deja física y mentalmente exhausto.

Pero yo había ido allí para entrar en Estanterías, pasara lo que pasase. Ya era miembro del Arcano y no pensaba marcharme hasta haber accedido al Archivo. Me volví hacia el mostrador con gesto de determinación.

Ambrose me miró largo rato como evaluándome, y luego exhaló un suspiro.

—Está bien —dijo—. Te propongo un trato. Tú no dices nada de lo que has visto hoy aquí, y yo me salto las normas y te dejo entrar aunque no estés oficialmente en el registro. —Parecía un poco nervioso—. ¿Qué te parece?

Ya mientras Ambrose hablaba, empecé a notar cómo disminuía el efecto estimulante del nahlrout. Notaba el cuerpo pesado y cansado, y los pensamientos, lentos y espesos. Levanté los brazos para frotarme la cara con las manos, e hice una mueca de dolor porque al moverlos se tensaron los puntos que tenía por toda la espalda.

—Me parece bien —dije con voz pastosa.

Ambrose abrió uno de los libros de registro y suspiró mientras pasaba las páginas.

—Como es la primera vez que entras en el Archivo propiamente, tendrás que pagar la cuota de Estanterías.

Noté un extraño sabor a limón en la boca. Ese era un efecto secundario que Ben nunca había mencionado. Me distrajo, y al cabo de un momento vi que Ambrose me miraba con gesto expectante.

—¿Qué? —dije.

Él me miró con extrañeza.

—La cuota de Estanterías.

—Para entrar en Volúmenes no tuve que pagar ninguna cuota —objeté.

Ambrose me miró como si yo fuera idiota.

—Pues claro. Por eso se llama cuota de Estanterías. —Bajó la vista hacia el registro—. Normalmente se paga junto con la matrícula de tu primer bimestre en el Arcano. Pero como tú te has saltado unos cuantos pasos, tendrás que pagarla ahora.

—¿Cuánto cuesta? —pregunté cogiendo mi bolsa de dinero.

—Un talento —respondió—. Y tienes que pagar antes de entrar. Las normas son las normas.

Después de pagar mi cama en las Dependencias, un talento era, prácticamente, el único dinero que me quedaba. Era muy consciente de que necesitaba ahorrar para pagar la matrícula del siguiente bimestre. Si no podía pagar, tendría que dejar la Universidad.

Sin embargo, un talento era muy poco dinero por algo con lo que llevaba casi toda la vida soñando. Saqué la moneda de la bolsa y se la di a Ambrose.

—¿Tengo que firmar?

—No, no hace falta —dijo Ambrose mientras abría un cajón y sacaba un pequeño disco de metal. Aturdido por los efectos secundarios del nahlrout, tardé un momento en comprender qué era: una lámpara simpática de mano.

—En Estanterías no hay luz —dijo Ambrose con naturalidad—. Es muy grande, y a largo plazo sería perjudicial para los libros. Las lámparas de mano cuestan un talento y medio.

Titubeé.

Ambrose meneó la cabeza y adoptó una expresión seria.

—Muchos alumnos acaban pelados durante el primer bimestre. —Abrió otro cajón y rebuscó un rato en él—. Las lámparas de mano cuestan un talento y medio, y eso no lo puedo remediar. —Sacó una vela de diez centímetros—. Pero las velas solo cuestan medio penique.

Medio penique por una vela era una auténtica ganga. Saqué un penique y dije:

—Me llevaré dos.

—Esta es la única que me queda —se apresuró a decir Ambrose. Miró alrededor con nerviosismo y me puso la vela en la mano—. Mira, te la regalo. —Sonrió—. Pero no se lo digas a nadie. Será nuestro secreto.

Cogí la vela, sorprendido. Por lo visto lo había asustado con mis vagas amenazas. O eso, o ese grosero y pedante hijo de noble no era tan cabronazo como yo creía.

Ambrose me hizo entrar a toda prisa en Estanterías, y no me dio tiempo para que encendiera la vela. Cuando las puertas se cerraron detrás de mí, me encontré tan a oscuras como en el interior de un saco, con solo un débil rastro rojizo de luz simpática que se filtraba por el resquicio de la puerta que tenía a mis espaldas.

Como no llevaba cerillas encima, tuve que recurrir a la simpatía. En circunstancias normales, habría podido hacerlo en un abrir y cerrar de ojos, pero mi mente, adormecida por el nahlrout, no podía concentrarse lo suficiente. Apreté los dientes, fijé el Alar en mi mente, y pasados unos segundos noté cómo el frío se pegaba a mis músculos a medida que extraía suficiente calor de mi cuerpo para que prendiera la mecha de la vela.

Libros.

Como no había ventanas por donde entrara la luz del sol, Estanterías estaba completamente a oscuras, salvo por la débil luz de mi vela. Estanterías y más estanterías se extendían hasta perderse en la oscuridad. Había más libros de los que podría mirar aunque me pasara todo un día allí. Más libros de los que podría leer en toda una vida.

La atmósfera era fría y seca. Olía a cuero viejo, a pergamino y a secretos olvidados. Me pregunté cómo se las ingeniarían para mantener una atmósfera tan limpia en un edificio sin ventanas.

Ahuequé una mano alrededor de la parpadeante llama de la vela y eché a andar entre las estanterías, saboreando el momento y empapándome de todo aquello. Las sombras danzaban con desenfreno por el techo al tiempo que la llama de mi vela oscilaba de un lado a otro.

Los efectos del nahlrout ya habían cesado por completo. Notaba un dolor punzante en la espalda y mis pensamientos eran lentos y pesados, como si tuviera fiebre alta o como si me hubiera dado un fuerte golpe en la cabeza. Sabía que no estaba en condiciones de pasar mucho rato leyendo, pero aun así me resistía a marcharme tan pronto, después de todo lo que había tenido que soportar para llegar hasta allí.

Me paseé sin rumbo fijo durante quizá un cuarto de hora, explorando. Descubrí varias habitacioncitas de piedra con gruesas puertas de madera y con mesas dentro. Era evidente que estaban allí para que pequeños grupos pudieran reunirse y hablar sin interrumpir el perfecto silencio del Archivo.

Encontré escaleras que subían y escaleras que bajaban. El Archivo tenía seis pisos, pero yo no sabía que también había pisos subterráneos. ¿Hasta qué profundidad llegaba? ¿Cuántas decenas de miles de libros esperaban bajo mis pies?

No sé cómo describir lo cómodo que me encontraba en aquella fresca y silenciosa oscuridad. Me sentía contentísimo, perdido entre infinidad de libros. Saber que las respuestas a todas mis preguntas estaban allí, esperándome en cierto modo, me hacía sentirme seguro.

Encontré la puerta de las cuatro placas casi por accidente.

Estaba hecha de una pieza sólida de piedra gris, del mismo color que las paredes circundantes. El marco tenía veinte centímetros de ancho, también era gris y también estaba hecho de una sola pieza de piedra. La puerta encajaba tan perfectamente en el marco que habría sido imposible deslizar un alfiler por la rendija.

No tenía goznes. Ni tirador. Ni ventana, ni panel deslizante. Lo único que la distinguía eran cuatro duras placas de cobre. Estaban empotradas en la superficie de la puerta, que estaba empotrada en el marco, que estaba empotrado en la pared circundante. Podías pasar una mano de un lado a otro de la puerta sin apenas notar relieve alguno.

Pese a esas destacadas carencias, no cabía ninguna duda de que esa extensión de piedra gris era una puerta. Estaba claro. Cada placa de cobre tenía un agujero en el centro, y aunque esos agujeros no tenían una forma convencional, era evidente que se trataba de cerraduras. La puerta estaba quieta como una montaña, serena e indiferente como el mar en un día sin viento. No era una puerta para abrirla. Era una puerta para permanecer cerrada.

En el centro, entre las impecables placas de cobre, había una palabra cincelada en la piedra: VALARITAS.

En la Universidad había otras puertas cerradas, lugares donde se guardaban objetos peligrosos, donde dormían viejos y olvidados secretos. Silenciosos y ocultos. Puertas que estaba prohibido abrir. Puertas cuyos umbrales no cruzaba nadie, cuyas llaves se habían destruido o perdido, puertas que se cerraban ellas solas por la seguridad de todos.

Pero ninguna podía compararse a la puerta de las cuatro placas. Puse la palma de la mano sobre su superficie lisa y fría y empujé, con la absurda esperanza de que se abriera. Pero era sólida e inconmovible como un itinolito. Intenté mirar por los agujeros de las placas de cobre, pero no vi nada con la escasa luz de mi vela.

Me moría de ganas de entrar. Seguramente revela un rasgo perverso de mi personalidad el que, aunque por fin me encontraba dentro del Archivo, rodeado de infinidad de secretos, me sintiera atraído por la única puerta cerrada que había encontrado. Quizá sea propio de la naturaleza humana buscar cosas ocultas. Quizá sea simplemente propio de mi naturaleza.

Entonces vi la luz roja y constante de una lámpara simpática acercándose entre las estanterías. Era la primera señal que veía de que hubiera otros alumnos en el Archivo. Di un paso hacia atrás y esperé para preguntarle a la persona que venía qué había detrás de esa puerta. Y qué significaba «Valaritas».

La luz roja aumentó y vi a dos secretarios que doblaban una esquina. Se detuvieron, y entonces uno de ellos corrió hacia donde estaba yo y me arrebató la vela, derramando cera caliente en mis manos al apagarla. Si yo hubiera llevado en la mano una cabeza recién cortada, creo que el secretario no se habría mostrado más horrorizado.

—¿Qué haces aquí con una vela encendida? —me preguntó con el susurro más intenso que jamás había oído. Bajó la voz y agitó la vela, apagada, ante mi cara—. Por el cuerpo calcinado de Dios, ¿qué demonios te pasa?

Me froté la cera caliente del dorso de la mano. Traté de pensar con claridad en medio de la niebla de dolor y agotamiento. «Claro», pensé, y recordé la sonrisa de Ambrose al ponerme la vela en las manos y hacerme entrar a toda prisa en Estanterías. «"Nuestro secreto." Claro.» Qué tonto había sido.

Uno de los secretarios me sacó de Estanterías mientras el otro iba a buscar al maestro Lorren. Cuando salimos al vestíbulo, Ambrose puso cara de desconcierto y conmoción. Exageró mucho su interpretación, pero logró convencer al secretario que me acompañaba.

—¿Qué hace ese aquí?

—Lo hemos encontrado paseándose —explicó el secretario—. ¡Con una vela!

—¿Qué? —Ambrose parecía horrorizado—. Pues yo no lo he dejado entrar —mintió, y abrió uno de los libros de registro—. Mira. Compruébalo tú mismo.

Antes de que pudiéramos decir nada más, Lorren irrumpió en el vestíbulo. Su semblante, normalmente plácido, reflejaba dureza y ferocidad. Me entró un sudor frío y pensé en lo que Teccam escribió en su *Teofanía*: «Todo hombre sabio teme tres cosas: la tormenta en el mar, la noche sin luna y la ira de un hombre amable».

Lorren se acercó al mostrador.

—Explícate —le dijo con rabia contenida al secretario que tenía más cerca.

—Micah y yo hemos visto una luz parpadeante en Estanterías y hemos ido a ver si alguien tenía problemas con su lámpara. Lo hemos encontrado cerca de la escalera sudeste con esto. —El secretario levantó la vela. Le tembló un poco la mano bajo la furiosa mirada de Lorren.

Lorren se volvió hacia el mostrador, tras el que estaba Ambrose.

—¿Cómo ha podido pasar esto, Re'lar?

Ambrose levantó ambas manos en un gesto de impotencia.

—Ha venido hace un rato y yo no lo he dejado entrar porque no está en el registro. Hemos discutido un poco; Fela estaba aquí y lo ha visto. —Me miró—. Al final le he dicho que tenía que irse. Debe de haberse colado cuando he ido a buscar más tinta. —Se encogió de hombros—. O quizá haya pasado por el mostrador de Volúmenes.

Me quedé estupefacto. La pequeña parte de mi mente que todavía no estaba aturdida por la fatiga estaba entretenida con mi dolor de espalda.

—Eso... eso no es cierto. —Miré a Lorren—. Él me ha dejado entrar. Le ha ordenado a Fela que se marchara y me ha dejado entrar.

—¿Qué? —Ambrose me miró boquiabierto; por un momento, se había quedado sin habla. Pese a lo mal que me caía, tengo que reconocer que hizo una interpretación magistral—. ¿Por qué demonios iba a hacer eso?

—Porque te he puesto en evidencia delante de Fela —contesté—. Y también me ha vendido la vela. —Sacudí la cabeza tratando de aclarar mis ideas—. No, me la ha regalado.

Ambrose seguía poniendo cara de perplejidad.

—Mírelo. —Rió—. Ese gallito está borracho, o drogado.

—¡Me acaban de azotar! —protesté. Mi voz sonó estridente en mis propios oídos.

—¡Basta! —gritó Lorren cerniéndose sobre nosotros como una columna de ira. Al oírlo, los secretarios palidecieron.

Lorren se apartó de mí e hizo un breve gesto de desdén en dirección al mostrador.

—Re'lar Ambrose, queda formalmente acusado de negligencia en el deber.

—¿Cómo? —Esa vez, la indignación de Ambrose no era fingida.

Lorren lo miró con el ceño fruncido, y Ambrose cerró la boca. El maestro se volvió hacia mí y dijo:

—E'lir Kvothe, le queda vedada la entrada en el Archivo. —Hizo un ademán con la mano extendida, como si cortara el aire.

Intenté decir algo en mi defensa.

—Maestro, yo no pretendía...

Lorren se volvió bruscamente hacia mí. Su expresión, por lo habitual tan calmada, reflejaba una ira tan fría y tan terrible que, sin querer, di un paso hacia atrás.

—¿Qué no pretendías? —dijo—. No me interesan tus intenciones, E'lir Kvothe, ni si estabas equivocado o no. Lo único que importan son los hechos. Tu mano sujetaba la vela encendida. Tú eres el responsable. Esa es la lección que deben aprender los adultos.

Me miré los pies y, desesperado, intenté dar con algo que decir. Alguna prueba que ofrecer. Mi fangoso cerebro todavía intentaba encontrar una solución cuando Lorren salió a grandes zancadas del vestíbulo.

—No entiendo por qué tienen que castigarme por su estupidez —refunfuñó Ambrose dirigiéndose a los otros secretarios mientras yo me encaminaba, aturdido, hacia la puerta. Cometí el error de darme la vuelta y mirarlo. Tenía una expresión seria, cuidadosamente controlada.

Pero en sus ojos se adivinaba la risa.

—La verdad, chico —me dijo—. No sé en qué estarías pensando. Un miembro del Arcano debería tener más sentido común.

Fui a la Cantina caminando pesadamente. Los engranajes de mi pensamiento giraban despacio. Puse mi vale de comidas en una de las bandejas de latón y me serví una ración de pudin, una salchicha y judías, que nunca faltaban. Miré sin ánimo alrededor de la habitación hasta que vi a Simmon y a Manet sentados donde siempre, en el rincón noreste de la sala.

Atraje muchas miradas mientras me dirigía hacia la mesa. Es lógico, pues hacía apenas dos horas estaba atado a un poste y me estaban azotando públicamente. Oí a alguien susurrar: «... no ha sangrado cuando le han dado los latigazos. Lo he visto con mis propios ojos. Ni una sola gota».

Lo que había hecho que no sangrara era el nahlrout, por supuesto. En su momento me había parecido muy buena idea. Ahora, en cambio, parecía nimia y estúpida. Ambrose no habría conseguido engañarme tan fácilmente si mi carácter desconfiado por naturaleza no hubiera estado adormecido. Si hubiera estado en pleno uso de mis facultades, estoy seguro de que habría encontrado la forma de explicarle lo ocurrido a Lorren.

Mientras me dirigía al rincón de la sala, comprendí la situación. Había cambiado mi acceso al Archivo por un poco de notoriedad.

Sin embargo, lo único que podía hacer era poner al mal tiempo buena cara. Si lo único que me quedaba después de esa debacle era un poco de fama, tendría que hacer todo lo posible por conservarla. Cuadré los hombros mientras caminaba hacia donde estaban Simmon y Manet y puse mi bandeja en la mesa.

—La cuota de Estanterías no existe, ¿verdad? —pregunté en voz baja al mismo tiempo que me sentaba, tratando de no hacer muecas de dolor.

Sim me miró sin comprender.

—¿Cuota de Estanterías?

Manet rió sobre su cuenco de judías.

—Llevaba años sin oír eso. Cuando trabajaba de secretario, engañábamos a los alumnos de primer curso y les hacíamos darnos un penique para entrar en el Archivo. Lo llamábamos cuota de Estanterías.

Sim le lanzó una mirada de desaprobación.

—Eso está muy mal hecho.

Manet levantó ambas manos en un ademán defensivo.

—Solo lo hacíamos para divertirnos un poco. —Me miró—. ¿Por eso tienes esa cara tan larga? ¿Te han timado un cobre?

Negué con la cabeza. No quería proclamar que Ambrose me había timado un talento.

—A ver si adivináis a quién han prohibido la entrada en el Archivo —pregunté mientras echaba la corteza del pan en las judías.

Me miraron sin comprender. Al cabo de un rato, Simmon hizo la deducción correcta:

—Hmmm... ¿A ti?

Asentí y empecé a comerme las judías. No tenía hambre, pero confiaba en que llenarme un poco el estómago me ayudara a librarme del aletargamiento producido por el nahlrout. Además, yo nunca desaprovechaba la oportunidad de comer algo.

—¿Te han expulsado temporalmente el primer día? —preguntó Simmon—. Ahora te va a costar mucho más estudiar el folclore relacionado con los Chandrian.

Suspiré.

—Sí, supongo que sí.

—¿Por cuánto tiempo te ha expulsado?

—Me ha vedado la entrada —aclaré—. No ha mencionado ningún periodo de tiempo.

—¿Que te ha vedado la entrada? —se extrañó Manet—. Hacía doce años que no le imponía esa sanción a nadie. ¿Qué has hecho? ¿Mearte encima de un libro?

—Unos secretarios me encontraron dentro con una vela.

—Tehlu misericordioso. —Manet dejó el tenedor y se puso serio por primera vez—. El viejo Lorren debe de haberse puesto furioso.

—Furioso es la palabra exacta —confirmé.

—¿Cómo se te ha ocurrido entrar allí con una vela encendida? —preguntó Simmon.

—No podía pagar una lámpara de mano —contesté—. El secretario que estaba en el mostrador me dio una vela.

—No puede ser —dijo Sim—. Ningún secre...

—Espera un momento —lo cortó Manet—. ¿Era un tipo moreno? ¿Bien vestido? ¿Con cara de malas pulgas? —Frunció exageradamente el ceño.

Asentí cansinamente.

—Sí, Ambrose. Nos conocimos ayer. Empezamos con mal pie.

—No es fácil evitarlo —dijo Manet en voz baja y echando un vistazo a los alumnos que estaban sentados alrededor de nosotros. Me fijé en que más de uno estaba escuchando con disimulo nuestra conversación—. Se nos pasó advertirte que no debías acercarte a él —añadió.

—Madre de Dios —dijo Simmon—. De todas las personas con las que no te conviene estar a malas...

—Pues ya estoy a malas —dije. Empezaba a encontrarme un poco mejor. Ya no me sentía tan cansado ni notaba la cabeza llena de algodón. O se estaban pasando los efectos secundarios del nahlrout, o la rabia estaba disipando poco a poco la neblina del agotamiento—. Le demostraré que puedo plantarle cara a cualquiera. Deseará no haberme conocido nunca y no haberse inmiscuido en mis asuntos.

Simmon parecía un poco nervioso.

—No deberías amenazar a otros alumnos —dijo con una risita, como si tratara de quitarle importancia a mi comentario. Bajó un poco la voz y añadió—: No lo entiendes. Ambrose es el heredero de una baronía de Vintas. —Titubeó un poco mirando a Manet—. Ay, Señor, ¿por dónde empiezo?

Manet se inclinó hacia delante y bajó también la voz:

—Él no es de esos nobles que vienen a tontear por aquí un par de bimestres y luego se marchan. Lleva años aquí, ha ido ascendiendo poco a poco hasta llegar a Re'lar. Y tampoco es el séptimo hijo de la familia. Es el primogénito. Y su padre es uno de los doce hombres más poderosos de Vintas.

—De hecho es el número dieciséis de la nobleza —dijo Sim con naturalidad—. Primero está la familia real, luego los príncipes regentes, Maer Alveron, la duquesa Samista, Aculeus y Meluan Lackless... —Se interrumpió al ver cómo lo miraba Manet.

—Tiene dinero —resumió Manet—. Y amigos que se compran con dinero.

—Y gente que trata de ganarse el favor de su padre —añadió Simmon.

—Lo importante —prosiguió Manet con seriedad— es que no lo provoques. En su primer año aquí, un alquimista se enemistó con Ambrose. Ambrose le compró su deuda al prestamista de Imre. Cuando el tipo no pudo pagar, lo metieron en la cárcel de los deudores. —Manet partió un trozo de pan por la mitad y empezó a untarlo con mantequilla—. Para cuando su familia consiguió sacarlo de la cárcel, el tipo ya tenía tuberculosis. Se había quedado hecho una piltrafa. No siguió estudiando.

—¿Y los maestros lo permitieron? —pregunté.

—Todo era perfectamente legal —repuso Manet en voz baja—. Aun así, Ambrose no fue tan necio como para comprar él mismo la deuda de ese tipo. —Manet hizo un ademán de desdén—. Hizo que la comprara otro, pero se aseguró de que todo el mundo supiera que el responsable era él.

—¿Y Tabetha? —añadió Sim, compungido—. Iba por ahí contándole a todo el mundo que Ambrose había prometido casarse con ella. Y un buen día desapareció.

Eso explicaba por qué Fela no había querido ofender a Ambrose. Le hice un ademán tranquilizador a Sim.

—Yo no amenazo a nadie —dije con aire inocente subiendo el tono de voz para que pudiera oírme quien me estuviera escuchando—. Solo cito una de mis obras literarias favoritas. Es del cuarto acto de *Daeonica*, donde Tarso dice:

> Sobre él verteré el hambre y el fuego
> hasta que la desolación lo aturda
> y todos los demonios de la oscuridad exterior
> miren asombrados y reconozcan
> que la especialidad del hombre es la venganza.

Se produjo un extraño silencio alrededor de mí, que se extendió por la Cantina un poco más de lo que yo esperaba. Al parecer, había calculado mal el número de personas que nos estaban escuchando. Volví a concentrarme en la comida y decidí dejarlo de momento. Estaba cansado, me dolía la espalda y ya tenía suficientes problemas.

—De momento no necesitas esta información para nada —dijo Manet en voz baja tras un largo silencio—. Puesto que te han vedado el acceso al Archivo... Aun así, supongo que te conviene saberlo. —Carraspeó un poco—. No necesitas comprar una lámpara. Solo tienes que firmar en el mostrador y devolverla cuando has terminado. —Me miró como nervioso, a la espera de la reacción que esa información pudiera provocar en mí.

Asentí con desgana. Tenía razón cuando había pensado que quizá Ambrose no fuera tan cabronazo como yo creía. Era diez veces más cabronazo.

44

El cristal ardiente

L a Factoría era donde se hacían la mayoría de los trabajos manuales de la Universidad. En el edificio había talleres de sopladores de vidrio, de carpinteros, alfareros y cristaleros. También había una forja y una fundición que habrían sido la envidia de cualquier metalúrgico.

El taller de Kilvin se encontraba en la Artefactoría, comúnmente llamada la Factoría. Era tan grande como un granero, y albergaba como mínimo dos docenas de mesas de trabajo de madera gruesa, todas ellas cubiertas de innumerables e indescriptibles herramientas y proyectos en ejecución. El taller era el corazón de la Factoría, y Kilvin era el corazón del taller.

Cuando llegué, Kilvin estaba doblando una barra retorcida de hierro para darle forma más deseable. Al verme, dejó la barra firmemente sujeta con unas abrazaderas a la mesa y fue a recibirme, limpiándose las manos en la camisa.

Me miró con ojo crítico.

—¿Te encuentras bien, E'lir Kvothe?

Yo había estado paseando y había buscado un poco de corteza de sauce para mascar. Todavía me dolía y picaba la espalda, pero el dolor era soportable.

—Sí, maestro Kilvin.

El maestro asintió.

—Estupendo. Los jóvenes de tu edad no deben preocuparse por esas nimiedades. Pronto volverás a estar fuerte como una roca.

Estaba pensando una respuesta educada cuando me llamó la atención algo que había sobre nuestras cabezas.

Kilvin siguió la dirección de mi mirada. Al ver lo que yo estaba mirando, una sonrisa iluminó su enorme y barbuda cara.

—¡Ah! —dijo con orgullo paternal—. ¡Mis pequeñas!

Había medio centenar de esferas de cristal colgadas con cadenas de las altas vigas del taller. Eran de diferentes tamaños, aunque ninguna superaba el de la cabeza de un hombre.

Y ardían.

Al ver mi expresión, Kilvin me hizo una seña.

—Ven. —Me guió hasta una angosta escalera de hierro forjado.

Una vez arriba, pasamos por una serie de estrechas pasarelas de hierro, a ocho metros del suelo, que serpenteaban entre las gruesas vigas que sostenían el tejado. Tras recorrer el laberinto de madera y hierro, llegamos a la hilera de esferas de cristal colgantes con fuego en el interior.

—Son mis lámparas —dijo Kilvin señalándolas.

Entonces entendí qué eran. Unas estaban llenas de líquido y mecha, como las lámparas normales, pero la mayoría eran muy extrañas. Una solo contenía un humo gris y burbujeante que parpadeaba esporádicamente. Otra esfera contenía una mecha que colgaba de un hilo de plata y quedaba suspendida en el aire, y ardía con una llama blanca e inmóvil pese a la aparente ausencia de combustible.

Otras dos, colgadas lado a lado, eran gemelas, salvo que una tenía la llama azul y la otra, de color naranja intenso. Unas eran pequeñas como ciruelas, y otras, grandes como melones. En una había una cosa que parecía un trozo de carbón negro y un pedazo de tiza blanca, y del sitio donde las dos piezas se juntaban salía, ardiendo en todas direcciones, una intensa llamarada roja.

Kilvin me dejó contemplarlas largo rato, y luego nos acercamos más.

—Los ceáldaros tienen leyendas de lámparas perpetuas. Creo que hubo un tiempo que eso estaba dentro del alcance de nuestro arte. Llevo diez años buscando. He fabricado muchas lámparas;

395

algunas son muy buenas, y arden mucho tiempo. —Me miró—. Pero ninguna es eterna.

Caminó por la pasarela y señaló una de las esferas colgantes.

—¿Conoces esa, E'lir Kvothe? —Dentro solo había un trocito de cera de color verde grisáceo que ardía con una llama del mismo color. Negué con la cabeza—. Hmmm. Deberías conocerla. Sal blanca de litio. Se me ocurrió tres ciclos antes de que llegaras tú. De momento funciona bien; lleva veinticuatro días encendida, y espero que siga así muchos más. —Me miró—. Me sorprendió que se te ocurriera, porque yo tardé diez años en tener esa idea. Tu segunda sugerencia, la del aceite de sodio, no fue tan buena. Lo intenté hace años. Duró once días.

Siguió hasta el final de la hilera, y señaló la esfera vacía con la llama blanca e inmóvil.

—Setenta días —dijo con orgullo—. Pero no espero que esa sea la definitiva, porque la esperanza es un juego estúpido. Aun así, si sigue ardiendo seis días más, será la mejor lámpara que haya fabricado en estos diez años.

Se quedó un rato mirándola con una extraña expresión de indulgencia.

—Pero no deposito en ella excesivas esperanzas —dijo con decisión—. Fabrico nuevas lámparas y tomo mis mediciones. Esa es la única forma de progresar.

Me guió, en silencio, hasta la planta baja del taller. Una vez allí, se volvió hacia mí y dijo con tono imperioso:

—Manos. —Alzó sus enormes manos, expectante.

Como no sabía qué quería, levanté las manos. Él me las cogió con una suavidad sorprendente. Les dio la vuelta y las examinó.

—Tienes manos de ceáldaro —dijo con elogioso resentimiento. Me mostró las suyas. Tenía los dedos gruesos y las palmas anchas. Las cerró formando dos puños que parecían mazas—. Mis manos tardaron muchos años en aprender a ser manos de ceáldaro. Eres afortunado. Trabajarás aquí. —Ladeó la cabeza con gesto inquisitivo, y ese gesto fue lo único que convirtió su afirmación, un tanto brusca, en una invitación.

—Oh, sí. Es decir, gracias, señor. Es para mí un honor que...

Kilvin me interrumpió con un gesto de impaciencia.

—Ven a verme si se te ocurre algo sobre la lámpara perpetua. Si tu cabeza es tan hábil como lo parecen tus manos... —Lo que podría haber sido una sonrisa quedó escondido bajo su poblada barba, pero le brillaron los oscuros ojos cuando vaciló socarronamente, casi juguetón—: Si —repitió levantando un dedo cuya yema era del tamaño de la bola de la cabeza de un martillo—. En ese caso, me gustaría enseñarte ciertas cosas.

—Tienes que decidir a quién vas a hacerle la pelota —dijo Simmon—. Para que te asciendan a Re'lar, tienes que tener a un maestro de padrino. Tienes que elegir a uno y pegarte a él como la mierda a la suela de su zapato.

—Maravilloso —dijo Sovoy con aspereza.

Sovoy, Wilem, Simmon y yo estábamos sentados a una mesa apartada del fondo de Anker's, aislados de los clientes de la noche de Abatida que llenaban el local con el continuo rugido de su conversación. Los puntos me habían saltado dos días atrás y estábamos celebrando mi primer ciclo en el Arcano.

Ninguno de nosotros estaba demasiado borracho. Tampoco ninguno de nosotros estaba demasiado sobrio. Nuestro posicionamiento exacto entre esos dos puntos es un asunto de vanas conjeturas, y no perderé tiempo con él.

—Yo me concentro solo en ser brillante —intervino Sovoy—. Y luego espero a que los maestros se den cuenta.

—¿De qué le sirvió eso a Mandrag? —dijo Wilem esbozando una inusual sonrisa.

Sovoy miró a Wilem con mala cara.

—Mandrag es un penco.

—Ahora entiendo por qué lo amenazaste con tu fusta de montar —repuso Wilem.

Me tapé la boca para sofocar la risa.

—¿Eso hiciste?

—No te lo están contando todo —dijo Sovoy, ofendido—. Ascendió a otro alumno en lugar de a mí. Prefirió dejarme a mí tal como estaba para poder utilizarme como aprendiz, en lugar de ascenderme a Re'lar.

—Y tú lo amenazaste con la fusta.

—Discutimos —dijo Sovoy con calma—. Y resultó que tenía la fusta en la mano.

—La blandiste contra él —insistió Wilem.

—¡Venía de montar! —dijo Sovoy acaloradamente—. ¡Si antes de la clase hubiera estado en un prostíbulo y hubiera enarbolado un corsé ante él, nadie le habría dado importancia!

Hubo un momento de silencio en nuestra mesa.

—No quiero ni imaginármelo —dijo Simmon, y se puso a reír a carcajadas con Wilem.

Sovoy reprimió una sonrisa y me miró.

—Sim tiene razón en una cosa. Deberías concentrar tus esfuerzos en una asignatura. Si no, te pasará como a Manet, el eterno E'lir. —Se levantó y se arregló la ropa—. Bueno, ¿qué tal estoy?

En sentido estricto, Sovoy no iba vestido a la moda, pues seguía el estilo de Modegan y no el local. Pero no podía negarse que le sentaban bien los colores tenues de sus prendas de seda y de ante.

—¿Qué más da? —preguntó Wilem—. ¿Acaso piensas invitar a Sim a salir contigo?

Sovoy sonrió.

—Desgraciadamente, tengo que dejaros. Tengo una cita con una dama, y dudo mucho que esta noche nos acerquemos por esta zona de la ciudad.

—No nos habías dicho que tenías una cita —protestó Sim—. Si somos solo tres no podremos jugar a esquinas.

En realidad era una concesión que Sovoy estuviera allí con nosotros. Había resoplado un poco al entrar en la taberna que habían elegido Wil y Sim. Anker's era lo bastante de clase baja para que las bebidas fueran baratas, pero lo bastante de clase alta para que no tuvieras que preocuparte por si alguien empezaba una pelea o te vomitaba encima. A mí me gustaba.

—Sois buenos amigos y muy buena compañía —dijo Sovoy—. Pero ninguno de vosotros pertenece al sexo femenino, ni, con la posible excepción de Simmon, sois encantadores. —Sovoy le lanzó un guiño a Sim—. Sed sinceros. ¿Quién de vosotros no abandonaría a los demás si hubiera una dama esperándolo?

Todos le dimos la razón a regañadientes. Sovoy sonrió; tenía los dientes muy blancos y muy rectos.

—Os mandaré a la camarera con más bebidas —dijo antes de marcharse—. Para que no os duela tanto mi partida.

—Para ser noble, no es mal tipo —comenté cuando Sovoy se hubo marchado.

Wilem asintió.

—Sabe que es mejor que tú, pero no te mira por encima del hombro porque sabe que tú no tienes la culpa.

—Bueno, ¿a quién vas a hacerle la pelota? —me preguntó Sim apoyando los codos encima de la mesa—. Supongo que a Hemme no.

—Ni a Lorren —dije con amargura—. Maldito sea Ambrose. Me habría encantado trabajar en el Archivo.

—Brandeur también está descartado —intervino Sim—. Si Hemme le tiene rencor a alguien, Brandeur siempre lo apoya.

—¿Qué me dices del rector? —preguntó Wilem—. ¿No te interesa la lingüística? Ya sabes siaru, aunque tengas un acento brutal.

Negué con la cabeza.

—¿Y Mandrag? Tengo mucha experiencia en química. Sería una forma de acercarme a la alquimia.

Simmon rió.

—Todo el mundo cree que la química y la alquimia se parecen mucho, pero se equivocan. Ni siquiera están relacionadas. Lo que pasa es que viven en la misma casa.

Wilem asintió lentamente.

—Es una buena forma de expresarlo.

—Además —prosiguió Sim—, el bimestre anterior Mandrag aceptó a veinte nuevos E'lir. Le he oído quejarse de lo llenas que están sus clases.

—Si te decides por la Clínica, te espera un camino largo y difícil —aportó Wilem—. Arwyl es más duro que el hierro en lingotes. No hay forma de doblegarlo. —Mientras hablaba, hizo como si cortara algo en partes—: Seis bimestres de E'lir. Ocho bimestres de Re'lar. Diez bimestres de El'the.

—Como mínimo —añadió Simmon—. Mola ya lleva tres años de Re'lar con él.

Intenté pensar cómo me las ingeniaría para conseguir el dinero para pagar seis años de matrícula.

—Creo que no tengo tanta paciencia —dije.

Llegó la camarera con una bandeja de bebidas. La taberna todavía no estaba llena, así que la joven no había tenido que correr mucho y solo se le habían coloreado un poco las mejillas.

—Vuestro amigo ha pagado esta ronda y la siguiente —anunció.

—Cada vez me cae mejor Sovoy —dijo Wilem.

—Pero —dijo la camarera poniendo la bebida de Wil fuera de su alcance— no ha pagado por ponerme la mano en el trasero. —Nos miró a los ojos, uno por uno—. Espero que entre los tres saldéis esa deuda antes de marcharos.

Sim balbuceó una disculpa.

—Él... Él no quería... En su cultura, esas cosas se consideran muy normales.

La muchacha puso los ojos en blanco, y su expresión se suavizó.

—Pues en esta cultura, una propina generosa se acepta como disculpa. —Le acercó la bebida a Wil y se dio la vuelta, apoyando la bandeja vacía en una cadera.

La vimos marchar; cada uno de nosotros pensó lo que quiso en privado.

—Me he fijado en que Sovoy volvía a llevar sus anillos —comenté al cabo de un rato.

—Anoche jugó una brillante partida de bassat —dijo Simmon—. Consiguió seis dobles seguidos e hizo saltar la banca.

—Por Sovoy. —Wilem alzó su jarra de peltre—. Que su suerte le permita seguir asistiendo a clase, y a nosotros, a seguir bebiendo. —Brindamos y bebimos, y entonces Wilem volvió a llevarnos al asunto de que estábamos hablando—. Solo quedan Kilvin y Elxa Dal. —Levantó dos dedos.

—¿Y Elodin? —pregunté.

Wil y Sim me miraron sin comprender.

—¿Elodin? —preguntó Simmon.

—Parece agradable —repuse—. ¿No podría estudiar con él?

Simmon soltó una carcajada, y Wil esbozó una extraña sonrisa.

—¿Qué pasa? —pregunté.

—Elodin no enseña nada —me explicó Sim—. Salvo quizá Excentricidad Avanzada.

—Tiene que enseñar algo —protesté—. Es maestro, ¿no?

—Sim tiene razón. Elodin está inflado. —Wil se dio unos golpecitos en la sien.

—Chiflado —lo corrigió Simmon.

—Chiflado —repitió Wil.

—Sí, parece un poco... raro —admití.

—Veo que captas las cosas deprisa —dijo Wilem con aspereza—. No me extraña que hayas logrado entrar tan joven en el Arcano.

—No te pases, Wil. Kvothe solo lleva un ciclo aquí. —Simmon se volvió hacia mí—. Elodin era rector hace unos cinco años.

—¿Elodin? —No pude ocultar mi sorpresa—. Pero si es muy joven, y está... —No terminé la frase, porque no quería decir la primera palabra que me vino a la mente: perturbado.

Simmon terminó la frase por mí:

—... dotado de genialidad. Y no es tan joven, teniendo en cuenta que entró en la Universidad cuando solo tenía catorce años. —Simmon me miró—. A los dieciocho ya era arcanista. Luego se quedó varios años por aquí, de guíler.

—¿Guíler?

—Los guilers son arcanistas que se quedan en la Universidad —me explicó Wil—. Se ocupan de impartir las lecciones. ¿Conoces a Cammar, de la Factoría?

Negué con la cabeza.

—Alto, con cicatrices. —Wil se señaló un lado de la cara—. Con un solo ojo.

Entonces asentí con gravedad. Resultaba difícil no fijarse en Cammar. El lado izquierdo de su cara era una telaraña de cicatrices que se extendían en todas direcciones, dejando franjas calvas que discurrían por su pelo negro y por su barba. Llevaba un parche sobre el ojo izquierdo. Era una lección andante de lo peligroso que podía ser trabajar en la Factoría.

—Sí, lo tengo visto. ¿Es arcanista?

Wil asintió.

—Es el brazo derecho de Kilvin. Enseña sigaldría a los alumnos nuevos.

Sim carraspeó.

—Como iba diciendo, Elodin fue el alumno más joven jamás admitido, el más joven en llegar a arcanista y el rector más joven.

—Ya, pero aun así —dije—, tendrás que admitir que es un poco raro para ser rector.

—Entonces no lo era —repuso Simmon con sobriedad—. Fue antes de que pasara aquello.

Como Simmon no dijo nada más, pregunté:

—¿Aquello?

Wil se encogió de hombros:

—Algo. No hablan de ello. Lo encerraron en las Gavias hasta que recuperó un poco la chaveta.

—Es algo en lo que no me gusta pensar —dijo Simmon moviéndose, incómodo, en la silla—. Mira, todos los bimestres un par de estudiantes se vuelven majaras, ¿vale? —Miró a Wilem—. ¿Te acuerdas de Slyhth? —Wil asintió con gravedad—. Eso podría pasarnos a cualquiera de nosotros.

Hubo un momento de silencio; mis dos amigos bebieron un poco, sin dirigir la mirada a ningún sitio en particular. Yo quería pedirles más detalles, pero comprendí que se trataba de un asunto delicado.

—En fin —dijo Sim en voz baja—. He oído decir que no lo soltaron de las Gavias. Dicen que se escapó.

—A ningún arcanista que se precie se lo puede tener encerrado en una celda —dije—. Eso no me sorprende.

—¿Has estado en las Gavias? —me preguntó Simmon—. Está diseñada para tener a los arcanistas encerrados. Es un edificio de piedra enmallada. Hay protecciones en puertas y ventanas. —Sacudió la cabeza—. No me imagino cómo alguien podría salir de allí, ni siquiera uno de los maestros.

—Nos estamos yendo por las ramas —dijo Wilem con firmeza—. Kilvin te ha aceptado en la Factoría. Si consigues impresionarlo, quizá llegues a Re'lar. —Nos miró a uno y a otro—. ¿De acuerdo?

—De acuerdo —dijo Simmon.

Asentí, pero mi cerebro funcionaba a toda velocidad. Pensaba en Táborlin el Grande, que conocía los nombres de todas las cosas. Pensaba en las historias que Skarpi contaba en Tarbean. Él no había hablado de arcanistas, solo de nominadores.

Y pensaba en Elodin, el maestro nominador, y en qué podía hacer para acercarme a él.

45

Interludio: cuentos de taberna

Kvothe hizo una señal, y Cronista limpió el plumín de su pluma y sacudió la mano. Bast se desperezó aparatosamente, sin levantarse de la silla y estirando los brazos por detrás del respaldo.

—Casi había olvidado lo deprisa que pasó todo —caviló Kvothe—. Esas fueron, seguramente, las primeras historias que se contaron de mí.

—En la Universidad todavía siguen contándolas —dijo Cronista—. He oído tres versiones diferentes de esa clase que diste. Y también de los latigazos. ¿Fue entonces cuando empezaron a llamarte Kvothe el Sin Sangre?

Kvothe asintió.

—Es probable.

—Ya que preguntamos, Reshi —dijo Bast tímidamente—. Me preguntaba por qué no fuiste a buscar a Skarpi.

—¿Qué querías que hiciera, Bast? ¿Qué me tiznara la cara con hollín y que protagonizara un audaz rescate nocturno? —Kvothe soltó una risita—. Lo habían detenido por hereje. Lo único que podía hacer yo era confiar en que fuera verdad que tenía amigos en la iglesia.

Kvothe inspiró hondo y suspiró.

—Pero la razón más sencilla es la menos satisfactoria, supongo. La verdad es esta: yo no vivía en un cuento.

—Perdona, pero no te entiendo, Reshi —dijo Bast, desconcertado.

—Piensa en todas las historias que has oído, Bast. Tienes a un muchacho, el héroe. Asesinan a sus padres. El muchacho decide vengarse. ¿Qué pasa después?

Bast titubeó. Cronista se le adelantó y contestó:

—Encuentra ayuda. Una ardilla que habla. Un espadachín viejo y borracho. Un ermitaño loco que vive en el bosque. Algo así.

Kvothe asintió.

—Exacto. Encuentra al ermitaño loco del bosque, demuestra su valía y aprende los nombres de todas las cosas, igual que Táborlin el Grande. Luego, cuando ya domina esa poderosa magia, ¿qué hace?

Cronista se encogió de hombros.

—Encuentra a los villanos y los mata.

—Por supuesto —dijo Kvothe grandiosamente—. Limpio, rápido y fácil como mentir. Sabemos cómo termina antes de que empiece. Por eso nos gustan las historias. Nos ofrecen la claridad y la sencillez de que carece nuestra vida real.

Kvothe se inclinó hacia delante.

—Si esto fuera un cuento de taberna, lleno de medias verdades y de aventuras absurdas, os contaría que en la Universidad fui un alumno muy aplicado. Que aprendí el cambiante nombre del viento y que me vengué de los Chandrian. —Kvothe chascó los dedos—. Así de sencillo.

»Pero si bien esa sería una historia entretenida, no sería la verdad. La verdad es esta. Había llorado la muerte de mis padres durante tres años, y el dolor había quedado reducido a una sorda molestia.

Kvothe hizo un ademán conciliador y esbozó una tensa sonrisa.

—No voy a mentiros. Había veces, a altas horas de la noche, cuando estaba acostado, insomne y desesperadamente solo en mi camastro de las Dependencias, en que me asaltaba una pena tan infinita y vacía que creía que me asfixiaría.

»Había veces en que veía a una mujer con su pequeño en brazos, o a un padre riendo con su hijo, y ardía en mí una llama de ira, furiosa por el recuerdo de la sangre y el olor a pelo quemado.

Kvothe se encogió de hombros.

—Pero en mi vida había otras cosas, además de venganza. Tenía obstáculos muy reales que superar. Mi pobreza. Mi humilde cuna. Mis enemigos de la Universidad eran más peligrosos para mí que los Chandrian.

Le hizo una seña a Cronista para que cogiera la pluma.

—Pese a todo eso, comprobaremos que hasta las historias más fantasiosas esconden una pizca de verdad, porque es verdad que encontré algo muy parecido al ermitaño loco del bosque. —Kvothe sonrió—. Y estaba decidido a aprender el nombre del viento.

46

El viento, siempre variable

Encontrar a Elodin no era tarea fácil. Tenía un despacho en el Auditorio, pero por lo visto no lo utilizaba nunca. Fui a Registros y Horarios y descubrí que solo enseñaba una asignatura: Matemáticas Improbables. Sin embargo, eso no me ayudó a localizarlo, pues según el registro, la hora de la clase era «ahora» y el lugar, «en todas partes».

Al final lo vi por pura chiripa en un patio concurrido. Llevaba su túnica negra de maestro, lo cual no era muy habitual. Me dirigía a una clase de Observación en la Clínica, pero decidí que prefería llegar tarde a mi clase que desaprovechar la ocasión de hablar con él.

Para cuando logré abrirme paso entre la multitud y lo alcancé, estábamos en la zona norte de la Universidad, en un ancho camino de tierra que se adentraba en el bosque.

—Maestro Elodin —lo llamé—. Esperaba poder hablar con usted.

—Una modesta esperanza —repuso él sin aminorar el paso y sin mirarme—. Deberías apuntar más alto. Los jóvenes deberían arder de ambición.

—Pues entonces, tengo la esperanza de estudiar nominación —dije cuando estuve a su altura.

—Demasiado alto —replicó él con naturalidad—. Vuelve a intentarlo. Ha de ser algo intermedio. —El camino describía una curva, y los árboles tapaban los edificios de la Universidad, que quedaban a nuestras espaldas.

—¿Puedo tener esperanzas de que me acepte usted como alumno? —probé—. ¿Y de que me enseñe lo que le parezca?

Elodin se paró en seco y se volvió hacia mí.

—Muy bien —dijo—. Ve a buscarme tres piñas. —Trazó un círculo con el pulgar y el índice—. De este tamaño, y que no les falte ninguna escama. —Se sentó en medio del camino y me invitó a marcharme con un ademán—: Vete. Corre.

Eché a correr hacia los árboles. Tardé unos cinco minutos en encontrar tres piñas del tamaño apropiado. Cuando volví al camino, estaba despeinado y cubierto de arañazos. No se veía a Elodin por ninguna parte.

Miré alrededor, embobado; maldije en voz alta, solté las piñas y eché a correr hacia el norte por el camino. No tardé mucho en alcanzar al maestro, que paseaba tranquilamente contemplando los árboles.

—Bueno, ¿qué has aprendido? —me preguntó.

—¿Que quiere que lo dejen en paz?

—Eres rápido. —Extendió los brazos con teatralidad y entonó—: ¡Aquí termina la lección! ¡Aquí termina mi esmerada tutela del E'lir Kvothe!

Suspiré. Si me marchaba ya, todavía llegaría a la clase en la Clínica, pero sospechaba que aquello podía ser una especie de prueba. Quizá Elodin solo estuviera evaluando mi grado de interés antes de aceptarme como alumno. Eso es lo que suele pasar en las historias: el joven tiene que demostrar su dedicación al anciano ermitaño del bosque antes de que este se haga cargo de él.

—¿Puedo hacerle unas preguntas? —pregunté.

—De acuerdo —contestó él, y levantó una mano con el pulgar y el índice recogidos—. Tres preguntas. Con la condición de que después me dejes tranquilo.

Cavilé un momento.

—¿Por qué no quiere enseñarme?

—Porque los Edena Ruh son unos alumnos pésimos —respondió Elodin con brusquedad—. Se les da bien la memorización, pero el estudio de la nominación requiere un nivel de dedicación que los liantes como vosotros raramente poseéis.

Me enfurecí tanto, y tan deprisa, que noté cómo la sangre coloreaba mi piel. El rubor nació en mi cara y se extendió por mi pecho y por mis brazos. Hasta se me erizó el vello de los brazos.

Respiré hondo.

—Lamento que su experiencia con los Ruh haya dejado que desear —dije midiendo mis palabras—. Permítame asegurarle que...

—¡Oh, dioses! —exclamó Elodin dando un suspiro de indignación—. Y por si fuera poco, pelota. Careces de la fortaleza testicular necesaria para estudiar conmigo.

En mi interior bullían palabras hirientes. Las dominé. Elodin estaba tratando de ponerme una trampa.

—No me está diciendo la verdad —dije—. ¿Por qué no quiere enseñarme?

—¡Por el mismo motivo por el que no quiero tener un cachorro! —gritó Elodin agitando los brazos como un granjero que intenta ahuyentar a los cuervos de su sembrado—. Porque eres demasiado bajo para ser nominador. Porque tienes los ojos demasiado verdes. Porque no tienes el número de dedos adecuado. Vuelve cuando hayas crecido y cuando hayas encontrado unos ojos decentes.

Nos miramos fijamente, largo rato. Al final, Elodin se encogió de hombros y echó a andar de nuevo.

—De acuerdo. Te mostraré por qué.

Seguimos por el camino hacia el norte. Elodin caminaba tranquilamente, recogiendo piedras del suelo y lanzándolas a los árboles. Saltaba para arrancar hojas de las ramas más bajas, y la túnica de maestro se le inflaba de forma ridícula. De pronto se detuvo y se quedó inmóvil durante casi media hora, completamente abstraído examinando un helecho que oscilaba lentamente, mecido por el viento.

Pero yo me mordí la lengua. No pregunté: «¿Adónde vamos?» ni «¿Qué mira?». Sabía centenares de historias de jóvenes que desperdiciaban preguntas o deseos por hablar demasiado. Me quedaban dos preguntas, y no pensaba derrocharlas.

Al final salimos del bosque, y el camino se convirtió en un sendero que discurría por una vasta extensión de césped y conducía a una inmensa mansión. Era más grande que la Artefactoría; tenía líneas elegantes, tejado de tejas rojas, altas ventanas, puertas de arco y columnas. Había fuentes, flores, setos...

Pero algo no encajaba del todo. A medida que nos acercábamos a las verjas, empecé a dudar de que aquello fuera la residencia de un noble. Quizá por el diseño de los jardines, o por el hecho de que la valla de hierro forjado que los rodeaba, de tres metros de altura, era, a mi experto juicio de ladrón, infranqueable.

Dos individuos muy serios abrieron la verja, y seguimos por el camino hasta la puerta principal de la mansión. Elodin me miró.

—¿Has oído hablar ya del Refugio?

Negué con la cabeza.

—Tiene otros nombres: la Choza, las Gavias...

El manicomio de la Universidad.

—Es inmenso. ¿Cómo...? —No terminé la pregunta.

Elodin sonrió: sabía que había estado a punto de atraparme.

—Jeremy —le dijo a un individuo muy alto que estaba plantado junto a la puerta—. ¿Cuántos invitados tenemos hoy?

—En recepción le darán el número exacto, señor —dijo Jeremy, incómodo.

—Más o menos —dijo Elodin—. Estamos entre amigos.

—¿Trescientos veinte? —dijo el hombre encogiéndose de hombros—. ¿Trescientos cincuenta?

Elodin golpeó la gruesa puerta de madera con los nudillos, y Jeremy se apresuró a abrirla.

—¿Cuántos más cabrían si fuera necesario? —le preguntó Elodin.

—Ciento cincuenta más, sin problemas —contestó Jeremy tirando de la puerta—. Algunos más en caso de extrema necesidad, supongo.

—¿Lo ves, Kvothe? —Elodin me guiñó un ojo—. Estamos preparados.

La entrada era enorme, con vidrieras y techos abovedados. El suelo, de mármol, estaba tan pulido que brillaba como un espejo.

Reinaba un silencio sepulcral. Yo no lo entendía. En el manicomio de Mirador del Encalladero, en Tarbean, que era mucho más pequeño que aquel, había un ruido ensordecedor, como un burdel lleno de gatas furiosas. Se oía a un kilómetro de distancia, por encima del bullicio de la ciudad.

Elodin se dirigió hacia un gran mostrador detrás del cual había una joven.

—¿Por qué no hay nadie fuera, Emmie?

La joven sonrió, nerviosa.

—Hoy están muy agitados, señor. Creemos que se acerca una tormenta. —Cogió un libro de registro de un estante—. Además, pronto habrá luna llena. Ya sabe usted lo que pasa.

—Desde luego. —Elodin se agachó y empezó a desatarse los cordones de los zapatos—. ¿Dónde han escondido a Whin esta vez?

La joven pasó unas cuantas páginas del registro.

—En el ala este del segundo piso. Doscientos cuarenta y siete.

Elodin se levantó y dejó los zapatos encima del mostrador.

—Vigílamelos, ¿quieres? —La joven compuso una vaga sonrisa y asintió.

Tuve que tragarme unas cuantas preguntas más.

—Por lo visto, la Universidad invierte mucho dinero aquí —comenté.

Elodin me ignoró; se dio la vuelta y subió, en calcetines, por una ancha escalera de mármol. A continuación entramos en un largo y blanco pasillo a cuyos lados había puertas de madera. Por primera vez oí los ruidos propios de un lugar como aquel. Gemidos, sollozos, murmullos, gritos... Todo muy débil.

Elodin echó una carrera y se paró; resbaló por la lisa superficie de mármol, y su túnica de maestro ondeó detrás de él. Luego repitió la operación: una carrera corta, seguida de un largo deslizamiento con los brazos extendidos para guardar el equilibrio.

Yo seguí andando a su lado.

—Creo que los maestros encontrarían otros usos más académicos para los fondos de la Universidad.

Elodin no me miró. Paso. Paso paso paso.

—Estás intentando que conteste preguntas que no me has formulado. —Deslizamiento—. No lo conseguirás.

—Usted está intentando que le haga preguntas —repliqué—. Eso tampoco es justo.

Paso paso paso. Deslizamiento.

—Dime, ¿por qué te interesas tanto por mí? —me preguntó Elodin—. A Kilvin le caes muy bien. ¿Por qué no te apuntas a su carro?

—Creo que usted sabe cosas que no puedo aprender en ningún otro sitio.

—¿Como qué?

—Cosas que siempre he querido saber desde que vi a alguien llamar al viento.

—Ah, llamar al viento. —Elodin arqueó las cejas. Paso. Paso. Paso-paso-paso—. Muy hábil. —Deslizamieeento—. ¿Qué te hace pensar que yo sé llamar al viento?

—Lo he deducido por eliminación —respondí—. Ninguno de los otros maestros hace esas cosas, de modo que debe de ser su especialidad.

—Según tu razonamiento, entonces también debería enseñar danzas del Solsticio de Verano, labores de aguja y robo de caballos.

Llegamos al final del pasillo. A medio deslizamiento, Elodin estuvo a punto de derribar a un individuo enorme, de anchas espaldas, que llevaba un libro en la mano.

—Perdóneme, señor —dijo el tipo, aunque evidentemente él no había tenido la culpa.

—Hola, Timothy —dijo Elodin señalándolo con un largo dedo—. Ven con nosotros.

Elodin nos guió por una serie de pasillos más cortos, y al final llegamos ante una gruesa puerta de madera con un panel deslizante a la altura de los ojos. Elodin lo abrió y se asomó por él.

—¿Cómo está? —preguntó.

—Tranquilo —respondió Timothy—. Me parece que no ha dormido mucho.

Elodin intentó abrir la puerta; entonces se volvió hacia Timothy, se puso serio y dijo:

—¿Lo habéis encerrado?

Timothy le sacaba una cabeza a Elodin, y seguramente pesaba el doble que él, pero palideció de golpe cuando el maestro en calcetines le sostuvo la mirada.

—No he sido yo, maestro Elodin. Es que...

Elodin lo interrumpió con un brusco ademán.

—Abre la puerta.

Timothy sacó un llavero.

Elodin siguió fulminándolo con la mirada.

—A Alder Whin no hay que encerrarlo. Puede ir y venir como se le antoje. No hay que ponerle nada en la comida a menos que él lo pida expresamente. Te hago responsable de esto, Timothy Generoy. —Elodin le hincó un largo dedo en el pecho—. Si me entero de que han sedado o atado a Whin, te pasearé desnudo por las calles de Imre como si fueras un pony rosa. —Lo miró con fijeza—. Vete.

Timothy se marchó tan aprisa como pudo sin echar a correr.

Elodin se volvió hacia mí.

—Puedes entrar, pero no hagas ruido ni movimientos bruscos. No hables a menos que él se dirija a ti. Y si hablas, hazlo en voz baja. ¿Entendido?

Asentí, y Elodin abrió la puerta.

La habitación no era lo que yo esperaba. Unas altas ventanas dejaban entrar la luz, revelando una gran cama y una mesa con sillas. Las paredes, el techo y el suelo estaban forrados de gruesa tela blanca, amortiguando hasta los más débiles ruidos provenientes del pasillo. Las mantas habían sido retiradas de la cama, y un hombre delgado de unos treinta años estaba envuelto en ellas, acurrucado contra la pared.

Elodin cerró la puerta, y el hombre, muy menudo, se sobresaltó un poco.

—¡Whin! —dijo Elodin en voz baja, y se acercó a él—. ¿Qué ha pasado?

Alder Whin lo miró con los ojos muy abiertos. Era un hombre muy flaco; llevaba el torso desnudo bajo la manta y el cabello despeinado. Habló en voz baja y un poco cascada.

—Estaba bien. Todo me iba bien. Pero la gente hablando, los perros, los adoquines... Ahora mismo no lo soporto.

Whin se pegó a la pared, y la manta resbaló de sus hombros huesudos. Vi que llevaba un florín de plomo colgado del cuello. Ese hombre era un arcanista con todas las de la ley.

—¿Qué haces en el suelo? —le preguntó Elodin.

Whin miró la cama; el pánico se reflejaba en sus ojos.

—Me caeré —dijo con un hilo de voz, con un tono entre horrorizado y avergonzado—. Y hay muelles y listones. Clavos.

—¿Cómo te encuentras ahora? —preguntó Elodin con amabilidad—. ¿Quieres volver conmigo?

—¡Nooooo! —Whin dio un grito de desesperación, cerró fuertemente los ojos y se ciñó la manta. Su fina y aflautada voz hizo que su súplica sonara más desgarradora que si hubiera dado un alarido.

—Tranquilo. Puedes quedarte aquí —dijo Elodin—. Ya vendré a visitarte otro día.

Al oír eso, Whin abrió los ojos, nervioso.

—No traigas el trueno —dijo con tono angustiado. Sacó una delgada mano de debajo de la manta y agarró a Elodin por la camisa—. Pero necesito un cazagatos y plumazul, y también huesos. —Hablaba con apremio—. Huesos de palo.

—Te los traeré —lo tranquilizó Elodin, y me indicó por señas que saliera de la habitación. Obedecí.

Salimos, y Elodin cerró la puerta. Estaba muy serio.

—Whin sabía dónde se metía cuando se convirtió en mi guíler. —Se dio la vuelta y empezó a caminar por el pasillo—. Tú no lo sabes. No sabes nada de la Universidad. Los peligros que encierra. Crees que este sitio es un cuento de hadas, un parque infantil. Pero no lo es.

—Exacto —dije con brusquedad—. Es un parque infantil y todos los otros niños están celosos porque a mí me dejaron jugar a «recibir latigazos y ser expulsado del Archivo», y a ellos no.

Elodin dejó de andar y se volvió hacia mí.

—De acuerdo. Demuéstrame que estoy equivocado. Demuéstrame que lo has pensado bien. ¿Por qué una Universidad con menos de mil quinientos alumnos necesita un manicomio del tamaño del palacio real?

Pensé a toda velocidad.

—La mayoría de los alumnos provienen de familias adineradas —respondí—. Han llevado una vida fácil. Cuando se ven obligados a...

—No —me interrumpió Elodin con desdén, y echó a andar por el pasillo—. Es por lo que estudiamos. Por cómo enseñamos a funcionar a nuestra mente.

—Entonces, la gramática y los mensajes cifrados hacen enloquecer a la gente —dije, cuidando de enunciar la frase como una afirmación.

Elodin se paró y abrió la puerta que tenía más cerca. El pasillo se llenó de gritos de pánico. «¡... DENTRO DE MÍ! ¡DENTRO DE MÍ! ¡ESTÁN DENTRO DE MÍ! ¡ESTÁN DENTRO DE MÍ!» Me asomé por la puerta y vi a un joven retorciéndose en una cama; estaba atado con correas de cuero por las muñecas, la cintura, el cuello y los tobillos.

—La trigonometría y la lógica diagramada no provocan esto —dijo Elodin mirándome a los ojos.

—¡ESTÁN DENTRO DE MÍ! ¡ESTÁN DENTRO DE MÍ! ¡ESTÁN DENTRO DE...! —Los gritos continuaron. Eran como una salmodia, como el interminable y mecánico ladrido de un perro por la noche—. ¡... MÍ! ¡ESTÁN DENTRO DE MÍ! ¡ESTÁN DENTRO DE MÍ! ¡ESTÁN DENTRO...!

Elodin cerró la puerta. Aunque yo todavía oía los gritos débilmente a través de la gruesa puerta, el silencio era asombroso.

—¿Sabes por qué llaman a esto la Choza? —me preguntó el maestro.

Negué con la cabeza.

—Porque es a donde te llevan si estás como una cho-ta. —Compuso una amplia sonrisa, y a continuación soltó una terrible risotada.

Elodin me guió por una serie de largos pasillos hasta otra ala de las Gavias. Al final doblamos una esquina y vimos algo nuevo: una puerta de cobre.

Elodin se sacó una llave del bolsillo y abrió la puerta.

—Me gusta pasar por aquí cuando vuelvo por el barrio —dijo con tono indiferente mientras abría—. Recojo el correo, riego las plantas y esas cosas.

Se quitó un calcetín, le hizo un nudo y lo utilizó para ponerle un calce a la puerta, impidiendo que se cerrara.

—Es agradable volver de visita, pero... —Empujó un poco la puerta para asegurarse de que no se cerraría—. Otra vez, no.

Lo primero que me llamó la atención de la habitación fue que había una atmósfera extraña. Al principio creí que quizá estuviera insonorizada, como la de Alder Whin, pero miré alrededor y vi que las paredes y el techo eran de piedra gris. Entonces pensé que quizá el aire estuviera viciado, pero cuando aspiré olí a lavanda y a ropa de cama limpia. Casi notaba una presión en los oídos, como si estuviera debajo del agua, solo que no era ese el caso, por supuesto. Agité una mano delante de mi cara para comprobar si el aire era diferente, más denso; pero no lo era.

—Molesto, ¿verdad? —Me volví. Elodin me estaba mirando—. Me sorprende que lo hayas notado. Muy pocos lo notan.

Aquella habitación era mejor que la de Alder Whin. Tenía una cama con dosel, un mullido sofá, una estantería vacía y una gran mesa con varias sillas. Lo más destacado eran las enormes ventanas, con vistas a los jardines. Vi un balcón, pero no vi ninguna forma de llegar a él.

—Mira esto —dijo Elodin.

Cogió una de las sillas de madera, la levantó con ambas manos, giró sobre sí mismo y la lanzó con todas sus fuerzas contra una ventana. Me encogí, pero en lugar de un estruendo terrible, solo se oyó un débil ruido de madera al astillarse. La silla cayó al suelo convertida en un amasijo de madera y tapizado.

—Me pasaba horas haciendo esto —dijo Elodin; respiró hondo y contempló la habitación con nostalgia—. En los viejos tiempos.

Me acerqué a las ventanas para examinarlas. Eran más gruesas de lo habitual, pero no excesivamente. Parecían normales, con excepción de unas débiles vetas rojas que discurrían por ellas. Examiné el marco de la ventana. También era de cobre. Miré lentamente alrededor, fijándome en las paredes de piedra desnuda y notando la extraña y pesada atmósfera. Vi que la puerta ni siquiera tenía pomo en la parte de dentro, y mucho menos cerradura. «¿Por qué se tomaría alguien la molestia de hacer una puerta de cobre?», pensé.

Decidí formular la segunda pregunta:

—¿Cómo salió de aquí?

—¡Por fin! —dijo Elodin con un deje de exasperación.

Se dejó caer en el sofá.

—Verás, un día Elodin el Grande se encontró encerrado en una alta torre. —Abrió un brazo abarcando toda la habitación—. Le habían quitado sus herramientas: la moneda, la llave y la vela. Además, en su celda no había ninguna puerta. Ni ventanas. —Las señaló con desdén—. Hasta el nombre del viento estaba fuera de su alcance gracias a las hábiles maquinaciones de sus captores.

Elodin se levantó del sofá y empezó a pasearse por la habitación.

—Solo había piedra dura y lisa alrededor. Era una celda de la que nadie había logrado escapar jamás.

Elodin dejó de pasearse y levantó un dedo con teatralidad.

—Pero Elodin el Grande conocía el nombre de todas las cosas, y todas las cosas estaban a sus órdenes. —Se plantó ante la pared gris, junto a las ventanas—. Le dijo a la piedra: ¡RÓMPETE!, y la...

Elodin se interrumpió y ladeó la cabeza con gesto de curiosidad. Entrecerró los ojos.

—Mierda, lo han cambiado —dijo en voz baja—. Vaya. —Se acercó más a la pared y le puso una mano encima.

Dejé de prestarle atención. Wil y Sim tenían razón: el tipo estaba mal de la cabeza. ¿Qué pasaría si yo salía corriendo de la habitación, desatrancaba la puerta y la cerraba? ¿Me lo agradecerían los otros maestros?

—Oh —dijo de pronto Elodin, riendo—. No son tontos del todo. —Se retiró un par de pasos de la pared—. CYAERBASALIEN.

Vi moverse la pared. Onduló como una alfombra colgada y golpeada con un palo. Y entonces... se derrumbó. Como agua oscura vertida de un cubo, toneladas de fina arena gris se derramaron por el suelo, cubriéndole los pies a Elodin hasta las pantorrillas.

La luz del sol y el canto de los pájaros inundaron la habitación. Donde antes había una gruesa y sólida pared, ahora había un agujero lo bastante grande para que un carro pasara por él.

Pero el agujero no estaba abierto del todo: lo cubría un material verde. Parecía una red sucia y enredada, pero era demasiado irregular para ser una red. Más bien parecía una gruesa y destrozada telaraña.

—Eso no estaba —comentó Elodin, como si se disculpara, mientras sacaba los pies de la arena gris—. La primera vez fue mucho más impresionante, te lo aseguro.

Me quedé allí plantado, aturdido por lo que acababa de ver. Aquello no era simpatía. Jamás había visto nada parecido. Solo podía pensar en las palabras de la historia que tantas veces había oído: «Y Táborlin el Grande le dijo a la piedra: ¡RÓMPETE!, y la piedra se rompió...».

Elodin arrancó una de las patas de la silla y la utilizó para aporrear aquella película verde y enredada que cubría el orificio. La telaraña se rompió con facilidad por varios sitios, o se desmenuzó. En los sitios donde era más gruesa, Elodin utilizó la pata de la silla como palanca para apartar los pedazos. Cuando se doblaba o se rompía, la telaraña relucía bajo la luz del sol. «Más cobre», pensé. Había vetas de cobre discurriendo a través de los bloques de piedra que conformaban la pared.

Elodin soltó la pata de la silla y se asomó por el orificio. Desde la ventana, lo vi apoyarse contra la blanca barandilla de piedra del balcón.

Lo seguí afuera. Nada más salir al balcón, el aire dejó de parecer tan extrañamente denso.

—Dos años —dijo Elodin contemplando los jardines—. Podía ver este balcón, pero no podía salir a él. Podía ver el viento, pero no podía oírlo, ni notarlo en la cara. —Pasó una pierna por encima de la barandilla de piedra y se sentó sobre ella; luego saltó al trozo de tejado plano que había debajo. Caminó por el tejado, alejándose del edificio.

Salté también la barandilla y seguí al maestro hasta el borde del tejado. Solo estábamos a una altura de unos seis metros, pero los jardines y las fuentes que se extendían en todas direcciones componían un paisaje espectacular. Elodin se quedó de pie peligrosamente cerca del borde, con la túnica de maestro ondulando alrededor de él como una bandera negra. La verdad es que ofrecía una imagen impresionante, si pasabas por alto el hecho de que todavía llevaba un solo calcetín.

Me puse a su lado, al borde del tejado. Sabía cuál tenía que ser mi tercera pregunta.

—¿Qué tengo que hacer —pregunté— para estudiar nominación con usted?

Elodin me miró con gesto sereno, como valorándome.

—Saltar —dijo—. Saltar de este tejado.

Entonces fue cuando comprendí que todo aquello había sido una prueba. Elodin me había estado midiendo desde que nos habíamos visto por primera vez. Sentía, a su pesar, respeto por mi tenacidad, y le había sorprendido que hubiera notado algo raro en la atmósfera de su habitación. Estaba a punto de aceptarme como pupilo.

Pero necesitaba más: necesitaba una prueba de mi entrega. Una demostración. Un acto de fe.

Y mientras estaba allí de pie, me vino a la mente un fragmento de la historia: «Táborlin se precipitó, pero no perdió la esperanza. Porque conocía el nombre del viento, y el viento le obedeció. Le habló al viento, y este lo meció y lo acarició. Lo bajó hasta el suelo suavemente, como si fuera un vilano de cardo, y lo posó de pie con la dulzura del beso de una madre».

Elodin sabía el nombre del viento.

Sin dejar de mirarlo a los ojos, salté del borde del tejado.

La expresión de Elodin era maravillosa. Nunca he visto a un hombre tan asombrado. Al caer, giré un poco sobre mí mismo, y Elodin permaneció en mi campo de visión. Le vi levantar un poco una mano, como si hiciera un tardío intento de sujetarme.

Me sentí ingrávido, como si flotara.

Y entonces caí contra el suelo. No suavemente, como se posa una pluma, sino con dureza. Como un ladrillo al golpear los adoquines de una calle. Aterricé de espaldas, con el brazo izquierdo debajo del cuerpo. Al dar mi cabeza contra el suelo, lo vi todo negro y me quedé sin aire en los pulmones.

No perdí el conocimiento. Me quedé allí tendido, sin poder respirar ni moverme. Recuerdo que pensé, convencido, que estaba muerto. Que estaba ciego.

Al final recobré la visión, y me puse a parpadear contra la repentina claridad del cielo azul. Me dolía mucho un hombro y notaba el sabor de la sangre en la boca. No podía respirar. Intenté rodar sobre mí mismo para liberar el brazo, pero mi cuerpo no me obedecía. Me había roto el cuello... la espalda...

Al cabo de unos largos y aterradores momentos, conseguí dar una bocanada, y luego otra. Exhalé un suspiro de alivio y comprendí que al menos tenía una costilla rota, además de todo lo demás; pero moví un poco los dedos de las manos, y luego los de los pies. Funcionaban. No me había partido la columna vertebral.

Mientras yo estaba allí tendido, calibrando mi suerte y las costillas que tenía rotas, Elodin apareció en mi campo de visión.

Me miró y dijo:

—Felicidades. Esa ha sido la cosa más estúpida que he visto jamás. —Su expresión era una mezcla de admiración e incredulidad—. Jamás.

Y entonces fue cuando decidí dedicarme al noble arte de la artificería. No me quedaban muchas opciones. Antes de ayudarme a ir cojeando hasta la Clínica, Elodin me dejó claro que una persona lo bastante estúpida para saltar desde un tejado era demasiado insensata para que él le dejara sujetar una cuchara en su presencia, y mucho menos estudiar algo tan «profundo y volátil» como la nominación.

Con todo, el rechazo de Elodin no me decepcionó mucho. Tanto si era magia de cuento como si no, no me entusiasmaba la idea de estudiar con un hombre cuya primera lección me había dejado con tres costillas rotas, una conmoción cerebral leve y un hombro dislocado.

47

Púas

Dejando aparte los dificultosos inicios, mi primer bimestre transcurrió con tranquilidad. Estudié en la Clínica, y aprendí más sobre el cuerpo y sobre cómo curarlo. Practicaba siaru con Wilem y a cambio lo ayudaba a él a mejorar su atur.

Entré en artificería y aprendí a soplar vidrio, a preparar aleaciones, a trefilar y a grabar el metal, y a esculpir la piedra.

Casi todas las noches iba a trabajar al taller de Kilvin. Rompía los moldes de los vaciados de bronce, lavaba piezas de vidrio y molía mineral de oro y de hierro para las aleaciones. No era un trabajo duro, pero todos los ciclos Kilvin me daba una iota de cobre, y a veces dos. Daba la impresión de que Kilvin tuviera un gran tablón de cuentas en su metódica cabeza, en el que anotara meticulosamente las horas que trabajaba cada alumno.

También aprendí cosas de carácter menos académico. Mis compañeros de dormitorio del Arcano me enseñaron a jugar a un juego de cartas, el «aliento de perro». Yo les devolví el favor dándoles una lección improvisada de psicología, probabilidad y destreza manual. Después de que les ganara casi dos talentos, dejaron de invitarme a participar en sus juegos.

Congenié mucho con Wilem y con Simmon. Tenía otros amigos, pero no demasiados, y ninguno tan íntimo como Wil y Sim. Mi rápido ascenso a E'lir hizo que la mayoría de los otros alumnos se distanciaran de mí, ya fuera porque me tenían celos o porque me admiraban.

Y luego estaba Ambrose. Considerarnos meramente enemigos

sería no captar el verdadero talante de nuestra relación. Era más bien como si los dos fuéramos socios de una empresa dedicada a perseguir el mutuo objetivo de odiarnos el uno al otro.

Sin embargo, incluso con mi vendetta contra Ambrose, yo disponía de mucho tiempo libre. Como no podía pasarlo en el Archivo, dedicaba parte de ese tiempo a cultivar mi reputación en ciernes.

Veréis, mi espectacular llegada a la Universidad había causado un revuelo considerable. Había entrado en el Arcano en tres días en lugar de en tres bimestres, que era lo habitual. Era el miembro más joven, con casi dos años de diferencia. Había desafiado abiertamente a un maestro delante de toda la clase y me había salvado de la expulsión. Me habían azotado y no había llorado ni sangrado.

Por si eso fuera poco, había conseguido enfurecer al maestro Elodin hasta el punto de que él me había empujado desde el tejado de las Gavias. Dejé que esa historia circulara sin corregirla, pues era preferible a la bochornosa verdad.

Todo eso era suficiente para generar un constante flujo de rumores sobre mí, y decidí aprovecharme de ello. La reputación es como una especie de armadura, o un arma que puedes blandir en caso de necesidad. Decidí que, ya que iba a ser arcanista, ¿por qué no ser un arcanista famoso?

Así que solté unas cuantas informaciones: me habían admitido sin carta de recomendación. Los maestros me habían dado tres talentos en lugar de cobrarme la matrícula. Había sobrevivido varios años en las calles de Tarbean, viviendo de mi ingenio.

Incluso lancé unos cuantos rumores que eran auténticas sandeces, mentiras descaradas que la gente repetía pese a que resultaba evidente que no eran ciertas. Tenía sangre de demonio en las venas. Veía en la oscuridad. Solo dormía una hora todas las noches. Cuando había luna llena, hablaba en sueños, en un idioma extraño que nadie entendía.

Basil, mi antiguo compañero de litera de las Dependencias, me ayudó a propagar esos rumores. Yo me inventaba la historia, él se la contaba a unos cuantos, y juntos veíamos cómo se extendían como el fuego por un campo. Era un pasatiempo muy entretenido.

Pero lo que más hizo aumentar mi reputación fue mi enemistad con Ambrose. A todo el mundo le sorprendía que yo me atreviera a desafiar abiertamente al primogénito de un poderoso noble.

El primer bimestre tuvimos varios encontronazos fuertes. No os aburriré con los detalles. Nos cruzábamos, y Ambrose hacía algún comentario brusco, lo bastante alto para que lo oyera todo el mundo. O se burlaba de mí fingiendo que me hacía un cumplido: «De verdad, tienes que decirme a qué peluquero vas...».

Todo el mundo que tenía un poco de sentido común sabía cómo comportarse con un noble arrogante. El sastre al que yo había aterrorizado en Tarbean supo muy bien qué tenía que hacer. Te llevas los palos, agachas la cabeza y acabas cuanto antes.

Pero yo siempre me defendía, y aunque Ambrose era inteligente y tenía una labia considerable, no podía competir con mi lengua de artista itinerante. Yo me había criado en los escenarios, y gracias a mi ingenio de Ruh, siempre salía ganando en nuestros intercambios verbales.

A pesar de todo, Ambrose seguía provocándome, como un perro demasiado estúpido para evitar a un puercoespín. Me mordía y se marchaba con la cara llena de púas. Y cada vez que nos separábamos, nos odiábamos un poco más el uno al otro.

Nuestros compañeros lo veían, y al final del bimestre yo me había hecho famoso por mi valentía. Pero la verdad es, simplemente, que no tenía miedo.

Veréis, no es lo mismo. En Tarbean, yo había sentido verdadero miedo. Me daban miedo el hambre, la neumonía, los guardias con botas con tachuelas, los chicos mayores que yo con cuchillos hechos con cristales de botella. Para enfrentarme a Ambrose no necesitaba verdadera valentía. Sencillamente, Ambrose no me inspiraba ningún miedo. Lo veía como un payaso engreído. Pensaba que era inofensivo.

Y me equivocaba.

48

Interludio: otra clase de silencio

Sentado en la Roca de Guía, Bast intentaba tener las manos quietas sobre el regazo. Había respirado quince veces desde que Kvothe dejara de hablar, y el inocente silencio que se había formado como una laguna transparente alrededor de los tres empezaba a oscurecerse y convertirse en otra clase de silencio. Bast respiró otra vez, dieciséis, y se preparó para el momento cuya llegada temía.

No sería justo decir que Bast no le tenía miedo a nada, porque solo los locos y los sacerdotes no tienen nunca miedo. Pero es cierto que había muy pocas cosas que lo turbaban. Las alturas, por ejemplo, no le gustaban mucho. Y las torrenciales tormentas de verano que había en esa región, que teñían el cielo de negro y destrozaban los robles de profundas raíces, le hacían sentirse incómodamente pequeño e impotente.

Pero en el fondo nada lo asustaba: ni las tormentas, ni las escaleras altas, ni siquiera los escrales. Bast era valiente a fuerza de no tener miedo. No había nada que lo hiciera palidecer, y si palidecía, no era por mucho tiempo.

Bueno, no le agradaba la idea de que le hicieran daño, por supuesto. De que le clavaran una herramienta de hierro o lo quemasen con brasas de carbón, por ejemplo. Pero el que no le gustara imaginar su sangre derramada no significaba que temiera esas cosas. Sencillamente, prefería evitarlas. Para temer de verdad algo tienes que detenerte a pensar en ello. Y como no había nada que hiciera presa en la mente de Bast de esa manera, no había nada que su corazón temiera de verdad.

Pero los corazones pueden cambiar. Diez años atrás, Bast había resbalado cuando trepaba a un alto renelo para coger fruta para una muchacha que le gustaba. Después de resbalar, se quedó colgado durante un minuto, cabeza abajo, antes de caer. En ese largo minuto, un pequeño temor arraigó en él, y no lo había abandonado desde entonces.

De la misma manera, Bast había adquirido otro miedo últimamente. Hacía un año, era todo lo temerario que puede llegar a ser un hombre sensato, pero ahora Bast le tenía miedo al silencio. No al silencio normal debido, sencillamente, a la ausencia de cosas que se mueven alrededor y que producen ruido. Bast le tenía miedo al hondo y cansado silencio que se producía a veces alrededor de su maestro y que lo envolvía como una invisible mortaja.

Bast volvió a respirar: diecisiete. Se controló para no retorcerse las manos mientras esperaba a que aquel hondo silencio invadiera la habitación. Esperó a que cristalizara y enseñara los dientes junto al borde de la fría quietud que se había acumulado en la Roca de Guía. Sabía de qué manera aparecía, como la helada en una madrugada de invierno, endureciendo el agua acumulada en las rodadas de los carromatos.

Pero antes de que Bast pudiera volver a respirar, Kvothe se enderezó en el asiento y le hizo una seña a Cronista para que dejara la pluma. Bast estuvo a punto de llorar al notar que el silencio se dispersaba, como un oscuro pájaro que, asustado, emprende el vuelo.

Kvothe dio un suspiro, entre molesto y resignado.

—Tengo que admitir —dijo— que no estoy seguro de cómo abordar la siguiente parte de la historia.

Bast, temiendo que el silencio se prolongara demasiado, dijo con voz chirriante:

—¿Por qué no te limitas a hablar primero de lo más importante? Luego puedes retroceder y mencionar otras cosas, si lo crees necesario.

—Como si fuera sencillo —dijo Kvothe con aspereza—. ¿Qué es lo más importante? ¿Mi magia o mi música? ¿Mis triunfos o mis delirios?

Bast se ruborizó y se mordió los labios.

Kvothe soltó el aire de golpe.

—Perdóname, Bast. Es un buen consejo, como suelen serlo todos tus consejos aparentemente estúpidos. —Apartó la mesa de la silla—. Pero antes de continuar, el mundo real me impone ciertas obligaciones que no puedo seguir eludiendo. ¿Queréis disculparme un momento?

Cronista y Bast se levantaron también, estiraron las piernas y atendieron también sus necesidades. Bast encendió las lámparas. Kvothe sacó más queso, pan y unas salchichas muy especiadas. Comieron e hicieron algún débil intento de entablar una conversación superficial, pero estaban distraídos, pensando en la historia.

Bast se comió la mitad de todo. Cronista también comió, pero no tanto. Kvothe dio un par de bocados antes de decir:

—Adelante, pues. Música y magia. Triunfo y delirio. Pensad. ¿Qué necesita nuestra historia? ¿Qué elemento vital le falta?

—Mujeres, Reshi —saltó Bast—. Hay una escasez tremenda de mujeres.

Kvothe sonrió.

—«Mujeres» no, Bast. Una mujer. La mujer. —Kvothe miró a Cronista—. Has oído cosas sueltas, no lo dudo. Yo te contaré la verdad sobre ella. Aunque temo no estar a la altura del reto.

Cronista cogió la pluma, pero antes de que la mojara en el tintero, Kvothe levantó una mano.

—Antes de empezar, dejadme decir una cosa. He relatado historias en el pasado, he pintado imágenes con palabras, he contado grandes mentiras y verdades aún más duras. Una vez le canté los colores a un ciego. Toqué durante siete horas, pero al final me dijo que los veía: verde, rojo y dorado. Creo que eso fue más fácil que lo que intento hacer ahora. Tratar de que la entendáis describiéndola solo con palabras. Vosotros nunca la habéis visto ni habéis oído su voz. No podéis entenderlo.

Kvothe le hizo una seña a Cronista para que cogiera la pluma.

—Aun así, lo intentaré. Ella está ahora en los bastidores, a punto de salir a escena. Preparemos el escenario para su entrada...

49

La naturaleza de las criaturas salvajes

Para aproximarse a una criatura salvaje es necesario tener cuidado. El sigilo no sirve de nada. Las criaturas salvajes reconocen el sigilo y saben que es una mentira y una trampa. Si bien a veces las criaturas salvajes juegan a juegos de sigilo y, al hacerlo, en ocasiones son presa del sigilo, en realidad el sigilo nunca las atrapa.

Pues bien. Con lento cuidado, más que con sigilo, es como debemos aproximarnos a determinada mujer. Una mujer salvaje hasta tal punto que temo abordarla demasiado deprisa incluso en una historia. Si me moviera de modo imprudente, podría asustar a la idea de esa mujer y hacerla salir volando precipitadamente.

Así que, con lento cuidado, hablaré de cómo la conocí. Y para eso debo hablar de los sucesos que me llevaron, a regañadientes, al otro lado del río y a Imre.

Terminé mi primer bimestre con tres talentos de plata y una sola iota. Hacía poco tiempo, eso me habría parecido una fortuna. Ahora solo esperaba que fuera suficiente para pagar la matrícula de otro bimestre y una cama en las Dependencias.

En la Universidad, el último ciclo de cada bimestre estaba reservado a los exámenes de admisión. Se cancelaban las clases y los maestros pasaban varias horas todos los días examinando a los alumnos. Tu matrícula del bimestre siguiente dependía del resultado de ese examen. Un sorteo determinaba qué día y a qué hora te presentarías en Admisiones.

De esa breve entrevista dependían muchas cosas. Si fallabas unas cuantas preguntas, el precio de tu matrícula podía duplicarse. Todos los alumnos querían examinarse lo más tarde que fuera posible, porque así tenían más tiempo para estudiar y prepararse. Una vez celebrado el sorteo, se iniciaba un intenso trueque de horas de examen. Se intercambiaban dinero y favores, puesto que todos pugnaban por conseguir una hora que les fuera bien.

Yo tuve la suerte de que me tocara una hora a media mañana en Prendido, el último día de admisiones. Si hubiera querido, habría podido vender mi hora, pero preferí aprovechar ese tiempo extra para estudiar. Sabía que mi examen tenía que ser brillante, porque a varios de los maestros ya no los impresionaba tanto. El truco de espiar a los otros alumnos estaba descartado esta vez: sabía que era motivo de expulsión, y no podía correr ese riesgo.

Había estudiado mucho con Wil y con Sim, pero los exámenes de admisión eran difíciles. La mayoría de las preguntas me resultaron un paseo, aunque Hemme adoptó una actitud abiertamente hostil y me hizo preguntas con más de una respuesta, de modo que nada de lo que yo decía era correcto. Brandeur también me lo puso difícil; era evidente que estaba ayudando a Hemme a vengarse de mí. Las preguntas de Lorren eran indescifrables, pero más que ver la desaprobación en su cara, la sentía.

Después esperé, nervioso, a que los maestros estipularan mi matrícula. Al principio hablaban en voz baja y con calma, pero al poco rato subieron el tono de voz. Al final, Kilvin se levantó y apuntó a Hemme con un dedo, gritando y golpeando la mesa con la otra mano. Hemme guardó la compostura mejor de lo que habría hecho yo si me hubiera enfrentado a ciento veinte kilos de enfurecido y rugiente artífice.

Cuando el rector consiguió recuperar las riendas de la situación, me llamaron y me entregaron mi recibo. «E'lir Kvothe. Bimestre de otoño. Matrícula: 3 Tln. 9 It. 7 Fe.»

Ocho iotas más de lo que tenía. Salí de la Casa de los Maestros, aparqué el vacío que sentía en las entrañas e intenté pensar en cómo podía hacerme con más dinero antes del mediodía del día siguiente.

Pasé por los dos cambistas ceáldicos de ese lado del río. Tal como sospechaba, no quisieron prestarme ni un solo ardite. Aunque no me sorprendió, la experiencia fue aleccionadora, y volvió a recordarme lo diferente que era yo de los otros estudiantes. Ellos tenían familias que les pagaban la matrícula y que les daban asignaciones para cubrir sus gastos. Tenían nombres honrosos a los que podían recurrir en caso de apuro. Tenían objetos que podían empeñar o vender. Y si la cosa se ponía muy fea, tenían casas a las que volver.

Yo no tenía nada de todo eso. Si no conseguía ocho iotas más para pagar mi matrícula, no tendría a donde ir.

La opción más sencilla parecía pedirle prestado dinero a algún amigo, pero valoraba demasiado a mi puñado de amigos como para arriesgarme a perderlos por dinero. Como decía mi padre: «Hay dos formas infalibles de perder a un amigo: una es pedirle dinero prestado, y la otra, prestárselo».

Además, yo hacía todo lo posible para disimular mi pobreza. El orgullo es absurdo, pero es una fuerza poderosa. Solo les habría pedido dinero a mis amigos como último recurso.

Me planteé brevemente robar ese dinero, pero sabía que no era una buena idea. Si me sorprendían con la mano en algún bolsillo, me llevaría algo más que un bofetón. Con suerte, me meterían en la cárcel y me obligarían a someterme a la ley del hierro. Y sin suerte, acabaría ante las astas del toro y me expulsarían por conducta impropia de un miembro del Arcano. No podía correr ese riesgo.

Necesitaba un renovero, uno de esos peligrosos personajes que prestaban dinero a la gente desesperada. Quizá los hayáis oído llamar de otra forma más romántica, «halcones de cobre», pero generalmente se los llama buitres o urracas. Están en todas partes, se los llame como se los llame. Lo difícil es encontrarlos. Suelen ser muy reservados, porque su negocio es semilegal, como mucho.

Pero vivir en Tarbean me había enseñado una o dos cosas. Pasé un par de horas visitando las tabernas más sórdidas de los alrededores de la Universidad, entablando conversaciones superficiales y haciendo preguntas tontas. Luego visité una casa de empeño llamada El Penique Doblado, e hice algunas preguntas más intencionadas. Por fin me enteré de dónde tenía que ir. Al otro lado del río, a Imre.

50

Negociaciones

Imre estaba a un poco más de tres kilómetros de la Universidad, en la orilla este del río Omethi. Como solo estaba a dos días de Tarbean en coche rápido, muchos nobles, políticos y cortesanos adinerados vivían allí. Quedaba cerca del centro gubernativo de la Mancomunidad, pero a la vez a una cómoda distancia del olor a pescado podrido, a brea caliente y a vómito de marinero borracho.

Imre era un refugio para los artistas. Había músicos, dramaturgos, escultores, bailarines y practicantes de un centenar de otras artes menores, incluso de la más modesta de todas: la poesía. Los actores acudían a Imre porque esta ofrecía lo que más ansía todo artista: un público apreciativo y acomodado.

Imre también se beneficiaba de su proximidad a la Universidad. El acceso a instalaciones de agua y a lámparas simpáticas mejoraba la calidad de la atmósfera de la ciudad. Era fácil conseguir buen cristal, de modo que en muchas casas había ventanas y espejos. Las lentes y las gafas, aunque caras, eran fáciles de conseguir.

Pese a todo eso, las dos poblaciones no se tenían mucho cariño. A la mayoría de los ciudadanos de Imre no les gustaba la idea de un millar de mentes que jugueteaban con fuerzas oscuras que era mejor dejar en paz. Oyendo hablar al ciudadano medio, era fácil olvidar que en ese rincón del mundo no habían visto quemar a ningún arcanista desde hacía casi trescientos años.

En honor a la verdad, hay que mencionar que la Universidad también sentía un vago desprecio por la población de Imre, pues la calificaba de autocompasiva y decadente. Las artes que tan elevadas se consideraban en Imre se tenían por frívolas en la Universidad. Muchas veces, se decía que los estudiantes que dejaban la Universidad «habían cruzado el río»; implícitamente eso significaba que las mentes que eran demasiado débiles para los estudios académicos tenían que dedicarse a juguetear con las artes.

En realidad, la gente era hipócrita a ambas orillas del río. Los estudiantes universitarios despotricaban de los frívolos músicos y de los informales actores, y luego hacían largas colas y pagaban para ver sus actuaciones. Los vecinos de Imre protestaban de las artes antinaturales que se practicaban a tres kilómetros de la ciudad, pero cuando un acueducto se derrumbaba o alguien caía de pronto enfermo, no dudaban en llamar a ingenieros y a médicos educados en la Universidad.

En general, era una tregua molesta y que venía de largo, en la que ambas partes se quejaban al mismo tiempo que mantenían una reacia tolerancia. Al fin y al cabo, aquella gente tenía sus utilidades, solo que no te gustaría que tu hija se casara con uno de ellos...

Dado que Imre era un refugio para la música y el teatro, quizá penséis que yo pasaba mucho tiempo allí, pero nada podría estar más lejos de la verdad. Solo había estado en Imre una vez. Wilem y Simmon me habían llevado a una posada donde tocaba un trío de hábiles músicos: laúd, flauta y tambor. Pedí una jarra de cerveza pequeña que me costó medio penique y me relajé, dispuesto a disfrutar de una velada con mis amigos...

Pero no pude. Apenas unos minutos después de que empezara a sonar la música, casi salí corriendo del local. Dudo mucho que podáis entender por qué, pero supongo que si quiero que esto tenga algún sentido, tendré que explicároslo.

No soportaba oír música y no formar parte de ella. Era como ver a la mujer que amas acostándose con otro hombre. No. No es eso. Era como...

Era como los consumidores de resina que había visto en Tarbean. La resina de denner era ilegal, por supuesto, pero había partes de la ciudad en que eso no importaba. La resina se vendía envuelta en papel encerado, como los pirulís o los tofes. Mascarla te llenaba de euforia. De felicidad. De satisfacción.

Pero pasadas unas horas estabas temblando, dominado por una desesperada necesidad de consumir más, y esa ansia empeoraba cuanto más tiempo llevabas consumiéndola. Una vez, en Tarbean, vi a una joven de no más de dieciséis años con los reveladores ojos hundidos y los dientes exageradamente blancos de los adictos perdidos. Le estaba pidiendo un «caramelo» de resina a un marinero, que lo sostenía fuera de su alcance, burlándose de ella. Le decía a la chica que se lo daría si se desnudaba y bailaba para él allí mismo, en medio de la calle.

La chica lo hizo, sin importarle quién pudiera estar mirando, sin importarle que fuera casi el Solsticio de Invierno y que en la calle hubiera diez centímetros de nieve. Se quitó la ropa y bailó desenfrenadamente; le temblaban las pálidas extremidades, y sus movimientos eran patéticos y espasmódicos. Entonces, cuando el marinero rió y negó con la cabeza, ella cayó de rodillas en la nieve, suplicando y sollozando, agarrándose desesperadamente a las piernas del marinero, prometiéndole que haría cualquier cosa que le pidiera, cualquier cosa...

Así era como me sentía yo cuando oía tocar a unos músicos. No podía soportarlo. La ausencia diaria de mi música era como un dolor de muelas al que me había acostumbrado. Podía vivir con ello. Pero no soportaba ver cómo agitaban delante de mí el objeto de mi deseo.

Así que evité ir a Imre hasta que el problema de mi matrícula del segundo bimestre me obligó a cruzar de nuevo el río. Me había enterado de que Devi era la persona a la que cualquiera podía pedir un préstamo, por desesperadas que fueran las circunstancias.

Así que crucé el Omethi por el Puente de Piedra y me encaminé hacia Imre. Para llegar al negocio de Devi había que tomar un callejón y subir por una estrecha escalera que había detrás de una carnicería. Esa parte de Imre me recordó a la Ribera de Tarbean. El empalagoso olor a grasa rancia proveniente de la carnicería me hizo agradecer la fresca brisa otoñal.

Al llegar ante la gruesa puerta vacilé y oteé el callejón. Estaba a punto de meterme en asuntos peligrosos. Un prestamista ceáldico podía llevarte a juicio si no le devolvías el préstamo. Un renovero sencillamente hacía que te dieran una paliza, o que te robaran, o ambas cosas. Lo que estaba haciendo no era inteligente. Estaba jugando con fuego.

Pero no tenía alternativa. Respiré hondo, me cuadré de hombros y llamé a la puerta.

Me sequé las sudorosas palmas de las manos en la capa, con la esperanza de tenerlas razonablemente secas cuando le estrechara la mano a Devi. En Tarbean había aprendido que la mejor forma de tratar con esa clase de individuos era aparentar seguridad y confianza. Su trabajo consistía en aprovecharse de la debilidad de los demás.

Oí cómo descorrían un pesado cerrojo; entonces la puerta se abrió y vi a una joven con el cabello liso y rubio rojizo enmarcando una carita de duendecillo. La chica me sonrió, monísima.

—¿Sí?

—Busco a Devi —dije.

—Ya la has encontrado —me contestó—. Pasa.

Entré; ella cerró la puerta y corrió el cerrojo. La habitación no tenía ventanas, pero estaba bien iluminada y olía a lavanda, lo cual representaba un agradable cambio respecto al olor del callejón. Había tapices en las paredes, pero los únicos muebles eran un pequeño escritorio, una estantería y una gran cama con dosel con las cortinas corridas.

—Por favor —dijo la joven señalando el escritorio—. Siéntate.

Se sentó detrás del escritorio y entrelazó las manos sobre el tablero. Cuando vi cómo se manejaba rectifiqué respecto a su edad. La había calculado mal por su corta estatura, pero aun así, no podía tener mucho más de veintitantos años, y eso no era lo que yo esperaba encontrar.

Devi pestañeó con gracia.

—Necesito un préstamo —dije.

—¿Qué te parece si primero me dices cómo te llamas? —Sonrió—. Tú ya sabes mi nombre.

—Kvothe.

—¿En serio? —Arqueó una ceja—. Me han contado un par de cosas sobre ti. —Me miró de arriba abajo—. Creía que serías más alto.

Yo habría podido decir lo mismo. La situación me había pillado desprevenido. Me había preparado para vérmelas con un matón musculoso, y para unas negociaciones cargadas de amenazas mal disimuladas y de bravuconadas. No sabía cómo reaccionar ante aquella niña inocente y risueña.

—¿Qué te han contado? —pregunté para llenar el silencio—. Espero que nada malo.

—Cosas buenas y cosas malas. —Sonrió—. Pero ninguna aburrida.

Entrelacé las manos para tenerlas quietas.

—Bueno, ¿qué hay que hacer exactamente?

—No eres muy bromista, ¿verdad? —Devi dio un breve suspiro de decepción—. No está mal: directo al grano. ¿Cuánto necesitas?

—Solo un talento —respondí—. Ocho iotas, para ser exactos.

Devi sacudió la cabeza con seriedad, agitando su cabello rubio rojizo.

—Me temo que no puede ser. No me compensa hacer préstamos tan pequeños.

Fruncí el ceño.

—¿Qué cantidad te compensa?

—Cuatro talentos. Es lo mínimo.

—¿Y los intereses?

—Cincuenta por ciento cada dos meses. Así que si quieres que te preste lo mínimo, serán dos talentos al final del bimestre. Puedes cancelar toda la deuda por seis si quieres. Pero hasta que yo recupere el capital inicial, tienes que pagarme dos talentos cada bimestre.

Asentí; no estaba muy sorprendido. Era más o menos cuatro veces lo que hasta el más avaricioso prestamista habría cobrado.

—Pero estaría pagando intereses por un dinero que en realidad no necesito.

—No —dijo ella mirándome a los ojos con seriedad—. Estarías pagando intereses por un dinero que habrías pedido prestado. Ese es el trato.

—¿Y no puedes prestarme dos talentos? —propuse—. Así, al final...

Devi movió las manos para interrumpirme.

—No estamos aquí para regatear. Solo te informo de las condiciones del préstamo. —Sonrió como disculpándose—. Perdóname si no lo he dejado claro desde el principio.

Observé la postura de sus hombros, cómo me miraba a los ojos.

—De acuerdo —dije, resignado—. ¿Dónde tengo que firmar?

Devi me miró sin comprender y frunció ligeramente la frente.

—No tienes que firmar nada. —Abrió un cajón y sacó de él una botellita marrón con tapón de cristal. Puso un largo alfiler junto a la botellita, sobre el escritorio—. Solo necesito un poco de sangre.

Me quedé paralizado en la silla, con los brazos junto a los costados.

—No te preocupes —me tranquilizó Devi—. La aguja está limpia. Solo necesito tres gotas.

Al final recuperé el habla:

—Lo dices en broma, ¿no?

Devi ladeó la cabeza, y una leve sonrisa rizó una de las comisuras de su boca.

—¿No lo sabías? —me preguntó, sorprendida—. Aquí no suele entrar nadie que no sepa de qué va esto.

—La verdad es que me cuesta creer que alguien... —Me atasqué, sin saber qué decir.

—No lo hace todo el mundo —me cortó—. Suelo trabajar con estudiantes y ex estudiantes. La gente de este lado del río me tomaría por una especie de bruja, un demonio o algo por el estilo. Los miembros del Arcano saben muy bien por qué les pido sangre y qué puedo hacer con ella.

—¿Tú también eres miembro del Arcano?

—Ex miembro —puntualizó ella, y su sonrisa se difuminó un poco—. Llegué a Re'lar antes de dejar la Universidad. Sé lo suficiente para que, con un poco de tu sangre en mi poder, no puedas esconderte nunca de mí. Te encontraría en cualquier sitio.

—Entre otras cosas —dije, incrédulo, pensando en el modelo de cera que había hecho de Hemme a principios del bimestre, y solo había utilizado un pelo; la sangre era mucho más eficaz para crear un vínculo— podrías matarme.

Devi me miró con franqueza.

—Para ser la nueva estrella del Arcano, eres muy estúpido. Piénsalo bien. ¿Seguiría en mi negocio si tuviera por costumbre cometer felonía?

—¿Están los maestros al corriente de esto?

Devi rió.

—Por el cuerpo de Dios, claro que no. Ni el alguacil, ni el obispo, ni mi madre. —Se señaló el pecho, y luego me señaló a mí—. Yo lo sé y tú lo sabes. Eso suele bastar para asegurar una buena relación de trabajo entre los dos.

—Y ¿qué pasa cuando no basta? —pregunté—. Si no tengo tu dinero a finales del bimestre. ¿Qué pasa entonces?

Devi abrió las manos y se encogió de hombros con indiferencia.

—Entonces llegamos a algún acuerdo entre los dos. Como personas razonables. Trabajas para mí, por ejemplo. Me revelas secretos. Me haces favores. —Sonrió y me miró lentamente con gesto provocativo, riéndose de mi turbación—. Si la cosa pintase mal y te mostraras muy poco colaborador, yo podría venderle tu sangre a alguien y recuperar mis pérdidas. Todo el mundo tiene enemigos. —Volvió a encogerse de hombros con despreocupación—. Pero las cosas nunca han llegado a ese punto. Generalmente basta con la amenaza para mantener a la gente a raya.

Escudriñó la expresión de mi rostro y bajó un poco los hombros.

—No seas bobo —dijo con suavidad—. Has entrado aquí creyendo que encontrarías a un burdo renovero con cicatrices en los nudillos. Estabas dispuesto a cerrar un trato con alguien que no habría dudado en dejarte para el arrastre si te retrasabas un solo día. Mi forma de trabajar es mejor. Más sencilla.

—Esto es una locura —dije poniéndome en pie—. De ninguna manera.

La risueña expresión de Devi se borró de su rostro.

—No te precipites —dijo sin disimular que se estaba enojando—. Te comportas como un granjero que cree que intento comprarle el alma. Solo es un poco de sangre para que pueda seguirte la pista. Es como una garantía. —Hizo un ademán tranquilizador con ambas manos, como si alisara el aire—. Mira, vamos a hacer una cosa. Te dejo tomar prestado la mitad del mínimo. —Me miró, expectante—. Dos talentos. ¿Te parece mejor así?

—No —respondí—. Discúlpame por haberte hecho perder el tiempo, pero no puedo hacerlo. ¿Hay algún otro renovero por aquí?

—Por supuesto —replicó ella con frialdad—. Pero no me inclino mucho a darte esa clase de información. —Ladeó la cabeza—. Por cierto, hoy es Prendido, ¿no? ¿No necesitas el dinero de la matrícula para mañana antes de mediodía?

—Ya lo encontraré yo solo —le solté.

—Seguro que sí, con lo listo que eres. —Devi hizo un ademán con el dorso de la mano para indicarme que me marchara—. Puedes irte cuando quieras. Acuérdate de Devi dentro de dos meses, cuando algún matón te esté arrancando los dientes a patadas.

Me marché de casa de Devi y di un paseo por las calles de Imre, nervioso e irritado, tratando de poner en orden mis ideas. Tratando de encontrar una solución a mi problema.

Tenía ciertas posibilidades de devolver el préstamo de dos talentos. Tenía previsto ascender pronto en la Factoría. Una vez que me permitieran realizar mis propios proyectos, podría empezar a ganar dinero de verdad. Lo único que necesitaba era aguantar en las clases el tiempo suficiente. Solo era cuestión de tiempo.

En realidad, eso era lo que estaba pidiendo prestado: tiempo. Un bimestre más. ¿Quién sabía qué oportunidades podían presentárseme en los dos meses siguientes?

Pero incluso mientras intentaba convencerme a mí mismo, sabía la verdad: no era buena idea. Era buscarse problemas. Me tragaría el orgullo y vería si Wil, Sim o Sovoy podían prestarme las ocho iotas que necesitaba. Suspiré y me resigné a pasar un bimestre durmiendo a la intemperie y hurgando en las basuras para encontrar algo de comer. Al menos no podía ser peor que los años que había pasado en Tarbean.

Me disponía a volver a la Universidad cuando mi desasosegado deambular me llevó ante el escaparate de una casa de empeños. Sentí aquel viejo dolor en los dedos...

—¿Cuánto pide por ese laúd de siete cuerdas? —pregunté. Ni aun hoy recuerdo haber entrado en la tienda.

—Cuatro talentos justos —me contestó el propietario alegremente. Pensé que debía de ser nuevo en el negocio, o que debía de estar borracho. Los prestamistas nunca son joviales, ni siquiera en ciudades prósperas como Imre.

—Ah —dije sin disimular mi desilusión—. ¿Me dejaría verlo?

El prestamista me lo dio. No era gran cosa. La madera tenía un veteado irregular, y el barniz era basto y estaba arañado. Los trastes eran de tripa y había que cambiarlos, pero eso no me preocupaba mucho, porque de todos modos yo tocaba sin trastes. La caja era de palisandro, de modo que el sonido no podía ser muy sutil. Pero por otra parte, el sonido de un laúd de palisandro se oía mejor en una taberna abarrotada, pues el murmullo de las conversaciones no lo apagaba tan fácilmente. Di unos golpecitos en la caja con el dedo, y el instrumento emitió un resonante zumbido. No era bonito, pero sí sólido. Empecé a afinarlo; así tenía una excusa para sujetarlo un rato más.

—Podría bajar hasta tres con cinco —dijo el prestamista desde detrás del mostrador.

Detecté desesperación en su voz. Entonces se me ocurrió pensar que no debía de ser fácil vender un laúd feo de segunda mano en una ciudad llena de nobles y de músicos prósperos. Sacudí la cabeza.

—Las cuerdas son viejas. —En realidad estaban bien, pero confié en que el prestamista no lo supiera.

—Cierto —replicó confirmándome su ignorancia—, pero las cuerdas son baratas.

—Supongo —dije sin convicción. Ya tenía un plan. Ajusté cada una de las cuerdas dejándolas un poco desafinadas. Toqué un acorde y escuché el chirriante sonido. Miré el mástil del laúd con gesto especulativo—. Me parece que el mástil está agrietado. —Toqué un acorde menor que sonó aún peor—. ¿A usted le parece que está agrietado? —Volví a tocar, más fuerte.

—¿Tres con dos? —me propuso el prestamista.

—No es para mí —dije como si lo corrigiera—. Es para mi hermano pequeño. El muy imbécil anda todo el día jugando con el mío.

Volví a tocar un acorde e hice una mueca.

—Quizá ese mocoso no me caiga muy bien, pero no soy tan cruel como para comprarle un laúd con el mástil roto. —Hice una pausa. Como el prestamista no decía nada, añadí—: Por tres con dos no me lo quedo.

—¿Tres justos? —repuso él.

Aparentemente, yo sujetaba el laúd con indiferencia y sin mucho interés. Pero en el fondo me aferraba a él con fiereza, hasta que se me ponían los nudillos blancos. No espero que lo entendáis. Cuando los Chandrian mataron a mi troupe, destrozaron mi familia y mi hogar. Pero en cierto modo fue peor cuando se rompió el laúd de mi padre, en Tarbean. Eso había sido como perder una extremidad, un ojo, un órgano vital. Sin mi música, había deambulado durante años por Tarbean, vivo solo a medias, como un veterano lisiado o un muerto viviente.

—Mire —le dije con franqueza—, tengo dos con dos. —Saqué mi bolsa—. Si quiere, puede aceptarlos; y si no, este feo instrumento puede seguir acumulando polvo en un estante diez años más.

Lo miré a los ojos, cuidando de que no se reflejara en mi cara lo mucho que necesitaba aquel laúd. Habría hecho cualquier cosa para conseguirlo. Habría bailado desnudo en la nieve. Me habría agarrado a una pierna del prestamista, temblando y frenético, prometiéndole que haría cualquier cosa que me pidiera, cualquier cosa...

Puse dos talentos y dos iotas encima del mostrador; era casi todo el dinero que había ahorrado para pagar la matrícula de ese bimestre. Las monedas hicieron un fuerte ruido cuando las apreté sobre el mostrador, una a una.

El prestamista me miró largo rato, evaluándome. Puse una iota más y esperé. Y esperé. Cuando por fin estiró un brazo para coger el dinero, su demacrada expresión era la que yo estaba acostumbrado a ver en las caras de los prestamistas.

Devi abrió la puerta y sonrió.

—Vaya, la verdad es que no creía que volviera a verte. Pasa. —Echó el cerrojo de la puerta y fue hasta su escritorio—. Pero no puedo decir que me decepcione que hayas venido. —Giró la cabeza y me lanzó su pícara sonrisa—. Esperaba poder hacer un pequeño negocio contigo. —Se sentó—. ¿Qué? ¿Dos talentos?

—No, mejor cuatro —dije. Era lo que necesitaba para pagar la matrícula y una cama en las Dependencias. Yo podía dormir a la intemperie, aunque lloviera o hiciera viento, pero mi laúd merecía algo mejor.

—Estupendo —dijo ella, y cogió la botella y la aguja.

Necesitaba tener intactas las yemas de los dedos, así que me pinché en el dorso de la mano y vertí tres gotas de mi sangre en la botellita marrón. Se la di a Devi.

—Mete también la aguja dentro.

Lo hice.

Devi mojó el tapón con una sustancia transparente y tapó la botella.

—Un excelente adhesivo de tus amigos de la otra orilla del río —explicó—. No puedo abrir la botella sin romperla. Así, cuando saldes tu deuda, recuperarás la botella intacta y podrás dormir tranquilo sabiendo que no me he quedado nada de tu sangre.

—A menos que tengas el disolvente —señalé.

Devi me miró con ironía.

—No eres muy confiado, ¿verdad? —Se puso a rebuscar en un cajón, sacó un poco de lacre y empezó a calentarlo sobre la lámpara que había encima del escritorio—. ¿No tendrás un sello, un anillo o algo así? —me preguntó mientras vertía el lacre sobre el tapón de la botella.

—Si tuviera alguna joya que vender, no estaría aquí —dije con franqueza, y puse un pulgar en el lacre. Mi dedo dejó una huella reconocible—. Pero esto servirá.

Devi grabó un número en la botella con una aguja de diamante, y luego sacó una hoja de papel. Escribió algo y luego agitó una mano para que se secara la tinta.

—Puedes llevarle esto a cualquier prestamista de ambas orillas del río —dijo alegremente, y me entregó la hoja—. Ha sido un placer hacer negocios contigo. Pásate cuando quieras.

Volví a la Universidad con dinero en la bolsa y con el reconfortante peso del laúd colgando del hombro. Era un laúd feo, de segunda mano, y me había costado dinero, sangre y tranquilidad.

Lo quería como a un hijo, como el aire que respiraba, como a mi mano derecha.

51

Por el mosaico de tejados

A principios del segundo bimestre, Kilvin me dio permiso para estudiar sigaldría. Eso sorprendió a unos cuantos, pero a nadie de la Factoría, donde yo había demostrado ser un trabajador incansable y un alumno aplicado.

La sigaldría, para explicarlo en pocas palabras, es un conjunto de herramientas para canalizar las fuerzas. Es como la simpatía, pero en sólido.

Por ejemplo: si grababas la runa *ule* en un ladrillo y la runa *doch* en otro, las dos runas hacían que los ladrillos se pegaran el uno al otro, como si los hubieran unido con argamasa.

Pero no es tan sencillo como parece. En realidad, lo que pasa es que las dos runas revientan los dos ladrillos con la fuerza de su atracción. Para evitarlo, tienes que añadir la runa *aru* a los dos ladrillos. *Aru* es la runa de la arcilla, y hace que las dos piezas de arcilla se peguen una a otra, solucionando tu problema.

Pero las runas *aru* y *doch* no encajan, porque no tienen la forma adecuada. Para que encajen, tienes que añadir unas runas de enlace: *gea* y *teh*. Luego, para equilibrarlo, tienes que añadir *gea* y *teh* al otro ladrillo. Entonces los dos ladrillos se unen sin romperse.

Pero solo si los ladrillos son de arcilla. La mayoría de los ladrillos no lo son. Por eso suele ser mejor mezclar hierro con la arcilla del ladrillo antes de cocerlo. Entonces tienes que utilizar la runa *fehr* en lugar de la runa *aru*, claro. Y tienes que cambiar las runas *teh* y *gea* para que encajen los extremos...

Como veis, la argamasa es un método más sencillo y más fiable para unir ladrillos.

Estudié sigaldría con Cammar. El tuerto con la cara cubierta de cicatrices era el guardián de Kilvin. Hasta que no le habías demostrado a Cammar que entendías bien la sigaldría no te dejaban pasar a un aprendizaje más amplio con alguno de los otros artífices, más experimentados. Los ayudabas con sus proyectos, y ellos, a cambio, te enseñaban los trucos del oficio.

Había ciento noventa y siete runas. Era como aprender un idioma nuevo, solo que había casi doscientas letras que desconocías, y muchas veces tenías que inventar tus propias palabras. La mayoría de los alumnos tenían que estudiar casi un mes antes de que Cammar los considerara preparados para pasar al siguiente nivel. Algunos alumnos tardaban un bimestre entero.

A mí, en total, me llevó siete días.

¿Cómo lo conseguí?

En primer lugar, estaba motivado. Otros estudiantes podían permitirse el lujo de estudiar a un ritmo pausado. Sus padres o sus mecenas les pagaban los gastos. Yo, en cambio, necesitaba ascender deprisa en la Factoría para poder ganar dinero trabajando en mis propios proyectos. Mi prioridad ya no era la matrícula, sino mi deuda con Devi.

En segundo lugar, yo era inteligente. Y la mía no era una inteligencia corriente y moliente. Era extraordinariamente inteligente.

Por último, tenía suerte. Así de sencillo.

Subí al mosaico de tejados de la Principalía con mi laúd colgado del hombro. Era un crepúsculo oscuro y nublado, pero yo ya sabía el camino. Pisaba con cuidado por las zonas con revestimiento de chapa embreada, porque sabía que tanto las tejas rojas como las grises de pizarra eran traicioneras.

En algún momento durante la reforma de la Principalía, uno de los patios había quedado completamente aislado. Solo se podía acceder a él trepando por una alta ventana que había en una de las aulas, o bajando por un nudoso manzano si ya estabas en el tejado.

Iba allí a practicar con mi laúd. No podía hacerlo en mi cama de las Dependencias. En esa orilla del río, la música no solo era considerada algo frívolo, sino que si hubiera tocado mientras mis compañeros de dormitorio intentaban dormir o estudiar únicamente habría conseguido ganarme más enemigos. Así que iba allí. Era un sitio perfecto, aislado, y estaba prácticamente en mi puerta.

Los setos estaban muy crecidos y el césped era un desmán de malas hierbas y plantas con flores. Pero debajo del manzano había un banco que satisfacía perfectamente mis necesidades. Solía ir por la noche, cuando la Principalía estaba cerrada y abandonada. Pero ese día era Zeden, y eso significaba que si cenaba deprisa, tendría casi una hora entre la clase de Elxa Dal y mi jornada en la Factoría. Mucho tiempo para practicar.

Sin embargo, esa noche, cuando llegué al patio, vi luces a través de las ventanas. La clase de Brandeur se estaba alargando.

Así que me quedé en el tejado. Las ventanas del aula estaban cerradas, de modo que no había peligro de que me oyeran.

Apoyé la espalda en una chimenea y empecé a tocar. Pasados unos diez minutos se apagaron las luces, pero decidí quedarme donde estaba en lugar de perder el tiempo bajando.

Estaba tocando «Las cañas de Tomás» cuando el sol salió de detrás de las nubes. Una luz dorada bañó el tejado, se derramó por el alero e iluminó una pequeña parte del patio que había abajo.

Entonces fue cuando oí el ruido. Un repentino susurro, como si hubiera un animal asustado allí abajo. Pero luego oí otra cosa, un ruido que no era el que habrían hecho una ardilla o un conejo en los setos. Era un ruido duro, un golpazo vagamente metálico, como si alguien hubiera dejado caer una pesada barra de hierro.

Dejé de tocar; la melodía inacabada seguía sonando en mi cabeza. ¿Habría otro estudiante allí abajo, escuchando? Guardé el laúd en su estuche, me acerqué al borde del tejado y miré hacia el patio.

No podía ver a través del denso seto que cubría la mayor parte del extremo oriental del patio. ¿Habría trepado alguien por la ventana?

La luz del ocaso iba extinguiéndose rápidamente, y cuando bajé por el manzano la mayor parte del patio estaba ya a oscuras. Desde allí comprobé que la ventana estaba cerrada; por ella no había entrado nadie. Aunque oscurecía muy deprisa, la curiosidad venció a la cautela y me metí en el seto.

Había tramos en que el seto formaba cavidades; era como estar dentro de una concha verde de ramas vivas que dejaban suficiente espacio para permanecer cómodamente agachado. Pensé que aquel sería un buen sitio para dormir si no tenía suficiente dinero para pagarme la cama en las Dependencias el bimestre siguiente.

Pese a la poca luz que había, comprobé que estaba solo. No había sitio para que se escondiera allí nada más grande que un conejo. Tampoco vi nada que pudiera haber producido aquel sonido metálico.

Tarareando el pegadizo estribillo de «Las cañas de Tomás», fui a gatas hasta el otro extremo del seto. Cuando salí por el otro lado vi la rejilla de un desagüe. Había visto otras parecidas por la Universidad, pero esa era más antigua y más grande. De hecho, la abertura era lo bastante ancha para que, una vez retirada la reja, pasara por ella una persona.

Con vacilación, cerré una mano alrededor de uno de los fríos barrotes de hierro y tiré de él. La pesada rejilla pivotó sobre una bisagra y se levantó unos ocho centímetros. Yo no entendía por qué no se levantaba más. Tiré más fuerte, pero no conseguí abrirla del todo. Al final desistí y la dejé en su sitio. Hizo un fuerte ruido, vagamente metálico. Como si alguien hubiera dejado caer una pesada barra de hierro.

Entonces mis dedos notaron algo que mis ojos habían pasado por alto: un laberinto de muescas grabadas en la superficie de los barrotes. Las examiné más atentamente y reconocí algunas de las runas que estaba aprendiendo con Cammar: *ule* y *doch*.

Entonces lo vi todo claro. De repente, el estribillo de «Las cañas de Tomás» encajaba con las runas que había estado estudiando con Cammar los últimos días:

Ule y *doch* son
ambas para enlazar,
reh para buscar,
kel para encontrar.
Gea es llave,
teh cerrojo,
pesin agua,
resin roca.

No pude continuar porque sonó la sexta campanada. El sonido me sacó de mi ensimismamiento, y di un respingo. Pero cuando
estiré un brazo para sujetarme, mi mano no tocó hojas y tierra.
Tocó algo redondo, duro y suave: una manzana verde.

Salí del seto y me dirigí al rincón noroeste, donde estaba el
manzano. No había ninguna manzana en el suelo. Era demasiado pronto para que cayeran del árbol. Es más, la rejilla de hierro
estaba en el lado opuesto del pequeño patio. No podía haber llegado rodando hasta tan lejos. Alguien tenía que haberla llevado
hasta allí.

Sin saber qué pensar, pero sabiendo que llegaba tarde a mi turno de noche en la Factoría, trepé al manzano, recogí mi laúd y corrí
hacia el taller de Kilvin.

Más tarde, esa noche, hice encajar los nombres de las runas en
el resto de la melodía. Tardé varias horas, pero cuando terminé
era como si tuviera un esquema de referencia en la cabeza. Al día
siguiente, Cammar me sometió a un largo examen de dos horas,
y lo aprobé.

La siguiente etapa de mi educación en la Factoría la hice como
aprendiz de Manet, el veterano y melenudo estudiante al que había conocido nada más llegar a la Universidad. Manet llevaba casi
treinta años estudiando en la Universidad, y todos lo conocían
como el eterno E'lir. Sin embargo, pese a que conservaba ese rango, Manet tenía más experiencia práctica en la Factoría que muchos alumnos de rango más elevado.

Manet era paciente y considerado. De hecho, me recordaba a mi antiguo maestro, Abenthy. Solo que Abenthy había recorrido el mundo como incansable calderero, y de todos era sabido que no había nada que Manet deseara más que quedarse en la Universidad el resto de su vida, si podía.

Manet empezó poco a poco, enseñándome sencillas fórmulas necesarias para elaborar vidrio reforzado y embudos de calor. Bajo su tutela, aprendí artificería tan aprisa como lo aprendía todo, y no tardamos en pasar a proyectos más complejos como devoracalores y lámparas simpáticas.

La artificería de alto nivel, como los relojes simpáticos o los termógiros, todavía estaban fuera de mi alcance, pero yo sabía que solo era cuestión de tiempo. Por desgracia, el tiempo escaseaba.

52

Quemarse

Volver a tener un laúd significaba que había recuperado la música, pero enseguida acusé los tres años que llevaba sin practicar. Mi trabajo en la Artefactoría en los dos últimos meses me había fortalecido y endurecido las manos, pero no de la forma más adecuada. Pasaron varios días decepcionantes hasta que pude volver a tocar cómodamente una hora seguida.

Podría haber progresado más aprisa si no hubiera estado tan ocupado con mis otros estudios. Pasaba dos horas diarias en la Clínica, corriendo o de pie; un promedio de dos horas, todos los días, de clase y de resolución de fórmulas de cifrado en Matemáticas; y tres horas de estudio con Manet en la Factoría, aprendiendo los trucos del oficio.

Y luego tenía Simpatía Avanzada con Elxa Dal. Fuera del aula, Elxa era encantador, amable y hasta un poco ridículo cuando se pasaba. Pero cuando enseñaba, su personalidad oscilaba entre el profeta loco y el tambor de galera. Todos los días, en su clase, yo consumía otras tres horas de tiempo y el equivalente a cinco horas de energía.

Combinado con mi trabajo remunerado en el taller de Kilvin, eso apenas me dejaba tiempo para comer, dormir y estudiar, y menos aún para dedicarle a mi laúd la atención que merecía.

La música es una amante orgullosa y temperamental. Si le dedicas el tiempo y la atención que se merece, es toda tuya. Pero si la desairas, llegará un día en que la llamarás y ella no contestará. Así que empecé a dormir menos para darle a ella el tiempo que necesitaba.

Después de un ciclo con ese horario, me sentía cansado. Después de tres meses, todavía estaba bien, pero solo gracias a una firme determinación. En el quinto ciclo empecé a mostrar claros signos de desgaste.

Fue durante ese ciclo, el quinto, cuando un día comí con Wilem y Simmon, algo que no ocurría a menudo. Ellos habían encargado su comida en una taberna cercana. Yo no podía gastarme un drabín en una manzana y un pastel de carne, así que me había llevado de la Cantina un poco de pan de centeno y una salchicha llena de trozos de cartílago.

Nos sentamos en el banco de piedra bajo el poste del banderín donde me habían azotado. Al principio, justo después de los latigazos, aquel sitio me producía pavor, pero de vez en cuando me sentaba allí para demostrarme a mí mismo que podía soportarlo. Cuando dejó de molestarme, me sentaba allí porque me divertían las miradas que me lanzaban los estudiantes. Ahora me sentaba allí porque me encontraba cómodo. Era mi sitio.

Y como los tres pasábamos mucho tiempo juntos, también se había convertido en el sitio de Wilem y Simmon. Si les parecía raro que me gustara sentarme allí, nunca lo comentaron.

—Últimamente no te dejas ver mucho —dijo Wilem con la boca llena de pastel de carne—. ¿Has estado enfermo?

—Sí, eso —dijo Simmon con sarcasmo—. Ha estado enfermo un mes entero.

Wilem lo fulminó con la mirada y dio un gruñido; por un instante me recordó a Kilvin.

La expresión de Wilem hizo reír a Simmon.

—Wil es más educado que yo. Apuesto algo a que has pasado todas tus horas libres yendo y viniendo de Imre. Cortejando a alguna cantante joven y fabulosamente atractiva. —Señaló el estuche del laúd, que tenía a mi lado.

—Pues parece que haya estado enfermo. —Wilem escudriñó mi rostro—. Esa mujer no te cuida.

—Tiene mal de amores —aclaró Simmon—. No puedes comer.

No puedes dormir. Piensas en ella cuando deberías estar intentando memorizar tus fórmulas de cifrado.

No se me ocurría nada que decir.

—¿Lo ves? —le dijo Simmon a Wil—. Le ha robado la lengua además del corazón. Solo puede hablar con ella. No tiene palabras para nosotros.

—Ni tiempo —dijo Wilem sin dejar de engullir pastel de carne.

Era verdad, desde luego: había descuidado a mis amigos incluso más que a mí mismo. Sentí una oleada de remordimiento. No podía contarles toda la verdad: que necesitaba aprovechar al máximo aquel bimestre porque probablemente sería el último. Estaba arruinado.

Si no entendéis por qué no podía confesarles eso, entonces dudo que hayáis sido pobres de verdad. Dudo que lleguéis a entender lo vergonzoso que es tener solo dos camisas, o cortarte tú mismo el pelo lo mejor que sabes porque no puedes permitirte el lujo de ir a un barbero. Una vez perdí un botón y no pude gastarme ni un ardite para comprarme otro igual. Me hice un desgarrón en los pantalones y tuve que remendarlos con hilo de otro color. No podía comprar sal para mis comidas, ni pagarme bebidas las pocas noches que salía con mis amigos.

El dinero que ganaba en el taller de Kilvin me lo gastaba en lo básico: tinta, jabón, cuerdas de laúd... Solo había otra cosa que podía permitirme: el orgullo. No soportaba pensar que mis dos mejores amigos supieran lo desesperada que era mi situación.

Con mucha suerte podría reunir los dos talentos para pagar los intereses de mi deuda con Devi. Pero iba a necesitar una intervención directa de Dios para reunir suficiente dinero para pagar eso y la matrícula del siguiente bimestre. No sabía qué haría cuando tuviera que marcharme de la Universidad y saldara mi deuda con Devi. Levantar campamento e ir a Anilin a buscar a Denna, quizá.

Los miré sin saber qué decir.

—Wil, Simmon, lo siento. Lo único que pasa es que últimamente he tenido mucho trabajo.

Simmon se puso un poco más serio, y comprendí que estaba muy dolido por mis inexplicadas ausencias.

—Mira, nosotros también tenemos trabajo. Yo hago Retórica y Química, y además estoy aprendiendo siaru. —Miró a Wil, ceñudo—. ¿Sabes lo que te digo, capullo? Que estoy empezando a odiar ese idioma tuyo.

—*Tu kralim* —replicó amistosamente el joven cealdo.

Simmon se volvió hacia mí y, con franqueza, me dijo:

—Lo que pasa es que nos gustaría verte más a menudo, y no solo cuando vas corriendo de la Principalía a la Factoría. Reconozco que las chicas son maravillosas, pero cuando una me roba a un amigo, me pongo un poco celoso. —De pronto esbozó una luminosa sonrisa—. Pero no creas, contigo no me pasa eso, por descontado.

Me costó tragar saliva, porque se me hizo un nudo en la garganta. No recordaba la última vez que alguien me había echado de menos... Noté las lágrimas preparándose para brotar de mis ojos.

—En serio, no hay ninguna chica. De verdad. —Tragué saliva e intenté recobrar la compostura.

—Me parece que nos estamos perdiendo algo, Sim. —Wilem me miraba de forma extraña—. Míralo bien.

Simmon escudriñó mi cara. Esa forma de mirarme por parte de los dos bastó para molestarme e impidió que me echara a llorar.

—Veamos —dijo Wilem como si estuviera dando una clase—, ¿cuántos bimestres hace que nuestro joven E'lir estudia en la Universidad?

—Oh —dijo Sim captando la idea de nuestro amigo.

—¿Alguien quiere contestar? —pregunté con petulancia.

Wilem ignoró mi pregunta.

—¿A qué clases vas?

—A todas —respondí, contento de tener una excusa para quejarme—. Geometría, Observación en la Clínica, Simpatía Avanzada con Elxa Dal... Además del aprendizaje con Manet en la Factoría.

Simmon se quedó un poco impresionado.

—No me extraña que parezca que llevas un ciclo sin dormir —dijo.

Wilem asintió.

—Y todavía trabajas en el taller de Kilvin, ¿verdad?

—Un par de horas todas las noches.

Simmon estaba perplejo.

—¿Y por si fuera poco, estás aprendiendo a tocar un instrumento? ¿Te has vuelto loco o qué?

—La música es lo único que me mantiene en la tierra —dije, y estiré un brazo para acariciar mi laúd—. Y no estoy aprendiendo a tocar. Solo necesito practicar.

Wilem y Simmon se miraron.

—¿Cuánto tiempo crees que le queda?

Simmon me miró de arriba abajo.

—Un ciclo y medio, como máximo.

—¿Qué queréis decir?

Wilem se inclinó hacia delante.

—Tarde o temprano, todos tratamos de abarcar más de lo que podemos. Pero algunos estudiantes no saben cuándo deben parar. Y se queman. Dejan los estudios o suspenden los exámenes. Algunos enloquecen. —Se dio unos golpecitos en la cabeza—. Suele pasarles durante el primer año. —Me miró de manera elocuente.

—Yo no intento abarcar demasiado —dije.

—Mírate en un espejo —me sugirió Wilem con franqueza.

Abrí la boca para asegurarles a Wil y a Sim que me encontraba bien, pero justo entonces oí que daban la hora, y solo tuve tiempo para despedirme apresuradamente de ellos. Aun así, tuve que correr para llegar puntual a Simpatía Avanzada.

Elxa Dal estaba de pie entre dos braseros de tamaño mediano. Con su bien recortada barba y su negra túnica de maestro, seguía recordándome al típico mago malo que aparece en tantas obras de teatro atur.

—Lo que debéis recordar es que el simpatista está ligado a la llama —dijo—. Nosotros somos sus amos y sus sirvientes.

Metió las manos en las largas mangas de la túnica y empezó a pasearse.

—Somos los amos del fuego, porque lo dominamos. —Elxa Dal golpeó un brasero con la palma de la mano y lo hizo resonar débilmente. Las llamas prendieron en los carbones y empezaron a crecer ávidamente—. La energía de todas las cosas pertenece al arcanista. Nosotros dominamos el fuego, y el fuego nos obedece.

Dal fue despacio hasta el otro rincón de la habitación. El brasero que tenía a sus espaldas se apagó, mientras que aquel hacia el que se dirigía prendió y empezó a arder. Admiré su sentido de la teatralidad.

Se detuvo y volvió a situarse de cara a los alumnos.

—Pero también somos los servidores del fuego. Porque el fuego es la forma de energía más común, y sin energía, nuestra habilidad como simpatistas no sirve para nada.

Le dio la espalda a la clase y empezó a borrar fórmulas de la pizarra.

—Coged vuestro material, y veamos a quién le toca hoy vérselas con el E'lir Kvothe. —Empezó a escribir con tiza una lista de los nombres de los alumnos. Mi nombre era el primero.

Tres ciclos atrás, Dal había empezado a hacernos competir entre nosotros. Lo llamaba «batirse en duelo». Y aunque esos duelos suponían un respiro de la monotonía de la clase, esa reciente actividad también tenía un elemento siniestro.

Todos los años salía un centenar de alumnos del Arcano; quizá una cuarta parte de ellos lo hacían con sus florines. Eso significaba que todos los años había cien personas más en el mundo entrenadas para utilizar la simpatía. Personas con las que, por un motivo u otro, quizá tuvieras que medir tus fuerzas en el futuro. Aunque Dal nunca lo hubiera dicho, nosotros sabíamos que nos estaban enseñando algo que iba más allá de la mera concentración y la ingeniosidad. Nos estaban enseñando a luchar.

Elxa Dal llevaba un meticuloso registro de los resultados. Yo era el único, en una clase de treinta y ocho alumnos, que seguía invicto. A esas alturas del curso, hasta los alumnos más cazurros y mezquinos tenían que admitir que mi rápido ingreso en el Arcano era algo más que pura chiripa.

Además, esos duelos resultaban provechosos en otro sentido, pues daban pie a apuestas clandestinas. Cuando queríamos apostar en nuestros propios duelos, Sovoy y yo apostábamos el uno por el otro. Aunque en general yo no tenía mucho dinero para apostar.

Así pues, no fue casualidad que Sovoy y yo chocáramos al ir a recoger nuestro material. Le pasé dos iotas por debajo de la mesa. Sovoy se guardó las monedas en el bolsillo sin mirarme.

—Caramba —dijo en voz baja—. Veo que hoy estás muy seguro de ti mismo.

Me encogí de hombros con desenfado, aunque en realidad estaba un poco nervioso. Había empezado el bimestre sin un ardite y me las había ido arreglando como había podido. Pero el día anterior, Kilvin me había pagado dos iotas por mi trabajo de todo un ciclo en la Factoría. Era el único dinero que tenía.

Sovoy empezó a rebuscar en un cajón y sacó cera simpática, cordel y unas piezas de metal.

—No sé qué podré hacer por ti hoy. Las cosas se están poniendo feas. Creo que lo máximo que sacarás será un tres contra uno. ¿Te sigue interesando si bajan tanto las apuestas?

Suspiré. Como seguía invicto, las apuestas no me favorecían. El día anterior, habían estado dos contra uno, lo cual significaba que habría tenido que arriesgar dos peniques con la esperanza de ganar uno.

—Tengo un plan —dije—. No apuestes hasta que hayamos establecido las condiciones del duelo. Deberías conseguir al menos tres contra uno contra mí.

—¿Contra ti? —murmuró él mientras cogía un montón de parafernalia—. Eso solo lo haría si te enfrentaras al propio Dal.

—Giré la cabeza para ocultar el ligero rubor que me produjo ese cumplido.

Dal dio unas palmadas, y todos corrieron a ocupar sus puestos. Me tocó de pareja un alumno víntico llamado Fenton. Fenton estaba justo por debajo de mí en el ranking de la clase. Yo lo respetaba y lo consideraba uno de los pocos alumnos de la clase que podían plantearme un verdadero reto en la situación adecuada.

—Muy bien —dijo Elxa Dal frotándose las manos con ímpetu—. Fenton, tú estás por debajo en el ranking. Escoge tu veneno.

—Velas.

—¿Y tu vínculo? —preguntó Dal por mera formalidad. Con velas siempre era mecha o cera.

—Mecha. —Fenton levantó un trozo de mecha para que lo vieran todos.

Dal se volvió hacia mí.

—¿Vínculo?

Me metí una mano en el bolsillo y saqué mi vínculo con un floreo.

—Paja. —Un murmullo recorrió el aula. La paja era un vínculo ridículo. Lo mejor que yo podía esperar era una transferencia del tres por ciento, un cinco a lo sumo. La mecha de Fenton era diez veces mejor.

—¿Paja?

—Paja —dije con un poco más de seguridad de la que sentía. Si eso no hacía bajar las apuestas a mi favor, no sabía qué otra cosa podría bajarlas.

—Muy bien. Paja —dijo Dal con soltura—. E'lir Fenton, como Kvothe está invicto, puedes escoger la fuente. —Se oyeron débiles risas por el aula.

Noté un vacío en el estómago. Eso no me lo esperaba. Normalmente, el que no escogía el juego, escogía la fuente. Yo tenía pensado escoger brasero, porque sabía que la cantidad de calor me ayudaría a compensar el hándicap que yo mismo me había impuesto.

Fenton sonrió. Sabía que tenía ventaja.

—Ninguna fuente —dijo.

Hice una mueca. La única fuente de calor con que contaríamos sería nuestro propio cuerpo. Eso era difícil en el mejor de los casos, además de un poco peligroso.

Yo no podía ganar. No solo iba a perder mi privilegiada posición en el ranking, sino que además no tenía forma de indicar a Sovoy que no apostara mis dos últimas iotas. Intenté atraer su atención, pero ya estaba ocupado en silenciosas e intensas negociaciones con un puñado de alumnos.

Fenton y yo, sin decir nada, fuimos a sentarnos a los lados opuestos de una gran mesa de trabajo. Elxa Dal puso dos gruesos cabos de vela encima de la mesa, uno delante de cada uno de nosotros. El objetivo era encender la vela de tu contrincante y, al mismo tiempo, impedir que él encendiera la tuya. Para eso tenías que partir tu mente en dos; una parte tenía que convencer al Alar de que tu trozo de mecha (o de paja, si eras estúpido) era lo mismo que la mecha de la vela que intentabas encender. Luego extraías energía de tu fuente para conseguirlo.

Entretanto, la otra parte de tu mente trataba de mantener la creencia de que el trozo de mecha de tu contrincante no era lo mismo que la mecha de tu vela.

Si os parece complicado, creedme: no os podéis ni imaginar lo mucho que lo era.

Por si fuera poco, ninguno de los dos tenía una fuente fácil de donde extraer la energía. Si usabas tu propio cuerpo como fuente, tenías que andarte con cuidado. El cuerpo está caliente por algún motivo, y reacciona mal cuando lo privan de ese calor.

Elxa Dal nos hizo una señal, y Fenton y yo nos pusimos a trabajar. Inmediatamente, yo empleé toda mi mente en la defensa de mi vela y empecé a pensar con furia. Era imposible que ganara. Por muy buen esgrimista que seas, si tu oponente tiene una espada de acero de Ramston y tú has elegido pelear con una vara de sauce, solo puedes perder.

Me sumergí en el Corazón de Piedra. Entonces, dedicando todavía la mayor parte de mi mente a la protección de mi vela, murmuré un vínculo entre mi vela y la de Fenton. Estiré un brazo y tumbé mi vela, obligando a Fenton a sujetar la suya antes de que hiciera lo mismo que la mía y rodara por la mesa.

Intenté aprovechar rápidamente la distracción de Fenton y prender su vela. Me lancé y noté cómo el frío ascendía por mi brazo, desde mi mano derecha, con la que sujetaba el trozo de paja. No pasó nada. La vela de Fenton seguía apagada y fría.

Ahuequé una mano alrededor de la mecha de mi vela, para que

Fenton no pudiera verla. Era un truco muy bajo, y generalmente inútil contra un simpatista experto, pero mi única esperanza era poner nervioso a Fenton.

—Eh, Fen —dije—, ¿sabes el del calderero, el tehlino, la hija del granjero y la mantequera?

Fen no contestó. Su pálido rostro reflejaba una intensa concentración.

Descarté la distracción como táctica. Fenton era demasiado listo para dejarse vencer así. Además, me estaba costando mantener la concentración necesaria para proteger mi vela. Me sumergí un poco más en el Corazón de Piedra y me olvidé de todo excepto de las dos velas y los trozos de mecha y de paja.

Al cabo de un minuto estaba empapado de un sudor frío. Empecé a temblar. Fenton lo vio y sonrió estirando sus pálidos labios. Redoblé mis esfuerzos, pero la vela de mi contrincante ignoraba mis mejores intentos de prenderle fuego.

Pasaron cinco minutos; el resto de los alumnos de la clase estaban quietos como estatuas. Los duelos no solían durar más de un minuto o dos; eso era lo que tardaba una persona en demostrar que era más lista o que poseía una voluntad más fuerte. Yo ya tenía ambos brazos fríos. Me fijé en que a Fenton le palpitaba un músculo del cuello, como la ijada de un caballo que intenta ahuyentar a una mosca que le está picando. Se puso rígido para combatir el impulso de temblar. Una voluta de humo empezó a salir de la mecha de mi vela.

Aguanté. Me di cuenta de que hacía ruido al respirar, con los dientes apretados y con los labios retirados formando una mueca feroz. Fenton no se había fijado; tenía los ojos vidriosos y desenfocados. Volví a estremecerme, con tanta fuerza que casi me pasó por alto el temblor de la mano de Fenton. Entonces, poco a poco, a Fenton empezó a desplomársele la cabeza hacia el tablero de la mesa. Se le cayeron los párpados. Apreté los dientes y obtuve la recompensa de ver una fina voluta de humo que se elevaba de la mecha de la vela de Fenton.

Fenton se volvió con un movimiento rígido para mirar, pero en lugar de correr a defender su vela, hizo un ademán lento y pesado de rechazo y apoyó la cabeza sobre el brazo.

Cuando en su vela, que tenía cerca del codo, prendió una chisporroteante llama, Fenton no levantó la cabeza. Hubo unos breves aplausos, mezclados con exclamaciones de incredulidad.

Alguien me dio unas palmadas en la espalda.

—¿Qué te parece? Se ha consumido él mismo.

—No —dije con voz pastosa, y estiré un brazo por encima de la mesa. Con dificultad, pues tenía los dedos entumecidos, abrí la mano de Fenton que sujetaba la mecha y vi que tenía sangre—. Maestro Dal —dije tan rápido como pude—, está helado. —Al hablar me di cuenta de lo fríos que tenía los labios.

Pero Dal ya estaba allí con una manta para cubrir a mi contrincante.

—Tú. —Señaló a uno de los alumnos al azar—. Trae a alguien de la Clínica. ¡Rápido! —El alumno se marchó a toda prisa—. Insensato. —El maestro Dal murmuró un vínculo de calor. Me miró—. Deberías andar un poco. No tienes mucho mejor aspecto que él.

Ese día no hubo más duelos. El resto de los alumnos contemplaron cómo Fenton se recuperaba lentamente bajo los cuidados de Elxa Dal. Cuando llegó un El'the de la Clínica, Fenton había entrado en calor lo suficiente para empezar a temblar. Tras un cuarto de hora de mantas abrigadas y cuidados simpáticos, Fenton pudo beber algo caliente, aunque todavía le temblaban las manos.

Cuando hubo pasado todo el alboroto ya era casi la tercera campanada. El maestro Dal consiguió hacer sentar a todos los alumnos y hacerlos callar lo suficiente para dirigirnos unas palabras.

—Lo que hemos visto hoy es un ejemplo excelente de «tiritona del simpatista». El cuerpo es delicado, y perder unos grados de calor rápidamente puede alterar todo el organismo. Un caso leve de tiritona no es más que eso: una tiritona. Pero los casos más extremos pueden conducir a un estado de choque y a la hipotermia. —Dal miró alrededor—. ¿Sabría alguien decirme cuál ha sido el error de Fenton? —Hubo un momento de silencio, y luego un alumno levantó la mano—. ¿Sí, Brae?

—Utilizó sangre. Cuando la sangre pierde calor, el cuerpo se enfría como una entidad única. Eso no siempre resulta ventajoso, puesto que las extremidades pueden soportar una pérdida de temperatura más drástica que las vísceras.

—Entonces, ¿por qué se plantearía alguien utilizar sangre?

—Porque ofrece mayor cantidad de calor más deprisa que la carne.

—¿Cuánto calor habría sido sensato extraer? —Dal paseó la mirada por el aula.

—¿Dos grados? —aventuró alguien.

—Uno y medio —le corrigió Dal, y escribió una serie de ecuaciones en la pizarra para mostrar la cantidad de calor que se obtendría—. Dados los síntomas que presentaba Fenton, ¿cuánto creéis que llegó a extraer?

Hubo una pausa. Finalmente Sovoy dijo:

—Ocho o nueve.

—Muy bien —dijo Dal a regañadientes—. Me alegro de que al menos uno de vosotros haya hecho los deberes. —Adoptó una expresión severa—. La simpatía no es para los débiles de mente, pero tampoco es para los demasiado confiados. Si no hubiéramos estado aquí para prestarle a Fenton los cuidados que necesitaba, se habría quedado dormido y habría muerto. —Hizo una pausa para que los alumnos asimilaran sus palabras—. Es mejor conocer los propios límites que calcular mal las propias habilidades y perder el control.

Sonó la tercera campanada; los alumnos se levantaron, y la habitación se llenó repentinamente de ruido. El maestro Dal subió la voz para hacerse oír:

—E'lir Kvothe, ¿te importaría quedarte un momento?

Hice una mueca. Sovoy se me acercó por detrás, me dio una palmada en el hombro y murmuró: «Suerte». No supe si se refería a mi victoria o si me la estaba deseando para afrontar lo que se avecinaba.

Cuando todos se hubieron marchado, Dal se dio la vuelta y dejó el trapo con que había limpiado la pizarra.

—Bueno —dijo en tono desenfadado—, ¿qué tal han ido las apuestas?

No me sorprendió que el maestro estuviera al corriente de las apuestas.

—Once a uno —admití. Había ganado veintidós iotas. Un poco más de dos talentos. La presencia de ese dinero en mi bolsillo me ayudaba a entrar en calor.

Dal me miró con gesto especulativo.

—¿Cómo te encuentras? Al final te he visto un poco pálido a ti también.

—Solo he tenido algún escalofrío —mentí.

La verdad es que había aprovechado el revuelo que había causado el colapso de Fenton para salir al pasillo, donde había pasado unos minutos espantosos. Los temblores, que eran casi convulsiones, apenas me permitían tenerme en pie. Por fortuna, nadie me había visto temblando en el pasillo, con la mandíbula tan apretada que temí romperme los dientes.

Pero no me había visto nadie. Mi reputación estaba intacta.

Dal me miró de una forma que me hizo comprender que sospechaba la verdad.

—Acércate —dijo, y señaló uno de los braseros—. Un poco de calor no te hará ningún daño.

No discutí. Acerqué las manos al fuego y me relajé un poco. De pronto reparé en lo cansado que estaba. Me escocían los ojos por falta de sueño. Notaba el cuerpo pesado, como si mis huesos fueran de plomo.

Di un suspiro, retiré las manos del brasero y abrí los ojos. Dal me miraba con fijeza.

—Tengo que irme —dije con cierto pesar—. Gracias por dejarme utilizar su fuego.

—Ambos somos simpatistas —dijo el maestro con tono cordial mientras yo recogía mis cosas y me dirigía hacia la puerta—. Puedes utilizarlo cuando quieras.

Esa noche fui a ver a Wilem a su habitación de las Dependencias.

—Que me aspen —dijo—. Dos veces en un mismo día. ¿A qué debo el honor de tu visita?

—Creo que ya lo sabes —dije, y entré en la habitacioncita, que parecía una celda. Apoyé el estuche de mi laúd contra una pared y me dejé caer en una silla—. Kilvin me ha prohibido trabajar en el taller.

Wilem se sentó en el borde de su cama.

—¿Por qué?

Le lancé una mirada de complicidad.

—Espero que sea porque Simmon y tú hablasteis con él y le sugeristeis que lo hiciera.

Wil me miró un momento a los ojos, y luego se encogió de hombros.

—Nos has descubierto antes de lo que yo creía. —Se frotó una mejilla—. No pareces muy enfadado.

Me había puesto furioso. Precisamente cuando parecía que mi suerte estaba cambiando, me veía obligado a dejar mi único trabajo remunerado por culpa de las buenas intenciones de mis amigos. Pero en lugar de cantarles las cuarenta, había subido al tejado de la Principalía y había tocado un rato para serenarme.

La música me calmó, como siempre. Y mientras tocaba, reflexionaba. Mi aprendizaje con Manet iba bien, pero había demasiado que aprender: cómo encender los hornos, cómo trefilar alambre de la consistencia adecuada, qué aleaciones elegir para conseguir determinados efectos. No podía pretender dominarlo todo como había hecho cuando estudiaba las runas. No podía ganar suficiente trabajando en el taller de Kilvin para pagar a Devi a final de mes, y mucho menos reunir dinero suficiente para la matrícula.

—Seguramente lo estaría —admití—. Pero Kilvin me ha hecho mirarme en un espejo. —Compuse una sonrisa cansada—. No tengo muy buen aspecto.

—Tienes un aspecto horrible —me corrigió él; luego hizo una pausa y agregó—: Me alegro de que no estés enfadado.

Simmon llamó a la puerta al mismo tiempo que la empujaba para abrirla. Cuando me vio allí sentado, la expresión de arrepentimiento de su cara borró rápidamente la de sorpresa.

—¿No deberías estar... esto... en la Factoría? —preguntó sin convicción.

Me reí, y el alivio de Simmon fue casi tangible. Wilem quitó un montón de papeles de otra silla y Simmon se sentó.

—Estáis perdonados —dije, magnánimo—. Lo único que os pido es que me contéis todo lo que sepáis del Eolio.

53

En círculos lentos

El Eolio es donde está nuestra actriz, esperando en los bastidores. No he olvidado que es hacia ella hacia donde voy. Si da la impresión de que rodeo el tema, me parece adecuado, porque ella y yo siempre nos hemos movido el uno hacia el otro en círculos lentos.

Afortunadamente, Wilem y Simmon habían estado en el Eolio. Ellos me contaron lo poco que yo no sabía ya.

En Imre había muchos sitios donde podías escuchar música. De hecho, en casi todas las posadas, tabernas y pensiones había algún músico cantando o tocando un instrumento. Pero el Eolio era diferente. Presentaba a los mejores músicos de la ciudad. Si sabías distinguir la buena música de la mala, sabías que en el Eolio actuaban los mejores.

Entrar por la puerta principal del Eolio costaba una iota de cobre. Una vez dentro, podías quedarte todo el tiempo que te apeteciese, y escuchar cuanta música quisieras.

Pero el haber pagado para entrar no autorizaba a los músicos a actuar en el Eolio. Si un músico quería subir al escenario del Eolio, tenía que pagar un talento de plata por ese privilegio. Exacto: la gente pagaba para tocar en el Eolio, y no al revés.

¿Por qué pagaría alguien una suma de dinero tan exorbitante solo por tocar? Bueno, algunos de los que pagaban eran, sencillamente, ricos indulgentes consigo mismos. Para ellos, un talento no era un precio muy elevado para satisfacer su orgullo.

Pero los músicos serios también pagaban. Si su actuación impresionaba lo suficiente al público y a los propietarios, recibían un diminuto caramillo de plata que podían prenderse en la ropa con una aguja o colgarse de una cadena. Ese caramillo de plata era una clara señal de distinción reconocida en la mayoría de las posadas importantes en trescientos kilómetros a la redonda de Imre.

Si conseguías el caramillo de plata, podías entrar gratis en el Eolio y tocar siempre que se te antojara.

La única obligación que implicaba estar en posesión del caramillo de plata era la de actuar. Si te habías ganado el caramillo, podían pedirte que tocaras en cualquier momento. Generalmente, eso no suponía una carga, pues los nobles que frecuentaban el Eolio daban dinero o regalos a los músicos que los complacían. Era la versión de clase alta de pagarle copas al violinista.

Algunos músicos tocaban sin muchas esperanzas de conseguir el caramillo de plata. Pagaban para tocar porque nunca se sabía quién podía encontrarse en el Eolio esa noche, escuchando. Con una buena interpretación de una sola canción quizá no consiguieras el caramillo, pero tal vez sí a un adinerado mecenas.

Un mecenas.

—Me han contado una cosa muy rara —dijo Simmon una noche. Estábamos sentados donde siempre, en el banco de la plaza del poste. Estábamos los dos solos, porque Wilem había ido a flirtear con una camarera de Anker's—. Muchos estudiantes han oído ruidos extraños por la noche en la Principalía.

—Ah, ¿sí? —dije fingiendo desinterés.

Simmon insistió:

—Sí. Unos dicen que es el fantasma de un alumno que se perdió en el edificio y que murió de hambre. —Se dio unos golpecitos en la nariz con el dedo, como hacían los vejetes cuando contaban una historia—. Dicen que sigue recorriendo los pasillos porque todavía no ha encontrado la salida.

—Ah.

—Otros dicen que es un espíritu enojado. Dicen que tortura animales, sobre todo gatos. Ese es el ruido que han oído a altas horas de la noche: el de tripas de gato torturadas. Creo que es un ruido aterrador.

Lo miré y vi que estaba a punto de reír.

—Bueno, ya basta —le dije con falsa severidad—. Sigue. Te lo mereces por ser tan inteligente. Solo que hoy en día ya nadie usa cuerdas de tripa.

Simmon soltó una carcajada. Cogí una de sus pastas y empecé a comérmela, con la esperanza de darle una valiosa lección de humildad.

—Así, ¿qué? ¿Sigues decidido?

Asentí.

Simmon parecía aliviado.

—Pensaba que habías cambiado de planes. Últimamente no te había visto con el laúd.

—No hace falta —le expliqué—. Ahora que tengo tiempo para practicar, no necesito aprovechar cualquier ocasión para escabullirme.

Pasó un grupo de estudiantes; uno de ellos saludó con la mano a Simmon.

—¿Cuándo vas a hacerlo?

—El próximo Duelo —contesté.

—¿Tan pronto? —preguntó Sim—. Hace solo dos ciclos estabas preocupado porque llevabas mucho tiempo sin tocar. ¿Ya te has puesto al día?

—No del todo —admití—. Tardaría años en ponerme al día. —Me encogí de hombros y me metí el último trozo de pasta en la boca—. Pero ya me siento cómodo. La música ya no se interrumpe en mis manos, sino que... —Intenté explicarlo, pero me encogí de hombros—. Estoy preparado.

La verdad es que me habría gustado poder practicar un mes más, un año más, antes de jugarme un talento entero. Pero no había tiempo. El bimestre estaba a punto de terminar. Necesitaba dinero para liquidar mi deuda con Devi y pagar la matrícula del bimestre siguiente. No podía esperar más.

—¿Estás seguro? —me preguntó Sim—. He oído a gente muy buena intentando demostrar su talento. A principios de este bimestre, un anciano cantó una canción sobre... sobre esa mujer cuyo esposo se había ido a la guerra.

—«En la herrería del pueblo» —dije.

—Como se llame —dijo Simmon sin mucho interés—. Lo que quiero decir es que ese tipo era muy bueno. Me hizo reír y llorar tanto que me dolía todo el cuerpo. —Me miró con ansiedad—. Pero no le dieron el caramillo.

Disimulé mi ansiedad con una sonrisa.

—Todavía no me has oído tocar, ¿verdad que no?

—Sabes perfectamente que no —replicó Sim con enfado.

Sonreí. Me había negado a tocar para Wilem y para Simmon hasta que no me hubiera puesto al día. Para mí, su opinión era casi tan importante como la de la clientela del Eolio.

—Bueno, el próximo Duelo tendrás ocasión de oírme —dije—. ¿Vendrás?

Simmon asintió.

—Wilem también irá. A menos que haya un terremoto o que llueva sangre.

Miré el sol poniente.

—Tengo que irme —dije, y me puse en pie—. Para triunfar hay que practicar.

Sim me dijo adiós con la mano, y me dirigí a la Cantina. Me senté a la mesa el tiempo necesario para comerme las judías y un trozo de carne dura y gris. Me llevé el pan, y los estudiantes que había cerca me miraron con extrañeza.

Fui a mi camastro y saqué mi laúd del baúl que había al pie de la cama. A continuación, y teniendo en cuenta los rumores que Sim había mencionado, me dirigí al tejado de la Principalía por uno de los caminos más enrevesados, trepando por unos tubos de desagüe de un callejón. No quería que se descubrieran mis actividades nocturnas.

Cuando llegué al aislado patio del manzano ya era casi de noche. No había ninguna ventana iluminada. Miré hacia abajo desde el alero y no vi más que oscuridad.

—Auri —llamé—, ¿estás ahí?

—Llegas tarde —me contestó una voz con un deje de fastidio.

—Lo siento —repuse—. ¿Quieres subir esta noche?

Un momento de silencio.

—No. Baja tú.

—Esta noche no hay mucha luna —dije con mi tono más persuasivo—. ¿Estás segura de que no quieres subir?

Oí un susurro proveniente de los setos de abajo, y entonces vi a Auri trepar como una ardilla por el manzano. Corrió por el borde del tejado y se paró en seco a unos cuatro metros de donde estaba yo.

Había calculado que Auri solo tenía unos años más que yo; en cualquier caso, no podía tener más de veinte. Iba vestida con ropa hecha jirones que le dejaba los brazos y las piernas al descubierto, y era casi dos palmos más baja que yo. Estaba muy delgada. En parte, era su constitución, pero había algo más. Tenía las mejillas descarnadas y los brazos muy flacos. Su largo cabello era tan fino que, cuando Auri andaba, flotaba detrás de ella como una nube.

Me había llevado mucho tiempo sacarla de su escondite. Sospechaba que alguien me escuchaba desde el patio cuando practicaba, pero tardé casi dos ciclos en descubrir a Auri. Al comprobar que estaba muy desnutrida, empecé a llevarle toda la comida que podía sacar de la Cantina y a dejársela allí. Aun así, tardó otro ciclo más en subir conmigo al tejado mientras yo tocaba el laúd.

Los últimos días, Auri hasta había empezado a hablar. Yo había imaginado que se mostraría huraña y desconfiada, pero no fue así. Se mostró llena de vida y muy entusiasta. Aunque cuando la vi no pude evitar que me recordara a mí mismo cuando vivía en Tarbean, en realidad no había mucha similitud entre nosotros. Auri iba escrupulosamente limpia y tenía una alegría desbordante.

No le gustaba el cielo abierto, ni la luz intensa, ni la gente. Deduje que era una alumna que había enloquecido y que se había escondido bajo tierra antes de que pudieran encerrarla en el Refugio. No sabía gran cosa sobre ella, porque todavía se mostraba tímida y asustadiza. Cuando le pregunté cómo se llamaba, salió corriendo, se escondió bajo tierra y tardó varios días en volver.

Así que le puse un nombre: Auri. Aunque en secreto pensaba en ella como «mi pequeño duendecillo lunar».

Auri se acercó un poco, se paró, esperó y dio unos pasitos más. Repitió la operación varias veces hasta que se plantó delante de mí. Se quedó quieta, con el cabello esparcido alrededor de la cabeza como un halo. Puso ambas manos delante de la cara, justo debajo de la barbilla. Estiró un brazo, me tiró de la manga y volvió a retirar la mano.

—¿Qué me has traído? —me preguntó, emocionada.

Sonreí.

—¿Y tú? ¿Qué me has traído? —bromeé.

Auri sonrió y alargó una mano. Vi brillar algo en su palma a la luz de la luna.

—Una llave —contestó con orgullo, y me la puso en la mano.

La cogí y noté su agradable peso.

—Es muy bonita —dije—. ¿Qué abre?

—La luna —respondió ella, muy seria.

—Ah, podría serme muy útil —dije examinándola.

—Eso mismo pensé yo. Así, si hay una puerta en la luna, podrás abrirla. —Se sentó en el tejado con las piernas cruzadas y me miró con una amplia sonrisa en los labios—. Aunque yo no fomentaría esa clase de comportamiento insensato.

Me puse en cuclillas y abrí el estuche del laúd.

—Te he traído un poco de pan. —Le di la hogaza de pan moreno envuelta en un paño—. Y una botella de agua.

—Esto también es muy bonito —dijo ella con gentileza. La botella parecía enorme en sus manos—. ¿Qué hay en el agua? —me preguntó al mismo tiempo que quitaba el tapón de corcho y miraba dentro.

—Flores —respondí—. Y el trozo de luna que no está en el cielo esta noche. Lo he metido también.

Auri miró hacia arriba.

—Yo ya mencioné la luna —dijo con un deje de reproche.

—Entonces, solo flores. Y el brillo del cuerpo de una libélula. Yo quería un trozo de luna, pero solo conseguí el brillo azul de una libélula.

Auri inclinó la botella y dio un sorbo de agua.

—Es maravillosa —dijo, apartando unos mechones de cabello que flotaban ante su cara.

Auri extendió el paño y se puso a comer. Partía trocitos de pan y los masticaba delicadamente; hacía que todo el proceso pareciera muy refinado.

—Me gusta el pan blanco —dijo entre bocado y bocado, como si tratara de entablar conversación.

—A mí también —dije, y me senté—. Cuando puedo conseguirlo.

Auri asintió y contempló la noche estrellada y la luna creciente.

—También me gusta cuando está nublado. Pero hoy está bien. Es acogedor. Como la Subrealidad.

—¿La Subrealidad? —pregunté. Auri nunca estaba tan habladora.

—Vivo en la Subrealidad —respondió Auri con desenvoltura—. Es muy grande.

—¿Te gusta vivir allá abajo?

Se le iluminaron los ojos.

—Dios mío, claro que sí. Es maravilloso. Puedes pasarte una eternidad mirando. —Se volvió hacia mí—. Tengo noticias —dijo componiendo una pícara sonrisa.

—¿Qué noticias? —pregunté.

Se metió otro trozo de pan en la boca y terminó de masticar antes de responder:

—Anoche salí. —Una sonrisa pícara—. A lo alto de las cosas.

—¿En serio? —dije sin molestarme en ocultar mi sorpresa—. Y ¿qué te pareció?

—Fue maravilloso. Estuve paseando y curioseando —dijo, muy satisfecha de sí misma—. Vi a Elodin.

—¿Al maestro Elodin? —pregunté, y Auri asintió—. ¿Él también estaba en lo alto de las cosas?

Auri volvió a asentir mientras masticaba.

—¿Te vio?

Volvió a sonreír, y de pronto parecía que tuviera ocho años más que dieciocho.

—Nadie me ve. Además, estaba muy ocupado escuchando el viento. —Hizo bocina con ambas manos e imitó el ulular del viento—. Anoche el viento sonaba muy bien —añadió en tono confidencial.

Mientras intentaba entender lo que Auri me había dicho, ella se terminó el pan y, emocionada, dio unas palmadas.

—¡Toca! —dijo jadeando—. ¡Toca! ¡Toca!

Sonriendo, saqué mi laúd del estuche. No podía haber un público más entusiasta que Auri.

54

Un sitio donde arder

—Hoy te veo cambiado —observó Simmon. Wilem asintió y dio un vago gruñido.

—Es que me siento diferente —admití—. Bien, pero diferente.

Íbamos levantando polvo por el camino de Imre. Hacía un día cálido y soleado, y no teníamos prisa.

—Te veo... calmado —continuó Simmon pasándose las manos por el cabello—. Me gustaría estar tan calmado como tú pareces.

—A mí también me gustaría estar tan calmado como parezco —mascullé.

Simmon no se rendía.

—Pareces más sólido. —Sonrió—. No. Pareces... apretado.

—¿Apretado? —La tensión me obligó a reír, y eso me relajó un poco—. ¿Cómo voy a parecer apretado?

—Sí, apretado. —Se encogió de hombros—. Como un muelle.

—Es la postura —intervino Wilem interrumpiendo su habitual y reflexivo silencio—. Erguido, con el cuello recto, los hombros hacia atrás. —Hizo unos gestos vagos para ilustrar su descripción—. Cuando da un paso, pisa con toda la planta del pie. No solo con la parte anterior, como si corriera; ni con el talón, como si vacilara. Pisa sólidamente, exigiendo ese trozo de suelo.

De pronto me sentí torpe intentando observarme, lo cual es siempre un intento vano.

Simmon miró a Wil de reojo.

—Creo que hay alguien que ha estado viéndose con Títere.

Wilem se encogió de hombros y lanzó una piedra hacia los árboles del margen del camino.

—¿Quién es ese tal Títere a quien siempre mencionáis? —pregunté, en parte para que dejaran de fijarse en mí—. Estoy en fase terminal de curiosidad.

—Si alguien pudiera morir de eso, serías tú, desde luego —comentó Wilem.

—Está casi siempre en el Archivo —dijo Sim, vacilante, pues sabía que tocaba un asunto delicado—. Sería difícil presentártelo, porque... bueno, ya sabes...

Llegamos al Puente de Piedra, el antiguo arco de piedra gris que cruzaba el río Omethi y unía Imre con la Universidad. El Puente de Piedra, con sus más de sesenta metros de una orilla a otra, y con un arco de más de veinte metros de altura máxima, había inspirado más historias y leyendas que ningún otro monumento de la Universidad.

—Escupid. Trae buena suerte —nos instó Wilem cuando empezábamos a subir al puente, y siguió su propio consejo. Simmon lo imitó y escupió por uno de los lados con una exuberancia infantil.

«La suerte no tiene nada que ver», estuve a punto de decir. Eran las palabras que el maestro Arwyl repetía hasta la saciedad en la Clínica. Las tuve un minuto en la punta de la lengua, vacilé y, en lugar de pronunciarlas, escupí.

El Eolio estaba en el centro de Imre; la puerta principal daba a la plaza mayor adoquinada de la ciudad. Había bancos, unos cuantos árboles en flor y una fuente de mármol que envolvía en una fina llovizna la estatua de un sátiro persiguiendo a un grupo de ninfas semidesnudas cuyo intento de huir parecía meramente simbólico. Había gente bien vestida circulando por la plaza; casi una tercera parte de los transeúntes llevaba algún tipo de instrumento musical. Conté al menos siete laúdes.

Cuando nos acercamos al Eolio, el portero se tocó la parte delantera de su sombrero de ala ancha e hizo una inclinación de cabeza. Medía casi dos metros de estatura, era muy musculoso y tenía la piel muy bronceada.

—Será una iota, joven maestro —dijo, sonriente, y Wilem le entregó la moneda.

A continuación se volvió hacia mí con la misma sonrisa luminosa. Vio que yo llevaba el estuche del laúd y arqueó una ceja.

—Me alegro de ver caras nuevas. ¿Conoces las normas?

Asentí y le di una iota.

El portero señaló el interior del local.

—¿Ves la barra? —Era difícil no ver los quince metros de serpenteante barra de caoba que discurría por el fondo de la habitación—. ¿Ves el final, donde la barra gira hacia el escenario? —Asentí—. ¿Ves a ese tipo que está sentado en el taburete? Si decides probar suerte, es con él con quien tienes que hablar. Se llama Stanchion.

Nos volvimos ambos a la vez. Me colgué bien el laúd del hombro.

—Gracias... —Hice una pausa, porque no sabía cómo se llamaba.

—Deoch. —Volvió a sonreír con desparpajo.

De pronto tuve un impulso y le tendí la mano.

—Deoch significa «beber». ¿Me dejas que luego te pague una copa?

El portero me miró un momento, y luego rió. Fue un sonido desenfrenado y alegre que brotó del fondo de su pecho. Me estrechó la mano afectuosamente.

—Sí, claro. ¿Por qué no?

Deoch me soltó la mano y miró más allá de mí.

—¿Lo has traído tú, Simmon? —preguntó.

—En realidad me ha traído él a mí. —Simmon parecía turbado por mi breve diálogo con el portero, pero yo no entendía por qué—. No es de los que se deja llevar a los sitios. —Le dio una iota a Deoch.

—Te creo —replicó Deoch—. Tiene algo que me gusta. Tiene un aire fata. Espero oírlo tocar esta noche.

—Yo también lo espero —dije, y pasamos adentro.

Eché un vistazo al Eolio, con toda la indiferencia de que fui capaz. Había un escenario circular elevado que sobresalía de la pared que había enfrente de la barra de caoba con forma curvada. Varias escaleras de caracol conducían al primer piso, una especie de anfiteatro. Se veía un segundo piso más pequeño por encima del primero; era como un balcón que bordeaba todo el local.

Por toda la sala había mesas rodeadas de sillas y taburetes. En las paredes había nichos con bancos. Las lámparas simpáticas se mezclaban con las velas, proporcionando a la sala una luz natural sin ensuciar el aire con humo.

—Has sido muy hábil —dijo Simmon con voz crispada—. Tehlu misericordioso, cuando vayas a probar otro truco, avísame, ¿quieres?

—¿Qué? —pregunté—. ¿Te refieres al portero? Simmon, eres más cagado que una prostituta adolescente. El tipo es simpático. Me ha caído bien. ¿Qué hay de malo en invitarlo a una copa?

—Deoch es el propietario de este local —dijo Simmon con aspereza—. Y no soporta que los músicos le hagan la pelota. Hace dos ciclos echó a uno porque intentó darle propina. —Me miró a los ojos—. Lo echó él personalmente. Lo lanzó casi hasta la fuente.

—Oh —dije, sinceramente conmocionado. Miré con disimulo a Deoch, que estaba bromeando con alguien en la puerta. Hizo un ademán y vi cómo se tensaban y se relajaban los músculos de su brazo—. ¿Crees que se ha molestado?

—No, y eso es lo que más me extraña.

Wilem se nos acercó.

—Si paráis de cotillear y venís a la mesa, pagaré la primera ronda, ¿lhin? —Fuimos hasta la mesa que Wilem había escogido, no muy lejos de donde estaba Stanchion, sentado a la barra—. ¿Qué queréis beber? —nos preguntó Wilem. Simmon y yo nos sentamos, y yo puse el estuche del laúd en la silla que quedaba libre.

—Aguamiel con canela —dijo Simmon sin pensarlo.

—Eso lo beben las mujeres —dijo Wilem en tono acusador, y se volvió hacia mí.

—Sidra —dije yo—. No muy fuerte.

—¿Tú también? Vaya par de... —dijo Wilem, y fue hacia la barra.

Señalé discretamente a Stanchion.

—¿Y ese? —le pregunté a Simmon—. Creía que era el dueño del local.

—Deoch y él son socios. Stanchion se encarga de la música.

—¿Hay algo que debería saber sobre él? —pregunté, pues mi reciente catástrofe con Deoch había intensificado mi ansiedad.

Simmon sacudió la cabeza.

—Dicen que es bastante simpático, pero yo nunca he hablado con él. No cometas ninguna estupidez y todo saldrá bien.

—Gracias —dije con sarcasmo. Aparté la silla de la mesa y me levanté.

Stanchion era de complexión normal e iba elegantemente vestido, con ropa de color verde oscuro y negro. Tenía la cara redondeada, con barba, y un poco de barriga que solo se le notaba porque estaba sentado. Me sonrió y me hizo señas para que me acercara con la mano con que no sujetaba una jarra increíblemente alta.

—Hola —me saludó alegremente—. Me parece que nunca te he visto por aquí. ¿Has venido a tocar? —Arqueó una ceja y me miró con aire especulativo. Me fijé en que Stanchion tenía el cabello de un color rojo oscuro que quedaba disimulado según cómo le diera la luz.

—Eso espero, señor —contesté—. Aunque tenía pensado esperar un poco.

—Sí, claro. Nunca dejamos a nadie poner a prueba su talento hasta que se pone el sol. —Hizo una pausa para beber un sorbo, y cuando giró la cabeza vi un caramillo de oro colgando del lóbulo de su oreja.

Stanchion dio un suspiro y se secó los labios con la manga.

—¿Qué instrumento tocas? ¿El laúd? —Asentí—. ¿Has pensado ya qué vas a tocar para embelesarnos?

—Eso depende, señor. ¿Alguien ha tocado «La balada de sir Savien Traliard» últimamente?

Stanchion arqueó una ceja y carraspeó. Se alisó la barba con la mano que tenía libre y dijo:

—Pues no. Hace un par de meses lo intentó uno, pero salió bastante mal parado. Falló un par de acordes y la melodía se vino abajo. —Sacudió la cabeza—. O sea que no. Últimamente, no.

Bebió otro sorbo de cerveza y tragó con esmero antes de volver a hablar.

—En general, la gente cree que una canción de dificultad más moderada le permite exhibir mejor su talento —dijo eligiendo las palabras con cuidado.

Capté el consejo y no me sentí ofendido. «Sir Savien» es la canción más difícil que he oído jamás. Mi padre era el único de la troupe con habilidad suficiente para tocarla, y yo solo le había oído hacerlo quizá cuatro o cinco veces ante un público. Solo duraba unos quince minutos, pero esos quince minutos requerían una digitación rápida y precisa que, si se dominaba el instrumento, le arrancaba al laúd la melodía y la segunda voz.

Era difícil, pero no imposible para un intérprete experto. Sin embargo, «Sir Savien» era una balada, y la parte vocal aportaba una contramelodía que iba a contratiempo del laúd. Difícil. Lo ideal era que un hombre y una mujer cantaran alternando las estrofas; en los estribillos, la mujer interpretaba la segunda voz, y la canción se complicaba aún más. Bien interpretada, esa canción puede destrozarte el corazón. Por desgracia, pocos músicos podían tocar con serenidad en medio de semejante tormenta musical.

Stanchion bebió otro gran trago de cerveza y se limpió la barba en la manga.

—¿Cantas solo? —me preguntó; pese a sus discretas advertencias, parecía un poco emocionado—. ¿O has traído a alguien para que cante contigo? ¿Son castrati esos chicos con los que has venido?

Reprimí la risa que me produjo imaginarme a Wilem de soprano, y negué con la cabeza.

—No tengo ningún amigo que sepa cantarla. Pensaba doblar el tercer estribillo para dar pie a que alguien cantara la parte de Aloine.

—Al estilo de las troupes, ¿eh? —Me miró con seriedad—. Hijo mío, en realidad no soy nadie para decirte esto, pero ¿estás seguro de que quieres poner a prueba tu talento con alguien con quien ni siquiera has ensayado nunca?

Me tranquilizó ver que Stanchion era consciente de lo difícil que iba a ser.

—¿Cuántos músicos con caramillo habrá aquí esta noche, más o menos?

Stanchion pensó un momento.

—¿Más o menos? Ocho. Quizá una docena.

—Entonces, es probable que haya al menos tres mujeres que ya han demostrado su talento, ¿no?

Stanchion asintió mirándome con curiosidad.

—Bien —dije despacio—, si es cierto lo que me ha dicho todo el mundo, si solo los músicos con verdadero talento consiguen el caramillo, entonces una de esas mujeres sabrá cantar la parte de Aloine.

Stanchion bebió otro largo y lento sorbo de cerveza mirándome por encima del borde de la jarra. Cuando finalmente la bajó, se olvidó de secarse la barba.

—Tienes orgullo, ¿eh? —dijo con franqueza.

Miré alrededor.

—¿Esto no es el Eolio? Tenía entendido que aquí es donde el orgullo tiene su razón de ser.

—Me gusta eso —dijo Stanchion como si hablara solo—. Su razón de ser. —Dejó la jarra en la barra con un golpazo, provocando un pequeño géiser de espuma—. Maldita sea, chico. Espero que seas tan bueno como por lo visto crees ser. No me vendría mal tener por aquí a alguien con el fuego de Illien. —Se pasó una mano por el rojizo cabello para aclarar el doble sentido de su frase.

—Espero que este sitio sea tan bueno como todo el mundo por lo visto cree que es —dije con entusiasmo—. Necesito un sitio donde arder.

—No te ha echado —bromeó Simmon cuando volví a la mesa—. Supongo que no te ha ido tan mal.

—Yo creo que me ha ido bien —dije, animado—. Pero no estoy seguro.

—¿Cómo no vas a estar seguro? —protestó Simmon—. Le he visto reírse. Eso tiene que ser buena señal.

—No necesariamente —opinó Wilem.

—Estoy intentando recordar todo lo que le he dicho —admití—. A veces me pongo a hablar sin darme cuenta y mi mente tarda un rato en alcanzarme.

—Eso te pasa a menudo, ¿no? —me preguntó Wilem esbozando una de sus discretas y nada frecuentes sonrisas.

Sus bromas empezaron a relajarme.

—Cada vez más a menudo, sí —confesé con una sonrisa.

Bebimos y bromeamos sobre tonterías. Intercambiamos rumores sobre los maestros y comentarios sobre alguna alumna que nos había llamado la atención. Hablamos de quién nos caía bien de la Universidad, pero la mayor parte del tiempo la pasamos rumiando sobre quién nos caía mal, y por qué, y sobre qué les haríamos si tuviéramos ocasión. Así somos los humanos.

Pasaba el tiempo, y poco a poco el Eolio iba llenándose. Simmon cedió ante las pullas de Wilem y empezó a beber scutten, un fuerte vino tinto de las estribaciones de los montes Shalda, más frecuentemente llamado rabón.

A Simmon enseguida le hizo efecto el scutten: reía más fuerte, sonreía más y no paraba quieto en la silla. Wilem seguía tan taciturno como siempre. Pagué la siguiente ronda: una jarra enorme de sidra para cada uno. Respondí a la mirada ceñuda de Wilem diciéndole que si conseguía hacer valer mi talento, lo llevaría a casa flotando en rabón, pero que si alguno de los dos se emborrachaba antes de eso, me encargaría personalmente de darles una paliza y arrojarlos al río. Se calmaron un tanto, y empezaron a inventar versos obscenos que encajaran en la melodía de «Calderero, curtidor».

Los dejé con lo suyo y me puse a pensar en mis cosas. Lo que tenía más presente era el hecho de que quizá fuera sensato escuchar el tácito consejo de Stanchion. Intenté pensar en otras canciones que pudiera tocar y que fueran lo bastante difíciles para demostrar mi habilidad, pero lo bastante fáciles para que pudiera hacer gala de mi maestría.

La voz de Simmon me rescató de mi ensimismamiento.

—Vamos, a ti se te dan bien las rimas... —me instó.

Repasé la última parte de su conversación que no había escuchado.

—Prueba con «en la túnica del tehlino» —sugerí de forma inconexa. Estaba demasiado nervioso para explicarles que uno de los vicios de mi padre era su propensión a los poemas humorísticos subidos de tono.

Sim y Wil siguieron riendo mientras yo intentaba dar con otra canción que pudiera cantar. Todavía no se me había ocurrido nada cuando Wilem volvió a distraerme.

—¡Qué! —dije con enfado. Entonces vi en la mirada de Wilem esa expresión velada que solo adoptaba cuando veía algo que no le gustaba nada—. ¿Qué dices? —dije en un tono más razonable.

—Alguien a quien todos conocemos y queremos —dijo Wil apuntando con la cabeza hacia la puerta.

No vi a nadie que conociera. El Eolio estaba casi lleno, y había más de un centenar de personas circulando por la planta baja. A través de la puerta abierta vi que ya era de noche.

—Está de espaldas a nosotros. Está derrochando sus empalagosos encantos con una joven preciosa que no debe de conocerlo... a la derecha de ese caballero gordo de rojo —fue guiándome Wilem.

—Hijo de puta —dije; estaba demasiado sorprendido para maldecir adecuadamente.

—Yo siempre le he encontrado cierto parentesco porcino —dijo Wilem con aspereza.

Simmon giró la cabeza y pestañeó lentamente.

—¿Qué pasa? ¿Quién hay?

—Ambrose.

—Cojones —exclamó Simmon, y encogió los hombros—. Lo que faltaba. ¿Todavía no habéis hecho las paces?

—Yo no me meto con él —protesté—. Pero él no puede evitar provocarme. Salta en cuanto me ve.

—Dos no pelean si uno no quiere —dijo Simmon.

—Y un cuerno —repuse—. No me importa de quién sea hijo. No pienso ponerme panza arriba como un cachorro asustado. Si es lo bastante idiota para hincarme un dedo, se lo arranco de cuajo. —Respiré hondo para tranquilizarme, e intenté sonar razonable—. Al final aprenderá a dejarme en paz.

—Podrías ignorarlo —dijo Simmon, que de pronto parecía asombrosamente sobrio—. Si no muerdes el anzuelo cada vez, pronto se cansará.

—No —dije con seriedad, mirando a Simmon a los ojos—. No, no se cansará. —Simmon me caía muy bien, pero a veces era terriblemente ingenuo—. Si llega a la conclusión de que soy débil, se crecerá. Conozco a esa clase de gente.

—Ya viene —nos previno Wilem con disimulo.

Ambrose me vio antes de llegar a la parte del local donde estábamos sentados. Nuestras miradas se encontraron; era evidente que Ambrose no esperaba verme allí. Le dijo algo a uno de los lameculos que siempre lo acompañaban, y se abrieron paso entre el gentío, en otra dirección, para buscar una mesa. Ambrose desvió la mirada hacia Wilem, hacia Simmon, hacia mi laúd y luego volvió a mirarme. Entonces se dio la vuelta y fue hacia la mesa que sus amigos habían encontrado. Antes de sentarse, volvió a mirarme.

Me desconcertó que no me sonriera. Ambrose siempre me sonreía, aunque fuera una sonrisa falsa y hubiese un destello burlón en sus ojos.

Entonces vi algo que me desconcertó aún más. Ambrose llevaba una sólida caja cuadrada.

—¿Ambrose toca la lira? —pregunté al aire.

Wilem se encogió de hombros. Simmon parecía abochornado.

—Creía que ya lo sabías —dijo con voz débil.

—¿Lo habíais visto antes aquí? —pregunté. Sim asintió—. ¿Tocando?

—Recitando. Poesía. Recitaba y hacía como que punteaba la lira. —Simmon parecía un conejo a punto de echar a correr.

—¿Consiguió el caramillo? —pregunté, desalentado. Decidí que si Ambrose era miembro de ese grupo, yo no quería entrar en él.

—¡No! —chilló Simmon—. Lo intentó, pero... —Dejó la frase sin terminar y me miró de hito en hito.

Wilem me puso una mano sobre el brazo e hizo un gesto para calmarme. Respiré hondo, cerré los ojos e intenté relajarme.

Poco a poco, comprendí que nada de eso importaba. Como mucho, me ponía el listón un poco más alto. Ambrose no podría hacer nada para perturbar mi interpretación. No tendría más remedio que callarse y escuchar. No tendría más remedio que oírme tocar «La balada de sir Savien Traliard», porque yo ya no tenía ninguna duda de qué canción iba a interpretar.

El primero en actuar esa noche fue uno de los músicos consagrados que había entre el público. Tocaba el laúd, y demostró saber hacerlo tan bien como cualquier Edena Ruh. Su segunda canción, una que yo no había oído nunca, fue aún mejor.

Hubo un descanso de unos diez minutos, y luego llamaron a otro músico consagrado para que subiera a cantar al escenario. Tocaba la zampoña, y lo hacía mejor que nadie que yo hubiera oído jamás. A continuación cantó un evocador panegírico en tonalidad menor. A capela: solo su clara y aguda voz, que se elevaba y fluía como el sonido de la zampoña que acababa de tocar.

Me alegró comprobar que la maestría de aquellos músicos era la que se rumoreaba. Pero mi ansiedad aumentó proporcionalmente. La excelencia es la única compañera de la excelencia. Si no hubiera decidido ya tocar «La balada de sir Savien Traliard» por puro rencor, esas actuaciones me habrían convencido.

A continuación hubo otro descanso de cinco o diez minutos. Comprendí que Stanchion estaba espaciando deliberadamente las actuaciones para que el público pudiera moverse y hacer ruido entre canción y canción. Hacía bien su trabajo. Me pregunté si habría pertenecido a alguna troupe.

Entonces llegó la primera prueba de la noche. Stanchion acompañó al escenario a un hombre con barba, de unos treinta años, y se lo presentó al público. Tocaba la flauta. Lo hacía bien. Tocó dos canciones cortas que yo conocía, y otra que no había oído nunca. Su actuación duró casi veinte minutos, y solo pude distinguir un pequeño error.

Tras el aplauso, el flautista se quedó en el escenario mientras Stanchion se paseaba entre el público, recogiendo las opiniones de la gente. Entretanto, un camarero le llevó un vaso de agua al flautista.

Al final, Stanchion volvió al escenario. El público guardó silencio mientras el propietario del local se acercaba al aspirante y le estrechaba la mano con solemnidad. El músico puso cara de decepción, pero consiguió componer una falsa sonrisa y saludar al público con una inclinación de cabeza. Stanchion lo acompañó hasta la barra y le pidió una bebida servida en una jarra alta.

La siguiente en poner a prueba su talento fue una joven, rubia y elegantemente vestida. Stanchion la presentó, y la joven cantó un aria con una voz tan clara y pura que durante un rato olvidé mi ansiedad y me sentí transportado por su canción. Por unos maravillosos instantes, me olvidé de mí mismo y no pude hacer otra cosa que escuchar.

Terminó antes de lo que me habría gustado, y me dejó con una tierna sensación en el pecho y un vago cosquilleo en los ojos. Simmon se sorbió un poco la nariz y se frotó tímidamente la cara.

Entonces la joven cantó otra canción acompañándose de un arpa pequeña. Yo la miraba de hito en hito, y tengo que admitir que no era solo por su habilidad musical. Tenía el cabello del color del trigo maduro. Desde donde estaba sentado, a unos diez metros del escenario, veía el azul claro de sus ojos. Tenía los brazos lisos y unas manos pequeñas y delicadas que punteaban las cuerdas con agilidad. Y la forma en que sujetaba el arpa entre las piernas me hizo pensar en... bueno, en las cosas en que piensan continuamente los muchachos de quince años.

Tenía una voz maravillosa, capaz de partirte el corazón. Por desgracia, no tocaba tan bien como cantaba. Hacia la mitad de la canción, tocó unas notas equivocadas, vaciló y se recuperó antes de llegar al final de su actuación.

Esa vez, hubo una pausa más larga mientras Stanchion se paseaba por el local. Recorrió las tres plantas del Eolio, hablando con todo el mundo, jóvenes y viejos, músicos o no.

Mientras yo observaba, Ambrose atrajo la mirada de la mujer que esperaba en el escenario y le dedicó una de esas sonrisas suyas que a mí me parecían tan repugnantes y que las mujeres encontraban tan encantadoras. Luego, desviando la mirada, buscó mi mesa, y nuestras miradas se encontraron. La sonrisa se borró de sus labios, y nos quedamos mirándonos largo rato, con gesto inexpresivo. Ninguno de los dos compuso una sonrisa burlona, ni articuló pequeños insultos moviendo solo los labios. Sin embargo, el fuego de nuestra enemistad se reavivó en esos pocos minutos. No puedo decir con certeza quién de los dos desvió primero la mirada.

Tras casi quince minutos recogiendo opiniones, Stanchion volvió a subir al escenario. Se acercó a la joven de cabello dorado y le estrechó la mano, tal como había hecho con el flautista. La decepción se reflejó en el rostro de la joven, como había sucedido con el otro aspirante. Stanchion la ayudó a bajar del escenario y la invitó a lo que deduje que debía de ser la jarra de consolación.

A continuación actuó otro músico consagrado; tocaba el violín, y lo hacía con tanta maestría como los dos que habían tocado antes que él. Entonces Stanchion acompañó al escenario a un hombre mayor, y pensé que también él iba a pasar la prueba. Sin embargo, el aplauso con que lo recibió el público sugería que aquel músico era tan popular como los otros músicos consagrados que habían actuado antes que él.

Di un ligero codazo a Simmon.

—¿Quién es ese? —pregunté mientras el individuo de barba canosa afinaba su lira.

—Threpe —me contestó Simmon con un susurro—. Bueno, el conde Threpe. Toca muy a menudo; lleva años haciéndolo. Es un gran mecenas. Hace ya años que dejó de luchar por el caramillo. Ahora se limita a tocar. Todo el mundo lo adora.

Threpe empezó a tocar, e inmediatamente comprendí por qué nunca había conseguido el caramillo. Su voz temblaba y se quebraba mientras él punteaba la lira. No llevaba bien el ritmo, y era difícil saber si había tocado una nota equivocada. Era evidente que él mismo había compuesto la canción, una desvergonzada descripción de los hábitos personales de un noble de la región. Pero pese a la ausencia de mérito artístico en el sentido clásico, me sorprendí riendo como el resto del público.

Cuando terminó de cantar, recibió un aplauso atronador; mucha gente golpeaba el tablero de las mesas o daba patadas en el suelo. Stanchion subió al escenario y le estrechó la mano al conde, pero Threpe no parecía decepcionado. Stanchion le dio unas enérgicas palmadas en la espalda y lo acompañó a la barra.

Había llegado el momento. Me levanté y cogí mi laúd.

Wilem me dio una palmada en el brazo, y Simmon me sonrió tratando de disimular su preocupación. Asentí en silencio y me dirigí hacia el asiento que Stanchion había dejado vacío, al final de la barra, donde esta torcía hacia el escenario.

Toqué el talento de plata, grueso y pesado, que llevaba en el bolsillo. La parte más irracional de mí quería agarrarse a él y guardarlo para más adelante. Pero sabía que en pocos días, un solo talento no me serviría para nada. Con el caramillo del Eolio, en cambio, podría mantenerme tocando en las posadas de Imre. Si tenía la suerte de gustarle a algún mecenas, podría ganar suficiente dinero para liquidar mi deuda con Devi y para pagar mi matrícula. Era un riesgo que tenía que correr.

Stanchion volvió sin prisa a su sitio en la barra.

—Tocaré ahora, señor. Si le parece bien. —Confiaba en no parecer todo lo nervioso que estaba. Me sudaban las palmas de las manos, y se me resbalaba el estuche del laúd.

Stanchion me sonrió e inclinó la cabeza.

—Entiendes al público, chico. Este está a punto para escuchar una canción triste. ¿Sigues queriendo tocar «Savien»?

Asentí.

Stanchion se sentó y dio un trago.

—Muy bien. Démosles un par de minutos para que se calmen y comenten la última actuación.

Asentí otra vez y me apoyé en la barra. Aproveché ese rato para inquietarme inútilmente por cosas que no podía controlar.

Una de las clavijas de mi laúd estaba suelta y no tenía dinero para arreglarla. Todavía no había subido al escenario ninguna mujer acreditada con el caramillo del Eolio. Sentí desasosiego al pensar que quizá aquella fuera una noche excepcional en que los únicos músicos consagrados que había en el Eolio eran hombres, o mujeres que no sabían la parte de Aloine.

Al poco rato, Stanchion se levantó y me miró arqueando una ceja. Asentí y cogí el estuche de mi laúd. De pronto lo vi terriblemente gastado. Subimos juntos la escalera.

En cuanto pisé el escenario, el ruido de la sala se redujo a un murmullo. Al mismo tiempo, mi nerviosismo me abandonó, consumido por la atención del público. Siempre me ha pasado lo mismo. Antes de salir a escena, me pongo nervioso y sudo. En cuanto subo al escenario, me quedo calmado como una noche de invierno sin viento.

Stanchion pidió al público que me valorara como candidato a obtener el caramillo de plata. Sus palabras tenían un tono tranquilizador y ritualista. Me hizo una señal, y no hubo aplausos, sino solo un silencio de expectación. De pronto me vi como debía de verme el público. No iba bien vestido, como los anteriores aspirantes; de hecho, iba más bien harapiento. Joven, casi un niño. Sentía cómo su curiosidad los acercaba más a mí.

Dejé que esa curiosidad aumentara y me tomé mi tiempo para abrir el gastado estuche de segunda mano y sacar mi gastado laúd de segunda mano. Sentí cómo la atención del público aumentaba al ver el feo instrumento. Toqué flojo unos cuantos acordes, y ajusté las clavijas afinando un poco el laúd. Toqué unos acordes más, probando; escuché y asentí para mí.

Las luces que iluminaban el escenario dejaban el resto de la sala en penumbra. Miré al público y me pareció encontrarme ante un millar de ojos. Simmon y Wilem, Stanchion junto a la barra, Deoch junto a la puerta. Noté un cosquilleo en el estómago al ver a Ambrose mirándome con expresión amenazadora.

Desvié la mirada y reparé en un hombre con barba vestido de rojo: el conde Threpe; en una pareja de ancianos que se daban la mano; en una muchacha hermosa de ojos castaños...

Mi público. Le sonreí. Mi sonrisa los acercó aún más a mí, y canté:

> ¡Silencio! ¡Atentos! Pues por mucho que escuchaseis,
> mucho aguardaríais sin la esperanza de oír una canción
> tan dulce como esta, compuesta por el propio Illien
> hace una eternidad. Una obra maestra sobre la vida
> de Savien, y de Aloine, la mujer que tomó por esposa.

Dejé que la oleada de susurros recorriera el local. Los que conocían la canción profirieron exclamaciones contenidas, y los que no la conocían preguntaron a sus vecinos a qué venía tanto revuelo.

Puse las manos sobre las cuerdas y volví a atraer la atención del público. Todos guardaron silencio, y empecé a tocar.

La música brotaba de mí con fluidez; mi laúd definía la segunda y la tercera voz. Canté con la potente voz de Savien Traliard, el más grande entre los Amyr. El público se movía al son de la música como la hierba acariciada por el viento. Canté como si fuera sir Savien, y noté que el público empezaba a amarme y a temerme.

Estaba tan acostumbrado a ensayar yo solo aquella canción que casi se me olvidó doblar el tercer estribillo. Pero me acordé en el último momento, con un repentino sudor frío. Esa vez, mientras cantaba, miré al público, con la esperanza de oír una voz que contestara a la mía.

Llegué al final del estribillo antes de la primera estrofa de Aloine. Toqué el primer acorde con fuerza y esperé; el sonido empezó a extinguirse sin haber atrapado ninguna voz entre el público. Los miré con expresión serena, esperando. Cada segundo que pasaba, un mayor alivio pugnaba con una mayor decepción dentro de mí.

Entonces una voz llegó flotando hasta el escenario, suave como la caricia de una pluma, cantando...

Savien, ¿cómo supiste
que era el momento de venir a buscarme?
Savien, ¿recuerdas
aquellos días felices?
¿Conservas tú también
lo que yo guardo en mi corazón y mi memoria?

Ella cantaba la parte de Aloine, y yo, la de Savien. En los estribillos, su voz se entrelazaba con la mía. Una parte de mí quería buscarla entre el público, ver la cara de la mujer con quien estaba cantando. Lo intenté una vez, pero me despisté mientras buscaba un rostro que encajara con la voz de fría luz de luna que contestaba a la mía. Distraído, toqué una nota equivocada produciendo una leve disonancia.

Un pequeño error. Apreté los dientes y me concentré en tocar. Aparqué mi curiosidad y agaché la cabeza para mirarme los dedos, tratando de que no resbalaran sobre las cuerdas.

¡Cómo cantábamos! La voz de ella era como plata ardiente, y mi voz, una resonante respuesta. Savien cantaba unos versos sólidos y potentes, como ramas de un viejo roble; Aloine era como un ruiseñor y se movía describiendo rápidos círculos alrededor de las orgullosas ramas del árbol.

Solo era vagamente consciente de que me encontraba ante un público, vagamente consciente del sudor que bañaba mi cuerpo. Estaba tan sumido en la música que no habría podido decir dónde terminaba ella y dónde empezaba mi sangre.

Pero terminó. Cuando solo faltaban dos versos para el final, todo terminó. Toqué el primer acorde del verso de Savien y oí un ruido cortante que me sacó de la música como a un pez al que arrancan de aguas profundas.

Se rompió una cuerda. La tensión, al liberarse, la lanzó hacia el dorso de mi mano, trazando en él una delgada y brillante línea de sangre.

Me quedé mirándola, embobado. No entendía que se hubiera roto. Mis cuerdas no estaban tan gastadas como para romperse. Pero se había roto, y cuando las últimas notas de la música se deshicieron en el silencio, noté que el público empezaba a moverse. La gente salía del sueño que yo había tejido para ella con los hilos de la canción.

Noté cómo todo se deshilachaba, cómo el público despertaba de un sueño inacabado; vi todo mi esfuerzo arruinado, desperdiciado. Y entretanto, la canción ardía dentro de mí. ¡La canción!

Sin saber lo que hacía, volví a poner los dedos sobre las cuerdas y me concentré al máximo. Me transporté a años atrás, cuando tenía callos como piedras en las manos y la música fluía de mí con la misma facilidad con que lo hacía mi respiración. A aquella época en que tocaba para imitar el sonido del «Viento al girar una hoja» con un laúd de seis cuerdas.

Y empecé a tocar. Despacio al principio, y luego más deprisa, a medida que mis manos iban recordando. Recogí los hilos de la deshilachada canción y volví a tejerlos con cuidado hasta recomponer lo que habían formado unos momentos atrás.

No quedaba perfecta. Es imposible tocar una canción tan compleja como «Sir Savien» a la perfección con seis cuerdas en lugar de siete. Pero estaba entera; y al ver que yo seguía tocando, el público suspiró, se rebulló, y poco a poco volvió a caer bajo el hechizo que yo había creado para él.

Apenas era consciente de que tenía espectadores, y al cabo de un momento me olvidé por completo de ellos. Mis manos danzaban, corrían, se deslizaban por las cuerdas, empeñadas en que las dos voces del laúd cantaran con la mía. Luego, aunque me las miraba, también me olvidé de ellas; me olvidé de todo excepto de mi firme propósito de terminar la canción.

Llegó el estribillo, y Aloine volvió a cantar. Para mí, ella no era una persona, ni siquiera una voz; era solo una parte de la canción que ardía en mi interior.

Logré terminarla. Levanté la cabeza para mirar al público y fue como estar buceando y subir a la superficie para respirar. Volví a la realidad; vi que me sangraba la mano y que estaba cubierto de sudor. Entonces el final de la canción me golpeó en el pecho como un puñetazo, como siempre me sucede, no importa dónde ni cuándo la escuche.

Me tapé la cara con ambas manos y lloré. No por la cuerda rota de mi laúd, ni por lo cerca que había estado del desastre. No por la mano herida ni la sangre derramada. Ni siquiera lloraba por el niño que había aprendido a tocar un laúd con seis cuerdas en el bosque, años atrás. Lloré por sir Savien y por Aloine, por el amor perdido y encontrado y perdido otra vez, por el destino cruel y el delirio de un hombre. Así que, durante un rato, estuve sumido en el dolor y no me enteré de nada.

55

Llamas y truenos

No me dejé embargar mucho rato por la pena que sentía por Savien y por Aloine. Sabía que era el centro de todas las miradas, así que me recompuse, me enderecé en la silla y miré a mi público. Mi silencioso público.

La música suena diferente para el que la interpreta. Es la maldición de los músicos. Mientras estaba allí sentado, el final que había improvisado se borraba de mi memoria. Entonces me asaltaron las dudas. ¿Y si la canción no había quedado tan redonda como a mí me había parecido? ¿Y si mi final no le había transmitido la terrible tragedia de la canción a nadie más que a mí mismo? ¿Y si mis lágrimas no parecían más que la bochornosa reacción de un niño ante el fracaso?

Entonces, mientras esperaba allí sentado, oí cómo el público volcaba su silencio. La gente estaba quieta, tensa, como si la canción les quemara más que una llama. Cada uno se tapaba su herida, se aferraba a su dolor como si fuera algo muy valioso.

Entonces se oyó un murmullo de sollozos liberados y de sollozos que no se podían contener. Un suspiro de lágrimas. Un susurro de cuerpos que, lentamente, volvían a cobrar vida.

Y entonces llegó el aplauso. Un rugido de llamas, de truenos después de un relámpago.

56

Mecenas, doncellas y metheglin

Encordé mi laúd. Eso me sirvió de distracción mientras Stanchion recogía las opiniones del público. Mis manos realizaban los rutinarios movimientos necesarios para retirar la cuerda rota mientras yo sufría y me inquietaba. Los aplausos ya habían cesado, y volvían a asaltarme las dudas. ¿Bastaba una canción para demostrar mi habilidad? ¿Y si la reacción del público se había debido al poder de la canción y no a mi interpretación? ¿Y mi improvisado final? Quizá la canción solo me había parecido terminada a mí...

Retiré la cuerda rota, la examiné y todos mis pensamientos cayeron al suelo hechos un revoltijo.

La cuerda no estaba gastada ni deteriorada, como yo creía. El extremo roto tenía un filo limpio, como si la hubieran cortado con un cuchillo o con unas tijeras.

Me quedé un rato mirándola, embobado. ¿Habría tocado alguien mi laúd? Imposible. Nunca lo perdía de vista. Además, había comprobado el estado de las cuerdas antes de salir de la Universidad, y otra vez antes de subir al escenario. Entonces, ¿qué había pasado?

Le estaba dando vueltas a esa idea cuando me percaté de que el público guardaba silencio. Levanté la cabeza y vi a Stanchion subiendo el último escalón del escenario. Me puse rápidamente en pie.

La expresión de Stanchion era agradable, pero difícil de descifrar. Se me hizo un nudo en el estómago cuando lo vi venir hacia mí, pero el nudo se deshizo cuando Stanchion me tendió una mano tal como había hecho con los otros dos músicos que no habían conseguido el caramillo de plata.

Compuse mi mejor sonrisa y alargué un brazo para estrecharle la mano a Stanchion. Yo era hijo de mi padre, y un artista itinerante. Aceptaría mi rechazo con la dignidad de los Edena Ruh. Había más posibilidades de que la tierra se abriese y se tragara ese rutilante y famoso lugar que de que yo dejara entrever ni una pizca de decepción.

Y entre el público estaba Ambrose. La tierra tendría que tragarse el Eolio, Imre y todo el mar de Centhe antes de que yo le proporcionara la más mínima satisfacción.

Así que sonreí y le estreché la mano a Stanchion. Al hacerlo, noté algo duro en la palma de la mano. Miré hacia abajo y vi un destello de plata. Mi caramillo.

La cara que puse debió de ser un poema. Miré a Stanchion, y él me guiñó un ojo.

Me di la vuelta y sostuve el caramillo en alto para que pudieran verlo todos. El Eolio volvió a rugir. Esa vez era un rugido de bienvenida.

—Tienes que prometerme —me dijo Simmon, muy serio y con los ojos enrojecidos— que no volverás a tocar esa canción sin avisarme. Nunca.

—¿Tan mal lo he hecho? —pregunté, sonriente.

—¡No! —dijo Simmon, casi gritando—. Es que... Yo nunca... —No encontraba las palabras. Entonces agachó la cabeza y rompió a llorar a lágrima viva, tapándose la cara con ambas manos.

Wilem le puso un brazo sobre los hombros a Simmon, que se apoyó sin vergüenza en el hombro de su amigo.

—Nuestro amigo Simmon tiene un corazón frágil —dijo Wil con dulzura—. Creo que lo que quería decir es que le ha gustado mucho.

Me fijé en que Wilem también tenía los ojos enrojecidos. Le puse una mano en la espalda a Simmon.

—A mí también me conmocionó mucho la primera vez que la oí —confesé—. Mis padres la tocaron con motivo de las Fiestas del Solsticio de Invierno cuando yo tenía nueve años, y después estuve dos horas destrozado. Tuvieron que suprimir mi papel en *El porquero y el ruiseñor* porque no estaba en condiciones para actuar.

Simmon asintió e hizo un gesto que parecía sugerir que estaba bien, pero que no creía que pudiera hablar durante un rato, así que era mejor que yo siguiera con lo que estuviese haciendo.

Miré otra vez a Wilem.

—No me acordaba de que produce ese efecto en algunas personas —dije de manera poco convincente.

—Recomiendo scutten —dijo Wilem sin rodeos—. Rabón, si prefieres la lengua vulgar. Pero creo recordar que prometiste que si esta noche ganabas tu caramillo nos llevarías flotando a casa. Lo cual me preocupa, porque resulta que llevo mis zapatos de plomo, los de beber.

Oí a Stanchion riendo detrás de mí.

—Estos deben de ser tus dos amigos no castrati. —A Simmon le sorprendió tanto que lo llamaran «no castrato» que se recompuso un poco, frotándose la nariz con la manga.

—Wilem, Simmon, os presento a Stanchion. —Simmon inclinó la cabeza. Wilem hizo una contenida reverencia—. Stanchion, ¿nos acompañas a la barra? Les he prometido invitarlos a una copa.

—A unas copas —puntualizó Wilem—. En plural.

—Lo siento. A unas copas —me corregí—. De no ser por ellos, yo no estaría hoy aquí.

—Ah —dijo Stanchion con una sonrisa—. Son tus mecenas. Lo entiendo perfectamente.

La jarra de la victoria resultó ser la misma que la de consolación. Ya me la tenían preparada cuando Stanchion consiguió por fin abrirnos paso entre la multitud hasta nuestros nuevos asientos en la barra. Hasta se empeñó en invitar a Simmon y a Wilem a scutten, argumentando que los mecenas también tenían derecho a las prebendas de la victoria. Le di las gracias efusivamente, pensando en lo rápido que se estaba vaciando mi bolsa.

Mientras esperábamos a que les sirvieran las bebidas, intenté mirar con curiosidad en el interior de mi jarra y comprendí que, para lograrlo, tendría que ponerme de pie en el taburete mientras la jarra estuviera encima de la barra.

—Es metheglin —me informó Stanchion—. Pruébalo, y ya me darás las gracias más tarde. En mi pueblo dicen que los muertos serían capaces de volver del más allá para dar un trago de eso.

Hice como si me tocara el ala de un sombrero imaginario.

—A tu salud —dije.

—A la tuya y a la de tu familia —repuso él con educación.

Bebí un sorbo para recuperarme, y me pasó algo maravilloso en la boca: miel de primavera, clavo, cardamomo, canela, uvas, manzanas asadas, peras dulces y fresca agua de manantial. Eso es lo único que puedo decir del metheglin. Si no lo habéis probado nunca, lamento no poder describirlo mejor. Si lo habéis probado, no necesitáis que os recuerde a qué sabe.

Me alivió comprobar que el rabón lo habían servido en vasos de tamaño mediano; también había uno para Stanchion. Si a mis amigos les hubieran servido jarras de ese vino tinto, habría necesitado una carretilla para llevármelos al otro lado del río.

—¡Por Savien! —exclamó Wilem.

—¡Bien dicho! —dijo Stanchion levantando su vaso.

—Por Savien... —consiguió decir Simmon con un sollozo ahogado.

—... y por Aloine —dije yo, y levanté con dificultad mi enorme jarra para entrechocarla con sus vasos.

Stanchion se bebió su scutten con un desparpajo que hizo que se me saltaran las lágrimas.

—Bueno —dijo—. Antes de dejarte en manos de tus pares para que puedan adularte, tengo que preguntarte una cosa. ¿Dónde has aprendido a hacer eso? Me refiero a tocar con una cuerda menos.

Pensé un momento.

—¿Quieres la versión larga o la corta?

—Creo que de momento me contentaré con la corta.

Sonreí.

—En ese caso, es algo que aprendí. —Hice un ademán desenfadado, como si lanzara algo—. Un vestigio de mi disipada juventud.

Stanchion me miró a los ojos, risueño.

—Supongo que me lo merezco. La próxima vez te pediré la versión larga. —Respiró hondo y echó un vistazo a la sala; su pendiente de oro osciló y lanzó unos destellos—. Voy a ocuparme de la clientela. Intentaré evitar que vengan todos a la vez a verte.

Sonreí con alivio.

—Gracias, señor.

Stanchion sacudió la cabeza y le hizo una seña a un camarero que estaba detrás de la barra, quien rápidamente fue a buscarle su jarra.

—Hasta hace poco, estaba bien que me llamaras «señor». Pero a partir de ahora, llámame Stanchion. —Volvió a mirarme; yo sonreí y asentí—. Y ¿cómo tengo que llamarte yo a ti?

—Kvothe —contesté—. Kvothe a secas.

—¡Por Kvothe! —brindó Wilem a mis espaldas.

—Y por Aloine —añadió Simmon, y rompió a llorar apoyando la cabeza en un brazo.

El conde Threpe fue uno de los primeros en venir a verme. De cerca parecía más bajo y más viejo. Pero estaba muy animado y no paraba de reír mientras hablaba de mi canción.

—¡Y entonces se rompió! —dijo gesticulando exageradamente—. Y me dije: «¡Ahora no! ¡Tan cerca del final no!». Pero vi que te habías hecho sangre en la mano, y noté un vacío en el estómago. Nos miraste, miraste las cuerdas, y el silencio fue apoderándose de todo. Entonces volviste a poner las manos en el laúd, y me dije: «Qué chico tan valiente. Demasiado valiente. Él no sabe que no puede salvar el final de una canción rota con un laúd roto». ¡Pero lo hiciste! —Rió como si yo le hubiera gastado una broma al mundo, y dio unos pasitos de baile.

Simmon, que había parado de llorar y que iba camino de pillar una borrachera descomunal, rió con el conde. Wilem no sabía qué pensar de aquel individuo, y lo observaba con expresión seria.

—Un día tienes que venir a tocar a mi casa —me propuso Threpe, y rápidamente levantó una mano—. No vamos a hablar de eso ahora, porque no quiero robarte más tiempo. —Sonrió—. Pero antes de irme, quiero hacerte una última pregunta: ¿cuántos años pasó Savien con los Amyr?

No tuve que pensar la respuesta.

—Seis. Tres años demostrando su valía, y otros tres entrenándose.

—¿Te parece que seis es un buen número?

No sabía adónde quería llegar.

—El seis no es precisamente un número de la suerte —dije tentativamente—. Si lo que buscamos es un buen número, yo subiría a siete. —Me encogí de hombros—. O bajaría a tres.

Threpe reflexionó golpeándose la barbilla con un dedo.

—Tienes razón. Pero si pasó seis años con los Amyr significa que volvió con Aloine al séptimo año. —Metió una mano en un bolsillo y sacó un puñado de calderilla de, al menos, tres monedas diferentes. Cogió siete talentos y me los puso en la mano.

—Señor, no puedo aceptar su dinero —balbuceé. Lo que me había sorprendido no era el dinero, sino la cantidad.

Threpe me miró con desconcierto.

—¿Por qué no?

Me quedé un momento con la boca abierta. No sabía qué contestar.

Threpe rió y me cerró la mano con las monedas en la palma.

—No es un premio por tu actuación. Bueno, sí lo es, pero en realidad es más bien un incentivo para que sigas practicando, para que sigas mejorando. Lo hago por la música.

Se encogió de hombros.

—Verás, un laurel necesita agua para crecer. En eso no puedo intervenir. Pero puedo ayudar a unos cuantos músicos a que no se mojen cuando llueve, ¿no? —Sus labios dibujaron una pícara sonrisa—. Dios se ocupa de los laureles y de mantenerlos húmedos.

Yo me ocupo de los músicos y de mantenerlos secos. Y otras mentes más sabias que la mía decidirán cuándo han de juntarse unos y otros.

Me quedé un momento callado.

—Me parece que es usted más sabio de lo que cree.

—Bueno —replicó él tratando de no parecer complacido—. Mira, no dejes que se entere mucha gente, o empezarán a esperar que haga grandes cosas. —Se dio la vuelta y el gentío se lo tragó rápidamente.

Me guardé los siete talentos en el bolsillo y sentí que me quitaba un gran peso de encima. Fue como una anulación de la sentencia. Quizá literalmente, pues no tenía ni idea de lo que habría podido hacer Devi para obligarme a liquidar mi deuda con ella. Respiré despreocupadamente por primera vez en dos meses. Era una sensación muy agradable.

Cuando Threpe se marchó, uno de los músicos ya consagrados vino a felicitarme. Después lo hizo un prestamista ceáldico que me estrechó la mano y me invitó a una copa.

Luego vinieron un noble, otro músico y una hermosa joven que pensé que quizá fuera mi Aloine hasta que oí su voz. Era la hija de un prestamista de la ciudad y charlamos un rato. Casi se me olvidó besarle la mano al despedirnos.

Al cabo de un rato las caras se confundían. Uno a uno, vinieron a ofrecerme sus respetos, felicitaciones, apretones de manos, consejos, envidia y admiración. Aunque Stanchion cumplió su palabra y se las ingenió para que no se abalanzaran todos sobre mí en masa, al poco rato empezó a costarme distinguir quién era quién. Y el metheglin no me ayudaba mucho.

No estoy seguro de cuánto rato tardé en decidir ir en busca de Ambrose. Tras recorrer el local con la mirada, di codazos a Simmon, que estaba jugando con unos ardites con Wilem, hasta que levantó la cabeza.

—¿Dónde está nuestro mejor amigo? —le pregunté.

Simmon me miró sin comprender, y me di cuenta de que estaba demasiado borracho para captar mi sarcasmo.

—Ambrose —aclaré—. ¿Dónde se ha metido Ambrose?

—Se ha largado —anunció Wilem con un deje de belicosidad—. En cuanto has terminado de tocar. Antes incluso de que te dieran el caramillo.

—Lo sabía. Ambrose lo sabía —dijo Simmon muy complacido—. Sabía que lo conseguirías y no ha soportado ver cómo te lo entregaban.

—Tenía mal aspecto cuando ha salido —dijo Wilem con malicia—. Estaba pálido y tembloroso. Como si se hubiera enterado de que alguien había estado meando en su vaso toda la noche.

—A lo mejor es verdad —dijo Simmon con una malicia poco habitual en él—. Yo lo habría hecho.

—¿Tembloroso, dices? —pregunté.

Wilem asintió.

—Temblaba. Como si le hubieran pegado un puñetazo en el estómago. Se apoyaba en el brazo de Linten.

Esos síntomas me sonaban de algo. Eran los mismos que los de la tiritona del simpatista. Empezó a formarse una sospecha en mi mente. Imaginé a Ambrose oyéndome interpretar la canción más hermosa que jamás había oído, y comprendiendo que estaba a punto de hacerme con el caramillo de plata.

Ambrose no podía hacer nada demasiado obvio, pero quizá encontrara un hilo suelto, o una astilla larga de la mesa. Cualquiera de esas dos cosas solo le habrían proporcionado un débil vínculo simpático con la cuerda de mi laúd: uno por ciento como mucho, y quizá solo una décima parte de eso.

Imaginé a Ambrose extrayendo el calor de su cuerpo, concentrándose mientras, poco a poco, el frío se extendía por sus brazos y sus piernas. Lo imaginé temblando, respirando con dificultad, hasta que al final se rompía la cuerda...

... Y yo, pese a todo, terminaba la canción. Sonreí de satisfacción al pensarlo. Solo era una hipótesis, desde luego, pero algo había roto la cuerda de mi laúd, y no tenía ninguna duda de que Ambrose era capaz de intentar algo así. Volví a concentrarme en Simmon.

—... ir y decirle: «No te guardo rencor por lo que me hiciste aquel día en el Crisol, cuando mezclaste mis sales y me quedé casi ciego durante un día. No, qué va. ¡Bebe, bebe!». ¡Ja! —Simmon rió, perdido en su fantasía de venganza.

El flujo de felicitaciones aflojó un poco; vinieron otro intérprete de laúd, el intérprete de zampoña consagrado al que había visto actuar, un comerciante de Imre. Un caballero muy perfumado de cabello largo y grasiento, y acento víntico, me dio una palmada en la espalda y me entregó una bolsa de dinero llena, «para que te compres cuerdas». No me cayó bien, pero acepté la bolsa.

—¿Por qué todo el mundo habla de lo mismo? —me preguntó Wilem.

—¿De qué?

—La mitad de los que vienen a estrecharte la mano no caben en sí de entusiasmo y se admiran de lo bonita que era la canción. La otra mitad apenas mencionan la canción, y solo hablan de que has tocado con una cuerda rota. Es como si ni siquiera hubieran oído la canción.

—La primera mitad no entiende nada de música —le explicó Simmon—. Solo los que se toman en serio la música pueden apreciar realmente lo que nuestro pequeño E'lir ha hecho esta noche.

Wilem gruñó, pensativo.

—Entonces, ¿es difícil eso que has hecho?

—Jamás he visto a nadie tocar «La ardilla sobre el tejado» sin un juego de cuerdas entero —le dijo Simmon.

—Ya —dijo Wil—. Pues hacías que pareciera fácil. Ya que has tenido la sensatez de dejar esa bebida de frutas íllica, ¿me dejas que te invite a una ronda de buen y oscuro scutten, la bebida de los reyes ceáldimos?

Sé reconocer un cumplido, pero me resistía a aceptar la invitación de mi amigo, porque precisamente empezaba a tener la mente despejada otra vez.

Por fortuna, no hizo falta que le diera ninguna excusa, porque entonces vino Marea a presentarme sus respetos. Era la rubia y encantadora arpista que había intentado conseguir su caramillo de plata y había fracasado. Por un instante pensé que quizá fuera ella la voz de mi Aloine, pero tras escucharla un momento comprendí que no podía serlo.

Eso sí: era muy hermosa. Y de cerca parecía aún más hermosa que en el escenario, lo cual no sucede siempre. Hablamos un rato, y me enteré de que era la hija de un concejal de Imre. El azul claro de su vestido, destacado contra la cascada de su dorado cabello, era un reflejo del intenso azul de sus ojos.

Pese a lo hermosa y encantadora que era, no pude dedicarle la atención que merecía. Estaba deseando alejarme de la barra para ir a buscar la voz que había cantado la parte de Aloine conmigo. Charlamos un rato, nos sonreímos y nos separamos con palabras amables y con la promesa de volver a vernos pronto. Se perdió entre el gentío con una maravillosa serie de suaves y curvilíneos movimientos.

—¿Qué ha sido esa vergonzosa exhibición? —me preguntó Wilem cuando Marea se hubo marchado.

—¿Cómo dices?

—¿Cómo dices? —repitió imitando mi tono de voz—. ¿Cómo te atreves a fingir siquiera que eres tan imbécil? Si una chica tan guapa como esa me mirara con un solo ojo de la forma en que te ha mirado a ti con los dos... Ya habríamos encontrado una habitación, por expresarlo de forma educada.

—Ha sido simpática —protesté—. Y hemos hablado un rato. Me ha preguntado si querría enseñarle algunos acordes de arpa, pero hace mucho tiempo que no toco el arpa.

—Pues si sigues pasando por alto insinuaciones como esa, seguirás sin tocarla mucho tiempo —repuso Wilem con franqueza—. Lo único que ha faltado ha sido que se desabrochara otro botón.

Sim se inclinó hacia mí y apoyó una mano en mi hombro; era la viva imagen del amigo preocupado.

—Kvothe, hace tiempo que quiero hablar contigo de este problema. Si de verdad no te has dado cuenta de que esa chica se interesaba por ti, quizá tengas que admitir la posibilidad de que seas absolutamente inepto en lo relativo a las mujeres. Quizá debas plantearte el sacerdocio.

—Estáis borrachos —dije para disimular mi rubor—. ¿Os habéis quedado con que es la hija de un concejal?

—¿Te has quedado —replicó Wil en el mismo tono— con cómo te miraba?

Yo sabía que era deplorablemente inexperto con las mujeres, pero no tenía por qué reconocerlo. Así que descarté sus comentarios con un ademán y bajé del taburete.

—No sé, pero dudo que un revolcón detrás de la barra fuera en lo que estaba pensando esa chica. —Bebí un sorbo de agua y me alisé la capa—. Bueno, tengo que encontrar a mi Aloine y darle las gracias. ¿Qué aspecto tengo?

—¿Qué más da? —dijo Wilem.

Simmon le tocó el codo a Wilem.

—¿No lo ves? Va detrás de una presa más peligrosa que la escotada hija de un concejal.

Me di la vuelta con gesto de fastidio y fui hacia donde estaba la gente.

No tenía ni idea de cómo la encontraría. Mi parte más romántica y delirante pensaba que la reconocería nada más verla. Si era la mitad de radiante que su voz, brillaría como una vela en una habitación a oscuras.

Pero mientras pensaba esas cosas, mi parte más sabia me susurraba al oído. «No abrigues esperanzas», me decía. «No cometas el error de abrigar esperanzas de que exista una mujer que pueda arder tan intensamente como la voz que ha cantado la parte de Aloine.» Y aunque ese mensaje no fuera un consuelo, yo sabía que era sabio. Había aprendido a escuchar a esa parte de mí en las calles de Tarbean; sin ella no habría salido vivo de allí.

Me paseé por la planta baja del Eolio, buscando sin saber a quién buscaba. De vez en cuando, la gente me sonreía o me saludaba con la mano. Pasados cinco minutos, había visto todas las caras que se podían ver y subí al primer piso.

Se trataba, en realidad, de un anfiteatro adaptado, pues en lugar de asientos en gradería había hileras de mesas escalonadas, orientadas hacia el piso de abajo. Mientras circulaba entre las mesas buscando a mi Aloine, esa parte más sensata de mí seguía su-

surrándome al oído. «No te hagas ilusiones. Lo único que conseguirás será llevarte una decepción. Esa mujer no será tan hermosa como tú la imaginas, y entonces te desesperarás.»

Cuando terminé de buscar en el primer piso, empezó a surgir un nuevo temor dentro de mí. Quizá se hubiera marchado mientras yo estaba sentado a la barra, bebiendo metheglin y cubriéndome de elogios. Debí ir a buscarla enseguida; debí arrodillarme y darle las gracias de todo corazón. ¿Y si ya se había marchado? El nerviosismo me produjo un incómodo vacío en el estómago cuando empecé a subir la escalera que conducía al último piso del Eolio.

«Mira lo que has conseguido ilusionándote —me dijo la voz—. Se ha marchado, y lo único que tienes es una resplandeciente y delirante imagen con la que atormentarte.»

El segundo piso era el más pequeño de los tres; en realidad no era más que un estrecho semicírculo que abrazaba tres paredes, muy por encima del escenario. Allí, las mesas y los bancos estaban más separados y menos concurridos. Me fijé en que lo que más había allí eran parejas, y me sentí un poco voyeur mientras pasaba de una mesa a otra.

Tratando de aparentar indiferencia, examinaba las caras de los que estaban allí sentados hablando y bebiendo. Fui poniéndome más y más nervioso a medida que me acercaba a la última mesa. Era imposible que lo hiciera con disimulo, porque la mesa estaba en un rincón. La pareja que ocupaba esa mesa, una persona de cabello claro y otra oscuro, estaban de espaldas a mí.

Al acercarme, la persona de cabello claro rió, y atisbé una cara orgullosa y de elegantes facciones. Era un hombre. Miré a su acompañante. Era mi última esperanza. Sabía que tenía que ser mi Aloine.

Al bordear la esquina de la mesa le vi la cara. Era otro hombre. Mi Aloine se había marchado. La había perdido, y esa certeza me hizo sentir como si mi corazón se hubiera caído de su sitio en mi pecho y hubiera ido a parar a la altura de mis pies.

Los dos desconocidos levantaron la cabeza y el rubio me sonrió.

—Mira, Thria, el joven Seis Cuerdas ha venido a saludarnos.

—Me miró de arriba abajo—. ¡Qué guapo! ¿Quieres tomar algo con nosotros?

—No —murmuré, abochornado—. Solo estaba buscando a alguien.

—Pues ya has encontrado a alguien —replicó él con soltura tocándome un brazo—. Me llamo Fallon, y este es Thria. Tómate algo, hombre. Te prometo que no dejaré que Thria intente llevarte a su casa. Siente debilidad por los músicos. —Me sonrió amablemente.

Murmuré una excusa y me marché, demasiado turbado para preocuparme por si había hecho el ridículo o no.

Cuando volvía hacia la escalera, desmoralizado, mi parte sabia aprovechó la ocasión para amonestarme. «Eso es lo que se consigue con la esperanza —dijo—. Nada bueno. Sin embargo, es mejor que no la hayas encontrado. No habría podido estar a la altura de su voz. Esa voz, bella y terrible como la plata ardiendo, como la luz de la luna reflejada en las piedras de un río, como una pluma acariciando tus labios.»

Me dirigí a la escalera, mirando el suelo para que nadie intentara entablar conversación conmigo.

Entonces oí una voz, una voz como la plata ardiendo, como un beso en mis oídos. Levanté la cabeza, mi corazón se iluminó, y supe que era mi Aloine. Levanté la cabeza, la vi, y lo único que pude pensar fue: es preciosa.

Preciosa.

57

Interludio: las partes que nos conforman

Moviéndose despacio, Bast se desperezó y miró alrededor. Al final, se consumió la corta mecha de su paciencia.

—Reshi...

—¿Hmmm? —Kvothe lo miró.

—Y entonces, ¿qué pasó? ¿Hablaste con ella?

—Claro que hablé con ella. Si no hubiera hablado con ella, no habría historia. Contar esa parte no entraña grandes dificultades. Pero antes he de describirla. Y no sé cómo hacerlo.

Bast se movió, inquieto, en la silla.

Kvothe rió, y una expresión cariñosa borró la irritación de su semblante.

—¿Qué pasa? ¿Describir a una mujer hermosa te resulta tan fácil como contemplarla?

Bast agachó la cabeza y se ruborizó; Kvothe le puso una mano en el brazo y sonrió.

—Mi problema, Bast, es que ella es muy importante. Es importante para la historia. No se me ocurre cómo describirla sin quedarme corto.

—Creo que te entiendo, Reshi —dijo Bast con tono conciliador—. Yo también la vi. Una vez.

Kvothe se recostó en la silla, sorprendido.

—Es verdad. Lo había olvidado. —Se llevó una mano a los labios—. Bueno, y ¿cómo la describirías tú?

Bast se animó ante esa oportunidad. Se enderezó en el asiento, se quedó un momento pensativo y luego dijo:

—Tenía unas orejas perfectas. —Hizo un gesto delicado con las manos—. Perfectas, parecían talladas en... no sé, en algo.

Cronista rió, y entonces se mostró un poco desconcertado, como si se hubiera sorprendido a sí mismo.

—¿Las orejas? —preguntó como si no estuviera seguro de haber oído bien.

—Ya sabes lo difícil que es encontrar a una chica guapa con las orejas bonitas —dijo Bast con naturalidad.

Cronista volvió a reír, y esa vez le resultó más fácil.

—No —dijo—. Te aseguro que no.

Bast miró al escribano con profundo desdén.

—Pues en ese caso, tendrás que creerme. Eran unas orejas extraordinariamente bonitas.

—Creo que en eso has acertado —coincidió Kvothe con jovialidad. Hizo una pausa, y cuando volvió a hablar lo hizo despacio, con la mirada ausente—: El problema es que ella no se parece a nadie que yo haya conocido. Tenía algo intangible. Algo cautivador, como el calor de un fuego. Tenía una elegancia, una chispa...

—Tenía la nariz torcida, Reshi —dijo Bast interrumpiendo el ensueño de su maestro.

Kvothe lo miró, y una arruga de irritación apareció en su frente.

—¿Qué?

Bast levantó ambas manos poniéndose a la defensiva.

—Solo es un detalle, Reshi. Todas las mujeres de tu historia son hermosas. Normalmente no puedo refutarlo, porque no las conozco. Pero a esta sí la vi. Tenía la nariz un poco torcida. Y si hemos de ser sinceros, tenía la cara un poco afilada para mi gusto. No era una beldad impecable, Reshi. Te lo digo yo, que he dedicado mucho tiempo a estudiar estas cosas.

Kvothe miró largamente a su pupilo con expresión solemne.

—Somos algo más que las partes que nos conforman, Bast —dijo con un deje de reproche.

—No digo que no fuera encantadora, Reshi —se apresuró a añadir Bast—. Me sonrió, y su sonrisa era... Tenía una especie de... Iba directa a tu corazón, no sé si me entiendes.

—Te entiendo, Bast. Pero yo la conozco. —Kvothe miró a Cronista—. Verás, el problema surge de la comparación. Si digo que tiene el cabello castaño, tú podrías pensar: «He conocido a muchas mujeres morenas, y algunas eran encantadoras». Pero te quedarías muy corto, porque esas mujeres no tendrían, en realidad, nada en común con ella. Esas otras mujeres no tendrían su agudeza, su encanto natural. No se parecía a nadie que yo hubiera conocido...

Kvothe se quedó absorto, mirándose las manos recogidas. Permaneció tanto rato callado que Bast empezó a moverse, inquieto, mirando alrededor con nerviosismo.

—Supongo que no tiene sentido que me preocupe tanto —dijo Kvothe por fin, levantando la cabeza y haciéndole una señal a Cronista—. Dudo que al mundo le afecte mucho que estropee también esto.

Cronista cogió la pluma, y Kvothe empezó a hablar antes de que la hubiera mojado en el tintero.

—Tenía los ojos castaños. Oscuros como el chocolate, como el café, como la madera lustrada del laúd de mi padre. La cara era blanca y ovalada, como una lágrima.

De pronto Kvothe se interrumpió, como si se hubiera quedado sin palabras. El silencio que se produjo fue tan repentino y tan profundo que Cronista levantó brevemente la vista de la hoja, algo que todavía no había hecho nunca. Pero en ese preciso instante, Kvothe empezó a hablar de nuevo:

—Su sonrisa podía parar el corazón de un hombre. Tenía los labios rojos. No era el rojo chillón, artificial, que tantas mujeres creen que las hace parecer deseables. Sus labios siempre estaban rojos, de día y de noche. Como si minutos antes de verla tú, hubiera estado comiendo bayas o bebiendo sangre.

»Estuviera donde estuviese, siempre era el centro de todas las miradas. —Kvothe frunció el ceño—. No me interpretéis mal. No quiero decir que fuera llamativa, ni vanidosa. Si miramos el fuego es porque parpadea, porque resplandece. Lo que atrae nuestra mirada es la luz, pero lo que hace que un hombre se acerque al fuego no tiene nada que ver con su resplandor. Lo que te atrae del fuego es el calor que sientes cuando te acercas a él. Con Denna pasaba lo mismo.

Mientras hablaba, la expresión de Kvothe iba cambiando, como si cada palabra que pronunciaba lo hiriera más y más. Y aunque las palabras eran claras, encajaban con su semblante, como si cada una la rasparan con una áspera lima antes de salir de sus labios.

—Era... —Kvothe tenía la cabeza tan agachada que parecía que hablara con sus manos, recogidas sobre el regazo—. ¿Qué estoy haciendo? —dijo con voz débil, como si tuviera la boca llena de grises cenizas—. ¿Para qué puede servir esto? ¿Cómo puedo explicárosla si yo nunca la he entendido?

Cronista ya había escrito esas palabras cuando se dio cuenta de que seguramente Kvothe no quería que lo hiciera. Se quedó quieto un instante, y luego terminó de anotar el resto de la frase. Entonces esperó quieto y callado un momento, antes de levantar la cabeza y mirar a Kvothe.

Kvothe lo miró también. Eran los mismos ojos oscuros que Cronista había visto antes. Los ojos de un dios furioso. Cronista estuvo a punto de levantarse y apartarse de la mesa. Se produjo un gélido silencio.

Kvothe se levantó y señaló la hoja que Cronista tenía delante.

—Tacha eso —dijo con voz chirriante.

Cronista palideció. Parecía que le hubieran clavado un puñal.

Como Cronista seguía inmóvil, Kvothe estiró un brazo y quitó la hoja a medio escribir de debajo de la pluma de Cronista.

—Si no te sientes inclinado a tachar... —Kvothe rompió la hoja con cuidado; el sonido acabó por borrar el color de la cara del escribano.

Con mucha parsimonia, Kvothe cogió una hoja en blanco y la puso delante del anonadado escribiente.

—Cópialo aquí —dijo con una voz fría e inmóvil como el hierro. El hierro también estaba en sus ojos, duro y oscuro.

No discutieron. En silencio, Cronista copió hasta donde Kvothe tenía puesto un dedo sujetando la hoja a la mesa.

Una vez que Cronista hubo terminado, Kvothe empezó a

hablar con voz crujiente y clara, como si mordiera trozos de hielo.

—¿En qué sentido era hermosa? Me doy cuenta de que nada de lo que diga será suficiente. Está bien. Ya que no puedo decir suficiente, al menos evitaré decir demasiado.

»Escribe esto: que tenía el cabello castaño. Eso es. Largo y liso. Tenía los ojos castaños y el cutis claro. Eso es. Tenía la cara ovalada, la mandíbula fuerte y delicada. Escribe que tenía aplomo y elegancia. Eso.

Kvothe respiró hondo antes de proseguir:

—Y por último, escribe que era preciosa. Es la única manera de expresarlo. Que era tremendamente hermosa, aunque tuviera fallos o defectos. Era preciosa, al menos para Kvothe. ¿Al menos? Para Kvothe era la más preciosa. —Por un instante Kvothe se puso en tensión, como si también fuera a arrebatarle esa otra hoja a Cronista.

Entonces se relajó, como una vela cuando deja de soplar el viento.

—Pero para ser sincero, he de decir que había otros que también la encontraban hermosa...

58

Nombres para un principio

Sería bonito decir que nuestras miradas se encontraron y que yo me acerqué lentamente a ella. Sería bonito decir que sonreí y que le hablé de cosas agradables en pareados cuidadosamente medidos, como el Príncipe Azul de algún cuento de hadas.

Por desgracia, la vida casi nunca tiene un guión tan meticuloso. La verdad es que me quedé allí plantado. Era Denna, la joven que había conocido hacía tanto tiempo en la caravana de Roent.

Ahora que lo pienso, solo había transcurrido medio año. No es mucho tiempo cuando te están contando una historia, pero medio año es muchísimo tiempo mientras lo vives, sobre todo si eres joven. Y nosotros éramos ambos muy jóvenes.

Vi a Denna cuando ella subía el último escalón del segundo piso del Eolio. Iba mirando el suelo, con expresión pensativa, casi triste. Se volvió y echó a andar hacia mí sin levantar la cabeza, sin verme.

Esos meses la habían cambiado. Todo lo que antes tenía de guapa lo tenía, además, de encantadora. Quizá esa diferencia se debiera únicamente a que no llevaba la ropa de viaje con que yo la había conocido, sino un vestido largo. Pero no cabía ninguna duda de que era Denna. Hasta reconocí el anillo que llevaba en el dedo, de plata con una piedra de color azul claro engarzada.

Desde el día que nos despedimos, yo había guardado pensamientos delirantes y tiernos sobre Denna escondidos en un rincón secreto de mi corazón. Me había planteado ir a buscarla a Anilin, había imaginado que volvía a encontrármela por casualidad en un camino, que ella iba a buscarme a la Universidad. Pero en el fondo sabía que esas ideas no eran más que sueños infantiles. Yo sabía la verdad: nunca volvería a verla.

Pero allí estaba, y yo no estaba preparado para ese encuentro. ¿Se acordaría de mí, del muchacho torpe al que solo había visto unos días, hacía mucho tiempo?

Denna estaba a apenas tres metros de mí cuando levantó la cabeza y me vio. Su rostro se iluminó, como si alguien hubiera encendido una vela en su interior que la hiciera resplandecer. Corrió hacia mí, cubriendo la distancia que nos separaba con tres atolondrados pasos.

Por un instante, pareció que fuera a echarse en mis brazos, pero en el último momento se paró y miró a las personas que estaban sentadas alrededor de nosotros. En el espacio de medio paso, transformó su alegre carrerilla en un comedido saludo. Lo hizo con elegancia, pero aun así tuvo que apoyar una mano en mi pecho para estabilizarse, para no caer sobre mí debido a su repentina parada.

Entonces me sonrió. Era una sonrisa dulce, cariñosa y tímida, como una flor que se abre. Era cordial, sincera y ligeramente turbada. Cuando me sonrió, sentí...

No se me ocurre cómo describirlo, de verdad. Sería más fácil mentir. Podría copiar algunas frases de cualquier historia y contaros una mentira tan familiar que no dudaríais en tragárosla. Podría decir que se me doblaron las rodillas. Que me costaba respirar. Pero eso no sería la verdad. Mi corazón no latió más deprisa, ni se paró, ni alteró su ritmo. Eso es lo que nos cuentan en las historias. Tonterías. Hipérboles. Chorradas. Y aun así...

Salid a pasear un día de principios de invierno, después del primer frío de la temporada. Buscad una charca con una fina película de hielo en la superficie, todavía limpia, intacta y transparente como el cristal. Cerca de la orilla, el hielo aguantará vuestro peso. Deslizaos un poco por él. Más allá. Al final encontraréis el sitio donde la superficie soporta vuestro peso de milagro. Entonces sentiréis lo que sentí yo. El hielo se rompe bajo vuestros pies. Mirad hacia abajo y veréis las blancas grietas recorriendo el hielo como alocadas, complicadas telarañas. No se oye nada, pero notáis la vibración a través de las plantas de los pies.

Eso fue lo que pasó cuando Denna me sonrió. No quiero decir que me sintiera como si me encontrase sobre una fina capa de hielo a punto de ceder bajo mi peso. No. Me sentí como el hielo mismo, resquebrajado de pronto, con grietas extendiéndose a partir del sitio donde ella me había tocado, en el pecho. La única razón por la que me sostenía era porque el millar de piezas que me componían se apoyaban unas en otras. Temía derrumbarme si me movía.

Quizá fuera suficiente decir que me cautivó una sonrisa. Y aunque parece una frase extraída de un libro de cuentos, se acerca mucho a la verdad.

Las palabras nunca se me han resistido. Más bien al contrario: a menudo me resulta muy fácil decir lo que pienso, y eso me ha creado problemas muchas veces. Sin embargo, ante Denna me quedé sin habla. No habría podido decir nada sensato aunque mi vida hubiera dependido de ello.

Automáticamente, las normas de cortesía que me había inculcado mi madre salieron en mi ayuda. Levanté una mano suavemente y agarré la que Denna tendía hacia mí, como si me la hubiera ofrecido. Entonces di medio paso hacia atrás e hice una elegante reverencia. Al mismo tiempo, me cogí con la otra mano el borde de la capa y la escondí detrás de la espalda. Fue una reverencia halagadora y cortés sin llegar a ser ridículamente formal, y adecuada para un sitio público como aquel.

¿Qué podía hacer a continuación? Lo tradicional era besar la mano, pero ¿qué clase de beso era el idóneo? En Atur te limitabas a inclinarte sobre la mano tendida. Las damas ceáldicas, como la hija del prestamista con la que había hablado hacía un rato, esperaban que les rozaras ligeramente los nudillos y que el gesto fuera acompañado del chasquido de un beso en el aire. En Modeg apretabas los labios contra el dorso de tu propio pulgar.

Pero estábamos en la Mancomunidad, y Denna no tenía acento extranjero. Así pues, un beso directo. Apreté suavemente los labios contra el dorso de su mano durante el tiempo que tardas en respirar una vez. Tenía la piel tibia y olía vagamente a brezo.

—A sus pies, mi señora —dije irguiéndome y soltándole la mano. Por primera vez en la vida, entendí el verdadero propósito de esos saludos formales. Te dan un guión que seguir cuando no tienes ni idea de qué decir.

—¿Mi señora? —repitió Denna, ligeramente sorprendida—. Muy bien, si insistes... —Se cogió el vestido con una mano e hizo una reverencia que resultó elegante, burlona y pícara al mismo tiempo—. Tu señora.

Al oír su voz, supe que mis sospechas eran ciertas. Era mi Aloine.

—¿Qué haces aquí arriba, en el tercer círculo, solo? —Echó un vistazo al balcón con forma de media luna—. Porque estás solo, ¿no?

—Estaba solo —puntualicé. Y como no sabía qué más decir, robé un verso de la canción que tenía reciente en la memoria—: «Ahora a la inesperada Aloine tengo a mi lado».

Denna sonrió, halagada.

—¿Cómo que inesperada? —preguntó.

—Estaba prácticamente convencido de que ya te habías marchado.

—He estado a punto —repuso Denna con falsa arrogancia—. He esperado dos horas a que viniera mi Savien. —Suspiró trágicamente, mirando hacia arriba y hacia un lado, como la estatua de una santa—. Al final, desesperada, he decidido que lo mejor era que esta vez fuera Aloine quien buscase a su amado, y al cuerno con la historia. —Sonrió con malicia.

—«Éramos dos navíos mal iluminados en la noche...» —cité.

—... «que pasaban al lado sin verse el uno al otro» —terminó Denna.

—*La caída de Felward* —dije con algo que rayaba el respeto—. No hay mucha gente que conozca esa obra.

—Yo no soy mucha gente —replicó ella.

—No lo olvidaré. —Incliné la cabeza con exagerada deferencia, y Denna dio un bufido burlón. Lo ignoré, y continué en un tono más serio—: No sé cómo darte las gracias por ayudarme esta noche.

—¿No sabes cómo? —dijo ella—. Pues es una lástima. ¿Qué estarías dispuesto a hacer?

Sin pensármelo dos veces, me llevé una mano al cuello de la capa y desenganché el caramillo de plata.

—Solo esto —dije, ofreciéndoselo.

—Yo... —titubeó Denna, desconcertada—. No lo dirás en serio.

—Sin ti no lo habría ganado —argumenté—. Y no tengo ninguna otra cosa de valor, a menos que quieras mi laúd.

Los oscuros ojos de Denna escudriñaron mi rostro, como si no supiera decidir si me estaba burlando de ella o no.

—Me parece que no puedes regalar tu caramillo...

—Sí puedo —la contradije—. Stanchion me ha comentado que si lo perdía o lo regalaba, tendría que ganarme otro. —Tomé su mano, le abrí los dedos y le puse el caramillo de plata en la palma—. Eso significa que puedo hacer lo que quiera con él, y quiero regalártelo a ti.

Denna miró el caramillo que tenía en la mano; luego clavó su mirada en mí con atención, como si no me hubiera visto hasta entonces. Durante un momento fui muy consciente de mi aspecto. Mi capa estaba deshilachada y, aunque vestía mis mejores ropas, parecía un desharrapado.

Bajó la mirada de nuevo y lentamente cerró la mano donde sostenía el caramillo. Luego alzó la vista, con una expresión indescifrable.

—Creo que podrías ser una persona maravillosa —dijo.

Inspiré, pero Denna se me adelantó:

—Sin embargo —agregó—, esto es un agradecimiento desproporcionado. Es una recompensa exagerada por la ayuda que yo pueda haberte ofrecido. Si lo aceptara, quedaría en deuda contigo.

—Me cogió una mano y me puso el caramillo en la palma—. Prefiero que estés tú en deuda conmigo. —De pronto sonrió—. Así, todavía me debes un favor.

De pronto, el ruido en la estancia disminuyó notablemente. Miré alrededor, desconcertado, porque había olvidado dónde estaba. Denna se llevó un dedo a los labios y señaló por encima de la barandilla, hacia el escenario. Nos acercamos más al borde, miramos hacia abajo y vimos a un anciano con barba blanca abriendo un estuche de forma extraña. Aspiré de golpe, sorprendido, al ver el instrumento que había en el estuche.

—¿Qué es eso? —me preguntó Denna.

—Es un laúd de corte, muy antiguo —respondí, incapaz de disimular mi asombro—. Es la primera vez que veo uno.

—¿Eso es un laúd? —Denna movió los labios sin articular ningún sonido—. Cuento veinticuatro cuerdas. ¿Cómo se puede tocar un instrumento así? Tiene más cuerdas que algunas arpas.

—Antes los hacían así. Antes de las cuerdas de metal, antes de que aprendieran a sujetar un mástil largo. Es increíble. En ese cuello de cisne hay más ingeniería que en tres catedrales juntas. —El anciano se apartó la barba y se puso cómodo en el asiento—. Espero que lo haya afinado antes de subir al escenario —añadí en voz baja—. Si no, tendremos que esperar una hora mientras ajusta las clavijas. Mi padre decía que los trovadores de antes pasaban dos días encordando y dos horas afinando para obtener dos minutos de música de un laúd de corte.

El anciano solo tardó unos cinco minutos en afinar el instrumento. Y entonces se puso a tocar.

Me avergüenza tener que reconocerlo, pero no recuerdo nada de la canción. Pese a que jamás había visto un laúd de corte, ni lo había escuchado, mi mente estaba tan confundida por la aparición de Denna que no podía asimilar nada más. Mientras estábamos apoyados en la barandilla, lado a lado, de vez en cuando la miraba de refilón.

Denna no me había llamado por mi nombre, ni había mencionado nuestro anterior encuentro en la caravana de Roent. Eso significaba que no se acordaba de mí. Supongo que no me extrañó que hubiera olvidado a un muchacho andrajoso al que solo había visto unos días en el camino. Sin embargo, me dolió un poco, porque yo llevaba meses pensando en ella. Pero no había forma de mencionarlo sin parecer un poco ridículo. Era mejor empezar de nuevo y confiar en dejar más huella en su memoria la segunda vez.

La canción terminó sin que me diera cuenta, y aplaudí con entusiasmo para compensar la poca atención que le había dedicado.

—Antes he pensado que te habías equivocado cuando has doblado el estribillo —me dijo Denna cuando la gente dejó de aplaudir—. No podía creer que de verdad quisieras que una desconocida cantara contigo. No he visto hacer eso en ningún sitio, salvo alrededor de las fogatas, por la noche.

Me encogí de hombros.

—Todo el mundo me decía que aquí es donde actúan los mejores músicos. —Hice un amplio gesto con una mano hacia ella—. Confiaba en que hubiera alguien que supiera la parte de Aloine.

Denna arqueó una ceja.

—Te ha ido de un pelo —dijo—. He esperado a que alguien se pusiera a cantar. Me daba un poco de vergüenza hacerlo yo.

La miré con gesto de extrañeza.

—¿Por qué? Tienes una voz preciosa.

Denna sonrió, turbada.

—Solo había oído esa canción dos veces. No estaba segura de si la recordaría entera.

—¿Dos veces?

Denna asintió.

—Y la segunda vez fue hace solo un ciclo. Una pareja la cantó en una cena a la que fui, en Aetnia.

—¿Lo dices en serio? —pregunté, incrédulo.

Denna asintió con la cabeza como si la hubieran pillado diciendo una mentira piadosa. El oscuro cabello le tapó la cara, y ella se lo apartó distraídamente.

—Está bien, supongo que oí ensayar a la pareja antes de la cena...

Sacudí la cabeza. No podía creerlo.

—Es asombroso. La melodía es sumamente difícil. Y recordar toda la letra... —Me admiré en silencio unos momentos, sin parar de sacudir la cabeza—. Tienes un oído increíble.

—No eres el primero que me lo dice —replicó Denna con ironía—. Pero creo que eres el primero que me lo dice mirándome las orejas. —Miró hacia abajo de manera elocuente.

Cuando empezaba a ruborizarme, oí una voz que me resultó familiar detrás de nosotros.

—¡Estás aquí! —Me volví y vi a Sovoy, mi alto y apuesto amigo, y compinche en Simpatía Avanzada.

—Sí, aquí estoy —dije, sorprendido de que Sovoy me buscara. Y también sorprendido de que tuviera la poca gracia de interrumpirme cuando estaba hablando en privado con una joven.

—Pues ya estamos todos. —Sovoy me sonrió. Se acercó a nosotros y, con toda tranquilidad, rodeó a Denna por la cintura con un brazo. La miró arrugando la frente, fingiendo enfado—. Recorro los pisos de abajo tratando de ayudarte a encontrar a tu cantante, y resulta que estáis los dos aquí arriba, hablando como si fuerais viejos amigos.

—Nos hemos encontrado por casualidad —dijo Denna, y le puso una mano sobre la que él tenía apoyada en su cadera—. Sabía que vendrías aunque solo fuera para recuperar tu copa... —Apuntó con la cabeza hacia una mesa cercana, donde había dos copas de vino.

Denna y Sovoy se dieron la vuelta y, cogidos del brazo, volvieron a su mesa. Denna giró la cabeza e hizo un gesto con las cejas. Yo no tenía ni la más remota idea de qué significaba esa expresión.

Sovoy me hizo señas para que me sentara con ellos y trajo una silla para que pudiera sentarme.

—No podía creer que fueras tú el que estaba actuando —me dijo—. Me pareció reconocer tu voz, pero... —Hizo un ademán abarcando el último piso del Eolio—. El tercer círculo proporciona una cómoda intimidad para los jóvenes amantes, pero por otra parte, las vistas del escenario dejan mucho que desear. No sabía que tocaras. —Le puso un largo brazo sobre los hombros a Denna y sonrió con su encantadora sonrisa, que se reflejaba en sus azules ojos.

—De vez en cuando —dije con ligereza al sentarme.

—Has tenido suerte de que haya escogido el Eolio esta noche —dijo Sovoy—. Si no, solo te habrían acompañado ecos y grillos.

—Entonces estoy en deuda contigo —le dije con una cortés inclinación de cabeza.

—Devuélveme el favor formando pareja con Simmon la próxima vez que juguemos a esquinas —dijo él—. Así serás el que se coma la prenda cuando ese atolondrado pida la carta alta teniendo solo una pareja.

—Hecho —dije—. Aunque será duro. —Me volví hacia Denna—. ¿Y tú? Te debo un gran favor. ¿Cómo puedo devolvértelo? Pídeme lo que quieras y lo haré. Cualquier cosa que esté al alcance de mis habilidades.

—Cualquier cosa que esté al alcance de tus habilidades —repitió ella, juguetona—. Veamos, ¿qué sabes hacer, además de tocar tan bien que Tehlu y todos sus ángeles llorarían si te oyeran?

—Supongo que podría hacer cualquier cosa —dije con soltura—. Si me lo pidieras tú.

Denna rió.

—Es peligroso decirle eso a una mujer —intervino Sovoy—. Y sobre todo a esta. Te pedirá que vayas al otro extremo del mundo a buscarle una hoja del árbol cantor.

Denna inclinó la silla hacia atrás y me miró con una mirada peligrosa.

—Una hoja del árbol cantor —murmuró—. No estaría nada mal. ¿Serías capaz de traerme una?

—Sí —afirmé, y me sorprendió darme cuenta de que era verdad.

Me miró como si se lo estuviera planteando seriamente; entonces sacudió la cabeza.

—No sería capaz de enviarte tan lejos. Tendré que guardarme ese favor para otro día.

Suspiré.

—Así que quedo en deuda contigo.

—¡Oh, no! —exclamó Denna—. Otra carga para el corazón de mi Savien...

—La carga más pesada que soporta mi corazón es que temo que nunca sabré tu nombre. Podría seguir pensando en ti como Felurian —dije—. Pero eso daría pie a desafortunadas confusiones.

Denna me miró como evaluándome.

—¿Felurian? Podría gustarme eso si no pensara que eres un mentiroso.

—¿Mentiroso? —protesté, indignado—. Lo primero que he

pensado al verte ha sido: «¡Felurian! ¿Qué he hecho? La adulación de mis pares ha sido una pérdida de tiempo. Si pudiera recordar los momentos que he desperdiciado, solo podría esperar pasarlos de una manera más sabia, y calentarme con una luz que rivaliza con la luz del día».

Denna sonrió.

—Un mentiroso y un ladrón. Eso lo has robado del tercer acto de *Daeonica*.

Pero ¿cómo? ¿También conocía *Daeonica*?

—Me confieso culpable —concedí—. Pero eso no significa que no sea verdad.

Sonrió a Sovoy y luego me miró.

—Los halagos están muy bien, pero con ellos no conseguirás que te revele mi nombre. Sovoy me ha comentado que estudiáis juntos en la Universidad. Eso significa que tonteas con fuerzas oscuras que es mejor dejar en paz. Si te digo mi nombre, tendrás un poder terrible sobre mí. —Sus labios estaban serios, pero su sonrisa se insinuaba alrededor de las comisuras de sus ojos y en la forma de ladear la cabeza.

—Eso es cierto —dije también con seriedad—. Pero te voy a proponer un trato. Te diré mi nombre a cambio del tuyo. Así, tú también tendrás poder sobre mí.

—Serías capaz de venderme mi propia camisa —repuso Denna—. Sovoy sabe cómo te llamas. Suponiendo que no me lo haya dicho ya, podría sonsacárselo sin ninguna dificultad.

—Cierto —confirmó Sovoy, que parecía aliviado de que nos hubiéramos acordado de que estaba allí. Le cogió una mano a Denna y se la besó.

—Sovoy puede decirte mi nombre —dije con desdén—, pero no puede dártelo. Eso solo puedo hacerlo yo. —Puse una mano, plana, encima de la mesa—. Mi oferta sigue en pie: mi nombre a cambio del tuyo. ¿Aceptas? ¿O me veré a obligado a pensar siempre en ti como una Aloine, y nunca como en ti misma?

Denna desvió la mirada hacia uno y otro lado.

—Está bien —dijo—. Pero primero tendrás que darme tú el tuyo.

Me incliné hacia delante y le hice señas para que me imitara.

Denna le soltó la mano a Sovoy y acercó una oreja. Con la debida solemnidad, susurré mi nombre en su oído: «Kvothe». Denna olía débilmente a flores; supongo que era perfume, pero debajo de ese olor estaba su propio olor: a hierba verde, como el camino tras una fina lluvia primaveral.

Denna se recostó de nuevo en la silla y se quedó pensativa.

—Kvothe —dijo al final—. Te pega. Kvothe. —Sus ojos chispearon, como si ocultara un secreto. Lo dijo despacio, como saboreándolo, y luego asintió—. ¿Qué significa?

—Significa muchas cosas —contesté con mi mejor voz de Táborlin el Grande—. Pero no lograrás distraerme tan fácilmente. He pagado, y ahora estoy en tus manos. ¿Vas a darme tu nombre, para que pueda llamarte por él?

Denna sonrió y volvió a inclinarse hacia delante. Yo me incliné también. Ladeé la cabeza y noté la caricia de un mechón de su cabello.

—Dianne —dijo, y su cálido aliento fue como una pluma rozándome la oreja—. Dianne.

Nos recostamos ambos en nuestros respectivos respaldos. Me quedé callado, y Denna dijo:

—¿Y bien?

—Ya lo tengo —dije—. Puedes estar segura.

—Entonces dilo.

—Me lo reservo —la tranquilicé, sonriendo—. Estos regalos no se deben derrochar.

Me miró y cedí.

—Dianne —dije—. Dianne. También te pega.

Nos miramos largo rato, y entonces reparé en que Sovoy me miraba de hito en hito.

—Tengo que bajar —dije levantándome apresuradamente de la silla—. He quedado con unas personas importantes. —Nada más pronunciarlas, mis torpes palabras chirriaron en mis oídos, pero no se me ocurrió ninguna forma de retirarlas sin quedar como un imbécil.

Sovoy se levantó y me estrechó la mano; no cabe duda de que se alegraba de librarse de mí.

—Te felicito por tu actuación, Kvothe. Hasta pronto.

Me volví y vi que Denna también se había levantado. Me miró a los ojos y sonrió.

—Yo también espero verte pronto. —Me tendió una mano.

Esgrimí mi mejor sonrisa.

—Siempre queda la esperanza. —Pretendía ser una frase ocurrente, pero se volvió casi grosera en cuanto salió de mis labios. Tenía que marcharme antes de que me pusiera aún más en ridículo. Le estreché rápidamente la mano a Denna y la noté un poco fría. Suave, delicada y fuerte. No se la besé, porque Sovoy era amigo mío, y no está bien hacerle eso a un amigo.

59

Lo que se sabe

Con el tiempo, y con considerable ayuda de Deoch y de Wilem, me emborraché.

Y así es como esa noche tres alumnos emprendieron el regreso, un tanto errático, a la Universidad. Mirad cómo van, tambaleándose ligeramente. No se oye nada, y cuando la campana de la torre da la hora, esta no rompe el silencio sino que lo sostiene. Los grillos también respetan el silencio. Sus cantos son como cuidadosas puntadas en su tela, casi demasiado pequeñas para ser vistas.

La noche los envuelve como cálido terciopelo. Las estrellas, luminosos diamantes en el cielo sin nubes, tiñen el camino por el que andan de un gris plateado. La Universidad e Imre son el centro del conocimiento y el arte, el más fuerte de los cuatro rincones de la civilización. Aquí, en el camino que las une, solo hay árboles centenarios y larga hierba mecida por el viento. Es una noche perfecta, un tanto salvaje, casi aterradoramente hermosa.

Los tres muchachos, uno moreno, uno rubio y uno como el fuego, no se fijan en la noche. Quizá una parte de ellos sí lo haga, pero son jóvenes y están borrachos y ocupados sabiendo en el fondo de sus corazones que nunca crecerán ni morirán. También saben que son amigos, y comparten cierto amor que nunca los abandonará. Los muchachos saben muchas otras cosas, pero quizá ninguna tan importante como esa. Quizá tengan razón.

60

Fortuna

Al día siguiente me presenté en el sorteo de admisiones con mi primera resaca. Cansado y un tanto mareado, me puse en la cola más corta e intenté ignorar el barullo de los centenares de alumnos que se paseaban comprando, vendiendo, intercambiando y, en general, quejándose de las horas de examen que les habían tocado.

—Kvothe, hijo de Arliden —dije cuando por fin llegué al mostrador. La mujer con cara de aburrimiento que me atendió anotó mi nombre y yo saqué una ficha de la bolsa de terciopelo negro. «Hepten: mediodía», rezaba. Tenía cinco días para prepararme.

Pero cuando me dirigía hacia las Dependencias, se me ocurrió una cosa. En realidad, ¿cuánto tiempo necesitaba para prepararme? Y lo más importante: ¿hasta dónde podía llegar sin tener acceso al Archivo?

Tras esa reflexión, levanté una mano con los dedos corazón y pulgar extendidos, indicando que tenía plaza dentro de cinco días y que quería venderla.

Al poco rato se me acercó una alumna a la que no conocía.

—Cuarto día —dijo mostrándome su ficha—. Te cambio la plaza por una iota. —Negué con la cabeza; ella se encogió de hombros y se marchó.

Entonces se me acercó Galven, un Re'lar de la Clínica. Llevaba levantado el dedo índice, indicando que tenía una plaza para última hora de esa misma tarde. A juzgar por sus ojeras y por su atribulada expresión, me pareció que no estaba muy entusiasmado con la idea de examinarse tan pronto.

—¿Me la cambias por cinco iotas?

—Pensaba pedir un talento...

Galven asintió, dándole vueltas a su ficha entre los dedos. Era un precio justo. Nadie quería pasar por admisiones el primer día.

—Quizá más tarde. Primero voy a dar una vuelta.

Lo vi marchar y me admiré de cómo podían cambiar las cosas de un día a otro. El día anterior, cinco iotas me habrían parecido una fortuna, pero ese día tenía la bolsa llena...

Estaba calculando mentalmente cuánto dinero había ganado la noche anterior cuando vi acercarse a Wilem y a Simmon. Wil parecía un poco pálido pese a su oscuro cutis ceáldico. Deduje que él también debía de estar sufriendo las consecuencias de la juerga de la noche pasada.

En cambio, Sim estaba más alegre que nunca.

—¿A que no adivinas a quién le ha tocado una plaza para esta tarde? —Señaló con la cabeza más allá de mi hombro—. A Ambrose y a varios de sus amigos. Estoy empezando a pensar que hay justicia en el universo.

Me volví para mirar entre la multitud; oí la voz de Ambrose antes de verlo.

—... de la misma bolsa. Eso significa que han mezclado fatal. Deberían volver a empezar esta caótica farsa y...

Ambrose iba con varios amigos suyos, todos muy bien vestidos, escrutando la multitud en busca de manos levantadas. Ambrose estaba a unos cuatro metros de mí cuando por fin miró hacia abajo y se percató de que la mano hacia la que iba era la mía.

Se paró en seco, con el ceño fruncido, y de pronto soltó una carcajada.

—Pobrecillo —dijo—. Tiene todo el tiempo del mundo y no sabe cómo emplearlo. ¿Lorren todavía no te deja entrar?

—Cuerno y martillo —maldijo Wil cansinamente detrás de mí.

Ambrose me sonrió.

—Mira, te doy medio penique y una de mis camisas viejas por tu plaza. Así, tendrás algo que ponerte cuando laves esa que llevas en el río. —Sus amigos rieron detrás de él, mirándome con desprecio.

Mantuve una expresión desenfadada, porque no quería darle la más mínima satisfacción. La verdad es que era consciente del hecho de que solo tenía dos camisas, y de que tras usarlas durante dos bimestres se estaban quedando muy gastadas. Más gastadas. Y era verdad que las lavaba en el río, porque nunca había tenido dinero para pagar la lavandería.

—Paso —dije con indiferencia—. Los faldones de tu camisa están demasiado teñidos para mi gusto. —Tiré de los faldones de mi camisa para aclarar mis intenciones. Unos cuantos alumnos que estaban cerca rieron.

—No lo capto —oí que le decía Sim a Wil en voz baja.

—Está insinuando que Ambrose tiene el... —Wil hizo una pausa—, el *edanete tass*, una enfermedad que te contagian las prostitutas. Produce una secreción...

—Vale, vale —lo cortó Sim—. Ya lo pillo. Y Ambrose va vestido de verde.

Entretanto, Ambrose se obligó a reír de mi chiste como los demás.

—Supongo que me lo merezco —dijo—. Muy bien, vamos a repartir limosna a los pobres. —Sacó su bolsa y la agitó—. ¿Cuánto quieres?

—Cinco talentos —respondí.

Me miró fijamente y se quedó con la bolsa a medio abrir. Era un precio desorbitado. Unos cuantos espectadores se dieron codazos; estaban deseando que lograra estafar a Ambrose y le hiciera pagar un precio mucho más alto por mi plaza.

—Perdona —dije—. ¿Quieres que te lo convierta? —Era bien sabido que el bimestre anterior Ambrose había suspendido el apartado de aritmética de su examen de admisiones.

—Cinco es una exageración —dijo—. Con mucha suerte conseguirás uno. Ya es muy tarde.

Me encogí de hombros con indiferencia.

—Me contentaría con cuatro.

—Te contentarías con uno —insistió Ambrose—. No soy imbécil.

Respiré hondo y solté el aire lentamente, resignado.

—Supongo que no conseguiré hacerte subir hasta... ¿uno con cuatro? —propuse, asqueado por el tono quejumbroso de mi voz.

Ambrose sonrió como un tiburón.

—Ya sé qué podemos hacer —dijo con magnanimidad—. Te daré uno con tres. No me importa hacer un poco de caridad de vez en cuando.

—Gracias, señor —dije mansamente—. Se lo agradezco mucho. —Percibí la decepción del público al ver que me ponía patas arriba, como un perro, por el dinero de Ambrose.

—No tienes que agradecérmelo —dijo Ambrose con petulancia—. Siempre es un placer ayudar a los necesitados.

—En moneda víntica, eso son dos reales de oro, seis sueldos, dos peniques y cuatro ardites.

—Ya sé hacer la conversión —me espetó—. He viajado mucho por el mundo con el séquito de mi padre desde que era pequeño. Sé cambiar moneda.

—Claro que sí. —Agaché la cabeza—. Qué tonto soy. —Levanté la cabeza y, con curiosidad, pregunté—: Entonces, ¿has estado en Modeg?

—Por supuesto —contestó Ambrose, distraído, mientras metía una mano en su bolsa y sacaba una serie de monedas—. He estado dos veces en la corte de Cershaen.

—¿Es verdad que los nobles modeganos consideran que el regateo es una actividad despreciable para la gente de alta alcurnia? —pregunté fingiendo inocencia—. He oído decir que lo consideran una señal infalible de que la persona o bien tiene sangre plebeya o pasa graves apuros...

Ambrose me miró y dejó de buscar monedas en su bolsa. Entrecerró los ojos.

—Porque si es verdad, has sido muy amable rebajándote a mi nivel solo por el placer de regatear un poco. —Le sonreí—. A nosotros, los Ruh, nos encanta regatear. —Hubo un murmullo de risas de los estudiantes que nos rodeaban, que ya eran varias docenas.

—No lo hacía por eso —dijo Ambrose.

Puse cara de preocupación.

—Oh, lo siento, señor. No sabía que pasara por una situación difícil... —Di unos pasos hacia él extendiéndole mi ficha de admisiones—. Toma, puedes quedártela por medio penique. A mí tampoco me importa hacer un poco de caridad de vez en cuando. —Me planté delante de él, con la ficha en la mano—. Por favor. Insisto. Siempre es un placer ayudar a los necesitados.

Ambrose me fulminó con la mirada.

—Ojalá te atragantes con ella —me susurró con odio—. Y recuerda esto cuando estés comiendo judías y lavándote la ropa en el río: yo todavía estaré aquí el día que tú te marches con lo puesto. —Se dio la vuelta y se fue, muy indignado.

Mis compañeros me aplaudieron. Saludé con la cabeza a diestro y siniestro.

—¿Cómo puntuarías eso? —le preguntó Wil a Sim.

—Dos para Ambrose. Tres para Kvothe. —Sim me miró—. No ha sido tu mejor actuación, francamente.

—Es que anoche dormí poco —admití.

—Cada vez que haces esto, él te lo hace pagar con creces —dijo Wil.

—No podemos hacer más que fastidiarnos el uno al otro —dije—. Los maestros se han asegurado de que sea así. Si nos pasáramos, nos expulsarían por conducta impropia de un miembro del Arcano. ¿Por qué crees que no he hecho de su vida un infierno?

—¿Por pereza? —sugirió Wil.

—La pereza es una de mis principales virtudes —dije con desenvoltura—. Si no fuera perezoso, podría tomarme la molestia de traducir *edanete tass* y ofenderme muchísimo al descubrir que significa «el goteo de los Edena». —Volví a levantar una mano con los dedos corazón y pulgar extendidos—. Pero como lo soy, supondré que se traduce directamente por el nombre de la enfermedad, nemserrea, evitando así cualquier innecesaria tensión en nuestra amistad.

Al final le vendí mi plaza a un desesperado Re'lar de la Factoría llamado Jaxim. El regateo fue duro, y al final le vendí mi plaza por seis iotas y un favor a concretar.

El examen de admisiones me fue todo lo bien que habría podido irme, considerando que no tuve tiempo para estudiar. Hemme todavía me guardaba rencor. Lorren mostró una actitud muy fría. Elodin tenía la cabeza apoyada en la mesa, como si durmiera. Los maestros estipularon una matrícula de seis talentos, lo cual me puso en una situación interesante...

El largo camino de Imre estaba casi desierto. El sol atravesaba las copas de los árboles y en el viento apenas se intuía el frío que pronto nos traería el otoño. Primero fui al Eolio a recuperar mi laúd. Stanchion se había empeñado en que lo dejara allí la noche anterior, para que no lo rompiera en mi largo y embriagado camino de regreso.

Cuando me acercaba al Eolio, vi a Deoch apoyado en el umbral, pasando una moneda de un nudillo a otro de la mano. Al verme me sonrió.

—¡Hola! Pensé que tus amigos y tú acabaríais en el río anoche, porque salisteis de aquí haciendo eses.

—Pero las hacíamos en direcciones diferentes —expliqué—. Y así nos equilibrábamos.

Deoch rió.

—Tienes a tu chica dentro.

Traté de reprimir el rubor y me pregunté cómo había sabido Deoch que esperaba encontrar a Denna en el Eolio.

—No sé si llamarla mi chica. —Al fin y al cabo, Sovoy era amigo mío.

Deoch se encogió de hombros.

—Como quieras llamarla. Está con Stanchion detrás de la barra. Yo la sacaría de allí antes de que empiece a tomarse confianzas con ella y a practicar digitaciones.

Noté una oleada de ira, y tuve que hacer un tremendo esfuerzo para morderme la lengua. Mi laúd. Estaba hablando de mi laúd. Entré en el local, pensando que cuanto menos viera Deoch mi expresión, mucho mejor.

Me paseé por las tres plantas del Eolio, pero no encontré a

Denna. En cambio sí me tropecé con el conde Threpe, quien, con mucho entusiasmo, me invitó a sentarme con él.

—No sé si podré convencerte para que vengas a visitarme a mi casa algún día —dijo Threpe con timidez—. Estoy organizando una cena íntima, y conozco a unas cuantas personas a las que les encantaría conocerte. —Me guiñó un ojo—. La noticia de tu actuación ya se está extendiendo.

Sentí una punzada de ansiedad, pero sabía que codearse con la nobleza era un mal necesario.

—Será un honor, señor.

Threpe hizo una mueca de disgusto.

—¿Tienes que llamarme señor?

La diplomacia es algo imprescindible para los artistas itinerantes, y un aspecto muy importante de la diplomacia es la observancia de los títulos y los rangos.

—Es cuestión de etiqueta, señor —dije con pesar.

—Al cuerno la etiqueta —repuso Threpe, enfurruñado—. La etiqueta es un puñado de normas que la gente utiliza para poder ser grosera en público con los demás. Yo nací Dennais en primer lugar, Threpe después, y por último conde. —Me miró, suplicante—. ¿Qué te parece Denn?

Vacilé.

—Al menos aquí —insistió—. Me siento como una mala hierba en medio de un arriate de flores cuando alguien empieza a llamarme aquí señor.

Me relajé.

—Si eso te hace feliz... Te llamaré Denn.

El conde se sonrojó, como si yo lo hubiera halagado.

—Háblame un poco de ti. ¿Dónde te hospedas?

—Al otro lado del río —dije, evasivo. Los camastros de las Dependencias no eran precisamente lujosos. Threpe me miró con expresión de desconcierto, y añadí—: Estudio en la Universidad.

—¿En la Universidad? —dijo, perplejo—. ¿Ahora enseñan música?

Esa idea casi me arrancó una carcajada.

—No, no. Pertenezco al Arcano.

Me arrepentí inmediatamente de haberlo dicho. El conde se recostó en el respaldo de la silla y me miró con extrañeza.

—¿Eres mago?

—Oh, no —dije quitándole importancia—. Solo estudio. Ya sabes: gramática, matemáticas... —Elegí dos de las asignaturas más inocentes que se me ocurrieron, y me pareció que el conde se relajaba un poco.

—Ah, pensé que eras... —Dejó la frase en el aire y sacudió la cabeza—. ¿Por qué estudias en la Universidad?

La pregunta me pilló desprevenido.

—Pues... siempre quise estudiar. Hay mucho que aprender.

—Sí, pero tú no necesitas nada de eso. Quiero decir que... —Buscó las palabras—. Tocando como tocas... Estoy seguro de que tu mecenas te anima a concentrarte en la música.

—No tengo mecenas, Denn —dije componiendo una tímida sonrisa—. Y no es porque yo no quiera.

Su reacción no fue la que yo esperaba.

—Maldita sea mi suerte. —Dio una fuerte palmada en la mesa—. Pensé que alguien te estaba escondiendo. —Golpeó la mesa con un puño—. Maldita sea.

Se serenó un poco y me miró.

—Lo siento —dijo—. Es que... —Hizo una mueca de frustración y suspiró—. ¿Has oído un refrán que dice: «Ten una esposa y serás feliz; ten dos y estarás agotado...»?

Asentí:

—... ten tres y se odiarán entre sí...

—... ten cuatro y te odiarán a ti —concluyó Threpe—. Pues pasa lo mismo con los mecenas y los músicos. Acabo de escoger a mi tercer músico, un flautista que se encuentra en apuros. —Suspiró y sacudió la cabeza—. No paran de pelearse como gatos enjaulados. Se quejan de que no reciben suficiente atención. Si hubiera sabido que ibas a aparecer tú, habría esperado.

—Eso que dices me halaga, Denn.

—Pues yo me tiro de los pelos. —Suspiró y puso cara de arrepentimiento—. No es justo. Sephran es bueno. Todos son buenos músicos, y se desviven por mí, como verdaderas esposas. —Me miró como disculpándose—. Si te acogiera a ti, se armaría la gorda. Ya he tenido que mentir sobre ese regalito que te hice anoche.

—Entonces, ¿es como si fuera tu amante? —pregunté con una sonrisa.

Threpe rió entre dientes.

—No hay que llevar tan lejos la comparación. Mira, seré tu casamentero. Te ayudaré a encontrar un buen mecenas. Conozco a todos los nobles y a todos los ricos en cien kilómetros a la redonda, así que no será muy difícil.

—Eso sería una gran ayuda —dije con entusiasmo—. Los círculos sociales de este lado del río son un misterio para mí. —Entonces se me ocurrió una cosa—. Por cierto, anoche conocí a una joven y no sé gran cosa sobre ella. Tú que conoces la ciudad... —Dejé la frase inacabada a propósito.

—Ah, ya entiendo —dijo Threpe lanzándome una mirada de complicidad.

—No, no —protesté—. Es la muchacha que cantó conmigo. Mi Aloine. Solo quería presentarle mis respetos.

Threpe me miró como si no me creyera, pero no estaba dispuesto a discutir.

—Me parece muy bien. ¿Cómo se llama?

—Dianne. —Threpe, por lo visto, esperaba más información—. Es lo único que sé.

Threpe dio un resoplido.

—¿Cómo es? Cántamelo, si lo prefieres.

Noté que me ruborizaba.

—Tenía el cabello castaño, hasta aquí —puse una mano por debajo del hombro—. Joven, con el cutis muy claro. —Threpe me miraba, expectante—. Guapa.

—Ya veo —caviló Threpe acariciándose los labios—. ¿Tenía el caramillo de plata?

—No lo sé. Es posible que sí.

—¿Vive en la ciudad?

Volví a reconocer mi ignorancia. Cada vez me sentía más ridículo.

Threpe rió.

—Tendrás que darme alguna otra pista. —Miró más allá de mi hombro—. Espera, allí está Deoch. Si hay alguien capaz de identificar a una muchacha, es él. —Levantó una mano—. ¡Deoch!

—En realidad no es tan importante —me apresuré a decir. Threpe me ignoró y le hizo señas al corpulento portero para que se acercara a nuestra mesa.

Deoch se acercó y se apoyó en una mesa.

—¿Qué puedo hacer por ti?

—Nuestro joven cantante necesita información sobre una joven a la que conoció anoche.

—No me sorprende. Anoche había un buen plantel de chicas hermosas. Y un par de ellas me preguntaron por ti. —Me guiñó un ojo—. ¿Cuál es la que te interesa?

—No se trata de eso —protesté—. Es la chica que cantó la segunda voz de mi canción. Tenía una voz maravillosa, y me gustaría proponerle que cantáramos juntos algún otro día.

—Me parece que ya sé de qué va la canción de que hablas. —Me miró con una amplia sonrisa de complicidad en los labios.

Me sonrojé intensamente y seguí protestando.

—No te preocupes, te prometo que no diré nada. Ni siquiera a Stanchion, porque eso vendría a ser como contárselo a toda la ciudad. Cuando se ha tomado una copa, es más chismoso que una colegiala. —Me miró, expectante.

—Era delgada, con los ojos de color café —dije antes de pensar cómo sonarían esas palabras. Antes de que Threpe o Deoch pudieran hacer un chiste, añadí—: Se llama Dianne.

—¡Ah! —Deoch asintió lentamente, y su sonrisa se tornó un poco irónica—. Debí imaginármelo.

—¿Vive aquí? —preguntó Threpe—. Me parece que no la conozco.

—La recordarías —repuso Deoch—. Pero no, creo que no vive en la ciudad. La veo de vez en cuando. Viaja mucho, viene y va. —Se frotó el cogote y me miró con cara de preocupación—. No sé dónde podrías encontrarla. Pero ten cuidado, chico. Esa mujer te partirá el corazón. Los hombres caen por ella como el trigo ante la hoja de una guadaña.

Me encogí de hombros, como si nada pudiera estar más lejos de mi mente, y me alegré cuando Threpe cambió de tema y se puso a contarnos un rumor sobre uno de los concejales de la ciudad. Reí con sus chanzas hasta que me terminé la bebida; entonces me despedí de ellos y me marché.

Media hora más tarde me hallaba ante la puerta de Devi, tratando de ignorar el rancio olor proveniente de la carnicería que había debajo. Conté mi dinero por tercera vez y revisé mis opciones. Podía saldar toda mi deuda y todavía tendría dinero para pagar la matrícula, pero me quedaría sin un ardite. Tenía otras deudas que liquidar, y aunque estaba deseando librarme de mi obligación con Devi, no me atraía la idea de empezar el semestre sin una sola moneda en el bolsillo.

De pronto se abrió la puerta y me sobresalté. La cara de Devi asomó, recelosa, por una estrecha rendija, pero al reconocerme se iluminó.

—¿Qué haces ahí acechando? —me preguntó—. Los caballeros, por norma general, llaman a la puerta. —Abrió la puerta de par en par para dejarme pasar.

—Estaba valorando mis posibilidades —dije mientras Devi echaba el cerrojo. La habitación estaba como la vez anterior, solo que ese día olía a canela y no a lavanda—. Espero no causarte molestias si este bimestre solo te pago el interés.

—En absoluto —replicó ella—. Me gusta considerarlo una inversión. —Señaló una silla—. Además, así volveré a verte. No te imaginas las pocas visitas que recibo.

—Seguramente será por tu ubicación y no por tu compañía —dije.

Devi arrugó la nariz.

—Ya lo sé. Al principio me instalé aquí porque era barato. Ahora tengo que quedarme porque mis clientes saben dónde encontrarme.

Puse dos talentos encima de la mesa y los empujé hacia ella.

—¿Puedo preguntarte una cosa?

Devi me miró con picardía.

—¿Es una pregunta indiscreta?

—Un poco —admití—. ¿Alguna vez ha intentado alguien denunciarte?

—Pues no. —Devi se inclinó hacia delante en la silla—. Esa pregunta tiene varias interpretaciones. —Arqueó una ceja—. ¿Es una amenaza o simple curiosidad?

—Simple curiosidad —contesté sin vacilar.

—Te propongo una cosa. —Señaló mi laúd con la cabeza—. Si me tocas una canción, te cuento la verdad.

Sonreí. Abrí el estuche y saqué mi laúd.

—¿Qué te gustaría oír?

Devi reflexionó un poco.

—¿Sabes tocar «Vete de la ciudad, calderero»?

La toqué, con gracia y soltura. Devi cantó conmigo el estribillo, con mucho entusiasmo, y al final sonrió y me aplaudió como una niña pequeña.

Supongo que, en realidad, eso es lo que era. Entonces yo la veía como una mujer mayor, con experiencia y segura de sí misma. Yo, por otra parte, todavía no había cumplido dieciséis años.

—Una vez —dijo Devi mientras yo guardaba el laúd—, hace dos años, un joven E'lir decidió que sería mejor informar al alguacil que saldar su deuda.

La miré.

—¿Y?

—Y nada. —Se encogió de hombros—. Vinieron, me interrogaron y registraron mi casa. No encontraron nada comprometedor, por supuesto.

—Por supuesto.

—Al día siguiente, el joven caballero confesó ante el alguacil. Se había inventado toda la historia porque yo había rechazado sus insinuaciones. —Sonrió—. Al alguacil no le hizo gracia, y multaron al caballero por conducta difamatoria contra una dama de la ciudad.

No pude evitar sonreír.

—Le estaba bien... —Me interrumpí, porque acababa de fijarme en una cosa. Señalé la estantería—. ¿No es eso *La base de toda materia*, de Malcaf?

—Ah, sí —contestó Devi con orgullo—. Es nuevo. Un pago fraccionado. —Señaló la estantería—. Puedes curiosear, si quieres.

Me acerqué y cogí el libro.

—Si hubiera tenido este libro para estudiar, no habría fallado una de las preguntas del examen de hoy.

—Creía que teníais muchos libros en el Archivo —dijo Devi con un deje de envidia.

Negué con la cabeza.

—Me han prohibido la entrada en el Archivo —expliqué—. En total, creo que he pasado dos horas en el Archivo, y una de ellas estuve recibiendo una bronca.

Devi asintió lentamente.

—Algo había oído, pero nunca sabes si los rumores son ciertos. Entonces estamos los dos en el mismo barco.

—Yo diría que tú estás un poco mejor que yo —repliqué contemplando la estantería—. Tienes a Teccam, y la *Heroborica*. —Paseé la mirada por los títulos, buscando algo que pudiera contener información sobre los Amyr o sobre los Chandrian, pero no encontré nada que pareciera especialmente prometedor—. Y también *Los ritos nupciales del draccus común*. Había empezado a leerlo cuando me echaron.

—Esta es la última edición —dijo Devi con orgullo—. Contiene grabados nuevos y un capítulo sobre los Faen-Moite.

Pasé los dedos por el lomo del libro, y luego me aparté de la estantería.

—Tienes una buena biblioteca.

—Mira —dijo ella con sorna—, si prometes lavarte bien las manos, puedes venir aquí a leer de vez en cuando. Si traes tu laúd y tocas para mí, hasta es posible que te preste algún libro, siempre que me lo devuelvas dentro de un plazo de tiempo razonable. —Me miró con una sonrisa coqueta—. Los exiliados deberíamos mantenernos unidos.

Durante el largo camino de vuelta a la Universidad, me pregunté si Devi quería ligar conmigo o si solo quería estar simpática. Cuando hube recorrido los cinco kilómetros, todavía no había llegado a nada parecido a una conclusión. Lo comento para dejar una cosa clara: yo era un chico muy listo, un héroe en ciernes con un Alar como una barra de acero de Ramston. Pero, ante todo, era un muchacho de quince años. En lo relativo a las mujeres, estaba más perdido que un cordero en el bosque.

Encontré a Kilvin en su despacho, grabando runas en una semiesfera de cristal para otra lámpara colgante. Llamé a la puerta.

Kilvin levantó la cabeza.

—E'lir Kvothe. Tienes mejor aspecto.

Tardé un momento en comprender que se refería a tres ciclos atrás, cuando me había expulsado de la Factoría por culpa de la intromisión de Wilem.

—Gracias, señor. Me encuentro mejor.

Kilvin ladeó mínimamente la cabeza.

Me llevé la mano a la bolsa.

—Me gustaría saldar mi deuda con usted.

Kilvin dio un gruñido:

—No me debes nada. —Volvió a mirar hacia la mesa y el proyecto que tenía en las manos.

—Entonces, mi deuda con el taller —insistí—. Hace tiempo que me aprovecho de su generosidad. ¿Cuánto le debo por los materiales que he utilizado para estudiar con Manet?

Kilvin siguió trabajando.

—Un talento y siete iotas con tres.

La exactitud de la cifra me sorprendió, porque Kilvin no había consultado el libro de contabilidad que tenía en el almacén. Me quedé atónito de pensar en la cantidad de cosas que aquel hombre con aspecto de oso llevaba en la cabeza. Abrí mi bolsa, conté el dinero y lo puse en un rincón de la mesa que no estaba completamente cubierto de cachivaches.

Kilvin miró las monedas.

—E'lir Kvothe, espero que hayas conseguido este dinero de forma honrada.

Lo dijo con tanta seriedad que tuve que sonreír.

—Lo gané anoche tocando en Imre.

—¿Tanto dinero da la música al otro lado del río?

Mantuve la sonrisa y me encogí de hombros.

—No sé si me irá tan bien todas las noches. Al fin y al cabo, era la primera vez que actuaba.

Kilvin hizo un ruidito entre un bufido y un gruñido, y siguió con lo que estaba haciendo.

—Se te está pegando la arrogancia de Elxa Dal. —Trazó una fina línea en el cristal—. ¿Significa esto que no seguirás trabajando para mí por las noches?

Me quedé muy azorado.

—Yo... Yo no... He venido para hablar con usted de... —«De la posibilidad de volver a trabajar en el taller.» La idea de no trabajar para Kilvin ni siquiera había pasado por mi cabeza.

—Por lo visto, la música te resulta más provechosa que trabajar aquí. —Kilvin miró las monedas que yo había dejado en la mesa de manera elocuente.

—¡Es que yo quiero trabajar aquí! —dije desconsoladamente.

Kilvin esbozó una blanca y enorme sonrisa.

—Estupendo. No me habría gustado perderte por pasarte a la otra orilla del río. La música está muy bien, pero el metal es duradero. —Golpeó la mesa con dos dedos inmensos para enfatizar sus palabras. Entonces hizo un movimiento con la mano con que sujetaba su lámpara inacabada—. Vete. No llegues tarde al trabajo, o te tendré todo un bimestre limpiando botellas y moliendo minerales.

Cuando me marché, pensé en lo que había dicho Kilvin. Era lo primero que me decía con lo que yo no estaba completamente de acuerdo. «El metal se oxida —pensé—, la música dura eternamente.»

El tiempo nos dará la razón a uno o a otro.

Salí de la Factoría y me fui derecho a La Calesa, posiblemente la mejor posada de ese lado del río. El posadero era un tipo calvo y corpulento llamado Caverin. Le enseñé mi caramillo de plata y me di el gusto de regatear durante un cuarto de hora.

El resultado final de la negociación fue que, a cambio de tocar tres noches todos los ciclos, tenía derecho a comida y habitación gratis. La cocina de La Calesa era excelente, y mi habitación era, en realidad, una pequeña suite con dormitorio, vestidor y salita. Un gran avance en comparación con mi estrecho camastro en las Dependencias.

Pero lo mejor de todo era que ganaría dos talentos de plata al mes. Una cantidad de dinero casi increíble para alguien que llevaba tanto tiempo viviendo en la pobreza. Y eso, además de las propinas o los regalos que pudieran darme los clientes adinerados.

Tocando en la posada, trabajando en la Factoría y con un buen mecenas en el horizonte, ya no tendría que vivir como un indigente. Podría comprarme cosas que necesitaba urgentemente: otra muda de ropa, plumas y papel, unos zapatos nuevos...

Si nunca habéis sido pobres de verdad, dudo que entendáis el alivio que sentí. Llevaba meses temiendo que sucediera alguna otra desgracia, consciente de que cualquier pequeña catástrofe me destrozaría. Pero ya no tenía que vivir constantemente preocupado por la matrícula del siguiente bimestre ni por los intereses del préstamo de Devi. Había desaparecido el peligro de que tuviera que abandonar la Universidad.

Me sirvieron una cena estupenda: filete de venado, ensalada y un cuenco de sopa de tomate con especias. También había melocotones, ciruelas y pan blanco con mantequilla. Y, aunque yo no lo pedí, me sirvieron varias copas de un excelente tinto víntico.

Después de cenar me retiré a mis habitaciones, donde dormí como un bendito, perdido en la inmensidad de mi nueva cama de plumas.

61

El asno erudito

Una vez pasado el examen de admisiones, no tenía ninguna otra responsabilidad hasta que empezara el bimestre de otoño. En el ínterin, me dediqué a recuperar horas de sueño, a trabajar en el taller de Kilvin y a disfrutar de mis nuevos y lujosos aposentos en La Calesa.

También pasé muchas horas en el camino de Imre, generalmente con la excusa de visitar a Threpe o de reunirme con otros músicos en el Eolio. Pero la verdad es que iba con la esperanza de ver a Denna.

Sin embargo, no conseguí nada con mi diligencia. Era como si Denna se hubiera esfumado de la ciudad. Pregunté por ella a varias personas en las que podía confiar, pero nadie sabía mucho más que Deoch. Estuve tentado de preguntarle a Sovoy, pero no me pareció buena idea.

Después de mi sexto viaje infructuoso, decidí abandonar mi búsqueda. Después del noveno, me convencí de que era una pérdida de tiempo. Después del decimocuarto, llegué a la conclusión de que nunca la encontraría. Denna había desaparecido. Otra vez.

Durante uno de esos viajes al Eolio, el conde Threpe me dio una inquietante noticia. Por lo visto, Ambrose, el primogénito del acaudalado e influyente barón Anso, había estado muy entretenido en los círculos sociales de Imre. Había extendido rumores, había proferido amenazas y, en resumen, había puesto a la nobleza contra mí. Aunque Ambrose no podía evitar que yo me ganara el respeto de mis colegas músicos, por lo visto sí podía evitar que consiguiese un mecenas. Fue la primera vez que entreví los problemas que Ambrose podía causarle a una persona como yo.

Threpe estaba contrito y taciturno, y yo hervía de rabia. Nos bebimos una cantidad exagerada de vino y despotricamos contra Ambrose Anso. Al final pidieron a Threpe que subiera al escenario, y cantó una cancioncilla mordaz compuesta por él mismo en la que satirizaba a uno de los concejales de Tarbean. El público la recibió con grandes risas y aplausos.

De ahí solo había un paso a que empezáramos a componer una canción sobre Ambrose. Threpe era un chismoso empedernido con un don para las indirectas de mal gusto, y yo siempre he tenido una habilidad especial para las melodías pegadizas. Tardamos menos de una hora en componer nuestra obra maestra, que titulamos «El asno erudito».

En teoría era una cancioncilla procaz sobre un asno que quería ser arcanista. Nuestro juego de palabras, extraordinariamente sutil, con el apellido de Ambrose era la única referencia que hacíamos al personaje. Pero cualquiera con un poco de ingenio podría saber a quién nos referíamos.

Ya era tarde cuando Threpe y yo subimos al escenario, y no éramos los únicos que estábamos borrachos. La mayor parte del público se rió a carcajadas y, después de dedicarnos un aplauso atronador, nos pidió un bis. Volvimos a cantar la canción, y todos corearon el estribillo con nosotros.

La clave del éxito de nuestra canción era su sencillez. Podías silbarla o tararearla. Cualquiera que tuviera tres dedos podía tocarla, y si tenías una oreja y un cubo podías seguir la melodía. Era pegadiza, y vulgar, y malvada. Se extendió por la Universidad como el fuego por un campo reseco.

Abrí la puerta exterior del Archivo y entré en el vestíbulo. Mis ojos tardaron un poco en acostumbrarse al tono rojizo de la luz de las lámparas simpáticas. Había una atmósfera seca y fría, y olía a polvo, a cuero y a tinta vieja. Respiré hondo, como haría una persona hambrienta frente a la puerta de una panadería.

Wilem estaba encargado del mostrador. Yo ya sabía que ese día le tocaba trabajar allí. Ambrose no estaba en el edificio.

—He venido a hablar con el maestro Lorren —dije.

Wil se relajó.

—Ahora está con alguien. Quizá tarde un poco en...

Un tipo alto y delgado, ceáldico, abrió la puerta que había detrás del mostrador del vestíbulo. A diferencia de la mayoría de los ceáldicos, no llevaba barba ni bigote, y tenía el cabello largo y recogido en una cola de caballo. Llevaba unos pantalones de cuero bien remendados, una gastada capa de viaje y botas altas, e iba cubierto de polvo de los caminos. Cuando cerró la puerta tras él, llevó inconscientemente una mano al puño de su espada para que no golpeara la pared ni el mostrador.

—*Tetalia tu Kiaure edan A'siath* —dijo en siaru, y le dio una palmada en el hombro a Wilem cuando este salió de detrás del mostrador—. *Vorelan tua tetam.*

Wil sonrió y se encogió de hombros.

—*Lhinsatva. Tua kverein* —repuso.

El hombre rió, y cuando bordeó el mostrador vi que llevaba un largo puñal además de la espada. Allí, en el Archivo, aquel individuo desentonaba más que una oveja en la corte del rey. Pero su actitud era relajada, segura, como si se sintiera como en su casa.

Al verme allí plantado, se detuvo. Ladeó un poco la cabeza y preguntó:

—¿*Cyae tsien?*

No reconocí el idioma que hablaba.

—¿Cómo dice?

—Ah, perdona —dijo él en un atur impecable—. Me ha parecido que eras de Yll. Ese pelo rojo me ha engañado. —Me miró con más detenimiento—. Pero no lo eres, ¿verdad? Tú eres de los Ruh. —Dio un paso adelante y me tendió la mano—. Una sola familia.

Le estreché la mano sin pensar. Era una mano sólida como la

roca, y su oscura piel ceáldica estaba más bronceada de lo normal, haciendo destacar unas cuantas cicatrices pálidas que discurrían por sus nudillos y ascendían por sus brazos.

—Una sola familia —repliqué, demasiado sorprendido para decir nada más.

—Aquí no abunda la gente de la familia —dijo él con desenvoltura; pasó a mi lado y se dirigió hacia la puerta exterior—. Me quedaría a charlar contigo, pero tengo que llegar a Evesdown antes del ocaso si no quiero perder mi barco. —Abrió la puerta, y la luz del sol inundó el vestíbulo—. Ya pasaré a verte cuando vuelva por aquí —añadió. Dijo adiós con la mano y se marchó.

Me volví hacia Wilem.

—¿Quién era ese?

—Es uno de los guilers de Lorren —contestó Wil—. Viari.

—¿Es un secretario? —dije, incrédulo, pensando en los pálidos y silenciosos estudiantes que trabajaban en el Archivo clasificando, anotando y recogiendo libros.

Wil negó con la cabeza.

—Trabaja en Adquisiciones. Traen libros de todo el mundo. Son una raza aparte.

—En eso ya me he fijado —dije mirando hacia la puerta.

—Es con él con quien Lorren estaba hablando, así que ya puedes entrar. —Wil se puso en pie y abrió la puerta que había detrás del enorme mostrador de madera—. Es al final del pasillo. Hay una placa de latón en su puerta. Te acompañaría, pero andamos cortos de personal y no puedo dejar el mostrador desatendido.

Asentí y eché a andar hacia el pasillo. Sonreí al oír a Wil tarareando la melodía de «El asno erudito». Entonces la puerta se cerró con un ruido sordo detrás de mí, y el pasillo quedó tan silencioso que solo se oía mi respiración. Cuando llegué a la puerta que buscaba, tenía las manos sudadas. Llamé con los nudillos.

—Adelante —dijo Lorren desde dentro. Su voz era como una placa de pizarra, lisa y gris, sin el menor deje de inflexión ni de emoción.

Abrí la puerta. Lorren estaba sentado detrás de una enorme mesa semicircular. Los estantes de libros cubrían las paredes desde el suelo hasta el techo. La habitación estaba tan llena de libros que no había más que un palmo de pared visible en toda la habitación.

Lorren me miró con frialdad. Incluso estando sentado, era casi más alto que yo.

—Buenos días —me saludó.

—Ya sé que tengo prohibido entrar en el Archivo, maestro —me apresuré a decir—. Espero no estar infringiendo mi castigo al venir a verlo.

—No si lo que te trae es un buen motivo.

—He ganado un poco de dinero —dije sacando mi bolsa—. Y me gustaría recuperar mi ejemplar de *Retórica y lógica*.

Lorren asintió y se levantó. Alto, sin barba ni bigote y con su túnica negra de maestro, me recordó al enigmático personaje del doctor Silencio presente en muchas obras de teatro modeganas. Reprimí un estremecimiento y procuré no pensar en que la aparición del doctor siempre presagiaba una catástrofe en el siguiente acto.

Lorren se acercó a un estante y cogió un pequeño libro. Lo reconocí al instante: era el mío. Tenía una mancha oscura en la cubierta, de cuando se me había mojado durante una tormenta en Tarbean.

Intenté desabrochar los cordones de mi bolsa, y me sorprendió comprobar que me temblaban un poco las manos.

—Creo que eran dos peniques de plata —dije.

Lorren asintió.

—¿Puedo ofrecerle algo además de eso? Si usted no hubiera ido a comprármelo, lo habría perdido para siempre. Por no mencionar el hecho de que su ofrecimiento ayudó a que me admitieran en la Universidad.

—Será suficiente con los dos peniques de plata.

Puse las monedas encima de la mesa; tintinearon un poco cuando las solté, dando testimonio del temblor de mis manos. Lorren me tendió el libro, y me sequé las manos sudorosas en la camisa antes de cogerlo. Lo abrí por la página con la inscripción de Ben y sonreí.

—Gracias por guardármelo, maestro Lorren. Tiene un gran valor para mí.

—El cuidado de un libro más no supone ningún problema para mí —dijo Lorren volviendo a su asiento. Esperé por si añadía algo, pero no lo hizo.

—Yo... —La voz se me atascaba en la garganta. Tragué saliva—. También quería decirle que lamento mucho... —no me atrevía a mencionar el incidente de la vela— lo que pasó aquel día —terminé sin convicción.

—Acepto tus disculpas, Kvothe. —Lorren agachó la cabeza y siguió leyendo el libro que tenía abierto encima de la mesa—. Buenos días.

Volví a tragar saliva, porque tenía la boca seca.

—También me gustaría saber cuándo volverán a admitirme en el Archivo.

Lorren levantó la cabeza y me miró.

—Te encontraron con una vela encendida entre mis libros. —Esa vez, la emoción rozó los bordes de su voz, como cuando el rojo del ocaso tiñe los contornos de las nubes grises.

Toda mi maniobra de persuasión, cuidadosamente planeada, se descompuso de golpe.

—Maestro Lorren —supliqué—, ese día me habían azotado, y no estaba muy lúcido. Ambrose...

Lorren levantó una mano de largos dedos, con la palma hacia fuera, hacia mí. Ese comedido ademán me hizo callar más deprisa que una bofetada. El rostro de Lorren permanecía inexpresivo.

—¿A quién tengo que creer? ¿A un Re'lar de tres años, o a un E'lir de dos meses? ¿A un secretario que trabaja para mí, o a un alumno desconocido culpable de uso imprudente de la simpatía?

Conseguí serenarme un poco.

—Comprendo su decisión, maestro Lorren. Pero ¿puedo hacer algo para que vuelvan a admitirme? —pregunté, incapaz de borrar por completo la desesperación de mi voz—. Sinceramente, preferiría que volvieran a azotarme a pasar otro bimestre castigado. Le daría todo el dinero que llevo en el bolsillo, pero no es mucho. Estaría dispuesto a trabajar las horas que fuera necesario como secretario, sin remuneración alguna, solo por el privilegio de demostrarle mi valía. Me consta que durante los exámenes andan cortos de personal...

Lorren me miró; sus plácidos ojos casi denotaban curiosidad. No pude evitar pensar que mi súplica lo había afectado.

—¿Todo eso harías?

—Todo eso —confirmé. La esperanza se inflaba en mi pecho—. Todo eso y cualquier otra sanción que usted tenga a bien imponerme.

—Solo exijo una cosa para levantar mi castigo —dijo Lorren. Me esforcé para no sonreír.

—Lo que usted quiera.

—Que demuestres tener la paciencia y la prudencia de que hasta ahora has carecido —dijo Lorren sin inmutarse. Luego agachó la cabeza y reanudó la lectura—. Buenos días.

Al día siguiente, uno de los recaderos de Jamison me despertó de un profundo sueño en mi inmensa cama de La Calesa. Me comunicó que debía presentarme ante las astas del toro un cuarto de hora antes de mediodía. Me habían acusado de conducta impropia de un miembro del Arcano. Por fin Ambrose había oído mi canción.

Pasé las horas siguientes con el estómago un poco revuelto. Eso era precisamente lo que yo esperaba poder evitar: una oportunidad para Ambrose y para Hemme de ajustar cuentas conmigo. Peor aún: eso iba a empeorar todavía más la opinión que Lorren tenía de mí, fuera cual fuese el resultado final.

Llegué puntual a la Casa de los Maestros y sentí alivio al ver que la atmósfera era mucho más relajada que la vez que me habían puesto ante las astas del toro por felonía contra Hemme. Arwyl y Elxa Dal me sonrieron. Kilvin me saludó con un gesto de la cabeza. Me alegraba de tener amigos entre los maestros para contrarrestar a los enemigos que me había ganado.

—Muy bien —dijo el rector con tono de eficiencia—. Disponemos de diez minutos antes de que empiecen los exámenes de admisión. No quiero retrasarme, así que no me andaré por las ramas. —Miró al resto de los maestros y únicamente vio asentimientos de aprobación—. Re'lar Ambrose, presente su acusación. Solo tiene un minuto.

—Ya tiene una copia de la canción —dijo Ambrose acaloradamente—. Es calumniosa. Pretende difamar mi buen nombre. Es una actitud vergonzosa por parte de un miembro del Arcano. —Tragó saliva y apretó la mandíbula—. Nada más.

El rector me miró a mí.

—¿Tienes algo que alegar en tu defensa?

—Reconozco que es de mal gusto, señor rector, pero no esperaba que corriera por ahí. De hecho solo la he cantado una vez.

—De acuerdo. —El rector miró la hoja de papel que tenía delante. Carraspeó—. ¿Eres un asno, Re'lar Ambrose?

Ambrose se puso en tensión.

—No, señor —respondió.

—¿Tienes...? —Carraspeó y leyó—: ¿Una chorra que silba cuando mea? —Algunos maestros disimularon una sonrisa. Elodin sonrió abiertamente.

Ambrose se ruborizó.

—No, señor.

—Entonces me temo que no veo dónde está el problema —dijo el rector con aspereza dejando la hoja sobre la mesa—. Propongo que la acusación de conducta impropia sea sustituida por la de broma indecorosa.

—Secundo la propuesta —se pronunció Kilvin.

—¿Todos a favor? —Todos levantaron la mano, excepto Hemme y Brandeur—. Moción aprobada. El castigo consistirá en una carta formal de disculpa presentada a...

—Por el amor de Dios, Arthur —intervino Hemme—. Como mínimo que sea una carta pública.

El rector fulminó con la mirada a Hemme, y luego se encogió de hombros.

—... una carta formal de disculpa que se hará pública antes del bimestre de otoño. ¿Todos a favor? —Todos levantaron la mano—. Moción aprobada.

El rector se inclinó hacia delante apoyándose en los codos y miró a Ambrose.

—Re'lar Ambrose, de ahora en adelante te abstendrás de perder el tiempo con acusaciones falaces.

Veía cómo la rabia irradiaba de Ambrose. Era como estar de pie delante del fuego.

—Sí, señor —dijo Ambrose.

Antes de que yo pudiera sentirme satisfecho, el rector se volvió hacia mí.

—Y tú, E'lir Kvothe, te comportarás con más decoro en el futuro. —Sus severas palabras quedaron un tanto suavizadas por el hecho de que Elodin, que estaba sentado a su lado, había empezado a tararear alegremente la melodía de «El asno erudito».

Bajé la mirada e hice cuanto pude para reprimir la sonrisa.

—Sí, señor.

—Podéis marcharos.

Ambrose dio media vuelta y salió muy indignado, pero antes de que hubiera llegado a la puerta, Elodin se puso a cantar:

¡Es un asno muy culto, se le nota el porte!
¡Y por un penique de cobre te dejará que lo montes!

La idea de escribir una disculpa pública me mortificaba. Pero, como dicen, la mejor venganza es vivir bien. Así que decidí ignorar a Ambrose y disfrutar de mi nuevo y lujoso estilo de vida en La Calesa.

Pero solo conseguí dos días de venganza. Al tercero, La Calesa había cambiado de dueño. Al bajito y alegre Caverin lo sustituyó un individuo alto y delgado que me informó de que ya no precisaba mis servicios. Me ordenó que abandonara mis habitaciones antes del anochecer.

Me fastidió, pero conocía al menos cuatro o cinco posadas de calidad similar a ese lado del río que se alegrarían mucho de contratar a un músico con el caramillo de plata.

Pero el posadero de El Acebo se negó a hablar conmigo. En

El Venado Blanco y en La Corona de la Reina estaban contentos con los músicos que ya tenían. En el Pony de Oro esperé más de una hora hasta darme cuenta de que me estaban ignorando educadamente. Para cuando me rechazó El Roble Real estaba que bufaba.

Había sido Ambrose. No sabía cómo lo había hecho, pero sabía que había sido él. Con sobornos, quizá, o extendiendo el rumor de que cualquier posada que contratara a cierto músico pelirrojo perdería a gran cantidad de clientes nobles y adinerados.

Así que empecé a recorrer las otras posadas de ese lado del río. Ya me habían rechazado las de clase alta, pero quedaban muchos establecimientos respetables. En las horas siguientes probé en el Descanso del Pastor, en La Cabeza de Jabalí, en El Perro en la Pared, en Las Duelas y en El Tabardo. Ambrose se había esmerado: a ninguna le interesé.

Llegué a Anker's a última hora de la tarde; a esas alturas, lo único que me animaba a continuar era el malhumor. Estaba decidido a probar en todas las posadas de ese lado del río antes de recurrir de nuevo a comprar un vale por cama y comida.

Cuando llegué a la posada, Anker estaba subido a una escalerilla, clavando una plancha de madera de cedro que se había desprendido del revestimiento. Me paré al pie de la escalerilla y Anker me miró.

—Así que eres tú —dijo.

—¿Cómo dice? —pregunté sin comprender.

—Ha pasado un tipo y me ha dicho que si contrataba a un músico pelirrojo me vería en una situación muy desagradable. —Señaló mi laúd—. Debes de ser tú.

—Bueno —dije colocándome bien la cinta del estuche del laúd—. En ese caso, no le haré perder el tiempo.

—No vayas tan deprisa —replicó él, y bajó de la escalerilla limpiándose las manos en la camisa—. Nos vendría bien un poco de música.

Le lancé una mirada inquisitiva.

—¿No teme las consecuencias?

Anker escupió en el suelo.

—Esos malditos lechuguinos se creen que pueden comprar el sol, ¿verdad?

—Este en concreto tiene dinero suficiente, de hecho —dije con pesar—. Y la luna, si quisiera el juego completo para usarlo de sujetalibros.

Anker dio un resoplido de desdén.

—A mí no puede hacerme nada. Yo no trabajo para la gente como él, así que no puede ahuyentarme a la clientela. Y este local es mío, así que no puede comprarlo y despedirme, como le ha pasado al pobre Caverin...

—¿Han comprado La Calesa?

Anker me miró con recelo.

—¿No lo sabías?

Negué lentamente con la cabeza; tardé un poco en digerir esa noticia. Ambrose había comprado La Calesa solo para quitarme el empleo. No, era demasiado listo para hacer eso. Seguramente le había pedido prestado el dinero a un amigo y lo había hecho pasar por una operación empresarial.

¿Cuánto le habría costado? ¿Mil talentos? ¿Cinco mil? Yo ni siquiera sabía cuánto podía valer una posada como La Calesa. Lo más inquietante era lo rápido que Ambrose había liquidado el asunto.

Eso me hizo ver las cosas desde otra perspectiva. Sabía que Ambrose era rico, pero la verdad es que todo el mundo era rico comparado conmigo. Nunca me había molestado en pensar en cuánto dinero debía de tener, ni en cómo podría utilizar ese dinero contra mí. Me estaban dando una lección sobre el tipo de influencia que podía ejercer el primogénito de un barón adinerado.

Por primera vez me alegré del estricto código de conducta de la Universidad. Si Ambrose estaba dispuesto a llegar a tales extremos, solo me quedaba imaginar las medidas radicales que habría tomado de no haber tenido que guardar las apariencias.

Salí de mi ensimismamiento al ver a una joven apoyada en la puerta de la posada.

—¡Maldita sea, Anker! —gritó—. ¿Te crees que voy a hacer yo

todo el trabajo mientras tú estás aquí fuera rascándote el trasero? ¡Entra ahora mismo!

Anker murmuró algo por lo bajo, recogió la escalerilla y la guardó en el callejón.

—¿Qué le has hecho a ese tipo, si no es indiscreción? ¿Te has tirado a su madre?

—Escribí una canción sobre él.

Anker abrió la puerta de la posada, y un débil murmullo de conversaciones salió a la calle.

—Me gustaría oírla —dijo, sonriente—. ¿Por qué no entras y la tocas?

—Si está seguro... —dije sin poder creer que tuviera tanta suerte—. Podría acarrearle problemas.

—¡Problemas! —dijo Anker riendo entre dientes—. ¿Qué sabrá un crío como tú de problemas? Yo ya tenía problemas antes de que tú nacieras. He tenido problemas para los que tú ni siquiera tienes palabras. —Se dio la vuelta y me miró, todavía en el umbral—. Hace tiempo que no tenemos a nadie que toque regularmente. Es algo que echo de menos, la verdad. En las tabernas como Dios manda tiene que haber música.

Sonreí.

—En eso estoy de acuerdo con usted.

—Confieso que te contrataría solo para fastidiar a ese engreído —dijo Anker—. Pero si además sabes tocar... —Empujó un poco más la puerta, invitándome a entrar. Me llegó el olor a serrín, a sudor y a pan recién hecho.

Esa misma noche quedó todo acordado. A cambio de tocar cuatro noches todos los ciclos, podría dormir en una diminuta habitación del tercer piso, y si estaba por allí a la hora de las comidas, podría comer lo que hubiera en el cazo. Hay que reconocer que Anker estaba obteniendo los servicios de un músico de gran talento a precio de ganga, pero hice el trato de buen grado. Cualquier cosa era mejor que volver a las Dependencias y al silencioso desdén de mis compañeros de dormitorio.

El techo de mi habitacioncita estaba inclinado en dos rincones, y eso hacía que pareciera más pequeña de lo que era en realidad. Habría estado abarrotada si hubiera tenido más muebles, pero solo había una mesita con una silla de madera y un estante. La cama era dura y estrecha como mi camastro de las Dependencias.

Puse mi ejemplar de *Retórica y lógica*, un poco estropeado, en el estante, y dejé el estuche de mi laúd en un rincón. Por la ventana veía las luces de la Universidad, inmóviles en el frío aire otoñal. Me sentía como en casa.

Mirándolo ahora, me considero afortunado por haber acabado en Anker's. La clientela no era tan rica como la de La Calesa, pero me valoraba como los nobles nunca me habían valorado.

Y si mis habitaciones de La Calesa eran lujosas, mi habitacioncita de Anker's era cómoda. Pasaba como con los zapatos: no te compras los más grandes que encuentras, sino los que se ajustan bien a tu pie. Con el tiempo, aquella diminuta habitación de Anker's se convirtió en lo más parecido a un hogar que jamás había tenido.

Sin embargo, en ese momento estaba furioso por lo que me había hecho Ambrose. Y cuando me senté a escribir la carta de disculpa pública, esta rezumaba venenosa sinceridad. Era una obra de arte. Me mostraba profundamente arrepentido. Pedía disculpas por haber perjudicado a otro estudiante. También incluía la letra completa de la canción, con dos estrofas nuevas y la partitura musical. Y me disculpaba con todo detalle por cada vulgar y mezquina insinuación incluida en la canción.

Entonces me gasté cuatro preciosas iotas de mi propio dinero en tinta y papel, y reclamé a Jaxim el favor que me debía por haberle cambiado mi plaza del examen de admisión. Jaxim tenía un amigo que trabajaba en una imprenta, y con su ayuda imprimimos más de un centenar de copias de la carta.

La noche antes del inicio del bimestre de otoño, Wil, Sim y yo pegamos las cartas en todas las superficies lisas que encontramos a ambos lados del río. Utilizamos un maravilloso adhesivo alquímico que Simmon había preparado para la ocasión. El adhesivo se aplicaba como una pintura, y al secarse quedaba transparente como el cristal y duro como el acero. Si alguien quería retirar los letreros, iba a necesitar un martillo y un cincel.

En retrospectiva, lo que hice fue tan absurdo como provocar a un toro enojado. Y yo diría que esa insolencia fue la causa principal de que, al final, Ambrose intentara matarme.

62

Hojas

Siguiendo las recomendaciones de diferentes fuentes, ese bimestre me limité al estudio de tres asignaturas. Seguí con Simpatía Avanzada con Elxa Dal, hice un turno en la Clínica y continué mi aprendizaje con Manet. Tenía el horario lleno, pero no sobrecargado como el bimestre anterior.

Donde me esmeraba más era en artificería. Dado que mi búsqueda de un mecenas había quedado en vía muerta, sabía que lo mejor que podía hacer si quería ser autosuficiente era convertirme en artífice. De momento trabajaba para Kilvin; me encargaban trabajos relativamente sencillos y recibía una paga relativamente exigua. La situación mejoraría cuando terminara mi aprendizaje. Mejor aún, entonces podría realizar mis propios proyectos y venderlos a comisión.

Eso, si conseguía ir pagando mi deuda con Devi. Si seguía ingeniándomelas para reunir suficiente dinero para pagar la matrícula. Si terminaba mi aprendizaje con Manet sin matarme ni quedarme lisiado con las peligrosas labores que se realizaban en la Factoría todos los días...

Cuarenta o cincuenta estudiantes nos habíamos reunido en el taller para la gran ocasión. Algunos estaban sentados en las mesas de trabajo de piedra para ver mejor, y unos cuantos habían subido a las pasarelas de hierro de las vigas, entre las lámparas colgantes de Kilvin.

Vi a Manet allí arriba. Era difícil que pasara desapercibido: era tres veces mayor que cualquiera de los otros alumnos,
con su enmarañado cabello y su barba entrecana. Subí la escalera y fui a su lado. Manet me sonrió y me dio una palmada en el
hombro.

—¿Qué haces aquí? —le pregunté—. Creía que esto era para
los novatos.

—He pensado que hoy podría hacer de mentor consciente de
sus deberes —dijo encogiéndose de hombros—. Además, este espectáculo es digno de verse, aunque solo sea por la cara que ponen todos.

Encima de una de las pesadas mesas de trabajo del taller había
un enorme contenedor cilíndrico de un metro de altura y medio de
anchura. No se apreciaba ninguna soldadura, y el metal tenía un
acabado pulimentado y mate que me hizo sospechar que era algo
más que acero normal y corriente.

Paseé la mirada por la estancia y me sorprendió ver a Fela de
pie entre los alumnos, esperando que empezara la demostración.

—No sabía que Fela trabajara aquí —le comenté a Manet.

Manet asintió.

—Ah, pues sí. Creo que ya lleva dos bimestres.

—Me sorprende que no me haya fijado —comenté mientras la
veía hablar con otra alumna.

—A mí también —dijo Manet riendo para sí—. Pero no viene
muy a menudo. Esculpe y trabaja con mosaico y vidrio. Viene aquí
por el material, no por la sigaldría.

La campana de la torre dio la hora, y Kilvin miró alrededor, fi-
jándose en las caras de todos los presentes. No dudé ni un momento de que tomaba nota de quién faltaba exactamente.

—Vamos a tener esto en el taller durante varios ciclos —anunció señalando el contenedor de metal—. Casi diez galones de un
agente conductor muy volátil: *regim ignaul neratum*.

—Es el único que lo llama así —comentó Manet en voz baja—.
Es brea comehuesos.

—¿Brea comehuesos?

Manet asintió.

—Es cáustica. Si se te derrama sobre un brazo, se te come la carne hasta el hueso en diez segundos.

Mientras todos mirábamos, Kilvin se puso un grueso guante de cuero y empezó a trasvasar cerca de una onza de líquido oscuro del contenedor de metal a un frasco de cristal.

—Es importante enfriar el frasco antes de trasvasar el agente, porque hierve a temperatura ambiente.

Tapó rápidamente el frasco y lo sostuvo en alto para que pudiéramos verlo todos.

—El tapón a presión también es esencial, porque el líquido es sumamente volátil. En estado gaseoso, presenta tensión superficial y viscosidad, como el mercurio. Es más pesado que el aire y no se difunde. Es autocoherente.

Sin más preámbulos, Kilvin arrojó el frasco a un horno, y se oyó el ruido del cristal al romperse. Desde la altura donde estaba, vi que debían de haber limpiado el horno para la ocasión, pues el hoyo de piedra, circular y poco profundo, estaba vacío.

—Es una lástima que no tenga más madera de actor —me dijo Manet en voz baja—. Elxa Dal sabría hacerlo con un poco más de estilo.

El oscuro líquido se calentó al entrar en contacto con la piedra del horno y empezó a hervir, y la estancia se llenó de fuertes chisporroteos y silbidos. Desde mi ventajosa posición, vi el denso y oleoso humo que, poco a poco, iba llenando el fondo del horno. No se comportaba como la niebla ni como el humo. Los bordes no se difundían: formaba un charco y se mantenía unido, como una pequeña y oscura nube.

Manet me tocó el hombro, y lo miré justo a tiempo para evitar que me cegara la primera llamarada cuando la nube prendió. Se oyeron exclamaciones de consternación, y deduje que a los otros estudiantes los habían pillado desprevenidos. Manet me sonrió y me guiñó un ojo con complicidad.

—Gracias —dije, y giré la cabeza para seguir mirando. Unas llamas irregulares de color rojo sodio danzaban sobre la superficie de la niebla. El calor adicional hacía que la niebla oscura hirviera más deprisa: se hinchó hasta que las llamas alcanzaron la parte superior del horno, que llegaba a la altura de la cintura. Incluso desde donde estaba, en la pasarela, notaba un suave calor en la cara.

—¿Cómo demonios se llama eso? —pregunté en voz baja—. ¿Niebla de fuego?

—Podríamos llamarlo así —respondió Manet—. Seguramente Kilvin lo llamaría «acción incendiaria activada atmosféricamente».

De pronto, el fuego parpadeó y se apagó, dejando un olor acre a piedra caliente en la habitación.

—Además de ser altamente corrosivo —explicó Kilvin—, en estado gaseoso su reactivo es inflamable. Una vez que se calienta lo suficiente, arde al contacto con el aire. El calor que eso produce puede provocar una reacción exotérmica en cascada.

—Un fuego del copón —tradujo Manet.

—Eres mejor que un coro —dije en voz baja, conteniendo la risa.

Kilvin prosiguió:

—Este contenedor está diseñado para mantener el agente frío y bajo presión. Tened cuidado mientras esté en el taller. Evitad exponerlo a fuentes de calor. —Dicho eso, el maestro se dio la vuelta y se dirigió a su despacho.

—¿Ya está? —pregunté.

Manet se encogió de hombros.

—¿Qué más hay que decir? Kilvin no deja trabajar a nadie aquí si no es muy cuidadoso, y ahora todo el mundo sabe con qué ha de tener cuidado.

—¿Por qué lo ha traído? —pregunté—. ¿Para qué sirve?

—Para asustar a los novatos. —Sonrió.

—¿Y para nada más práctico?

—El miedo es muy práctico —replicó Manet—. Pero se puede utilizar para fabricar emisores para lámparas simpáticas. En lugar de la clásica luz roja, obtienes una luz azulada. Es un poco más agradable para la vista. Y esas lámparas alcanzan unos precios exorbitantes.

Miré hacia abajo, pero no vi a Fela entre la multitud de estudiantes. Me volví hacia Manet.

—¿Quieres seguir jugando a ser el mentor consciente de sus deberes y enseñarme cómo?

Manet se pasó las manos por el cabello alborotado y se encogió de hombros.

—Claro que sí.

Esa noche, estaba tocando el laúd en Anker's cuando vi a una hermosa muchacha sentada ante una de las abarrotadas mesas del fondo. Se parecía mucho a Denna, pero yo sabía que eso no era más que una fantasía mía. Tenía tantas ganas de verla que llevaba días creyendo hacerlo.

Volví a mirar y...

Era Denna. Estaba coreando «Las hijas del arriero» con la mitad de los clientes de Anker's. Vio que la estaba mirando y me saludó con la mano.

Su aparición me pilló tan por sorpresa que me olvidé por completo de lo que estaban haciendo mis dedos y la canción se vino abajo. Todos rieron, y yo hice una solemne reverencia para disimular mi bochorno. El público me aplaudió y me abucheó a partes iguales durante cerca de un minuto, disfrutando de mi fracaso más de lo que había disfrutado de la canción en sí. Así somos los humanos.

Esperé a que el público dejara de prestarme atención y me dirigí, con aire despreocupado, a donde estaba sentada Denna.

Ella se levantó para saludarme.

—Me enteré de que tocabas en esta orilla del río —dijo—. Pero no sé cómo conservas el empleo si te vienes abajo cada vez que una chica te guiña el ojo.

Me ruboricé un poco.

—No me pasa muy a menudo.

—¿Que te guiñen el ojo o que te vengas abajo?

No se me ocurrió qué contestar, y noté que me ponía aún más rojo. Denna rió y me preguntó:

—¿Cuánto rato vas a tocar esta noche?

—No mucho —mentí. Le debía como mínimo otra hora a Anker.

El rostro de Denna se iluminó.

—Estupendo. Ven a buscarme después. Necesito a alguien con quien pasear.

Sin poder creer la suerte que había tenido, hice una reverencia.

—Como tú digas. Déjame terminar. —Fui a la barra, donde Anker y dos camareras se afanaban sirviendo bebidas.

Como Anker no me veía, lo agarré por el delantal cuando pasó a mi lado. Se paró en seco y estuvo a punto de derramar una bandeja de bebidas sobre la mesa de unos clientes.

—Por los dientes de Dios, chico. ¿Qué te pasa?

—Tengo que marcharme, Anker. Esta noche no puedo quedarme hasta la hora del cierre.

Anker puso mala cara.

—No todos los días tenemos tanta gente. Y no van a quedarse si no les cantan algo para entretenerlos.

—Tocaré una canción más. Una larga. Pero luego tengo que irme. —Lo miré con cara de desesperación—. Te juro que te compensaré.

Anker me miró con más detenimiento.

—¿Te has metido en algún lío? —Negué con la cabeza—. Entonces se trata de una chica. —Giró la cabeza, porque los clientes reclamaban a gritos que les llevara bebidas; me hizo un brusco ademán y dijo—: Está bien, vete. Pero que sea una canción larga y bonita. Y me debes las horas de hoy.

Fui a la parte delantera del local y di unas palmadas. En cuanto el público se calmó medianamente, empecé a tocar. Cuando hube tocado el tercer acorde, todo el mundo sabía qué canción era: «Calderero, curtidor». La canción más vieja del mundo. Quité las manos del laúd y empecé a dar palmadas. Pronto todos marcaban el ritmo al unísono, dando pisotones en el suelo y golpeando las mesas con las jarras.

El ruido era casi ensordecedor, pero se apagó lo suficiente cuando canté la primera estrofa. A continuación hice cantar a todos el estribillo; unos lo hacían con su propia letra, y otros con sus propios acordes. Cuando terminé la segunda estrofa, me acerqué a una mesa y dejé que el público volviera a cantar el estribillo.

Entonces, con gestos incité a los que estaban sentados a la mesa a que cantaran una estrofa. Tardaron un par de segundos en darse cuenta de qué era lo que les estaba pidiendo, pero la expectación del resto del público fue suficiente para animar a uno de los estudiantes más achispados a cantar a voz en grito su propia estrofa. El tipo recibió un aplauso y unos vítores ensordecedores. Entonces, cuando todos volvieron a corear el estribillo, fui a otra mesa y repetí la operación.

Al poco rato, la gente tomaba la iniciativa y cantaba sus propias estrofas una vez terminado el estribillo. Me dirigí hacia la puerta, donde me esperaba Denna, y juntos nos escabullimos.

—Has sido muy hábil —me dijo Denna cuando empezamos a alejarnos de la taberna—. ¿Cuánto rato crees que seguirán cantando?

—Eso depende de la rapidez con que Anker les siga suministrando bebida. —Me paré en la boca del callejón que había entre la parte trasera de Anker's y la panadería de al lado—. Perdóname un momento. Tengo que guardar mi laúd.

—¿En un callejón?

—En mi habitación. —Moviéndome con agilidad, trepé por la pared de la taberna: pie derecho en el barril de agua de lluvia, pie izquierdo en el alféizar de la ventana, mano izquierda en el bajante de hierro... y llegué al borde del tejado del primer piso. Salté al otro lado del callejón, hasta el tejado de la panadería, y sonreí cuando Denna dio un grito ahogado. Di unos pasos y volví a saltar el callejón hasta el tejado del segundo piso de Anker's. Hice saltar el cierre de mi ventana, entré por ella y dejé el laúd encima de la cama; luego volví sobre mis pasos.

—¿Te cobra Anker un penique cada vez que subes por la escalera? —me preguntó Denna cuando ya me acercaba al suelo.

Salté del barril de agua y me limpié las manos en los pantalones.

—Entro y salgo a horas intempestivas —expliqué con naturalidad cuando llegué a su lado—. Bueno, a ver si lo he entendido bien. ¿Buscas a un caballero para que te lleve a pasear esta noche?

Denna compuso una sonrisa y me miró de soslayo.

—Sí, más o menos.

—Qué mala suerte —dije con un suspiro—. Porque yo no soy ningún caballero.

La sonrisa de Denna se ensanchó.

—Pues a mí sí me lo pareces.

—Me gustaría parecerlo más.

—Pues llévame a pasear.

—Eso me complacería enormemente. Sin embargo... —Reduje un poco el paso y adopté una expresión más seria—. ¿Qué pasa con Sovoy?

—¿Ha reivindicado sus derechos sobre mí? —dijo ella borrando la sonrisa de sus labios.

—No, no es eso. Pero existen ciertos protocolos con relación a...

—¿Un acuerdo de caballeros? —preguntó ella con mordacidad.

—Más bien honor entre ladrones.

Denna me miró a los ojos.

—Kvothe —dijo, muy seria—, róbame.

Hice una reverencia y un amplio ademán con el brazo.

—A sus órdenes. —Seguimos caminando; había luna, y su resplandor daba una apariciencia pálida y descolorida a las casas y las tiendas—. Por cierto, ¿cómo está Sovoy? Llevo días sin verlo.

Denna hizo un ademán para indicar que no quería pensar en él.

—Yo también. Y no será porque él no lo haya intentado.

Me animé un poco.

—¿En serio?

Denna puso los ojos en blanco.

—¡Rosas! Todos los hombres sacáis vuestro romanticismo del mismo libro trillado. Las flores son bonitas; no niego que sean un buen obsequio para una dama. Pero es que siempre regaláis rosas, siempre rojas, y siempre perfectas. De invernadero, si podéis conseguirlas. —Se volvió y me miró—. ¿Tú piensas en rosas cuando me ves?

La prudencia me hizo sonreír y negar con la cabeza.

—A ver, si no son rosas, ¿qué ves cuando me miras?

Estaba atrapado. La miré de arriba abajo una vez, como si intentara decidirme.

—Bueno... —dije—, no deberías ser tan dura con los hombres. Verás, escoger una flor que le vaya bien a una chica no es tan fácil como parece.

Denna me escuchaba atentamente.

—El problema es que cuando le regalas flores a una chica, tu elección puede interpretarse de diferentes maneras. Un hombre podría regalarte una rosa porque te considera hermosa, o porque le gustan su color, su forma o su suavidad, que le recuerdan a tus labios. Las rosas son caras; al elegirlas, quizá quiera demostrarte que eres valiosa para él.

—Has defendido bien a las rosas —dijo Denna—. Pero resulta que a mí no me gustan. Elige otra flor que me pegue.

—Pero ¿qué pega y qué no pega? Cuando un hombre te regala una rosa, lo que tú ves quizá no sea lo que él pretende hacerte ver. Tal vez te imaginas que te ve como algo delicado y frágil. Quizá no te guste un pretendiente que te considera muy dulce y nada más. Quizá el tallo tenga espinas, y deduzcas que él piensa que podrías rechazar una mano demasiado rápida. Pero si corta las espinas, quizá pienses que no le gustan las mujeres que saben defenderse ellas solas. Las cosas pueden interpretarse de muchas formas —concluí—. ¿Qué debe hacer un hombre prudente?

Denna me miró de reojo.

—Si ese hombre fueras tú, supongo que tejería palabras inteligentes y confiaría en que la pregunta quedara olvidada. —Ladeó la cabeza—. Pero no va a quedar olvidada. ¿Qué flor escogerías para mí?

—Está bien, déjame pensar. —Me volví y la miré; luego miré hacia otro lado—. Vamos a hacer una lista. Quizá diente de león: es radiante, y tú eres radiante. Pero el diente de león es una flor muy corriente, y tú no eres una persona corriente. De las rosas ya hemos hablado, y las hemos descartado. ¿Belladona? No. ¿Ortiga? Quizá...

Denna hizo como si se enfadara y me sacó la lengua.

Me di unos golpecitos en los labios, fingiendo cavilar.

—Tienes razón, solo te pega por la lengua.

Dio un resoplido y se cruzó de brazos.

—¡Avena loca! —exclamé, y Denna soltó una carcajada—. Es salvaje, y eso encaja contigo, pero es una flor pequeña y tímida. Por esa y por otras... —carraspeé— razones más obvias, creo que descartaremos también la avena loca.

—Una lástima —dijo Denna.

—La margarita también es bonita —proseguí sin dejar que Denna me distrajera—. Alta y esbelta, y crece en los márgenes de los caminos. Una flor sencilla, no demasiado delicada. La margarita es independiente. Creo que te pega... Pero continuemos. ¿Lirio? Demasiado llamativo. Cardo: demasiado distante. Violeta: demasiado escueta. ¿Trilio? Hmmm, podría ser. Una flor bonita. No se deja cultivar. La textura de los pétalos... —realicé el movimiento más atrevido de mi corta vida y le acaricié suavemente el cuello con dos dedos— es lo bastante suave para estar a la altura de tu piel. Casi. Pero crece demasiado a ras del suelo.

—Has compuesto todo un ramillete —dijo ella con dulzura. Inconscientemente, se llevó una mano al cuello, al sitio donde yo la había tocado; la dejó allí un instante y luego la dejó caer.

¿Buena o mala señal? ¿Estaba borrando mi roce o reteniéndolo? La incertidumbre se apoderó de mí y decidí no correr más riesgos. Me paré y dije:

—Flor de selas.

Denna se paró también y se volvió para mirarme.

—¿Tanto pensar y eliges una flor que no conozco? ¿Qué es una flor de selas? ¿Por qué?

—Es una planta trepadora, fuerte, que da flores de color rojo intenso. Las hojas son oscuras y delicadas. Crecen mejor en sitios umbríos, pero la flor capta los pocos rayos de sol para abrirse. —La miré—. Te pega. En ti también hay sombras y luz. La selas crece en los bosques, y no se ven muchas, porque solo la gente muy hábil sabe cuidarla sin hacerle daño. Tiene una fragancia maravillosa. Muchos la buscan, pero cuesta encontrarla. —Hice una pausa y escudriñé el rostro de Denna—. Sí. Ya que estoy obligado a elegir, elijo la selas.

Denna me miró; luego apartó la vista.

—Me sobrevaloras.

Sonreí.

—¿No será que tú te infravaloras?

Denna atrapó un trozo de mi sonrisa y me lo devolvió, destellante.

—Te has acercado más antes. Margaritas: dulces y sencillas. Las margaritas son la clave para conquistar mi corazón.

—Lo recordaré. —Seguimos andando—. Y a mí, ¿qué flor me regalarías? —le pregunté con la intención de pillarla desprevenida.

—Una flor de sauce —contestó ella sin vacilar ni un segundo.

Cavilé un buen rato.

—¿Los sauces dan flores?

Denna miró hacia arriba y hacia un lado, pensando.

—Me parece que no.

—Entonces, es un regalo muy raro —dije riendo—. ¿Por qué una flor de sauce?

—Porque me recuerdas a un sauce —respondió ella con naturalidad—. Fuerte, bien enraizado y oculto. Te mueves con facilidad cuando llega la tormenta, pero nunca vas más lejos de donde quieres llegar.

Levanté ambas manos, como si rechazara un golpe.

—No me digas palabras tan dulces —protesté—. Lo que quieres es que ceda a tu voluntad, pero no lo conseguirás. ¡Tus halagos no son para mí más que viento!

Denna se quedó mirándome, como si quisiera asegurarse de que había terminado mi diatriba.

—De entre todos los árboles —dijo esbozando una sonrisa con sus elegantes labios—, el sauce es el que más se mueve según los deseos del viento.

La posición de las estrellas me indicaba que habían pasado cinco horas. Pero parecía que no hubiera transcurrido el tiempo cuando llegamos al Remo de Roble, la posada de Imre donde se alojaba Denna. En la puerta hubo un momento que duró una hora, durante el cual me planteé besarla. Había estado tentado de hacerlo una docena de veces en el camino, mientras hablábamos: cuando nos detuvimos en el Puente de Piedra para contemplar el río, iluminado por la luna; bajo un tilo de uno de los parques de Imre...

En esos momentos había sentido que surgía una tensión entre nosotros, algo casi tangible. Denna esbozaba su misteriosa sonrisa y me miraba sin mirarme, con la cabeza ligeramente ladeada; y me rondaba la sospecha de que debía de estar esperando que yo hiciera... algo. ¿Rodearla con el brazo? ¿Besarla? ¿Cómo iba a saberlo? ¿Cómo podía estar seguro?

No podía. Así que resistí la atracción. No quería dar demasiado por hecho; no quería ofenderla ni ponerme en ridículo. Es más, la advertencia de Deoch me había hecho dudar. Quizá lo que yo sentía no fuera más que el encanto natural de Denna, su carisma.

Como todos los chicos de mi edad, yo era un idiota en materia de mujeres. Lo que me diferenciaba de los demás era que yo era dolorosamente consciente de mi ignorancia, mientras que otros, como Simmon, iban dando tumbos, poniéndose en ridículo con su inexperto galanteo. Me atormentaba pensar que Denna pudiera reírse de mi torpeza si le hacía una insinuación inoportuna. No hay nada que odie más que hacer las cosas mal.

Así que me despedí y la vi entrar por la puerta lateral del Remo de Roble. Respiré hondo y tuve que controlarme para no reír a carcajadas ni ponerme a bailar. Estaba impregnado de ella, del olor del viento en su cabello, del sonido de su voz, de las sombras que la luz de la luna dibujaba en su cara.

Entonces, poco a poco, fui bajando a la tierra. No había dado ni seis pasos cuando me desinflé como una vela cuando deja de soplar el viento. Mientras recorría las calles de la ciudad, pasando por delante de casas dormidas y oscuras posadas, mi estado de ánimo pasó de la euforia a la duda en lo que se tarda en respirar tres veces.

Lo había estropeado todo. Todo lo que había dicho, y que en su momento me había parecido tan inteligente, era en realidad lo peor y lo más delirante que se podía decir. Denna ya estaba en su habitación, respirando de alivio por haberse librado, por fin, de mí.

Pero me había sonreído. Se había reído.

Denna no había recordado nuestro primer encuentro en el camino de Tarbean. Eso significaba que no había dejado ninguna huella en ella.

«Róbame», me había dicho.

Debí ser más atrevido y besarla. Debí ser más prudente. Había hablado en exceso. No había dicho suficiente.

63

Paseando y hablando

Wilem y Simmon ya se estaban terminando la comida cuando llegué a nuestro rincón preferido del patio.

—Lo siento —dije al dejar mi laúd sobre los adoquines, cerca del banco—. Me he entretenido regateando.

Había ido al otro lado del río a comprar un dracma de mercurio y un saquito de sal marina. La sal me había costado mucho dinero, pero por una vez eso no me preocupaba. Si la suerte me acompañaba, pronto ascendería en la Factoría, y eso significaba que dejaría de tener problemas económicos.

Aprovechando que había ido de compras a Imre, también había pasado, por casualidad, por delante de la posada donde se alojaba Denna; pero ella no se encontraba allí, ni en el Eolio, ni en el parque donde nos habíamos parado a hablar la noche anterior. De todas formas, yo estaba de buen humor.

Puse el estuche del laúd de lado y lo abrí para que el sol calentara las cuerdas nuevas y las ayudara a tensarse. Luego me senté en el banco de piedra, bajo el poste, con mis dos amigos.

—¿Dónde estuviste anoche? —me preguntó Simmon fingiendo indiferencia.

Entonces me acordé de que habíamos quedado los tres con Fenton para jugar a esquinas. Al ver a Denna, me había olvidado por completo de que tenía otros planes.

—Dios mío, lo siento, Sim. ¿Me esperasteis mucho rato?

Sim me lanzó una mirada.

—Lo siento —repetí, confiando en parecer tan arrepentido como me sentía—. Se me olvidó.

Sim sonrió quitándole importancia.

—No pasa nada. Cuando comprendimos que no ibas a presentarte, fuimos a la Biblioteca a beber y a ver chicas.

—¿Se enfadó Fenton?

—Se puso furioso —dijo Wilem con calma entrando por fin en la conversación—. Dijo que la próxima vez que te viera te iba a dar un sopapo.

La sonrisa de Sim se ensanchó.

—Dijo que eres un E'lir microcéfalo sin ningún respeto por sus mayores.

—Hizo ciertas afirmaciones sobre tus orígenes y sobre tus tendencias sexuales hacia los animales —añadió Wilem, muy serio.

—«¡... en la túnica del tehlino!» —cantó Simmon con la boca llena. Entonces rió y empezó a atragantarse. Le di unas palmadas en la espalda.

—¿Dónde estabas? —preguntó Wilem mientras Sim intentaba respirar—. Anker dijo que te marchaste pronto.

No sabía por qué, pero no me apetecía hablarles de Denna.

—Me encontré a una persona.

—¿A una persona más importante que nosotros? —preguntó Wilem con un tono monótono que podía interpretarse como crítico o irónico.

—Con una chica —confesé.

Wil arqueó una ceja.

—¿La que andabas buscando?

—Yo no andaba buscando a nadie —protesté—. Ella me encontró a mí, en Anker's.

—Eso es buena señal —comentó Wilem.

Sim asintió; luego me miró con una chispa de burla en los ojos.

—Y ¿cantasteis algo? —Me dio un codazo y subió y bajó las cejas varias veces seguidas—. ¿Un dueto?

Estaba tan ridículo que ni siquiera podía ofenderme.

—No, no cantamos nada. Solo quería que la acompañara a su casa.

—¿Que la acompañaras a su casa? —dijo Sim, insinuante, y volvió a subir y bajar las cejas.

Esa vez lo encontré menos divertido.

—Ya había oscurecido —dije con seriedad—. Solo la acompañé hasta Imre.

—Oh —dijo Sim, decepcionado.

—Te marchaste muy pronto de Anker's —dijo Wil—. Y nosotros esperamos una hora. ¿Se tardan dos horas en ir a Imre y volver?

—Dimos un largo paseo —admití.

—¿Cómo de largo? —me preguntó Simmon.

—De varias horas. —Desvié la mirada—. Seis.

—¿Seis horas? —se extrañó Sim—. Mira, creo que me merezco unos cuantos detalles después de los rollos sobre ella que he tenido que aguantar estos dos últimos ciclos.

Estaba empezando a irritarme.

—Yo no pego rollos. Solo estuvimos paseando —dije—. Y hablando.

Sim me miró con desconfianza.

—Venga, hombre. ¿Durante seis horas?

Wilem le dio unos golpecitos en el hombro a Simmon.

—Dice la verdad.

Simmon lo miró.

—¿Por qué lo dices?

—Suena más sincero que cuando miente.

—Si hacéis el favor de callaros un minuto, os lo contaré todo, ¿de acuerdo? —Sim y Wil asintieron. Agaché la cabeza y me miré las manos, tratando de ordenar mis pensamientos, pero estos se resistían—. Fuimos a Imre por el camino más largo y nos paramos un rato en el Puente de Piedra. Fuimos a un parque de las afueras de la ciudad. Nos sentamos en la orilla del río. Hablamos de... de nada, en realidad. De sitios donde habíamos estado. De canciones... —Me di cuenta de que estaba divagando y me callé. Elegí las siguientes palabras con cuidado—: Me planteé hacer algo más que pasear y hablar, pero... —Me interrumpí. No sabía qué decir.

Mis dos amigos se quedaron callados un momento.

—Increíble —dijo Wilem, maravillado—. El todopoderoso Kvothe, vencido por una mujer.

—Si no te conociera como te conozco, diría que tenías miedo —dijo Simmon, medio en broma.

—Claro que tengo miedo —dije en voz baja secándome las manos en los pantalones—. Tú también lo tendrías si la hubieras conocido. Tengo que hacer un esfuerzo para quedarme aquí sentado en lugar de ir corriendo a Imre con la esperanza de verla detrás de algún escaparate o cruzando una calle. —Esbocé una temblorosa sonrisa.

—Pues ve. —Simmon sonrió y me dio un empujoncito—. Buena suerte. Si yo conociera a una mujer así, no estaría aquí comiendo con vosotros dos. —Se apartó el cabello de los ojos y me dio otro empujoncito con la otra mano—. Ve.

Me quedé donde estaba.

—No es tan fácil —dije.

—Contigo nada es fácil —murmuró Wilem.

—Claro que es fácil —nos contradijo Simmon riendo—. Ve y cuéntale lo que nos has contado a nosotros.

—Ya —dije con sarcasmo—. Como si fuera coser y cantar. Además, no sé si a ella le interesaría oírlo. Es tan especial... No sé qué quiere de mí.

Simmon me miró a los ojos con franqueza.

—Esa chica fue a buscarte. Es evidente que quiere algo.

Hubo un momento de silencio, y me apresuré a cambiar de tema mientras tenía ocasión.

—Manet me ha dado permiso para empezar mi proyecto de oficial.

—¿Ya? —Sim me miró con ansiedad—. ¿Está Kilvin de acuerdo? No le gustan los atajos.

—No he tomado ningún atajo —repliqué—. Es solo que aprendo deprisa.

Wilem dio una risotada, y Sim intervino antes de que nosotros dos empezáramos a discutir.

—¿En qué va a consistir tu proyecto? ¿Vas a hacer una lámpara simpática?

—Todo el mundo hace una lámpara —aportó Wil.

Asentí.

—Quería hacer algo diferente, quizá un termógiro, pero Manet me aconsejó que hiciera una lámpara. —La campana de la torre dio cuatro campanadas. Me levanté y recogí el estuche del laúd para irme a clase.

—Deberías hablar con ella —dijo Simmon—. Si te gusta una chica, tienes que decírselo.

—¿Cómo te ha funcionado a ti esa táctica hasta ahora? —dije. Me fastidiaba que Sim, precisamente, quisiera darme consejos sobre cómo debía comportarme con las chicas—. Estadísticas en mano, ¿cuántas veces te ha dado resultado esa estrategia en tu vasta experiencia?

Wilem miró hacia otro lado mientras Sim y yo nos fulminábamos con la mirada. Yo fui el primero en ceder. Me sentía culpable.

—Además, no hay nada que contar —murmuré—. Me gusta estar con ella, y ahora ya sé dónde vive. Eso significa que cuando la busque, la encontraré.

64

Nueve del fuego

Al día siguiente, quiso la suerte que tuviera que ir a Imre. Y, aprovechando que estaba allí, pasé por el Remo de Roble.

El dueño no conocía a ninguna Denna ni a ninguna Dianne, pero me dijo que una joven muy guapa, morena, llamada Dinnah, tenía una habitación alquilada en su posada. No se encontraba allí en ese momento, pero si quería dejarle una nota... Rechacé el ofrecimiento y me consolé pensando que ahora que sabía dónde vivía Denna, me resultaría relativamente fácil encontrarla.

Sin embargo, tampoco encontré a Denna en el Remo de Roble al día siguiente, ni al otro. Al tercer día, el dueño me informó de que Denna se había marchado en plena noche, llevándose todas sus cosas y dejando la cuenta sin pagar. Pasé por unas cuantas tabernas y no la encontré, así que volví a la Universidad, sin saber si debía preocuparme o enfadarme.

Otros tres días y cinco viajes infructuosos más a Imre. Ni Deoch ni Threpe tenían noticias de Denna. Deoch me dijo que era típico de ella desaparecer así, y que buscándola conseguiría lo mismo que llamando a un gato. Si bien sabía que era un buen consejo, lo ignoré.

Me senté en el despacho de Kilvin e intenté serenarme mientras el enorme y greñudo maestro le daba vueltas en sus inmensas manos a mi lámpara simpática. Era mi primer proyecto en solitario como artífice. Había fundido las planchas y pulido las lentes. Había implantado el emisor sin envenenarme con arsénico. Y lo más importante: mi Alar y mi complicada sigaldría convertían las piezas independientes en una lámpara simpática de mano.

Si Kilvin aprobaba el producto acabado, lo vendería y yo cobraría una comisión. Pero había un aspecto aún más importante: yo también me convertiría en artífice, aunque novato. Podría realizar mis propios proyectos con un amplio margen de libertad. Eso suponía un gran paso adelante en la jerarquía de la Factoría, un paso hacia el título de Re'lar y, sobre todo, hacia mi independencia económica.

Kilvin levantó por fin la cabeza.

—Está muy bien hecha, E'lir Kvothe —dijo—. Pero el diseño es atípico.

Asentí.

—He introducido algunos cambios, señor. Si le da la vuelta verá que...

Kilvin hizo un ruidito que podía ser una risita o un gruñido de fastidio. Puso la lámpara encima de la mesa y empezó a pasearse por la habitación apagando todas las lámparas una por una.

—¿Sabes cuántas lámparas simpáticas me han explotado en las manos, E'lir Kvothe?

Tragué saliva y negué con la cabeza.

—¿Cuántas?

—Ninguna —respondió el maestro con gravedad—. Porque siempre tengo mucho cuidado. Siempre me aseguro por completo de lo que tengo en las manos. Tienes que aprender a ser paciente, E'lir Kvothe. Un momento de la mente equivale a nueve del fuego.

Bajé la mirada e intenté parecer debidamente contrito.

Kilvin estiró un brazo y apagó la única lámpara que quedaba encendida; la habitación quedó totalmente a oscuras. Hubo una pausa y, a continuación, una característica luz rojiza surgió de la lámpara de mano y se proyectó contra una pared. La luz era muy tenue, más tenue que la de una sola vela.

—La llave es graduable —me apresuré a decir—. En realidad, más que una llave es un reostato.

Kilvin asintió.

—Muy inteligente. Muy poca gente se molesta en hacer eso con una lámpara tan pequeña como esta. —La luz se intensificó, se atenuó y volvió a intensificarse—. La sigaldría también parece bastante buena —prosiguió el maestro lentamente, al mismo tiempo que dejaba la lámpara encima de la mesa—. Pero el foco de tu lente tiene un fallo. Hay muy poca difusión.

Era verdad. En lugar de iluminar toda la habitación, como era lo habitual, mi lámpara solo revelaba una pequeña parte: la esquina de la mesa de trabajo y la mitad de la gran pizarra negra que había en la pared. El resto de la habitación permanecía en la oscuridad.

—Lo he hecho a propósito —expliqué—. Existen faroles así, como la linterna sorda.

Kilvin no era más que una silueta oscura al otro lado de la mesa.

—Estoy al corriente, E'lir Kvothe. —Su voz tenía un deje de reproche—. Esas linternas las utilizan para negocios sucios. Negocios en los que los arcanistas no deberían participar.

—Creía que las utilizaban los marineros.

—Las utilizan los ladrones —replicó Kilvin con seriedad—. Y los espías, y otra gente que no quiere revelar sus actividades a altas horas de la noche.

De pronto mi vaga ansiedad se intensificó. Había creído que esa entrevista sería un mero trámite. Sabía que era un artífice cualificado, mejor que otros que llevaban mucho más tiempo que yo trabajando en el taller de Kilvin. Y de repente temí haber cometido un error y haber malgastado casi treinta horas de trabajo en la lámpara, por no mencionar un talento entero de mi propio dinero que había invertido en materiales.

Kilvin dio un gruñido evasivo y murmuró algo por lo bajo. La media docena de lámparas de aceite que había en la habitación cobraron vida, chisporroteando y llenando la habitación de luz natural. Me maravillé de la facilidad con que el maestro realizaba un vínculo séxtuplo. Ni siquiera sabía de dónde había sacado la energía.

—Lo que pasa es que todo el mundo elige como primer proyecto una lámpara simpática —dije para llenar el silencio—. Todo el mundo sigue siempre el mismo esquema. Quería hacer algo diferente. Quería ver si podía hacer algo nuevo.

—Supongo que lo que querías era demostrar tu extraordinaria inteligencia —dijo Kilvin con naturalidad—. No solo querías terminar tu aprendizaje en la mitad de tiempo, sino que querías traerme una lámpara con un diseño mejorado. Seamos francos, E'lir Kvothe. Has hecho esta lámpara porque querías demostrar que eres mejor que los otros aprendices, ¿verdad? —Mientras lo decía, Kilvin me miraba de hito en hito, y por un instante no atisbé en su mirada esa característica distracción.

Se me quedó la boca seca. Bajo la greñuda barba y el fuerte acento atur de Kilvin se escondía una mente afilada como el diamante. ¿Cómo se me había ocurrido pensar que podría mentirle y salir airoso?

—Por supuesto que quería impresionarlo, maestro Kilvin —dije bajando la mirada—. Creía que eso se daba por hecho.

—No te humilles —dijo él—. La falsa modestia no me impresiona.

Levanté la cabeza y me puse derecho.

—En ese caso, maestro Kilvin, admitiré que soy mejor. Aprendo más deprisa. Trabajo más. Mis manos son más diestras. Mi mente es más curiosa. Sin embargo, también espero que eso lo sepa usted sin necesidad de que se lo diga yo.

Kilvin asintió.

—Así está mejor. Y tienes razón: ya sé todo eso. —Encendió y apagó la lámpara mientras apuntaba a diferentes objetos repartidos por la habitación—. Y francamente, tu habilidad me impresiona, como era de esperar. La lámpara está muy bien acabada. La sigaldría es muy ingeniosa. Los grabados, precisos. Es una obra inteligente.

Me ruboricé de placer ante esos cumplidos.

—Pero la artificería es algo más que simple habilidad —prosiguió Kilvin. Dejó la lámpara en la mesa y apoyó una enorme mano a cada lado—. No puedo vender esta lámpara. Podría acabar en manos de las personas equivocadas. Si atraparan a un ladrón con un utensilio así, los arcanistas saldríamos perjudicados. Has terminado tu aprendizaje, y te has destacado en términos de destreza. —Me relajé un poco—. Pero tu criterio está, en cierto modo, en tela de juicio. La lámpara la fundiremos y la reutilizaremos, supongo.

—¿Va a fundir mi lámpara? —Había trabajado un ciclo entero en ella y había invertido casi todo el dinero que tenía en la compra de materias primas. Tenía previsto obtener un beneficio considerable cuando Kilvin la vendiera, pero...

Kilvin me miró, muy decidido.

—Nos corresponde a todos conservar la reputación de la Universidad, E'lir Kvothe. Un artículo como este en malas manos nos perjudicaría a todos.

Estaba buscando una forma de persuadirlo cuando el maestro agitó una mano señalando la puerta.

—Ve a darle la buena noticia a Manet.

Desanimado, salí del taller y me recibió el sonido de un centenar de manos tallando madera, cincelando piedra y batiendo metal. La atmósfera estaba impregnada del olor a ácidos de grabado, hierro caliente y sudor. Vi a Manet en un rincón, poniendo unas baldosas de cerámica en un horno. Esperé hasta que hubo cerrado la puerta y se apartó, secándose el sudor de la frente con la manga de la camisa.

—¿Cómo te ha ido? —me preguntó—. ¿Has aprobado o voy a tener que aguantarte un bimestre más?

—He aprobado —contesté quitándole importancia—. Tenías razón respecto a las modificaciones. No le han impresionado.

—Ya te lo advertí —repuso Manet sin excesiva petulancia—. Tienes que recordar que llevo más tiempo aquí que diez alumnos juntos. Cuando digo que, en el fondo, los maestros son conservadores, no hablo por hablar. Lo digo por algo. —Manet se pasó una mano por la barba desgreñada mientras observaba las olas de calor que desprendía el horno de ladrillo—. ¿Sabes ya qué vas a hacer con tu tiempo ahora que tienes libertad para hacer lo que quieras?

—Tenía pensado preparar un lote de emisores para lámpara azul —contesté.

—Los pagan bien —dijo Manet, pensativo—. Pero es arriesgado.

—Ya sabes que soy cuidadoso —lo tranquilicé.

—Eso no quita que siga siendo arriesgado —dijo Manet—. Un tipo al que enseñé hace unos diez años... ¿cómo se llamaba? —Se dio unos golpecitos en la cabeza, y luego se encogió de hombros—. Cometió un pequeño desliz. —Manet chascó los dedos—. Pero con eso basta. Sufrió quemaduras graves y perdió un par de dedos. Después de eso no triunfó mucho como artífice.

Miré a Cammar, tuerto y con la cabeza calva y cubierta de cicatrices.

—Entiendo lo que quieres decir. —Flexioné los dedos, nervioso, mientras contemplaba el contenedor de metal. Los primeros dos días después de la exhibición de Kilvin, los alumnos se habían mostrado intranquilos en su proximidad, pero pronto se había convertido en otra pieza más del equipo. Lo cierto era que en la Factoría había diez mil maneras diferentes de morir si no tenías cuidado. La brea comehuesos era, sencillamente, la última y más emocionante forma de matarte.

Decidí cambiar de tema.

—¿Puedo preguntarte una cosa?

—Dispara —dijo Manet vigilando un horno que teníamos cerca—. ¡Fuego!

Puse los ojos en blanco.

—¿Dirías que conoces la Universidad mejor que nadie?

Manet asintió.

—Mejor que nadie que siga vivo. Conozco todos sus pequeños secretos.

Bajé un poco la voz.

—Entonces, si quisieras, ¿podrías entrar en el Archivo sin que nadie se enterara?

Manet entrecerró los ojos.

—Sí, podría —respondió—. Pero no lo haría.

Fui a continuar, pero él me cortó con algo más que un deje de exasperación:

—Escucha, hijo. Ya hemos hablado de esto otras veces. Ten paciencia. Tienes que darle a Lorren más tiempo para que se calme. Solo ha pasado un bimestre desde que...

—¡Ha pasado medio año!

Manet sacudió la cabeza.

—A ti te parece mucho tiempo porque eres joven. Créeme, Lorren todavía lo tiene muy reciente. Dedícate un bimestre más a impresionar a Kilvin, y luego pídele que interceda por ti. Confía en mí: funcionará.

Puse cara de abatimiento.

—Con solo que me...

Manet agitó firmemente un dedo.

—No. No. No. No te lo enseñaré. No te lo diré. No te dibujaré un mapa. —Suavizó la expresión y me puso una mano en el hombro, tratando de suavizar su negativa—. Que Tehlu nos asista, ¿para qué tanta prisa? Eres joven. Tienes toda la vida por delante. —Agitó el dedo índice, apuntándome—. Pero si te expulsan, será para siempre. Y eso es lo que pasará si te sorprenden colándote en el Archivo.

Dejé caer los hombros, desalentado.

—Supongo que tienes razón.

—Eso es, tengo razón —confirmó Manet, y se volvió hacia el horno—. Y ahora, vete. Me vas a provocar una úlcera.

Me marché reflexionando, furioso, sobre el consejo que me había dado Manet y sobre lo que, sin darse cuenta, me había revelado. Por lo general, Manet solía dar buenos consejos. Si me portaba bien durante un bimestre, podría entrar de nuevo en el Archivo. Era la ruta más segura y más sencilla hacia lo que yo quería conseguir.

Por desgracia, yo no podía permitirme el lujo de tener paciencia. No podía olvidar ni por un momento que ese bimestre sería mi último bimestre a menos que encontrara la manera de ganar mucho dinero muy deprisa. No. La paciencia estaba descartada.

Al salir, me asomé al despacho de Kilvin y lo vi sentado a su mesa, encendiendo y apagando mi lámpara. Volvía a estar abstraído, y no me cupo duda de que la vasta maquinaria de su cerebro estaba ocupada pensando en media docena de cosas a la vez.

Di unos golpes en el marco de la puerta para llamar su atención.

—¿Maestro Kilvin?

Él no se volvió para mirarme.

—¿Sí?

—¿Puedo comprar yo la lámpara? —pregunté—. Me vendría bien para leer por la noche. Me gasto mucho dinero en velas. —Me planteé retorcerme las manos, pero decidí no hacerlo. Habría resultado demasiado dramático.

Kilvin caviló un buen rato. La lámpara que tenía en la mano dio un débil chasquido cuando el maestro volvió a encenderla.

—No puedes comprar lo que han fabricado tus manos —dijo—. El tiempo y los materiales con que la hiciste eran tuyos. —Me la ofreció.

Entré en la habitación para coger la lámpara, pero Kilvin retiró la mano y me miró a los ojos.

—Quiero dejar clara una cosa —dijo con seriedad—. No puedes venderla ni prestarla. Ni siquiera a alguien en quien confíes. Si se perdiera, acabaría en malas manos y sería utilizada para merodear en la oscuridad y para hacer cosas deshonestas.

—Le doy mi palabra, maestro Kilvin. No la utilizará nadie más que yo.

Salí del taller y traté de mantener una expresión neutral, pero por dentro sonreía de satisfacción. Manet me había confirmado exactamente lo que yo quería saber: que había otra forma de entrar en el Archivo. Un camino secreto. Si existía, yo lo encontraría.

65

Chispa

Convencí a Wil y a Sim para que me acompañaran al Eolio con la promesa de invitarlos a una copa, el único acto de generosidad que podía permitirme.

Veréis, aunque las interferencias de Ambrose me impidieran conseguir que algún acaudalado noble me financiase, seguía habiendo muchos amantes de la música que me invitaban a más copas de las que yo podía consumir.

Ese problema tenía dos sencillas soluciones. Podía convertirme en un borracho o podía recurrir a un ardid que funciona desde que existen las tabernas y los músicos. Prestad atención mientras descorro las cortinas para revelaros un secreto de bardo celosamente guardado...

Supongamos que estáis en una posada. Me oís tocar. Reís, lloráis, y, en general, admiráis mi maestría. Después queréis demostrarme vuestro agradecimiento, pero no tenéis los medios para regalarme una cantidad sustanciosa de dinero, como harían un comerciante o un noble acaudalados. De modo que me invitáis a una copa.

Yo, sin embargo, ya me he bebido una copa. O varias. O quizá esté intentando mantenerme despejado. ¿Rechazo vuestra oferta? Por supuesto que no. Con eso solo desaprovecharía una valiosa oportunidad y, probablemente, vosotros lo interpretaríais como un desaire.

Así que acepto de buen grado vuestra invitación y le pido al camarero un aguamiel de Greysdale. O un Sounten. O un vino blanco de determinada cosecha.

El nombre de la bebida no es lo que importa. Lo que importa es que esa bebida, en realidad, no existe. El camarero me sirve agua.

Vosotros pagáis la copa, yo os doy las gracias, y todo el mundo se queda contento. Más tarde, el camarero, la taberna y el músico se reparten el dinero.

Todavía existe otra fórmula: los establecimientos más sofisticados te dejan anotar esas copas en una cuenta y consumirlas más tarde. El Eolio era de esa clase de locales.

Eso explica que, pese a mi precaria situación económica, consiguiera llevar una botella entera de scutten a la mesa donde me esperaban Wil y Sim.

Wil miró la botella con apreciación cuando me senté.

—¿Celebramos algo?

—Kilvin ha aprobado mi lámpara simpática. Estáis ante el oficial artífice más reciente del Arcano —dije con cierta suficiencia. La mayoría de los alumnos tardan como mínimo tres o cuatro bimestres en concluir sus periodos de aprendizaje. No les hablé a mis amigos del pequeño chasco que me había llevado con la lámpara.

—Ya era hora —dijo Wil con frialdad—. ¿Cuánto has tardado? ¿Casi tres meses? La gente empezaba a rumorear que habías perdido facultades.

—Pensaba que os alegraríais más por mí —repuse mientras retiraba la cera de la botella—. Mis días de ladronzuelo podrían estar llegando a su fin.

Sim hizo un ruidito de desdén.

—Aguantas bastante bien —comentó.

—Brindemos por tus éxitos venideros como artífice —dijo Wil, y dio un golpe en la mesa con su copa de vino—. Porque nos proveerán de más copas en el futuro.

—Y además —dije mientras retiraba los últimos restos de cera—, siempre está la posibilidad de que os emborrache lo suficiente para que algún día me dejéis colar en el Archivo cuando estéis trabajando en el mostrador. —Lo dije en un tono calculadamente jovial y miré a Wil para analizar su reacción.

Wil bebió un sorbo despacio, sin mirarme a los ojos.

—No puedo.

La frustración me produjo una desagradable sensación en el estómago. Hice un ademán para dar a entender que no podía creer que Wil se hubiera tomado mi chiste en serio.

—Ya lo sé, hombre...

—Lo he pensado mucho —me interrumpió Wilem—. No te mereces el castigo que te han impuesto, y sé lo mucho que te fastidia. —Bebió un sorbo de vino—. A veces Lorren expulsa temporalmente a algún alumno. Unos días por hablar demasiado alto en la Tumba. Unos ciclos por maltratar un libro. Pero la prohibición definitiva es diferente. Eso no pasaba desde hace muchos años. Lo sabe todo el mundo. Si te viera alguien... —Sacudió la cabeza—. Perdería mi puesto de secretario. Podrían expulsarnos a los dos de la Universidad.

—No te castigues —dije—. El simple hecho de que te lo hayas planteado significa...

—Nos estamos poniendo sensibleros —intervino Sim golpeando la mesa con su copa—. Abre la botella y brindaremos para que Kilvin quede tan impresionado contigo que hable con Lorren y consiga que te levanten la sanción.

Sonreí y empecé a introducir un sacacorchos en el tapón de la botella.

—Tengo otro plan mejor —dije—. Voto por que brindemos por la eterna desventuración y el eterno tribulamiento de un tal Ambrose Anso.

—Creo que en eso estaremos todos de acuerdo —dijo Wil levantando su copa.

—Dios santo —dijo Simmon bajando la voz—, mirad qué ha encontrado Deoch.

—¿Qué pasa? —pregunté concentrándome en sacar entero el tapón de la botella.

—Ya ha vuelto a hacerse con la mujer más guapa del lugar. —contestó Sim con una hosquedad inusitada—. Hay para odiarlo.

—Mira, Sim, tus gustos en lo relativo a las mujeres son, como mínimo, cuestionables. —El tapón salió produciendo un agradable sonido, y se lo mostré a mis amigos, triunfante. Ni Wil ni Sim me hicieron caso: tenían la mirada clavada en la puerta del local.

Me volví y miré. Esperé un momento.

—Es Denna —dije.

Sim me miró.

—¿Denna?

Fruncí el ceño.

—Dianne. Denna. Es la chica de la que os hablé. La que cantó conmigo. Cambia mucho de nombre. No sé por qué.

Wilem me lanzó una mirada de incredulidad.

—¿Esa es tu chica? —me preguntó como si no pudiera creerlo.

—Es la chica de Deoch —lo corrigió Simmon con gentileza.

Desde luego, eso era lo que parecía. El apuesto y musculoso Deoch hablaba con ella con su habitual desparpajo. Denna reía y lo abrazaba con naturalidad. Noté una fuerte opresión en el pecho al verlos juntos.

Entonces Deoch se dio la vuelta y me señaló. Denna miró hacia donde él le indicaba, me vio, y una sonrisa iluminó su rostro. Le devolví automáticamente la sonrisa. Mi corazón empezó a latir de nuevo. Le hice señas para que viniera. Denna le dijo algo a Deoch y empezó a avanzar hacia nuestra mesa.

Di un rápido sorbo de scutten mientras Simmon me miraba con un gesto de asombro que rayaba en la veneración.

Denna llevaba un vestido de color verde oscuro que le dejaba los brazos y los hombros al descubierto. Estaba preciosa y lo sabía. Me sonrió.

Cuando llegó a nuestra mesa, los tres nos levantamos.

—Confiaba en encontrarte aquí —dijo.

Hice una pequeña reverencia.

—Y yo confiaba en que me encontraras. Te presento a dos de mis mejores amigos: Simmon... —Sim sonrió con alegría y se apartó el flequillo de los ojos— y Wilem. —Wilem inclinó la cabeza—. Esta es Dianne.

Denna se sentó en una silla.

—Y ¿qué ha llevado a estos tres jóvenes tan atractivos a salir esta noche?

—Estamos conspirando contra nuestros enemigos —respondió Simmon.

—Y celebrando una cosa —me apresuré a añadir.

Wilem alzó su copa:

—¡Confusión para el enemigo!

Simmon y yo fuimos a brindar, pero entonces caí en la cuenta de que Denna no tenía copa.

—Lo siento —dije—. ¿Puedo invitarte a algo?

—Confiaba en que me invitaras a cenar —contestó ella—. Pero me sentiría culpable si te hiciera abandonar a tus amigos.

Traté de encontrar una forma diplomática de librarme de Wil y de Sim.

—Estás dando por hecho que nosotros queremos estar con él —se me adelantó Wil—. Si te lo llevas, nos harás un favor.

Denna se inclinó hacia delante mirándolo de hito en hito, y en sus rosados labios se insinuó una sonrisa.

—¿En serio?

Wilem asintió con gravedad.

—Bebe más de lo que habla.

Denna me miró con gesto burlón.

—¿Tanto?

—Además —intervino Simmon con inocencia—, si desaprovechara la oportunidad de estar contigo, se pasaría varios días de un humor insoportable. Si lo dejas aquí, no nos servirá para nada.

Me puse colorado y sentí un irreprimible impulso de estrangular a Sim. Denna rió con dulzura.

—En ese caso, creo que será mejor que me lo lleve. —Se levantó con un movimiento como el de una rama de sauce doblándose al viento y me ofreció una mano. Yo se la cogí—. Wilem, Simmon, espero volver a veros pronto.

Mis amigos le dijeron adiós con la mano, y nosotros nos dirigimos hacia la puerta.

—Me caen bien —dijo Denna—. Wilem es como una piedra bajo el agua. Simmon es como un chiquillo chapoteando en un arroyo.

Su descripción me hizo reír.

—Ni yo mismo lo habría expresado mejor. ¿Has dicho algo de una cena?

—Mentía —confesó Denna sin remordimiento—. Pero me encantaría esa copa que me has ofrecido.

—¿Qué te parece La Espita?

Arrugó la nariz.

—Demasiados ancianos y muy pocos árboles. Hace una noche estupenda para estar al aire libre.

Señalé la puerta.

—Tú delante.

Denna obedeció. Me regodeé con la luz que Denna emanaba y con las miradas de los hombres envidiosos. Cuando salimos del Eolio, hasta Deoch parecía un poco celoso. Pero al pasar a su lado, detecté un extraño destello en sus ojos. ¿Tristeza? ¿Lástima?

No me detuve a identificarlo. Estaba con Denna.

Compramos una hogaza de pan moreno y una botella de vino de fresas de Aven. Luego buscamos un rincón apartado en uno de los muchos jardines públicos que había repartidos por toda Imre. Las primeras hojas secas del otoño danzaban por las calles. Denna se quitó los zapatos y bailó con suaves movimientos entre las sombras, deleitándose con el tacto de la hierba en la planta de los pies.

Nos sentamos en un banco, bajo un gran sauce; luego encontramos un sitio más cómodo, en el suelo, junto al tronco del árbol. El pan era oscuro y compacto, y la tarea de partirlo ofrecía distracción a nuestras manos. El vino era dulce y ligero, y después de que Denna besara la botella, le dejó los labios húmedos durante una hora.

Se percibía la desesperación de la última noche templada del verano. Hablamos de todo y de nada, y la proximidad de Denna, su forma de moverse, el sonido de su voz rozando la atmósfera otoñal apenas me dejaban respirar.

—Hace un momento tenías la mirada extraviada —dijo—. ¿En qué pensabas?

Me encogí de hombros para ganar tiempo. No podía decirle la

verdad. Sabía que todos los hombres debían de piropearla, de cubrirla de halagos más empalagosos que las rosas. Tomé un camino más sutil:

—Una vez, uno de los maestros de la Universidad me dijo que había siete palabras que hacían que una mujer te amara. —Sacudí los hombros fingiendo indiferencia—. Estaba preguntándome cuáles serían esas siete palabras.

—¿Por eso hablas y hablas sin parar? ¿Confías en dar con ellas por casualidad?

Abrí la boca para responder. Entonces, al ver sus chispeantes ojos, apreté los labios e intenté disimular mi rubor y mi bochorno. Denna me puso una mano en el brazo.

—No te calles por mi culpa, Kvothe —dijo con dulzura—. Echaría de menos el sonido de tu voz.

Bebió un sorbo de vino.

—Además, no hace falta que pienses mucho. Las dijiste la primera vez que nos vimos. Dijiste: «Me preguntaba qué podrías estar haciendo aquí». —Hizo un gesto displicente—. Desde ese momento fui tuya.

Mi mente me llevó hasta nuestro primer encuentro en la caravana de Roent. Me quedé atónito.

—Creía que no te acordabas.

Denna, que estaba partiendo un trozo de pan, se quedó quieta y me miró con extrañeza.

—Que no me acordaba, ¿de qué?

—Que no te acordabas de mí. Que no te acordabas de nuestro encuentro en la caravana de Roent.

—Pero bueno —dijo—, ¿cómo iba a olvidar al chiquillo pelirrojo que me dejó para ir a la Universidad?

Me quedé demasiado atónito para aclarar que yo no la había dejado. En realidad, no.

—Nunca habías vuelto a mencionarlo.

—Tú tampoco —replicó ella—. Quizá pensara que te habías olvidado de mí.

—¿Olvidarme de ti? ¿Cómo iba a olvidarme de ti?

Al oír eso sonrió, pero agachó la cabeza y se miró las manos.

—Te sorprenderían las cosas que olvidan los hombres —dijo; luego, en un tono más ligero, añadió—: Bueno, quizá no. Estoy segura de que tú también has olvidado cosas, porque eres un hombre.

—Recuerdo tu nombre, Denna. —Me sentí bien al decírselo—. ¿Por qué te lo cambiaste? ¿O era Denna el nombre que utilizabas cuando ibas por el camino hacia Anilin?

—Denna —dijo ella en voz baja—. Casi la había olvidado. Era una niña muy tonta.

—Era como una flor que se abre.

—Parece que haga una eternidad que dejé de ser Denna. —Se frotó los brazos desnudos y miró alrededor, como si de pronto la inquietara que alguien pudiese encontrarnos allí.

—Entonces, ¿quieres que te llame Dianne? ¿Lo prefieres?

El viento agitó las ramas del sauce cuando Denna ladeó la cabeza y me miró. Su cabello imitó el movimiento de los árboles.

—Eres muy bueno. Creo que prefiero que me llames Denna. Cuando tú lo dices suena diferente. Dulce.

—Entonces no se hable más. Te llamaré Denna —dije con decisión—. Por cierto, ¿qué pasó en Anilin?

Una hoja cayó flotando y se posó en su cabello. Denna se la quitó distraídamente.

—Nada bueno —contestó esquivando mi mirada—. Pero tampoco nada inesperado.

Alargué una mano y Denna me dio la hogaza de pan.

—En fin, me alegro de que volvieras —dije—. Mi Aloine.

Hizo un ruidito impropio de una dama.

—Por favor, si alguno de nosotros dos es Savien, soy yo. Yo fui la que vino a buscarte —aclaró—. Dos veces.

—Yo también te he buscado —protesté—. Lo que pasa es que, por lo visto, no se me da bien encontrarte. —Denna puso los ojos en blanco—. Si pudieras recomendarme un momento y un lugar propicios para buscarte, sería muy diferente... —Dejé la frase en el aire, convirtiéndola en una pregunta—. ¿Quizá mañana?

Denna me miró de reojo, sonriente.

—Eres siempre tan prudente... —dijo—. Nunca he conocido a

ningún hombre que avance con tanto cuidado. —Me miró a los ojos, como si lo que acababa de decir fuera un acertijo que tuviera solución—. Creo que mañana a mediodía será un momento propicio. En el Eolio.

Sentí una oleada de calor al pensar que volveríamos a vernos.

—«Me preguntaba qué podrías estar haciendo aquí» —dije en voz alta, recordando aquella conversación que habíamos mantenido hacía una eternidad—. Después me llamaste mentiroso.

Denna se inclinó hacia delante y me tocó la mano con gesto consolador. Olía a fresas, y sus labios eran de un rojo peligroso incluso a la luz de la luna.

—¿Ves qué bien te conocía, ya entonces?

Pasamos horas hablando, hasta muy entrada la noche. Yo hablaba dando sutiles rodeos sobre cómo me sentía, porque no quería pasarme de atrevido. Me parecía que ella hacía lo mismo, pero no estaba seguro. Era como si realizáramos una de esas complicadas danzas cortesanas modeganas en que las parejas se sitúan a escasos centímetros uno de otro, pero (si son buenos bailarines) sin llegar a tocarse.

Así llevábamos la conversación. Pero no solo nos faltaba el tacto para guiarnos: también parecíamos sordos. De modo que danzábamos con mucho cuidado, sin saber exactamente qué música escuchaba el otro, sin saber siquiera si el otro estaba bailando.

Deoch montaba guardia en la puerta, como siempre. Al verme, me saludó con la mano.

—¡Maese Kvothe! Me temo que tus amigos ya se han marchado.

—Me lo imaginaba. ¿Hace mucho que se han ido?

—No, hace solo una hora. —Levantó los brazos por encima de la cabeza e hizo una mueca. Luego los dejó caer a los lados del cuerpo y dio un hondo suspiro.

—¿Estaban enfadados porque los he dejado plantados?

Deoch sonrió.

—No mucho. Se han encontrado con un par de beldades. No tan bellas como la tuya, desde luego. —Se quedó un momento turbado, y luego habló despacio, como si eligiera las palabras con mucho cuidado—: Mira, Kvothe... Ya sé que no soy nadie para decirte esto, y espero que no te lo tomes mal. —Miró alrededor y de pronto escupió—. Maldita sea. No se me dan nada bien estas cosas.

Volvió a mirarme e hizo un ademán impreciso.

—Mira, las mujeres son como el fuego, como las llamas. Algunas son como velas, luminosas e inofensivas. Algunas son como chispas, o como brasas, o como las luciérnagas que perseguimos las noches de verano. Algunas son como hogueras, un derroche de luz y de calor para una sola noche, y quieren que después las dejen en paz. Algunas son como el fuego de la chimenea: no muy espectaculares, pero por debajo tienen cálidas y rojas brasas que arden mucho tiempo.

»Pero Dianne... Dianne es como una cascada de chispas que sale de un afilado cuchillo de hierro que Dios acerca a la piedra de afilar. No puedes evitar mirar, no puedes evitar desearla. Hasta es posible que acerques una mano durante un segundo. Pero no puedes dejarla allí. Te partirá el corazón...

La velada estaba demasiado reciente en mi memoria para que yo prestara mucha atención a las advertencias de Deoch. Sonreí.

—Deoch, mi corazón es más duro que el cristal. Cuando ella lo golpee, comprobará que es fuerte como el latón al hierro, o como una mezcla de oro y adamante. No creas que no soy consciente, que soy como un ciervo asustado que se queda paralizado al oír las cornetas de los cazadores. Es ella quien debería andarse con cuidado, porque cuando lo golpee, mi corazón producirá un sonido tan hermoso y tan claro que la hará venir hacia mí volando.

Mis palabras sorprendieron a Deoch, que rió.

—Dios mío, qué valiente eres. —Sacudió la cabeza—. Y qué joven. Me gustaría ser tan valiente y tan joven como tú. —Sin dejar de sonreír, se volvió para entrar en el Eolio—. Buenas noches.

—Buenas noches.

¿Que a Deoch le gustaría parecerse más a mí? Nunca me habían hecho un cumplido tan elogioso.

Pero lo mejor era que mis días de infructuosa búsqueda habían terminado. Había quedado con Denna al día siguiente, a mediodía, en el Eolio para «comer, hablar y pasear», como ella misma había dicho. Esa perspectiva me llenaba de alegría y de emoción.

Qué joven era. Qué desatinado. Qué sabio.

66

Volátil

Al día siguiente me levanté temprano, nervioso porque iba a comer con Denna. Como sabía que era inútil que intentara volver a dormirme, me fui a la Factoría. La noche anterior había gastado mucho y me quedaban exactamente tres peniques en el bolsillo. Estaba deseando aprovecharme de mi recién adquirida posición.

Normalmente trabajaba en la Factoría por la noche. Por la mañana, todo era muy diferente. Solo había quince o veinte personas ocupadas en sus proyectos. Por las noches había el doble de gente. Kilvin estaba en su despacho, como siempre, pero la atmósfera era más relajada: había movimiento, pero no bullicio.

Incluso vi a Fela en un rincón del taller, trabajando con cuidado un trozo de obsidiana del tamaño de una hogaza grande de pan. No me extrañaba que nunca la hubiera visto en el taller si tenía por costumbre ir tan temprano.

Pese a las advertencias de Manet, decidí hacer unos emisores azules para mi primer proyecto. Era un trabajo difícil, porque había que utilizar brea comehuesos, pero se venderían deprisa, y todo el proceso no me llevaría más de cuatro o cinco horas de meticuloso trabajo. No solo podría terminar a tiempo para ir a encontrarme con Denna en el Eolio, sino que podría pedirle un pequeño adelanto a Kilvin, y así tendría algo de dinero en la bolsa para comer con Denna.

Reuní las herramientas necesarias y me instalé en uno de los extractores que había en la pared este. Escogí un sitio cerca de un empapador, uno de los tanques de vidrio reforzado, de quinientos galones de capacidad, que había repartidos por el taller. Si se te caía encima algún material peligroso mientras trabajabas bajo un extractor, no tenías más que tirar de la manija del empapador y rociarte con agua fría.

Si tenía cuidado, no necesitaría el empapador, por supuesto. Pero era tranquilizador tenerlo cerca, por si acaso.

Después de armar el extractor, fui a la mesa donde estaba la brea comehuesos. Pese a saber que no era más peligrosa que una sierra de piedra o la rueda de aglomeración, no me sentía cómodo tan cerca del contenedor de metal bruñido.

Y ese día noté algo diferente. Llamé a uno de los artífices con más experiencia que pasó a mi lado. Jaxim tenía el aire demacrado típico de los artífices que trabajaban en un proyecto de gran magnitud, quizá porque dormían muy poco hasta que lo terminaban.

—¿Es normal que haya tanta escarcha? —le pregunté señalando el recipiente de brea comehuesos. Los bordes estaban recubiertos de finos hilos blancos de escarcha que parecían diminutos arbustos. Alrededor del metal, el aire temblaba de frío.

Jaxim le echó un vistazo y se encogió de hombros.

—Mejor demasiado frío que demasiado caliente —dijo con una risa forzada—. Ja, ja. ¡Bum!

Su respuesta me pareció lógica, y deduje que el hielo debía de tener algo que ver con el hecho de que en el taller hacía más frío a esa hora de la mañana. Todavía no había ningún horno encendido, y la mayoría de las fraguas aún estaban apagadas.

Moviéndome con cuidado, repasé mentalmente el procedimiento de decantación, asegurándome de que no se me había olvidado nada. Hacía tanto frío que echaba vaho por la boca. Se me congeló el sudor de las manos y se me pegaron los dedos a los cierres del contenedor, como cuando, en pleno invierno, a los niños curiosos se les pega la lengua al mango de una bomba de agua.

Trasvasé cerca de una onza de aquel líquido denso y oleoso al frasco de presión, y lo tapé rápidamente. Entonces volví al extractor y empecé a preparar mis materiales. Tras unos minutos de tensión, inicié el largo y meticuloso proceso de preparar e implantar un juego de emisores azules.

Pasadas dos horas, una voz a mis espaldas interrumpió mi concentración. No era una voz especialmente fuerte, pero tenía un tono de gravedad que nunca ignorabas cuando estabas en la Factoría.

La voz dijo:

—Oh, no.

Debido al trabajo que estaba haciendo, lo primero que hice fue mirar el contenedor de brea comehuesos. Noté una oleada de sudor frío al ver que el líquido negro salía por el borde del contenedor y resbalaba por la pata de la mesa de trabajo hasta formar un charco en el suelo. Reparé en que la gruesa madera de la pata de la mesa estaba corroída casi por completo; entonces oí un ligero chisporroteo y un burbujeo, y vi que el líquido que se estaba acumulando en el suelo empezaba a hervir. Solo se me ocurrió pensar en la afirmación de Kilvin durante la demostración: «Además de ser altamente corrosivo, el gas arde al entrar en contacto con el aire...».

La pata cedió y la mesa empezó a inclinarse. El contenedor de metal bruñido se volcó. Cuando golpeó el suelo de piedra, el metal estaba tan frío que no se resquebrajó ni se abolló, sino que se rompió en mil pedazos, como si fuera de cristal. Galones y galones del oscuro fluido se derramaron por el suelo del taller. La brea comehuesos se extendió por el suelo de piedra caliente y empezó a hervir, y la estancia se llenó de fuertes crujidos y estallidos.

Tiempo atrás, el ingenioso diseñador de la Factoría había instalado cerca de dos docenas de desagües en el taller para que fuera más fácil limpiarlo y en previsión de derramamientos. Es más, el suelo del taller describía suaves subidas y bajadas que enviaban los líquidos vertidos hacia esos desagües. Por eso, en cuanto estalló el contenedor, el oleoso líquido empezó a correr en direcciones opuestas, dirigiéndose hacia dos desagües diferentes. Al mismo tiempo, siguió hirviendo y formando densas nubes, oscuras como la brea, cáusticas y a punto de estallar en llamas.

Atrapada entre esos dos brazos de oscura niebla que seguía extendiéndose estaba Fela, que momentos antes trabajaba, sola, en una mesa apartada de un rincón. Se quedó allí plantada, con la boca entreabierta, conmocionada. Iba vestida con ropa sencilla, adecuada para trabajar en el taller: unos pantalones finos y una blusa de lino de manga corta. Llevaba el largo y oscuro cabello recogido en una cola de caballo que le llegaba casi hasta el trasero. Y estaba a punto de arder como una antorcha.

La gente empezó a darse cuenta de lo que estaba pasando, y la habitación se llenó de un ruido frenético. Todos daban órdenes o gritaban asustados; tiraban las herramientas y volcaban sus proyectos a medio terminar mientras corrían de un lado para otro.

Fela no había gritado ni había pedido ayuda; eso significaba que nadie más que yo se había percatado de que estaba en peligro. Si la demostración de Kilvin era cierta, deduje que todo el taller se convertiría en un mar de llamas y niebla cáustica en menos de un minuto. No tenía mucho tiempo...

Eché un vistazo a los proyectos abandonados que había encima de una mesa cercana, buscando algo que pudiera servirme. Pero no vi nada que pudiera serme útil: un revoltijo de bloques de basalto, carretes de alambre de cobre, una semiesfera de cristal con algunas inscripciones que seguramente estaba destinada a convertirse en una de las lámparas de Kilvin...

Y de pronto supe qué tenía que hacer. Cogí la semiesfera de cristal y la estrellé contra uno de los bloques de basalto. La semiesfera se rompió, y me quedé con un fino y curvado trozo de cristal roto del tamaño de la palma de mi mano. Con la otra mano, cogí mi capa de la mesa y me alejé a grandes zancadas del extractor.

Apreté el pulgar contra el borde del trozo de cristal y noté un desagradable tirón, seguido de un intenso dolor. Sabía que me había hecho sangre, así que deslicé el dedo por el cristal y pronuncié un vínculo. Me coloqué enfrente del empapador y tiré el cristal al suelo; me concentré y pisé con fuerza, aplastándolo con el talón.

Me invadió un frío como jamás había sentido. No era el típico frío que sientes en la piel y en las extremidades en un día de invierno. Me sacudió como un rayo. Lo noté en la lengua, en los pulmones y en el hígado.

Pero ya tenía lo que quería. El vidrio reforzado del empapador se resquebrajó por mil sitios, y cerré los ojos en el preciso instante en que estallaba. Quinientos galones de agua me golpearon como un puño inmenso, impulsándome hacia atrás y empapándome hasta la piel. Y entonces eché a correr entre las mesas.

Fui muy rápido, pero no lo suficiente. Hubo una cegadora llamarada roja en un rincón del taller y la niebla empezó a prender, provocando lenguas de violentas llamas que se extendían en todas direcciones. El fuego calentaría el resto de la brea y la haría hervir más deprisa. Eso produciría más niebla, más fuego y más calor.

Corrí mientras el fuego se extendía siguiendo los dos regueros que formaba la brea comehuesos al fluir hacia los desagües. Las llamas ascendían con una ferocidad asombrosa, levantando dos cortinas de fuego que aislaban por completo aquel rincón del taller. Las llamas ya eran más altas que yo, y seguían creciendo.

Fela había logrado salir de detrás de la mesa de trabajo y, pegándose a la pared, se había acercado a uno de los desagües del suelo. Como la brea comehuesos caía por la rejilla, había un espacio, cerca de la pared, donde no había llamas ni niebla. Fela estaba a punto de pasar corriendo cuando de la rejilla empezó a salir a borbotones una oscura niebla. Fela dio un grito y se apartó. La niebla ardía al mismo tiempo que hervía, envolviéndolo todo en llamas.

Finalmente llegué más allá de la última mesa. Sin reducir el paso, contuve la respiración, cerré los ojos y salté por encima de la niebla, porque no quería que aquel horrible material corrosivo me tocara las piernas. Noté una intensa oleada de calor en las manos y en la cara, pero la ropa mojada impidió que me quemara y que me incendiara.

Como tenía los ojos cerrados, caí mal y me golpeé una cadera contra el tablero de piedra de una mesa. No hice caso y corrí hacia Fela.

Fela había ido apartándose del fuego hacia la pared exterior del taller, pero ahora me miraba de hito en hito, con las manos levantadas como si pudieran protegerla.

—¡Baja los brazos! —le grité mientras corría hacia ella abriéndome la empapada capa con ambas manos. No sé si me oyó con el rugido de las llamas, pero el caso es que Fela me entendió. Bajó las manos y avanzó hacia mi capa.

Al cubrir los últimos metros que nos separaban, miré hacia atrás y vi que el fuego estaba creciendo más aún de lo que yo esperaba. La niebla estaba pegada al suelo formando una capa de treinta centímetros, negra como el carbón. Las llamas eran tan altas que no podía ver al otro lado, y mucho menos calcular el grosor que había alcanzado la cortina de fuego.

Justo antes de que Fela se metiera bajo mi capa, la levanté para cubrirle por completo la cabeza.

—Voy a tener que sacarte en brazos —le grité al mismo tiempo que la envolvía con la capa—. Si intentas pasar caminando te quemarás las piernas.

Fela contestó algo, pero sus palabras quedaron amortiguadas por las capas de ropa mojada, y no la entendí en medio del estruendo del incendio.

La levanté, pero no la cogí en brazos delante del cuerpo, como el Príncipe Azul de un cuento de hadas, sino que me la cargué a un hombro, como si fuera un saco de patatas. Eché a correr hacia el fuego apretando su cadera contra mi hombro. El calor me golpeó la parte delantera del cuerpo y levanté el brazo que tenía libre para protegerme la cara; recé para que la humedad de los pantalones me salvara las piernas de parte del efecto corrosivo de la niebla.

Inspiré justo antes de entrar en contacto con el fuego, pero el aire era acre e hiriente. Tosí automáticamente y volví a llenarme los pulmones de aquel aire abrasador, y entonces entré en el muro de llamas. Noté el intenso frío de la niebla alrededor de mis pantorrillas, y corrí envuelto en fuego, tosiendo y aspirando aquel aire irrespirable. Me mareé y noté un sabor a amoníaco en la boca. Una parte distante y racional de mi mente pensó: «Claro, para hacerlo volátil».

Y luego, nada.

Cuando desperté, lo primero que pensé no fue lo que os imagináis. Aunque quizá tampoco os sorprenda mucho si habéis sido jóvenes alguna vez.

—¿Qué hora es? —pregunté, frenético.

—Primera campana después de mediodía —me contestó una voz femenina—. No intentes levantarte.

Me dejé caer en la cama. Tenía que haberme encontrado con Denna en el Eolio hacía una hora.

Miré alrededor. Me sentí desgraciado y se me hizo un nudo en el estómago. El característico olor a antiséptico me indicó que me encontraba en la Clínica. La cama también era reveladora: lo bastante cómoda para dormir, pero no tanto como para que te apeteciera quedarte allí tumbado más tiempo del imprescindible.

Giré la cabeza y vi un par de hermosos ojos verdes en un rostro rodeado de cabello rubio muy corto.

—Oh. —Volví a relajarme sobre la almohada—. Hola, Mola.

Mola estaba de pie junto a uno de los altos mostradores que bordeaban la habitación. La ropa que llevaba, oscura, como todos los que trabajaban en la Clínica, hacía que su pálido cutis destacara aún más.

—Hola, Kvothe —dijo, y siguió redactando el informe médico.

—Me han dicho que por fin te han ascendido a El'the —dije—. Felicidades. Todo el mundo sabe que te lo merecías hace mucho tiempo.

Mola levantó la cabeza y sus pálidos labios esbozaron una sonrisa.

—Por lo visto, el calor no te ha estropeado la lengua. —Dejó la pluma—. Por lo demás, ¿cómo te encuentras?

—Las piernas no me duelen, pero las tengo dormidas, de modo que supongo que me quemé pero que ya me has aplicado algún tratamiento. —Levanté la sábana y miré debajo; luego volví a ponerla en su sitio—. Y se ve que también me encuentro en un estado de desnudez avanzado. —De pronto sentí pánico—. ¿Y Fela? ¿Está bien?

Mola asintió con seriedad y se acercó a mi cama.

—Tiene un par de cardenales que se hizo cuando la soltaste, y algunas quemaduras en los tobillos. Pero salió mejor parada que tú.

—¿Y el resto de las personas que estaban en la Factoría?

—Sorprendentemente bien, teniendo en cuenta lo ocurrido. Algunas quemaduras causadas por el calor o por el ácido. Un caso de envenenamiento por metal, pero leve. El verdadero problema de los incendios suele ser el humo, pero lo que se quemó en la Factoría no desprendía humo.

—Echaba gases de amoníaco. —Respiré hondo varias veces—. Pero mis pulmones no parecen afectados —añadí, aliviado—. Solo respiré tres veces antes de desmayarme.

Llamaron a la puerta, y Sim asomó la cabeza.

—No estarás desnudo, ¿verdad?

—Casi del todo —contesté—. Pero las partes peligrosas están tapadas.

Wilem entró detrás de Sim; resultaba evidente que se sentía incómodo.

—No estás ni la mitad de rosado que antes —observó—. Supongo que eso es una buena señal.

—Le dolerán las piernas durante un tiempo, pero no hay daños permanentes —explicó Mola.

—Te he traído ropa limpia —dijo Sim alegremente—. La que llevabas quedó destrozada.

—Espero que hayas elegido algo adecuado de mi vasto vestuario —dije con aspereza para disimular mi bochorno.

Sim no me siguió la corriente.

—Apareciste sin zapatos, pero no he encontrado otro par en tu habitación.

—Es que no tengo otro par —dije, y cogí la ropa que me había llevado Sim—. No te preocupes. No será la primera vez que voy descalzo.

Salí de mi pequeña aventura sin ninguna lesión permanente. Sin embargo, me dolía todo el cuerpo. Tenía escaldaduras en el dorso de las manos y en la nuca, y quemaduras leves producidas por el ácido en las pantorrillas, de caminar por entre la niebla de fuego.

Pese a todo eso, recorrí cojeando los cinco largos kilómetros hasta Imre, con la esperanza de encontrar a Denna esperándome todavía.

Deoch me miró extrañado cuando atravesé la plaza hacia el Eolio. Me miró de arriba abajo sin disimulo.

—Dios mío. Parece que te hayas caído de un caballo. ¿Qué has hecho con tus zapatos?

—Yo también te deseo buenos días —dije con sarcasmo.

—Buenas tardes —me corrigió mirando el sol. Pasé a su lado, pero él levantó una mano y me detuvo—. Me temo que se ha marchado.

—Puñeta. Mierda. Me cago en... —Me desplomé; estaba demasiado cansado para maldecir mi suerte adecuadamente.

Deoch sonrió, compasivo.

—Ha preguntado por ti —dijo para consolarme—. Y te ha esperado mucho rato, casi una hora. Nunca había visto a esa chica quedarse tanto rato sentada.

—¿Se ha marchado con alguien?

Deoch se miró las manos; estaba jugando con un penique de cobre, pasándolo de un nudillo a otro.

—No es la clase de chica que está mucho tiempo sola... —Me miró con compasión—. Ha rechazado a unos cuantos, pero al final se ha marchado con un tipo. No creo que estuviera realmente con él, no sé si me explico. Lleva tiempo buscando un mecenas, y ese tipo tenía pinta de mecenas. Pelo canoso, rico... Ya sabes.

Suspiré.

—Si por casualidad la ves, ¿podrías decirle...? —Hice una pausa y traté de pensar cómo podría describir lo que había pasado—. ¿Se te ocurre una manera más poética de decir que he sufrido «un retraso inevitable»?

—Supongo que sí. Le describiré tu aspecto abatido y remarcaré que ibas descalzo. Te prepararé el terreno para que puedas pedirle perdón de rodillas.

Sonreí, a pesar de todo.

—Gracias.

—¿Puedo invitarte a una copa? —me preguntó Deoch—. Para mí es un poco pronto, pero siempre puedo hacer una excepción por un amigo.

Negué con la cabeza.

—Tengo que volver. Tengo cosas que hacer.

Fui cojeando hasta Anker's y encontré la taberna abarrotada de gente; no se hablaba de otra cosa que del incendio de la Factoría. Como no quería contestar ninguna pregunta, me senté en una mesa apartada y le pedí a una de las camareras que me llevara un cuenco de sopa y un poco de pan.

Mientras comía, mi bien entrenado oído iba captando fragmentos de las historias que contaba la gente. Entonces, al oírsela contar a otros, fue cuando tomé plena conciencia de lo que había hecho.

Estaba acostumbrado a que hablaran de mí. Como ya he dicho, me había preocupado de labrarme una reputación. Pero aquello era diferente; aquello era real. La gente ya empezaba a embellecer los detalles y a confundir las partes, pero el corazón de la historia seguía allí. Había salvado a Fela, me había lanzado al fuego y la había llevado a un lugar seguro. Como el Príncipe Azul de un cuento de hadas.

Era la primera vez que me sentía héroe, y no me desagradó la sensación.

67

Cuestión de manos

Después de comer en Anker's, decidí volver a la Factoría y ver los daños ocasionados por el incendio. Según las historias que había oído en la taberna, habían controlado el fuego muy deprisa. Si era cierto, quizá hasta pudiera terminar mis emisores azules. Si no, al menos podría recuperar mi capa.

Curiosamente, la mayor parte de la Factoría soportó el incendio sin sufrir muchos daños, pero la parte noreste del taller quedó prácticamente destrozada. Solo quedaba un revoltijo de piedra, cristales rotos y ceniza. Había relucientes manchas de cobre y de plata esparcidas por los tableros rotos de las mesas y por el suelo, porque muchos objetos metálicos se habían fundido por el calor del incendio.

Pero más inquietante aún que los escombros era el hecho de que el taller estuviera desierto. Era la primera vez que lo veía vacío. Llamé a la puerta del despacho de Kilvin, y luego me asomé. Vacío. Eso tenía cierto sentido. Sin Kilvin, no había nadie que organizara la limpieza.

Tardé dos horas más de lo que esperaba en terminar los emisores. Las heridas me distraían, y el vendaje del pulgar me impedía trabajar bien con una mano. Como en la mayoría de los trabajos de artificería, esa labor requería dos manos hábiles. Hasta el pequeño estorbo de un dedo vendado suponía un grave inconveniente.

Aun así, terminé el proyecto sin incidentes, y cuando me estaba preparando para probar los emisores oí a Kilvin en el pasillo, maldiciendo en siaru. Giré la cabeza justo a tiempo para verlo entrar a grandes zancadas y dirigirse a su despacho, seguido de uno de los guilers del maestro Arwyl.

Cerré el extractor y fui hacia el despacho de Kilvin poniendo mucho cuidado en dónde pisaba. A través de la ventana vi a Kilvin agitando los brazos como un granjero que espanta a los grajos. Llevaba las manos vendadas casi hasta los codos.

—Basta —dijo—. Puedo ocuparme de ellas yo solo.

El guíler le sujetó un brazo a Kilvin y le arregló el vendaje. Kilvin apartó las manos y las puso en alto, fuera del alcance del guíler.

—*Lhinsatva*. He dicho basta.

El guíler dijo algo en voz tan baja que no lo oí, pero Kilvin seguía sacudiendo la cabeza.

—No. Y no quiero que me administres más drogas. Ya he dormido suficiente.

Kilvin me hizo señas para que pasara.

—E'lir Kvothe. Necesito hablar contigo.

No sabía qué iba a pasar, pero entré en su despacho. Kilvin me miró de forma inquietante.

—¿Ves lo que he encontrado una vez apagado el incendio? —me preguntó.

Señaló una masa de tela oscura que había sobre su mesa de trabajo. Con cuidado, Kilvin levantó una esquina con una mano vendada, y reconocí los chamuscados restos de mi capa. Kilvin la sacudió con fuerza, y mi lámpara salió de entre los pliegues de la capa y rodó por la mesa.

—Hablamos de tu lámpara para ladrones hace solo dos días. Y hoy me la encuentro tirada donde cualquier personaje de dudosa reputación podría encontrarla y quedársela. —Me miró con el ceño fruncido—. ¿Qué tienes que decir?

Me quedé boquiabierto.

—Lo siento, maestro Kilvin. Estaba... Se me llevaron...

Me miró los pies sin dejar de fruncir el ceño.

—Y ¿por qué vas descalzo? Hasta un E'lir debería saber que no se puede ir descalzo en un sitio como este. Últimamente tu comportamiento ha sido muy imprudente. Estoy consternado.

Mientras yo tartamudeaba tratando de ofrecer una explicación, de pronto Kilvin mudó su severa expresión y esbozó una amplia sonrisa.

—Solo estaba bromeando, hombre —dijo con dulzura—. Te estoy enormemente agradecido por haber salvado del fuego a la Re'lar Fela. —Alargó un brazo para darme unas palmadas en el hombro, pero se lo pensó mejor al acordarse de que llevaba la mano vendada.

Sentí un profundo alivio, y todo mi cuerpo se relajó. Cogí la lámpara y le di vueltas con una mano. No parecía que el fuego la hubiera estropeado, ni que la brea comehuesos la hubiera corroído.

Kilvin cogió un saquito y lo puso encima de la mesa.

—Esto también estaba en tu capa —dijo—. Había muchas cosas en los bolsillos. Parecía la mochila de un calderero.

—Veo que está usted de buen humor, maestro Kilvin —dije con cautela, preguntándome qué analgésico le habrían administrado en la Clínica.

—Es verdad —repuso él alegremente—. ¿Conoces el dicho «*Chan Vaen edan Kote*»?

Intenté descifrarlo.

—Siete años... No sé qué significa *Kote*.

—«Espera un desastre cada siete años» —dijo Kilvin—. Es un dicho muy antiguo, y muy cierto. Este llevaba dos años de retraso. —Hizo un ademán con la mano vendada señalando las ruinas del taller—. Y ahora que ha llegado, ha resultado un desastre menor. Mis lámparas están intactas. No ha habido víctimas mortales. De todas las heridas leves, las mías han sido las peores, como debe ser.

Miré sus vendajes, y se me encogió el estómago al pensar que pudiera haberles pasado algo a sus diestras manos de artífice.

—¿Es grave? —pregunté con prudencia.

—Quemaduras de segundo grado —me contestó; yo iba a proferir una exclamación, pero Kilvin se me adelantó—: Son solo ampollas. Duelen, pero no conllevan una pérdida de movilidad a largo plazo. —Dio un suspiro de exasperación—. Sin embargo, me va a costar mucho trabajar durante los próximos tres ciclos.

—Si lo único que necesita son unas manos, yo podría prestarle las mías, maestro Kilvin.

El maestro hizo una respetuosa inclinación de cabeza.

—Es una oferta muy generosa, E'lir. Si fuera solo cuestión de manos, la aceptaría. Pero gran parte de mi trabajo implica sigaldrías con las que sería... —hizo una pausa, eligiendo con cuidado la siguiente palabra— desaconsejable que un E'lir tuviera contacto.

—Entonces debería ascenderme a Re'lar, maestro Kilvin —dije con una sonrisa—. Así podría serle de más utilidad.

Kilvin rió.

—Sí, eso podría ser una solución. Si sigues trabajando como hasta ahora.

Decidí cambiar de tema para no tentar a la suerte.

—¿Qué pasó con el recipiente?

—Demasiado frío —dijo Kilvin—. El metal era solo un armazón que protegía el recipiente de cristal que había dentro y que mantenía baja la temperatura. Sospecho que la sigaldría del contenedor sufrió algún daño, y que por eso se fue enfriando cada vez más. Cuando se congeló el reactivo...

Asentí con la cabeza: por fin lo entendía.

—Resquebrajó el contenedor interno de cristal. Como una botella de cerveza cuando se congela. Y entonces se comió el metal del contenedor.

Kilvin asintió.

—Jaxim me ha decepcionado —dijo con seriedad—. Me dijo que tú se lo habías comentado.

—Estaba convencido de que ardería todo el edificio —dije—. No entiendo cómo consiguió controlar el fuego con tanta facilidad.

—¿Con tanta facilidad? —repitió Kilvin, como si encontrara graciosas mis palabras—. Deprisa sí. Pero no sabía que hubiera sido fácil.

—¿Cómo lo hizo?

Me sonrió.

—Buena pregunta. ¿Qué crees tú?

—Bueno, oí decir a un alumno que salió usted de su despacho y que pronunció el nombre del fuego, como Táborlin el Grande. Dijo «fuego, apágate» y el fuego lo obedeció.

Kilvin dio una fuerte risotada.

—Me gusta esa versión —dijo sonriendo abiertamente detrás de su barba—. Pero yo también quiero preguntarte una cosa. ¿Cómo te las ingeniaste para atravesar el fuego? El reactivo produce unas llamas muy intensas. ¿Cómo es que no te quemaste?

—Me mojé con el agua de un empapador, maestro Kilvin —respondí.

Kilvin asintió con gesto pensativo.

—Jaxim te vio atravesar el fuego momentos después de que se derramara el reactivo. Los empapadores son rápidos, pero no tanto.

—Me temo que lo rompí, maestro Kilvin. Me pareció que era la única manera.

Kilvin miró a través de la ventana de su despacho con los ojos entornados y arrugó la frente; entonces fue hasta el otro extremo del taller, donde estaba el empapador roto. Se arrodilló y cogió un trozo de cristal con los dedos vendados.

—¿Puedes explicarme cómo demonios conseguiste romper mi empapador, E'lir Kvothe?

Su tono de voz revelaba un desconcierto tal que no pude evitar echarme a reír.

—Verá, maestro Kilvin: según los alumnos, lo rompí de un solo puñetazo de mi todopoderosa mano.

Kilvin volvió a sonreír.

—Esa versión también me gusta, pero no le doy crédito.

—Otras fuentes más fidedignas afirman que utilicé un trozo de hierro que cogí de una mesa.

Kilvin negó con la cabeza.

—Eres un chico inteligente, pero este vidrio reforzado lo fabriqué con mis propias manos. Ni Cammar podría romperlo con un martillo de yunque. —Tiró el trozo de cristal y se levantó—. Deja que los demás cuenten las historias que les plazca, pero que no haya secretos entre tú y yo.

—No es ningún misterio —admití—. Conozco la sigaldría del vidrio reforzado. Lo que puedo hacer lo puedo romper.

—Pero ¿qué fuente utilizaste? —preguntó Kilvin—. No podías tener nada preparado con tan poco tiempo... —Levanté el pulgar vendado—. Sangre —dijo el maestro, sorprendido—. Emplear el calor de tu sangre podría calificarse de imprudente, E'lir Kvothe. ¿Y la tiritona del simpatista? ¿Y si hubieras sufrido un choque hipotérmico?

—Mis opciones eran muy limitadas, maestro Kilvin —respondí.

Kilvin asintió, pensativo.

—Impresionante, desvincular lo que yo mismo fabriqué, y empleando solo sangre. —Empezó a pasarse una mano por la barba, pero como los vendajes se lo impedían, frunció la frente, irritado.

—¿Y usted, maestro Kilvin? ¿Cómo consiguió controlar el fuego?

—No lo hice pronunciando el nombre del fuego —admitió—. Si Elodin hubiera estado aquí, todo habría resultado mucho más sencillo. Pero como no conozco el nombre del fuego, tuve que apañármelas.

Lo miré con cautela; no estaba seguro de si estaba bromeando otra vez. A veces, el inexpresivo humor de Kilvin era difícil de detectar.

—¿Elodin conoce el nombre del fuego?

Kilvin asintió.

—Quizá haya una o dos personas más que también lo conocen en la Universidad, pero Elodin es quien mejor lo domina.

—El nombre del fuego —dije despacio—. Y si lo hubieran llamado, ¿el fuego los habría obedecido, como a Táborlin el Grande?

Kilvin volvió a asentir.

—Pero si eso son solo historias —protesté.

Kilvin me miró como si le hubiera hecho gracia.

—¿De dónde crees que salen las historias, E'lir Kvothe? Todos los cuentos tienen profundas raíces en la realidad.

—¿Qué clase de nombre es? ¿Cómo funciona?

Kilvin vaciló un momento, y luego se encogió de hombros.

—Es difícil explicarlo en este idioma. En cualquier idioma. Pregúntaselo a Elodin. Él se dedica a estudiar esas cosas.

Yo sabía de primera mano lo útil que podía resultar Elodin.

—Entonces, ¿qué hizo para detener el fuego?

—No tiene mucho misterio —contestó—. Estaba preparado para un accidente así, y tenía un frasquito con reactivo en mi despacho. Lo utilicé como vínculo y extraje calor del vertido. El reactivo se enfrió demasiado para hervir y el resto de la niebla se consumió. La mayor parte del reactivo se fue por los desagües mientras Jaxim y los demás esparcían cal y arena para controlar el que quedaba.

—No me lo creo —dije—. Esto era un horno. No puede ser que desplazara tantos taumos de calor. ¿Dónde iba a ponerlos?

—Tenía un devoracalores preparado para una emergencia así. El fuego es uno de los problemas más sencillos para los que me he preparado.

Yo no daba crédito a su explicación.

—Aun así, no es posible. Debía de haber... —Intenté calcular cuánto calor habría tenido que desplazar, pero me atasqué, porque no sabía por dónde empezar.

—Calculo que ochocientos cincuenta millones de taumos —dijo Kilvin—. Aunque para saber la cantidad exacta habría que comprobar la trampilla.

Me quedé sin habla.

—Pero... ¿cómo?

—Rápido —dijo Kilvin haciendo un elocuente ademán con las manos vendadas—, pero no fácil.

68

El viento cambiante

Pasé el día siguiente descalzo, sin capa y dándole vueltas a todo tipo de ideas deprimentes sobre mi vida. La novedad del papel de héroe perdió rápidamente peso a la luz de mi situación. Solo me quedaba una andrajosa muda de ropa. Las escaldaduras eran leves, pero me producían un dolor constante. No tenía dinero para comprar analgésicos ni ropa nueva. Masticaba corteza amarga de sauce, y amargos eran mis sentimientos.

Llevaba la pobreza colgada del cuello como una piedra. Jamás había sido tan consciente de la diferencia entre los otros estudiantes y yo. Todos los otros alumnos de la Universidad tenían una red de seguridad sobre la que caer. Los padres de Sim eran nobles atures. Wil pertenecía a una acaudalada familia de comerciantes del Shald. Si tenían problemas, ellos podían pedir dinero prestado con el aval de sus familias o escribir una carta a sus padres.

Yo, en cambio, no tenía dinero ni para comprarme unos zapatos. Solo tenía una camisa. ¿Cómo iba a quedarme en la Universidad el tiempo necesario para convertirme en arcanista? ¿Cómo iba a ascender si no tenía acceso al Archivo?

A mediodía estaba ya tan desanimado que le hablé mal a Sim durante la comida y discutimos como un matrimonio. Wilem no intervino en la discusión, y no apartó la vista de su plato. Al final, en un patente intento de levantarme la moral, me invitaron a ir a ver *Tres peniques por un deseo* al otro lado del río, al día siguiente. Acepté la invitación, porque me habían dicho que los actores representaban el texto original de Feltemi, y no una de las versiones expurgadas. Era una obra que encajaba muy bien con mi estado de ánimo, llena de humor macabro, de tragedias y de traiciones.

Después de comer vi que Kilvin ya había vendido la mitad de mis emisores. Como iban a ser los últimos emisores azules que se fabricaran durante un tiempo, los había sacado a buen precio, y obtuve una comisión de algo más de un talento y medio. Suponía que Kilvin había inflado un poco el precio, lo cual hería mi orgullo, pero no se le mira el diente a un caballo regalado.

Sin embargo, ni siquiera eso mejoró mi ánimo. Ya podía comprarme unos zapatos y una capa de segunda mano. Si trabajaba como un condenado durante el resto del bimestre, podría ganar suficiente para pagarle los intereses a Devi y también para cubrir mi matrícula. Esa perspectiva no me producía ninguna alegría. Era más consciente que nunca de lo precario de mi situación. Estaba al borde del desastre.

Estaba tan deprimido que me salté la clase de Simpatía Avanzada y me fui a Imre. La posibilidad de ver a Denna era lo único que podía levantarme un poco la moral. Todavía tenía que explicarle por qué no había acudido a nuestra cita para comer.

De camino al Eolio me compré unas botas bajas, buenas para caminar y lo bastante abrigadas para los meses de invierno que se avecinaban. Mi bolsa volvió a quedar casi vacía. Al salir de la tienda del zapatero, conté apesadumbrado las monedas: tres iotas y un drabín. Había tenido más dinero cuando vivía en las calles de Tarbean...

—Hoy llegas en un buen momento —dijo Deoch cuando me acerqué al Eolio—. Hay alguien esperándote.

Sonreí como un idiota, le di unas palmadas en el hombro y entré en la taberna.

No vi a Denna, sino a Fela sentada a una mesa, sola. Stanchion estaba de pie charlando con ella. Al verme, Stanchion me hizo señas para que me acercara y fue a ocupar su sitio de siempre en la barra; al pasar a mi lado, me dio unas cariñosas palmaditas en la espalda.

Fela se levantó y corrió hacia mí. Por un instante creí que iba a lanzarse a mis brazos como si fuéramos dos amantes que se reencuentran de una tragedia atur. Pero Fela se detuvo poco antes, con la oscura melena oscilando. Estaba tan guapa como siempre, pero con un enorme cardenal en uno de sus prominentes pómulos.

—Oh, no —dije, y me llevé una mano a la cara—. ¿Eso te lo hiciste cuando te solté? Lo siento mucho.

Fela me miró con incredulidad, y luego se echó a reír.

—¿Me estás pidiendo perdón por haberme salvado de un infierno?

—Solo por la última parte, cuando me desmayé y te dejé caer. Fui muy estúpido. Se me olvidó contener la respiración y aspiré el aire envenenado. ¿Tienes otras magulladuras?

—Sí, pero ninguna que pueda enseñarte en público —contestó componiendo una mueca y moviendo las caderas de una forma que encontré sumamente turbadora.

—Espero que no sea nada grave.

Fela me miró con fiereza.

—Pues sí. Espero que la próxima vez lo hagas mejor. Cuando a una chica le salvan la vida, espera recibir un trato más caballeroso hasta el final.

—Tienes razón —dije, más relajado—. Lo consideraremos un ejercicio práctico.

Hubo un momento de silencio, y la sonrisa de Fela se apagó un tanto. Alargó una mano hacia mí; entonces vaciló y la dejó caer junto al cuerpo.

—En serio, Kvothe... Fue la peor experiencia de mi vida. Había fuego por todas partes...

Bajó la mirada y parpadeó varias veces seguidas.

—Estaba convencida de que iba a morir. Lo sabía. Pero me quedé allí plantada como... como un conejo asustado. —Levantó la cabeza, parpadeando para contener las lágrimas, y volvió a sonreír. Su sonrisa era más hermosa que nunca—. Y entonces te vi correr hacia el fuego. Fue lo más asombroso que he visto jamás. Fue como... ¿Has visto alguna vez una representación de *Daeonica*?

Asentí y sonreí.

—Fue como ver a Tarso saliendo del infierno. Atravesaste las llamas, y entonces comprendí que no iba a pasarme nada. —Dio un pasito hacia mí y me puso una mano en el brazo. Noté su calor a través de la camisa—. Estaba a punto de morir... —Se interrumpió, abochornada—. Vaya, me estoy repitiendo.

Sacudí la cabeza.

—No es verdad. Te vi. Estabas buscando una forma de salir.

—No. Estaba allí plantada. Como esas niñitas tontas de los cuentos que me leía mi madre. Siempre las odié. Me preguntaba: «¿Por qué no arroja a la bruja por la ventana? ¿Por qué no envenena la comida del ogro?». —Fela tenía la cabeza agachada y se miraba los pies; el cabello le ocultaba la cara. Su voz fue volviéndose más y más débil, hasta reducirse a poco más que un susurro—. «¿Por qué se queda quieta esperando que la salven? ¿Por qué no hace ella algo para salvarse?»

Puse una mano sobre la suya tratando de consolarla. Al hacerlo, noté algo. Su mano no era delicada y frágil, como yo esperaba. Era fuerte y callosa, una mano de escultor curtida a base de largas horas de trabajo con el martillo y el cincel.

—No tienes manos de doncella —comenté.

Fela me miró y vi que tenía los ojos brillantes y estaba a punto de llorar. De pronto dio una risotada que a la vez era también un sollozo.

—¿Que no tengo... qué?

Me ruboricé de vergüenza al darme cuenta de lo que había dicho, pero me mantuve firme.

—No tienes las manos de una princesa frágil que pasa las horas haciendo encaje y que espera que llegue algún príncipe a salvarla. Son las manos de una mujer capaz de trepar por una cuerda hecha con su propio cabello para alcanzar la libertad, o de matar al ogro que la ha capturado mientras duerme. —La miré a los ojos—. Y son las manos de una mujer que habría conseguido salir del incendio por sí sola si yo no hubiera estado allí. Un poco chamuscada, quizá, pero nada más.

Me llevé su mano a los labios y la besé. Me pareció que era lo que me correspondía hacer.

—Aun así, me alegro de haber estado allí para ayudar. —Sonreí—. Así que... ¿como Tarso?

Fela volvió a deslumbrarme con su sonrisa.

—Como Tarso, el Príncipe Azul y Oren Velciter, los tres juntos —dijo riendo. Me cogió la mano—. Ven a ver. Tengo una cosa para ti.

Fela me llevó a la mesa donde había estado sentada y me dio un fardo de tela.

—Les pregunté a Wil y a Sim qué podía regalarte, y nos pareció apropiado... —Hizo una pausa, como si de pronto la venciera la timidez.

Era una capa de color verde oscuro, de tela buena y de corte elegante. Y no se la había comprado a ningún vendedor ambulante. Era la clase de prenda que yo jamás podría aspirar a comprarme.

—Le pedí al sastre que le cosiera unos cuantos bolsillitos —dijo Fela, nerviosa—. Wil y Sim mencionaron que ese detalle era importante.

—Es preciosa —dije.

Fela volvió a sonreír.

—Tuve que calcular las medidas a ojo —admitió—. A ver si te sienta bien. —Me quitó la capa de las manos y se acercó más a mí; me la colgó de los hombros y me rodeó con los brazos en algo muy parecido a un abrazo.

Me quedé allí plantado, por decirlo con las palabras de Fela, como un conejo asustado. Fela estaba tan cerca de mí que yo notaba su calor, y cuando se inclinó para ajustarme la capa sobre los hombros, uno de sus pechos me rozó un brazo. Me quedé quieto como una estatua. Por encima del hombro de Fela, vi sonreír a Deoch, que estaba apoyado en el marco de la puerta del local.

Fela se retiró, me miró con ojo crítico y volvió a acercárseme para hacer algún pequeño ajuste en el cierre de la capa, sobre mi pecho.

—Sí, te va bien —dijo—. Realza el color de tus ojos. Aunque tus ojos no lo necesitan. Son la cosa más verde que he visto jamás. Como un pedazo de primavera.

Fela se apartó para admirar su obra, y entonces vi una figura inconfundible que salía del Eolio por la puerta principal. Era Denna. Solo vi un atisbo de su perfil, pero la reconocí con la certeza con que reconocería las palmas de mis manos. Me pregunté qué habría visto, y qué conclusiones sacaría.

Mi primer impulso fue echar a correr hacia la puerta. Explicarle por qué había faltado a nuestra cita de dos días atrás. Decirle que lo sentía. Aclarar que la mujer que me estaba abrazando solo me estaba haciendo un regalo, nada más.

Fela alisó la capa sobre mi hombro y me miró con unos ojos que solo unos instantes antes brillaban con una punta de lágrimas.

—Me queda perfecta —sentencié cogiendo la tela y abriéndola hacia un lado—. Es mucho más de lo que merezco, y no deberías haberte molestado, pero te lo agradezco.

—Quería que supieras cuánto valoro lo que hiciste. —Alargó un brazo y volvió a tocarme el brazo—. En realidad esto no es nada. Si alguna vez puedo hacer algo por ti... Si necesitas un favor... Solo tienes que pedírmelo. —Hizo una pausa y me miró con extrañeza—. ¿Estás bien?

Miré más allá de Fela, hacia la puerta. Denna podía estar ya en cualquier sitio. No podría alcanzarla.

—Sí, estoy bien —mentí.

Fela me invitó a una copa y charlamos un rato. Me sorprendió enterarme de que había estado trabajando con Elodin durante los últimos meses. Hacía esculturas para él, y a cambio, el maestro intentaba, a veces, enseñarle algo. Puso los ojos en blanco. Elodin la despertaba en plena noche y la llevaba a una cantera abandonada que había al norte de la ciudad. Le ponía arcilla húmeda en los zapatos y la hacía caminar todo el día con ellos. Hasta... Se ruborizó y sacudió la cabeza, interrumpiendo su relato. Yo sentía curiosidad, pero como no quería que se sintiera incómoda, no insistí, y ambos estuvimos de acuerdo en que el maestro estaba como una regadera.

Pasé todo ese rato sentado de cara a la puerta, con la vana esperanza que Denna regresara y de que pudiese explicárselo todo.

Al final Fela volvió a la Universidad para asistir a su clase de Matemáticas Abstractas. Yo me quedé en el Eolio, con una copa en la mano y pensando cómo podría arreglar las cosas entre Denna y yo. Me habría gustado pillar una buena borrachera y ponerme sensiblero, pero no tenía dinero para eso, así que volví despacio, cojeando, al otro lado del río mientras se ponía el sol.

Me disponía a hacer una de mis excursiones al tejado de la Principalía cuando comprendí la importancia de una cosa que me había dicho Kilvin. Si toda la brea comehuesos se hubiera colado por los desagües...

Auri. Vivía en los túneles que había debajo de la Universidad. Corrí hacia la Clínica tan aprisa como me lo permitió mi lamentable estado. Por el camino tuve un golpe de suerte y vi a Mola cruzando el patio. Le grité y le hice señas para que me esperara.

Mola me miró con recelo cuando me acerqué a ella.

—No irás a darme una serenata, ¿verdad?

Aparté mi laúd con timidez y negué con la cabeza.

—Necesito que me hagas un favor. Tengo una amiga que podría estar herida.

Mola dio un suspiro.

—Tendrías que...

—No puedo pedir ayuda en la Clínica. —Dejé que mi ansiedad se reflejara en mi voz—. Por favor, Mola. Te prometo que no tardaremos más de media hora, pero tenemos que ir ahora mismo. Temo que ya sea demasiado tarde.

Mi tono de voz debió de convencerla.

—¿Qué le pasa a tu amiga?

—Quizá haya sufrido quemaduras. O intoxicación por ácido. O por humo. Como los que estaban ayer en la Factoría, cuando hubo el incendio. Quizá peor.

Mola echó a andar.

—Voy a mi habitación a buscar mi material.

—Si no te importa, te espero aquí. —Me senté en un banco cercano—. Si te acompaño tardaremos más.

Me senté y traté de ignorar mis diversas quemaduras y magulladuras, y cuando volvió Mola la llevé al ala sudoeste de la Principalía, donde había tres chimeneas decorativas.

—Podemos subir al tejado por aquí.

Mola me miró con extrañeza, pero de momento parecía dispuesta a no hacer más preguntas.

Trepé poco a poco por la chimenea, afirmando las manos y los pies en las protuberancias de la piedra. Aquella era una de las formas más fáciles de subir al tejado de la Principalía. La había elegido, en parte, porque no estaba seguro de la habilidad de Mola para trepar, y en parte, porque mis heridas habían mermado considerablemente la mía.

Mola subió conmigo al tejado. Todavía llevaba el oscuro uniforme de la Clínica, pero encima se había puesto una capa gris que había cogido de su habitación. Di un rodeo para no tener que andar por las zonas más peligrosas. Hacía una noche despejada, y el creciente de luna nos alumbraba.

—Si fuera más ingenua —dijo Mola cuando rodeábamos una alta chimenea de piedra— pensaría que me estás llevando a un sitio apartado con algún propósito siniestro.

—¿Qué te hace pensar que no lo estoy haciendo? —pregunté.

—No me parece que seas de esos —repuso ella—. Además, apenas puedes andar. Si intentaras algo, no me costaría mucho tirarte del tejado.

—No temas herir mis sentimientos —dije con una risita—. Aunque no estuviera medio lisiado, podrías tirarme del tejado.

Tropecé un poco con un caballete que no había visto y estuve a punto de caerme, porque me fallaron los reflejos. Me senté en una parte del tejado algo más alta que el resto y esperé a que se me pasara el mareo.

—¿Te encuentras bien? —me preguntó Mola.

—Supongo que no. —Me puse trabajosamente en pie—. Está detrás de ese otro tejado —dije—. Quizá sería mejor que esperaras aquí y no hicieses ruido. Por si acaso.

Fui hacia el borde del tejado. Miré hacia abajo, donde estaban los setos y el manzano. No había luz en las ventanas.

—¿Auri? —llamé en voz baja—. ¿Estás ahí? —Esperé. Me estaba poniendo nervioso por momentos—. Auri, ¿estás herida?

Nada. Empecé a maldecir por lo bajo.

Mola se cruzó de brazos.

—Mira, creo que ya he tenido mucha paciencia. ¿Te importaría contarme qué está pasando?

—Sígueme y te lo explicaré. —Fui hacia el manzano y empecé a bajar poco a poco por él. Bordeé el seto hasta la rejilla de hierro. De la rejilla salía un débil pero persistente olor a amoníaco. Tiré de la rejilla, y esta se levantó unos centímetros antes de quedar atascada con algo—. Hace unos meses conocí a una persona y me hice amiga de ella —dije mientras, nervioso, deslizaba una mano entre los barrotes—. Vive aquí abajo. Me preocupa que haya sufrido algún daño. Gran parte del reactivo se coló por los desagües de la Factoría.

Mola se quedó un rato callada.

—Lo dices en serio. —Palpé a tientas debajo de la rejilla, tratando de entender por qué Auri la mantenía cerrada—. ¿A quién se le ocurriría vivir aquí abajo?

—A una persona asustada —repliqué—. Una persona a la que le dan miedo los ruidos fuertes, y la gente, y el cielo abierto. Tardé casi un mes en convencerla para que saliera de los túneles, y mucho más para que se acercara lo suficiente a mí para poder hablar con ella.

Mola suspiró.

—Si no te importa, voy a sentarme. —Se dirigió hacia el banco—. Llevo todo el día de pie.

Seguí palpando debajo de la rejilla, pero por mucho que lo intentara, no conseguía encontrar ningún cierre. Sintiéndome cada vez más frustrado, agarré la rejilla y tiré de ella con fuerza varias veces. La rejilla hizo varios ruidos metálicos, pero no se abrió.

—¿Kvothe? —Levanté la cabeza, miré hacia el borde del tejado y vi a Auri allí de pie; su silueta se destacaba contra el cielo nocturno, y su fino cabello formaba una nube alrededor de su cabeza.

—¡Auri! —La tensión me abandonó de golpe, dejándome débil y flojo—. ¿Dónde te habías metido?

—Había nubes —dijo ella, y echó a andar por el borde del tejado hacia el manzano—. Así que salí a buscarte por arriba. Pero está saliendo la luna, así que he vuelto.

Auri descendió por el árbol y se paró en seco al ver a Mola, envuelta en su capa, sentada en el banco.

—He venido con una amiga, Auri —dije con toda la dulzura de que fui capaz—. Espero que no te moleste.

Hubo una larga pausa.

—¿Es buena?

—Sí, claro que es buena.

Auri se relajó un poco y se acercó más a mí.

—Te traía una pluma con viento de primavera, pero como te has retrasado... —me miró con gravedad— voy a regalarte una moneda. —Alargó un brazo y me la tendió, sujeta entre el pulgar y el índice—. Te protegerá por la noche. Te protegerá cuanto pueda protegerte, claro. —Tenía la forma de una pieza de penitencia atur, pero la luna le arrancaba destellos plateados. Nunca había visto una moneda parecida.

Me arrodillé, abrí el estuche del laúd y saqué un pequeño fardo.

—Yo te he traído tomates, judías y una cosa especial. —Le tendí el saquito de piel en el que me había gastado casi todo mi dinero dos días atrás, antes de que empezara a tener problemas—. Sal marina.

Auri lo cogió y miró en su interior.

—Pero qué bonito, Kvothe. ¿Qué hay en la sal?

«Restos minerales —pensé—. Cromo, basalio, malio, yodo... Todo lo que tu cuerpo necesita y seguramente no puede obtener de las manzanas, del pan ni de lo que consigues gorronear cuando no te encuentro.»

—Sueños de peces —contesté—. Y canciones de marineros.

Auri cabeceó, satisfecha, y se sentó; extendió el paño y colocó su comida encima con el mismo cuidado de siempre. Me quedé mirándola mientras ella empezaba a comer; metía una judía en la sal y luego le daba un mordisco. No parecía herida, pero había poca luz y era difícil estar seguro.

—¿Te encuentras bien, Auri?

Ella ladeó la cabeza y me miró con gesto de curiosidad.

—Hubo un gran incendio. Bajó por los desagües. ¿Lo viste?

—Ya lo creo —contestó Auri abriendo mucho los ojos—. Se esparció por todas partes, y las musarañas y los mapaches corrían en todas direcciones tratando de escapar.

—¿Te alcanzaron las llamas? —pregunté—. ¿Te quemaste?

Auri negó con la cabeza y sonrió como una niña pequeña.

—Ah, no. A mí no podían alcanzarme.

—¿Estuviste cerca del fuego? —insistí—. ¿Respiraste el humo?

—¿Por qué iba a respirar el humo? —Auri me miró como si fuera tonto—. Ahora toda la Subrealidad huele a meados de gato. —Arrugó la nariz—. Excepto Bajantes y Trapo.

Me calmé un poco, pero vi que Mola empezaba a removerse inquieta en el banco.

—¿Puedo decirle a mi amiga que se acerque, Auri?

Auri se quedó quieta cuando estaba a punto de meterse una judía en la boca, pero se relajó y asintió, haciendo que su fino cabello se arremolinara alrededor de su cara.

Le hice señas a Mola, que empezó a caminar despacio hacia nosotros. Yo estaba un poco preocupado por cómo iría el encuentro. A mí me había costado más de un mes lograr que Auri saliera de los túneles que había debajo de la Universidad, donde vivía. Me preocupaba que una mala reacción por parte de Mola pudiera asustar a Auri y hacerla esconderse bajo tierra, donde no tendría ninguna posibilidad de encontrarla.

Señalé a Mola, que se había quedado de pie, y dije:

—Te presento a mi amiga Mola.

—Hola, Mola. —Auri levantó la cabeza y sonrió—. Tienes el pelo del color del sol, como yo. ¿Te apetece una manzana?

Mola, precavida, mantuvo un gesto inexpresivo.

—Gracias, Auri. Sí, me apetece.

Auri se puso en pie de un brinco y corrió hacia las ramas del manzano que colgaban por encima del tejado. Luego volvió corriendo hasta nosotros; su cabello ondulaba tras ella como una bandera. Le dio una manzana a Mola.

—Esta tiene un deseo dentro —dijo con toda naturalidad—. Asegúrate de que sabes lo que quieres antes de morderla. —Dicho eso, se sentó de nuevo y se comió otra judía, masticándola con recato.

Mola miró la manzana largo rato antes de darle un mordisco.

Después de eso, Auri terminó enseguida de comer y ató el saquito de sal.

—Y ahora, ¡toca! —exclamó—. ¡Toca!

Sonriendo, cogí mi laúd y pasé las manos por las cuerdas. Por fortuna, el pulgar donde tenía la herida era el de la mano izquierda, con la que componía los acordes, lo cual era un inconveniente relativamente menor.

Miré a Mola mientras afinaba el instrumento.

—Si quieres, puedes marcharte —le dije—. No querría darte una serenata involuntariamente.

—No, no te vayas —suplicó Auri, muy seria—. Su voz es como una tormenta, y sus manos conocen todos los secretos ocultos bajo la fría y oscura tierra.

Mola compuso una sonrisa.

—Bueno, supongo que vale la pena que me quede.

Así que toqué para las dos, mientras nos acompañaba el acompasado movimiento de las estrellas en el firmamento.

—¿Por qué no se lo has dicho a nadie? —me preguntó Mola cuando deshacíamos nuestro camino por los tejados.

—No me pareció oportuno —contesté—. Si Auri quisiera que alguien supiese que está ahí, me imagino que se lo habría dicho ella misma.

—Ya sabes a qué me refiero —dijo Mola con enojo.

—Sí, sé a qué te refieres. —Di un suspiro—. Pero ¿qué conseguiría con eso? Auri es feliz donde está.

—¿Feliz? —dijo Mola con incredulidad—. Va vestida con harapos y está desnutrida. Necesita ayuda. Comida y ropa.

—Le llevo comida —dije—. Y también le llevaré ropa, tan pronto como... —Vacilé, porque no quería reconocer mi miseria—. Tan pronto como pueda.

—¿Por qué esperar? Si le dijeras a alguien...

—Vale —dije con sarcasmo—. Estoy seguro de que Jamison vendría aquí corriendo con una caja de bombones y un colchón de plumas si supiera que hay una alumna chiflada y medio muerta de hambre que vive debajo de la Universidad. La encerrarían. Lo sabes muy bien.

—No necesariamente... —Mola no insistió, porque sabía que yo tenía razón.

—Mola: si vienen a buscarla, se esconderá en los túneles. La asustarán, y yo perderé las pocas oportunidades que tengo de ayudarla.

Mola se cruzó de brazos y me miró.

—Está bien. De momento. Pero quiero que me acompañes hasta aquí otro día. Le traeré algo de ropa. Le irá grande, pero será mejor que la que tiene.

Negué con la cabeza.

—Eso no funcionará. Hace un par de ciclos le traje un vestido de segunda mano. Dice que ponerse la ropa de otra persona es una guarrada.

Mola me miró con gesto de desconcierto.

—No me ha parecido que fuera ceáldica. Para nada.

—Quizá sea que la educaron así, sencillamente.

—¿Te encuentras mejor?

—Sí —mentí.

—Estás temblando. —Alargó una mano—. Toma, apóyate en mí.

Me ceñí mi capa nueva, me sujeté a su brazo y volví lentamente a Anker's.

69

El viento o el capricho de una mujer

Durante los dos ciclos siguientes, mi capa nueva me abrigó en mis ocasionales viajes a Imre, adonde seguía yendo pese a que nunca encontraba a Denna. Siempre tenía algún pretexto para cruzar el río: pedirle prestado un libro a Devi, quedar con Threpe para comer, tocar en el Eolio... Pero la verdadera razón era Denna.

Kilvin vendió el resto de mis emisores, y mi humor mejoró a medida que se me curaban las quemaduras. Tenía dinero para permitirme ciertos lujos, como jabón y una segunda camisa para sustituir la que había perdido. Ese día había ido a Imre a comprar unas virutas de basalio que necesitaba para el proyecto en que estaba trabajando: una gran lámpara simpática que funcionaba con dos emisores que me había quedado para mí. Esperaba obtener un considerable beneficio con ella.

Quizá parezca extraño que constantemente estuviera comprando materiales para mis trabajos de artificería al otro lado del río, pero la verdad es que los comercios que había cerca de la Universidad se aprovechaban de la pereza de los estudiantes e inflaban los precios. A mí me merecía la pena ir hasta Imre para ahorrarme un par de peniques.

Después de comprar las virutas de basalio, me dirigí al Eolio. Deoch estaba en el sitio de siempre, apoyado en el umbral.

—He estado vigilando por si veía a tu chica —me dijo.

Molesto por lo transparentes que debían de ser mis intenciones, masculló:

—No es mi chica.

Deoch puso los ojos en blanco.

—Está bien. La chica. Denna, Dianne, Dyanae... Como sea que se haga llamar últimamente. No le he visto el pelo. Hasta he indagado un poco, pero hace un ciclo que nadie la ve. Debe de haberse marchado de la ciudad. Ella es así. Siempre desaparece cuando menos te lo esperas.

Traté de disimular mi decepción.

—No hacía falta que te tomaras la molestia —dije—. Pero gracias de todas formas.

—No preguntaba solo por ti —admitió Deoch—. A mí también me gusta.

—Ah, ¿sí? —dije con toda la neutralidad de que fui capaz.

—No me mires así. No puedo competir contigo. —Esbozó una sonrisa tortuosa—. Al menos no esta vez. Yo no tengo estudios universitarios, pero sé ver la luna en una noche despejada. Soy lo bastante listo para no poner la mano dos veces en el mismo fuego.

Abochornado, traté de controlar la expresión de mi rostro. No suelo dejar que mis emociones se reflejen libremente en mi cara.

—Entonces, Denna y tú...

—Stanchion todavía se burla de mí por haber cortejado a una chica a la que doblo la edad. —Encogió tímidamente los anchos hombros—. Pero todavía siento cariño por ella. Ahora, sobre todo, me recuerda a mi hermana pequeña.

—¿Cuánto tiempo hace que la conoces? —pregunté con curiosidad.

—Bueno, yo no diría exactamente que «la conozco», chico. Pero sí, me encontré con ella hará unos dos años. Quizá no tanto. Un año y algo... —Deoch se pasó las manos por su cabello rubio y arqueó la espalda para desperezarse; los músculos de sus brazos tensaron la tela de la camisa. Entonces se relajó dando un explosivo suspiro y miró hacia el patio, casi vacío—. Todavía faltan unas horas para que empiece a llegar gente. ¿Quieres darle a un viejo una excusa para sentarse y tomarse una copa? —Señaló el interior de la taberna con la cabeza.

Miré al alto, musculoso y bronceado Deoch.

—¿Un viejo? Todavía conservas el pelo y los dientes, ¿no? ¿Cuántos años tienes? ¿Treinta?

—No hay nada que haga sentirse más viejo a un hombre que una mujer joven. —Me puso una mano en el hombro—. Vamos, tómate algo conmigo. —Fuimos hasta la larga barra de caoba, y Deoch se puso a murmurar mientras examinaba las botellas—. La cerveza embota la memoria, el aguardiente le prende fuego, pero el vino es lo mejor para un corazón dolorido. —Hizo una pausa y me miró con la frente arrugada—. No recuerdo cómo sigue. ¿Y tú?

—Nunca lo había oído —repuse—. Pero Teccam afirma que de todos los licores, el vino es el único adecuado para recordar. Decía que un buen vino proporciona claridad y concentración, al mismo tiempo que permite cierta reconfortante coloración de la memoria.

—No está mal —dijo él, y buscó en los estantes hasta que encontró una botella; la acercó a una lámpara y la examinó—. Vamos a verla bajo una luz rosada, ¿te parece? —Cogió dos vasos y me precedió hasta una mesa de un rincón del local.

—Así que hace tiempo que conoces a Denna —dije mientras Deoch servía el vino rosado en los vasos.

Deoch se recostó en la pared.

—Más o menos.

—Y ¿cómo era entonces?

Deoch reflexionó un rato, y me sorprendió que meditara tanto su respuesta. Bebió un sorbo de vino.

—Igual que ahora —contestó por fin—. Supongo que más joven, aunque no puedo afirmar que ahora parezca mayor que entonces. Siempre me pareció que era mayor de lo que aparentaba. —Frunció el ceño—. No mayor, sino...

—¿Más madura? —sugerí.

Deoch negó con la cabeza.

—No. No sé cómo explicártelo. Es como cuando contemplas un gran roble. Lo que te llama la atención no es que sea más viejo que los otros árboles, ni más alto. Pero tiene algo que otros árboles más jóvenes no tienen. Complejidad, solidez, trascendencia.

—Deoch frunció el ceño, irritado—. Creo que es la peor comparación que he hecho jamás.

Sonreí sin proponérmelo.

—Me alegra comprobar que no soy el único que tiene problemas para describirla con palabras.

—No es fácil describirla —coincidió Deoch, y se bebió el resto del vino. Cogió la botella y la decantó suavemente sobre mi copa. Me bebí el vino, y Deoch rellenó los dos vasos—. Entonces era igual de inquieta que ahora, e igual de extravagante. Igual de guapa. Su belleza te quitaba el aliento y te destrozaba el corazón. —Volvió a encogerse de hombros—. Ya te digo, igual que ahora. Liviana, ocurrente, con una voz encantadora... Adorada por los hombres y despreciada por las mujeres.

—¿Despreciada? —pregunté.

Deoch me miró como si no entendiera mi pregunta.

—Las mujeres odian a Denna —dijo sin rodeos, como si repitiera algo que ambos sabíamos ya.

—¿Que la odian? —Esa idea me desconcertó—. ¿Por qué?

Deoch me miró con incredulidad y soltó una carcajada.

—Dios mío, es verdad que no entiendes nada de mujeres, ¿eh? —En otras circunstancias, ese comentario me habría irritado, pero Deoch lo había dicho sin ninguna malicia—. Piénsalo. Denna es guapa y encantadora. Los hombres la siguen como ciervos en celo. —Hizo un ademán de displicencia—. Es lógico que a las mujeres les moleste.

Recordé lo que había dicho Sim sobre Deoch apenas un ciclo atrás: «Ya ha vuelto a hacerse con la mujer más guapa del lugar. Hay para odiarlo».

—Siempre me ha parecido que estaba muy sola —comenté—. Quizá sea por eso.

Deoch asintió con solemnidad.

—Tienes razón. Nunca la veo con otras mujeres, y con los hombres tiene tan mala suerte como... —Hizo una pausa, buscando una comparación—. Como... Maldita sea. —Dio un suspiro de frustración.

—Bueno, ya sabes lo que dicen: buscar la analogía adecuada es tan difícil como... —Adopté una expresión pensativa—. Tan difícil como... —Hice como si quisiera atrapar algo con una mano.

Deoch rió y sirvió más vino en los vasos. Empecé a relajarme. Existe una clase de camaradería que solo se da entre los hombres que han peleado contra los mismos enemigos o que han conocido a las mismas mujeres.

—¿Entonces también desaparecía de repente? —pregunté.

Deoch asintió.

—Sin previo aviso. Se marchaba sin más. A veces durante un ciclo; otras, durante meses.

—«No hay veleidad como la del viento o el capricho de una mujer» —cité. Mi intención era hacer un comentario reflexivo, pero sonó amargo—. ¿Tienes idea de por qué?

—Lo he pensado mucho —repuso Deoch con aire filosófico—. En parte creo que es por su carácter. Podría deberse, sencillamente, a que tiene sangre de trotamundos en las venas.

Al oír eso, mi enojo remitió un poco. Cuando vivía con la troupe, a veces mi padre nos hacía levantar campamento y dejar un pueblo aunque nos hubieran recibido bien y aunque la gente se hubiera mostrado generosa con nosotros. Más tarde, me explicaba sus razones: una mirada hostil del alguacil, demasiados suspiros de las esposas del pueblo...

Pero a veces mi padre no tenía ningún motivo para marcharse. «Los Ruh somos viajeros, hijo. Cuando el instinto me dice que me ponga en camino, sé que debo confiar en él», decía.

—Seguramente todo se debe a sus circunstancias —continuó Deoch.

—¿Sus circunstancias? —pregunté, intrigado. Cuando estábamos juntos, Denna nunca me hablaba de su pasado, y yo nunca la presionaba para que lo hiciera. Entendía perfectamente que alguien no quisiese hablar mucho de su pasado.

—Bueno, no tiene familia, ni ninguna fuente de ingresos. Tampoco tiene amigos de verdad que la ayuden a salir de un apuro si surge la necesidad.

—Yo tampoco tengo nada de eso —refunfuñé; el vino me había puesto un poco hosco.

—Pero no es lo mismo —dijo Deoch con una pizca de reproche—. Los hombres tenemos muchas oportunidades para abrirnos paso en el mundo. Tú has encontrado tu sitio en la Universidad, y si no lo hubieras encontrado, seguirías teniendo otras opciones. —Me miró con complicidad—. ¿Qué opciones tiene una joven hermosa sin familia, sin dote y sin hogar?

Deoch empezó a contar ayudándose con los dedos:

—Puede mendigar y prostituirse. O convertirse en la amante de algún noble, lo cual viene a ser más de lo mismo. Y ambos sabemos que nuestra Denna no es de esas que se dejan mantener ni que se convierten en la fulana de alguien.

—Podría dedicarse a otras cosas —dije contando también con los dedos—. Costurera, tejedora, sirvienta...

Deoch dio un resoplido y me miró con desdén.

—Venga, chico. No seas inocente. Ya sabes cómo son esos trabajos. Y sabes que de una mujer hermosa y sin familia siempre acaban aprovechándose, como de una prostituta, solo que le pagan menos.

Las palabras de Deoch me ruborizaron un poco; más de lo que me habrían ruborizado si no hubiera estado bebiendo vino. Notaba los labios y las yemas de los dedos un poco adormecidos.

Deoch volvió a llenar los vasos.

—No se le puede reprochar que vaya adonde la lleve el viento. Tiene que aprovechar las oportunidades cuando se le presentan. Si surge la posibilidad de viajar con alguien a quien le guste cómo canta, o con un comerciante que confíe en que su bonito rostro le ayude a vender su mercancía, ¿quién va a reprocharle que levante campamento y se marche de la ciudad?

»Y yo tampoco me atrevo a echarle en cara que aproveche sus encantos. Los jóvenes nobles la cortejan, le hacen regalos, le compran ropa y joyas. —Encogió los anchos hombros—. Si ella vende esas cosas para subsistir, no veo nada malo en ello. Son regalos, y puede hacer con ellos lo que quiera.

Deoch me miró con fijeza.

—Pero ¿qué puede hacer cuando alguno de esos caballeros se toma demasiadas confianzas con ella? ¿O cuando se enfada porque ella le niega lo que él considera que le corresponde porque ha pagado por ello? ¿Qué recursos tiene ella? No tiene familia, ni amigos, ni estabilidad económica. No tiene alternativa. Lo único que puede hacer es entregarse a él, a regañadientes... —Deoch adoptó una expresión adusta—. O marcharse. Marcharse a toda prisa y buscar un clima mejor. No debería sorprendernos que atraparla sea más difícil que atrapar una hoja llevada por el viento.

Sacudió la cabeza mirando la mesa.

—No, no la envidio. Ni la juzgo. —Su diatriba parecía haberlo dejado cansado y un tanto avergonzado. No me miró cuando dijo—: Por eso yo la ayudaría, si ella me dejara. —Levantó la cabeza y compuso una apesadumbrada sonrisa—. Pero a ella no le gusta estar en deuda con nadie. No le gusta ni pizca. —Suspiró y vertió las últimas gotas de la botella en los vasos.

—Me la has mostrado desde otra perspectiva —dije con sinceridad—. Me avergüenzo de no haberlo visto yo mismo.

—Bueno, te llevo ventaja —repuso él—. Hace más tiempo que la conozco.

—Aun así, te lo agradezco —dije alzando mi vaso.

Deoch alzó el suyo.

—Por Dyanae —dijo—. La más encantadora.

—Por Denna, fuente de delicias.

—Joven e indomable.

—Radiante y bella.

—Siempre buscada, siempre sola.

—Tan sabia y tan imprudente —dije yo—. Tan jovial y tan triste.

—Dioses de mis antepasados —repuso Deoch con solemnidad—, haced que siga siempre así: inmutable e incomprensible, y libradla de todo mal.

Bebimos y dejamos nuestros vasos en la mesa.

—Déjame pagar otra botella —dije. Con eso iba a agotar el crédito que tenía en la taberna, pero me estaba encariñando con Deoch, y la idea de no invitarlo a una ronda me mortificaba.

—Torrente, piedra y cielo —maldijo Deoch frotándose la cara—. Claro que no te dejo. Otra botella y estaremos en el río cortándonos las venas antes de que se ponga el sol.

Le hice una seña a una camarera.

—No digas tonterías —repuse—. Nos pasaremos a algo menos lacrimógeno que el vino.

Cuando volvía a la Universidad, no me di cuenta de que me seguían. Quizá porque Denna ocupaba mi pensamiento y no dejaba sitio para nada más. Quizá porque llevaba tanto tiempo viviendo de forma civilizada que los instintos que había desarrollado en Tarbean empezaban a fallarme.

Seguramente, el aguardiente de mora también tuvo algo que ver. Deoch y yo habíamos pasado mucho rato hablando, y entre los dos nos habíamos bebido media botella. Yo me había llevado el resto del aguardiente, porque sabía que a Simmon le gustaba mucho.

En fin, supongo que poco importa por qué no me percaté de su presencia. El resultado habría sido el mismo. Cuando iba por una zona escasamente iluminada de Newhall Lane, noté que me golpeaban en la nuca con un objeto contundente. Me metieron, casi inconsciente, en un callejón cercano.

Solo quedé aturdido un momento, pero cuando recobré el conocimiento, una gran mano me tapaba la boca.

—Muy bien, inútil —dijo el tipo enorme que estaba detrás de mí—. Tengo un puñal. Si te mueves, te lo clavo. Así de fácil. —Noté que me hincaba algo en las costillas, bajo el brazo izquierdo—. Comprueba el rastreador —le dijo a su acompañante.

En la penumbra del callejón solo alcancé a distinguir una alta silueta. El tipo agachó la cabeza y se miró la mano.

—No veo bien.

—Pues enciende una cerilla. Tenemos que asegurarnos.

Mi ansiedad empezó a transformarse en puro pánico. Aquello no era un simple atraco en un callejón. Ni siquiera me habían buscado dinero en los bolsillos. Aquello era otra cosa.

—Sabemos que es él —dijo el alto, impaciente—. Acabemos con esto cuanto antes. Tengo frío.

—Y un cuerno. Compruébalo ahora que lo tenemos. Ya lo hemos perdido dos veces. No quiero cagarla otra vez, como en Anilin.

—Odio esto —dijo el alto mientras rebuscaba en sus bolsillos, supongo que buscando una cerilla.

—Eres imbécil —dijo el que estaba detrás de mí—. Así es más limpio. Más sencillo. Nada de confusas descripciones. Nada de nombres. No hay que preocuparse por los disfraces. Sigues la dirección que marca la aguja, encuentras al tipo y fuera.

El tono desapasionado de sus voces me aterrorizó. Esos hombres eran profesionales. Comprendí, con repentina certeza, que Ambrose había tomado por fin medidas para asegurarse de que yo no volvería a molestarlo.

Traté de pensar e hice lo único que se me ocurrió: solté la mediada botella de aguardiente. Se estrelló al chocar contra los adoquines, y de pronto la noche se impregnó de olor a moras.

—Genial —susurró el alto—. ¿Por qué no le dejas tocar una campana?

El que estaba detrás de mí me sujetó con fuerza por el cuello y me zarandeó con violencia, solo una vez. Como harías con un cachorro travieso.

—No hagas tonterías —dijo con enojo.

Me quedé quieto y sin ofrecer resistencia, confiando en que se calmara; entonces me concentré y murmuré un vínculo contra la gruesa mano del tipo.

—Cojones —dijo—. Esto te pasa por pisar crista… ¡Aaaah! —Dio un grito. El charco de aguardiente que había en el suelo empezó a arder.

Aproveché ese momento de distracción y me solté. Pero no fui lo bastante rápido. Mi agresor me hizo un corte en las costillas con el puñal cuando me aparté de él y eché a correr por el callejón.

Pero mi huida duró poco. El callejón sin salida terminaba en una alta pared de ladrillo. No había puertas, ni ventanas, ni nada detrás de lo que esconderme ni que pudiera utilizar para trepar por la pared. Estaba acorralado.

Me volví y vi a mis dos perseguidores cerrando la entrada del callejón. El más corpulento pisaba el suelo con furia tratando de apagar las llamas de sus pantalones.

Yo también tenía la pierna izquierda en llamas, pero no le di importancia. Si no me daba prisa, una pequeña quemadura sería un problema insignificante. Volví a mirar alrededor, pero el callejón estaba vacío. Ni siquiera había basura que pudiera utilizar como arma improvisada. Desesperado, busqué en los bolsillos de mi capa con la esperanza de que se me ocurriera algo. Llevaba encima unos trozos de alambre de cobre, inútiles. Sal: ¿y si se la echaba a los ojos? No. Manzana seca, pluma y tinta, una canica, cuerda, cera...

El tipo corpulento extinguió por fin las llamas, y los dos empezaron a avanzar despacio hacia mí. La luz del charco de aguardiente en llamas se reflejaba en la hoja de sus puñales.

Seguí buscando en mis innumerables bolsillos y encontré un bulto que no identifiqué. Entonces lo recordé: era el saquito de virutas de basalio que había comprado para fabricar mi lámpara simpática.

El basalio es un metal ligero, plateado, muy útil para ciertas aleaciones que necesitaba para construir mi lámpara. Manet, un maestro muy esmerado, me había descrito los peligros de todos los materiales que empleábamos. Si se calienta lo suficiente, el basalio arde con unas llamas intensas y blancas.

Abrí rápidamente el saquito. El problema era que no sabía si lo conseguiría. La mecha de vela o el alcohol son fáciles de encender. Solo necesitas una fuente concentrada de calor para que prendan. El basalio es diferente. Necesita mucho calor para prender; por eso no me preocupaba llevarlo en el bolsillo.

Los hombres se acercaron un poco más, y lancé el puñado de virutas de basalio describiendo un amplio arco. Intenté apuntarles a la cara, pero no abrigaba muchas esperanzas. Las virutas pesaban muy poco, y era como lanzar un puñado de nieve suelta.

Llevé una mano hacia las llamas que todavía tenía en la pernera del pantalón. Fijé mi Alar. El charco de aguardiente se apagó detrás de mis dos agresores, dejando el callejón totalmente a oscuras. Pero seguía sin haber suficiente calor. Desesperado, me toqué el costado ensangrentado, me concentré y sentí cómo un frío espantoso me traspasaba al extraer más calor de mi sangre.

Hubo una explosión de luz blanca. Había cerrado los ojos, pero a través de los párpados vi el cegador resplandor del basalio al inflamarse. Uno de los hombres gritó, aterrado. Cuando abrí los ojos, solo vi unos fantasmas azules danzando en mi campo de visión.

El grito se redujo a un leve gemido, y oí un golpetazo, como si uno de los hombres hubiera caído al suelo. El alto empezó a farfullar; su voz no era más que un asustado sollozo.

—¡Dios mío! Mis ojos, Tam. Estoy ciego.

Fui recuperando la visión hasta apreciar los vagos contornos del callejón. Distinguí las oscuras siluetas de mis asaltantes. Uno estaba arrodillado, con las manos delante de la cara; el otro estaba tendido, inmóvil, en el suelo, un poco más allá. Deduje que había echado a correr hacia la entrada del callejón y que se había golpeado contra una viga baja que había allí, perdiendo el conocimiento. Esparcidos por los adoquines, los restos de basalio chisporroteaban como diminutas estrellas de un blanco azulado.

El que estaba arrodillado no estaba ciego, sino solo deslumbrado; sin embargo, la ceguera pasajera duraría lo suficiente para que yo pudiera huir de allí. Pasé despacio a su lado, tratando de no hacer ruido. El tipo volvió a hablar, y el corazón empezó a latirme muy deprisa.

—¿Tam? —El hombre habló con voz chillona que delataba su miedo—. Te lo juro, Tam, me he quedado ciego. Ese crío me ha lanzado un rayo. —Lo vi ponerse a gatas y empezar a avanzar a tientas—. Tenías razón, no debimos venir. Con esa clase de gente es mejor no tener ningún trato.

Un rayo. Claro. El tipo no sabía nada de magia. Eso me dio una idea.

Respiré hondo para serenarme.

—¿Quién os ha enviado? —pregunté con mi mejor voz de Táborlin el Grande. No lo hacía tan bien como mi padre, pero no estaba mal.

El tipo corpulento dio un lastimero gemido y dejó de tantear el suelo.

—Se lo ruego, señor. No haga nada que...

—No volveré a preguntarlo —le corté, enojado—. Dime quién os ha enviado. Y si me mientes, lo sabré.

—No sé cómo se llama —respondió rápidamente—. Solo nos dio la media moneda y un pelo. No nos reveló su nombre. Ni siquiera lo vimos. Le juro que...

Un pelo. Eso que habían llamado «rastreador» debía de ser algún tipo de compás o brújula. Yo no sabía fabricar un artilugio tan avanzado, pero sabía en qué principios se basaba su funcionamiento. Con un trozo de mi pelo, el rastreador apuntaría hacia mí por mucho que yo corriera.

—Si vuelvo a veros a alguno de los dos, invocaré algo peor que el fuego y el rayo —dije con tono amenazador, y fui avanzando hacia la boca del callejón. Si conseguía hacerme con el rastreador, no tendría que preocuparme por que volvieran a localizarme. Estaba oscuro y llevaba la capucha de la capa puesta. Ni siquiera debían de saber qué aspecto tenía.

—Gracias, señor —balbuceó el tipo—. Le juro que no volverá a vernos. Gracias...

Miré al que estaba tendido en el suelo. Una de sus pálidas manos se destacaba contra los oscuros adoquines, pero no vi que sujetara nada. Miré alrededor, preguntándome si lo habría soltado. Lo más probable era que se lo hubiera guardado. Me acerqué un poco más con mucho sigilo, conteniendo la respiración. Alargué una mano hacia su capa para buscar en los bolsillos, pero había quedado aprisionada bajo su cuerpo. Lo cogí con cuidado por un hombro y lo empujé despacio...

Justo entonces, el tipo dio un débil gemido y acabó de darse la vuelta él solo. Uno de sus brazos cayó, inerte, sobre los adoquines y me golpeó una pierna.

Me gustaría decir que me limité a apartarme un poco porque sabía que aquel tipo estaba grogui y medio ciego. Me gustaría decir que permanecí sereno y que hice todo lo posible por seguir intimidándolos, o, al menos, que dije algo dramático o ingenioso antes de marcharme.

Pero estaría mintiendo. La verdad es que eché a correr como un ciervo asustado. Recorrí casi medio kilómetro hasta que la oscuridad y mi disminuida visión me traicionaron y choqué contra el ronzal de un caballo. Tropecé y me caí. Me quedé en el suelo, dolorido, sangrando y medio ciego. Solo entonces me di cuenta de que no me perseguían.

Me puse en pie maldiciéndome a mí mismo. Si hubiera conservado la calma, habría podido hacerme con el rastreador. Pero tendría que tomar otras precauciones.

Volví a Anker's, pero cuando llegué no había luz en ninguna ventana y la puerta de la posada estaba cerrada con llave. Así que, medio borracho y herido, trepé hasta mi ventana, quité el pestillo y tiré... Pero la ventana no se abrió.

Al menos hacía un ciclo que no volvía a la posada tan tarde como para tener que entrar por la ventana. ¿Se habrían oxidado los goznes?

Me apoyé bien en la pared, saqué mi lámpara de mano y la encendí, ajustándola para que emitiera solo una débil luz. Entonces vi que había algo metido a presión en la rendija del marco. ¿La habría atascado Anker a propósito?

Pero cuando lo toqué, vi que no era una cuña de madera. Era un trozo de papel doblado varias veces. Lo saqué de la rendija, y la ventana se abrió sin esfuerzo. Entré en mi habitación.

Tenía la camisa destrozada, pero cuando me la quité me alivió lo que vi. El corte del costado no era muy profundo; era irregular y me dolía, pero no era tan grave como las heridas que me habían hecho azotándome. La capa de Fela también estaba rota, y eso me fastidió. Pero, pensándolo bien, sería más fácil remendar la capa que mi riñón. Pensé que tenía que darle las gracias a Fela por haber elegido una tela buena y gruesa.

Coser la capa podía esperar. Imaginé que mis dos asaltantes ya se habrían recuperado del pequeño susto que les había dado y que debían de estar buscándome.

Dejé la capa en mi cuarto para no mancharla de sangre y salí por la ventana. Confiaba en que a aquellas horas de la noche, y con mi natural sigilo, no me viera nadie. No quería ni pensar en los rumores que empezarían a circular si alguien me veía corriendo por los tejados en plena madrugada, ensangrentado y desnudo hasta la cintura.

Cogí un puñado de hojas y me dirigí al tejado de unas caballerizas que daban al patio del banderín que había cerca del Archivo.

Bajo la débil luz de la luna, veía las oscuras e informes sombras de las hojas arremolinándose por encima del gris de los adoquines del suelo. Me pasé una mano por el cabello, con brusquedad, y me arranqué unos cuantos pelos. Entonces hinqué las uñas en una juntura de brea del tejado y utilicé la brea para enganchar un pelo a una hoja. Repetí esa operación una docena de veces, y luego lancé las hojas desde el tejado y vi cómo el viento las arrastraba en una alocada danza por el patio.

Sonreí al imaginarme a alguien tratando de localizarme ahora, persiguiendo una docena de contradictorias señales según las hojas revoloteaban en diferentes direcciones.

Había ido a ese patio en particular porque allí el viento formaba unas corrientes impredecibles. Me había fijado en ese fenómeno cuando empezaron a caer las primeras hojas del otoño. Se movían en una compleja y caótica danza por el patio adoquinado. Primero iban en una dirección, y luego en otra; nunca seguían un patrón predecible.

Una vez que te fijabas en los extraños movimientos del viento, era difícil ignorarlos. De hecho, visto desde el tejado, resultaba casi hipnótico. El movimiento te cautivaba como te cautiva el curso del agua de un arroyo o las llamas de una hoguera.

Esa noche, cansado y herido como estaba, los remolinos de las hojas me relajaron. Cuanto más miraba, menos caótico me parecía el movimiento. Hasta empecé a percibir un patrón subyacente en la forma en que el viento se movía por el patio. Si parecía caótico era solo porque era inmensa y maravillosamente complejo. Es más, parecía cambiar continuamente. Era un patrón compuesto de patrones cambiantes. Era...

—¿Siempre estudias hasta tan tarde? —dijo una débil voz a mis espaldas.

Salí de golpe de mi ensimismamiento y se me puso el cuerpo en tensión, preparado para echar a correr. ¿Cómo había logrado alguien subir hasta allí sin que yo me diera cuenta?

Era Elodin. El maestro Elodin. Llevaba unos pantalones remendados y una camisa holgada. Me saludó con la mano y se agachó hasta sentarse con las piernas cruzadas en el borde del tejado, con la misma naturalidad como si hubiéramos quedado para tomar algo en una taberna.

Miró hacia el patio.

—Esta noche es mejor que de costumbre, ¿verdad?

Me crucé de brazos y traté, sin éxito, de cubrirme el desnudo y ensangrentado torso. Entonces me fijé en que la sangre que tenía en las manos se había secado. ¿Cuánto rato llevaba allí sentado, inmóvil, observando el viento?

—Maestro Elodin —dije, y me callé. No tenía ni idea de qué podía decir en una situación como aquella.

—Por favor, aquí somos todos amigos. Llámame por mi nombre de pila: Maestro. —Esbozó una perezosa sonrisa y siguió mirando hacia abajo.

¿No se había fijado en qué estado me encontraba? ¿Quería ser educado conmigo? Quizá... Sacudí la cabeza. Con Elodin no valía la pena hacer elucubraciones. Yo sabía mejor que nadie que Elodin estaba completamente chiflado.

—Hace mucho tiempo —dijo Elodin tratando de entablar conversación, sin desviar la mirada del patio—, cuando la gente hablaba de otra forma, esto se llamaba Quoyan Hayel. Luego lo llamaron el Patio de las Interrogaciones; los estudiantes jugaban a escribir preguntas en trozos de papel que luego lanzaban al aire. Decían que podías adivinar la respuesta según la dirección en que tu trozo de papel saliera del patio. —Señaló las calles que partían del patio y discurrían entre los grises edificios—. Sí. No. Quizá. En otro sitio. Pronto.

Se encogió de hombros.

—Pero era un error. Una mala traducción. Creían que *Quoyan* era una raíz temprana de *quetentan*: interrogación. Pero no lo es. *Quoyan* significa «viento». En realidad, esto se llama «la Casa del Viento».

Esperé un momento por si Elodin tenía intención de decir algo más. Al ver que no continuaba, me levanté poco a poco.

—Es interesante, maestro... —titubeé, pues no sabía si lo que había dicho antes lo había dicho en serio—, pero tengo que irme.

Elodin asintió, distraído, e hizo un ademán que era, a la vez, un gesto de despedida y un gesto para que me retirara. No apartó la mirada del patio, y siguió observando el viento, siempre cambiante.

Regresé a mi habitación de Anker's y me quedé un largo minuto sentado a oscuras en la cama tratando de decidir qué podía hacer. No podía pensar con claridad. Estaba cansado, herido y todavía un poco borracho. La adrenalina, que hasta ese momento me había mantenido activo, empezaba a reducirse poco a poco, y me escocía y me dolía el costado.

Respiré hondo e intenté poner en orden mis ideas. Hasta entonces me había movido por instinto, pero necesitaba pensar con más cuidado.

¿Debía pedir ayuda a los maestros? Por un instante, la esperanza se iluminó en mi pecho, pero enseguida se apagó. No. No tenía ninguna prueba de que Ambrose fuera el responsable. Es más, si les contaba toda la historia, tendría que admitir que había utilizado la simpatía para cegar y quemar a mis atacantes. Tanto si lo había hecho en defensa propia como si no, no cabía duda de que aquello era felonía. Muchos estudiantes habían sido expulsados por menos que eso, solo para proteger la reputación de la Universidad.

No. No podía arriesgarme a que me expulsaran. Y si iba a la Clínica, me harían demasiadas preguntas. Y si me cosían la herida, la noticia de que había sufrido una agresión no tardaría en extenderse, y Ambrose sabría lo cerca que había estado de lograr su propósito. Prefería hacerle creer que había salido ileso.

No tenía ni idea de cuánto tiempo llevaban siguiéndome los asesinos a sueldo de Ambrose. Uno de ellos había dicho «Ya lo hemos perdido dos veces». Eso significaba que podían saber que tenía una habitación alquilada en Anker's. Quizá no estuviera a salvo allí.

Cerré la ventana, eché el pestillo y corrí la cortina; entonces encendí mi lámpara de mano. La luz reveló el trozo de papel que había encontrado metido en la rendija de la ventana, y del que me había olvidado.

Lo desdoblé y leí:

> Kvothe:
>
> Subir hasta aquí ha sido tan divertido como lo fue verte hacerlo. En cambio, abrir la ventana me ha costado un poco. Como no te he encontrado en casa, espero que no te importe que te coja un poco de papel y de tinta para dejarte esta nota. Como no estás tocando abajo, ni apaciblemente acostado, un cínico se preguntaría quizá qué estás haciendo a estas horas, y si estarás haciendo algo malo. ¡Ay! Esta noche tendré que volver a casa sin la tranquilidad de tu escolta ni el placer de tu compañía.
>
> Te eché de menos la pasada Abatida en el Eolio, pero aunque me había sido negada tu compañía, tuve la buena suerte de conocer a una persona muy interesante. Es un personaje muy peculiar, y estoy deseando contarte lo poco que sé de él. La próxima vez que nos veamos.
>
> Tengo una habitación en El Cisne y la Marisma de Imre. Ve a verme allí antes del veintitrés de este mes, por favor, y compartiremos esa comida que tenemos pendiente. Después me iré para ocuparme de mis asuntos.
>
> Tu amiga y aprendiz de ladrona de viviendas,
>
> Denna
>
> p.d.: Pongo en tu conocimiento que no me he fijado en el vergonzoso estado de las sábanas de tu cama, y que por lo tanto no he juzgado tu carácter.

Estábamos a día veintiocho. La carta no llevaba fecha, pero debía de llevar al menos un ciclo y medio en mi ventana. Denna debía de haberla dejado allí pocos días después del incendio de la Factoría.

Intenté analizar mis sentimientos. ¿Me halagaba que Denna me hubiera estado buscando? ¿Me enfurecía no haber encontrado antes la nota? En cuanto al «personaje» al que Denna había conocido...

De momento no podía procesar tanta información: estaba agotado, herido y un poco borracho todavía. Lo que hice fue limpiarme el corte lo mejor que pude en el lavamanos. Me habría dado unos puntos, pero no conseguía un buen ángulo. El corte empezó a sangrar otra vez, y rompí los trozos más limpios de mi estropeada camisa para improvisar un vendaje.

Sangre. Esos hombres que habían intentado matarme todavía tenían el rastreador, y seguro que había dejado algo de sangre en el puñal. La sangre resultaría mucho más eficaz en un rastreador que un simple pelo; eso significaba que aunque todavía no supieran dónde vivía, quizá pudieran encontrarme pese a las precauciones que yo había tomado.

Me apresuré y metí en mi macuto cuanto tenía algún valor, pues no sabía cuándo podría volver a mi habitación. Bajo un montón de papeles encontré una pequeña navaja de la que me había olvidado y que le había ganado a Sim jugando a esquinas. No me serviría de mucho en una pelea, pero de todas formas era mejor que nada.

Entonces cogí mi laúd y mi capa y bajé sin hacer ruido a la cocina, donde tuve la suerte de encontrar una vasija de vino de Velegen, de boca ancha. No era un hallazgo espectacular, pero tal como estaban las cosas, lo agradecí.

Me dirigí hacia el este y crucé el río, pero no llegué hasta Imre. Torcí un poco hacia el sur, donde había unos muelles, una sórdida posada y un puñado de casas en la orilla del ancho río Omethi. Era un pequeño puerto que dependía de Imre, demasiado pequeño para tener su propio nombre.

Metí mi ensangrentada camisa en la vasija de vino y la cerré herméticamente con un poco de cera simpática. Entonces la tiré al río Omethi y la vi bajar cabeceando río abajo. Si aquellos tipos trataban de localizarme utilizando la muestra que tenían de mi sangre, creerían que me iba hacia el sur. Y, con suerte, seguirían ese rastro.

70

Señales

A la mañana siguiente desperté de golpe, temprano. No sabía muy bien dónde estaba; solo sabía que no estaba donde debería, y que pasaba algo raro. Estaba escondido. Alguien me perseguía.

Estaba acurrucado en un rincón de una pequeña habitación, tumbado sobre una manta y envuelto en mi capa. Poco a poco comprendí que aquello era una posada. Había alquilado una habitación en una posada cerca de los muelles de Imre.

Me levanté y me desperecé con cuidado para que no se me abriera la herida. Había arrastrado la cómoda y la había puesto contra la única puerta de la habitación, y había asegurado la ventana con un trozo de cuerda, pese a que era demasiado pequeña para que pasara por ella una persona.

Al ver mis precauciones bajo la fría y azulada luz de la mañana, me avergoncé un poco. No recordaba si me había acostado en el suelo por temor a los asesinos o a las chinches. Fuera como fuese, era evidente que la noche anterior no pensaba con mucha claridad.

Recogí mi macuto y mi laúd y bajé la escalera. Tenía que trazarme un plan, pero antes necesitaba desayunar y darme un baño.

Pese a la ajetreada noche que había pasado, apenas había dormido hasta poco después del amanecer, así que no tuve problemas para entrar en el cuarto de baño. Después de lavarme y de volver a vendarme la herida, me sentí casi persona. Después de comerme un plato de huevos con un par de salchichas y patatas fritas, me sentí capaz de empezar a analizar mi situación. Es asombroso que resulte mucho más fácil pensar con el estómago lleno.

Me senté en un rincón de la pequeña posada del puerto tomándome a pequeños sorbos una taza de sidra de manzana recién prensada. Ya no me preocupaba que aquellos asesinos a sueldo se abalanzaran de pronto sobre mí. Sin embargo, me senté de espaldas a la pared, con una buena vista de la puerta.

Lo ocurrido el día anterior me había afectado, sobre todo, porque me había pillado desprevenido. En Tarbean, vivía todos los días bajo la amenaza de que alguien intentara matarme. La civilizada atmósfera de la Universidad me había hecho confiarme demasiado. Un año atrás, no me habrían pillado con la guardia baja; el ataque en sí no me habría sorprendido.

El instinto que había desarrollado en Tarbean me aconsejaba huir. Largarme de allí. Olvidarme de Ambrose y de sus ansias de venganza. Pero a esa parte salvaje de mí solo le importaba la seguridad. No tenía ningún plan.

No podía marcharme. Había invertido demasiado allí. Mis estudios. Mis vanas esperanzas de encontrar un mecenas y mis esperanzas, más sólidas, de entrar en el Archivo. Mis valiosos y escasos amigos. Denna...

A la hora del desayuno, empezaron a entrar en la posada marineros y estibadores, y poco a poco la estancia se llenó del suave murmullo de sus conversaciones. Oí el tañido de una campana a lo lejos y pensé que faltaba una hora para que empezara mi turno en la Clínica. Arwyl repararía en mi ausencia, y él no perdonaba esas faltas. Contuve el impulso de echar a correr hacia la Universidad. Todos sabíamos que a los alumnos que faltaban a clase los castigaban con matrículas más caras el bimestre siguiente.

Para entretenerme mientras reflexionaba sobre mi situación, saqué mi capa, aguja e hilo. El puñal con que me habían agredido la noche pasada le había hecho un corte de casi dos palmos. Empecé a coserlo dando puntadas diminutas para que no se notara mucho el remiendo.

Mientras tenía las manos ocupadas, mi cerebro iba trabajando. ¿Debía enfrentarme a Ambrose? ¿Amenazarlo? No. Él sabía que yo no podía presentar cargos sólidos contra él. Pero quizá pudiera convencer a algunos de los maestros de qué había ocurrido realmente. Kilvin se indignaría si se enteraba de que unos asesinos a sueldo estaban utilizando un rastreador, y quizá Arwyl...

—... un gran fuego azul. Murieron todos: quedaron tirados por el suelo como muñecas de trapo, y la casa se vino abajo alrededor de ellos. Me alegré de que ese sitio quedara destruido, eso te lo aseguro.

Me pinché en el dedo con la aguja mientras trataba de aislar esa conversación del murmullo general de la taberna. Unas mesas más allá, dos hombres bebían cerveza. Uno era alto y con calva incipiente; el otro, gordo y con barba pelirroja.

—Eres como una abuela —rió el gordo—. Te crees todos los chismes que oyes.

El alto sacudió la cabeza con gravedad.

—Estaba en la taberna cuando llegaron con la noticia. Buscaban a gente con carro para ir a buscar los cadáveres. Murieron todos los que habían asistido a la boda. Más de treinta personas destripadas como cerdos, y la casa en llamas. Llamas azules. Y eso no fue lo más raro, a juzgar por... —Bajó la voz y no oí lo que decía a continuación.

Tragué saliva. De pronto tenía la boca seca. Despacio, di la última puntada en la capa y la dejé. Vi que me sangraba la yema del dedo y, distraídamente, me lo chupé. Respiré hondo y bebí un sorbo de sidra.

Entonces fui hasta la mesa donde estaban hablando aquellos dos hombres.

—Caballeros, ¿por casualidad vienen ustedes de arriba del río?

Me miraron; era evidente que les había molestado la interrupción. Llamarlos «caballeros» había sido un error; debí llamarlos «amigos». El calvo asintió.

—¿Han pasado por Marrow? —pregunté eligiendo una ciudad del norte al azar.

—No —contestó el gordo—. Venimos de Trebon.

—Ah, bueno —dije, tratando de pensar una mentira plausible—. Tengo familia por allí, y pensaba ir a visitarla. —Me quedé en blanco; no sabía qué hacer para preguntar por los detalles de la historia que acababa de entreoír.

Tenía las palmas de las manos sudorosas.

—¿Se están preparando para el festival de la cosecha por allí arriba, o me lo he perdido ya? —pregunté sin convicción.

—Todavía lo están preparando —respondió el calvo, y me dio la espalda de manera elocuente.

—He oído decir que hubo problemas en una boda por allí cerca...

El calvo se volvió y me miró de nuevo.

—Pues no me lo explico. Porque la noticia es de anoche, y nosotros solo llevamos diez minutos aquí. —Me miró con dureza—. No sé qué pretendes vendernos, chico, pero no pienso comprarte nada. Lárgate o te doy un puñetazo.

Volví a mi rincón, consciente de que había metido la pata. Me senté y puse las manos planas sobre la mesa para que no me temblaran. Un grupo de gente brutalmente asesinada. Fuego azul. Muy raro...

Los Chandrian.

Los Chandrian habían estado en Trebon hacía menos de un día.

Me terminé la bebida sin pensar lo que hacía; me levanté y me acerqué a la barra.

Rápidamente me iba haciendo cargo de la situación. Después de tantos años, por fin tenía la oportunidad de saber algo sobre los Chandrian. Y no solo a partir de una mención en las páginas de un libro del Archivo. Tenía la ocasión de ver su obra de primera mano. Era una oportunidad que quizá no volviera a presentárseme nunca.

Pero necesitaba llegar pronto a Trebon, mientras las cosas todavía estuvieran frescas en la memoria de la gente. Antes de que los vecinos del lugar, por curiosidad o por superstición, destruyeran las pruebas que pudieran quedar. No sabía qué podía encontrar, pero cualquier cosa que averiguara sobre los Chandrian sería más de lo que sabía. Y si pretendía enterarme de algo interesante, tenía que llegar allí tan pronto como fuera posible. Ese mismo día.

La clientela de la mañana tenía a la posadera muy ocupada, así que tuve que poner un drabín de hierro encima de la barra para que me prestara atención. La noche anterior había pagado la habitación, y esa mañana, el desayuno y el baño; el drabín representaba una buena parte de mi dinero, así que lo sujeté con un dedo.

—¿Qué vas a tomar? —me preguntó la posadera.

—¿A cuánto queda Trebon de aquí? —pregunté.

—¿Río arriba? Un par de días.

—No he preguntado cuánto se tarda en llegar. Necesito saber a qué distancia está —repliqué poniendo mucho énfasis en la palabra «distancia».

—No hace falta que te pongas insolente —dijo ella secándose las manos en el mugriento delantal—. Por el río hay unos sesenta kilómetros. Se pueden tardar más de dos días, dependiendo de si vas en una barcaza o en un velero, y según el tiempo que haga.

—¿Y por el camino? —pregunté.

—No tengo ni idea —murmuró, y en voz alta dijo—: Rudd, ¿qué distancia hay por el camino hasta Trebon?

—Tres o cuatro días —dijo un tipo curtido sin levantar la vista de su taza.

—Te he preguntado qué distancia —le espetó la posadera—. ¿Es más largo que por el río?

—Bastante más. Por el camino hay unas veinticinco leguas. Y además, es un camino malo, cuesta arriba.

¡Cuerpo de Dios! ¿Todavía había gente que medía las distancias en leguas? Según dónde hubiera crecido aquel tipo, una legua podía corresponder a entre tres y cinco kilómetros. Mi padre siempre decía que en realidad la legua no era una unidad de medida, sino solo una forma que tenían los granjeros de expresar en cifras sus cálculos aproximados.

Aun así, ya sabía que Trebon estaba entre ochenta y ciento veinte kilómetros al norte. Seguramente, lo mejor era esperar lo peor: al menos cien kilómetros.

La mujer que estaba detrás de la barra se volvió hacia mí.

—Ya lo has oído. Y ahora, ¿te sirvo algo?

—Necesito un odre de agua, si lo tienes; y si no, una botella. Y algo de comida que no se estropee. Fiambre, queso, pan ácimo...

—¿Manzanas? —sugirió ella—. Tengo unas Juanitas cogidas esta misma mañana. Te irán bien para el viaje.

Asentí.

—Y cualquier otra cosa que tengas que sea barata y no se estropee.

—Con un drabín no llegarás muy lejos... —replicó ella mirando la moneda. Vacié mi bolsa y me sorprendió ver que tenía cuatro drabines y un medio penique de cobre con los que no contaba. Podía considerarme rico.

La posadera cogió mi dinero y se fue a la cocina.

Me dolió encontrarme de nuevo en la indigencia, pero me contuve y repasé mentalmente lo que llevaba en el macuto.

La posadera regresó con dos hogazas de pan ácimo, una gruesa y dura salchicha que olía a ajo, un queso pequeño sellado con cera, una botella de agua, media docena de hermosas manzanas rojas y un saquito de zanahorias y patatas. Le di las gracias y me lo guardé todo en el macuto.

Cien kilómetros. Si conseguía un buen caballo, podría llegar ese mismo día. Pero los caballos buenos cuestan dinero...

Llamé a la puerta de Devi y percibí un olor a grasa rancia. Me quedé allí de pie durante un minuto, conteniendo el impulso de tamborilear, impaciente, con los dedos. No tenía ni idea de si Devi estaría levantada tan temprano, pero era un riesgo que tenía que correr.

Devi abrió la puerta y, al verme, sonrió.

—Qué sorpresa tan agradable. —Abrió más la puerta—. Pasa y siéntate.

Le dediqué mi mejor sonrisa.

—Devi, solo...

Frunció el ceño.

—Pasa —insistió—. Nunca hablo de negocios en el rellano.

Entré, y ella cerró la puerta detrás de mí.

—Siéntate. A menos que prefieras tumbarte. —Juguetona, apuntó con la cabeza hacia la enorme cama con dosel que había en un rincón de la habitación—. No te vas a creer la historia que me han contado esta mañana —dijo con sorna.

Pese a la prisa que tenía, hice un esfuerzo para relajarme. A Devi no le gustaba que le metieran prisas; si lo intentaba, solo conseguiría que se enojara.

—¿Qué te han contado?

Se sentó a su lado de la mesa y entrelazó las manos.

—Por lo visto, anoche un par de rufianes intentaron robarle la bolsa a un joven estudiante. Pero resultó que se trababa de un auténtico Táborlin en ciernes. Invocó al fuego y al rayo. Dejó ciego a uno, y al otro le propinó tal golpe en la cabeza que todavía no ha despertado.

Me quedé callado un momento mientras asimilaba la información. Hacía una hora, esa habría sido la mejor noticia que habría podido oír. Pero ya no era más que una distracción. Sin embargo, pese a la urgencia de mi otro encargo, no podía ignorar la ocasión de obtener información sobre esa crisis más cercana.

—No pretendían solo robarme —dije.

Devi rió.

—¡Sabía que eras tú! No sabían nada sobre ese tipo, salvo que era pelirrojo. Pero yo tuve suficiente con ese detalle.

—¿Es verdad que dejé ciego a uno? —pregunté—. ¿Y que el otro sigue inconsciente?

—La verdad es que no lo sé —admitió Devi—. Las noticias se extienden deprisa entre los miserables como yo, pero casi siempre son chismes.

Empecé a trazar un nuevo plan.

—¿Te importaría extender tus propios chismorreos? —pregunté.

—Depende —contestó Devi con una sonrisa traviesa—. ¿Es muy emocionante?

—Da mi nombre —dije—. Que se sepa quién era. Que se sepa que estoy completamente loco, y que mataré a los próximos que vengan a buscarme. Los mataré a ellos y a quienquiera que los haya contratado, a los intermediarios, a sus familias, a sus perros, a todos.

La expresión de deleite de Devi dejó paso a otra cercana al desagrado.

—Suena un poco macabro, ¿no crees? Ya sé que le tienes mucho apego a tu bolsa —me miró con picardía—, y yo también tengo interés en que así sea. Pero no es...

—No eran ladrones —la interrumpí—. Los contrataron para que me mataran. —Devi me miró con escepticismo. Me levanté un poco la camisa para enseñarle el vendaje—. Lo digo en serio. Si quieres te enseño el corte que me hizo uno de ellos antes de que huyera.

Devi frunció el ceño, se levantó y vino al otro lado de la mesa.

—Está bien. Enséñamelo.

Vacilé, pero decidí que era mejor seguirle la corriente, porque todavía tenía otros favores que pedirle. Me quité la camisa y la dejé encima de la mesa.

—Ese vendaje está muy sucio —observó Devi, como si fuera una ofensa personal—. Quítatelo ahora mismo. —Fue hasta un armario que había al fondo de la habitación y volvió con un maletín negro de fisiólogo y una palangana. Se lavó las manos y me examinó el costado—. ¿Ni siquiera te han dado puntos? —preguntó con incredulidad.

—He estado muy ocupado —dije—. Primero corriendo como un endemoniado, y luego escondiéndome toda la noche.

Devi me ignoró y se puso a limpiarme la herida con una frialdad y una eficacia que delataban que había estudiado en la Clínica.

—Es una herida irregular, pero poco profunda —dijo—. En algunos sitios ni siquiera ha atravesado toda la piel. —Se irguió y sacó unas cuantas cosas del maletín—. Pero hay que coserla.

—Lo habría hecho yo mismo —dije—, pero...

—... pero eres un idiota y ni siquiera te has preocupado de limpiarte bien la herida —concluyó ella—. Si se te infecta, te estará bien empleado.

Terminó de limpiarme el costado y se lavó las manos en la palangana.

—Quiero que sepas que si hago esto es porque siento debilidad por los chicos guapos, por los débiles mentales y por la gente que me debe dinero. Lo considero una protección de mi inversión.

—Sí, señora. —Aspiré entre los dientes cuando me aplicó el antiséptico.

—Creía que no sangrabas —comentó desapasionadamente—. Otra leyenda falsa.

—Por cierto. —Moviéndome lo menos posible, alargué una mano, saqué un libro de mi macuto y lo puse encima de la mesa—. Te he traído tu ejemplar de *Los ritos nupciales del draccus común*. Tenías razón, los grabados son muy buenos.

—Sabía que te gustaría. —Hubo un momento de silencio cuando Devi empezó a coserme. Cuando volvió a hablar, apenas quedaba picardía en su voz—. ¿Es verdad que a esos tipos los contrataron para matarte, Kvothe?

Asentí con la cabeza.

—Llevaban un rastreador y tenían pelos míos. Por eso sabían que era pelirrojo.

—Dios mío, si Kilvin se enterara, se pondría furioso. —Sacudió la cabeza—. ¿Estás seguro de que no los contrataron solo para asustarte? ¿Para darte una paliza y enseñarte a respetar a tus superiores? —Dejó de coserme y me miró a los ojos—. No habrás cometido la estupidez de pedirle prestado dinero a Heffron y a sus chicos, ¿verdad?

Negué con la cabeza.

—Solo hago negocios contigo, Devi —dije, sonriente—. De hecho, por eso he venido a verte.

—Y yo que pensaba que disfrutabas de mi compañía —repuso ella reanudando su labor. Me pareció detectar un deje de irritación en su voz—. Primero déjame que acabe esto.

Reflexioné sobre lo que Devi había dicho. El tipo alto había dicho «acabemos con esto cuanto antes», pero eso podía significar muchas cosas.

—Quizá no quisieran matarme —admití—. Pero el tipo llevaba un puñal. Para darle una paliza a alguien no necesitas un puñal.

Devi dio un bufido.

—Y yo no necesito sangre para que mis clientes paguen sus deudas. Pero ayuda, desde luego.

Seguí cavilando mientras ella daba la última puntada y empezaba a aplicarme un vendaje limpio. Quizá solo querían darme una paliza. Quizá hubiera sido un mensaje anónimo de Ambrose instándome a respetar a mis superiores. Quizá fuera simplemente un intento de asustarme. Suspiré, tratando de no moverme demasiado al hacerlo.

—Me gustaría creer que así es, pero la verdad es que me cuesta. Creo que iban en serio. Eso es lo que me dice el instinto.

Devi adoptó una expresión seria.

—En ese caso, haré correr un poco la voz —dijo—. No te aseguro que incluya eso de matarles los perros, pero pondré en circulación algunos rumores para que la gente se lo piense dos veces antes de aceptar esa clase de trabajitos. —Rió entre dientes—. De hecho, después de lo de anoche ya deben de estar pensándoselo dos veces. Ahora se lo pensarán tres veces.

—Te lo agradezco.

—A mí no me cuesta nada. —Se levantó y se sacudió las rodillas—. Un pequeño favor para ayudar a un amigo. —Se lavó las manos en la palangana y se las secó de cualquier manera en la camisa—. Cuéntame —dijo sentándose a la mesa; de pronto adoptó una actitud muy formal.

—Necesito dinero para un caballo rápido —dije.

—¿Te marchas de la ciudad? —Devi arqueó una rubia ceja—. Nunca habría dicho que huir fuera tu estilo.

—No huyo —aclaré—. Pero necesito ir a un sitio. He de recorrer cien kilómetros, y no quiero llegar mucho más tarde del mediodía.

Devi abrió un poco más los ojos.

—Un caballo capaz de eso te va a salir muy caro —dijo—. ¿Por qué no alquilas un caballo de posta y vas cogiendo caballos de refresco por el camino? Te saldría más rápido y más barato.

—Donde voy no hay casas de postas —dije—. Río arriba, y luego a las montañas. Un pueblo pequeño llamado Trebon.

—De acuerdo —dijo ella—. ¿Cuánto dinero necesitas?

—Necesito dinero para comprar un caballo rápido sin regatear. Y para pagar alojamiento, comida, quizá sobornos... Veinte talentos.

Devi soltó una risotada; luego se controló y se tapó la boca.

—No. Lo siento, pero no. Tengo debilidad por los jóvenes encantadores como tú, es cierto, pero no estoy loca.

—Tengo mi laúd —dije empujando el estuche con el pie—. Como garantía. Y todo lo que llevo aquí. —Puse el macuto encima de la mesa.

Devi inspiró hondo, como para rechazarme de plano, pero entonces se encogió de hombros y rebuscó en el interior del macuto. Sacó mi ejemplar de *Retórica y lógica*, y a continuación, mi lámpara simpática de mano.

—Vaya —dijo accionando la llave y dirigiendo la luz hacia la pared—. Esto es interesante.

Hice una mueca.

—Cualquier cosa menos eso —dije—. Le prometí a Kilvin que no se la dejaría tocar a nadie. Le di mi palabra.

Devi me miró con franqueza.

—¿Conoces la expresión «los mendigos no pueden elegir»?

—Le di mi palabra —repetí. Desenganché mi caramillo de plata de mi capa y lo deslicé por la mesa hasta acercarlo a *Retórica y lógica*—. Esto no es fácil conseguirlo.

Devi miró el laúd, el libro y el caramillo, e hizo una larga y lenta inspiración.

—Ya veo que esto es importante para ti, Kvothe, pero los números no salen. No podrías devolverme tanto dinero. Ya te va a costar devolverme los cuatro talentos que me debes.

Eso me dolió, sobre todo porque sabía que era la verdad.

Devi caviló un poco, y entonces sacudió la cabeza con vehemencia.

—No. Solo los intereses... En dos meses me deberías más de treinta y cinco talentos.

—O algo con un valor equivalente —puntualicé.

Devi me sonrió.

—¿Y qué tienes tú que valga treinta y cinco talentos?

—Acceso al Archivo.

Devi se sentó. La sonrisa un tanto condescendiente quedó congelada en su cara.

—Mientes.

Negué con la cabeza.

—Sé que hay otra forma de entrar. Todavía no la he encontrado, pero la encontraré.

—Es todo muy hipotético —dijo Devi con escepticismo. Pero en sus ojos brillaba algo que no era simple deseo. Era algo más parecido al hambre, o a la lujuria. Era evidente que ansiaba tanto como yo poder entrar en el Archivo. Quizá incluso más que yo.

—Es lo que puedo ofrecerte —dije—. Si puedo devolverte el dinero, te lo devolveré. Si no, cuando encuentre la forma de entrar en el Archivo, compartiré esa información contigo.

Devi miró hacia el techo, como si calculara mentalmente sus posibilidades.

—Con estas cosas como garantía, y con la posibilidad de entrar en el Archivo, puedo prestarte doce talentos.

Me levanté y me colgué el macuto del hombro.

—Lo siento, pero no he venido a regatear —dije—. Solo te informo de las condiciones del préstamo. —Compuse una sonrisa de disculpa—. Veinte talentos, o nada. Perdóname si no lo he dejado claro desde el principio.

71

Extraña atracción

Tres minutos más tarde, me dirigí hacia la puerta de las caballerizas más cercanas. Un ceáldico elegantemente vestido me sonrió al verme y vino a saludarme.

—Buenos días, joven —dijo tendiéndome la mano—. Me llamo Kaerva. ¿En qué puedo...?

—Necesito un caballo —dije estrechándole rápidamente la mano—. Sano, descansado y bien alimentado. Un caballo que aguante seis horas de duro viaje.

—Por supuesto, por supuesto —dijo Kaerva frotándose las manos y asintiendo—. Todo es posible con la ayuda de Dios. Será un placer para mí...

—Escúcheme —volví a interrumpirlo—. Tengo prisa, así que vamos a saltarnos los preliminares. Yo no fingiré no estar interesado. Usted no me hará perder el tiempo con un desfile de jacos y jamelgos. Si dentro de diez minutos no he comprado un caballo, me marcharé y lo compraré en otro sitio. —Lo miré a los ojos—. *¿Lhinsatva?*

El ceáldico estaba perplejo.

—La compra de un caballo no debería ser nunca tan precipitada, señor. Usted no escogería a una esposa en diez minutos, y cuando uno emprende un viaje, un caballo es más importante que una esposa. —Sonrió con timidez—. Ni siquiera Dios...

Le corté una vez más:

—Hoy no es Dios quien compra un caballo, sino yo.

El delgado ceáldico hizo una pausa para poner en orden sus ideas.

—Está bien —dijo en voz baja, como si hablara para sí—. *Lhin*, venga a ver lo que tenemos.

Me guió por los establos hasta un pequeño corral. Se detuvo junto a la valla y señaló.

—Esa yegua pinta es de lo más resistente que podrá encontrar. Lo llevará...

Lo ignoré y eché un vistazo a la media docena de jamelgos que había al otro lado de la valla. Aunque yo no tenía ni medios ni motivos para tener un caballo, sabía distinguir a los buenos de los malos, y nada de lo que había allí parecía satisfacer mis necesidades.

Veréis, los artistas itinerantes viven y mueren junto a los caballos que tiran de sus carromatos, y mis padres no habían descuidado mi educación en ese sentido. Cuando tenía ocho años, ya sabía examinar un caballo. Era habitual que en los pueblos intentaran endilgarnos jacos medio muertos, porque sabían que cuando descubriéramos nuestro error, ya estaríamos a kilómetros y a días de distancia. La persona que le vendía un caballo enfermo a su vecino podía tener graves problemas, pero ¿qué peligro había en engañar a uno de aquellos repugnantes e indecentes Ruh?

Miré al tratante con el ceño fruncido.

—Acaba de malgastar dos valiosos minutos de mi tiempo, así que deduzco que todavía no me ha entendido bien. Déjeme explicárselo con la máxima sencillez. Quiero un caballo rápido que aguante un duro viaje. Pagaré en efectivo, ahora mismo y sin rechistar. —Levanté mi pesada bolsa y la agité; sabía que Kaerva distinguiría el tintineo de la plata ceáldica que había dentro.

»Si me vende un caballo mal herrado, o uno que al cabo de un rato empiece a cojear, o asustadizo, perderé una valiosa oportunidad. Una oportunidad irrepetible. Si eso sucede, no vendré a exigirle que me devuelva mi dinero. No lo denunciaré al alguacil. Volveré a Imre esta misma noche y le prenderé fuego a su casa. Entonces, cuando usted salga corriendo por la puerta principal en camisa y gorro de dormir, lo mataré, lo cocinaré y me lo comeré. Allí mismo, en el jardín de su casa, delante de todos sus vecinos.

Le lancé una mirada asesina.

—Este es el trato que le propongo, Kaerva. Si no le parece bien, dígamelo y me iré a otro sitio. Si le parece bien, deje de enseñarme jamelgos y muéstreme un caballo de verdad.

El cealdo me miró, más asombrado que asustado. Vi que intentaba hacerse una composición de lugar. Debía de pensar que o bien estaba completamente loco o bien era el hijo de algún noble importante. O ambas cosas.

—Muy bien —dijo abandonando el tono obsequioso—. Cuando dice un viaje duro, ¿a qué se refiere exactamente?

—Muy duro —dije—. Necesito recorrer cien kilómetros hoy mismo. Por caminos de tierra.

—¿Va a necesitar también silla y arreos?

Asentí.

—Nada excesivamente lujoso. Ni siquiera hace falta que sean nuevos.

Kaerva respiró hondo.

—De acuerdo. Y ¿cuánto puede gastar?

Sacudí la cabeza y esbocé una sonrisa.

—Enséñeme el caballo y propóngame un precio. Un vaulder podría servirme. No me importa que sea un poco nervioso, si eso significa que le sobra energía. Hasta podría servirme un buen vaulder mezclado, o un khershaen camijano.

Kaerva asintió y me guió hacia las grandes puertas del establo.

—Tengo un khershaen. De pura sangre, de hecho. —Le hizo una seña a uno de sus mozos de cuadra—. Trae a nuestro caballero negro, y aprisa. —El chico echó a correr.

El tratante se volvió hacia mí.

—Es un animal precioso. Lo probé antes de comprarlo, para estar seguro. Galopé dos kilómetros y ni siquiera sudó; tiene un paso sumamente elegante, y respecto a eso no le mentiría.

Asentí. Un khershaen de pura sangre era perfecto para mis propósitos. Esos caballos eran famosos por su resistencia, pero por otra parte, eran caros. Un camijano bien entrenado valía doce talentos.

—¿Cuánto pide por él?

—Dos marcos —contestó él sin ni pizca de remordimiento ni camelo en la voz.

¡Tehlu misericordioso! ¡Veinte talentos! Para valer tanto, debía de llevar herraduras de plata.

—No estoy de humor para regateos, Kaerva —me limité a decir.

—Eso ya me lo ha hecho entender, señor —repuso él—. Le estoy proponiendo un precio. Venga por aquí. Ahora verá por qué.

El mozo salió con un elegante caballo, un verdadero monstruo. Como mínimo medía dieciocho palmos hasta la cruz; tenía una cabeza preciosa y era negro desde el morro hasta la punta de la cola.

—Le encanta la velocidad —expuso Kaerva con verdadero sentimiento. Le acarició el suave y negro cuello—. Y mire qué color. No tiene ni un solo bigote que no sea negro como el carbón. Por eso no lo vendo por menos de veinte talentos.

—El color no me importa —dije, abstraído, mientras lo examinaba tratando de apreciar alguna lesión o algún indicio de vejez. No encontré nada. Era un animal hermoso, joven y fuerte—. Lo que necesito es un caballo que corra.

—Lo entiendo —dijo él como disculpándose—. Es que no puedo dejar de mencionar el color. Si espero un ciclo o dos, algún joven noble me lo comprará solo por su elegancia.

Yo sabía que Kaerva tenía razón.

—¿Tiene nombre? —pregunté al mismo tiempo que me acercaba al caballo, dejándole que me oliera las manos para que se acostumbrara a mí. Se puede regatear deprisa, pero hacerse amigo de un caballo, no. Solo un idiota se fía de su primera impresión con un brioso y joven khershaen.

—No, todavía no tiene nombre.

—¿Cómo te llamas, amigo? —pregunté en voz baja, para que el caballo se acostumbrara al sonido de mi voz. Me olfateó suavemente una mano, vigilándome con un ojo grande e inteligente. No retrocedió, pero tampoco estaba del todo tranquilo. Seguí hablando y me acerqué un poco más a él, confiando en que el sonido de mi voz lo relajara—. Te mereces un buen nombre. Lamentaría mucho que algún señoritingo que se crea muy ingenioso te ponga un nombre espantoso como Medianoche, Tiznado u Hollín.

Me acerqué más aún y le puse una mano en el cuello. Le tembló la piel, pero no se apartó. Necesitaba poner a prueba su temperamento además de su resistencia. No podía correr el riesgo de montarme en un caballo asustadizo.

—Algún idiota podría llamarte Brea, o Carbón; son nombres poco favorecedores. O Pizarra, un nombre sedentario. No permita Dios que acaben llamándote Negrito; ese es un nombre que no le hace justicia a un príncipe como tú.

Mi padre siempre les hablaba así a los caballos nuevos, con una constante y tranquilizadora letanía. Mientras le acariciaba el cuello, seguía hablando sin importarme lo que decía. Al caballo no le importan las palabras, sino el tono de voz.

—Has venido desde muy lejos. Te mereces un buen nombre, para que la gente se dé cuenta de que no eres un caballo normal y corriente. ¿Era ceáldico tu anterior amo? —pregunté—. *Ve vanaloi. Tu teriam Keta. ¿Palan te?*

Noté que el animal se relajaba un poco al oírme hablar en siaru. Lo rodeé y me situé a su otro lado, sin dejar de examinarlo minuciosamente y dejando que se acostumbrara a mi presencia.

—*¿Tu Ketha?* —le pregunté. «¿Eres carbón?»—. *¿Tu mahne?* —«¿Eres una sombra?»

Quería decir «crepúsculo», pero no me venía a la mente la palabra en siaru. En lugar de interrumpirme, seguí hablando, fingiendo lo mejor que podía mientras le examinaba los cascos para ver si los tenía cascados o resquebrajados.

—*¿Tu Keth-Selhan?* —«¿Eres la primera noche?»

El caballo agachó la cabeza y me acarició con el hocico.

—Ese te gusta, ¿verdad? —dije, risueño.

Sabía que en realidad el animal había olido el paquete de manzanas secas que llevaba en uno de los bolsillos de la capa. Lo importante era que ahora se interesaba por mí. Si se sentía lo bastante cómodo para olfatearme en busca de comida, podríamos llevarnos bien durante un día de duro viaje.

—Creo que Keth-Selhan es un buen nombre —dije volviéndome hacia Kaerva—. ¿Hay algo más que tenga que saber?

Kaerva parecía desconcertado.

—Respinga un poco hacia la derecha.

—¿Un poco?

—Solo un poco. Seguramente también tiene tendencia a espantar por ese lado, pero nunca le he visto hacerlo.

—¿Cómo está entrenado? ¿Corto o estilo troupe?

—Corto.

—Muy bien. Le queda un minuto para cerrar el trato. Es un buen caballo, pero no estoy dispuesto a pagar veinte talentos por él. —Lo dije con convicción en la voz, pero sin esperanza en el corazón. Era un animal estupendo, y su color hacía que valiera como mínimo veinte talentos. Sin embargo, yo estaba decidido a cumplir con las formalidades y presionar a Kaerva para que rebajara el precio a diecinueve talentos. Así, al menos me quedaría dinero para comprar comida y para pagarme el alojamiento cuando llegara a Trebon.

—De acuerdo —repuso Kaerva—. Dieciséis.

Gracias a mi experiencia teatral, no me quedé con la boca abierta ante aquella inesperada rebaja.

—Quince —dije fingiendo fastidio—. Y con la silla, los arreos y una bolsa de avena incluidos. —Empecé a sacar el dinero, como si ya diera el trato por cerrado.

Para mi sorpresa, Kaerva asintió; llamó a un mozo y le ordenó que le llevara una silla de montar y unos arreos.

Le puse las monedas en la mano a Kaerva, y el mozo ensilló el enorme caballo negro. El cealdo parecía reacio a mirarme a los ojos.

Si no entendiera tanto de caballos, habría pensado que me estaban estafando. Quizá fuera un caballo robado, o quizá aquel tipo necesitara el dinero más de lo que yo creía.

Fuera cual fuese la razón, no me importó. Me merecía un poco de buena suerte. Además, eso significaba que podría revender el caballo y obtener algún beneficio cuando llegara a Trebon. La verdad es que tendría que venderlo tan pronto como pudiera, aunque perdiese dinero en la transacción. Una cuadra, comida y un mozo para un caballo como aquel me costarían un penique diario. No podía quedármelo.

Colgué mi macuto de una de las alforjas, comprobé la cincha y los estribos, y me monté en Keth-Selhan. El animal danzó un poco hacia la derecha, ansioso por echar a andar. En eso coincidíamos. Sacudí las riendas y nos pusimos en marcha.

La mayoría de los problemas con los caballos no tienen nada que ver con los propios caballos. Surgen de la ignorancia del jinete. La gente hierra mal a los caballos, no los ensilla correctamente, los alimenta mal, y luego se queja de que le han vendido un jamelgo medio lisiado, con escoliosis y de mal temperamento.

Yo entendía de caballos. Mis padres me habían enseñado a montar y a cuidarlos. Aunque tenía más experiencia con razas más robustas, criadas para tirar de carromatos más que para correr, sabía qué tenía que hacer para cabalgar deprisa.

Cuando tienen prisa, muchos jinetes presionan demasiado y demasiado pronto a su montura. Salen a galope tendido, y una hora más tarde se encuentran con un caballo cojo o medio muerto. Eso es pura idiotez. Solo un desgraciado trata así a un caballo.

Pero para ser sincero he de admitir que yo también habría puesto a Keth-Selhan al límite de sus posibilidades si eso me hubiera permitido llegar antes a Trebon. A veces tiendo a ser un desgraciado. Habría matado a una docena de caballos si eso me hubiera ayudado a obtener más información sobre los Chandrian y a descubrir por qué habían matado a mis padres.

Pero a la larga, no tenía sentido pensar así. Un caballo muerto no me llevaría a Trebon. Y uno vivo sí.

Así que puse a Keth-Selhan al paso para calentarlo. Él quería ir más deprisa, seguramente porque percibía mi impaciencia, y yo le habría dejado si solo hubiera tenido que recorrer tres o cuatro kilómetros. Pero necesitaba recorrer como mínimo ochenta, o quizá cien, y para eso necesitaba paciencia. En dos ocasiones tuve que frenarlo para ponerlo al paso, hasta que el animal se resignó.

Cuando habíamos recorrido casi dos kilómetros, lo puse al trote. Era ágil, incluso para tratarse de un khershaen, pero el trote siempre te sacude un poco, por suave que sea, y empezó a dolerme la herida del costado. Un par de kilómetros más allá, lo puse a medio galope. Hasta que no nos hallamos a cinco o seis kilómetros de Imre y llegamos a un tramo de camino liso, recto y llano, no lo puse al galope.

Ahora que tenía la oportunidad de correr, Keth-Selhan salió a toda pastilla. El sol acababa de consumir el rocío matutino, y los granjeros que cosechaban trigo y cebada en los campos levantaban la cabeza al oírnos pasar a toda velocidad. Keth-Selhan era rápido; tan rápido que el viento tiraba de mi capa, desplegándola detrás de mí como una bandera. Pese a saber que debía de ofrecer un aspecto muy dramático, enseguida me cansé de la tirantez en el cuello, así que me desabroché la capa y la guardé en una alforja.

Pasamos por una arboleda y puse de nuevo a Selhan al trote. Así él descansaría un poco, y no nos arriesgaríamos a tomar una curva y tropezarnos con un árbol caído o con un carro lento. Cuando salimos de nuevo a la pradera y vi que teníamos el camino despejado, volví a soltarle las riendas y casi echamos a volar.

Una hora y media más tarde, Selhan sudaba y respiraba con dificultad, pero aguantaba mejor que yo, que tenía las piernas entumecidas. Era joven y estaba en forma, pero llevaba años sin montar. Cuando montas, no utilizas los mismos músculos que cuando caminas, y cabalgar al galope es tan duro como correr, a menos que quieras hacer trabajar el doble a tu montura.

Solo diré que agradecí que llegáramos a otra arboleda. Me apeé de la silla y caminé un rato para darnos a ambos un merecido descanso. Corté una manzana por la mitad y le di a Selhan el trozo más grande. Calculé que debíamos de haber recorrido unos cincuenta kilómetros, y el sol ni siquiera estaba en el cenit.

—Esto ha sido el tramo más fácil —le dije acariciándole el cuello con cariño—. Eres precioso. Todavía no estás cansado, ¿verdad?

Seguí caminando unos diez minutos; entonces tuvimos la suerte de llegar a un pequeño arroyo con un puente de madera que lo atravesaba. Dejé que el caballo bebiera durante un largo minuto, y luego lo aparté para que no bebiera demasiado.

A continuación monté y lo puse al galope poco a poco, por etapas. Iba inclinado sobre su cuello, y me dolían las piernas. El golpeteo de sus cascos era como un contrapunto de la lenta canción del viento, que, incesante, ardía en mis oídos.

El primer escollo surgió una hora más tarde, cuando tuvimos que cruzar un río bastante ancho. No era peligroso, pero tuve que desensillar a Keth-Selhan y cargar con todo hasta la otra orilla para que no se me mojara. No podía hacerlo cabalgar durante horas con unos arreos húmedos.

Al otro lado del río, lo sequé con mi manta y volví a ensillarlo. Tardé media hora; el caballo estaba descansado, pero por otra parte se había enfriado, así que tuve que calentarlo despacio: del paso al trote, y del trote al galope. Entre pitos y flautas, cruzar ese río me llevó una hora. Temía que, si encontrábamos otro, el frío se le metiera en los músculos a Selhan. Si llegaba a pasar eso, ni el propio Tehlu habría podido hacerlo galopar otra vez.

Una hora más tarde pasé por un pueblecito: era poco más que una iglesia y una taberna que, curiosamente, estaban una al lado de la otra. Me detuve el tiempo suficiente para dejar que Selhan bebiera un poco de un abrevadero. Estiré mis entumecidas piernas y miré el cielo con aprensión para ver dónde estaba el sol.

A partir de ese momento, los campos y las granjas empezaron a escasear. Los bosques cada vez eran más tupidos. El camino se estrechaba y no estaba bien conservado: en algunos sitios había rocas y en otros se desdibujaba. Cada vez avanzaba más despacio. Pero, la verdad sea dicha, ni Selhan ni yo teníamos muchas fuerzas para seguir galopando.

Al final encontramos otro río que atravesaba el camino. No tenía más de un palmo de profundidad en la parte más honda. El agua olía muy mal, y deduje que debía de haber una curtiduría río arriba, o una refinería. No había puente, y Keth-Selhan cruzó el río despacio, posando los cascos con cuidado sobre el fondo rocoso. Me pregunté si le gustaría esa sensación, como cuando metes los pies en el agua después de un largo día caminando.

El arroyo no nos retrasó mucho, pero en la media hora siguiente tuvimos que cruzarlo tres veces, pues serpenteaba repetidamente atravesando el camino. No era más que un pequeño inconveniente, porque por la parte más honda solo tenía algo más de un palmo de profundidad. Cada vez que lo cruzábamos, el agua apestaba más a disolventes y ácidos. Si no se trataba de una refinería, al menos debía de ser una mina. Sujeté bien las riendas, preparado para tirar de ellas y levantarle la cabeza a Selhan si intentaba beber, pero mi caballo no era tan necio.

Tras una larga galopada, llegué a la cima de una colina, desde donde vi una encrucijada en el fondo de un pequeño valle cubierto de hierba. Bajo el poste indicador había un calderero con un par de asnos, uno de ellos tan cargado de sacos y bultos que parecía a punto de volcar; el otro, sospechosamente libre de toda carga, estaba en el margen del camino de tierra, pastando, con un montoncito de bártulos amontonados a su lado.

El calderero estaba sentado en un pequeño taburete en el margen del camino, y parecía desanimado. Al verme bajar por la ladera de la colina, su rostro se iluminó.

Me acerqué más y leí el poste indicador. Trebon estaba al norte. Al sur estaba Temfalls. Frené el caballo. Tanto a Keth-Selhan como a mí nos vendría bien descansar un poco, y yo no tenía tanta prisa como para ser grosero con un calderero. Ni por asomo. Aunque solo fuera porque aquel tipo podría decirme cuánto faltaba para llegar a Trebon.

—¡Hola! —me saludó él mirándome y haciendo visera con una mano—. Se nota a la legua que eres un chico que quiere algo. —Era mayor, calvo y tenía un rostro redondeado y bonachón.

Reí.

—Quiero muchas cosas, calderero, pero dudo que lleves ninguna en tus sacos.

El tipo me miró con gesto obsequioso.

—Bueno, bueno, no estés tan seguro... —Se interrumpió y miró hacia abajo un momento, con aire pensativo. Cuando volvió a mirarme, su expresión seguía siendo amable, pero era más seria que antes—. Escucha. Seré sincero contigo, hijo. Mi burrita se ha hecho daño en una pata con una piedra, y no puede llevar su carga. Estoy atrapado aquí hasta que encuentre algún tipo de ayuda.

—En otras circunstancias, nada me haría más feliz que poder ayudarte, calderero —dije—. Pero necesito llegar a Trebon cuanto antes.

—Eso no te costará mucho. —Señaló hacia el norte, más allá de la colina—. Estás a solo medio kilómetro. Si el viento soplara del sur, olerías el humo.

Miré en la dirección que él señalaba y vi ascender humo de chimenea por detrás de la colina. Sentí una intensa oleada de alivio. Lo había conseguido, y todavía no era ni la una de la tarde.

El calderero continuó:

—Necesito ir a los muelles de Evesdown. —Señaló hacia el este—. Tengo que embarcarme río abajo, y no me gustaría perder el barco. —Miró mi caballo de forma harto elocuente—. Pero necesitaría otra bestia de carga para transportar mi mercancía...

Parecía que finalmente mi suerte había cambiado. Selhan era un buen caballo, pero ahora que ya estaba en Trebon, se convertiría en una sangría constante de mis limitados recursos económicos.

Sin embargo, no conviene demostrar que te interesa vender.

—Este caballo es demasiado bueno para utilizarlo como bestia de carga —dije dándole unas palmaditas en el cuello a Keth-Selhan—. Es un khershaen pura sangre, y te aseguro que jamás he montado un caballo mejor.

El calderero lo miró de arriba abajo con escepticismo.

—Está reventado, eso es lo que está —dijo—. No aguantará ni medio kilómetro más.

Bajé de mi montura y me tambaleé un poco, porque se me doblaban las piernas.

—Deberías confiar más en él, calderero. Me ha traído hasta aquí desde Imre, y hemos salido esta misma mañana.

El calderero dio una risotada.

—No mientes del todo mal, hijo, pero tienes que aprender a parar. Si el cebo es demasiado grande, el pez no muerde el anzuelo.

No hizo falta que fingiera estar indignado.

—Lo siento, no me he presentado. —Le tendí una mano—. Me llamo Kvothe, soy artista itinerante y miembro del Edena Ruh.

Por muy desesperado que estuviera, jamás le mentiría a un calderero.

El tipo me estrechó la mano.

—Bueno —replicó, un tanto sorprendido—, mis más sinceras disculpas, a ti y a tu familia. No es habitual encontrar a un Ruh viajando solo. —Volvió a mirar mi caballo con ojo crítico—. ¿Dices que vienes de Imre? —Asentí—. ¿Cuánto hay hasta allí? ¿Noventa kilómetros? Es un viaje muy largo... —Me miró con una sonrisa de complicidad—. ¿Qué tal tienes las piernas?

Hice una mueca.

—Digamos que me alegraré de volver a andar. Supongo que mi caballo aguantará otros veinte kilómetros, pero no puedo decir lo mismo de mí.

El calderero volvió a mirar al caballo de arriba abajo y soltó un hondo suspiro.

—Bueno, como ya te he dicho, me encuentro entre la espada y la pared. ¿Cuánto pides por él?

—Bueno —dije yo—, Keth-Selhan es un khershaen pura sangre, y no podrás negar que tiene un color precioso. Como verás, es completamente negro; no tiene ni un solo bigote blanco...

El calderero soltó una carcajada.

—Retiro lo dicho. Eres un pésimo mentiroso.

—No le veo la gracia —repliqué con cierta aspereza.

El calderero me miró de forma extraña.

—Ni un solo bigote negro, desde luego. —Apuntó con la barbilla más allá de mí, hacia los cuartos traseros de Selhan—. Pero si ese caballo es completamente negro, yo soy Oren Velciter.

Me di la vuelta y vi que la pata trasera izquierda de Keth-Selhan tenía un calcetín blanco que le llegaba hasta la mitad del corvejón. Estupefacto, fui hasta el caballo y me agaché para mirar. No era un blanco limpio, sino más bien un gris desteñido. Todavía olía un poco a las aguas del riachuelo que habíamos cruzado en la última parte de nuestro viaje: disolvente.

—¡El muy cabrón! —exclamé, incrédulo—. ¡Me ha vendido un caballo teñido!

—¿El nombre no te hizo sospechar? —me preguntó el calderero riendo—. *Keth-Selhan*. Madre mía. Alguien te ha tomado bien el pelo.

—*Keth-Selhan* significa «la primera noche» —dije.

El calderero sacudió la cabeza.

—Tu siaru está un poco oxidado. «La primera noche» sería *Ket-Selem*. *Selhan* significa «calcetín». Tu caballo se llama «un calcetín».

Recordé la reacción del vendedor de caballos cuando escogí ese nombre. No me extrañaba que el tipo se hubiera mostrado tan desconcertado. No me extrañaba que hubiera rebajado el precio tan deprisa y sin rechistar. Debió de pensar que había descubierto su secreto.

El calderero rió al ver mi expresión, y me dio unas palmadas en la espalda.

—No te atormentes, hijo. Eso pasa en las mejores familias. —Se dio la vuelta y empezó a revolver en sus fardos—. Creo que tengo una cosa que te gustará. Déjame proponerte un trueque. —Se volvió de nuevo hacia mí y me mostró un objeto negro y retorcido que parecía un trozo de madera arrastrado por el mar hasta la playa.

Lo cogí y lo examiné. Era pesado y estaba frío.

—¿Un trozo de hierro basto? —pregunté—. ¿Se te han terminado las habichuelas mágicas?

El calderero cogió un alfiler con la otra mano. Lo sostuvo a medio palmo del trozo de hierro y entonces lo soltó. En lugar de caerse, el alfiler salió despedido hacia un lado y se adhirió al trozo de hierro.

Di un grito ahogado de asombro.

—¿Una piedra imán? Nunca había visto ninguna.

—Técnicamente, es una piedra-Trebon —repuso él con indiferencia—, dado que nunca ha estado cerca de Imán. Pero no vas por mal camino. De aquí a Imre hay mucha gente a la que le interesaría esta maravilla...

Asentí, distraído, mientras le daba vueltas en las manos. Siempre había querido ver una calamita, desde que era niño. Despegué el alfiler y sentí la extraña atracción que lo impulsaba hacia el liso y negro metal. Estaba maravillado. Tenía un trozo de magnetita en la mano.

—¿Cuánto calculas que puede valer? —pregunté.

El calderero aspiró entre los dientes.

—Bueno, yo calculo que aquí y ahora debe de valer una mula de carga khershaen de pura sangre...

Le di vueltas en las manos, separé el alfiler y volví a soltarlo.

—El problema, calderero, es que para comprar este caballo he tenido que contraer una deuda con una mujer muy peligrosa. Si no lo vendo bien, voy a tener graves problemas.

El calderero asintió.

—Un trozo de piedra celestial de ese tamaño... Si lo vendes por menos de dieciocho talentos, le estás haciendo un agujero a tu bolsa. Cualquier joyero lo compraría, o cualquier ricachón que se encaprichara con él. —Se dio unos golpecitos en la punta de la nariz—. Pero si vas a la Universidad, aún lo venderás mejor. A los artífices les encantan las piedras imán. Y también a los alquimistas. Si encuentras a uno que esté predispuesto, todavía puedes conseguir más.

Era un buen trato. Manet me había dicho que las piedras imán eran valiosas y difíciles de encontrar. No solo por sus propiedades galvánicas, sino porque los trozos de hierro celestial como ese solían tener extraños metales mezclados con el hierro. Le tendí una mano al calderero.

—Acepto el trato.

Nos estrechamos la mano con solemnidad, y entonces, cuando el calderero iba a coger las riendas del caballo, le pregunté:

—Y ¿cuánto me das por los arreos y la silla?

Me preocupaba que el calderero se ofendiera si regateaba con él, pero sonrió con ironía.

—Eres un chico listo. —Rió y añadió—: Me gusta la gente que no tiene miedo de presionar un poco. A ver, ¿qué quieres? Tengo una manta de lana fabulosa. ¿O prefieres una buena cuerda? —Sacó un rollo de cuerda de uno de los sacos del asno—. Siempre va bien llevar encima un trozo de cuerda. ¡Ah! ¿Y esto? —Se dio la vuelta con una botella en las manos y me guiñó un ojo—. Tengo un estupendo vino de frutas de Aven. Te doy las tres cosas a cambio de los arreos y la silla.

—Una manta de repuesto no me vendría mal —admití. Entonces se me ocurrió una cosa—. ¿Tienes ropa de mi talla? Últimamente he estropeado muchas camisas.

El anciano se quedó un momento quieto, con la cuerda y la botella de vino en la mano; entonces se encogió de hombros y empezó a rebuscar en sus paquetes.

—¿Has oído algo sobre una boda que hubo por aquí? —pregunté. Los caldereros siempre están atentos a las noticias.

—¿La boda de los Mauthen? —Cerró un saco y empezó a buscar en otro—. Lo lamento mucho, pero te la has perdido. Se celebró ayer.

Su tono de voz, desenfadado, hizo que se me encogiera el estómago. Si hubiera habido una masacre, sin duda alguna el calderero se habría enterado. De pronto pensé, horrorizado, que me había endeudado y había viajado a toda prisa hasta las montañas por nada.

—¿Estuviste allí? ¿Sucedió algo raro?

—¡Aquí está! —El calderero se volvió con una camisa de algodón hilado a mano de color gris—. No es muy elegante, me temo, pero es nueva. Bueno, casi nueva. —Me la acercó al pecho para ver si era de mi talla.

—¿Y la boda? —insistí.

—¿Qué? Ah, no. No estuve allí. Pero tengo entendido que fue todo un acontecimiento. Se casaba la única hija de los Mauthen, y con un buen partido. Llevaban meses planeándola.

—Y ¿no oíste que pasara nada raro? —pregunté, decepcionado.

El anciano se encogió de hombros.

—Como ya he dicho, no estuve allí. Llevo un par de días por las fundiciones —dijo apuntando hacia el oeste—. Comerciando con cribadores y con otra gente de las montañas. —Se dio unos golpecitos en un lado de la cabeza, como si acabara de acordarse de algo—. Por cierto, encontré un brassie en las montañas. —Revolvió en sus paquetes otra vez y sacó una botella plana y gruesa—. Si no te gusta el vino, quizá prefieras los licores más fuertes...

Iba a sacudir la cabeza, pero entonces comprendí que un aguardiente casero me serviría para limpiarme la herida esa noche.

—Quizá... —dije—. Depende de cuál sea la oferta.

—Como eres un joven sincero —dijo el calderero con solemnidad—, estoy dispuesto a darte la manta, las dos botellas y el rollo de cuerda.

—Eres generoso, calderero. Pero prefiero quedarme la camisa en lugar de la cuerda y el vino de frutas. Serán un peso muerto en mi bolsa, y todavía he de recorrer mucho camino.

El rostro del calderero se ensombreció un poco, pero se encogió de hombros.

—Tú eliges, desde luego. Manta, camisa, aguardiente y tres iotas.

Nos estrechamos la mano, y le ayudé a cargar a Keth-Selhan porque tenía la vaga impresión de que lo había insultado al rechazar su anterior oferta. Diez minutos más tarde, el anciano ya iba hacia el este, y yo eché a andar hacia el norte por las verdes colinas, hacia Trebon.

Me alegré de recorrer el último medio kilómetro a pie, porque eso me ayudó a aliviar la rigidez de las piernas y de la espalda. Llegué a la cresta de la colina y vi Trebon extendiéndose allá abajo, recogido en la hondonada que formaban las colinas. No era un pueblo grande ni mucho menos; debía de tener un centenar de edificios repartidos alrededor de una docena de retorcidas calles polvorientas.

Cuando vivía con la troupe, aprendí a evaluar las características de un pueblo. Es algo muy parecido a adivinar los gustos de tu público cuando actúas en una taberna. Evaluar un pueblo es más arriesgado, desde luego: si tocas la canción equivocada en una taberna, es posible que te abucheen; pero si juzgas mal a un pueblo entero, las cosas pueden ponerse mucho más feas.

Así que analicé las características de Trebon. Estaba en un lugar apartado, a medio camino entre un pueblo minero y un pueblo agrícola. No era probable que desconfiaran en exceso de los forasteros, pero era lo bastante pequeño para que todos supieran, con solo mirarte, que no eras un vecino del lugar.

Me sorprendió ver a gente colocando muñecos rellenos de paja que representaban a engendros delante de sus casas. Eso significaba que, pese a la proximidad de Imre y la Universidad, Trebon era una comunidad un tanto atrasada. Todos los pueblos celebran algún tipo de festival de la cosecha, pero hoy en día la mayoría de la gente enciende una hoguera y se emborracha. El hecho de que todavía respetaran las antiguas tradiciones significaba que la gente de Trebon era muy supersticiosa.

A pesar de todo, me gustó ver los engendros. Siempre me han gustado los festivales tradicionales de la cosecha, por muy supersticiosos que sean. En realidad son un tipo de teatro.

La iglesia tehlina era el edificio más bonito del pueblo: tenía tres pisos de altura y era de piedra de cantera. Hasta ahí, todo normal; pero atornillada sobre la puerta principal, a gran altura, había una de las ruedas de hierro más grandes que he visto jamás. De hierro de verdad, y no de madera pintada. Medía tres metros de diámetro y debía de pesar una tonelada. En otras circunstancias, semejante exhibición me habría inquietado un tanto, pero como Trebon era un pueblo minero, pensé que debía de ser una muestra del orgullo de sus habitantes, más que de piedad o fanatismo.

Casi todos los otros edificios del pueblo eran de una sola planta, y estaban hechos de madera basta, con tejados de tejas de cedro. Sin embargo, la posada era muy respetable, de dos pisos, con paredes de yeso y tejas de barro cocido en el tejado. Seguro que allí encontraba a alguien que supiera algo más sobre la boda.

Dentro apenas había un puñado de gente; eso no me sorprendió, porque estábamos en plena cosecha y todavía quedaban cinco o seis horas de luz. Puse cara de angustiado y me acerqué a la barra, donde estaba el posadero.

—Disculpe —dije—. Siento molestarlo, pero estoy buscando a una persona.

El posadero era un tipo moreno con el ceño perpetuamente fruncido.

—¿A quién?

—Un pariente mío vino aquí para asistir a una boda —expliqué—, y me han dicho que hubo problemas.

Al oír la palabra «boda», el ceño del posadero se acentuó. Noté cómo los dos hombres que estaban sentados un poco más allá, a la barra, se esforzaban para no mirarme. Entonces era cierto. Había pasado algo terrible.

Vi cómo el posadero alargaba una mano y posaba los dedos sobre la barra. Tardé un momento en percatarme de que estaba tocando la cabeza de hierro de un clavo que estaba hundido en la madera.

—Mal asunto —dijo de manera cortante—. No tengo nada que decir.

—Por favor —insistí confiriéndole un tono preocupado a mi voz—. Estaba en Temfalls visitando a unos familiares cuando nos llegó el rumor de que había pasado algo. Están todos muy ocupados recogiendo el último trigo, y les prometí que vendría aquí y me enteraría de qué había pasado.

El posadero me miró de arriba abajo. A un curioso habría podido despacharlo, pero a mí no podía negarme el derecho a saber qué le había ocurrido a un miembro de mi familia.

—Arriba hay una persona que estuvo allí —dijo con aspereza—. No es de por aquí. Quizá sea el pariente que buscas.

¡Un testigo! Fui a hacer otra pregunta, pero el posadero negó con la cabeza.

—Yo no sé nada —dijo con firmeza—. Ni me importa. —Se dio la vuelta y de pronto se puso a manipular las espitas de sus barriles de cerveza—. Al final del pasillo, a la izquierda.

Crucé la estancia y empecé a subir la escalera. Noté que todo el mundo me miraba. Su silencio y el tono de voz del posadero daban a entender que esa persona que estaba en el piso de arriba no era una de tantas que habían estado allí, sino la única. El único superviviente.

Llegué al final del pasillo y llamé a la puerta; primero con suavidad, luego con más fuerza. Al final la abrí despacio, para no sobresaltar a quien estuviera dentro.

Era una habitación estrecha con una cama estrecha. Tumbada en la cama había una mujer vestida y con un brazo vendado. Tenía la cabeza vuelta hacia la ventana, de modo que solo la vi de perfil.

Pero la reconocí al instante. Era Denna.

Debí de hacer algún ruido, porque se volvió y me miró. Abrió mucho los ojos y, por una vez, fue ella la que se quedó sin habla.

—Oí decir que habías tenido un problema —dije con desenvoltura—. Así que pensé que quizá podría ayudarte.

Abrió más los ojos, y luego los entornó.

—Mientes —dijo componiendo una especie de sonrisa irónica.

—Cierto —admití—. Pero es una mentira piadosa. —Entré en la habitación y cerré la puerta sin hacer ruido—. Si lo hubiera sabido, habría venido.

—Cualquiera puede hacer el viaje después de recibir la noticia —dijo ella con desdén—. Hay que ser especial para presentarse cuando uno no sabe que hay un problema. —Se incorporó y bajó las piernas de la cama.

Al verla más de cerca, me fijé en que tenía un cardenal en la sien además del brazo vendado. Di un paso más hacia ella.

—¿Te encuentras bien? —pregunté.

—No —contestó ella—. Pero podría estar muchísimo peor. —Se levantó despacio, como si no confiara mucho en poder tenerse en pie. Dio uno o dos pasos vacilantes y quedó más o menos satisfecha—. Bueno. Puedo andar. Larguémonos de aquí.

72

Montumulo

Al salir de la habitación, Denna torció a la izquierda en lugar de a la derecha. Al principio creí que estaba desorientada, pero cuando llegó a una escalera trasera vi que lo que estaba haciendo era tratar de salir de la posada sin pasar por la taberna. Encontró la puerta que daba al callejón, pero estaba cerrada con llave.

Así que no tuvimos más remedio que salir por la puerta principal. Nada más entrar en la taberna, todas las miradas se clavaron en nosotros. Denna fue derecha a la puerta, moviéndose con la lenta determinación de una nube de tormenta.

Ya casi estábamos fuera cuando el posadero gritó:

—¡Eh! ¡Eh, tú!

Denna lo miró de refilón. Sus labios dibujaron una delgada línea y siguió caminando hacia la puerta como si no hubiera oído nada.

—Yo me encargo de él —dije en voz baja—. Espérame. Saldré enseguida.

Fui hasta donde estaba el posadero, con el ceño fruncido.

—Así que pariente tuyo, ¿eh? ¿Ya tiene permiso del alguacil para marcharse? —me preguntó.

—Creía que no quería usted saber nada de todo esto —dije.

—No, no quiero saber nada. Pero ha utilizado una habitación, y ha comido, y tuve que hacer venir al médico.

Lo miré con severidad.

—Si hay en este pueblo un médico que valga más que medio penique, yo soy el rey de Vint.

—En total me he gastado medio talento —insistió—. Las vendas no las regalan, y traje a una mujer para que le hiciera compañía hasta que despertara.

Yo dudaba mucho que se hubiera gastado tanto dinero, pero no quería tener problemas con el alguacil. De hecho, quería evitar cualquier retraso. Dadas las tendencias de Denna, temía que desapareciera como la niebla matutina si la perdía de vista más de un minuto.

Saqué cinco iotas de mi bolsa y las tiré encima de la barra.

—Los buitres sacan provecho hasta de la peste —dije con mordacidad, y me marché.

Sentí un alivio descomunal cuando vi a Denna esperándome fuera, apoyada en el poste de atar los caballos. Tenía los ojos cerrados y la cara vuelta hacia el sol. Dio un suspiro de satisfacción y se volvió hacia el sonido de mis pasos.

—¿Tan mal te han tratado? —pregunté.

—Al principio fueron bastante amables —admitió Denna señalando la posada con el brazo vendado—. Pero había una anciana que no dejaba de vigilarme. —Arrugó la frente y se apartó el largo y negro cabello, permitiéndome ver claramente el cardenal que se extendía por su sien hasta la línea de crecimiento del pelo—. Te la puedes imaginar: una solterona con la cara llena de arrugas y con la boca como el culo de un gato.

Solté una carcajada; Denna sonrió, y fue como si el sol asomara por detrás de una nube. Pero su rostro volvió a ensombrecerse cuando agregó:

—No paraba de mirarme de una forma extraña. Como si yo debiera haber tenido la decencia de morir con todos los demás. Como si todo esto fuera culpa mía.

Denna sacudió la cabeza.

—Pero ella era mejor que los viejos. ¡El alguacil me puso una mano en la pierna! —Se estremeció—. Incluso vino el alcalde, muy compungido, como si yo le importara algo; pero se limitó a acribillarme a preguntas: «¿Qué hacía usted allí?», «¿Qué pasó?», «¿Qué vio?»...

El desdén en la voz de Denna me hizo morderme la lengua.

Soy preguntón por naturaleza, y además, el único objetivo de aquel precipitado viaje a las montañas era investigar qué había pasado.

Sin embargo, el tono de voz de Denna dejaba muy claro que no estaba de humor para someterse a más interrogatorios. Me colgué bien el macuto, y entonces se me ocurrió una idea.

—Espera —dije—. Tus cosas. Te lo has dejado todo en la habitación.

Denna vaciló un instante.

—Me parece que allí no había nada mío —dijo como si hasta entonces no se le hubiera ocurrido pensarlo.

—¿Estás segura de que no quieres volver y comprobarlo?

Denna negó firmemente con la cabeza.

—No me gusta quedarme donde no soy bien recibida —dijo con naturalidad—. Todo lo demás lo resuelvo por el camino.

Denna empezó a andar por la calle, y yo la seguí. Se metió por una estrecha callejuela orientada hacia el oeste. Pasamos al lado de una anciana que estaba colgando un engendro hecho de gavillas de avena. El muñeco llevaba un basto sombrero de paja y unos pantalones de arpillera.

—¿Adónde vamos? —pregunté.

—Quiero ver si mis cosas están en la granja de los Mauthen —respondió Denna—. Después de eso, aceptaré sugerencias. ¿Adónde ibas antes de encontrarme?

—La verdad es que yo también iba a la granja de los Mauthen.

Denna me miró de reojo.

—Muy bien. La granja está a solo un kilómetro y medio de aquí. Llegaremos mucho antes del anochecer.

El terreno de los alrededores de Trebon era agreste: estaba cubierto de densos bosques en los que se intercalaban tramos de suelo rocoso. De pronto el camino describía una curva y aparecía un campo pequeño y perfecto de dorado trigo escondido entre los árboles o acurrucado en el fondo de un valle, rodeado de oscuros riscos. Los granjeros y los jornaleros salpicaban los campos; estaban cubiertos de granzas y se movían con el lento hastío de quien sabe que todavía queda media jornada de cosecha.

Cuando solo llevábamos un minuto andando, oí un golpeteo de cascos de caballos a nuestras espaldas. Me volví y vi un pequeño carro descubierto que avanzaba lentamente, dando tumbos, por el camino. Denna y yo nos apartamos hacia los matorrales, porque el camino apenas era lo bastante ancho para que pasara el carro. Un granjero de aspecto cansado nos miró con recelo desde su asiento, encorvado sobre las riendas.

—Vamos a la granja Mauthen —le gritó Denna—. ¿Le importaría acercarnos un poco?

El hombre nos lanzó una mirada sombría y señaló la parte trasera del carro.

—Yo voy más allá del Montumulo. Puedo dejaros allí, y vosotros seguís a pie.

Denna y yo nos montamos en el carro y nos sentamos en el suelo de listones, mirando hacia atrás y con los pies colgando del borde. No viajábamos mucho más deprisa que a pie, pero a los dos nos alivió no tener que caminar.

Íbamos callados. Como es obvio, Denna no quería hablar de según qué cosas delante del granjero, y yo me alegré de tener un momento para reflexionar. Había llegado a Trebon dispuesto a contar todas las mentiras que hiciera falta para sonsacarle la información que quería al testigo, pero Denna complicaba las cosas. No quería mentirle, pero al mismo tiempo no podía arriesgarme a revelarle demasiado. Y ante todo, no quería que pensara que estaba loco con mis historias disparatadas sobre los Chandrian...

Así que íbamos callados. Resultaba agradable estar a su lado. Diréis que una chica vendada y con un ojo morado no puede estar guapa, pero Denna sí. Era bella como la luna: con alguna mácula, pero perfecta.

El granjero me sacó de mi ensimismamiento diciendo:

—Hemos llegado. Eso es el Montumulo.

Le dimos las gracias al granjero y saltamos del carro. Denna me precedió por un sendero de tierra que serpenteaba por la ladera de la colina, entre árboles y algún que otro afloramiento de gastadas y oscuras rocas. Denna parecía más firme que cuando habíamos salido de la taberna, pero no apartaba la vista del suelo y pisaba con mucho cuidado, como si temiera perder el equilibrio.

De pronto se me ocurrió una cosa.

—Encontré tu nota —dije, y saqué la hoja doblada de uno de los bolsillos de mi capa—. ¿Cuándo me la dejaste?

—Hace casi dos ciclos.

Hice una mueca.

—La encontré anoche.

Denna asintió para sí.

—Ya lo pensé al ver que no aparecías. Supuse que se habría caído, o que se habría mojado y no habrías podido leerla.

—Es que últimamente no he entrado por la ventana —dije.

Denna se encogió de hombros.

—Fue una tontería dejártela en la ventana, la verdad. Pensé dejártela bajo la almohada, pero quería estar segura de que serías tú quien la encontrara.

—¿Quién más iba a encontrar algo en mi cama?

Denna me miró con franqueza.

—Me parece que sobrevaloras mi popularidad —dije con toda la aspereza de que fui capaz, esforzándome para no ruborizarme.

Intenté pensar algo que añadir, algo que explicara lo que Denna había visto cuando Fela me había regalado la capa en el Eolio. Pero no se me ocurría nada.

—Lamento haberme perdido la comida.

Denna me miró con gesto risueño.

—Deoch me contó que habías quedado atrapado en un incendio, o algo así. Me dijo que tenías muy mal aspecto.

—Me sentía muy mal —admití—. Pero más por haber faltado a nuestra cita que por el incendio...

Puso los ojos en blanco.

—Sí, seguro que estabas terriblemente consternado. En cierto modo me hiciste un favor. Mientras estaba allí sentada, sola, languideciendo...

—Ya te he dicho que lo lamento.

—... se me presentó un caballero. Estuvimos charlando, conociéndonos el uno al otro... —Se encogió de hombros y me miró de reojo, casi con timidez—. Desde ese día he vuelto a verlo varias veces. Si todo va bien, creo que antes de que termine el año será mi mecenas.

—¿En serio? —dije, y sentí un gran alivio—. Qué bien. Te lo mereces, y desde hace mucho tiempo. ¿Quién es?

Denna sacudió la cabeza, y el oscuro cabello le tapó la cara.

—No puedo decírtelo. Está obsesionado con su intimidad. Tardó más de un ciclo en decirme su verdadero nombre. Y ni siquiera estoy segura de que ese nombre sea el de verdad.

—Si no estás segura de quién es —pregunté—, ¿cómo sabes que es un caballero?

Era una pregunta estúpida. Ambos conocíamos la respuesta, pero de todas formas, Denna me contestó:

—Por el dinero que maneja. Por la ropa que lleva. Por sus modales. —Se encogió de hombros—. Aunque solo sea un comerciante acaudalado, será un buen mecenas.

—Pero no un excelente mecenas. Las familias de comerciantes no tienen la misma estabilidad...

—... y sus nombres no imponen tanto —terminó ella encogiéndose de hombros para darme a entender que ya lo sabía—. Media hogaza es mejor que nada, y yo estoy harta de no tener ni un mendrugo de pan que llevarme a la boca. —Suspiró—. Me he esforzado mucho para convencerlo. Pero es tan escurridizo... Nunca nos encontramos dos veces en el mismo sitio, y nunca en público. A veces quedamos y no aparece. Aunque eso no es ninguna novedad para mí...

Denna pisó una piedra suelta y dio un traspié. Fui a sujetarla, y ella se agarró a mi brazo y a mi hombro antes de caer. Nos quedamos un momento abrazados hasta que Denna recobró el equilibrio, y noté su cuerpo contra el mío.

La solté y nos apartamos el uno del otro. Pero después de recuperar el equilibrio, Denna dejó una mano apoyada en mi hombro. Me moví despacio, como si un pájaro salvaje se hubiera posado allí y yo quisiera evitar por todos los medios asustarlo para que no echara a volar.

Estuve a punto de rodearla con el brazo, en parte para ayudarla a sostenerse, y en parte por otras razones más obvias. Pero descarté esa idea. Todavía recordaba la cara que había puesto cuando mencionó que el alguacil le había tocado una pierna. ¿Qué pasaría si reaccionaba de forma parecida conmigo?

Los hombres acosaban a Denna, y yo sabía, por nuestras conversaciones, lo pesados que ella los encontraba. Yo no soportaba la idea de cometer los mismos errores que cometían otros, sencillamente porque no sabía cómo actuar. Era mejor no correr el riesgo de ofenderla; era mejor permanecer a salvo. Como ya he dicho, existe una gran diferencia entre no tener miedo y ser valiente.

Seguimos andando por el sendero, que describía una curva tras otra y ascendía por la colina. Solo se oía el viento entre la hierba alta.

—Así que es reservado —dije con cautela, temiendo que el silencio empezara a resultarnos incómodo.

—Mucho más que reservado —dijo Denna mirando hacia el cielo—. Una vez, una mujer me ofreció dinero a cambio de información sobre él. Yo me hice la tonta, y después, cuando se lo comenté, me dijo que había sido una prueba para ver si podía confiar en mí. En otra ocasión, unos hombres me amenazaron. Supongo que era otra prueba.

A mí ese tipo me parecía de lo más siniestro, un fugitivo de la ley o alguien que se escondía de su familia. Estaba a punto de decírselo a Denna cuando vi que me miraba, angustiada. Estaba preocupada; le preocupaba que yo me riera de ella por consentirle los caprichos a un señoritingo paranoico.

Recordé mi conversación con Deoch sobre el hecho de que, por muy difícil que fuera mi situación, la de ella era incuestionablemente más difícil. ¿Qué estaría dispuesto a soportar yo para conseguir el mecenazgo de algún poderoso noble? ¿Qué estaría dispuesto a hacer para encontrar a alguien que me diera dinero para comprar cuerdas para el laúd, que se preocupara de alimentarme y de vestirme y que me protegiera de cabronazos como Ambrose?

Decidí no hacer más comentarios de ese estilo y compuse una sonrisa cómplice.

—Más vale que sea lo bastante rico para merecer las molestias que te tomas por él —dije—. Más vale que tenga bolsas llenas de dinero. ¡Sacos!

Denna esbozó una sonrisa, y noté cómo su cuerpo se relajaba; debía de alegrarse de que no la juzgara.

—Eso sí que estaría bien, ¿verdad? —añadí, y los ojos de Denna chispearon diciendo: «Sí».

—Él es la razón de que esté aquí —continuó—. Me pidió que fuera a esa boda. Es un entorno mucho más rural de lo que yo esperaba, pero... —Volvió a encogerse de hombros, un silencioso comentario sobre los inexplicables deseos de la nobleza—. Creía que mi futuro mecenas también estaría en la boda... —Se interrumpió y rió entre dientes—. ¿Tiene sentido que lo llame así?

—Invéntate un nombre —propuse.

—Escógelo tú —repuso ella—. ¿No os enseñan muchos nombres en la Universidad?

—Annabelle —sugerí.

—No pienso llamar Annabelle a mi futuro mecenas —dijo ella riendo.

—¿El duque de Pastagansa?

—Eso es ser frívolo. Inténtalo otra vez.

—Bueno, si te gusta alguno, párame: Federico el Frívolo. Frank. Feran. Forue. Fordale...

Seguimos ascendiendo por la colina; Denna iba sacudiendo la cabeza. Cuando por fin llegamos a la cima, soplaba un fuerte viento. Denna me cogió del brazo para no perder el equilibrio, y yo levanté una mano para protegerme del polvo y de las hojas. Tosí, sorprendido, cuando el viento me metió una hoja en la boca y me hizo atragantarme y farfullar.

Denna lo encontró muy gracioso.

—Vale —dije sacándome la hoja de la boca. Era amarilla y tenía forma de punta de lanza—. El viento ha decidido por nosotros. Maese Fresno.

—¿Seguro que no tendría que ser maese Olmo? —replicó Denna examinando la hoja—. Es un error muy corriente.

—Sabe a fresno —dije—. Te lo aseguro.

Denna asintió con gesto de gravedad, aunque le chispeaban los ojos.

—Está bien. Lo llamaremos Fresno.

Cuando salimos de entre los árboles y llegamos a la cima de la colina, volvió a soplar una ráfaga de viento que nos acribilló con una especie de arenilla. Denna se apartó de mí, mascullando y frotándose los ojos. De pronto, noté un intenso frío en la parte de mi brazo donde ella había posado la mano.

—¡Manos negras! —dijo frotándose la cara—. Tengo granzas en los ojos.

—No son granzas —dije mirando más allá de la cima de la colina. A solo unos quince metros de donde nos encontrábamos había un grupito de edificios calcinados. Debía de ser la granja de los Mauthen—. Es ceniza.

Conduje a Denna hasta un bosquecillo que nos protegería del viento y desde donde no se veía la granja. Le di mi botella de agua y nos sentamos en un árbol caído; descansamos mientras Denna se enjugaba los ojos.

—Mira —dije con vacilación—, no hace falta que vayas hasta allí. Si me dices dónde dejaste tus cosas, puedo ir yo a buscarlas.

Denna entornó un poco los ojos.

—No sé si lo dices por consideración o por condescendencia...

—No sé qué viste anoche, así que no sé en qué medida tengo que ser delicado.

—En general no necesito mucha delicadeza —dijo ella de manera cortante—. No soy una margarita ruborosa.

—Las margaritas no se ruborizan.

Denna me miró parpadeando; tenía los ojos enrojecidos.

—Seguramente te refieres a una dulce violeta, o a una virgen ruborosa. Además, las margaritas son blancas. No pueden sonrojarse...

—Eso sí que ha sido condescendiente —replicó Denna.

—No, solo pretendía que vieras la diferencia —dije—. Para

que puedas comparar. Así no dudarás tanto cuando pretenda ser considerado.

Nos miramos a los ojos, y al final ella desvió la mirada, frotándose los ojos.

—De acuerdo —concedió.

Inclinó la cabeza hacia atrás y se echó más agua en la cara, parpadeando enérgicamente.

—No vi gran cosa, la verdad —dijo al mismo tiempo que se secaba la cara con la manga de la camisa—. Toqué antes de la boda, y también después, antes de que empezaran a cenar. Seguía esperando a que apareciera mi... —esbozó una sonrisa— maese Fresno, pero sabía que no debía preguntar por él. Suponía que todo aquello era otra de sus pruebas.

Se quedó callada un momento, con el ceño fruncido.

—Siempre se las ingenia para hacerme saber que está cerca. Pedí que me excusaran un momento y lo encontré junto al granero. Fuimos a dar un paseo por el bosque y me hizo una serie de preguntas. Quién había en la boda, cuántas personas, cómo eran. —Se quedó pensativa—. Ahora que lo pienso, esa fue la verdadera prueba. Quería comprobar si era observadora.

—Por lo que dices, podría tratarse de un espía —cavilé.

Denna se encogió de hombros.

—Estuvimos una media hora charlando y paseando. Entonces él oyó algo y me pidió que lo esperara. Fue hacia la granja y tardó mucho en volver.

—¿Cuánto rato?

—Unos diez minutos. —Se encogió de hombros—. Ya sabes lo que pasa cuando estás esperando a alguien. Estaba oscuro, y yo tenía hambre y frío. —Se abrazó la cintura y se inclinó un poco hacia delante—. Dios, ahora también tengo hambre. Cómo me gustaría haber...

Saqué una manzana de mi macuto y se la di. Eran unas manzanas preciosas, rojas como la sangre, dulces y tersas. De esas manzanas con las que sueñas todo el año, pero que solo encuentras durante unas pocas semanas en otoño.

Denna me miró con extrañeza.

—Antes viajaba mucho —expliqué, y cogí otra manzana para mí—. Y pasaba mucha hambre. Así que procuraba llevar siempre algo para comer. Cuando montemos el campamento para pasar la noche, te prepararé una cena de verdad.

—¡Y encima, cocina! —Le dio un mordisco a la manzana y bebió un poco de agua para ayudar a tragársela—. En fin, me pareció oír unos gritos y fui hacia la granja. Salí de detrás de un risco, y oí claramente gritos y chillidos. Me acerqué un poco más y olí el humo. Y vi la luz del fuego a través de los árboles...

—¿De qué color era? —pregunté con la boca llena.

Denna me miró; de pronto, su expresión denotaba desconfianza.

—¿Por qué me lo preguntas?

—Lo siento. Te he interrumpido —dije tragándome el trozo de manzana—. Termina tu historia, y luego te lo contaré.

—Ya he hablado mucho —dijo Denna—. Y tú todavía no me has explicado qué haces en este rincón del mundo.

—Los maestros de la Universidad oyeron unos extraños rumores y me enviaron aquí para comprobar si eran ciertos —mentí. No había ni pizca de vacilación ni de torpeza en mi mentira. En realidad ni siquiera la planeé, sino que sencillamente me salió. No tenía más remedio que tomar una decisión precipitada, y no quería arriesgarme a hablarle a Denna de mi búsqueda de los Chandrian. No soportaba la idea de que Denna me tomara por un chiflado.

—¿En la Universidad hacen esas cosas? —me preguntó—. Creía que os pasabais el día leyendo libros.

—Sí, hay gente que lee —admití—. Pero cuando oímos rumores extraños, alguien tiene que ir a ver qué ha pasado. Cuando la gente se vuelve supersticiosa, nos mira a los de la Universidad y piensa: «¿Habrá por ahí alguien que esté tonteando con fuerzas oscuras que es mejor dejar en paz? ¿A quién podríamos lanzar a una enorme y abrasadora hoguera?».

—Y tú, ¿haces eso muy a menudo? —Agitó la mano en que tenía la manzana medio comida—. ¿Investigar cosas?

Negué con la cabeza.

—Es que hice enfadar a un maestro. Y él se aseguró de que me tocara a mí hacer este viajecito.

No era una mala mentira, teniendo en cuenta que estaba improvisando. Hasta se sostendría si Denna preguntaba un poco por ahí, porque había parte de verdad en ella. Cuando lo exigen las circunstancias, soy un mentiroso excelente. No es la más noble de las habilidades, pero resulta útil. Contar mentiras se parece a actuar y a relatar historias, y las tres cosas las aprendí de mi padre, que era todo un experto.

—No dices más que sandeces —me soltó Denna.

Me quedé parado, a punto de hincarle los dientes a la manzana. Me la quité de la boca dejando unas marcas blancas en la piel roja.

—¿Cómo dices?

Denna se encogió de hombros.

—Si no quieres contármelo, no me importa. Pero no me cuentes cuentos chinos con la intención de tranquilizarme o impresionarme.

Inspiré hondo, titubeé y exhalé despacio.

—No quiero mentirte acerca de por qué estoy aquí —dije—. Pero me preocupa lo que puedas pensar si te digo la verdad.

Los ojos de Denna eran oscuros y serios, y no delataban nada.

—Muy bien —dijo por fin haciendo un gesto de asentimiento casi imperceptible—. Eso me lo creo.

Mordió la manzana y me miró a los ojos mientras masticaba, largo rato. Tenía los labios más húmedos y más rojos que la manzana.

—Oí ciertos rumores —dije por fin—. Y quiero saber qué pasó aquí. Eso es todo, de verdad. Solo...

—Lo siento, Kvothe. —Denna suspiró y se pasó una mano por el pelo—. No he debido presionarte. En realidad no es asunto mío. Yo sé muy bien lo que es tener secretos.

Estuve a punto de revelárselo todo. De contarle toda la historia sobre mis padres, los Chandrian, el hombre de los ojos negros y la sonrisa de pesadilla. Pero temí que pareciera la desesperada invención de un niño al que han descubierto mintiendo. Así que tomé el camino de los cobardes y me quedé callado.

—Así nunca encontrarás a tu amor verdadero —dijo Denna.

Salí de golpe de mi ensimismamiento, desconcertado.

—Perdona, ¿cómo dices?

—Te comes el corazón de la manzana —dijo ella, risueña—. Te comes toda la pulpa, y luego te comes el corazón, de abajo arriba. Nunca se lo había visto hacer a nadie.

—Es una vieja costumbre —dije quitándole importancia. No quería decirle la verdad: que hubo una época de mi vida en que el corazón era lo único de la manzana que encontraba para comer, y que lo hacía de muy buen grado—. ¿Qué es eso que dijiste?

—¿Nunca has jugado a ese juego? —Sostuvo en alto el corazón de su manzana sujetándolo con dos dedos por el pedúnculo—. Piensas una letra y haces girar la manzana. Si el pedúnculo aguanta, piensas otra letra y la haces girar otra vez. Cuando el pedúnculo se suelta... —el suyo se soltó—, tienes la primera letra del nombre de la persona de quien te vas a enamorar.

Miré el trocito de manzana que había dejado. No era lo bastante grande para sujetarlo y hacerlo girar. Me comí el resto de la manzana y tiré el pedúnculo.

—Se ve que yo no me enamoraré.

—Ya has vuelto a hacerlo: siete palabras —dijo Denna sonriendo—. Supongo que sabes que siempre lo haces.

Tardé un momento en darme cuenta de a qué se refería, pero antes de que pudiera responder, Denna continuó:

—Dicen que las semillas no son saludables. Contienen arsénico.

—Eso son cuentos de viejas. —Era una de las diez mil preguntas que le había hecho a Ben durante el tiempo que viajó con la troupe—. No es arsénico, sino cianuro, y para que te hicieran daño tendrías que comerte un montón de semillas.

—Ah. —Denna contempló el corazón de su manzana con gesto especulativo, y luego empezó a comérselo de abajo arriba.

—Estabas contándome lo que le pasó a maese Fresno cuando te he interrumpido groseramente —dije con toda la delicadeza de que fui capaz.

Denna se encogió de hombros.

—No hay mucho más que contar. Vi el fuego, me acerqué a él, oí más gritos y mucho alboroto...

—¿Y el fuego?

Vaciló un instante.

—Era azul.

Noté una especie de desasosiego. Me emocionaba estar, al fin, cerca de las respuestas sobre los Chandrian. Y al mismo tiempo me daba miedo estar cerca de ellos.

—¿Cómo eran los que te atacaron? ¿Cómo lograste huir?

Denna soltó una risa amarga.

—No me atacó nadie. Vi unas siluetas recortadas contra el fuego y eché a correr como una endemoniada. —Levantó el brazo vendado y se tocó el lado de la cabeza—. Debí de chocar contra un árbol y perdí el conocimiento. Me he despertado esta mañana en el pueblo.

»Esa es la otra razón por la que necesitaba volver —prosiguió—. No sé si maese Fresno seguirá por aquí. En el pueblo nadie comentó que hubieran encontrado otro cadáver, pero no podía preguntar sin que sospecharan...

—Y además, a él no le habría gustado.

Denna asintió.

—Estoy segura de que convertirá esto en otra prueba para ver si sé tener la boca cerrada. —Me miró de forma elocuente—. Por cierto...

—Si nos encontramos a alguien, me mostraré terriblemente sorprendido —me anticipé—. No te preocupes.

Denna sonrió un tanto nerviosa.

—Gracias. Espero que esté con vida. Llevo dos ciclos enteros intentando convencerlo. —Bebió un último sorbo de agua de mi botella y me la devolvió—. Vamos a echar un vistazo, ¿no?

Denna se puso en pie con vacilación, y yo guardé mi botella de agua en el macuto mientras la miraba con el rabillo del ojo. Llevaba casi un año trabajando en la Clínica. Denna había recibido un golpe en la sien izquierda lo bastante fuerte para que se le hinchara el ojo y le saliera un cardenal que se extendía desde la oreja hasta la raíz del pelo. Llevaba el brazo derecho vendado y, por cómo se movía, deduje que tenía magulladuras considerables en el costado izquierdo, si no unas cuantas costillas rotas.

Si había chocado contra un árbol, debía de haber sido un árbol con una forma muy rara.

Pero aun así, no dije nada. No quise presionarla.

¿Cómo iba a hacerlo? Yo también sabía muy bien lo que era tener secretos.

La granja no ofrecía un aspecto excesivamente truculento. El granero había quedado reducido a un revoltijo de cenizas y tablones. En uno de los lados había un abrevadero junto a un calcinado molino de viento. El viento intentaba hacerlo girar, pero solo le quedaban tres aspas, y lo único que hacía era oscilar: delante y atrás, delante y atrás.

No había cadáveres. Solo las profundas roderas que habían dejado las ruedas de los carros cuando habían ido a recogerlos.

—¿Cuánta gente había en la boda? —pregunté.

—Veintiséis contando a los novios. —Denna le dio un puntapié a un madero carbonizado medio enterrado en la ceniza, cerca de los restos del granero—. Es una suerte que aquí suela llover por las noches, porque si no, toda esta ladera de la montaña estaría ardiendo.

—¿Sabes si hay viejas enemistades por aquí? —pregunté—. ¿Rivalidad entre familias? ¿Otro pretendiente sediento de venganza?

—Pues claro —replicó Denna—. En un pueblo tan pequeño como este, esas cosas son las que mantienen la estabilidad. La gente de estos sitios arrastra rencillas de cincuenta años por lo que su Tom dijo sobre nuestro Kari. —Sacudió la cabeza—. Pero nada que justificara un asesinato. Era gente normal y corriente.

Normal y corriente, pero rica, pensé mientras iba hacia el edificio principal de la granja. Era un tipo de casa que solo una familia acaudalada podía permitirse el lujo de construir. Los cimientos y las paredes de la planta baja eran de sólida piedra gris. El piso superior era de yeso y madera, con refuerzos de piedra en las esquinas.

Aun así, las paredes estaban combadas hacia dentro y a punto de derrumbarse. Las ventanas y la puerta eran meras oquedades bordeadas de hollín. Me asomé por la puerta y vi que la piedra gris de las paredes estaba tiznada. Había piezas de loza rota esparcidas por el chamuscado suelo de madera, entre los restos de los muebles.

—Si tus cosas estaban aquí dentro —le dije a Denna—, me temo que no quedará mucho de ellas. Podría entrar a mirar...

—No digas estupideces —repuso ella—. Esto está a punto de venirse abajo. —Dio unos golpecitos con los nudillos en el marco de la puerta, que produjo un sonido hueco.

Ese ruido me extrañó, y me acerqué a mirar. Metí una uña bajo la jamba y desprendí, con muy poco esfuerzo, una larga astilla del tamaño de la palma de mi mano.

—Esto parece madera de deriva y no madera para construcción —observé—. Después de haberse gastado tanto dinero, ¿por qué lo escatimarían en el marco de la puerta?

Denna se encogió de hombros.

—Quizá lo hizo el calor del incendio.

Asentí abstraído, y seguí paseándome y mirando alrededor. Me agaché para recoger un trozo de teja de madera chamuscado y murmuré un vínculo. Noté un breve escalofrío en los brazos, y una llama prendió en el extremo.

—Eso es algo que no se ve todos los días —comentó Denna. Lo dijo con calma, pero era una calma forzada, como si quisiera aparentar indiferencia.

Tardé un momento en comprender a qué se refería. Una simpatía tan sencilla como aquella era algo tan habitual en la Universidad que ni siquiera se me había ocurrido pensar qué le parecería a alguien que no estuviera familiarizado con ella.

—De vez en cuando tonteo con fuerzas oscuras que es mejor dejar en paz —dije alegremente sosteniendo la teja ardiendo—. ¿El fuego de anoche era azul?

Denna asintió.

—Como una llamarada de gas de hulla. Como esas lámparas que tienen en Anilin.

La teja de madera ardía con unas llamas de color naranja completamente normales. No tenían ni rastro de azul, pero podía ser que el fuego de la noche anterior sí hubiera sido azul. Solté el trozo de teja y lo pisé con la bota.

Volví a dar una vuelta alrededor de la casa. Había algo que me inquietaba, pero no acertaba a identificarlo. Quería entrar a fisgar.

—Veo que el incendio no fue muy grave —le grité a Denna—. ¿Qué fue lo que dejaste dentro?

—¿Que no fue muy grave? —dijo ella, incrédula, viniendo hacia mí—. ¡Pero si ha quedado todo destrozado!

Señalé con un dedo.

—El tejado no está completamente quemado; solo lo está la parte más cercana a la chimenea. Eso quiere decir que probablemente el fuego no afectó mucho al piso de arriba. ¿Qué tenías aquí?

—Tenía algo de ropa y una lira que me había regalado maese Fresno.

—¿Tocas la lira? —Eso me sorprendió—. ¿De cuántas cuerdas?

—De siete. En realidad estoy aprendiendo a tocarla. —Soltó una risita forzada—. Estaba aprendiendo. Sé lo justo para tocar en una boda de pueblo.

—No pierdas el tiempo con la lira —le aconsejé—. Es un instrumento arcaico y poco sutil. No lo digo para menospreciar tu elección —me apresuré a puntualizar—. Lo digo porque tu voz merece un mejor acompañamiento que el de una lira. Si buscas un instrumento de cuerda pulsada que puedas transportar, te recomiendo un arpa pequeña.

—Eres muy amable —dijo Denna—. Pero no la escogí yo, sino maese Fresno. La próxima vez le pediré que me compre un arpa. —Miró alrededor y dio un suspiro—. Si es que sigue vivo, claro.

Me asomé por una de las ventanas, y me quedé con un trozo del alféizar en las manos al apoyarme en él.

—Esta madera también está podrida —dije desmenuzándola con las manos.

—Exacto. —Denna me cogió por el brazo y me apartó de la ventana—. La casa está a punto de caérsete encima. No vale la pena entrar. Como tú mismo has dicho, solo es una lira.

Dejé que Denna me apartara de la casa.

—El cadáver de tu mecenas podría estar en el piso de arriba.

Denna negó con la cabeza.

—No es la clase de persona que entra en un edificio en llamas y queda atrapado en él. —Me miró con severidad—. Además, ¿qué esperas encontrar ahí dentro?

—No lo sé —admití—. Pero si no entro, no sé en qué otro sitio voy a buscar pistas sobre lo que pasó aquí.

—¿Qué rumor fue ese que oíste, por cierto?

—No gran cosa —admití recordando lo que había dicho el barquero—. Que habían muerto varias personas en una boda. Que los habían encontrado a todos muertos y descuartizados como muñecas de trapo. Y que había fuego azul.

—No es verdad que estuvieran descuartizados —dijo Denna—. Según contaban en el pueblo, los atacaron con puñales y espadas.

Desde que había llegado al pueblo, yo no había visto a nadie que llevara siquiera un puñal. Lo único parecido a un arma eran las hoces y las guadañas de los campesinos que trabajaban en los campos. Volví a contemplar la hundida granja; estaba convencido de que se me escapaba algo...

—Y ¿qué crees que pasó? —me preguntó Denna.

—No lo sé —respondí—. Imaginaba que quizá no encontraría nada. Ya sabes que los rumores siempre exageran. —Miré alrededor—. No me habría creído lo del fuego azul de no haber estado tú presente y de no habérmelo confirmado.

—No fui la única que lo vio —repuso ella—. La casa todavía ardía cuando vinieron a buscar los cadáveres y me encontraron.

Miré alrededor con fastidio. Seguía teniendo la impresión de que se me escapaba algún detalle, pero no habría sabido decir qué era ni por todo el oro del mundo.

—¿Qué piensan en el pueblo? —pregunté.

—Conmigo no estuvieron muy parlanchines —contestó ella con amargura—. Pero oí parte de una conversación entre el alguacil y el alcalde. Hablaban de demonios. El fuego azul era una prueba incuestionable. Algunos hablaban de engendros. Supongo que el festival de la cosecha de este año será el más tradicional de la historia de este pueblo. Habrá muchas fogatas, sidra, muñecos de paja...

Volví a mirar alrededor: las ruinas del granero, un molino con tres aspas, y los restos chamuscados de una casa. Me pasé ambas manos por el pelo, frustrado y convencido de que pasaba algo por alto. Yo esperaba encontrar... algo. Cualquier cosa.

Estaba allí plantado y comprendí lo delirante que era esa esperanza. ¿Qué esperaba encontrar? ¿La huella de una pisada? ¿Un trocito de tela de una capa? ¿Una nota arrugada con una información de vital importancia? Esas cosas solo pasaban en las historias.

Saqué mi botella y me bebí el agua que quedaba.

—Bueno, aquí ya he terminado —dije, y me dirigí hacia el abrevadero—. ¿Qué piensas hacer tú ahora?

—Quiero echar un vistazo —contestó Denna—. Cabe la posibilidad de que mi caballero esté por aquí, herido.

Miré más allá de las doradas y suaves colinas, cubiertas de árboles otoñales y de campos de trigo, verdes pastos y bosques de pinos y abetos. Aquí y allá se distinguían las oscuras cicatrices de riscos y afloramientos de roca.

—Hay mucho terreno donde buscar...

Denna asintió con resignación.

—Al menos tengo que intentarlo.

—¿Quieres que te ayude? —pregunté—. Conozco un poco los secretos del bosque...

—Agradecería mucho tu compañía, desde luego —contestó—. Sobre todo teniendo en cuenta que podría haber una banda de demonios merodeando por estos lares. Además, te recuerdo que te has ofrecido a prepararme la cena de esta noche.

—Es verdad. —Pasé al lado del molino calcinado y fui hasta la bomba de mano, de hierro. Así el mango, apoyé todo el peso del cuerpo en él, y de pronto se partió por la base y estuve a punto de caerme.

Me quedé mirando el mango roto. Estaba completamente

oxidado y se desmenuzaba desprendiendo ásperas escamas de herrumbre.

Entonces recordé la noche que encontré a mi troupe asesinada, años atrás. Recordé que alargué una mano para sujetarme a la rueda de un carromato y que las fuertes bandas de hierro se habían oxidado hasta desmenuzarse. Recordé la gruesa y sólida madera haciéndose pedazos cuando la toqué.

—¿Kvothe? —Denna me miraba con gesto de preocupación; su cara estaba muy cerca de la mía—. ¿Estás bien? Por el renegrido Tehlu, siéntate o te vas a caer. ¿Te has hecho daño?

Me senté en el borde del abrevadero, pero los gruesos tablones se desintegraron bajo mi peso como un tocón podrido. Dejé que la fuerza de la gravedad tirara de mí hasta quedar sentado en la hierba.

Sostuve en alto el mango oxidado de la bomba para mostrárselo a Denna. Ella lo miró y arrugó la frente.

—Esa bomba era nueva. El padre estuvo alardeando de lo mucho que le había costado instalar un pozo aquí, en lo alto de la colina. No paraba de repetir que no quería que su hija tuviera que acarrear cubos de agua hasta la cima tres veces al día.

—¿Qué crees que pasó? —pregunté—. Dime la verdad.

Denna miró alrededor; el cardenal de la sien destacaba contra su pálido cutis.

—Creo que cuando haya terminado de buscar a mi futuro mecenas, voy a largarme de aquí para no volver nunca.

—Eso no es ninguna respuesta —insistí—. ¿Qué crees que pasó?

Denna me miró a los ojos largo rato antes de responder:

—Nada bueno. Nunca he visto un demonio, y no creo que lo vea nunca. Pero tampoco he visto nunca al rey de Vint...

—¿Conoces esa canción infantil? —Denna me miró sin comprender, así que canté:

> Cuando de azul se tiñe el fuego del hogar,
> ¿cómo podemos actuar?, ¿cómo podemos actuar?
> Salgamos corriendo, escondámonos huyendo.

Cuando tu reluciente espada se empieza a aherrumbrar,
¿en quién confiar?, ¿en quién confiar?
Sigue tu propia guía, piedra erguida.

Denna palideció al comprender lo que yo estaba insinuando.
Asintió y entonó el estribillo:

¿Veis a una mujer de nívea palidez?
En silencio acuden y en silencio se marchan.
¿Cuál es su plan?, ¿cuál es su plan?
Los Chandrian, los Chandrian.

Denna y yo nos sentamos en la alfombra de sombra que se extendía
bajo los árboles otoñales, lejos de la granja en ruinas. «Los Chandrian —pensé—. Los Chandrian estuvieron realmente aquí.» Todavía estaba tratando de poner en orden mis ideas cuando Denna dijo:

—¿Era esto lo que esperabas encontrar?

—Era lo que buscaba —contesté. «Los Chandrian estuvieron
aquí hace menos de un día»—. Pero no esperaba esto. No sé cómo
explicarlo. Cuando eres pequeño y excavas en busca de un tesoro
enterrado, no esperas encontrarlo. Vas al bosque a buscar hadas y
resinillos, pero no los encuentras. —«Mataron a mi troupe, y mataron a los asistentes a esta boda»—. Mierda, me paso la vida buscándote a ti en Imre, pero tampoco espero encontrarte... —Me di
cuenta de que estaba desvariando, y me callé.

Denna rió y descargó un poco de tensión. No había burla en su
risa, solo júbilo.

—¿Me estás comparado con un tesoro escondido o con un Fata?

—Eres ambas cosas. Escondida, valiosa, muy buscada y raramente encontrada. —La miré; mi mente apenas prestaba atención
a las palabras que salían por mi boca—. También tienes mucho
de los Fata. —«Existen —pensaba—. Los Chandrian existen»—.
Nunca estás donde te busco, y apareces cuando menos lo espero.
Como el arco iris.

Durante el pasado año, yo había guardado un secreto temor en el corazón. A veces temía que el recuerdo de los Chandrian y del asesinato de los componentes de mi troupe fuera solo una especie de extraña pesadilla terapéutica que mi mente había creado para ayudarme a asimilar la pérdida de todo mi mundo. Pero ya tenía algo parecido a una prueba. Eran reales. Mi recuerdo era real. No estaba loco.

—Una tarde, cuando era niño, me pasé una hora persiguiendo el arco iris. Me perdí en el bosque. Mis padres estaban desesperados. Yo estaba convencido de que podría atraparlo. Creía ver el sitio donde tocaba el suelo. Contigo me pasa lo mismo...

Denna me tocó un brazo. Noté el repentino calor de su mano a través de la camisa. Inspiré hondo y aspiré el aroma de su pelo, calentado por el sol; el olor a hierba verde, y a su sudor limpio, y a su aliento, y a manzanas. El viento susurró entre los árboles y le alborotó el cabello, que me rozó la cara.

De pronto, el silencio se apoderó del claro, y reparé en que llevaba varios minutos hablando sin pensar lo que decía. Me sonrojé de vergüenza y miré alrededor al recordar dónde estaba.

—Te veo un poco alicaído —dijo Denna con dulzura—. Me parece que nunca te había visto así.

Volví a respirar hondo y despacio.

—Estoy alicaído siempre —dije—, solo que lo disimulo.

—A eso me refería. —Dio un paso hacia atrás, y su mano se deslizó lentamente por todo mi brazo hasta separarse por completo de él—. Y ahora, ¿qué hacemos?

—Pues... no tengo ni idea. —Miré alrededor, perdido.

—Eso tampoco es muy propio de ti.

—Quiero agua —dije, y compuse una tímida sonrisa al darme cuenta de que había hablado como un niño pequeño.

Denna me devolvió la sonrisa.

—Para empezar, no está mal —bromeó—. ¿Y después?

—Quiero saber por qué los Chandrian atacaron a esa gente.

—¿«Cuál es su plan», no? —Adoptó una expresión más seria—. Contigo no hay término medio, ¿verdad? Lo único que quieres es beber agua y saber la respuesta a una pregunta que la gente lleva haciéndose desde... bueno, desde siempre.

—¿Qué crees que pasó? —pregunté una vez más—. ¿Quién crees que los mató?

Denna se cruzó de brazos.

—No lo sé —contestó—. Podría haber infinidad de... —Se interrumpió y se mordió el labio inferior—. No. Eso no es verdad —rectificó—. Resulta extraño decirlo, pero creo que fueron ellos. Parece algo sacado de una historia, y por eso preferiría no creerlo. Pero lo creo. —Me miró con nerviosismo.

—Haces que me sienta mejor. —Me levanté—. Creía que estaba un poco loco.

—Quizá lo estés —replicó ella—. Yo no soy un buen baremo para evaluar tu cordura.

—¿Crees que estás loca?

Denna negó con la cabeza, y en sus labios se insinuó una sonrisa.

—No. ¿Y tú?

—No mucho.

—Eso puede ser bueno o malo, según se mire. ¿Qué propones que hagamos para resolver el mayor misterio de todos los tiempos?

—Necesito pensar un poco —dije—. Entretanto, vamos a ver si encontramos a tu misterioso maese Fresno. Me encantaría hacerle unas cuantas preguntas sobre lo que vio en la granja Mauthen.

Denna asintió.

—He pensado que podríamos volver a donde me dejó, detrás de ese risco, y luego buscar entre ese punto y la granja. —Se encogió de hombros—. Ya sé que no es ningún plan espectacular...

—Es algo por donde empezar —dije—. Si volvió y no te encontró, quizá dejara algún rastro que podamos seguir.

Denna me guió por el bosque. Allí hacía menos frío. Los árboles paraban el viento, pero el sol se filtraba, porque las copas y las ramas estaban casi desnudas. Solo los altos robles conservaban todavía las hojas, como circunspectos ancianos.

Mientras caminábamos, yo intentaba pensar en qué motivos podían tener los Chandrian para matar a aquella gente. ¿Existía algún paralelismo entre los asistentes a esa boda y los miembros de mi troupe?

«Sé de unos padres que han estado cantando unas canciones que no hay que cantar...»

—¿Qué cantaste anoche? —le pregunté a Denna—. En la boda.

—Lo de siempre —me contestó ella apartando un montón de hojas secas con los pies—. Canciones alegres. «El flautín», «Vamos a lavar al río», «El cazo de cobre»... —Rió un poco—. «La tina de tía Emilia».

—No te creo —dije, perplejo—. ¿«La tina de tía Emilia»? ¿En una boda?

—Me lo pidió un abuelo borracho. —Se encogió de hombros mientras se abría paso a través de una densa maraña de arbustos amarilleantes—. Hubo algunos que arquearon las cejas, pero no muchos. La gente de por aquí es muy campechana.

Seguimos andando en silencio. El viento rugía en las ramas más altas de los árboles, pero por donde nosotros íbamos solo se oía un susurro.

—Creo que nunca he oído «Vamos a lavar» —comenté.

—Ah, ¿no? —Denna giró la cabeza y me miró—. ¿Intentas camelarme para que te cante?

—Por supuesto.

Se dio la vuelta y me sonrió, cariñosa, con el cabello tapándole la cara.

—Quizá más tarde. Cantaré para ganarme la cena. —Rodeó un alto afloramiento de rocas oscuras. Allí hacía más frío, porque no daba el sol—. Creo que fue aquí donde nos separamos —dijo mirando alrededor sin mucha convicción—. De día todo parece diferente.

—¿Quieres buscar por el camino que lleva a la granja, o prefieres que vayamos describiendo círculos a partir de aquí?

—Mejor círculos —contestó—. Pero tendrás que explicarme qué se supone que buscamos. Soy una chica de ciudad.

Le expliqué brevemente lo poco que sabía de los secretos del bosque. Le mostré el tipo de terreno en que las botas dejan señales o huellas. Le hice ver que el montón de hojas por el que había pasado había quedado desordenado, y que las ramas del arbusto estaban rotas y partidas por donde ella lo había atravesado.

Permanecimos muy juntos, porque dos pares de ojos ven más que uno solo, y porque a ninguno de los dos nos hacía mucha gracia caminar solos por allí. Fuimos describiendo círculos, cada vez más amplios, alejándonos del risco.

Pasados cinco minutos, empecé a pensar que lo que estábamos haciendo era inútil. El bosque era demasiado grande. Comprendí que Denna estaba llegando a la misma conclusión. Una vez más, las pistas de cuento que confiábamos en encontrar se resistían a revelarse. No había pedazos de ropa enganchados en las ramas de los árboles, ni profundas huellas de bota, ni campamentos abandonados. En cambio, encontramos setas, bellotas, mosquitos y excrementos de mapache astutamente escondidos bajo las agujas de pino.

—¿Oyes el agua? —preguntó Denna.

Asentí.

—Estoy muerto de sed —dije—. Y tampoco me vendría mal lavarme un poco.

Sin añadir nada más abandonamos la búsqueda; ninguno de los dos quería admitir que estaba deseando dejarlo estar, que sentíamos que no tenía sentido. Seguimos el sonido del agua colina abajo; pasamos por un denso pinar y llegamos a un hermoso y profundo arroyo de unos seis metros de ancho.

El agua no olía a residuos de fundición, así que bebimos y yo llené la botella de agua.

Sabía muy bien lo que pasaba en los cuentos. Cuando una pareja de jóvenes llegaba a un río, siempre pasaba lo mismo. Denna se bañaría detrás de un abeto cercano, fuera del alcance de mi vista, en un tramo arenoso de la orilla. Yo me apartaría un poco, por discreción, hasta un sitio desde donde no pudiera verla, pero desde donde pudiéramos hablar sin necesidad de gritar. Y entonces... pasaría algo. Ella resbalaría y se torcería un tobillo, o se haría un corte en un pie con una piedra afilada, y yo me vería obligado a ayudarla. Y entonces...

Pero aquello no era la historia de dos jóvenes enamorados que se encontraban en el río. Así que me eché un poco de agua en la cara, fui detrás de un árbol y me puse la camisa limpia. Denna metió la cabeza en el agua para refrescarse. Su reluciente cabello era negro como la tinta hasta que se lo retorció con las manos.

Luego nos sentamos en una piedra, con los pies en el agua y disfrutando de la mutua compañía mientras descansábamos. Compartimos una manzana; nos la fuimos pasando y fuimos dando mordiscos por turnos, lo cual, si nunca has besado a nadie, es casi como besarse.

Y, después de que yo insistiera un poco, Denna cantó para mí. Una estrofa de «Vamos a lavar», una estrofa que yo no había oído nunca y que sospecho que ella inventó allí mismo. No voy a repetirla ahora, porque ella la cantó para mí y para nadie más. Y como esto no es la historia de dos jóvenes enamorados que se encuentran en el río, no pinta nada aquí, así que me la guardo.

73

Cochi

Poco después de terminarnos la manzana, Denna y yo sacamos los pies del agua y nos dispusimos a marcharnos. Me planteé dejar allí mis botas, porque unos pies que pueden correr descalzos por los tejados de Tarbean pueden correr por el bosque más agreste sin lastimarse. Pero no quería parecer incivilizado, así que me puse los calcetines, pese a que estaban húmedos y pegajosos de sudor.

Estaba atándome los cordones de la bota cuando oí un débil ruido a lo lejos; parecía provenir de detrás de un denso bosquecillo de pinos.

Sin decir nada, alargué un brazo y toqué a Denna en el hombro para alertarla, y me llevé un dedo a los labios.

«¿Qué?», articuló en silencio.

Me acerqué un poco a ella pisando con cuidado para no hacer ruido.

—Creo que he oído algo —le dije al oído—. Voy a echar un vistazo.

—Y un cuerno —susurró Denna; su rostro destacaba, pálido, bajo la sombra de los pinos—. Eso fue lo mismo que dijo Fresno anoche antes de marcharse. Si te crees que voy a permitir que tú también desaparezcas, estás muy equivocado.

Antes de que pudiera replicar, volví a oír ruido entre los árboles. Un susurro de maleza, el seco chasquido de una rama seca de pino. Los ruidos se intensificaron, y empecé a distinguir el sonido de algo grande que respiraba dando resoplidos. Y luego un débil gruñido animal.

No era un ser humano. No eran los Chandrian. Mi alivio duró poco, porque entonces oí otro gruñido y más resoplidos. Debía de ser un jabalí que se dirigía al río.

—Ponte detrás de mí —le dije a Denna. La gente no sabe lo peligrosos que son los jabalíes, sobre todo en otoño, cuando los machos pelean para establecer sus dominios. La simpatía no me serviría de nada. No tenía ni fuente ni relación. No tenía ni siquiera un palo resistente. ¿Conseguiría distraerlo con las pocas manzanas que me quedaban?

El jabalí apartó las ramas bajas de un pino, resoplando y jadeando. Debía de pesar el doble que yo. Dio un fuerte y gutural gruñido; levantó la cabeza y nos vio. Se quedó con la cabeza levantada, retorciendo el morro para captar nuestro olor.

—No corras o te perseguirá —dije en voz baja, y, poco a poco, me coloqué delante de Denna. Como no se me ocurría nada más, saqué mi navaja y la abrí con el dedo pulgar—. Retrocede y métete en el río. Los jabalíes no son buenos nadadores.

—No creo que sea peligrosa —replicó Denna en un tono de voz normal—. Parece más curiosa que enfadada. —Hizo una pausa—. No es que no sepa apreciar tus nobles impulsos, pero...

Me fijé y comprobé que Denna tenía razón. No era un macho, sino una hembra; y bajo la capa de barro que la cubría se distinguía el color rosado de los cerdos domésticos, y no el marrón de los jabalíes. Aburrida, la cerda bajó la cabeza y empezó a hozar entre las matas que crecían debajo de los pinos.

Entonces reparé en que me había agachado y estaba casi en cuclillas, con un brazo extendido, como un luchador. En la otra mano tenía mi lamentable navaja; era tan pequeña que ni siquiera podía cortar una manzana por la mitad de una sola vez. Y lo peor era que solo llevaba puesta una bota. Ofrecía un aspecto ridículo; parecía tan loco como Elodin en uno de sus peores días.

Me acaloré, y comprendí que debía de haberme puesto rojo como una remolacha.

—Tehlu misericordioso, qué idiota me siento.

—La verdad es que es muy halagador —repuso Denna—. Con excepción de algún irritante simulacro en la barra de alguna taberna, me parece que es la primera vez que alguien salta para defenderme.

—Sí, claro. —Mantuve la cabeza agachada mientras me calzaba la otra bota; estaba demasiado avergonzado para mirar a Denna a la cara—. Es el sueño de todas las niñas: que las rescaten de un cerdo de granja.

—Lo digo en serio. —Levanté la cabeza y vi que Denna sonreía con dulzura, pero sin burla—. Te has puesto tan... fiero. Como un lobo con todo el lomo erizado. —Me miró la cabeza y rectificó—: O mejor dicho, un zorro. Tienes el pelo demasiado rojo para ser un lobo.

Me relajé un poco. Un zorro con el lomo erizado es mejor que un idiota desquiciado y medio descalzo.

—Pero sujetas mal la navaja —observó Denna con toda naturalidad, apuntando hacia mi mano con la barbilla—. Si se la clavaras a alguien, te resbalaría la empuñadura y te cortarías el pulgar. —Alargó un brazo, me cogió los dedos y me los desplazó un poco—. Si la coges así, no te harás daño. El único inconveniente es que la muñeca pierde movilidad.

—¿Has participado en muchas peleas con navaja? —bromeé.

—No en tantas como tú crees —repuso ella con una sonrisa pícara—. Es otra página de ese gastado libro que a los hombres tanto os gusta consultar para cortejarnos. —Puso los ojos en blanco, exasperada—. No sabes la cantidad de hombres que han intentado robarme la virtud enseñándome a defenderla.

—Nunca he visto que llevaras un puñal —comenté—. ¿Cómo es eso?

—¿Para qué voy a llevar un puñal? —replicó ella—. Soy una dulce y delicada flor, ¿no? Una mujer que se pasea exhibiendo un puñal solo busca problemas. —Metió una mano en un bolsillo y sacó un largo y delgado trozo de metal con uno de los bordes reluciente—. Sin embargo, una mujer que esconde un puñal está preparada por si surgen problemas. En general, es más cómodo aparentar que eres inofensiva. Menos problemático.

Lo único que impidió que me quedara perplejo fue la naturalidad con que lo dijo. Su puñal no era mucho más grande que mi navaja. Era de una sola pieza, recto, con empuñadura de piel fina. Era evidente que no era ningún utensilio de cocina, ni una navaja de supervivencia. Me recordó, más bien, a los afilados cuchillos quirúrgicos de la Clínica.

—¿Cómo haces para llevar eso en el bolsillo sin cortarte a trocitos?

Denna se puso de lado para enseñármelo.

—El bolsillo tiene un corte por dentro. Llevo el puñal atado a la pierna. Por eso es tan plano. Para que no se note que lo llevo bajo la ropa. —Lo asió por la empuñadura y lo sostuvo ante mí para que lo viera—. Así. Tienes que poner el pulgar en la parte plana.

—¿Pretendes robarme la virtud enseñándome a defenderla? —pregunté.

—Como si tú tuvieras virtud —dijo ella riendo—. Lo que intento es que no te cortes esas manos tan bonitas que tienes la próxima vez que salves a una chica de una cerda. —Ladeó la cabeza y agregó—: Por cierto, ¿sabías que cuando te enfadas los ojos...?

—¡Marrana! —gritó una voz desde los árboles, y oímos también el ruido metálico de una campana—. ¡Cochi, cochi, cochi!

La cerda se animó y fue trotando por los arbustos hacia la voz. Denna se guardó el puñal mientras yo recogía mi macuto. Seguimos a la cerda por entre los árboles, y vimos a un hombre río abajo con media docena de cerdas enormes deambulando alrededor. También había un viejo y pinchudo verraco, y una veintena de cochinillos correteando entre sus patas.

El porquero nos miró con desconfianza.

—¡Ea! —gritó—. Non tengáis miedo. Muessos non dan.

Era flaco y tenía el rostro curtido por el sol, con una barba rala. Llevaba una esquila sujeta al largo bastón, y una bolsa vieja y sucia colgada del hombro. Olía mejor de lo que seguramente imagináis, porque los cerdos de montanera se mantienen mucho más limpios que los que viven encerrados en porquerizas. Y aunque hubiera olido como un cerdo de porqueriza, no se lo habría reprochado, porque sin duda alguna yo había olido mucho peor en varios momentos de mi vida.

—Parecíame a mí que algo oyiere, allí río abajo —dijo. Tenía un acento cerrado y pastoso, y costaba entenderle. Mi madre lo llamaba «el habla del fondo del valle», porque solo se oía en los pueblos que apenas tenían contacto con el mundo exterior. Incluso en las pequeñas aldeas rurales como Trebon, esa forma de expresarse ya se había perdido. Como llevaba tanto tiempo viviendo en Tarbean y en Imre, hacía años que no oía un dialecto tan cerrado. Ese tipo debía de haber crecido en algún sitio muy remoto, seguramente escondido en las montañas.

El porquero se nos acercó y nos miró entornando los ojos.

—¿Mas qué facíais allí abajo? —preguntó con recelo—. Parecióme oír a alguien cantando tonadas.

—Mi prima cormana séia —dije imitando su forma de hablar y señalando a Denna—. Preciosa voz ha pora la música, ¿non es cierto? —Le tendí una mano—. Muxo gusto en conosceros, señor. Cuothe podéis decirme.

El tipo se sorprendió al oírme hablar, y su adusta expresión se suavizó notablemente.

—Mío es el gusto, maese Cuothe —replicó, y me estrechó la mano—. Non es corriente encontrarse con paisanos que las cosas digan commo débese. Los desgraciados que por acá desfilan se sienten commo si la boca alguien les hubiera embutida de lana.

Me reí.

—«Lana en la boca, lana en los sesos», mi padre decía.

El porquero sonrió y dijo:

—Skoivan Schiemmelpfenneg podéis llamarme.

—Bastantes letras ha pora un rey —repuse—. ¿Grand ofensa os causo si lo recorto pora llamaros Schiem?

—Assí facen mis amigos. —Me sonrió y me dio una palmada en la espalda—. A buenos mozos commo vosotros dos, bien está Schiem. —Nos miró alternadamente a Denna y a mí.

En honor a la verdad, he de reconocer que Denna ni siquiera pestañeó una vez al oírme hablar en aquel dialecto.

—Desculpadme —dije señalándola—. Schiem, esta es mi prima cormana favorita.

—Dinnaeh —dijo Denna.

Bajé la voz y, con un susurro teatral, dije:

—Laudable mugier, mas también horrible de tímida que es. Non oyiéresla fablar grand cosa, me da a mí...

Denna interpretó su papel sin vacilar; agachó la cabeza y empezó a retorcerse los dedos fingiendo nerviosismo. Levantó brevemente la cabeza para sonreír al porquero, y luego volvió a bajar la vista; era la timidez personificada, hasta tal punto que casi me lo creí.

Schiem se levantó el deforme sombrero de la frente y asintió.

—Muxo gusto en conosceros, Dinnaeh. Nuncua en vida avié oída voz tan adorable —dijo, y volvió a calarse el sombrero. Como Denna seguía sin mirarlo, Schiem se volvió hacia mí.

—Buen rebaño habéis allí —comenté señalando los cerdos que merodeaban entre los árboles.

Schiem sacudió la cabeza, riendo.

—Vamos anda, rebaño non es. Los borregos e las vacas en rebaños desfilan, mas los cochinos facen piaras.

—Non sabía... Amigo Schiem, ¿uno desos lechones nos venderíais? Mi prima cormana e servidor non hemos tomado muesso desde la mañana...

—Igual sí —contestó él con cautela, y buscó mi bolsa con la mirada.

—Si prepararlo pora nós queréis, cuatro iotas puedo darlas —dije, consciente de que le estaba ofreciendo un buen precio—. Mas si la merced dispensáis de asentaros y compartir el conducho con nós.

Lo estaba tanteando. Las personas que tienen trabajos solitarios, como los pastores y los porqueros, o bien prefieren que los dejen en paz, o están deseosos de conversar con alguien. Confiaba en que Schiem entrara en la segunda categoría. Necesitaba información sobre la boda, y en el pueblo no parecía que hubiera nadie dispuesto a hablar mucho.

Le sonreí y metí una mano en mi macuto, del que extraje la botella de aguardiente que le había comprado al calderero.

—Un frasco de elixir he también aquí pora obrar de aliño. Si nada tenéis en contra de beber un buchito con forasteros a hora tan temprana...

Denna volvió a intervenir: levantó la vista justo en el momento en que Schiem la miraba, sonrió tímidamente y volvió a agachar la cabeza.

—Bueeeno, mi madre crióme commo débese —dijo el porquero con recato, y se llevó una mano al pecho—. Servidor non échase al gaznate mas que cuando sed ha o el aire bufa fresco. —Se quitó el deforme sombrero con un gesto teatral y nos hizo una reverencia—. Buenos mozos semejáis. Muxo gusto habré en almorzar con vós.

Schiem agarró un cochinillo y se lo llevó un poco más allá; lo mató y lo preparó con un largo cuchillo que sacó de su bolsa. Yo aparté las hojas del suelo y amontoné unas piedras para improvisar un fuego.

Pasados unos minutos, Denna se me acercó con un montón de leña seca.

—Supongo que estamos engatusando a ese tipo para sonsacarle toda la información que podamos, ¿no? —me preguntó en voz baja.

Asentí.

—Perdóname por lo de la prima tímida, pero...

—No, si ha sido muy buena idea. No hablo bien el paleto, y seguro que se abrirá más a alguien que hable como él. —Miró de reojo y añadió—: Casi ha terminado. —Se fue hacia el río.

Con disimulo, hice simpatía para encender el fuego mientras Denna improvisaba un par de pinchos de cocinar con unas ramas de sauce. Scheim volvió con el cochinillo preparado.

Mientras el cochinillo se asaba en el fuego, humeando y chorreando grasa, hice circular la botella de aguardiente. Fingí que bebía, pero solo inclinaba la botella y me mojaba los labios. Denna también bebió de la botella cuando se la pasé, y poco después se le colorearon las mejillas. Schiem fue fiel a su palabra, y como soplaba el viento, no tardó en ponérsele la nariz bien roja.

Schiem y yo charlamos hasta que el cochinillo estuvo crujiente y chisporroteante por fuera. Cuanto más lo escuchaba, más se me pegaba el habla del porquero, y al poco rato ya no tenía que concentrarme tanto para imitarlo. Para cuando el cochinillo estuvo asado, lo hacía sin darme cuenta.

—Buena mano ha con la cuchilla —felicité a Schiem—. Mas déjame perplejo que despancijarais el lechoncete allí mesmo, a la vista de los cochinos.

Schiem sacudió la cabeza.

—Unos hideputas con mala idea son, los cochinos. —Señaló a una de las hembras, que se paseaba por el sitio donde acababa de matar el cochinillo—. ¿Catáis esa tarasca de allí? Ándase tras las tripas de su mesmo lechón. Liestos son los cochinos, mas grand sentimiento non han, non.

Schiem decidió que el cochinillo ya estaba asado, sacó una hogaza de pan y la dividió en tres partes.

—¡Borrego! —rezongó—. ¿De qué, borrego, si haber podemos buenos pedazos de panceta? —Se levantó y empezó a trinchar el cochinillo con su largo cuchillo—. ¿Cuál parte gustáis de tastar, mi dama? —le preguntó a Denna.

—Preferencias no he —contestó ella—. Bien irá cualquier pedazo que hayáis aí.

Me alegré de que Schiem no me estuviera mirando cuando Denna contestó. Su habla no era perfecta: fallaba un poco en las palabras agudas y no cerraba bien el «non», pero no lo hacía nada mal.

—Non seáis tímida, moza, pues menester non ha —dijo Schiem—. Carne de sobras habemos acá.

—Siempre agradóme más de detrás, si molestia non causo —dijo Denna; se ruborizó y agachó la cabeza. Esa vez cerró mejor la negación.

Schiem nos demostró su buena educación evitando hacer algún comentario grosero mientras le ponía una gruesa y humeante tajada de carne encima del trozo de pan.

—Tiento con los dedos. Tiempo dadle pora que enfríe.

Nos pusimos a comer; luego Scheim nos sirvió por segunda vez, y luego por tercera. Al poco rato estábamos chupándonos la grasa de los dedos y sintiéndonos llenos. Decidí poner manos a la obra. Si Scheim no estaba ya a punto para largar, tendría que rendirme.

—Me deja perplejo que los cochinos acá traigáis, con las nuevas que recién ha habidas —dije.

—¿Cuáles nuevas?

Todavía no se había enterado de la masacre. Perfecto. Aunque no pudiera darme detalles de lo ocurrido en la granja de los Mauthen, eso significaba que estaría más dispuesto a hablar de lo ocurrido antes de la boda. Aunque encontrara en el pueblo a alguien que no estuviera muerto de miedo, dudaba que encontrara a alguien dispuesto a hablar con sinceridad sobre los muertos.

—Problemas en la granja de Mauthen hubo, oí —dije limitándome a ofrecer una información tan vaga e inofensiva como pudiera.

Schiem dio una risotada y dijo:

—Vamos anda, ni miaja me extraña.

—¿Commo es eso?

Schiem escupió a un lado.

—Esos Mauthen un hatajo de hideputas son, e bien poco todavía les pasa. —Volvió a sacudir la cabeza—. Servidor non anda nuncua por cerca el Mont Túmulo, pues miaja del sentido común que dióme mi madre conservo. Más, muxo más del que Mauthen ha.

No fue hasta que oí a Schiem decir el nombre del lugar con su cerrado acento que lo entendí. Montumulo. Montúmulo. Monte del Túmulo.

—Ni los cochinos a campear por allí lievaría, mas el cabronazo va e una casa se face. —Sacudió la cabeza como si no se explicara semejante ocurrencia.

—¿E los paisanos a evitarlo non probaron? —preguntó Denna.

El porquero hizo un ruido grosero.

—Non muy de atender es, ese Mauthen. Nada commo el dinero pora obrar de tapón de orejas.

—Ca, mas una casa es y punto —dije con desdén—. ¿Qué mal puede facer?

—El omne una casa bonita e con vistas quiere pora la cría, bien está todo eso —concedió Schiem—. Mas si uno los fundamientos vaciando está, e con huesos e tales cosas trompieza, si non se atora, buenooo... tamaña zoquetada es eso, bien seguro.

—¿Vamos anda? ¿Eso fizo? —saltó Denna, horrorizada.

Schiem asintió y se inclinó hacia delante.

—E lo peor eso non es. El omne vaciando sigue, e va e trompeza con pedrexones. ¿Se atora? —Dio un bufido—. Non, échase a desoterrarlos, e busca más pora facer la casa.

—Mas ¿a qué non dar buen uso pora los pedrexones? —pregunté.

Schiem me miró como si yo fuera imbécil.

—¿Faceríais una casa con pedrexones de túmulo? ¿Desoterraríais algo de un túmulo, e a vuestra cría lo daríais de regalo de casamiento?

—Ah, mas ¿con algo trompezó? ¿Qué séia? —Le pasé la botella.

—Bueeeno, allí está el grand secreto —dijo Schiem con amargura, y bebió otro sorbo de aguardiente—. Oyiérede que Mauthen estaba vaciando los fundamientos de la casa, e sacaba pedrexones. E essora trompezóse con una cámara de pedrexón, menuda e fuertemente sellada. Mas face callar a todos de lo que de allí saca, pora dar una alegría a la moza en el casamiento.

—¿Un tesoro, non? —pregunté.

—Ca, dinero non séia. —Sacudió la cabeza—. Si dinero fuera, Mauthen la boca non podría haber cosida. Me da a mí que era alguna... —Abrió un poco la boca y la cerró, como si buscara la palabra adecuada—. ¿Cómmo se dicen esas antiguallas que ponen en anaqueles los ricos omnes pora asombro de sus amigos?

Me encogí de hombros.

—¿Reliquias? —sugirió Denna.

Schiem se tocó el puente de la nariz y luego señaló a Denna componiendo una sonrisa.

—Eso es. Una cosa lucidora pora envidia de los paisanos. Siempre aires se ha dado, ese Mauthen.

—¿Conque nadie sabía qué séia? —pregunté.

Schiem asintió.

—Unos pocos, contados. Mauthen e su hermano, dos críos de

los suyos, e no sé si su mugier. Medio año va de entonces a acá, con el grand secreto pora ellos e ni uno más, todos inflados commo pontífixes.

Eso lo enfocaba todo desde otra perspectiva. Tenía que volver a la granja y buscar otra vez.

—¿A alguien habéis catado por aquí hoy? —preguntó Denna—. A mi tío buscamos.

Schiem negó con la cabeza.

—El gusto non he habido, non.

—Pues bien preocupada me ha —insistió Denna.

—Una cosa por otra non os diré, fermosa —replicó el porquero—. Si a solas anda por los bosques de acá, motivo habéis de preocuparos.

—¿Campan por aquí malas yentes? —pregunté.

—Non, non es lo que piensades —respondió—. Servidor non baja acá más que de año en año, a la otoñada. A cuenta sale si se trae de montanera a los cochinos, mas de un pelo. Cosas extrañas suceden por estos bosques, a septentrión sobre todo. —Miró a Denna y luego se miró los pies; era evidente que no estaba seguro de si debía continuar.

Eso era exactamente la clase de comentario que yo quería oír, así que, con la esperanza de provocarlo, hice un gesto de desdén y dije:

—¿Con cuentos de viejas nos salís agora, Schiem?

Schiem frunció el entrecejo.

—Dos noches ha, cuando alcéme pora... —vaciló un momento y miró a Denna— un asuntillo atender, unas luces caté, allí, a septentrión. Una grand fogarada azul. Grande commo una fogata, mas salida de la nada. —Chasqueó los dedos—. Al segundo, desaparecióse. Tres veces fue eso. Mal canguelo entróme.

—¿Dos noches ha? —La boda se había celebrado la noche anterior.

—Dos dije, ¿o non? Ese tiempo llevo bajándome para el sur. Ca, non quiero saber nada de lo que o quién face la fogarada azul de noche, allí arriba.

—Vamos anda, Schiem. ¿Fogaradas azules?

—Non tengáisme por uno de esos Ruh embaucadores que cuentan estorias de miedo por unos peniques, mozo —dijo, enojado—. La vida entera la he vivido por estos montes. Todos saben que algo sucede en las peñas fuert de septentrión. Non en balde los paisanos ni se aprestan por allí.

—¿Non habede granjas allí arriba? —pregunté.

—Non sacarás nada de las peñas, si pedrexones no gustas de cosechar —contestó acaloradamente—. ¿Qué? ¿Creéis que non sé reconoscer una candela de una fogata? Azul era, assí os digo. Fogaradas bien grandes. —Hizo un gesto expansivo con los brazos—. Commo cuando echas elixir en la lumbre.

Lo dejé y desvié la conversación. Al poco rato, Scheim dio un hondo suspiro y se levantó.

—Bien pelado habrán dejado los cochinos el sitio este. —Cogió su bastón y lo sacudió para hacer sonar la esquila. Los cerdos, obedientes, aparecieron trotando desde diversas direcciones—. ¡Ea, cochi! —les gritó—. ¡Cochi, cochi, cochi! ¡Tirando!

Envolví las sobras del cochinillo en un trozo de arpillera, y Denna hizo unos cuantos viajes con la botella de agua y apagó el fuego. Para cuando terminamos, Schiem había controlado a su piara. Era más grande de lo que me había parecido: había más de dos docenas de cerdas adultas, más los lechones y el verraco de lomo hirsuto y gris. El porquero nos dijo adiós con la mano, y sin decir nada más echó a andar haciendo sonar la esquila de su bastón; los cerdos lo seguían formando un grupo desmadejado.

—No has sido muy sutil que digamos —dijo Denna.

—He tenido que empujarlo un poco —me defendí—. A la gente supersticiosa no le gusta hablar de las cosas que teme. Estaba a punto de cerrarse en banda, y yo necesitaba saber qué había visto en el bosque.

—Yo habría sabido sonsacárselo. Se cazan más moscas con miel que con vinagre, ¿no lo sabías?

—Sí, seguramente —admití; me colgué el macuto del hombro y eché a andar—. Tenía entendido que no sabías hablar palurdo.

—Se me pegan fácilmente las formas de hablar —replicó Denna con un gesto de indiferencia—. Esas cosas las pillo bastante deprisa.

—Mal canguelo me ha dado al principio... —Me detuve y escupí al suelo—. ¡Mierda! Me va a costar un ciclo entero librarme de ese acento. Es como tener un trozo de cartílago entre los dientes.

Denna observaba el paisaje con desaliento.

—Supongo que tendremos que volver a buscar a mi mecenas, a ver si así encuentras alguna respuesta.

—Me temo que no servirá de nada.

—Ya lo sé, pero al menos tengo que intentarlo.

—No me refería a eso. Mira... —Señalé el sitio donde los cerdos habían estado hozando entre la hojarasca en busca de algún suculento bocado—. Schiem los ha dejado corretear por todas partes. Aunque hubiera alguna pista, nunca la encontraríamos.

Denna aspiró hondo y soltó el aire con un cansado suspiro.

—¿Queda algo en la botella? —preguntó con desánimo—. Todavía me duele la cabeza.

—Soy un idiota —dije mirando alrededor—. ¿Por qué no has mencionado antes que te dolía? —Fui hasta un pequeño abedul, corté varias tiras largas de corteza y se las llevé—. El interior de la corteza es un buen analgésico.

—Eres un chico muy apañado. —Peló un poco de corteza con la uña y se la metió en la boca. Arrugó la nariz—. Es amarga.

—Así sabes que es una medicina —dije—. Si tuviera buen sabor, sería un caramelo.

—Sí, es como la vida misma —replicó ella—. Nos gustan las cosas dulces, pero necesitamos las amargas. —Sonrió al decirlo, pero solo con los labios—. Por cierto —añadió—, ¿cómo voy a encontrar a mi mecenas? Acepto sugerencias.

—Se me ha ocurrido una idea —dije colgándome el macuto del hombro—. Pero primero hemos de regresar a la granja. Quiero volver a mirar una cosa.

Volvimos a la cima del monte del Túmulo, y comprendí de dónde venía ese nombre. Había unos montículos extraños e irregulares, pese a que no se veían otras rocas por allí cerca. Ahora que sabía lo que buscaba, era imposible no fijarse en ellos.

—¿Qué es eso que tanto te interesa? —me preguntó Denna—. Ten en cuenta que si intentas entrar en la casa, quizá me vea obligada a impedírtelo por la fuerza.

—Mira la casa —dije—. Y ahora mira ese risco que sobresale por encima de los árboles, detrás del edificio. —Lo señalé—. La piedra de por aquí es casi negra...

—... y las piedras de la casa son grises.

Asentí.

Denna me miraba con expectación.

—Y eso, ¿qué significa exactamente? El porquero ya nos ha dicho que encontraron piedras de un túmulo.

—Por aquí no hay túmulos —expliqué—. La gente construye túmulos en Vintas, donde existe esa tradición, o en sitios bajos y pantanosos donde no se puede cavar una tumba. Seguramente estamos a ochocientos kilómetros del túmulo más cercano.

Me acerqué más a la granja.

—Además, los túmulos no se construyen con piedras. Y menos con piedras de cantera, trabajadas, como estas. Estas piedras las han traído desde muy lejos. —Pasé una mano por las piedras grises y lisas de la pared—. Porque alguien quería construir algo duradero. Algo sólido. —Me volví y miré a Denna—. Creo que aquí hay enterrado un viejo poblado fortificado.

Denna reflexionó un momento.

—¿Por qué lo llamarían monte del Túmulo si no había ningún túmulo?

—Seguramente porque la gente de por aquí nunca ha visto un túmulo de verdad. Solo han oído hablar de ellos en las historias. Cuando ven un monte con grandes montículos en lo alto... —Señalé los montículos, de formas extrañas—. Monte del Túmulo.

—Pero si estamos en las quimbambas. —Miró alrededor—. Más allá de las quimbambas.

—Sí —concedí—. Pero ¿y cuando construyeron esto? —Señalé un espacio entre los árboles, hacia el norte de la granja incendiada—. Ven aquí un momento. Quiero ver otra cosa.

Si caminabas más allá de los árboles por el lado norte de la cresta del monte, tenías una panorámica espectacular. Los rojos y amarillos de las hojas de los árboles eran impresionantes. Vi algunas casas y graneros diseminados, rodeados de campos dorados o de pastos de color verde pálido y salpicados de ovejas. También vi el arroyo donde Denna y yo nos habíamos refrescado los pies.

Miré hacia el norte y vi los riscos que había mencionado Schiem. Allí el terreno parecía más agreste.

Asentí, ensimismado.

—Desde aquí se ve hasta unos cincuenta kilómetros a la redonda. La única colina con mejores vistas es aquella de allí. —Señalé un monte alto que me impedía ver bien los riscos del norte—. Y acaba prácticamente en punta. La cima es demasiado estrecha para construir en ella una fortificación de un tamaño decente.

Denna miró alrededor, pensativa, y asintió con la cabeza.

—Vale, me lo creo. Aquí había un poblado fortificado. ¿Y qué?

—Bueno, me gustaría llegar a la cima de aquella colina antes de montar el campamento para pasar la noche. —Señalé el monte alto y estrecho que, desde donde estábamos, no nos dejaba ver bien los riscos—. Está a solo dos o tres kilómetros de aquí, y si hay algo raro en los riscos del norte, desde allí podremos verlo bien. —Cavilé un momento y agregué—: Además, si Fresno sigue por aquí, dentro de un radio de treinta kilómetros, verá nuestro fuego y se acercará. Aunque quiera pasar desapercibido y no quiera ir al pueblo, es posible que se acerque a una fogata.

Denna asintió.

—Me parece mucho mejor que seguir dando tumbos entre matas y zarzas.

—Tengo mis momentos de lucidez —dije, e hice un amplio gesto con el brazo hacia la ladera de la colina—. Las damas primero, por favor.

74

La roca de guía

A pesar de lo cansados que estábamos, Denna y yo nos dimos prisa y llegamos a la cima de la colina del norte antes de que el sol se escondiera detrás de las montañas. Las laderas de la colina estaban cubiertas de árboles, pero la cima estaba pelada como la calva de un monje. La vista era impresionante en todas direcciones. Lo único que lamentaba era que el viento había traído nubes mientras caminábamos, dejando el cielo liso y gris como una pizarra.

Vi algunas granjas pequeñas hacia el sur. Algunos arroyos y senderos trazaban serpenteantes líneas entre los árboles. Las montañas que había al oeste parecían un muro lejano. Hacia el sur y hacia el este vi humo elevándose hacia el cielo y los edificios, bajos y marrones, de Trebon.

Miré hacia el norte y comprobé que lo que nos había dicho el porquero era verdad. En esa dirección no había señales de asentamientos humanos. Ni caminos, ni granjas, ni humo de chimeneas; solo un terreno cada vez más agreste, rocas y árboles que se aferraban a los riscos.

Lo único que había en la cima de la colina era un puñado de itinolitos. Tres de las piedras, inmensas, formaban un gran arco que parecía una puerta enorme. Las otras dos estaban tumbadas en la tupida hierba. Su presencia me reconfortó; era como la inesperada compañía de unos viejos amigos.

Denna se sentó en uno de los itinolitos caídos, y yo me quedé de pie observando el paisaje. Noté una rociada de lluvia en la cara; maldije por lo bajo y me puse la capucha de la capa.

—No durará mucho —dijo Denna—. Hace un par de noches que pasa lo mismo. Se nubla, llueve media hora y luego para.

—Eso espero —repuse—. Odio dormir bajo la lluvia.

Dejé mi macuto en el lado de sotavento de uno de los itinolitos, y Denna y yo empezamos a montar el campamento. Cada uno se ocupaba de sus tareas, como si ya lo hubiéramos hecho cientos de veces. Denna despejó el suelo y reunió unas piedras. Yo llevé un montón de leña y enseguida encendí un fuego. En el siguiente viaje recogí un poco de salvia y arranqué unas cuantas cebollas silvestres que había visto al subir por la ladera.

Llovió copiosamente un rato, y amainó cuando estaba empezando a preparar la cena. En mi pequeño cazo cociné un guiso con las sobras del cochinillo, unas zanahorias, unas patatas y las cebollas que había encontrado. Lo sazoné con sal, pimienta y salvia; luego calenté una hogaza de pan ácimo cerca del fuego y partí el queso. Por último, metí dos manzanas entre las piedras calientes del fuego. Se asarían a tiempo para los postres.

Para cuando la cena estuvo lista, Denna había reunido una montañita de leña. Extendí mi manta en el suelo para que se sentara, y ella, al ver la comida, hizo exclamaciones de admiración.

—Una chica podría acostumbrarse a esta clase de atenciones —comentó cuando hubimos terminado. Se recostó con satisfacción en uno de los itinolitos—. Si te hubieras traído el laúd, podrías dormirme cantando, y todo sería perfecto.

—Esta mañana me he encontrado a un calderero en el camino, y ha intentado venderme una botella de vino de frutas —dije—. Es una lástima que no haya aceptado su oferta.

—Me encanta el vino de frutas —repuso ella—. ¿Era de fresa?

—Creo que sí.

—Eso te pasa por no escuchar a los caldereros que encuentras en el camino —me reprendió con mirada soñolienta—. Un chico tan listo como tú, que ha oído tantas historias, debería saber... —De pronto se incorporó y señaló más allá de mi hombro—. ¡Mira!

Me volví.

—¿Qué pasa? —El cielo todavía estaba nublado, y el entorno era solo un mar de negro.

—Sigue mirando. Quizá vuelva a... ¡Allí!

Lo vi. Un destello de luz azulada a lo lejos. Me levanté y me situé delante del fuego para que este no me entorpeciera la visión. Denna se puso a mi lado, y esperamos ansiosos un momento. Vimos otro fogonazo azul, más intenso que el anterior.

—¿Qué crees que es? —pregunté.

—Si no me equivoco, todas las minas de hierro están más al oeste —caviló Denna—. No puede ser eso.

Hubo otro destello. Parecía provenir de los riscos, y eso significaba que, si era una llama, era muy grande. Al menos varias veces más grande que nuestro fuego.

—Dices que tu mecenas siempre se las ingenia para hacerte saber que está cerca —dije despacio—. No quiero entrometerme, pero supongo que no será...

—No. No tiene nada que ver con el fuego azul —me cortó Denna con una risita—. Eso sería demasiado siniestro, incluso tratándose de él.

Seguimos mirando un rato, pero no lo vimos más. Cogí una ramita gruesa como mi pulgar, la partí por la mitad y, con una piedra, clavé ambas mitades en el suelo, como si fueran las estacas de una tienda de campaña. Denna arqueó una ceja.

—Apuntan hacia el sitio donde hemos visto la luz —aclaré—. Con esta oscuridad no veo nada que pueda servir de punto de referencia, pero por la mañana esto nos indicará en qué dirección hemos de buscar.

Volvimos a sentarnos. Eché más leña al fuego y saltaron chispas.

—Uno de los dos debería quedarse despierto y vigilar el fuego —propuse—. Por si aparece alguien.

—Yo nunca duermo toda la noche seguida —repuso Denna—. Para mí no supone ningún problema.

—¿No duermes bien?

—Tengo sueños —respondió ella en un tono de voz que dejaba claro que eso era todo lo que tenía que decir sobre el asunto.

Arranqué unas espinas que se habían enganchado al dobladillo de mi capa y las tiré al fuego.

—Creo que tengo una idea que explica lo que pasó en la granja Mauthen.

Denna se animó.

—Cuéntame.

—La pregunta es: ¿por qué atacarían los Chandrian esa casa en particular, y en ese preciso momento?

—Por la boda, evidentemente.

—Pero ¿por qué esa boda en particular? ¿Por qué esa noche?

—¿Por qué no me das tú la respuesta? —dijo Denna frotándose la frente—. No esperes que de repente lo entienda todo, como si fueras mi maestro.

Volví a ruborizarme.

—Lo siento.

—No tienes que disculparte. En circunstancias normales, me encantaría mantener una conversación ingeniosa contigo, pero ha sido un día muy largo y me duele la cabeza. Ve derecho al grano.

—Tiene que ser por eso que encontró Mauthen cuando excavaba en el viejo poblado fortificado en busca de piedras —expliqué—. Desenterró algo de las ruinas y estuvo alardeando de ello durante meses. Los Chandrian se enteraron y fueron a robárselo. —Terminé con un pequeño floreo.

Denna arrugó la frente.

—Eso no tiene lógica. Si lo único que querían era ese objeto, habrían podido esperar hasta después de la boda y matar solo a los recién casados. Habría resultado más fácil.

Su comentario me desinfló un poco.

—Tienes razón.

—Tendría mucha más lógica si lo que quisieran en realidad fuera borrar toda noticia de ese objeto. Como el viejo rey Celon, que pensó que su regente lo iba a acusar de traición. Mató a toda la familia del tipo y quemó su residencia para que no se extendiera la noticia y para que nadie encontrara ninguna prueba.

Denna señaló hacia el sur.

—Como todos los que conocían el secreto estarían en la boda, los Chandrian podían presentarse, matar a todos los que sabían algo y destruir o llevarse esa cosa. —Hizo un barrido con la mano—. ¡Limpio!

Me quedé atónito. No tanto por lo que Denna acababa de decir (que, por supuesto, era una explicación mucho mejor que la mía), sino porque de pronto recordé lo que le había pasado a mi troupe. «Sé de unos padres que han estado cantando unas canciones que no hay que cantar.» Pero no habían matado solo a mis padres. Habían matado a todos los que habían estado lo bastante cerca para oír aunque solo fuera una parte de esa canción.

Denna se envolvió con mi manta y se acurrucó de espaldas al fuego.

—Te dejo que reflexiones sobre mi gran inteligencia mientras duermo. Despiértame si necesitas que resuelva algún otro enigma.

Me mantuve despierto gracias, sobre todo, a la fuerza de voluntad. Había sido un día largo y agotador; había recorrido casi cien kilómetros a caballo y diez más a pie. Pero Denna estaba herida y necesitaba dormir más que yo. Además, quería vigilar por si veía más señales de aquella luz azulada que habíamos visto hacia el norte.

No vi nada. Alimenté el fuego y me pregunté vagamente si Wil y Sim, en la Universidad, estarían preocupados por mi repentina desaparición. ¿Y Arwyl, Elxa Dal y Kilvin? ¿Estarían preguntándose qué me había pasado? Debí dejar una nota...

No tenía forma de saber qué hora era, porque las nubes seguían ocultando las estrellas. Pero había alimentado el fuego al menos seis o siete veces cuando vi que Denna se ponía en tensión y despertaba súbitamente. No se incorporó de golpe, pero dejó de respirar y vi que miraba alrededor como asustada, como si no supiera dónde se encontraba.

—Lo siento —dije, básicamente para ofrecerle algo conocido en lo que concentrarse—. ¿Te he despertado?

Se relajó y se incorporó.

—No, no... Qué va. Ya he dormido suficiente, por ahora. ¿Quieres que te releve? —Se frotó los ojos y me miró por encima del fuego—. Qué pregunta tan tonta. Estás hecho un desastre. —Empezó a quitarse la manta—. Toma...

La rechacé con un ademán.

—Quédatela. A mí me basta con la capa. —Me puse la capucha y me tumbé en la hierba.

—Qué galante —bromeó Denna ciñéndose la manta.

Apoyé la cabeza en un brazo y me quedé dormido mientras pensaba una respuesta ingeniosa.

Desperté de un borroso sueño en que avanzaba por una calle atestada de gente, y vi el rostro de Denna por encima de mí, sonrosado y con sombras muy marcadas por efecto de la luz del fuego. Fue un despertar muy agradable.

Iba a hacer algún comentario al respecto cuando Denna me puso un dedo sobre los labios; ese gesto me dejó completamente descolocado.

—Silencio —dijo en voz baja—. Escucha.

Me incorporé.

—¿Lo oyes? —me preguntó al cabo de un momento.

Ladeé la cabeza.

—Solo oigo el viento...

Denna negó con la cabeza y me hizo callar con un ademán.

—¡Ahora!

Lo oí. Al principio pensé que eran unas rocas que se desprendían de la ladera; pero no: el ruido no se fue apagando a lo lejos, como habría tenido que ser. Parecía, más bien, como si arrastraran algo colina arriba.

Me levanté y miré alrededor. Mientras dormía, el cielo se había despejado, y la luna iluminaba el paisaje bañándolo en una pálida luz plateada. Nuestra hoguera estaba rebosante de relucientes brasas.

Entonces, no muy lejos, en la ladera, oí... Si os dijera que oí romperse una rama, no me estaría explicando bien. Cuando una persona que camina por el bosque rompe una rama, esta produce un breve y fuerte crujido. Eso se debe a que cualquier rama que alguien pueda romper sin proponérselo es pequeña y se parte deprisa.

Lo que oí no fue una ramita al partirse. Fue un largo crujido. El ruido que hace una rama del grosor de una pierna cuando la arrancan de un árbol: crrrac-crrrac-crrrac.

Me volví hacia Denna, y entonces oí el otro ruido. ¿Cómo podría describirlo?

Cuando era pequeño, mi madre me llevó a ver una colección de animales salvajes que había en Senarin. Era la única vez que había visto un león, y la única vez que lo había oído rugir. Los otros niños que habían ido a verlo estaban asustados, pero yo reía, encantado. Era un ruido tan grave y tan sordo que retumbaba en mi pecho. Me encantó la sensación, y todavía la recuerdo.

El ruido que oí en la colina, cerca de Trebon, no era el rugido de un león, pero también retumbó en mi pecho. Era un gruñido, más profundo que el rugido de un león. Se parecía más al estruendo de un trueno lejano.

Se rompió otra rama, casi en la cima de la colina. Miré hacia allí y vi una gran figura, débilmente delineada por la luz del fuego. Noté que el suelo se estremecía ligeramente bajo mis pies. Denna se volvió hacia mí con los ojos muy abiertos, presa del pánico.

La agarré por un brazo y corrí hacia la otra ladera de la colina. Al principio Denna me siguió, pero cuando vio a donde me dirigía, se paró en seco.

—No seas estúpido —me susurró—. Si bajamos por ahí a oscuras nos romperemos el cuello. —Miró en torno a sí, frenética, y se fijó en los itinolitos—. Súbeme allí y luego yo te ayudaré a encaramarte a ti.

Entrelacé los dedos para formar un estribo. Denna metió un pie, y yo la impulsé con tanta fuerza que casi la lancé al otro lado de la piedra. Esperé un momento a que pasara una pierna por lo alto; me colgué el macuto del hombro y trepé por la enorme piedra.

Aunque quizá debería decir que intenté trepar por la enorme piedra. Estaba muy desgastada después de tanto tiempo a la intemperie, y no había ni un solo hueco al que asirse. Resbalé hasta el suelo arañando en vano la lisa superficie del itinolito.

Pasé al otro lado del arco, me subí a una de las piedras más bajas y di un salto.

Me golpeé contra la dura piedra con toda la parte frontal del cuerpo; me quedé sin aire en los pulmones y me lastimé una rodilla. Me sujeté con ambas manos a lo alto del arco, pero no encontraba dónde aferrarme...

Denna me agarró. Si esto fuera una balada heroica, os diría que me sujetó con firmeza una mano y que tiró de mí hasta ponerme a salvo. Pero la verdad es que me agarró por la camisa con una mano mientras, con la otra, me aferraba por el pelo. Tiró de mí con todas sus fuerzas e impidió que me cayera el tiempo suficiente para que encontrara dónde asirme y trepara hasta lo alto de la roca.

Nos quedamos tumbados allí arriba, jadeando, y nos asomamos por el borde de la piedra. Abajo, en la cima de la colina, aquella débil silueta empezaba a acercarse al círculo de luz que proyectaba nuestra hoguera. Medio oculta entre las sombras, parecía más grande que ningún animal que yo hubiera visto hasta entonces; era tan grande como un carromato cargado hasta arriba. Era negra, con un cuerpo inmenso que recordaba a un toro. Se acercó un poco más; se movía de una forma extraña, arrastrándose, y no como un toro o un caballo. El viento avivó el fuego, y entonces vi que mantenía el grueso cuerpo pegado al suelo y que las patas sobresalían a los lados, como un lagarto.

Cuando se acercó un poco más a la hoguera, fue imposible eludir la comparación. Era un lagarto inmenso. No era largo como una serpiente, sino achaparrado, como un ladrillo; el cuello negro terminaba en una cabeza plana con forma de inmensa cuña.

Aquella cosa cubrió la distancia que había entre la cima de la colina y nuestro fuego con una sola y espasmódica carrerilla. Volvió a gruñir, y noté que me vibraba el pecho. Siguió acercándose, y cuando pasó al lado del otro itinolito que estaba tumbado en la hierba, comprendí que aquello no era ningún efecto óptico. Era más grande que el itinolito. Medía dos metros de alto y cinco de largo. Era tan grande como un carro de caballos. Macizo como doce toros juntos.

Movió la gruesa cabeza hacia delante y hacia atrás mientras abría y cerraba la boca, como si probara el aire.

Entonces hubo una gran llamarada azul. La luz me deslumbró, y oí gritar a Denna detrás de mí. Agaché la cabeza y noté una intensa oleada de calor.

Me froté los ojos, volví a mirar hacia abajo y vi que aquella cosa se acercaba más al fuego. Era negra, con escamas e inmensa. Volvió a gruñir de aquella forma atronadora; entonces meneó la cabeza y escupió otro gran chorro de llameante fuego azul.

Era un dragón.

75

Interludio: obediencia

En la posada Roca de Guía, Kvothe hizo una pausa, expectante. El momento se prolongó hasta que Cronista levantó la vista de la hoja.

—Os estoy brindando la oportunidad de decir algo —dijo Kvothe—. Algo como «¡Eso es imposible!» o «¡Los dragones no existen!».

Cronista limpió el plumín.

—A mí no me corresponde hacer comentarios sobre la historia —dijo con placidez—. Si dices que viste un dragón... —Se encogió de hombros.

Kvothe lo miró con gesto de profunda desilusión.

—¿Tú, el autor de *Los ritos nupciales del draccus común*? ¿Tú, Devan Lochees, el gran desenmascarador de patrañas?

—Yo, Devan Lochees, quien accedió a no interrumpirte y a registrar esta historia sin cambiar una sola palabra. —Cronista dejó la pluma en la mesa y se masajeó la mano—. Porque esas eran las únicas condiciones bajo las que podría oír una historia que me interesaba mucho escuchar.

Kvothe lo miró desapasionadamente.

—¿Has oído alguna vez la expresión «rebelión blanca»?

—Sí —afirmó Cronista esbozando una sonrisa.

—Yo sí puedo decirlo, Reshi —intervino Bast alegremente—. Yo no he aceptado ninguna condición.

Kvothe los miró a los dos y luego suspiró.

—Hay pocas cosas más repugnantes que la obediencia ciega —dijo—. Os convendría a los dos recordarlo. —Le hizo una seña a Cronista para que volviera a coger la pluma—. Muy bien... Era un dragón.

76

Los ritos nupciales del draccus común

—Es un dragón —susurró Denna—. Que Tehlu nos acoja y nos proteja. Es un dragón.

—No, no es un dragón —la contradije—. Los dragones no existen.

—¡Pero míralo! —insistió ella—. ¡Está ahí mismo! ¡Mira a ese maldito dragón!

—Es un draccus.

—Es enorme —dijo Denna con un deje de histeria en la voz—. Es un maldito dragón enorme y va a subir aquí y se nos va a comer.

—No come carne —dije—. Es herbívoro. Es como una vaca inmensa.

Denna me miró y rompió a reír. No era una risa histérica, sino la risa impotente de alguien que ha oído algo tan gracioso que no puede contener la alegría. Se tapó la boca con las manos y empezó a sacudirse; lo único que se oía eran los resoplidos ahogados que escapaban entre sus dedos.

Vimos otro fogonazo azul. Denna dejó de reírse, y luego apartó las manos de la boca. Me miró con los ojos como platos, y en voz baja y ligeramente temblorosa dijo:

—¡Muuu!

Habíamos pasado tan deprisa del pánico al alivio que iba a costarnos contener la risa floja. Así que cuando Denna empezó a reír de nuevo, intentando sofocar las carcajadas con las manos, yo reí también, y la barriga me temblaba del esfuerzo para no hacer ruido. Nos tumbamos sobre la piedra, desternillándonos como dos niños pequeños, mientras abajo, aquella gran bestia gruñía y resoplaba alrededor de nuestro fuego, lanzando llamaradas de vez en cuando.

Al cabo de unos largos minutos, nos serenamos. Denna se enjugó las lágrimas de los ojos y dio un hondo y tembloroso suspiro. Se acercó más a mí, hasta pegar el lado izquierdo de su cuerpo a mi lado derecho.

—Mira —dijo en voz baja mientras los dos mirábamos desde el borde de la piedra—. Ese bicho no puede ser hervíboro. Es inmenso. No podría ingerir suficiente alimento. Y mira qué boca tiene. Mira esos dientes.

—Exactamente. Son planos, no puntiagudos. Come árboles. Árboles enteros. Mira lo grande que es. ¿Dónde iba a encontrar suficiente carne? Tendría que comerse diez ciervos todos los días. ¡No podría sobrevivir!

Denna giró la cabeza y me miró.

—¿Cómo demonios sabes eso?

—Lo leí en la Universidad —contesté—. En un libro titulado *Los ritos nupciales del draccus común*. Utiliza el fuego para llamar la atención en la época de celo. Es como el plumaje de los pájaros.

—¿Insinúas que esa cosa de ahí abajo —buscó a tientas las palabras; sus labios se movieron un momento sin articular ningún sonido— pretende tirarse a nuestra hoguera? —Por un instante creí que iba a romper a reír de nuevo, pero inspiró hondo y se serenó—. Pues yo no me lo pierdo, desde luego...

Notamos que la piedra sobre la que estábamos sentados se estremecía; la vibración provenía del suelo. Al mismo tiempo, todo se oscureció notablemente.

Miramos hacia abajo y vimos al draccus revolcándose en el fuego como un cerdo en un revolcadero. El suelo temblaba mientras el animal aplastaba las brasas con el cuerpo.

—Ese bicho debe de pesar... —Denna se interrumpió y sacudió la cabeza.

—Quizá cinco toneladas —calculé—. Cinco como mínimo.

—Podría atacarnos. Podría derribar las piedras.

—No lo creo —dije dando unas palmadas al itinolito, tratando de parecer más convencido de lo que lo estaba en realidad—. Estas piedras llevan mucho tiempo aquí. No nos pasará nada.

Mientras se revolcaba en nuestra fogata, el draccus había esparcido ramas encendidas por la cima de la colina. Lo vimos dirigirse hacia un leño medio calcinado que seguía consumiéndose sobre la hierba. El draccus lo olfateó y se revolcó sobre él, aplastándolo. Entonces se puso de nuevo en pie, volvió a olfatear el leño y se lo comió. No lo masticó. Se lo tragó entero, como una rana se traga un grillo.

Repitió varias veces la operación, describiendo círculos alrededor del fuego, casi apagado ya. Lo olfateaba, se revolcaba encima de los troncos ardientes y luego, cuando se apagaban, se los comía.

—Supongo que es lógico —comentó Denna—. Provoca incendios y vive en el bosque. Si no tuviera algún mecanismo mental que lo incitara a apagar el fuego, no sobreviviría mucho tiempo.

—Seguramente por eso ha venido aquí —repliqué—. Porque ha visto nuestra hoguera.

Tras varios minutos resoplando y revolcándose, el draccus volvió junto a la hoguera, de la que solo quedaba un lecho de brasas. La rodeó varias veces, y luego se tumbó encima. Me estremecí, pero la bestia se limitó a moverse hacia delante y hacia atrás como una gallina que se acomoda en el nido. La cima de la colina estaba ya completamente oscura: solo había una débil luz de luna.

—¿Cómo puede ser que nunca haya oído hablar de esos bichos? —preguntó Denna.

—Hay muy pocos —contesté—. La gente suele matarlos, porque no entienden que son relativamente inofensivos. Y no se reproducen muy deprisa. Ese de ahí debe de tener doscientos años; es de los más grandes que hay. —Lo contemplé, maravillado—. No creo que haya más de un par de centenares de draccus de ese tamaño en todo el mundo.

Seguimos mirando un par de minutos, pero abajo no se apreciaba ningún movimiento. Denna dio un gran bostezo.

—Dios mío, estoy agotada. No hay nada como la certeza de tu propia muerte para dejarte baldada. —Se tendió boca arriba, y luego de lado, y después se volvió hacia mí, buscando una postura cómoda—. Madre mía, qué frío hace aquí. —Vi que temblaba—. No me extraña que el draccus se haya tumbado encima de nuestra hoguera.

—Podríamos bajar y coger la manta —sugerí.

Denna soltó una risotada.

—Ni hablar. —No paraba de temblar mientras se abrazaba el cuerpo.

—Toma. —Me levanté y me quité la capa—. Abrígate con esto. No es gran cosa, pero es mejor que la piedra. —Se la tendí—. Te vigilaré mientras duermes para que no te caigas.

Me miró largamente, y en parte confié en que la rechazara. Pero tras unos instantes de vacilación, cogió la capa y se envolvió con ella.

—Está visto, maese Kvothe, que sabes cuidar de una mujer.

—Pues espera a mañana —repliqué—. No he hecho más que empezar.

Me senté en silencio, tratando de no temblar, y al final la respiración de Denna se hizo lenta y acompasada. La vi dormir con la tranquilidad de un niño que no tiene ni idea de lo insensato que es, ni de las inesperadas tragedias que puede traer el día siguiente.

77

Riscos

D esperté sin recordar cuándo me había quedado dormido. Denna me zarandeaba suavemente.

—No te muevas demasiado deprisa —me advirtió—. Hay mucha altura.

Me desenrosqué despacio; casi todos los músculos de mi cuerpo protestaban por el trato que les había dado el día anterior. Tenía los muslos y las pantorrillas tensos y doloridos.

Entonces reparé en que volvía a llevar puesta la capa.

—¿Te he despertado? —pregunté—. No recuerdo...

—En cierto modo sí —contestó Denna—. Te quedaste dormido y te caíste encima de mí. Ni siquiera has parpadeado cuando te he apartado a... —Denna se interrumpió mientras yo me ponía poco a poco en pie—. Dios santo, pareces un abuelo artrítico.

—Ya sabes lo que pasa —dije—. Cuando despiertas es cuando estás más tieso.

Denna compuso una sonrisita.

—Las mujeres, en general, no tenemos ese problema. —Se puso seria—. No estarás fingiendo, ¿verdad?

—Ayer recorrí unos cien kilómetros a caballo, antes de encontrarte. No estoy acostumbrado a cabalgar tanto. Y anoche, cuando salté para subir aquí, me di bastante fuerte.

—¿Te hiciste daño?

—Ya lo creo —afirmé—. Por todas partes.

—Oh —exclamó Denna tapándose la boca con las manos—. ¡Tus hermosas manos!

Me miré las manos y entendí a qué se refería. Debí de lastimármelas durante mi loco intento de escalar el itinolito la noche anterior. Los callos de músico me habían salvado bastante las yemas de los dedos, pero tenía los nudillos muy desollados y cubiertos de sangre seca. Ni siquiera lo había notado, porque había otras partes del cuerpo que me dolían mucho más.

Cuando me vi las manos, se me contrajo el estómago, pero cuando las abrí y las cerré, comprobé que solo las tenía despellejadas y no gravemente heridas. Como todo músico, siempre me preocupaba que pudiera pasarles algo a mis manos, y mi trabajo de artífice había agravado esa ansiedad.

—Parece peor de lo que es —dije—. ¿Cuánto hace que se ha marchado el draccus?

—Al menos un par de horas. Se fue poco después de salir el sol.

Miré hacia abajo desde mi privilegiada posición en lo alto del arco formado por los itinolitos. La noche anterior, la cima de la colina era una uniforme extensión de hierba verde. Esa mañana, parecía un campo de batalla. La hierba estaba aplastada en varios sitios, y en otros, quemada y reducida a rastrojos. Se apreciaban profundos surcos en la tierra, donde el lagarto se había revolcado o por donde había arrastrado su pesado cuerpo.

Bajar del itinolito fue más difícil que subir. La parte superior del arco tenía una altura de unos cuatro metros, y eso era demasiado para saltar. En otras circunstancias, no me habría preocupado, pero con lo rígido y magullado que estaba, temía caer mal y torcerme un tobillo.

Al final conseguimos bajar descolgándonos con ayuda de la correa de mi macuto. Mientras Denna se apuntalaba y sujetaba un extremo, yo descendí hasta el suelo. El macuto se desgarró y se abrió, por supuesto, esparciendo todas mis pertenencias; pero conseguí llegar abajo sin más deterioro que una mancha de hierba.

Entonces Denna se colgó del borde de la roca, y yo la agarré por las piernas y la dejé resbalar poco a poco hasta el suelo. Pese a que tenía toda la parte frontal del cuerpo magullada, esa experiencia contribuyó mucho a mejorar mi estado de ánimo.

Recogí mis cosas y me senté con hilo y aguja para recomponer el macuto. Al cabo de un rato, Denna regresó de una breve incursión entre los árboles y recogió la manta que la noche pasada habíamos dejado en el suelo. Tenía unas enormes rasgaduras que le había hecho el draccus con las zarpas al pisotearla.

—¿Habías visto alguna vez una cosa de estas? —pregunté tendiéndole una mano.

Denna me miró y arqueó una ceja.

—¿Cuántas veces me habrán contado ese chiste? —Sonreí, abrí la mano y le mostré el trozo de hierro negro que me había dado el calderero. Ella lo examinó con curiosidad—. ¿Es una piedra imán?

—Me sorprende que la reconozcas.

—Conocí a un tipo que usaba una de pisapapeles. —Dio un suspiro de desdén—. Ponía mucho hincapié en que, pese a lo valiosa y rara que era, él la utilizaba de pisapapeles. —Dio un resoplido—. Era un fantasmón. ¿Tienes algo de hierro?

—Busca por aquí. —Señalé el revoltijo de objetos—. Tiene que haber algo.

Denna se sentó en uno de los itinolitos tumbados y se puso a jugar con la piedra imán y un trozo de hebilla de hierro rota. Remendé mi macuto y luego le cosí la correa, dándole varias puntadas de más para que no se soltara.

Denna estaba muy entretenida con la piedra imán.

—¿Cómo funciona? —me preguntó mientras apartaba la hebilla y la soltaba una y otra vez—. ¿De dónde sale la fuerza?

—Es un tipo de fuerza galvánica —respondí, y entonces vacilé—. Lo cual es una forma elegante de decir que no tengo ni la más remota idea.

—A lo mejor solo atrae el hierro porque está hecha de hierro —caviló acercándole su anillo de plata sin que pasara nada—. Si alguien encontrara una piedra imán de latón, ¿atraería los objetos de latón?

—Quizá atrajera los objetos de cobre y de zinc —especulé—. Porque es de lo que está hecho el latón. —Le di la vuelta al macuto y empecé a guardar mis cosas. Denna me devolvió la piedra imán y fue hacia los restos de la hoguera.

—Antes de marcharse se ha comido toda la madera —observó.

Me acerqué a mirar. Alrededor de los restos de la hoguera, el suelo estaba revuelto en algunas zonas y quemado en otras. Parecía que le hubiera pasado por encima toda una legión de caballería. Empujé un gran terrón con la punta de la bota y me agaché para recoger una cosa.

—Mira esto.

Denna se acercó y yo se lo mostré. Era una escama de draccus, negra y lisa, casi tan grande como la palma de mi mano y con forma de lágrima. En el centro tenía medio centímetro de grosor, mientras que los bordes eran más delgados.

Se la tendí a Denna.

—Para ti, mi señora. Un recuerdo.

Ella la sopesó en la mano.

—Pesa —dijo—. Voy a buscar una para ti... —Se apartó para buscar entre los restos de la hoguera—. Me parece que se comió algunas piedras además de la madera. Anoche recogí más de las que hay aquí para encender el fuego.

—Los lagartos comen piedras —expliqué—. Las necesitan para digerir la comida. Las piedras trituran el alimento en sus tripas. —Denna me miró con escepticismo—. Es verdad. Las gallinas también lo hacen.

Sacudió la cabeza y desvió la mirada mientras buscaba entre la tierra revuelta.

—Mira, al principio esperaba que convirtieras este encuentro en una canción. Pero cuanto más hablas de ese bicho... más lo dudo. Vacas y gallinas. ¿Dónde está tu sentido dramático?

—No hace falta exagerar —repliqué—. Si no me equivoco, esa escama es casi todo hierro. ¿Cómo puedo darle mayor dramatismo a eso?

Denna sostuvo la escama en alto y la examinó con detenimiento.

—Lo dices en broma.

Sonreí.

—Las piedras de por aquí contienen mucho hierro. El draccus se come las piedras, y poco a poco se trituran en su molleja. El metal se va filtrando y se acumula en los huesos y en las escamas.

—Cogí la escama y fui hacia uno de los itinolitos—. Todos los años muda la piel, y luego se la come; de esa forma, conserva el hierro en el organismo. Pasados doscientos años... —Golpeé la escama contra la piedra, produciendo un ruido vibrante, entre el de una campana y el de una pieza de cerámica vidriada.

Le devolví la escama a Denna.

—Seguramente, antes de que se desarrollara la minería moderna, la gente los cazaba para obtener hierro. Creo que, incluso hoy en día, cualquier alquimista pagaría un buen precio por las escamas o los huesos. El hierro orgánico es muy escaso. Probablemente podrían fabricar todo tipo de cosas con él.

Denna miró la escama que tenía en la mano.

—Me has convencido. Puedes escribir la canción. —Entonces tuvo una idea—: Déjame ver la piedra imán.

La saqué de mi macuto y se la di. Denna acercó la escama a la piedra imán, y ambas se juntaron produciendo aquel extraño ruido metálico. Denna sonrió; volvió junto a la hoguera y empezó a pasar la piedra imán por los restos, buscando más escamas.

Miré hacia los riscos del norte.

—No me gusta dar malas noticias —dije apuntando hacia una débil mancha de humo que se alzaba entre los árboles—. Pero allí abajo hay algo que arde. Las estacas que clavé ya no están, pero creo que esa fue la dirección en que anoche vimos el fuego azul.

Denna seguía pasando la piedra imán por encima de los restos de la fogata.

—El draccus no pudo ser el responsable de lo que pasó en la granja Mauthen. —Señaló la tierra y la hierba revueltas—. Allí no había nada de todo esto.

—No estaba pensando en la granja —dije—. Estaba pensando en que cierto mecenas podría haber pasado la noche en el bosque con una pequeña hoguera...

Denna me miró, consternada.

—Y el draccus lo vio.

—Yo no me preocuparía —me apresuré a decir—. Si es tan listo como lo pintas, debió de buscar cobijo en alguna casa.

—Enséñame una casa donde puedas cobijarte de ese bicho —dijo Denna con amargura, y me devolvió la piedra imán—. Vamos a echar un vistazo.

El sitio de donde ascendía la fina columna de humo estaba a pocos kilómetros, pero tardamos mucho en llegar. Estábamos doloridos y cansados, y ninguno de los dos abrigaba grandes esperanzas respecto a lo que encontraríamos cuando llegáramos a nuestro destino.

Mientras caminábamos, compartimos mi última manzana y la mitad de lo que quedaba de la hogaza de pan ácimo. Corté unos trozos de corteza de abedul, y Denna y yo la mordisqueamos y la masticamos. Al cabo de una hora aproximadamente, los músculos de mis piernas se relajaron lo suficiente para que ya no me resultara doloroso caminar.

A medida que nos acercábamos, cada vez nos costaba más avanzar. Las suaves colinas dejaron paso a escarpados peñascos y a empinadas laderas cubiertas de pedregal. Teníamos que trepar o dar largos rodeos, y a veces, retroceder para buscar otro camino.

Y también nos entretuvimos. Tropezamos con un zarzal que nos demoró casi una hora. Poco después encontramos un riachuelo y paramos a beber, descansar y lavarnos. Una vez más, mis esperanzas de que se produjera un flirteo de cuento quedaron frustradas por el hecho de que el riachuelo solo tenía unos quince centímetros de profundidad. No era lo ideal para darse un baño.

Llegamos al sitio de donde salía el humo a primera hora de la tarde, y lo que encontramos allí no tenía nada que ver con lo que esperábamos.

Era un valle aislado, encajonado entre los riscos. Lo llamo valle, pero en realidad era más bien un gigantesco escalón entre las estribaciones montañosas. A un lado había una alta pared de roca negra, y al otro, un hondo precipicio. Denna y yo intentamos entrar sin éxito por dos sitios, y al final dimos con un camino. Afortunadamente, ese día no hacía viento y el humo ascendía recto como una flecha hacia el cielo, azul y despejado. De no ser porque la columna de humo nos guiaba, seguramente nunca habríamos encontrado el sitio que buscábamos.

Aquello debía de haber sido un agradable bosquecillo, pero estaba destrozado, como si hubiera pasado un tornado. Los árboles estaban partidos, arrancados de raíz, calcinados y hechos pedazos. Había enormes surcos por todas partes, como si un granjero gigante hubiera enloquecido mientras araba su campo.

Dos días atrás, no habría podido saber qué había causado semejante destrucción. Pero después de lo que había visto la noche pasada...

—¿No decías que eran inofensivos? —dijo Denna—. Pues esto lo ha arrasado.

Denna y yo empezamos a pasearnos entre los destrozos. El humo blanco salía del profundo hoyo que había dejado un gran arce al caer. Del fuego solo quedaban unas pocas brasas que ardían lentamente en el fondo del hoyo, donde antes estaban las raíces.

Eché unos terrones en el agujero con la punta de la bota.

—La buena noticia es que tu mecenas no está aquí. Y la mala noticia... —Me interrumpí y aspiré por la nariz—. ¿Hueles eso?

Denna inspiró también y asintió con la cabeza, arrugando la nariz.

Me subí al arce caído y miré alrededor. El viento cambió de dirección, y el olor se intensificó. Olía a algo muerto y podrido.

—¿No decías que no comían carne? —preguntó Denna mirando en torno a sí con nerviosismo.

Bajé del árbol y fui hasta la pared de roca. Allí había una pequeña cabaña, completamente destrozada. El olor a podrido era más intenso.

—Vale —dijo Denna contemplando las ruinas—. Ya me dirás si esto lo ha hecho un animal inofensivo.

—No sabemos si lo ha hecho el draccus —argumenté—. Cabe la posibilidad de que hayan sido los Chandrian, y de que el fuego atrajera al draccus, que vino aquí a apagarlo.

—¿Crees que lo han hecho los Chandrian? Eso no cuadra con

todo lo que yo he oído de ellos. Se supone que aparecen como el relámpago y que luego se esfuman. No van a visitarte, provocan unos cuantos incendios y luego van a hacer unos recados.

—No sé qué pensar. Pero dos casas destrozadas... —Empecé a pasearme entre los restos de la cabaña—. Es lógico pensar que las dos cosas estén relacionadas.

Denna dio un grito ahogado. Miré hacia donde miraba ella y vi un brazo que sobresalía por debajo de unos gruesos troncos.

Me acerqué. Había moscas zumbando, y me tapé la boca en un vano intento de evitar el hedor.

—Lleva unos dos ciclos muerto. —Me agaché y cogí un amasijo de madera astillada y metal—. Mira esto.

—Tráelo aquí y lo miraré.

Se lo llevé. La cosa estaba destrozada, y apenas se reconocía qué era.

—Una ballesta.

—No le sirvió de gran cosa —comentó Denna.

—La pregunta es: ¿por qué tenía una ballesta? —Examiné la gruesa pieza de acero azul del travesaño—. Esto no es ningún arco de caza. Esto sirve para matar a un hombre provisto de armadura desde mucha distancia. Las ballestas como esta son ilegales.

Denna soltó una risotada.

—Aquí no se hacen respetar esa clase de leyes, ya lo sabes.

Me encogí de hombros.

—El caso es que esto es un arma muy cara. ¿Por qué tendría una ballesta que cuesta diez talentos alguien que vive en una pequeña cabaña con el suelo de tierra?

—Quizá supiera que había un draccus suelto por la región —especuló Denna mirando alrededor, nerviosa—. A mí tampoco me importaría tener una ballesta.

Negué con la cabeza.

—Los draccus son tímidos. Evitan a la gente.

Denna me miró con franqueza y señaló con gesto sarcástico los restos de la cabaña.

—Piensa en todos los animales salvajes que viven en el bosque —argumenté—. Todos los animales salvajes rehuyen el contacto con los humanos. Como tú misma has dicho, nunca habías oído hablar del draccus. Será por algo.

—¿Y si tiene la rabia?

Esa posibilidad me dejó helado.

—Qué idea tan aterradora. —Contemplé el paisaje ruinoso—. ¿Cómo demonios lo abatirías? ¿Los lagartos pueden coger la rabia?

Denna trasladó el peso del cuerpo de una pierna a otra, inquieta y sin dejar de mirar alrededor.

—¿Quieres mirar algo más? Porque yo ya he visto todo lo que hay que ver. No quiero estar aquí cuando vuelva esa cosa.

—¿No crees que deberíamos darle un entierro decente a ese tipo?

Denna negó con la cabeza.

—No pienso quedarme tanto rato aquí. Podemos decirle a alguien del pueblo que lo hemos encontrado, y que ellos se ocupen. El draccus podría volver en cualquier momento.

—Pero ¿por qué? —pregunté—. ¿Por qué vuelve aquí? —Fui señalando—: Ese árbol lleva un ciclo muerto, pero ese otro se partió hace solo un par de días...

—Y eso, ¿qué más da?

—Los Chandrian —dije con firmeza—. Quiero saber por qué estuvieron aquí. ¿Y si controlan al draccus?

—Yo no creo que estuvieran aquí —dijo Denna—. En la granja Mauthen, quizá. Pero esto es obra de un lagarto rabioso. —Me miró a los ojos—. No sé qué has venido a buscar, pero no creo que lo encuentres.

Negué con la cabeza mientras miraba alrededor.

—Tengo la impresión de que esto tiene que estar relacionado con la granja.

—Yo creo que quieres que esté relacionado —repuso Denna con dulzura—. Pero ese tipo lleva mucho tiempo muerto. Tú mismo lo has dicho. Y acuérdate del marco de la puerta y del abrevadero de la granja. —Se agachó y golpeó uno de los troncos de la destrozada cabaña con los nudillos. El tronco hizo un ruido sólido—. Y mira la ballesta. El metal no está oxidado. Los Chandrian no han estado aquí.

El desaliento se apoderó de mí. Sabía que Denna tenía razón. En el fondo, sabía que me estaba aferrando desesperadamente a una esperanza. Sin embargo, no quería rendirme sin haber agotado todas las posibilidades.

Denna me cogió de la mano.

—Ven. Vámonos. —Me sonrió y tiró de mí. Noté la suavidad y la frescura de su piel—. Hay cosas más interesantes que hacer que perseguir...

Se oyó un fuerte crujido no muy lejos, entre los árboles: crrrac-crrrac-crrrac. Denna me soltó la mano y se dio la vuelta.

—No —dijo—. No, no, no.

La inesperada amenaza del draccus hizo que me concentrara de golpe.

—Tranquila. No puede trepar. Pesa demasiado.

—¿Trepar? ¿Por un árbol? ¡Pero si ese animal los derriba para divertirse!

—Los riscos. —Señalé la pared de roca que bordeaba esa parte del bosque—. Vamos.

Nos dirigimos hacia la base de la pared, tropezando con los surcos y saltando árboles caídos. Oía el resonante gruñido del draccus a nuestras espaldas. Giré la cabeza para echar un vistazo, pero el draccus todavía no había salido del bosque.

Llegamos a la base del risco y empecé a buscar un trozo de pared por el que ambos pudiéramos escalar. Tras un largo y frenético minuto, salimos de unas tupidas matas de zumaque y vimos una franja de tierra muy revuelta. El draccus había estado cavando allí.

—¡Mira! —Denna señaló una fractura en la pared de roca, una profunda grieta de medio metro de anchura. Era lo bastante grande para que se metiera por ella una persona, pero demasiado estrecha para que lo hiciera un lagarto gigantesco. En la pared había marcas de zarpazos, y rocas sueltas esparcidas por el suelo revuelto.

Denna y yo nos colamos por aquella estrecha abertura. Dentro estaba oscuro: la única luz que se veía era la de una pequeña franja de cielo azul sobre nuestras cabezas. Seguí avanzando, y en varias ocasiones tuve que ponerme de lado para pasar. Cuando separé las manos de las paredes, vi que las tenía cubiertas de hollín. Por lo visto, al no poder entrar, el draccus había escupido fuego en aquel angosto pasadizo.

Unos cuatro metros más allá, la grieta se ensanchaba un poco.

—Ahí hay una escalerilla —dijo Denna—. Voy a subir por ella. Si esa bestia nos lanza fuego, será como si lloviera en un barranco.

Trepó por la escalerilla, y yo la seguí. La escalerilla era rudimentaria pero resistente, y unos seis metros más allá daba a un trozo de suelo plano. Estábamos rodeados de piedra negra por tres costados, pero más abajo se veían perfectamente la cabaña en ruinas y los árboles destrozados. Había una caja de madera puesta contra la pared de roca.

—¿Lo ves? —preguntó Denna mirando hacia abajo—. Dime que no me he desollado las rodillas para nada.

Oí un débil fffuuu y noté una oleada de aire caliente en la espalda. El draccus volvió a gruñir, y otro chorro de fuego corrió por la estrecha grieta. Entonces oímos un chirrido de uñas arañando pizarra: el draccus estaba furioso y rascaba la base de la pared.

Denna me lanzó una mirada expresiva.

—Inofensivo.

—No nos busca a nosotros —dije—. Ya lo has visto. Ya había arañado esa pared mucho antes de que nosotros llegáramos aquí.

Denna se sentó.

—¿Qué es esto?

—Una especie de atalaya —respondí—. Desde aquí se ve todo el valle.

—Es obvio que es una atalaya —replicó ella dando un suspiro—. Me refiero a este sitio.

Abrí la caja de madera que estaba en el suelo. Dentro había una basta manta de lana, un odre lleno de agua, un poco de cecina y una docena de flechas de ballesta condenadamente afiladas.

—No lo sé —confesé—. Quizá ese tipo fuera un fugitivo.

Dejaron de oírse ruidos. Denna y yo nos asomamos y contemplamos el devastado valle. Al final el draccus se apartó de la pared del risco. Caminaba despacio, y su inmenso cuerpo iba abriendo un surco irregular en el suelo.

—No se mueve tan deprisa como anoche —observé—. A lo mejor es verdad que está enfermo.

—Quizá esté cansado después de un duro día tratando de alcanzarnos y matarnos. —Me miró—. Siéntate. Me estás poniendo nerviosa. Vamos a quedarnos un rato aquí.

Me senté, y vimos cómo el draccus avanzaba lenta y pesadamente hacia el centro del valle. Fue hasta un árbol de unos nueve metros de alto y lo derribó sin apenas esfuerzo.

Entonces empezó a comérselo, primero las hojas. Luego se puso a masticar las ramas del grosor de mi muñeca con la misma facilidad con que una oveja arrancaría un puñado de hierba. Cuando el tronco quedó por fin desnudo, supuse que el draccus tendría que parar. Pero mordió con su enorme boca, plana, un extremo del tronco y retorció el inmenso cuello. El tronco se astilló y se partió, y el draccus se quedó con un trozo grande pero manejable que se tragó casi entero.

Denna y yo aprovechamos la oportunidad para comer también un poco. Solo pan ácimo, salchicha y el resto de las zanahorias. No me atreví a tocar la comida de la caja, porque cabía la posibilidad que el tipo que vivía allí estuviera tirando a loco.

—De todas formas, me extraña que nunca lo haya visto nadie de por aquí —dijo Denna.

—Es probable que alguien lo haya visto desde lejos —conjeturé—. El porquero dijo que todo el mundo sabía que en estos bosques había algo peligroso. Deben de pensar que es un demonio o cualquier tontería por el estilo.

Denna me miró con una sonrisa burlona en los labios.

—Vaya cosas dice el tipo que vino aquí buscando a los Chandrian.

—Eso es diferente —protesté acalorado—. Yo no voy por ahí contando cuentos de hadas ni tocando hierro. He venido para averiguar la verdad. He venido para encontrar fuentes de información más fiables que las historias que circulan por ahí.

—No pretendía ofenderte —se disculpó Denna, sorprendida. Volvió a mirar hacia abajo—. La verdad es que es un animal increíble.

—Cuando leí ese libro sobre los draccus, no me creí lo del fuego —admití—. Me pareció un poco rocambolesco.

—¿Más rocambolesco que un lagarto del tamaño de un carro?

—Eso solo es cuestión de tamaño. Pero el fuego no es algo natural. ¿Dónde guarda ese fuego, por ejemplo? Es evidente que no arde dentro de él.

—¿Eso no lo explicaban en ese libro que leíste?

—El autor hacía algunas conjeturas, pero nada más. No podía cazar un draccus para diseccionarlo.

—Claro —dijo Denna mientras observaba cómo el draccus derribaba sin esfuerzo otro árbol y empezaba a comérselo—. ¿Con qué clase de red o de jaula podría retenerlo?

—Pero tenía algunas teorías interesantes —proseguí—. Ya debes de saber que el estiércol de vaca desprende un gas inflamable, ¿no?

Denna giró la cabeza y rió.

—No. ¿En serio?

Asentí, sonriente.

—Los niños de las granjas sueltan chispas sobre las cagadas de vaca recientes y las hacen arder. Por eso los granjeros han de tener mucho cuidado cuando almacenan el estiércol. El gas puede acumularse y explotar.

—Yo soy una chica de ciudad —dijo ella riendo—. Nosotros no jugábamos a esas cosas.

—Pues tú te lo perdiste. El autor sugería que el draccus podría almacenar ese gas en una especie de vejiga. La cuestión está en saber cómo enciende ese gas. El autor apunta una idea ingeniosa sobre el arsénico. Lo cual tiene sentido, desde la química. Si combinas arsénico y gas de hulla, explota. Así es como se producen las luces de metano en los pantanos. Pero creo que eso no es del todo razonable. Si el draccus tuviera tanto arsénico en el cuerpo, se envenenaría.

—Ajá —dijo Denna sin dejar de observar al draccus.

—Pero si te fijas, lo único que necesita es una pequeña chispa para inflamar el gas —continué—. Y existen muchos animales capaces de crear suficiente fuerza galvánica para crear una chispa. Las anguilas, por ejemplo, pueden generar la suficiente para matar a un hombre, y solo tienen medio metro de longitud. —Señalé al draccus—. Seguro que un animal así de grande puede generar la suficiente para producir una chispa.

Esperaba impresionar a Denna con mi ingeniosidad, pero ella parecía distraída con la escena de abajo.

—No me escuchas, ¿verdad?

—No mucho —reconoció; se volvió hacia mí y me sonrió—. Mira, yo lo encuentro perfectamente lógico. Come madera. La madera arde. ¿Por qué no iba a escupir fuego?

Mientras trataba de dar con una respuesta para eso, Denna apuntó hacia el valle.

—Mira esos árboles de allí. ¿Les ves algo raro?

—¿Aparte de que están destrozados y medio comidos? —pregunté—. Pues no, no les veo nada raro.

—Mira cómo están distribuidos. Es difícil verlo porque está todo destrozado, pero parece como si crecieran en hileras. Como si los hubieran plantado.

Me fijé bien y comprobé que gran parte de los árboles estaban dispuestos en hileras antes de que llegara el draccus. Una docena de hileras con una veintena de árboles cada una. De la mayoría ya solo quedaban tocones o agujeros vacíos.

—¿Por qué plantaría alguien árboles en medio de un bosque? —caviló Denna—. Esto no es un huerto de árboles frutales. ¿Has visto fruta por alguna parte?

Negué con la cabeza.

—Y esos árboles son los únicos que se ha comido el draccus —añadió—. Hay un gran claro en el centro. Los otros los derriba, pero esos los derriba y se los come. —Entornó los ojos—. ¿Qué árbol se está comiendo ahora?

—Desde aquí no lo veo —dije—. ¿Un arce? ¿Será goloso?

Miramos un poco más, y entonces Denna se levantó.

—Bueno, lo importante es que ya no puede lanzarnos fuego. Vamos a ver qué hay al final de esa grieta. Me parece que por allí se sale de aquí.

Bajamos por la escalerilla y avanzamos lentamente por el fondo de la pequeña grieta, que se prolongaba unos seis metros más antes de desembocar en un diminuto cañón con altísimas paredes verticales por todos los lados.

No había salida, pero era evidente que alguien lo utilizaba para algo. Habían arrancado las plantas, dejando un suelo de tierra apisonada. Habían excavado dos hoyos para hacer fuego, y encima de ellos, sobre unas plataformas de ladrillo, había unos grandes cazos metálicos. Se parecían un poco a las cubas que usan los matarifes para derretir el sebo. Pero esos cazos eran anchos, planos y poco profundos, como moldes para preparar pasteles inmensos.

—¡Sí! ¡Es goloso! —dijo Denna riendo—. Ese tipo hacía caramelos de arce aquí. O jarabe.

Me acerqué un poco más. Había cubos tirados por el suelo, unos cubos que podrían haber servido para transportar la savia de arce para luego hervirla. Abrí la puerta de un diminuto y destartalado cobertizo y vi más cubos, unas largas palas de madera para remover la savia, raspadores para sacarla de los cazos...

Pero algo no encajaba. En el bosque había muchísimos arces. No tenía sentido que los cultivaran. Y ¿por qué escoger un sitio tan apartado?

Quizá el tipo aquel estaba simplemente loco. Cogí uno de los raspadores y lo examiné. El borde estaba manchado de negro, como si hubieran raspado brea con él...

—¡Puaj! —dijo Denna detrás de mí—. Qué amargo. Me parece que se le quemó.

Me volví y vi a Denna de pie junto a uno de los hoyos. Había arrancado un gran disco de materia pegajosa del fondo de uno de los cazos y le había dado un mordisco. Era negro, y no del color ámbar oscuro del caramelo de arce.

De pronto entendí qué estaba pasando allí.

—¡No!

Denna me miró, sorprendida.

—No está tan malo —dijo con la boca llena—. Tiene un sabor raro, pero no es desagradable.

Fui hacia ella, le di un manotazo y le tiré el disco al suelo. Denna me miró con enojo.

—¡Escupe! —le ordené—. ¡Rápido! ¡Es veneno!

Su expresión pasó del enojo al terror en una milésima de segundo. Abrió la boca y escupió el trozo de materia negra al suelo. Luego escupió una saliva espesa y negra. Le puse la botella de agua en las manos.

—Enjuágate la boca —dije—. Enjuágatela bien y escupe.

Denna cogió la botella, y entonces recordé que estaba vacía. Nos habíamos terminado el agua con la comida.

Eché a correr, tropezando por el estrecho sendero. Subí por la escalerilla a toda prisa, cogí el odre de agua y regresé al estrecho cañón.

Denna estaba sentada en el suelo del cañón, pálida y con cara de susto. Le puse el odre en las manos, y ella bebió tan deprisa que se atragantó; entonces hizo unas arcadas y escupió.

Metí la mano en una de las hogueras, hundiéndola en las cenizas hasta que encontré los carbones que todavía no se habían quemado. Saqué un puñado. Agité la mano para desprender las cenizas, y entonces se los puse en las manos a Denna.

—Cómete esto —dije.

Denna me miró sin comprender.

—¡Cómetelo! —Tendí la mano y la agité—. ¡Si no masticas esto y te lo tragas, te dejaré inconsciente de un puñetazo y te lo meteré yo mismo por la garganta! —Me puse unos cuantos carbones en la boca—. Mira, no pasa nada. Hazlo. —Suavicé el tono de voz, suplicando en lugar de ordenar—. Confía en mí, Denna.

Cogió unos carbones y se los metió en la boca. Pálida y con ojos llorosos, masticó un puñado y bebió un sorbo de agua para tragárselos haciendo muecas.

—¡Maldita sea! Están cosechando ófalo —dije—. Qué idiota he sido de no darme cuenta antes.

Denna fue a decir algo, pero la corté:

—No hables. Sigue comiendo. Todo lo que puedas.

Asintió con solemnidad, con los ojos muy abiertos. Masticaba, hacía unas cuantas arcadas y se tragaba el carbón con otro sorbo de agua. Se comió una docena de bocados seguidos, y luego volvió a enjuagarse la boca.

—¿Qué es el ófalo? —me preguntó con un hilo de voz.

—Una droga. Eso son árboles de denner. Lo que tenías en la boca era resina de denner. —Me senté a su lado. Me temblaban las manos. Las apoyé, planas, sobre mis piernas para disimular el temblor.

Denna se quedó callada. Todo el mundo sabía qué era la resina de denner. En Tarbean, los matarifes tenían que ir a recoger los rígidos cadáveres de los consumidores de denner que morían por sobredosis en los callejones y los portales del Puerto.

—¿Cuánta has tragado? —pregunté.

—Solo la estaba masticando, como si fuera tofe. —Volvió a palidecer—. Aún me queda una poca enganchada en los dientes.

Toqué el odre de agua.

—Sigue enjuagándote.

Denna deslizó el agua de una mejilla a otra; luego la escupió y repitió la operación. Intenté calcular cuánta droga habría ingerido, pero había demasiadas variables: no sabía cuánta había tragado, ni si la resina estaba muy refinada, ni si los granjeros la habían filtrado o purificado.

Denna movió la boca, pasándose la lengua por los dientes.

—Vale. Ya estoy limpia.

Solté una risa forzada.

—Estás todo menos limpia —dije—. Tienes la boca negra. Pareces una cría que haya estado jugando en la carbonera.

—Mira quién habla —replicó—. Tú pareces un deshollinador. —Alargó un brazo para tocarme un hombro, desnudo. Debía de haberme roto la camisa al rozarme contra la roca cuando salí corriendo a buscar el odre de agua. Denna esbozó una débil sonrisa que no alcanzó a sus ojos—. ¿Por qué me has hecho comer carbón?

—El carbón es como una esponja química —expliqué—. Absorbe las drogas y los venenos.

Denna se animó un poco.

—¿Todos?

Me planteé mentir, pero preferí no hacerlo.

—La mayoría. Te lo has comido muy deprisa. Absorberá gran parte de la resina que te has tragado.

—¿Cuánta?

—Más de la mitad. Con suerte, un poco más. ¿Cómo te encuentras?

—Estoy asustada. Me tiembla todo. Pero aparte de eso, no noto nada. —Se removió, nerviosa, donde estaba sentada y puso la mano encima del pegajoso disco de resina de denner que se le había caído de la mano. Lo alejó de sí y se limpió la mano en los pantalones—. ¿Cuánto tardaremos en saberlo?

—No sé si estaba muy refinada —dije—. Si todavía estaba sin tratar, tu organismo tardará más en procesarla. Y eso sería bueno, porque los efectos se extenderían durante un periodo de tiempo más largo.

Le busqué el pulso en el cuello. Lo tenía muy acelerado, lo cual no me indicaba nada. Yo también lo tenía muy rápido.

—Mira allí. —Señalé con una mano y le examiné los ojos. Sus pupilas tardaban un poco en reaccionar a la luz. Le puse una mano en la cabeza y, con el pretexto de levantarle un poco un párpado, le apreté el cardenal que tenía en la sien, con fuerza. Denna no pestañeó ni dio el más leve indicio de que le hubiera hecho daño.

—Creía que eran imaginaciones mías —dijo Denna mirándome a los ojos—. Pero es verdad: tus ojos cambian de color. Normalmente son de color verde intenso, con un círculo dorado alrededor de la pupila...

—Los he heredado de mi madre —dije.

—Pero te he estado observando. Ayer, cuando se te rompió el mango de la bomba en la mano, se volvieron de un verde apagado, turbio. Y cuando el porquero hizo ese comentario sobre los Ruh, se oscurecieron un instante. Creí que solo era la luz, pero ahora veo que no.

—Me sorprende que te hayas fijado —dije—. La única persona que lo ha mencionado alguna vez fue un viejo maestro que tuve. Y era arcanista, así que su trabajo, en gran medida, consistía en fijarse en las cosas.

—Bueno, también es mi trabajo fijarme en tus cosas. —Ladeó un poco la cabeza—. Seguro que a la gente le llama la atención tu cabello. Es tan brillante. Muy... llamativo. Y tienes una cara muy expresiva. Siempre la controlas; hasta controlas el comportamiento de tus ojos. Pero no el color. —Esbozó una sonrisa—. Ahora los tienes pálidos. Como una helada verde. Debes de estar muy asustado.

—Debe de ser lujuria —dije con aspereza—. No pasa a menudo que una chica me deje acercarme tanto a ella.

—Me dices siempre unas mentiras maravillosas. —Denna desvió la mirada hacia sus manos—. ¿Me voy a morir?

—No —contesté con firmeza—. Claro que no.

—¿Te importaría...? —Me miró y volvió a sonreír; tenía los ojos llorosos, pero las lágrimas no se desbordaban—. ¿Te importaría decírmelo en voz alta?

—No te vas a morir —dije poniéndome en pie—. Ven. Vamos a ver si nuestro amigo el lagarto se ha marchado ya.

Quería que Denna se moviera y se distrajera, así que bebimos un poco de agua y volvimos a la atalaya. El draccus dormía tumbado al sol.

Aproveché la ocasión para coger la manta y la cecina y guardarlas en mi macuto.

—Antes no me ha parecido bien robarle a un muerto —dije—. Pero ahora...

—Al menos ahora sabemos por qué se escondía en las quimbambas con una ballesta y una atalaya y todo eso —comentó Denna—. Hemos resuelto un pequeño misterio.

Empecé a cerrar el macuto, pero entonces, pensándolo mejor, me guardé también las flechas de ballesta.

—¿Para qué quieres eso? —me preguntó Denna.

—Valen dinero —dije—. Estoy en deuda con un personaje peligroso. Me vendría bien un poco de... —No terminé la frase; estaba pensando.

Denna me miró, y vi que llegaba a la misma conclusión que yo.

—¿Sabes cuánto puede valer toda esa resina? —me preguntó.

—Pues no —contesté pensando en los treinta cazos, cada uno con una lámina de negra y pegajosa resina solidificada en el fondo, del tamaño de un plato—. Estoy intentando calcularlo.

Denna se meció sobre las plantas de los pies.

—Mira, Kvothe, no sé qué hacer. He visto a muchas chicas que se habían quedado colgadas de esa cosa. Necesito dinero. —Soltó una amarga risotada—. Ahora mismo ni siquiera tengo una muda de ropa. —Parecía preocupada—. Pero no sé si la necesito tan desesperadamente.

—Yo estoy pensando en los boticarios —me apresuré a decir—. La refinarían para hacer medicinas. Es un analgésico muy potente. No nos la pagarían tan bien como si se la vendiéramos a otra clase de gente, pero aun así, media lámina...

Denna sonrió abiertamente.

—Me encantaría llevarme media lámina. Sobre todo ahora que mi misterioso mecenas ha desaparecido.

Volvimos al cañón. Esa vez, al salir del estrecho pasadizo, vi los cazos de evaporación desde otra perspectiva. Ahora, cada uno equivalía a una pesada moneda en mi bolsillo. La matrícula del siguiente bimestre, ropa nueva, liberarme de mi deuda con Devi...

Vi que Denna contemplaba las bandejas con la misma fascinación que yo, aunque ella lo hacía con una mirada un tanto más vidriosa.

—Con esto podría vivir cómodamente todo un año —caviló—. Sin deberle nada a nadie.

Fui al cobertizo de las herramientas y cogí un raspador para cada uno. Nos pusimos a trabajar y, pasados unos minutos, habíamos juntado todas las láminas, negras y pegajosas, en un taco del tamaño de un melón.

Denna se estremeció un poco y me miró, sonriente. Tenía las mejillas arreboladas.

—De pronto me siento muy bien. —Se cruzó de brazos y se frotó los hombros con las manos—. Muy bien, de verdad. Y no creo que sea solo de pensar en todo ese dinero.

—Es la resina —dije—. El que haya tardado tanto en hacerte efecto es una buena señal. Si hubiera pasado antes, me habría preocupado. —La miré con seriedad—. Escúchame bien. Necesito que me digas si notas presión en el pecho, o si te cuesta respirar. Mientras no notes ninguno de esos dos síntomas, todo irá bien.

Denna asintió; luego inspiró hondo y soltó el aire despacio.

—¡Oh, Ordal, dulce ángel que estás en las alturas! ¡Qué bien me siento! —Me miró con aprensión, pero sin dejar de sonreír—. ¿Voy a volverme adicta a esto?

Negué con la cabeza, y Denna suspiró aliviada.

—¿Sabes qué es lo peor? Me asusta volverme adicta, pero no me importa estar asustada. Nunca me había sentido como ahora. No me extraña que nuestro escamoso amiguito siga viniendo aquí a buscar más...

—Tehlu misericordioso —dije—. No se me había ocurrido. Por eso arañaba la pared de roca e intentaba entrar aquí. Huele la resina. Lleva dos ciclos comiendo árboles, tres o cuatro todos los días.

—El mayor adicto al denner jamás visto. Viene aquí a buscar su dosis. —Denna rió, y de pronto compuso una expresión de horror—. ¿Cuántos árboles quedaban?

—Dos o tres —dije pensando en las hileras de agujeros y toconts—. Pero quizá se haya comido otro en este rato.

—¿Alguna vez has visto a un adicto al denner con síndrome de abstinencia? —Tenía la cara desencajada—. Se vuelven locos.

—Ya lo sé —dije, y me acordé de la chica a la que había visto bailar desnuda sobre la nieve, en Tarbean.

—¿Qué crees que hará cuando se acaben los árboles?

Pensé largo rato.

—Irá a buscar más. Y estará desesperado. Y sabe que en el último sitio donde encontró los árboles había una casita que olía a humanos... Tendremos que matarlo.

—¿Matarlo? —Denna rió, y luego se tapó la boca con ambas manos—. ¿Con qué? ¿Con mi bonita voz y tus varoniles bravatas? —Se puso a reír incontroladamente, pese a que todavía se tapaba la boca con las manos—. Lo siento, Kvothe. ¿Cuánto rato voy a estar así?

—No lo sé. Los efectos del ófalo son euforia...

—Ya lo creo. —Me guiñó un ojo, sonriente.

—Seguida de manía, un poco de delirio si la dosis es lo bastante elevada, y luego agotamiento.

—Quizá pueda dormir toda la noche, para variar. No me dirás

en serio que quieres matar esa cosa. ¿Qué vas a utilizar? ¿Un palito puntiagudo?

—No puedo dejar que campe a sus anchas. Trebon está a solo unos ocho kilómetros de aquí. Y hay algunas granjas más cerca. Piensa en los estragos que podría causar.

—Pero ¿cómo? —insistió—. ¿Cómo se mata a un bicho como ese?

Volví al cobertizo.

—Si tenemos suerte y ese tipo tuvo la prudencia de comprar otra ballesta... —Empecé a buscar, lanzando cosas por la puerta. Palas de remover, cubos, raspadores, una pala, más cubos, un barril...

El barril era del tamaño de un barril de cerveza. Lo saqué del cobertizo y abrí la tapa. En el fondo había un saco de hule con una gran masa pegajosa de negra resina de denner; al menos había el cuádruple de la que Denna y yo habíamos rascado de los cazos.

Levanté el saco y lo dejé en el suelo, manteniéndolo abierto para que Denna pudiera ver en el interior. Asomó la cabeza, emitió un grito de asombro y dio un respingo.

—¡Ahora podré comprarme un pony! —exclamó riendo.

—No sé si te comprarás un pony —dije mientras hacía cálculos mentales—. Pero creo que antes de que nos repartamos el dinero, deberíamos comprarte una buena arpa. Y no una triste lira.

—¡Sí! —dijo Denna, y me dio un fogoso abrazo—. Y a ti te compraremos... —Me miró con curiosidad; su cara, cubierta de hollín, estaba a escasos centímetros de la mía—. ¿Qué quieres tú?

Antes de que pudiera hacer ni decir nada, el draccus volvió a rugir.

78

Veneno

El rugido del dragón fue como un trompetazo, si podéis imaginaros una trompeta del tamaño de una casa, y hecha de piedra, de truenos y de plomo fundido. No lo noté en el pecho. Lo noté en los pies, porque hizo temblar el suelo.

El rugido nos hizo dar un brinco. Denna me golpeó la nariz con la cabeza, y me tambaleé, cegado por el dolor. Ella ni se dio cuenta, porque estaba muy entretenida tropezando, cayéndose y riendo, en un enredo de brazos y piernas.

Ayudé a Denna a levantarse y oí un lejano estruendo; volvimos a subir con cuidado a la atalaya.

El draccus estaba... retozando, dando saltos como un perro borracho, derribando árboles como derribaría un niño tallos de maíz en un campo.

Lo vi acercarse a un viejo roble, un árbol centenario del tamaño de un itinolito. El draccus se irguió y puso las patas delanteras sobre una de las ramas más bajas, como si quisiera trepar por él. La rama, que era tan grande como un árbol, prácticamente explotó.

El draccus volvió a erguirse y embistió el árbol. Yo lo observaba, convencido de que la rama rota le atravesaría el cuerpo; pero el puntiagudo trozo de dura madera apenas se le hundió un poco en el pecho antes de astillarse. El draccus se estrelló contra el tronco, y aunque este no se partió, se rajó produciendo un ruido parecido a un rayo.

El draccus se dio la vuelta; saltó, cayó y rodó sobre las piedras. Lanzó una gran llamarada y volvió a cargar contra el fracturado roble, golpeándolo con su enorme y plana cabeza con forma de cuña. Esa vez logró derribar el árbol, produciendo una explosión de tierra y piedras al arrancarse las raíces del suelo.

Yo solo atinaba a pensar en lo inútil que sería tratar de hacerle daño a aquella criatura. Empleaba más fuerza para revolcarse por el suelo de la que yo podía aspirar a reunir para enfrentarme a él.

—No vamos a poder matarlo —dije—. Sería como atacar una tormenta. ¿Cómo vamos a hacerle daño?

—La llevamos hasta el borde de un precipicio —dijo Denna con toda naturalidad.

—¿La? ¿Cómo sabes que es una hembra?

—¿Cómo sabes tú que es un macho? —replicó ella, y sacudió la cabeza como si quisiera despejarse—. Da igual, no importa. Sabemos que le atrae el fuego. Encendemos fuego y prendemos una rama. —Apuntó hacia unos árboles cuyas ramas colgaban por encima del precipicio—. Entonces, cuando corra hacia allí para apagarlo... —Hizo una pantomima con las manos de algo que cae.

—¿Crees que la caída acabaría con él? —pregunté con recelo.

—Bueno —dijo Denna—, cuando tiras a una hormiga de una mesa, no se hace daño, aunque para una hormiga eso debe de ser como caerse por un acantilado. Pero si tú o yo saltáramos desde un tejado, nos haríamos daño, porque pesamos más. Por lo visto, cuanto más grande eres, más daño te haces. —Miró al draccus—. Y no se puede ser mucho más grande que eso.

Denna tenía razón, por supuesto. Estaba hablando de la ley cuadrado-cúbica, aunque ella no supiera cómo llamarlo.

—Al menos se lesionaría —continuó Denna—. Y entonces... no sé, podríamos lanzarle piedras, o algo así. —Me miró—. ¿Qué pasa? ¿No te parece buena idea?

—No es muy heroico —dije con desdén—. Esperaba algo con un poco más de clase.

—Verás, es que me he dejado la armadura y el caballo en casa —repuso—. Lo que pasa es que estás disgustado porque a tu gran cerebro de universitario no se le ha ocurrido nada, y mi plan es brillante. —Señaló detrás de nosotros, donde estaba el cañón—. Podemos encender el fuego en uno de esos cazos de metal. Son anchos y poco profundos, y conservarán bien el calor. ¿Había cuerda en ese cobertizo?

—Pues... —Volví a notar una opresión en el estómago—. No, me parece que no.

Denna me dio unas palmaditas en el brazo.

—No pongas esa cara. Cuando se marche, buscaremos entre los restos de la casa. Tiene que haber alguna cuerda. —Volvió a mirar al draccus—. Mira, yo la entiendo. A mí también me gustaría correr de un lado para otro y saltar sobre las cosas.

—Eso es la manía de que te hablaba —dije.

Al cabo de un cuarto de hora, el draccus abandonó el valle. Entonces Denna y yo salimos de nuestro escondite; yo llevaba mi macuto y ella, el pesado saco de hule donde estaba toda la resina que habíamos encontrado, casi una fanega.

—Pásame la piedra imán —pidió Denna dejando el saco en el suelo. Se la di—. Encuentra cuerda. Yo voy a buscarte un regalo. —Se alejó a buen paso; su oscuro cabello ondulaba detrás de ella.

Registré someramente la casa, haciendo todo lo posible para no respirar. Encontré un hacha, piezas de vajilla rotas, un barril de harina con gusanos, un colchón de paja mohosa, un rollo de cordel... pero ninguna cuerda.

Denna dio un grito de alegría desde los árboles, corrió hacia mí y me puso una escama negra en la mano. El sol la había calentado; era un poco más grande que la suya, pero tenía una forma más ovalada.

—Muchas gracias, mi señora.

Ella, sonriente, hizo una reverencia.

—¿Y la cuerda?

Le mostré el rollo de basto cordel.

—Esto es lo más parecido a una cuerda que he encontrado. Lo siento.

Denna frunció el ceño un momento.

—Bueno. Te toca a ti pensar un plan. ¿En la Universidad no te han enseñado ningún truco de magia extraño y maravilloso? ¿Alguna de esas fuerzas oscuras que es mejor dejar en paz?

Le di vueltas a la escama con las manos y lo pensé. Tenía cera, y esa escama podía ser un vínculo tan bueno como un pelo. Podía hacer un modelo del draccus, pero luego ¿qué? No creía que una escaldadura en la pata molestara mucho a una bestia que se tumbaba cómodamente en un lecho de brasas.

Pero con un modelo podían hacerse cosas más siniestras. Cosas que ningún buen arcanista debía plantearse. Cosas con agujas y cuchillos que podían dejar a un hombre sangrando aunque estuviera a kilómetros de distancia. Verdaderas felonías.

Estudié la escama que tenía en la mano. Estaba compuesta principalmente de hierro, y por el centro era más gruesa que la palma de mi mano. Aunque tuviera un modelo y un buen fuego de donde obtener la energía, dudaba que pudiera atravesar las escamas para herir al draccus.

Y lo peor era que, si lo intentaba, no sabría si había funcionado. No podía sentarme tranquilamente junto al fuego, clavándole agujas a un muñeco de cera, mientras a kilómetros de allí un draccus drogado y enloquecido se revolcaba en los restos incendiados de la granja de una familia inocente.

—No —dije—. No se me ocurre ningún truco de magia.

—Podemos ir a decirle al alguacil que tiene que reclutar a una docena de hombres armados con ballestas para que vayan a matar a un dragón adicto, furioso y grande como una casa.

De pronto se me ocurrió.

—Envenenarlo —dije—. Tendremos que envenenarlo.

—¿Llevas encima un par de litros de arsénico? —me preguntó Denna con escepticismo—. ¿Bastarían para matar a un bicho de ese tamaño?

—Con arsénico no. —Le di un puntapié al saco de hule.

Denna miró hacia abajo.

—Ah —dijo, alicaída—. ¿Y mi pony?

—Creo que tendrás que prescindir de él. Pero aún nos quedará suficiente para comprarte un arpa. De hecho, creo que aún conseguiremos más dinero vendiendo el cadáver del draccus. Las escamas deben de valer mucho. Y a los naturalistas de la Universidad les encantará...

—No hace falta que me convenzas —me cortó Denna—. Sé qué es lo que tenemos que hacer. —Me miró y me sonrió—. Además, si matamos al dragón nos convertiremos en héroes. El dinero solo será un beneficio añadido.

Me reí.

—Muy bien —dije—. Creo que deberíamos volver a la colina de los itinolitos y encender un fuego para atraerlo.

Denna me miró con desconcierto.

—¿Por qué? Sabemos que va a volver aquí. ¿Por qué no acampamos aquí y lo esperamos?

Negué con la cabeza.

—Mira cuántos árboles de denner quedan.

Denna miró alrededor.

—¿Ya se los ha comido todos?

Asentí.

—Si lo matamos esta tarde, podremos volver a Trebon esta misma noche —argüí—. Estoy harto de dormir a la intemperie. Quiero darme un baño, comer algo caliente y dormir en una cama de verdad.

—Mientes —repuso ella alegremente—. Estás mejorando, pero para mí eres transparente como un arroyo. —Me hincó un dedo en el pecho—. Dime la verdad.

—Quiero que vuelvas a Trebon —confesé—. Por si has ingerido más resina de la cuenta. No me fiaría de ningún médico que viva por aquí, pero seguramente tendrán medicinas que yo puedo utilizar. Por si acaso.

—Mi héroe. —Denna sonrió—. Eres un cielo, pero me encuentro bien, de verdad.

Alargué un brazo y le di un fuerte capirotazo en la oreja.

Denna se llevó una mano a la oreja y puso cara de indignación.

—¡Oh! —exclamó, desconcertada.

—No te ha dolido, ¿verdad?

—No.

—Voy a decirte la verdad —dije poniéndome serio—. Creo que no te va a pasar nada, pero no estoy seguro. No sé qué cantidad de esa cosa te has metido en el organismo. Dentro de una hora tendré una idea más clara, pero si algo sale mal, me gustaría estar más cerca de Trebon. Porque así no tendré que llevarte tanto rato a cuestas. —La miré a los ojos—. Yo no juego con la vida de las personas que me importan.

Denna me escuchó con expresión sombría. Entonces sus labios volvieron a dibujar una sonrisa.

—Me gustan tus varoniles bravatas —dijo—. Sigue un poco.

79

Dulces palabras

Tardamos cerca de dos horas en volver a la colina de los itinolitos. Habríamos podido llegar antes, pero la manía de Denna se estaba agravando, y toda esa energía de más era un estorbo
en lugar de una ayuda. Estaba muy distraída y se iba por donde le
parecía en cuanto veía algo interesante.

Cruzamos el mismo arroyo que habíamos atravesado antes y,
pese a que el agua solo nos cubría por los tobillos, Denna insistió
en darse un baño. Yo me lavé un poco; luego me aparté y la oí cantar varias canciones bastante subidas de tono. También me hizo
varias invitaciones, no muy sutiles precisamente, para que fuera a
bañarme con ella.

Me mantuve a distancia, por descontado. Los hombres que se
aprovechan de una mujer cuando esta no está en pleno uso de sus
facultades tienen nombres, y ninguno de esos nombres se me podrá aplicar jamás a mí con justicia.

Cuando llegamos a la cima de la colina de los itinolitos, decidí emplear el exceso de energía de Denna y la mandé a recoger leña
mientras yo hacía un hoyo para el fuego, más grande que el anterior. Cuanto más grande fuera la hoguera, más deprisa atraería al
draccus.

Me senté junto al saco de hule y lo abrí. La resina desprendía
un olor a tierra, a dulce y humeante mantillo.

Denna volvió a la cima y dejó caer un montón de leña.

—¿Cuánta resina piensas utilizar? —me preguntó.

—Todavía no lo sé —dije—. Voy a tener que hacer muchos cálculos.

—Dásela toda —propuso Denna—. Más vale prevenir que curar.

Negué con la cabeza.

—No hay motivo para dársela toda. Eso sería un despilfarro. Además, la resina, si está bien refinada, es un potente analgésico. La gente necesita medicinas...

—... y tú necesitas el dinero.

—Sí —admití—. Pero pensaba más en tu arpa, de verdad. Perdiste tu lira en ese incendio. Sé muy bien lo que significa quedarse sin instrumento.

—¿Has oído alguna vez la historia del niño de las flechas de oro? —me preguntó—. Cuando era pequeña, esa historia me intrigaba mucho. Si le lanzas a alguien una flecha de oro, debes de estar desesperado por matarlo. ¿Por qué no quedarte el oro y marcharte a casa?

—Sí, es un planteamiento interesante —dije mirando el saco. Suponía que por esa cantidad de resina de denner nos pagarían al menos cincuenta talentos en cualquier botica. Quizá cien, según lo refinada que estuviera.

Denna se encogió de hombros y volvió hacia los árboles para recoger más leña, y yo empecé a hacer los complicados cálculos de cuánto denner necesitaría para envenenar a un lagarto de cinco toneladas.

Fue una pesadilla de conjeturas bien fundamentadas, complicada por el hecho de que no podía hacer mediciones precisas. Empecé con una gota del tamaño de la última falange de mi dedo meñique, que era la cantidad de resina que calculaba que Denna se había tragado. Sin embargo, Denna había ingerido mucho carbón inmediatamente después, lo cual reducía esa cantidad a la mitad. Me quedé con una bolita de resina negra un poco más grande que un guisante.

Pero esa era solo la cantidad de resina necesaria para que una chica se sintiera enérgica y eufórica. Yo quería matar al draccus.

Tripliqué la dosis, y luego volví a triplicarla para asegurarme. El resultado final fue una bola del tamaño de una uva grande.

Calculé que el draccus debía de pesar cinco toneladas, y que Denna debía de pesar entre cincuenta y sesenta kilos. Cincuenta, para estar seguros. Eso significaba que necesitaba cien veces la dosis del tamaño de una uva para matar al draccus. Amasé diez bolitas del tamaño de una uva, y luego las junté. La bola que obtuve tenía el tamaño de un albaricoque. Hice nueve bolas más del tamaño de un albaricoque, y las metí en el cubo de madera que nos habíamos llevado de la plantación de denner.

Denna soltó otro montón de leña y miró en el cubo.

—¿Solo eso? —preguntó—. No parece mucho.

Tenía razón. No parecía mucho comparado con el tamaño del draccus. Le expliqué cómo había hecho los cálculos, y ella asintió.

—Supongo que no está mal. Pero no olvides que lleva casi un mes comiendo árboles. Debe de haber desarrollado tolerancia.

Asentí y añadí en el cubo cinco bolas más del tamaño de albaricoques.

—Y quizá sea más fuerte de lo que crees. La resina podría afectar de forma diferente a los lagartos.

Volví a asentir y añadí cinco bolas más. Luego, tras pensarlo un momento, añadí otra.

—Con esta son veintiuna —expliqué—. Es un buen número. Tres sietes.

—Si la suerte nos favorece, mucho mejor —coincidió Denna.

—Además queremos que muera deprisa —añadí—. Será más conveniente para el draccus, y más seguro para nosotros.

Denna me miró.

—Entonces, ¿la doblamos?

Asentí, y Denna volvió al bosque mientras yo amasaba otras veintiuna bolas y las metía en el cubo. Regresó con más madera cuando yo estaba amasando la última bola de resina.

Apreté la resina contra el fondo del cubo.

—Creo que con esto bastará —dije—. Con tanto ófalo se podría matar dos veces a toda la población de Trebon.

Denna y yo miramos en el cubo. Contenía una tercera parte de toda la resina que habíamos encontrado. Con la que quedaba en el saco de hule había suficiente para comprarle un arpa a Denna y para saldar mi deuda con Devi, y aún sobraría bastante para que viviéramos cómodamente durante meses. Pensé en comprarme ropa nueva, unas cuerdas nuevas para mi laúd, una botella de vino de frutas de Aven...

Me imaginé al draccus destrozando árboles como si fueran gavillas de trigo, aplastándolos sin esfuerzo.

—Deberíamos doblarlo otra vez —sugirió Denna, como si me hubiera leído el pensamiento—. Para estar seguros.

Volví a doblar la cantidad, amasando otras cuarenta y dos bolas de resina mientras Denna recogía montones y montones de leña.

Encendí el fuego en el preciso momento en que empezaba a llover. Hicimos una hoguera más grande que la anterior, con la esperanza de que un fuego más luminoso atrajera más deprisa al draccus. Quería llevar a Denna a Trebon cuanto antes.

Por último, improvisé una escalerilla con el hacha y el cordel que había encontrado. Era muy fea, pero resistente, y la apoyé contra uno de los lados del arco formado por los itinolitos. La próxima vez Denna y yo tendríamos una buena ruta de escape.

La cena no fue, ni mucho menos, tan espectacular como la de la noche anterior. Tuvimos que contentarnos con lo que quedaba del pan, ya duro, un poco de cecina y las últimas patatas, que asamos entre las piedras de la hoguera.

Mientras comíamos, le conté a Denna toda la historia del incendio de la Factoría. En parte, porque era joven, y varón, y estaba deseando impresionarla; pero también quería aclarar que si había faltado a nuestra cita había sido por circunstancias que escapaban por completo de mi control. Denna me escuchó atentamente, haciendo exclamaciones de asombro en los momentos indicados. Era un público perfecto.

Ya no me preocupaba que hubiera tomado una sobredosis. Después de recoger una montaña de leña, su manía se estaba reduciendo y la estaba sumiendo en un dulce letargo. Sin embargo, yo sabía que los efectos secundarios de la droga le producirían debilidad y agotamiento. Quería que pudiera recuperarse a salvo en una cama, en Trebon.

Después de cenar, me acerqué a Denna, que estaba sentada con la espalda apoyada en uno de los itinolitos. Me arremangué la camisa.

—Bueno, tengo que examinarte —dije pomposamente.

Ella compuso una sonrisa perezosa; tenía los ojos entrecerrados.

—Desde luego, sabes camelarte a una chica, ¿eh?

Le busqué el pulso en el delgado cuello. Era lento, pero constante. Denna rehuyó un poco mi contacto.

—Me haces cosquillas.

—¿Cómo te encuentras? —le pregunté.

—Cansada —dijo ella con la voz un poco pastosa—. Bien, cansada... Y tengo un poco de frío.

Aunque no era un síntoma inesperado, sí resultaba un poco sorprendente, teniendo en cuenta que estábamos a solo unos pasos de una llameante hoguera. Fui a buscar la manta de repuesto que tenía en el macuto y se la llevé. Se arropó bien con ella.

Me acerqué a Denna para poder verle los ojos. Todavía tenía las pupilas dilatadas y lentas, pero no más que antes.

Alargó un brazo y me puso la mano en la mejilla.

—Tienes una cara adorable —dijo mirándome con aire soñador—. Es como la cocina perfecta.

Reprimí una sonrisa. Denna había alcanzado la fase de delirio. Entraría y saldría de él hasta que un profundo agotamiento la arrastrara hasta la inconsciencia. Si ves a alguien hablando solo en un callejón de Tarbean, lo más probable es que no esté loco, sino que sea un adicto a la resina trastornado por un consumo excesivo de denner.

—¿Una cocina?

—Sí —afirmó ella—. Todo hace juego y el cuenco del azúcar está donde debe.

—¿Cómo respiras? —pregunté.

—Bien —dijo ella con tranquilidad—. Noto un poco de presión, pero nada más.

Al oír eso, se me aceleró un poco el corazón.

—¿Qué quieres decir?

—Me cuesta respirar. A veces noto una opresión en el pecho y como si respirara a través de un pudin. —Rió un poco—. ¿He dicho pudin? Quería decir melaza. Un dulce pudin de melaza.

Eso me enojó, pero reprimí el impulso de recordarle que le había pedido que me avisara si notaba algo raro al respirar.

—¿Y ahora? ¿Te cuesta respirar?

Denna se encogió de hombros con indiferencia.

—Tengo que escuchar tu respiración —dije—. Pero aquí no tengo ningún instrumento para hacerlo, así que si te desabrochas un poco la blusa, voy a apoyar la oreja sobre tu pecho.

Denna puso los ojos en blanco y se desabrochó la blusa más de lo que era estrictamente necesario.

—Vaya, esto sí que es una novedad —dijo con malicia, y por un momento volvió a parecer la misma de siempre—. Es la primera vez que veo a alguien emplear esta táctica.

Me volví y pegué la oreja contra su esternón.

—¿Cómo suena mi corazón? —me preguntó Denna.

—Lento, pero fuerte —respondí—. Tienes un buen corazón.

—¿Te dice algo?

—No, no oigo nada.

—Escucha bien.

—Respira hondo y no hables —dije—. Necesito escuchar tu respiración.

Escuché. El aire llenó los pulmones, y noté que uno de los pechos de Denna presionaba contra mi brazo. Denna exhaló, y noté su aliento cálido en la nuca. Se me puso la carne de gallina por todo el cuerpo.

Imaginé la mirada de desaprobación de Arwyl. Cerré los ojos e intenté concentrarme en lo que estaba haciendo. Era como escuchar el viento entre las ramas de los árboles. Distinguí un débil crujido, como el ruido del papel al arrugarse, o como un débil suspiro. Pero no se apreciaban humedad ni burbujeo.

—Qué bien te huele el cabello —dijo Denna.

Me incorporé.

—Estás bien —dije—. Pero sobre todo, avísame si esa sensación empeora, o si cambia.

Denna asintió dócilmente; seguía sonriendo con aire soñador.

Fastidiado por la tardanza del draccus, puse más leña en el fuego. Miré hacia los riscos del norte, pero en la penumbra solo se veían los contornos de los árboles y las rocas.

De pronto Denna rió.

—¿Te he llamado cuenco de azúcar? —preguntó mirándome con los ojos entrecerrados—. ¿Estoy diciendo muchas tonterías?

—Solo es un poco de delirio —la tranquilicé—. Irá y vendrá hasta que te quedes dormida.

—Espero que a ti te resulte tan divertido como a mí —dijo ciñéndose la manta—. Es como soñar entre algodones, aunque menos cálido.

Subí por la escalerilla hasta lo alto del itinolito donde habíamos dejado nuestras cosas. Cogí un puñado de resina de denner del saco de hule, la bajé y la puse al borde del fuego. La resina ardió toscamente, desprendiendo un humo acre que el viento impulsó hacia el noroeste, hacia los invisibles riscos. Con suerte, el draccus lo olería y vendría corriendo.

—Cuando era muy pequeña tuve neumonía —comentó Denna con voz monótona—. Por eso tengo los pulmones delicados. Es espantoso no poder respirar a veces.

Con los ojos entornados, como si hablara sola, continuó:

—Dejé de respirar, y durante dos minutos estuve muerta. A veces me pregunto si todo esto no será una especie de error, si no debería estar ya muerta. Pero si no es ningún error, tiene que haber alguna razón para que esté aquí. Pero si hay alguna razón, no sé cuál es.

Cabía la posibilidad de que Denna ni siquiera se percatara de que estaba hablando, y una posibilidad aún mayor de que las partes más importantes de su cerebro ya estuvieran dormidas y que a la mañana siguiente no recordara nada de lo que estaba pasando. Como no sabía cómo reaccionar, me limité a asentir con la cabeza.

—Eso fue lo primero que me dijiste: «Me preguntaba qué podrías estar haciendo aquí». Mis siete palabras. Yo llevo mucho tiempo preguntándome lo mismo.

El sol, que ya estaba oculto tras las nubes, se puso detrás de las montañas. El paisaje se sumió en la oscuridad, y la cima de aquella pequeña colina parecía una isla en medio de un gran océano nocturno.

Denna estaba empezando a cabecear; la cabeza se le iba lentamente hacia el pecho, y luego la levantaba. Me acerqué y le tendí una mano.

—Ven. El draccus no tardará en aparecer. Tenemos que subir a las piedras.

Ella asintió y se levantó, todavía envuelta en las mantas. La seguí hasta la escalerilla y subió despacio, vacilante, hasta lo alto del itinolito.

Allí arriba, lejos del fuego, hacía más frío, y el viento agudizaba esa sensación. Extendí una manta sobre la piedra, y Denna se sentó, acurrucada bajo la otra manta. El frío la despejó un poco y miró alrededor como irritada, temblando.

—Maldita gallina. Ven a comerte la cena. Tengo frío.

—Confiaba en que a estas horas ya te tendría bien arropada en una cama caliente, en Trebon —admití—. Mi brillante plan no lo era tanto.

—Siempre sabes lo que tienes que hacer —replicó ella como embotada—. Me miras con esos ojos verdes como si yo significara algo. No me importa que tengas cosas mejores que hacer. Me conformo con tenerte a veces. De vez en cuando. Sé que puedo considerarme afortunada por eso, por tenerte aunque solo sea un poco.

Asentí con la cabeza mientras recorría la cima de la colina con la mirada por si veía alguna señal del draccus. Estuvimos sentados un rato más, contemplando la oscuridad. Denna cabeceó un poco; entonces volvió a enderezarse y combatió otro violento estremecimiento.

—Ya sé que no piensas en mí...

A la gente que delira es mejor seguirles la corriente para que no se pongan violentos.

—Pienso en ti continuamente, Denna.

—No me trates con condescendencia —replicó ella con enojo, y luego su tono volvió a suavizarse—. No piensas en mí como yo en ti. No me importa. Pero si también tienes frío, podrías acercarte y rodearme con los brazos. Solo un poco.

Con un nudo en la garganta, me acerqué, me senté a su lado y la abracé.

—Qué bien —dijo ella, más relajada—. Es como si hasta ahora siempre hubiera tenido frío.

Nos quedamos sentados mirando hacia el norte. Denna se apoyó en mí; era delicioso tenerla en mis brazos. Yo respiraba superficialmente para no molestarla.

Se estremeció un poco y murmuró:

—Eres tan amable. Nunca me presionas... —Volvió a interrumpirse y se dejó caer un poco más sobre mi pecho. Entonces se animó—. Podrías presionarme, ¿no? Un poco.

Me quedé allí sentado, a oscuras, sujetando su cuerpo dormido. Denna era suave y tibia, indescriptiblemente preciosa. Yo nunca había abrazado a una mujer. Tras unos momentos, empezó a dolerme la espalda, que tenía que soportar mi peso y el suyo. Se me durmió una pierna. El cabello de Denna me hacía cosquillas en la nariz. Sin embargo, no me moví por temor a estropear aquel momento, el más maravilloso de mi vida.

Denna se movió en sueños; entonces empezó a resbalar hacia un lado y despertó sobresaltada.

—Túmbate —me dijo. Su voz volvía a ser la de siempre. Empezó a mover la manta, tirando de ella para que no se interpusiera entre nosotros dos—. Ven. Tú también debes de tener frío. No eres sacerdote, así que nadie te va a reprender por ello. Estaremos bien. Solo para protegernos del frío.

La abracé y ella nos cubrió a los dos con la manta.

Nos tumbamos de lado, como dos cucharas en un cajón. Le puse un brazo bajo la cabeza, a modo de almohada. Ella se enroscó ajustándose a la parte delantera de mi cuerpo con asombrosa facilidad, como si estuviera hecha para encajar en mí.

Allí tumbado, comprendí que antes me había equivocado: ese era el momento más maravilloso de mi vida.

Denna se movió un poco, aún dormida.

—Ya sé que no lo decías en serio —dijo con claridad.

—¿Qué era lo que no decía en serio? —pregunté en voz baja. Su voz había cambiado; ya no era una voz soñolienta y cansada. Me pregunté si estaría hablando en sueños.

—Antes. Has dicho que me dejarías inconsciente de un puñetazo y que me obligarías a tragarme los carbones. Tú nunca me pegarías. —Giró un poco la cabeza—. ¿Verdad que no? Ni siquiera por mi propio bien.

Sentí que me recorría un escalofrío.

—¿Qué quieres decir?

Hubo una larga pausa, y cuando empezaba a pensar que se había quedado dormida, Denna añadió:

—No te lo he contado todo. Sé que Fresno no murió en la granja. Cuando iba hacia el fuego, él me encontró. Vino y me dijo que todos habían muerto. Dijo que la gente sospecharía si yo era la única superviviente...

Sentí una intensa rabia. Sabía lo que venía a continuación, pero dejé hablar a Denna. No quería oírlo, pero sabía que ella necesitaba contárselo a alguien.

—No lo hizo por las buenas —puntualizó—. Se aseguró de que yo estaba de acuerdo. Yo sabía que si me lastimaba yo misma no parecería convincente. Él se aseguró de que yo estaba de acuerdo. Me hizo pedirle que me pegara. Solo para estar seguro.

»Y tenía razón. —Mientras hablaba estaba completamente inmóvil—. Incluso así, en el pueblo pensaron que yo había tenido algo que ver con la matanza. Si él no hubiera hecho lo que hizo, ahora quizá estuviera en la cárcel. Quizá me hubieran ahorcado.

Se me revolvió el estómago.

—Denna —dije—, un hombre capaz de hacerte eso no merece que le dediques tu tiempo. Ni un solo minuto de tu tiempo. No se trata de que sea solo media hogaza. Se trata de que está podrido. Tú te mereces algo mejor.

—¿Quién sabe lo que me merezco? Él no es mi mejor hogaza. Es mi única hogaza. O él, o el hambre.

—Tienes otras salidas —dije, y entonces me atasqué, porque

me acordé de mi conversación con Deoch—. Tienes... tienes...

—Te tengo a ti —dijo ella, adormilada. Distinguí una débil sonrisa en su voz, como la de un niño arropado en la cama—. ¿Serás mi Príncipe Azul y me protegerás de los cerdos? ¿Y me cantarás canciones? ¿Me subirás a toda prisa a los árboles...? —No terminó la frase.

—Sí, lo haré —contesté, pero me di cuenta, por el peso de su cuerpo contra mi brazo, de que por fin se había quedado dormida.

80

Tocar hierro

Estaba despierto, tumbado, y notaba el suave aliento de Denna en un brazo. No habría podido dormir ni que hubiera querido. Su proximidad me llenaba de chisporroteante energía, de tibieza, de un suave y constante zumbido. Me quedé despierto saboreándola; cada momento era precioso como una joya.

Entonces oí partirse una rama a lo lejos. Y luego otra. Unas horas antes solo quería que el draccus acudiera veloz a nuestro fuego. Ahora, me habría dejado cortar la mano derecha para que aquel animal siguiera su camino otros cinco minutos.

Pero vino. Empecé a desenredarme lentamente de Denna. Ella apenas se movió.

—¿Denna?

La zarandeé un poco, primero con suavidad, y luego con más energía. Nada. No me sorprendió. Existen pocas cosas más profundas que el sueño de un consumidor de resina.

La tapé con la manta y le puse mi macuto a un lado y el saco de hule al otro, a modo de sujetalibros. Si se daba la vuelta dormida, toparía con los bultos y no rodaría hacia el borde del itinolito.

Fui hasta el otro lado de la piedra y miré hacia el norte. El cielo todavía estaba nublado, así que no vi nada más allá del círculo de luz de la hoguera.

Palpé la superficie de la piedra hasta que encontré el trozo de cordel que había tendido sobre la parte superior del itinolito. El otro extremo estaba atado al asa de cuerda del cubo de madera que estaba abajo, entre la hoguera y los itinolitos. Mi principal temor era que el draccus aplastara el cubo sin darse cuenta, antes de haberlo olido. Si eso sucedía, pretendía tirar del cordel, levantar el cubo y luego volverlo a bajar. Denna y yo nos habíamos reído de mi plan, llamándolo «pesca de gallina».

El draccus llegó a la cima de la colina; avanzaba ruidosamente entre la maleza. Se detuvo justo en medio del círculo de luz. Sus oscuros ojos tenían un brillo rojizo, y también vi destellos rojos en las escamas. Dio un fuerte resoplido y empezó a bordear el fuego, moviendo la cabeza lentamente hacia delante y hacia atrás. Lanzó una llamarada, y yo lo interpreté como una especie de saludo o de amenaza.

Se lanzó hacia nuestra hoguera. Pese a que yo ya la había observado mucho, volvió a sorprenderme lo deprisa que podía moverse aquella enorme bestia. Se paró cerca del fuego, volvió a resoplar y entonces se acercó al cubo.

Si bien el cubo era de madera resistente y podía contener al menos dos galones, parecía diminuto como una taza de té al lado de la enorme cabeza del draccus. El animal resopló una vez más y empujó el cubo con el morro, volcándolo.

El cubo rodó describiendo un semicírculo, pero yo había apretado bien la resina en el fondo. El draccus dio otro paso, volvió a resoplar y se metió el cubo en la boca.

Sentí tanto alivio que casi olvidé soltar el cordel. Se me escapó de las manos cuando el draccus masticó un poco el cubo, destrozándolo con sus grandes mandíbulas. Entonces movió la cabeza hacia arriba y hacia abajo y se tragó aquella masa pegajosa.

Di un hondo suspiro de alivio y me relajé mientras el draccus describía un círculo alrededor del fuego. Lanzó una llamarada azul, y luego otra; entonces se dio la vuelta y se lanzó sobre la hoguera, retorciéndose y aplastándola contra el suelo.

Una vez que la hoguera estuvo aplastada, el draccus empezó a hacer lo de siempre. Buscó los leños que se habían diseminado, se revolcó sobre ellos hasta extinguirlos, y luego se los comió. Yo imaginaba cada palo que se tragaba, y cómo este impulsaba la resina de denner hacia su molleja, mezclándola, triturándola y obligándola a disolverse.

Tardó un cuarto de hora en completar su circuito alrededor de la fogata. Según mis cálculos, la resina ya debía de haber hecho efecto. Había ingerido seis veces la dosis letal. Tendría que pasar rápidamente por las fases iniciales de euforia y manía. Luego vendrían el delirio, la parálisis, el coma y la muerte. Si no había calculado mal, todo el proceso duraría una hora, quizá menos.

Sentí remordimientos mientras lo veía pasearse por allí aplastando los troncos diseminados. Era un animal magnífico. Matarlo aún me gustaba menos que desperdiciar ófalo por valor de más de sesenta talentos. Pero tenía que pensar en lo que podía pasar si dejaba que las cosas siguieran su curso. No quería tener que cargar con la muerte de personas inocentes.

El animal no tardó en dejar de comer. Se revolcó sobre las ramas esparcidas por el suelo, apagándolas. Se movía con más ímpetu, una señal de que el denner estaba empezando a actuar. El draccus empezó a gruñir, produciendo un ruido grave y profundo. Grrr. Grrr. Lanzaba una llamarada azul. Se revolcaba. Grrr. Llamarada. Revolcón.

Al final solo quedó un lecho de relucientes brasas. Como la vez anterior, el draccus se colocó sobre ellas y se tumbó, dejando la cima de la colina completamente a oscuras.

Se quedó un momento quieto, y luego volvió a gruñir. Grrr. Grrr. Lanzó una llamarada. Hundió un poco más la panza en las brasas, como si no acabara de encontrarse cómodo. Si aquello era el comienzo de la manía, estaba llegando más despacio de lo que a mí me habría gustado. Según mis cálculos, a esas alturas ya debería estar delirando. ¿Le habría dado una dosis demasiado baja?

Mis ojos se adaptaron poco a poco a la oscuridad, y entonces reparé en que había otra fuente de luz. Al principio pensé que el cielo se había despejado, y que la luna asomaba por detrás del horizonte. Pero cuando miré hacia atrás comprendí qué pasaba.

Hacia el sur, a no más de tres kilómetros, Trebon despedía una intensa luz. No era la débil luz de velas en las ventanas, sino la de unas altas llamas que se alzaban por todas partes. Por un instante creí que el pueblo entero se había incendiado.

Entonces me di cuenta de qué estaba pasando: era el festival de la cosecha. Había una gran fogata en medio del pueblo, y otras más pequeñas frente a las casas, donde la gente ofrecía sidra a los cansados jornaleros. Beberían y lanzarían sus engendros al fuego. Muñecos hechos con gavillas de trigo, de centeno, de paja, de heno. Muñecos que construían para luego quemarlos, un ritual para celebrar el final del año, con el que se suponía que se ahuyentaba a los demonios.

Oí gruñir al draccus detrás de mí. Miré hacia abajo. El animal estaba orientado hacia Trebon, hacia los oscuros precipicios que había más al norte.

No soy una persona religiosa, pero he de reconocer que ese día recé. Recé de todo corazón a Tehlu y a sus ángeles y les pedí que el draccus se muriera, que se quedara plácidamente dormido y se muriera antes de volverse y ver el fuego de Trebon.

Esperé unos minutos que se me hicieron eternos. Al principio pensé que el draccus dormía, pero a medida que mejoraba mi visión, vi que movía la cabeza hacia delante y hacia atrás, hacia delante y hacia atrás. Mis ojos se acostumbraron más a la oscuridad, y me pareció que los fuegos de Trebon ardían con mayor intensidad. Hacía media hora que el draccus se había comido la resina. ¿Por qué todavía no había muerto?

Quería arrojar el resto de la resina, pero no me atrevía. Si el draccus se volvía hacia mí, estaría mirando hacia el norte, hacia el pueblo. Aunque le lanzara el saco de resina justo delante, quizá se diera la vuelta para cambiar de posición sobre las brasas. Quizá si...

Entonces el draccus dio un estruendoso rugido. No me cupo duda de que en Trebon lo habían oído. No me habría sorprendido que lo hubieran oído hasta en Imre. Miré a Denna. Ella se rebulló en sueños, pero no despertó.

El draccus se levantó del lecho de brasas; parecía un cachorro juguetón. Todavía había algunas brasas encendidas, que me proporcionaron suficiente luz para ver cómo la bestia se daba la vuelta. Empezó a lanzar mordiscos al aire. Giró sobre sí mismo...

—No —dije—. No, no, no.

Miró hacia Trebon. Las llamas de las hogueras del pueblo se reflejaron en sus grandes ojos. El animal lanzó otra gran llamarada azul que describió un amplio arco. Era el mismo gesto que había hecho antes: un saludo, o un desafío.

Echó a correr, destrozando la ladera de la colina con su desenfreno. Lo oí chocar y partir los árboles. Otro rugido.

Encendí mi lámpara simpática, me acerqué a Denna y la zarandeé sin miramientos.

—Denna. ¡Denna! ¡Despierta!

Ella apenas se movió.

Le levanté un párpado y le examiné las pupilas. Ya no estaban tan perezosas, y se encogieron rápidamente reaccionando a la luz. Eso significaba que su organismo por fin había eliminado la resina de denner. Lo que tenía ya era simple agotamiento, nada más. Para asegurarme, le levanté ambos párpados y retiré la lámpara.

Sí. Sus pupilas reaccionaban bien. Denna se estaba recuperando. Como si quisiera confirmar mi opinión, Denna frunció el ceño y se apartó de la luz, mascullando algo impropio de una dama. No lo entendí bien, pero empleó más de una vez las expresiones «putañero» y «deja ya de joderme».

La cogí en brazos, con mantas y todo, y con mucho cuidado bajé del itinolito. Acurruqué a Denna bajo el arco que formaban las piedras. Me pareció que, al moverla, Denna se despejaba un poco.

—¿Denna?

—¿Moteth? —farfulló ella, dormida, sin mover apenas los ojos bajo los párpados.

—¡Denna! ¡El draccus va hacia Trebon! Tengo que...

Me interrumpí. En parte, porque era evidente que Denna volvía a estar inconsciente, pero también porque no estaba muy convencido de qué era eso que tenía que hacer.

Tenía que hacer algo; de eso sí estaba seguro. En circunstancias normales, el draccus no se habría dirigido al pueblo, pero estaba drogado y enloquecido, y yo no tenía ni idea de cómo podía reaccionar al ver las hogueras. Si arrasaba el pueblo, sería culpa mía. Tenía que actuar.

Corrí hacia lo alto del itinolito, agarré las dos bolsas y bajé al suelo. Vacié el macuto y lo esparcí todo por el suelo. Cogí las flechas de ballesta, las envolví en mi camisa rota y las metí en el macuto. También guardé la dura escama de hierro y la botella de aguardiente, convenientemente protegida con el saco de hule.

Tenía la boca seca, así que bebí un rápido trago de agua del odre, lo tapé y se lo dejé a Denna. Cuando despertara, tendría mucha sed.

Me coloqué el macuto en bandolera y tensé la correa. Entonces encendí la lámpara simpática, cogí el hacha y eché a correr.

Tenía que matar un dragón.

Corrí por el bosque como un poseso; mi lámpara simpática se zarandeaba bruscamente, revelando obstáculos en mi camino instantes antes de que tropezara con ellos. No es de extrañar que me cayera y que fuese rodando cuesta abajo. Cuando me levanté, encontré la lámpara enseguida, pero dejé el hacha, porque en el fondo sabía que no iba a servirme para nada contra el draccus.

Me caí dos veces más antes de llegar al camino; entonces bajé la cabeza, como un velocista, y puse rumbo a las lejanas luces del pueblo. Sabía que el draccus corría más que yo, pero confiaba en que los árboles le impidieran ir muy deprisa y que lo desorientaran. Si lograba llegar antes que él al pueblo, podría alertar a los vecinos, ayudarlos a prepararse...

Pero cuando entreví el camino entre los árboles, vi que las llamas eran más intensas que antes. Había casas en llamas. Oí el bramido del draccus, casi constante, interrumpido tan solo por gritos y chillidos.

Al llegar al pueblo, reduje el paso y recobré el aliento. Entonces trepé por la fachada de una casa hasta un tejado para evaluar la situación.

En la plaza del pueblo, la fogata estaba esparcida por todas partes. Algunas casas y tiendas cercanas estaban destrozadas, como barriles podridos, y la mayoría estaban en llamas. El fuego parpadeaba entre las tejas de algunos tejados. De no ser por la lluvia de la noche pasada, no se habrían incendiado solo unos cuantos edificios, sino el pueblo entero. Sin embargo, era cuestión de tiempo que el incendio acabara extendiéndose.

No vi al draccus, pero oí los sonoros crujidos que hizo al revolcarse sobre los restos de una casa incendiada. Vi elevarse una llamarada azul por encima de los tejados, y le oí rugir otra vez. Ese sonido me hizo sudar. ¿Quién sabía qué podía estar pasando por su mente, aturdida por la droga?

Había gente por todas partes. Algunos estaban sencillamente de pie, aturdidos; otros eran presa del pánico y corrían hacia la iglesia, con la esperanza de encontrar cobijo en el alto edificio de piedra o en la gran rueda de hierro colgada en su fachada, y que les prometía protección de los demonios. Pero las puertas de la iglesia estaban cerradas, y tenían que buscar cobijo en otro sitio. Había gente asomada a las ventanas de sus casas, horrorizada y sollozando; pero un número sorprendente de personas conservaban la calma y estaban formando una cadena de cubos desde la cisterna del pueblo, en lo alto del ayuntamiento, hasta un edificio en llamas.

Y entonces, de pronto, supe qué tenía que hacer. Fue como si hubiera subido a un escenario. El miedo y la vacilación me abandonaron. Lo único que faltaba era que yo interpretara mi papel.

Salté a un tejado cercano y recorrí algunos más hasta llegar a una casa que estaba cerca de la plaza del pueblo y cuyo tejado empezaba a arder. Arranqué una gruesa teja, encendida por un borde, y eché a correr por el tejado hacia el ayuntamiento.

Solo había recorrido dos tejados cuando resbalé. Me percaté, aunque demasiado tarde, de que había saltado al tejado de la posada: allí no había tejas de madera, sino de arcilla, y estaban resbaladizas por la lluvia. Al caer, sujeté con fuerza la teja encendida; no quise soltarla para prepararme para la caída. Resbalé casi hasta el borde del tejado y entonces me paré, con el corazón golpeándome en el pecho.

Todavía allí tendido, jadeando, me quité las botas. Me sentiría más ágil y más cómodo si notaba las tejas bajo los pies encallecidos. Corrí, salté, corrí, resbalé y volví a saltar. Por fin me colgué de una sola mano del caño de un alero y salté al liso tejado de piedra del ayuntamiento.

Sin soltar la teja, subí por la escalerilla hasta lo alto de la cisterna, dando gracias por lo bajo a quienquiera que fuese el que la había dejado destapada.

Mientras corría por los tejados, la llama de la teja se había apagado y había dejado una delgada línea de rescoldo rojo en el borde. Soplé con cuidado para que volviera a prender, y al poco rato ardía alegremente. La partí por la mitad y dejé caer una de las mitades al suelo del tejado.

Me volví para echar un vistazo al pueblo desde allí arriba y localicé los fuegos que ardían con mayor virulencia. Había seis especialmente grandes, que alzaban sus llamas hacia el oscuro cielo. Elxa Dal siempre decía que todos los fuegos son el mismo fuego, y que todos los fuegos están a las órdenes del simpatista. Muy bien, todos los fuegos eran el mismo fuego. Este fuego. Este trozo de teja ardiendo. Murmuré un vínculo y fijé mi Alar. Con la uña del pulgar, grabé rápidamente una runa *ule* en la madera, luego una *doch* y por último una *pesin*. Para cuando hube terminado, toda la teja estaba ardiendo y humeando, caliente en mi mano.

Enganché un pie en un travesaño de la escalerilla y me incliné cuanto pude hacia la cisterna, apagando la teja en el agua. Primero noté el agua fría rodeándome la mano, pero enseguida se calentó. Aunque la teja estaba sumergida en el agua, vi la delgada línea de rescoldo ardiendo en el borde.

Con la otra mano, saqué mi navaja y clavé la teja en la pared de madera de la cisterna, fijando mi improvisada obra de sigaldría bajo el agua. Estoy convencido de que fue el devoracalores más chapucero que se ha creado jamás.

Volví a encaramarme a la escalerilla, miré alrededor y vi un pueblo completamente a oscuras. Las llamas se habían sofocado, y en su lugar solo quedaban unas débiles brasas. No había extinguido los incendios por completo; solo los había reducido lo suficiente para que los vecinos pudieran hacer algo con sus cubos.

Pero solo había realizado la mitad del trabajo. Bajé al tejado y cogí el otro trozo de teja, que seguía encendida. Me deslicé por un caño de desagüe y corrí como un loco por las oscuras calles; crucé la plaza del pueblo y llegué ante la fachada de la iglesia tehlina.

Me paré bajo el inmenso roble que se alzaba ante la puerta principal, que todavía conservaba las hojas, teñidas de colores otoñales. Me arrodillé, abrí mi macuto y saqué el saco de hule con el resto de la resina. Vertí el aguardiente de la botella sobre la resina y le prendí fuego con la teja. Ardió rápidamente, desprendiendo nubes de humo con un olor acre y dulzón.

A continuación así la teja con los dientes, salté para agarrarme a una rama y empecé a trepar al árbol. Era más fácil que subir por la fachada de un edificio, y llegué hasta una altura desde la que podía saltar al ancho alféizar de piedra de la ventana del segundo piso de la iglesia. Le arranqué una ramita al roble y me la guardé en el bolsillo.

Avancé con cuidado por el alféizar de la ventana hasta la gran rueda de hierro, atornillada a la pared de piedra. Trepar por la rueda resultó más fácil que hacerlo por una escalerilla, aunque notaba los rayos de hierro asombrosamente fríos contra mis manos, todavía húmedas.

Subí hasta la parte superior de la rueda, y desde allí trepé al tejado plano más alto del pueblo. La mayoría de los fuegos estaban controlados, y la mayoría de los gritos se habían convertido en sollozos y en un débil murmullo de conversaciones apresuradas. Me quité el trozo de teja de la boca y soplé sobre él hasta que volvió a prender. Entonces me concentré, murmuré otro vínculo y sostuve la ramita de roble sobre la llama. Contemplé el pueblo y vi que las brasas se apagaban aún más.

Transcurrieron unos instantes.

De pronto, el roble estalló en una inmensa llamarada. Ardía más que un millar de antorchas, y todas las hojas prendieron al mismo tiempo.

Bajo aquella repentina luz, vi que el draccus levantaba la cabeza dos calles más allá. Bramó y lanzó una nube de llamas azules, al mismo tiempo que echaba a correr hacia el fuego. Dobló una esquina demasiado deprisa y rebotó contra la pared de una tienda, destrozándola como si fuera de papel.

Al acercarse al árbol, redujo el paso. Seguía lanzando llamaradas. Las hojas ardieron y se apagaron enseguida, dejando solo un millar de rescoldos que hacían que el roble pareciera un inmenso candelabro recién apagado.

Bajo aquella tenue y rojiza luz, el draccus no era más que una sombra. Pero aun así, vi cómo la bestia se distraía, ahora que las llamas habían desaparecido. Movía la gigantesca cabeza hacia delante y hacia atrás. Maldije por lo bajo. No estaba lo bastante cerca...

Entonces el draccus olfateó lo bastante fuerte para que yo lo oyera desde donde estaba, unos treinta metros por encima de él. Olió el dulce humo que desprendía la resina y giró la cabeza. Resopló, gruñó y dio otro paso hacia el humeante saco de hule. No tuvo tanto cuidado como la primera vez, y prácticamente se abalanzó sobre el saco y se lo metió en la gigantesca boca.

Respiré hondo y sacudí la cabeza, tratando de despejarme. Había realizado dos obras importantes de simpatía una detrás de otra, y estaba como atontado.

Pero como suele decirse, a la tercera va la vencida. Dividí mi mente en dos partes, y entonces, no sin cierta dificultad, en una tercera parte. Aquello solo podía funcionar con un vínculo triple.

Mientras el draccus movía las mandíbulas y trataba de tragarse la pegajosa masa de resina, busqué la pesada escama negra en mi macuto y saqué la piedra imán de un bolsillo de mi capa. Pronuncié los vínculos con claridad y fijé mi Alar. Sujeté la escama y la piedra ante mi cara hasta que noté que se atraían.

Me concentré.

Solté la piedra imán, que salió despedida hacia la escama de hierro. Noté un brusco temblor bajo las plantas de los pies, y la gran rueda de hierro se desprendió de la fachada de la iglesia.

Cayó una tonelada de hierro forjado. Si hubiera habido alguien mirando, se habría fijado en que la rueda cayó a mayor velocidad de la que podía explicarse por la fuerza de la gravedad. Se habría fijado en que cayó torcida, casi como si la empujaran hacia el draccus. Casi como si el propio Tehlu la desviara hacia la bestia con una mano vengativa.

Pero allí no había nadie que pudiera ver cómo sucedió todo. Y no había ningún Dios que guiara la rueda. Solo estaba yo.

81

Orgullo

Miré hacia abajo y vi al draccus aplastado bajo la gran rueda de hierro forjado. Yacía, inmóvil y oscuro, frente a la iglesia, y pese a que aquello era necesario, sentí una punzada de pesar por haber matado a aquella pobre bestia.

Sentí un profundo alivio mezclado con agotamiento. El aire otoñal era fresco y dulce pese al humo, y el tejado de piedra de la iglesia estaba frío bajo mis pies. Con cierta petulancia, guardé la escama y la piedra imán en el macuto. Inspiré hondo y contemplé el pueblo que acababa de salvar.

Entonces oí un chirrido y noté que el tejado se movía bajo mis pies. La fachada del edificio se combó y empezó a desmoronarse, y yo me tambaleé al empezar a hundirse el tejado. Busqué otro tejado al que saltar, pero no había ninguno lo bastante cerca. Intenté retroceder al mismo tiempo que el tejado se desintegraba y se convertía en una lluvia de escombros.

Desesperado, salté hacia las calcinadas ramas del roble. Agarré una, pero no soportó mi peso y se partió. Caí por entre las ramas, me golpeé la cabeza y perdí el conocimiento.

82

Fresno y olmo

Desperté en una cama. En una habitación. En una posada. Al principio, eso era lo único de lo que estaba seguro. Me sentía como si me hubieran tirado una iglesia por la cabeza.

Me habían lavado y vendado. Me habían vendado con mucho esmero. Alguien se había dignado curarme todas las heridas recientes, por pequeñas que fueran. Tenía vendas blancas alrededor de la cabeza, el pecho, una rodilla y un pie. Hasta me habían limpiado y vendado las leves escoriaciones de las manos y la herida que me habían hecho los matones de Ambrose con el puñal tres días atrás.

Por lo visto, lo peor era el golpe en la cabeza. Me dolía, y cuando la levantaba me mareaba. Cada leve movimiento era una punitiva lección de anatomía. Bajé los pies de la cama e hice una mueca de dolor: «Traumatismo grave del polonio medial de la pierna derecha». Me incorporé: «Esguince oblicuo del cartílago entre las costillas inferiores». Me puse en pie: «Distensión leve del sub... trans... Maldita sea, ¿cómo se llamaba eso?». Imaginé la cara de Arwyl, ceñudo detrás de sus gafas redondas.

Me habían lavado y cosido la ropa. Me la puse, moviéndome despacio para saborear cada uno de los emocionantes mensajes que me enviaba mi cuerpo. Me alegré de que no hubiera ningún espejo en la habitación, porque sabía que debía de ofrecer un aspecto lamentable. El vendaje de la cabeza me molestaba mucho, pero decidí no quitármelo. Tenía la impresión de que era lo único que impedía que se me cayera la cabeza a trozos.

Me acerqué a la ventana. Estaba nublado, y bajo la luz grisácea el pueblo tenía un aspecto espantoso: había hollín y cenizas por todas partes. La tienda de la acera de enfrente estaba destrozada, como una casa de muñecas que un soldado hubiera pisado con su bota. La gente iba de un lado para otro, despacio, pasando entre los destrozos. Las nubes eran lo bastante densas para que no pudiera calcular qué hora era.

Oí una débil ráfaga de aire al abrirse la puerta; me volví y vi a una joven plantada en el umbral. Joven, hermosa, sencilla; la típica chica que trabajaba en pequeñas posadas como aquella: una Nellie. Nell. La clase de chica que se pasaba la vida estremecida porque el posadero tenía mal genio y una lengua viperina y porque no tenía reparos en darle una bofetada cuando lo creía oportuno. Me miró con la boca abierta; era evidente que le había sorprendido verme levantado.

—¿Hubo muertos? —pregunté.

Negó con la cabeza.

—El hijo de los Liram se rompió un brazo. Y varias personas sufrieron quemaduras... —Noté que todo mi cuerpo se relajaba—. No debería levantarse, señor. El médico dijo que seguramente no despertaría. Necesita descansar.

—¿Ha regresado... mi prima al pueblo? —pregunté—. La chica que estuvo en la granja de los Mauthen. ¿Está aquí?

La joven negó con la cabeza.

—Solo usted, señor.

—¿Qué hora es?

—La cena todavía no está lista, señor. Pero si quiere puedo subirle algo.

Habían dejado mi macuto al lado de la cama. Me lo colgué del hombro; dentro solo quedaban la escama y la piedra imán. Miré alrededor buscando mis botas, hasta que recordé que la noche pasada me las había quitado para caminar mejor por los tejados.

Salí de la habitación —la chica me siguió— y bajé a la taberna. Detrás de la barra estaba el mismo tipo, y seguía frunciendo el ceño.

Fui hacia él.

—Mi pariente... mi prima —dije—. ¿Está en el pueblo?

El tabernero dirigió el ceño hacia el umbral por el que yo acababa de aparecer y por el que en ese momento salía la chica.

—¿Cómo demonios lo dejas levantarse, Nell? Tienes menos cerebro que un perro.

Había acertado: se llamaba Nell. En otras circunstancias, lo habría encontrado divertido.

El tabernero se volvió hacia mí y compuso una sonrisa que, en realidad, solo fue otro tipo de ceño.

—Caramba, chico. ¿Te duele la cara? Me hace daño hasta a mí. —Rió de su propio chiste.

Lo fulminé con la mirada.

—Le he preguntado por mi prima.

Negó con la cabeza.

—No ha vuelto. Y espero no volver a verla nunca.

—Tráigame pan, fruta y algo de carne —dije—. Y una botella de vino de frutas de Aven. De fresa, a ser posible.

El tabernero se inclinó hacia delante y arqueó una ceja. Su ceño se transformó en una pequeña y condescendiente sonrisa.

—No corras tanto, hijo. El alguacil querrá hablar contigo ahora que te has levantado.

Apreté los dientes para contener las primeras palabras que acudieron a mis labios y respiré hondo.

—Mire, he pasado un par de días muy malos, no se puede usted ni imaginar cómo me duele la cabeza, y tengo una amiga que podría estar en apuros. —Lo miré fijamente, con fría serenidad—. No tengo ninguna intención de que las cosas se pongan desagradables. Así que le pido por favor que vaya a buscar lo que le he pedido. —Saqué mi bolsa.

El tabernero me miró; la ira iba reflejándose poco a poco en su cara.

—Maldito fanfarrón. Si no me muestras un poco de respeto, te ato a una silla hasta que llegue el alguacil.

Puse un drabín de hierro encima de la barra, y me guardé otro en el puño.

El tabernero miró la moneda.

—¿Qué es eso?

Me concentré y noté que el frío iba extendiéndose por mi brazo.

—Es su propina —contesté, y una fina voluta de humo empezó a ascender del drabín—. Por su rápido y cortés servicio.

El barniz alrededor de la moneda empezó a burbujear y a chamuscarse formando un anillo negro alrededor de la moneda de hierro. El hombre se quedó mirándolo, mudo y horrorizado.

—Vaya a buscar lo que le he pedido —dije mirándolo a los ojos—. Y también un odre de agua. O quemaré esta posada con usted dentro y bailaré entre las cenizas y entre sus chamuscados y pegajosos huesos.

Llegué a la cima de la colina de los itinolitos con el macuto lleno. Iba descalzo, jadeaba y me dolía la cabeza. No encontré a Denna por ninguna parte.

Rastreé rápidamente la zona y encontré todas mis cosas esparcidas donde las había dejado. Las dos mantas. El odre estaba casi vacío, pero aparte de eso, estaba todo allí. Denna debía de haberse alejado un poco para hacer sus necesidades.

Esperé. Esperé mucho más de lo estrictamente razonable. Entonces la llamé, al principio en voz baja, y luego a gritos, aunque cuando gritaba me dolía la cabeza. Al final me senté. Solo podía pensar en Denna despertando sola, dolorida, sedienta y desorientada. ¿Qué habría pensado?

Comí un poco y me puse a pensar qué podía hacer. Me planteé abrir la botella de vino, pero sabía que no era buena idea, porque todo indicaba que tenía una conmoción cerebral. Combatí la irracional preocupación de que Denna se hubiera adentrado en el bosque delirando todavía, y el impulso de salir en su busca. Me planteé encender fuego para que ella lo viera y volviera a la colina...

Pero no. Sabía que Denna se había marchado, sencillamente. Despertó, vio que yo no estaba y se marchó. Ella misma lo había dicho cuando salimos de la posada de Trebon: «No me gusta quedarme donde no soy bien recibida. Todo lo demás lo resuelvo por el camino». ¿Pensaría que la había abandonado?

A pesar de todo, en el fondo sabía que Denna se había marchado hacía mucho de allí. Guardé mis cosas en el macuto. Y entonces, por si me equivocaba, escribí una nota explicando lo que había pasado y diciendo que la esperaría en Trebon hasta el día siguiente. Con un trozo de carbón, escribí su nombre en uno de los itinolitos, y tracé una flecha indicando el sitio donde había dejado toda la comida que había llevado, una botella de agua y una de las mantas.

Me marché. No estaba de buen humor. Mis pensamientos no eran amables ni tiernos.

Llegué a Trebon al anochecer. Subí a los tejados con un poco más de cuidado del habitual. No podría confiar en mi equilibrio hasta que mi cabeza se hubiera recuperado un poco.

Sin embargo, no me costó mucho llegar al tejado de la posada donde había dejado las botas. Desde allí, bajo la débil luz del ocaso, el pueblo ofrecía un aspecto lúgubre. La fachada de la iglesia se había derrumbado por completo, y en casi una tercera parte del pueblo se apreciaban huellas del incendio. Algunos edificios solo estaban chamuscados, pero otros habían quedado reducidos a cenizas. Pese a todos mis esfuerzos, el fuego debía de haberse descontrolado después de que yo perdiera el conocimiento.

Miré hacia el norte y vi la cima de la colina de los itinolitos. Confiaba en atisbar el resplandor de un fuego, pero no vi nada.

Me dirigí al tejado plano del ayuntamiento y subí por la escalerilla de la cisterna. Estaba casi vacía. Había unos pocos palmos de agua ondeando en el fondo, muy por debajo de donde yo había clavado la teja a la pared con mi navaja. Eso explicaba el estado en que se encontraba el pueblo. Cuando el nivel del agua había descendido por debajo de mi improvisada obra de sigaldría, el incendio se había avivado. Con todo, había conseguido reducir un poco su avance. De no haber sido por eso, quizá ya no quedara ni rastro de Trebon.

Volví a la posada, que estaba muy concurrida. La gente, tiznada de hollín y con aire sombrío, bebía y charlaba. No vi a mi ceñudo amigo por ninguna parte, pero había un grupo de gente reunida en la barra, discutiendo acaloradamente sobre una marca que había aparecido en la madera.

El alcalde y el alguacil también se encontraban en la posada. Nada más verme, me llevaron a una habitación privada para hablar conmigo.

No tenía muchas ganas de hablar, y, después de lo ocurrido los últimos días, no me sentía muy intimidado por la autoridad de dos ancianos barrigones. Ellos podrían haberse dado cuenta, y eso me fastidiaba. Tenía dolor de cabeza y no me apetecía dar explicaciones, y no tenía inconveniente en tolerar un incómodo silencio. Así pues, hablaron ellos, y bastante, y al hacerme sus preguntas me revelaron casi todo lo que yo quería saber.

Afortunadamente, en el pueblo no había habido heridos graves. Como el incendio se produjo en pleno festival de la cosecha, no pilló a nadie durmiendo. Había muchos cardenales, muchas cabelleras chamuscadas, y gente que había inhalado más humo del conveniente; pero aparte de unas pocas quemaduras y del tipo que se había roto un brazo al caerle encima una viga, resultó que yo era el que había salido peor parado.

Estaban completamente convencidos de que el draccus era un demonio. Un enorme demonio negro que escupía fuego y veneno. Y si alguien tenía la más leve duda respecto a eso, esta se había esfumado al ser derribada la bestia por el mismísimo hierro de Tehlu.

También estaban todos de acuerdo en que aquel demonio era el responsable de la destrucción de la granja Mauthen. Una conclusión razonable, pese a ser completamente errónea. Intentar convencerlos de otra cosa habría resultado una inútil pérdida de tiempo.

Me habían encontrado inconsciente en lo alto de la rueda de hierro que había matado al demonio. El matasanos del pueblo me había recompuesto lo mejor que había podido, y, poco familiarizado con la asombrosa resistencia de mi cráneo, había expresado serias dudas acerca de si me despertaría o no.

Al principio, la opinión más generalizada era que yo no era más que un desgraciado que pasaba por allí, o que había conseguido arrancar la rueda de la iglesia. Sin embargo, mi milagrosa recuperación, combinada con el hecho de que había hecho un agujero en la barra de la taberna, animaron a la gente a fijarse en lo que un niño y una viuda llevaban todo el día repitiendo: que cuando el viejo roble se había encendido como una antorcha, habían visto a alguien de pie en el tejado de la iglesia. Lo iluminaba el fuego desde abajo. Tenía los brazos levantados, como si rezara...

Al final, el alcalde y el alguacil se quedaron sin saber qué decir para llenar el silencio, y se limitaron a permanecer allí sentados, mirándose con nerviosismo entre ellos y a mí.

Entonces se me ocurrió pensar que lo que veían no era a un chico andrajoso y sin un penique. Veían a un personaje misterioso y herido que había matado a un demonio. No encontré ninguna razón para disuadirlos. Es más, ya iba siendo hora de que la suerte me sonriera un poco. Si aquellos tipos me consideraban una especie de héroe o de santo, quizá pudiera utilizarlo como influencia.

—¿Qué han hecho con el cuerpo del demonio? —pregunté, y vi que se relajaban un tanto. Hasta ese momento, yo apenas había pronunciado una docena de palabras, reaccionando a sus interrogaciones con un perseverante silencio.

—No se preocupe por eso, señor —dijo el alguacil—. Sabíamos qué teníamos que hacer con él.

Se me hizo un nudo en el estómago, y lo supe antes de que ellos me lo dijeran: lo habían quemado y lo habían enterrado. Aquella criatura era una maravilla para la ciencia, y ellos la habían quemado y enterrado como si fuera basura. Conocía a secretarios naturalistas del Archivo que se habrían cortado las manos a cambio de la posibilidad de examinar a una criatura tan rara. Hasta había abrigado esperanzas, en lo más hondo de mí, de que brindándoles esa oportunidad conseguiría que me dejaran volver a entrar en el Archivo.

Y las escamas. Y los huesos. Cientos de libras de hierro orgánico por las que se habrían peleado los alquimistas...

El alcalde asintió con la cabeza y canturreó:

—«Esta vez cavarás un hoyo abismal, cogerás fresno, olmo y serbal...» —Carraspeó—. Aunque tuvimos que cavar un hoyo más profundo, por supuesto. Todos nos turnamos para acabarlo lo antes posible. —Levantó una mano, mostrando con orgullo unas ampollas recientes.

Cerré los ojos y combatí el impulso de arrojar cosas por la habitación y de maldecir a aquellos hombres en ocho idiomas. Eso explicaba por qué el pueblo todavía se hallaba en un estado tan lamentable. Habían estado ocupados quemando y enterrando una criatura que valía una fortuna.

Pero eso ya no tenía remedio. Dudaba mucho que mi nueva reputación bastara para protegerme si me sorprendían tratando de desenterrar el draccus.

—¿Y la chica que sobrevivió en la boda de los Mauthen? —pregunté—. ¿Alguien la ha visto?

El alcalde miró al alguacil con gesto inquisitivo.

—Que yo sepa, no. ¿Crees que tenía alguna relación con esa bestia?

—¿Qué? —La pregunta era tan absurda que al principio no la entendí—. ¡No! No diga tonterías. —Los miré con el ceño fruncido. Solo faltaba que implicaran a Denna en lo ocurrido—. Ella me estaba ayudando a hacer mi trabajo —dije procurando dar una respuesta ambigua.

El alcalde fulminó al alguacil con la mirada, y luego volvió a mirarme a mí.

—¿Y ya has... acabado el trabajo que viniste a hacer? —Me lo preguntó escogiendo muy bien las palabras, como si temiera ofenderme—. No quiero entrometerme en tus asuntos, pero... —Se pasó la lengua por los labios, nervioso—. ¿Por qué ha pasado esto? ¿Estamos a salvo?

—No sé si están a salvo, pero yo no puedo protegerlos más —dije, manteniendo la ambigüedad. Mi respuesta tenía un tono heroico. Si lo único que iba a conseguir con aquello era un poco de reputación, más valía que fuera buena.

Entonces tuve una idea.

—Para garantizar su seguridad, necesito una cosa. —Me incliné hacia delante en la silla y entrelacé los dedos—. Necesito saber qué desenterró Mauthen en el monte del Túmulo.

Los dos hombres se miraron como preguntándose: «¿Cómo sabe eso?».

Me recosté en el respaldo y reprimí una sonrisa, como un gato en un palomar.

—Si averiguo qué fue lo que encontró Mauthen, podré tomar medidas para asegurarme de que no vuelva a pasar una desgracia como la de ayer. Ya sé que era un secreto, pero seguro que hay alguien en el pueblo que sabe algo más. Corran la voz, y que cualquiera que sepa algo venga a hablar conmigo.

Me puse en pie con soltura. Tuve que hacer un gran esfuerzo para reprimir las muecas de dolor, porque notaba pinchazos y tirones por todo el cuerpo.

—Pero que se den prisa. Me marcho mañana por la noche. Tengo asuntos urgentes que atender en el sur.

Y salí por la puerta haciendo ondear la capa detrás de mí. Soy Ruh hasta la médula, y cuando ha terminado la escena, sé salir del escenario.

El día siguiente lo pasé comiendo bien y durmiendo en mi blanda cama. Me di un baño, me curé las heridas y disfruté de un merecido descanso. Unas cuantas personas pasaron a verme y me dijeron lo que yo ya sabía. Mauthen había desenterrado piedras de un túmulo y había encontrado algo. ¿Qué? Algo. Nadie sabía nada más.

Estaba sentado junto a la cama tonteando con la idea de escribir una canción sobre el draccus cuando oí unos tímidos golpes en la puerta; eran tan débiles que casi me pasaron desapercibidos.

—Pase.

La puerta se abrió solo un poco, y luego un poco más. Una niña de unos trece años miró alrededor nerviosa y entró en mi habitación apresuradamente, cerrando la puerta sin hacer ruido. Tenía el cabello castaño claro y rizado; un rostro pálido con dos manchas de rubor en las mejillas, y los ojos hundidos y oscuros, como si hubiera llorado, o dormido poco, o ambas cosas.

—¿Quieres saber qué fue lo que desenterró Mauthen? —Me miró, y luego desvió la mirada.

—¿Cómo te llamas? —le pregunté con gentileza.

—Verinia Greyflock —me contestó. Hizo una pequeña reverencia mirando hacia el suelo.

—Qué nombre tan bonito. La verinia es una flor roja, muy pequeña. —Sonreí tratando de que la chica se relajase—. ¿La has visto alguna vez? —Negó con la cabeza, sin dejar de mirar hacia el suelo—. Apuesto algo a que nadie te llama Verinia. ¿Te llaman Nina?

La chica levantó la cabeza. Una tímida sonrisa asomó a su afligido rostro.

—Así es como me llama mi abuela.

—Ven y siéntate, Nina. —Señalé la cama, pues era el único sitio donde sentarse.

Nina obedeció y empezó a retorcerse las manos sobre el regazo.

—Yo la vi. Esa cosa que desenterraron del túmulo. —Me miró, y luego volvió a mirarse las manos—. Me la enseñó Jimmy, el hijo menor de los Mauthen.

Se me aceleró el corazón.

—¿Qué era?

—Era un tarro muy grande y muy bonito —contestó en voz baja—. Así de alto. —Puso una mano a un metro del suelo. Le temblaba—. Tenía muchas inscripciones y dibujos. Era muy bonito. Jamás había visto unos colores tan preciosos. Y algunos de los dibujos brillaban como el oro y la plata.

—¿Qué clase de dibujos? —pregunté tratando de mantener la calma.

—Gente —respondió Nina—. Sobre todo gente. Había una mujer sujetando una espada rota, y un hombre junto a un árbol muerto, y otro hombre con un perro mordiéndole la pierna...

—¿Había uno con el pelo blanco y los ojos negros?

Nina me miró de hito en hito.

—Me dio escalofríos. —Se estremeció.

Los Chandrian. Era una vasija donde estaban representados los Chandrian y sus señales.

—¿Recuerdas algo más de esos dibujos? —pregunté—. Piénsalo bien. Tómate tu tiempo.

Nina reflexionó.

—Había uno que no tenía cara, solo una capucha sin nada dentro. Tenía un espejo junto a los pies, y había varias lunas sobre su cabeza. Ya sabes: luna llena, cuarto creciente, cuarto menguante... —Miró hacia abajo, pensativa—. Y había una mujer. —Se ruborizó—. Iba medio desnuda.

—¿Recuerdas algo más? —pregunté. Nina negó con la cabeza—. ¿Y las inscripciones?

—Era un idioma extranjero. No decían nada.

—¿Crees que sabrías dibujarme algunas de esas letras que viste?

Nina volvió a negar con la cabeza.

—Solo la vi un momento —dijo—. Jimmy y yo sabíamos que si su padre nos pillaba nos daría unos azotes. —De pronto sus ojos se llenaron de lágrimas—. ¿Vendrán los demonios a buscarme a mí también porque la vi?

Negué con la cabeza para tranquilizarla, pero ella rompió a llorar.

—Estoy muy asustada desde que pasó eso en la granja de los Mauthen —dijo entre sollozos—. Tengo pesadillas. Sé que vendrán a buscarme.

Me senté a su lado en el borde de la cama y le puse un brazo sobre los hombros. Poco a poco, sus sollozos se fueron reduciendo.

—Nadie va a venir a buscarte.

Ella me miró. Ya no lloraba, pero vi la verdad en sus ojos. Estaba aterrada. Por muchas palabras tranquilizadoras que le dijera, no conseguiría serenarla.

Me levanté y fui a buscar mi capa.

—Te voy a regalar una cosa —dije metiendo la mano en uno de los bolsillos. Saqué una pieza de la lámpara simpática que estaba fabricando en la Factoría; era un disco de metal brillante con una de las caras cubierta de complicadas inscripciones de sigaldría.

Se lo llevé a Nina.

—Me dieron este amuleto cuando estuve en Veloran. Muy lejos, al otro lado de la sierra de Borrasca. Es un amuleto excelente contra los demonios. —Le cogí una mano y se lo puse en la palma.

Nina lo miró, y luego me miró a mí.

—¿Tú no lo necesitas?

Negué con la cabeza.

—Yo tengo otras formas de protegerme.

Nina cerró la mano; las lágrimas volvían a resbalar por sus mejillas.

—Muchas gracias. Lo llevaré siempre encima. —Tenía los nudillos blancos de tanto como apretaba el disco metálico.

Yo sabía que lo perdería. No enseguida, pero quizá pasado un año, o dos, o diez. Era inevitable; y cuando eso pasara, Nina estaría peor que antes.

—No hace falta —me apresuré a decir—. Te explicaré cómo funciona. —Le cogí la mano en la que tenía el trozo de metal y la envolví con la mía—. Cierra los ojos.

Nina cerró los ojos, y recité lentamente los diez primeros versos de *Ve Valora Sartane*. En realidad no era un texto muy apropiado, pero fue lo único que se me ocurrió. El temán es un idioma con un sonido imponente, sobre todo si tienes una buena voz de barítono, y yo la tenía.

Terminé, y Nina abrió los ojos. Ya no lloraba.

—Ahora estás conectada con él —dije—. Pase lo que pase, esté donde esté el amuleto, siempre te protegerá. Aunque lo rompieras o lo fundieras, el amuleto seguiría funcionando.

Nina me abrazó y me besó en la mejilla. Entonces se levantó de un brinco, ruborizada. Ya no estaba pálida ni afligida, y le brillaban los ojos. Hasta entonces no me había fijado en que era muy guapa.

Nina salió de mi habitación, y yo me quedé un rato sentado en la cama, pensando.

En el último mes había librado a una mujer de un feroz incendio. Había invocado al fuego y al rayo para librarme de unos asesinos. Había matado a una bestia que podía ser un dragón o un demonio, dependiendo de tu punto de vista.

Pero allí, en esa habitación, fue la primera vez que me sentí de verdad como una especie de héroe. Si buscáis una razón que explique por qué me convertí en lo que me convertí, si buscáis un principio, ahí es donde debéis mirar.

83

Regreso

Esa noche recogí mis pertenencias y bajé a la taberna. Los vecinos que se encontraban allí empezaron a murmurar, muy emocionados. Entreoí algunos comentarios mientras iba hacia la barra, y caí en la cuenta de que el día anterior la mayoría de aquellos hombres me habían visto vendado de arriba abajo, víctima, supuestamente, de graves heridas. Me había quitado las vendas, y lo único que ellos vieron fueron algunos cardenales. Otro milagro. Hice todo lo posible por no sonreír.

El malcarado posadero me dijo que no podía cobrarme nada, ya que el pueblo entero estaba en deuda conmigo. Insistí. Que no. Que ni hablar. No quería ni oír hablar de ello. Lamentaba no poder hacer nada más para demostrarme su gratitud.

Adopté una expresión meditabunda. Ya que lo mencionaba, dije, si por casualidad tuviera otra botella de ese maravilloso vino de fresas...

Fui a los muelles de Evesdown y compré un pasaje en una barcaza que iba río abajo. Mientras esperaba, pregunté si algún trabajador de los muelles había visto a una joven por allí en los dos días pasados. Morena, guapa...

Sí, la habían visto. Había estado allí el día anterior, por la tarde, y se había embarcado río abajo. Sentí cierto alivio, porque eso significaba que Denna estaba a salvo, y relativamente ilesa. Pero aparte de eso, no sabía qué pensar. ¿Por qué no había ido Denna a Trebon? ¿Creería que la había abandonado? ¿Recordaría algo de lo que habíamos hablado esa noche, tumbados lado a lado sobre el itinolito?

Atracamos en Imre unas horas después del amanecer, y fui derecho a ver a Devi. Tras un animado regateo, le entregué la piedra imán y un talento, con lo que liquidé mi brevísimo préstamo de veinte talentos. Seguía debiéndole la deuda original, pero después de todo lo que me había pasado, una deuda de cuatro talentos ya no parecía tan espantosa, pese a que mi bolsa volvía a estar prácticamente vacía.

Tardé un tiempo en recomponer mi vida. Solo había estado fuera cuatro días, pero necesitaba ofrecer disculpas y explicaciones a muchas personas. Había faltado a mi cita con el conde Threpe, a dos citas con Manet y a una comida con Fela. Anker's había pasado dos noches sin músico. Hasta Auri me reprochó con discreción que no hubiera ido a visitarla.

Había faltado a las clases de Kilvin, Elxa Dal y Arwyl. Todos aceptaron mis disculpas con elegantes muestras de desaprobación. Yo sabía que cuando se establecieran las matrículas del bimestre siguiente, tendría que pagar mi repentina e injustificada ausencia.

Pero los que más me importaban eran Wil y Sim. Ellos habían oído rumores de que habían atacado a un estudiante en un callejón. Dada la actitud de Ambrose, más ufana de lo habitual, temían que me hubieran obligado a huir de la ciudad, o, peor aún, que me hubieran lanzado al fondo del Omethi con una piedra atada al cuello.

Ellos eran los únicos a los que debía una verdadera explicación de lo ocurrido. Aunque no les conté toda la verdad de por qué me interesaban tanto los Chandrian, sí les conté toda la historia y les enseñé la escama de draccus. Ellos se mostraron asombrados, aunque hicieron hincapié en que la próxima vez debía dejarles una nota o se las pagaría.

Y busqué a Denna, con la esperanza de ofrecerle explicaciones a la persona que más me importaba. Pero, como siempre, buscarla no sirvió de nada.

84

Una tormenta repentina

Al final encontré a Denna como siempre, por pura casualidad. Iba caminando, muy apurado, pensando en mis cosas, cuando doblé una esquina y tuve que parar en seco para no chochar con ella.

Nos quedamos plantados unas milésimas de segundo, atónitos y sin habla. Pese a que llevaba días buscando su cara en cada sombra y en cada rincón, su presencia me dejó anonadado. Recordaba la forma de sus ojos, pero no su peso. Su oscuridad, pero no su profundidad. Su proximidad me cortó la respiración, como si de pronto me hubieran sumergido en el agua.

Había pasado largas horas pensando cómo sería ese encuentro. Había imaginado la escena un millar de veces. Temía que ella se mostrara distante, ausente. Que me reprochara que la hubiera dejado sola en el bosque. Que estuviera callada y dolida. Me preocupaba que pudiera llorar, o insultarme, o sencillamente dar media vuelta e irse.

Denna sonrió encantada.

—¡Kvothe! —Me cogió una mano y me la apretó—. Te he echado de menos. ¿Dónde estabas?

Noté una oleada de alivio.

—Bueno, ya sabes. Por aquí, por allá... —Hice un gesto de indiferencia.

—El otro día me dejaste plantada —repuso ella fingiendo seriedad—. Te esperé, pero no apareciste.

Iba a explicárselo todo cuando Denna señaló a un hombre que estaba a su lado.

—Perdóname. Kvothe, te presento a Lentaren. —Yo ni siquiera lo había visto—. Lentaren, este es Kvothe.

Lentaren era alto y delgado. Musculoso, bien vestido y elegante. Tenía un mentón del que habría estado orgulloso cualquier mampostero, y unos dientes blancos y rectos. Parecía el Príncipe Azul salido de un cuento. Apestaba a dinero.

El tipo me sonrió amistosamente.

—Encantado de conocerte, Kvothe —dijo haciendo una cortés inclinación de cabeza.

Le devolví el saludo automáticamente y esgrimí mi más encantadora sonrisa.

—Igualmente, Lentaren.

Volví a mirar a Denna.

—Deberíamos comer juntos un día de estos —dije con aire risueño arqueando ligeramente una ceja, preguntando: «¿Es maese Fresno?»—. Tengo buenas historias que contarte.

—Claro que sí. —Denna sacudió levemente la cabeza, contestando: «No»—. Te marchaste sin contarme el final de la última. Lamenté mucho perdérmelo.

—Bueno, fue un final que ya has oído centenares de veces —dije—. El Príncipe Azul mata al dragón, pero pierde el tesoro y a la chica.

—Oh, qué tragedia. —Denna miró hacia abajo—. No era el final que a mí me habría gustado, pero supongo que tampoco dista mucho del que imaginaba.

—Si la historia acabara así, sería una tragedia —admití—. Pero en realidad depende de cómo lo mires. Yo prefiero verlo como una historia que está esperando una secuela apropiada que levante el ánimo.

Un coche pasó traqueteando por la calle y Lentaren se apartó; al hacerlo, rozó sin querer a Denna. Ella, distraída, se agarró a su brazo.

—Normalmente no me interesan los seriales —dijo; de pronto su expresión se tornó seria e indescifrable. Entonces se encogió de hombros y sonrió con picardía—. Pero no es la primera vez que cambio de opinión sobre estas cosas. A lo mejor consigues convencerme.

Señalé el estuche del laúd, que llevaba colgado del hombro.

—Todavía toco en Anker's casi todas las noches. Si quieres pasarte...

—Pasaré. —Denna suspiró y miró a Lentaren—. Ya llegamos tarde, ¿verdad?

Lentaren miró hacia el sol entornando los ojos y asintió.

—Sí, llegamos tarde. Pero si nos damos prisa, los alcanzaremos.

Denna se volvió hacia mí.

—Lo siento, pero hemos quedado para montar a caballo.

—No quiero retenerte por nada del mundo —repliqué, y di un paso hacia un lado, con elegancia, para apartarme de su camino.

Lentaren y yo nos saludamos con una inclinación.

—Iré a buscarte un día de estos —dijo Denna girándose al pasar a mi lado.

—Hasta pronto. —Apunté con la cabeza en la dirección hacia la que iban—. No quiero retenerte.

Se dieron la vuelta y echaron a andar por las calles adoquinadas de Imre. Juntos.

Wil y Sim me estaban esperando cuando llegué. Ya habían conseguido un banco con una buena vista de la fuente que había enfrente del Eolio. El agua ascendía alrededor de las ninfas perseguidas por el sátiro.

Dejé el estuche del laúd junto al banco y, distraídamente, abrí la tapa, pensando que a mi laúd quizá le gustara que le diera un poco el sol. No espero que lo entienda nadie, a menos que sea músico.

Me senté en el banco con mis amigos, y Wil me dio una manzana. El viento soplaba en la plaza, y vi cómo la rociada de la fuente se movía como cortinas de gasa. Unas pocas hojas de arce, rojas, describían círculos sobre los adoquines. Las vi danzar y girar, trazando extraños y complicados dibujos en el aire.

—¿Ya has encontrado a Denna? —me preguntó Wilem al cabo de un rato.

Asentí sin apartar la vista de las hojas. No me apetecía explicarle nada.

—Lo sé porque estás callado —dijo él.

—¿No ha ido bien? —preguntó Sim.

—No ha ido como yo esperaba —contesté.

Ambos asintieron con la cabeza, y hubo otro momento de silencio.

—He estado pensando en lo que nos contaste —dijo Wil—. En lo que dijo Denna. Hay un fallo en su historia.

Sim y yo lo miramos con curiosidad.

—Dijo que estaba buscando a su mecenas —continuó Wilem—. Te acompañó para buscarlo. Pero más tarde dijo que sabía que él estaba bien porque... —Wil titubeó un poco— se lo encontró cuando volvía a la granja en llamas. Eso no encaja. ¿Por qué iba a buscarlo si sabía que estaba bien?

No me lo había planteado. Antes de que pudiera pensar una respuesta, Simmon negó con la cabeza.

—Denna solo buscaba una excusa para pasar un tiempo con Kvothe —dijo como si fuera irrebatible.

Wilem arrugó un poco la frente.

Sim nos miró como si le sorprendiera tener que explicarse.

—Es evidente que le gustas —dijo, y empezó a contar con los dedos—: Te encuentra en Anker's. Va a buscarte al Eolio aquella noche que salimos los tres juntos. Se inventa una excusa para pasearse por el bosque contigo un par de días...

—Mira, Sim —dije, exasperado—, si yo le interesara, podría encontrarla más de una vez al mes sin necesidad de buscarla tanto.

—Eso es una falacia lógica —dijo Sim con convicción—. Causa falsa. Lo único que demuestra es que eres malísimo buscando, o que ella es difícil de encontrar. Pero no que no le intereses.

—De hecho —intervino Wilem defendiendo a Simmon—, dado que ella te encuentra a ti más a menudo que tú a ella, parece probable que pase un tiempo considerable buscándote. Tú tampoco eres fácil de encontrar. Eso indica que hay un interés.

Pensé en la nota que me había dejado Denna en la ventana de mi habitación, y por un instante tonteé con la posibilidad de que

Sim tuviera razón. Sentí parpadear en mi pecho una débil llama de esperanza al recordar la noche que habíamos pasado en lo alto del itinolito.

Entonces recordé que esa noche Denna deliraba. Y recordé a Denna sujetándose al brazo de Lentaren. Pensé en el alto, atractivo y rico Lentaren y en todos los otros hombres, muchísimos, que tenían algo que ofrecerle que valiera la pena. Algo más que una buena voz y varoniles bravatas.

—¡Sabes que es verdad! —Simmon se apartó el cabello de los ojos y rió como un niño—. ¡Esto no lo puedes rebatir! Se ve a la legua que está colada por ti. Y tú eres muy tonto si no lo quieres ver.

Suspiré.

—Mira, Sim, me encanta que Denna y yo seamos amigos. Es una persona encantadora, y me lo paso muy bien con ella. Eso es todo lo que hay. —Conferí a mi tono de voz el grado justo de jovial indiferencia para convencer a Sim, con la esperanza de que me dejara tranquilo un rato.

Sim me miró un momento, y luego se encogió de hombros.

—Si es así... —Me apuntó con el trozo de pollo que se estaba comiendo—. Fela no para de hablar de ti. Cree que eres un tipo fenomenal. Y además le salvaste la vida. Estoy seguro de que ahí tienes posibilidades.

Me encogí de hombros y me quedé observando los dibujos que hacía el viento con el agua de la fuente.

—¿Sabéis qué tendríamos que...? —Sim no terminó la frase y miró más allá de mí; de pronto, se borró de su rostro toda expresión.

Me di la vuelta para ver qué estaba mirando, y vi el estuche de mi laúd, vacío. Mi laúd había desaparecido. Miré alrededor, frenético, listo para ponerme en pie de un brinco y echar a correr en su busca. Pero no fue necesario, porque unos palmos más allá estaban Ambrose y unos cuantos amigos suyos. Ambrose sujetaba mi laúd con una mano.

—Tehlu misericordioso —murmuró Simmon. Y luego, en voz alta, dijo—: Devuélveselo, Ambrose.

—Tranquilo, E'lir —le espetó Ambrose—. Esto no es asunto tuyo.

Me levanté sin dejar de mirarlos a él y a mi laúd. Creía que Ambrose era más alto que yo, pero cuando me levanté vi que medíamos lo mismo. A Ambrose también pareció extrañarle un poco.

—Dámelo —dije, y alargué un brazo. Me sorprendió ver que no me temblaba la mano. Pero por dentro sí temblaba: de miedo y de rabia.

Dos partes de mí intentaron hablar al mismo tiempo. La primera parte gritaba: «No le hagas nada, por favor. Otra vez no. No lo rompas. Dámelo, por favor. No lo cojas así, por el mástil». La otra mitad recitaba: «Te odio, te odio, te odio», como si escupiera sangre.

Di un paso adelante.

—Dámelo. —Mi voz me sonó extraña, monótona y desprovista de emoción. Llana como la palma extendida de mi mano. Había dejado de temblar por dentro.

Ambrose titubeó un momento, desconcertado por mi tono de voz. Noté su desasosiego: yo no me estaba comportando como él esperaba que lo hiciera. Detrás de mí, oí a Wilem y a Simmon contener la respiración. Detrás de Ambrose, sus amigos esperaban, inseguros de pronto.

Ambrose sonrió y arqueó una ceja.

—Es que te he escrito una canción, y necesita acompañamiento. —Cogió el laúd con rudeza y rasgueó las cuerdas sin ton ni son. Algunos estudiantes que pasaban por allí se pararon para oírle cantar:

> Había una vez un liante llamado Kvothe
> que tenía una lengua de escorpión.
> Los maestros lo tenían por simpático
> y por eso le daban con el látigo.

Los curiosos ya habían formado un corro alrededor de Ambrose, y sonreían y reían, entretenidos con su pequeño espectáculo. Animado, Ambrose hizo una amplia reverencia.

—¡Todos juntos! —gritó alzando las manos como un director de orquesta, y usando mi laúd como batuta.

Di otro paso adelante.

—Devuélvemelo o te mato. —En ese instante, lo decía en serio.

Todos guardaron silencio. Al ver que no iba a conseguir la reacción esperada, Ambrose fingió indiferencia.

—Hay gente que no tiene sentido del humor —dijo dando un suspiro—. Cógelo.

Me lo lanzó, pero los laúdes no están hechos para lanzarlos. Dio un giro raro en el aire, y cuando fui a asirlo, no había nada entre mis manos. El que Ambrose fuera torpe o cruel no cambia las cosas para mí. Mi laúd cayó sobre los adoquines y se oyó un crujido al astillarse.

Ese sonido me recordó el espantoso ruido que había hecho el laúd de mi padre cuando lo aplasté con el cuerpo en aquel sucio callejón de Tarbean. Me agaché para recogerlo e hizo un ruido que me recordó al de un animal herido. Ambrose se volvió para mirarme y vi la burla danzar en su rostro.

Abrí la boca para aullar, para llorar, para maldecirlo. Pero lo que salió de mi boca fue otra cosa, una palabra que yo sabía y que no recordaba.

Entonces lo único que oí fue el sonido del viento. Entró rugiendo en la plaza como una repentina tormenta. Un coche que estaba cerca se deslizó de lado por los adoquines, y los caballos se encabritaron asustados. A alguien se le escaparon de las manos unas partituras que revolotearon alrededor de nosotros como un extraño relámpago. Me vi forzado a dar un paso adelante. El viento los empujó a todos. A todos menos a Ambrose, que cayó al suelo girando sobre sí mismo, como si lo hubiera golpeado la mano de Dios.

De pronto volvió a reinar la calma. Caían papeles, girando como hojas secas. La gente miraba alrededor, perpleja, despeinada y con la ropa desaliñada. Algunos se tambaleaban e intentaban sujetarse a algún sitio para protegerse de una tormenta que ya había cesado.

Me dolía la garganta. Mi laúd estaba roto.

Ambrose se puso en pie con dificultad. Se sujetaba un brazo

contra el costado, y le salía sangre de la cabeza. La mirada de miedo y de confusión que me lanzó supuso para mí un breve y dulce placer. Pensé en volver a gritarle, me pregunté qué pasaría si lo hacía. ¿Volvería a venir el viento? ¿Se lo tragaría la tierra?

Oí relinchar a un caballo, asustado. Empezó a salir gente del Eolio y de los otros edificios que bordeaban la plaza. Los músicos miraban alrededor con el rostro desencajado, y todo el mundo hablaba a la vez.

—¿... sido eso?

—... apuntes por todas partes. Ayúdame antes de que...

—... sido él. Ese de ahí, el del pelo rojo...

—... demonio. Un demonio de viento y...

Miré alrededor, mudo y confuso, hasta que Wilem y Simmon se me llevaron de allí a toda prisa.

—No sabíamos adónde llevarlo —le dijo Simmon a Kilvin.

—Contádmelo todo otra vez —dijo Kilvin con serenidad—. Pero esta vez, que hable solo uno. —Señaló a Wilem—. Intenta poner las palabras en orden.

Estábamos en el despacho de Kilvin. La puerta estaba cerrada y las cortinas, corridas. Wilem empezó a explicar lo que había ocurrido. Fue cogiendo velocidad, y pasó a hablar en siaru. Kilvin asentía con aire pensativo. Simmon escuchaba atentamente y, de vez en cuando, intercalaba una o dos palabras.

Yo estaba sentado en un taburete. Mi mente era un torbellino de confusión y de preguntas a medio formular. Me dolía la garganta. Estaba cansado y notaba el cuerpo agriado por la adrenalina. En medio de todo eso, en lo más profundo de mi pecho, una parte de mí bullía de ira, como el carbón de una forja cuando el herrero aviva el fuego: rojo y caliente. Estaba embotado, como si me cubriera una capa de cera de veinte centímetros de grosor. No existía Kvothe; solo la confusión, la rabia y el embotamiento que lo envolvía todo. Me sentía como un gorrión en una tormenta, incapaz de encontrar una rama segura sobre la que posarse. Incapaz de controlar mi atolondrado vuelo.

Wilem estaba llegando al final de su exposición cuando Elodin entró en la habitación sin llamar ni anunciarse. Wilem se calló. Yo le lancé al maestro nominador una mirada de soslayo, y luego volví a mirar el destrozado laúd que tenía en las manos. Al darle la vuelta, me hice un corte en un dedo con una astilla. Embobado, vi cómo la sangre brotaba y caía al suelo.

Elodin se plantó enfrente de mí; no se molestó en hablar con nadie más.

—¿Kvothe?

—No se encuentra bien, maestro —dijo Simmon con una voz aguda que denotaba preocupación—. Se ha quedado mudo. Se niega a hablar. —Yo oía esas palabras, sabía que tenían un significado y hasta sabía qué significados les correspondían, pero no las entendía.

—Me parece que se ha dado un golpe en la cabeza —terció Wilem—. Te mira, pero no está. Se le han puesto ojos de perro.

—¿Kvothe? —repitió Elodin. Como no reaccioné ni aparté la vista del laúd, él alargó un brazo y, con suavidad, me levantó la barbilla hasta que lo miré—. Kvothe.

Parpadeé.

Elodin me miró. Sus oscuros ojos me tranquilizaron un poco. Aplacaron la tormenta que se había desatado en mi interior.

—*Aerlevsedi* —dijo—. Dilo.

—¿Qué? —Simmon dijo algo que yo oí como si estuviera muy lejos—. ¿Viento?

—*Aerlevsedi* —repitió Elodin, paciente, mirándome fijamente.

—*Aerlevsedi* —murmuré.

Elodin cerró un momento los ojos con expresión serena. Como si tratara de captar una débil nota musical transportada por una suave brisa. Como no podía verle los ojos, empecé a descarriarme. Agaché la cabeza y vi mi laúd roto, pero Elodin volvió a cogerme por la barbilla y me levantó el rostro.

Clavó sus ojos en los míos. El embotamiento se redujo, pero la tormenta seguía dentro de mi cabeza. Entonces algo cambió en los ojos de Elodin. Dejó de mirar hacia mí y miró dentro de mí. Solo sé describirlo así. Miró en lo más profundo de mí; no a mis ojos, sino que a través de ellos. Su mirada entró en mí y se asentó sólidamente en mi pecho, como si hubiera metido ambas manos en mi cuerpo y estuviera tanteando la forma de mis pulmones, el movimiento de mi corazón, el calor de mi ira, el trazado de la tormenta que se desataba dentro de mí.

Se inclinó hacia delante y sus labios me rozaron una oreja. Noté su aliento. Dijo algo... y la tormenta amainó. Encontré un sitio donde caer.

Hay un juego al que todos los niños juegan un día u otro. Extiendes los brazos y giras sobre ti mismo una y otra vez, y ves cómo todo se vuelve borroso. Primero estás desorientado, pero si sigues girando el rato suficiente, el mundo se resuelve y ya no estás mareado y sigues girando con el mundo, borroso, alrededor de ti.

Entonces paras, y el mundo adopta su forma normal. De pronto estás muy mareado, y todo se mueve y da sacudidas. Todo oscila alrededor de ti.

Eso fue lo que sentí cuando Elodin detuvo la tormenta que se había desatado en mi cabeza. De pronto, violentamente mareado, grité y alcé las manos para no caerme hacia un lado, hacia arriba, hacia dentro. Noté que unos brazos me agarraban; enrosqué los pies en el taburete y empecé a caerme al suelo.

Fue aterrador, pero pasó enseguida. Cuando me recuperé, Elodin se había marchado.

85

Manos contra mí

Simmon y Wilem me llevaron a mi habitación de Anker's, donde me desplomé en la cama y pasé dieciocho horas tras las puertas del sueño. Al día siguiente, al despertar, me sentía sorprendentemente bien, teniendo en cuenta que había dormido con la ropa puesta y que tenía la vejiga del tamaño de un melón.

La suerte me sonrió y me dio tiempo suficiente para comer y darme un baño antes de que uno de los recaderos de Jamison diera conmigo. Debía presentarme en la Casa de los Maestros al cabo de media hora para ponerme ante las astas del toro.

Ambrose y yo estábamos de pie ante la mesa de los maestros. Él me había acusado de felonía. Yo, a mi vez, lo había acusado de robo, destrucción de propiedad y conducta impropia de un miembro del Arcano. Tras mi anterior experiencia en las astas del toro me había familiarizado con el *Rerum Codex*, el reglamento oficial de la Universidad. Me lo había leído dos veces para estar seguro de cómo se hacían las cosas allí. Me lo sabía de memoria.

Por desgracia, eso significaba que era plenamente consciente de la gravedad de la situación. La acusación de felonía era grave. Si me declaraban culpable de lastimar intencionadamente a Ambrose, me azotarían y me expulsarían de la Universidad.

No podía negar que había lastimado a Ambrose. Estaba herido y cojeaba. Tenía un gran rasguño rojo en la frente. También llevaba un brazo en cabestrillo, pero estaba convencido de que eso no era más que un elemento teatral que él había añadido por su cuenta.

El problema era que, en realidad, yo no tenía ni la más remota idea de qué había pasado. No había tenido ocasión de hablar con nadie. Ni siquiera de darle las gracias a Elodin por ayudarme el día anterior en el taller de Kilvin.

Los maestros dejaron que cada uno de nosotros presentara su causa. Ambrose hizo gala de un comportamiento ejemplar: cuando habló lo hizo con mucha educación. Al cabo de un rato, empecé a sospechar que su aletargamiento pudiera deberse a una dosis demasiado generosa de analgésicos. Por lo vidriosos que tenía los ojos, deduje que podía tratarse de láudano.

—Abordemos las quejas por orden de gravedad —propuso el rector cuando hubimos relatado nuestra versión de la historia.

El maestro Hemme hizo una seña, y el rector le cedió la palabra con un gesto de la cabeza.

—Deberíamos recortar las acusaciones antes de votar —dijo Hemme—. Las quejas del E'lir Kvothe son redundantes. No se puede acusar a un estudiante de robo y destrucción de la misma propiedad. O una cosa, o la otra.

—¿Por qué dice eso, maestro? —pregunté educadamente.

—El robo implica la posesión de una propiedad ajena —dijo Hemme con un tono de voz razonable—. ¿Cómo puedes poseer algo que has destruido? Deberíamos descartar una de las dos acusaciones.

El rector me miró.

—E'lir Kvothe, ¿quieres retirar una de tus quejas?

—No, señor.

—Entonces propongo que votemos si debemos retirar la acusación de robo —insistió Hemme.

El rector fulminó con la mirada a Hemme, castigándolo en silencio por hablar cuando no era su turno, y luego se volvió hacia mí.

—La testarudez ante un argumento razonable no es elogiable, E'lir, y el maestro Hemme ha presentado un argumento convincente.

—El argumento del maestro Hemme es imperfecto —repliqué con serenidad—. El robo implica la adquisición de una propiedad ajena. Es ridículo insinuar que no puedes destruir lo que has robado.

Vi que algunos maestros asentían con la cabeza, pero Hemme insistió:

—Maestro Lorren, ¿cuál es el castigo por robo?

—El estudiante recibe un máximo de dos latigazos en la espalda —recitó Lorren—. Y debe devolver la propiedad o el precio correspondiente a la propiedad, más una multa de un talento de plata.

—¿Y el castigo por destrucción de propiedad?

—El estudiante debe pagar la sustitución o la reparación de la propiedad.

—¿Lo ven? —dijo Hemme—. Cabe la posibilidad de que tuviera que pagar dos veces por el mismo laúd. Eso no es justo. Sería como castigarlo dos veces por la misma falta.

—No, maestro Hemme —intervine—. Sería castigarlo por robo y por destrucción de propiedad. —El rector me lanzó la misma mirada que le había lanzado antes de Hemme por hablar fuera de turno, pero yo no me amilané—. Si yo le hubiera prestado mi laúd y él lo hubiera roto, sería otra cuestión. Si él me lo hubiera robado y lo hubiera dejado intacto, sería otra. No es una cosa o la otra. Es ambas cosas.

El rector golpeó la mesa con los nudillos para hacernos callar.

—Así pues, ¿no quieres retirar ninguno de los cargos?

—No.

Hemme levantó una mano, y el rector le cedió la palabra.

—Propongo que votemos para suprimir la acusación de robo.

—¿Todos a favor? —preguntó el rector con voz cansina. Hemme levantó la mano, y Brandeur, Mandrag y Lorren hicieron otro tanto—. Cinco y medio contra cuatro: se mantiene la acusación.

El rector prosiguió antes de que alguien pudiera interrumpirlo:

—¿Quién considera que el Re'lar Ambrose es culpable de destrucción de propiedad? —Todos levantaron la mano excepto

Hemme y Brandeur. El rector me miró—: ¿Cuánto te costó ese laúd?

—Nueve talentos con seis —mentí; sabía que era un precio razonable.

Ambrose se indignó al oírme:

—¡Anda ya! Tú nunca has tenido diez talentos en la mano.

Molesto, el rector golpeó otra vez la mesa con los nudillos. Pero Brandeur levantó una mano para pedir la palabra:

—El Re'lar Ambrose nos ha planteado una cuestión interesante. ¿Cómo es posible que un estudiante que llegó aquí en la indigencia se haya hecho con tanto dinero?

Algunos maestros me miraron con curiosidad. Agaché la cabeza, como si estuviera avergonzado.

—Gané ese dinero jugando a esquinas, señores.

Hubo un murmullo de sorpresa. Elodin rió sin disimulo. El rector volvió a golpear la mesa.

—Se impone al Re'lar Ambrose una multa de nueve talentos con seis. ¿Se opone algún maestro a esta sanción?

Hemme levantó una mano, pero nadie lo imitó.

—Acusación de robo. ¿Número de latigazos?

—Ninguno —dije, y unos cuantos maestros arquearon las cejas.

—¿Quién considera que el Re'lar Ambrose es culpable de robo? —preguntó el rector. Ni Hemme, ni Brandeur ni Lorren levantaron la mano—. Re'lar Ambrose, multa de diez talentos con seis. ¿Se opone algún maestro a esta medida?

Esa vez, Hemme, enfurruñado, no levantó la mano.

El rector inspiró hondo y soltó el aire ruidosamente.

—Maestro archivero, ¿cuál es el castigo correspondiente a conducta impropia de un miembro del Arcano?

—El alumno puede ser multado, azotado, suspendido del Arcano o expulsado de la Universidad, según la gravedad de la afrenta —respondió Lorren sin alterarse.

—¿Castigo propuesto?

—Suspensión del Arcano —dije, como si fuera lo más sensato del mundo.

Ambrose perdió la compostura.

—¿Qué? —exclamó, incrédulo, y se volvió hacia mí

—Esto es absurdo, Herma —intervino Hemme.

El rector me miró con reproche.

—Me temo que estoy de acuerdo con el maestro Hemme, E'lir Kvothe. No creo que esto sea motivo para una suspensión.

—Discrepo —dije tratando de emplear toda mi persuasión—. Piense en todo lo que ha oído hasta ahora. Sin ninguna otra razón que la antipatía que siente por mí, Ambrose se burló de mí en público, y luego me robó y destrozó el único objeto de valor que tengo.

»¿Es esta la clase de comportamiento propia de un miembro del Arcano? ¿Es esta la actitud que quiere usted fomentar en el resto de Re'lar? ¿Son la maldad y el resentimiento características que usted aprueba en los alumnos que aspiran a convertirse en arcanistas? Hace doscientos años que no se quema a ningún arcanista. Si les entregan los florines a niños mimados como ese —señalé a Ambrose—, esa duradera paz y esa seguridad desaparecerán en pocos años.

Los había impresionado. Lo vi en sus caras. Ambrose se movió, nervioso, a mi lado; su mirada iba de un maestro a otro.

Pasados unos momentos de silencio, el rector pidió los votos.

—Los que estén a favor de la suspensión del Re'lar Ambrose...

Arwyl levantó la mano, y también lo hicieron Lorren, Elodin, Elxa Dal... Hubo un momento de tensión. Miré a Kilvin y al rector, con la esperanza de que también ellos votaran a favor.

El momento pasó.

—Acusación desestimada.

Ambrose soltó el aire de golpe. Yo solo estaba un poco desilusionado. De hecho, me sorprendía haber tenido tanto éxito.

—Y ahora —prosiguió el rector como si se preparara para realizar un tremendo esfuerzo—, abordemos la acusación de felonía contra el E'lir Kvothe.

—De cuatro a quince latigazos y expulsión de la Universidad —recitó Lorren.

—¿Cuántos latigazos?

Ambrose me miró. Vi cómo giraban las ruedas de su cerebro, tratando de calcular el máximo número de latigazos que podía solicitar sin arriesgarse a que los maestros dejaran de secundarlo.

—Seis —dijo.

Noté que un miedo plomizo se instalaba en mi estómago. Los latigazos me tenían sin cuidado. Estaba dispuesto a recibir dos docenas con tal de que no me expulsaran. Pero si me echaban de la Universidad, mi vida ya no tendría sentido.

—¿Rector? —dije.

Me dirigió una mirada cansada y amable. Sus ojos me decían que lo entendía, pero que no tenía otra alternativa que dejar que las cosas siguieran su curso. La compasión de su mirada me asustó. Él sabía qué iba a pasar.

—¿Sí, E'lir Kvothe?

—¿Puedo decir algo?

—Ya has tenido ocasión de defenderte —repuso él con firmeza.

—¡Pero es que ni siquiera sé qué hice! —protesté; el pánico había vencido a mi templanza.

—Seis latigazos y expulsión —dijo el rector con formalidad, ignorando mi arrebato—. ¿Quién está a favor?

Hemme levantó la mano. A continuación lo hicieron Brandeur y Arwyl. Se me cayó el alma a los pies cuando vi que el rector levantaba la mano. Lorren, Kilvin, Mandrag y Elxa Dal hicieron otro tanto. Por último lo hizo Elodin; sonrió perezosamente y agitó los dedos de la mano alzada, como si me saludara. Nueve manos contra mí. Me habían expulsado de la Universidad. Mi vida ya no tenía sentido.

86

El fuego en sí

—Seis latigazos y expulsión —sentenció el rector.

«Expulsión», pensé aturdido, como si fuese la primera vez que oía esa palabra. «Expulsar: obligar a alguien a marcharse de un sitio.» Notaba la satisfacción de Ambrose, veía cómo emanaba de él. Por un instante temí vomitar allí mismo, delante de todos.

—¿Se opone algún maestro a esta medida? —preguntó el rector con tono ritualista mientras yo me miraba los pies.

—Yo. —Aquella inquietante voz solo podía ser de Elodin.

—¿Todos a favor de suspender la expulsión? —Levanté la cabeza justo a tiempo para ver cómo Elodin levantaba la mano. Y luego Elxa Dal. Y Kilvin, y Lorren, y el rector... Todos la levantaron salvo Hemme. Casi me eché a reír de sorpresa y de incredulidad. Elodin volvió a sonreírme con aquel aire infantil.

—Expulsión cancelada —dijo el rector con firmeza, y noté cómo la satisfacción de Ambrose se debilitaba hasta desaparecer por completo—. ¿Alguna acusación más? —Percibí un deje extraño en la voz del rector. Como si esperara algo.

Fue Elodin quien habló:

—Propongo que Kvothe sea ascendido a Re'lar.

—¿Todos a favor? —Todas las manos salvo la de Hemme se levantaron al mismo tiempo—. Kvothe queda ascendido a Re'lar, con Elodin como padrino, el cinco de Barbecho. Se levanta la sesión. —Se levantó de la mesa y se encaminó hacia la puerta.

—¿Qué? —gritó Ambrose mirando alrededor como si no supiera a quién se lo estaba preguntando. Al final echó a correr detrás de Hemme, que salía detrás del rector junto con la mayoría de los otros maestros. Me fijé en que no cojeaba tanto como antes de que empezara el juicio.

Desconcertado, me quedé allí plantado, como un idiota, hasta que Elodin se me acercó y me estrechó la mano.

—¿Confuso? —me preguntó—. Ven a dar un paseo conmigo. Te lo explicaré.

La intensa luz de la tarde me impactó cuando salí de la fresca penumbra del Auditorio. Sin mucha maña, Elodin se quitó la túnica de maestro por la cabeza. Debajo llevaba una sencilla camisa blanca y unos pantalones de bastante mal aspecto sujetos con un trozo de cuerda deshilachada. Vi por primera vez que iba descalzo. Tenía los pies tan bronceados como los brazos y la cara.

—¿Sabes qué significa Re'lar? —me preguntó con desenvoltura.

—Se traduce como «el que habla» —contesté.

—Sí, pero ¿sabes qué significa? —insistió.

—No, la verdad es que no —admití.

Elodin inspiró hondo.

—Había una vez una Universidad. Estaba construida sobre las ruinas de otra Universidad más antigua. No era muy grande; no había más de cincuenta personas. Pero era la mejor Universidad en muchos kilómetros a la redonda, así que la gente iba allí, estudiaba y se marchaba. Había un grupito de gente que se reunía en privado. Gente cuyo conocimiento iba más allá de las matemáticas, la gramática y la retórica.

»Formaron su propio grupo dentro de la Universidad. Lo llamaban el Arcano, y era algo muy reducido y muy secreto. Tenían un sistema jerárquico, y solo podías ascender en la jerarquía demostrando tu habilidad. Entrabas en ese grupo demostrando que podías ver las cosas tal como eran. Te convertías en E'lir, que significa «el que ve». ¿Cómo crees que te convertías en Re'lar? —Me miró, expectante.

—Hablando.

Elodin rió.

—¡Muy bien! —Se volvió y me miró a la cara—. Pero hablando ¿qué? —Me miraba con unos ojos brillantes e intensos.

—¿Palabras?

—Nombres —me corrigió acaloradamente—. Los nombres dan forma al mundo, y un hombre que puede pronunciarlos va camino del poder. Al principio, el Arcano era un reducido grupo de hombres que entendían las cosas. Hombres que sabían nombres poderosos. Enseñaron a unos pocos alumnos, despacio, guiándolos con cuidado hacia el poder y la sabiduría. Y la magia. La verdadera magia. —Miró los edificios circundantes y a los alumnos que pululaban por allí—. En aquellos tiempos, el Arcano era un coñac fuerte. Ahora es un vino aguado.

Esperé hasta estar seguro de que el maestro había terminado de hablar.

—Maestro Elodin, ¿qué pasó ayer? —Contuve la respiración y confié, contra todo pronóstico, en que Elodin me diera una respuesta inteligible.

El maestro me lanzó una mirada burlona.

—Pronunciaste el nombre del viento —dijo, como si la respuesta fuera obvia.

—Pero ¿qué significa eso? Y ¿a qué se refiere cuando dice «nombre»? ¿Es solo un nombre, como «Kvothe» o «Elodin»? ¿O es algo más parecido a «Táborlin sabía los nombres de muchas cosas»?

—Ambas cosas —respondió al mismo tiempo que saludaba a una atractiva joven que estaba asomada a la ventana de un segundo piso.

—Pero ¿cómo puede un nombre hacer algo así? «Kvothe» y «Elodin» no son más que sonidos que producimos, no tienen ningún poder por sí mismos.

Al oír eso, Elodin arqueó las cejas.

—¿En serio? Espera y verás. —Miró hacia el final de la calle—. ¡Nathan! —gritó. Un chico se dio la vuelta y miró hacia donde estábamos nosotros. Era uno de los recaderos de Jamison—. ¡Ven aquí, Nathan!

El chico se nos acercó y miró a Elodin.

—¿Sí, señor?

Elodin le dio su túnica de maestro al alumno.

—¿Puedes llevar esto a mis habitaciones, Nathan?

—Por supuesto, señor. —El chico cogió la túnica y se marchó a toda prisa.

Elodin me miró.

—¿Lo ves? Los nombres con que nos dirigimos unos a otros no son Nombres. Pero también tienen cierto poder.

—Eso no es magia —protesté—. Ese chico tenía que hacerle caso porque usted es un maestro.

—Y tú eres un Re'lar —repuso él, implacable—. Llamaste al viento y el viento te escuchó.

Intenté comprenderlo.

—¿Insinúa que el viento está vivo?

Elodin hizo un gesto impreciso.

—En cierto sentido, sí. La mayoría de las cosas tiene vida, de un modo u otro.

Decidí cambiar de táctica.

—¿Cómo llamé al viento si no sabía cómo hacerlo?

Elodin dio una fuerte palmada.

—¡Esa es una excelente pregunta! La respuesta es que todos tenemos dos mentes: una mente despierta y una mente dormida. Nuestra mente despierta es la que piensa, habla y razona. Pero la mente dormida es más poderosa. Ella ve en lo más profundo de las cosas. Es la parte de nosotros que sueña. Lo recuerda todo. Nos proporciona intuición. Tu mente despierta no entiende la naturaleza de los nombres. Pero tu mente dormida sí. Ella ya sabe muchas cosas que tu mente despierta ignora.

Elodin me miró.

—¿Recuerdas cómo te sentiste después de pronunciar el nombre del viento?

Asentí; no era un recuerdo agradable.

—Cuando Ambrose rompió tu laúd, hizo despertar a tu mente dormida, que, como un gran oso que hubiera estado hibernando y al que hubieran pinchado con un hierro al rojo, se irguió y rugió el nombre del viento. —Se puso a manotear en el aire, atrayendo miradas de extrañeza de los estudiantes que pasaban por allí—.

Después, tu mente despierta no sabía qué hacer con aquel oso furioso.

—¿Qué hizo usted? No recuerdo lo que me susurró al oído.

—Era un nombre. Era un nombre para aplacar al oso enfurecido, para volverlo a dormir. Pero ya no está profundamente dormido. Tenemos que despertarlo poco a poco y lograr que lo domines.

—¿Por eso propuso cancelar mi expulsión?

Elodin le quitó importancia con un ademán.

—No existía un riesgo real de que te expulsaran. No eres el primer alumno que pronuncia el nombre del viento en un momento de ira, aunque eso es algo que no sucedía desde hace muchos años. A menudo, una emoción muy intensa despierta a la mente dormida por primera vez. —Sonrió—. Yo descubrí el nombre del viento cuando estaba discutiendo con Elxa Dal. Cuando lo grité, sus braseros explotaron formando una nube de cenizas y rescoldos. —Rió entre dientes.

—¿Qué hizo Elxa Dal para enfadarlo tanto?

—Se negó a enseñarme los vínculos avanzados. Yo tenía catorce años y era E'lir. Me dijo que tendría que esperar hasta que fuera Re'lar.

—¿Hay vínculos avanzados?

Me sonrió.

—Secretos, Re'lar Kvothe. En eso consiste ser arcanista. Ahora que ya eres Re'lar, tienes derecho a saber ciertas cosas que hasta ahora se te ocultaban. Los vínculos simpáticos avanzados, la naturaleza de los nombres... Nociones de runas dudosas, si Kilvin considera que estás preparado.

La esperanza brotó en mi pecho.

—¿Significa eso que ya puedo entrar en el Archivo?

—Ah —dijo Elodin—. No. Ni mucho menos. Verás, el Archivo es el dominio de Lorren, su reino. Esos secretos no puedo revelártelos.

Al hablar Elodin de secretos, mi mente rescató uno que llevaba meses torturándome. El secreto que había en el fondo del Archivo.

—¿Y la puerta de piedra del Archivo? —pregunté—. La puerta de las cuatro placas. Ahora que ya soy Re'lar, ¿puede decirme qué se esconde detrás?

Elodin soltó una risotada.

—Ah, no. Ni hablar. Tú no buscas secretos insignificantes, ¿verdad? —Me dio una palmada en la espalda, como si yo acabara de contarle un chiste buenísimo—. *Valaritas*. Dios mío. Todavía recuerdo lo que sentía plantado ante esa puerta, haciéndome preguntas.

Volvió a reír.

—Tehlu misericordioso, me moría de curiosidad. —Sacudió la cabeza—. No. No puedes abrir la puerta de las cuatro placas. Pero —me miró con complicidad— como ya eres Re'lar... —Miró a uno y otro lado, como si temiera que alguien pudiera oírnos, y se acercó más a mí—. Como ya eres Re'lar, admitiré que existe. —Me guiñó un ojo con solemnidad.

Pese a lo desilusionado que estaba, no pude evitar sonreír. Seguimos paseando en silencio; dejamos atrás la Principalía, Anker's...

—Maestro Elodin...

—¿Sí? —Siguió con la mirada la carrera de una ardilla que cruzó la calle y trepó por un árbol.

—Sigo sin entender lo de los nombres.

—Yo te enseñaré a entender —dijo—. La naturaleza de los nombres no se puede describir; solo se puede experimentar y entender.

—¿Por qué no se puede describir? —pregunté—. Si entiendes una cosa, puedes describirla.

—¿Tú puedes describir todo lo que entiendes? —Me miró de soslayo.

—Por supuesto.

Elodin señaló calle abajo.

—¿De qué color es la camisa de ese chico?

—Azul.

—¿Qué quiere decir azul? Descríbelo.

Reflexioné un momento, pero no encontré la forma de describirlo.

—Entonces, ¿azul es un nombre?

—Es una palabra. Las palabras son pálidas sombras de nombres olvidados. Los nombres tienen poder, y las palabras también. Las palabras pueden hacer prender el fuego en la mente de los hombres. Las palabras pueden arrancarles lágrimas a los corazones más duros. Existen siete palabras que harán que una persona te ame. Existen diez palabras que minarán la más poderosa voluntad de un hombre. Pero una palabra no es más que la representación de un fuego. Un nombre es el fuego en sí.

Estaba muy confuso.

—Sigo sin comprender.

Elodin me puso una mano en el hombro.

—Utilizar palabras para hablar de palabras es como utilizar un lápiz para hacer un dibujo de ese lápiz sobre el mismo lápiz. Imposible. Desconcertante. Frustrante. —Alzó ambas manos por encima de la cabeza, como si tratara de tocar el cielo—. ¡Pero hay otras formas de entender! —gritó riendo como un niño pequeño. Alzó ambos brazos hacia el cielo sin nubes, sin dejar de reír—. ¡Mira! —gritó echando la cabeza hacia atrás—. ¡Azul! ¡Azul! ¡Azul!

87

Invierno

—Está completamente loco —les dije a Simmon y a Wilem aquella misma tarde, en el Eolio.

—Es un maestro —repuso Sim con diplomacia—. Y tu padrino. Y a juzgar por lo que nos has contado, es el responsable de que no te hayan expulsado.

—Yo no digo que no sea inteligente, y le he visto hacer cosas que no sabría explicar. Pero el hecho sigue siendo que está completamente chiflado. No para de hablar en círculos sobre nombres, palabras y poderes. Mientras habla, tiene sentido. Pero en realidad, lo que dice no significa nada.

—Deja de quejarte —me espetó Simmon—. Te han ascendido a Re'lar antes que a nosotros, aunque tu padrino esté chiflado. Y te han pagado veinte monedas de plata por romperle el brazo a Ambrose. Has quedado libre como un pájaro. Ya me gustaría a mí tener tanta suerte como tú.

—Libre como un pájaro, no —puntualicé—. Me van a azotar.

—¿Qué dices? —exclamó Sim—. ¿No lo habían suspendido?

—Suspendieron mi expulsión —aclaré—, pero no los latigazos. Simmon me miró con la boca abierta.

—Dios mío. ¿Por qué no?

—Felonía —dijo Wilem en voz baja—. Un alumno no puede quedar impune si lo han encontrado culpable de felonía.

—Eso fue lo que dijo Elodin. —Bebí un sorbo, y luego otro.

—No me importa —dijo Simmon, muy acalorado—. Es una barbaridad. —Golpeó la mesa con el puño para enfatizar la última palabra; hizo temblar su vaso y derramó un charco de scutten por la mesa—. Mierda. —Se levantó y trató de que el scutten no llegara al suelo.

Reí hasta que me saltaron las lágrimas y me dolió el estómago. Al final recobré el aliento, y noté como si mi pecho se hubiera librado de un gran peso.

—Te quiero, Sim —dije de todo corazón—. A veces pienso que eres la única persona honrada que conozco.

Sim me miró y dijo:

—Estás borracho.

—No, es la verdad. Eres buena gente. Mucho mejor de lo que yo jamás llegaré a ser. —Me miró como dándome a entender que sabía cuándo alguien se estaba burlando de él. Una camarera vino con unos trapos húmedos, limpió la mesa e hizo unos cáusticos comentarios. Sim tuvo la decencia de fingir una gran turbación.

Cuando volví a la Universidad ya era noche cerrada. Pasé por Anker's para recoger unas cuantas cosas y subí al tejado de la Principalía.

Me sorprendió encontrar a Auri esperándome en el tejado pese a lo despejado que estaba el cielo. Estaba sentada en una pequeña chimenea de ladrillo, balanceando distraídamente los pies. Su cabello formaba una gaseosa nube alrededor de su diminuta silueta.

Al acercarme a ella, Auri bajó de un salto y dio unos pasitos hacia un lado que fueron casi una reverencia.

—Buenas noches, Kvothe.

—Buenas noches, Auri —dije—. ¿Cómo estás?

—Maravillosamente —contestó con firmeza—, y hace una noche maravillosa. —Tenía las manos cogidas detrás de la espalda y trasladaba el peso del cuerpo de una pierna a otra.

—¿Qué me has traído esta noche? —pregunté.

Auri compuso su luminosa sonrisa.

—¿Y tú? ¿Qué me has traído?

Saqué una estrecha botella de debajo de mi capa.

—Te he traído vino de miel.

Auri cogió la botella con ambas manos.

—Oh, qué regalo tan magnífico. —Miró la botella con admiración—. Imagínate cuántas abejas borrachinas. —Quitó el corcho y olfateó el vino—. ¿Qué hay dentro?

—Rayos de sol —contesté—. Y una sonrisa, y una pregunta.

Se llevó la boca de la botella al oído y me sonrió.

—La pregunta está en el fondo —dije.

—Una pregunta muy pesada —dijo ella, y me tendió una mano—. Yo te he traído un anillo.

Era un anillo de cálida y lisa madera.

—¿Qué hace? —pregunté.

—Guarda secretos.

Me lo acerqué a la oreja.

Auri sacudió la cabeza con seriedad, y su cabello revoloteó alrededor.

—No los revela, los guarda. —Se acercó a mí, cogió el anillo y me lo puso en un dedo—. Ya hay suficiente con tener un secreto —me censuró dulcemente—. Otra cosa sería avidez.

—Me encaja —dije con cierta sorpresa.

—Son tus secretos —dijo Auri como si le explicara algo a un niño pequeño—. ¿A quién iba a encajarle?

Auri se recogió el cabello y volvió a dar aquel pasito hacia un lado. Casi como una reverencia, casi como un paso de baile.

—¿Quieres cenar conmigo esta noche, Kvothe? He traído manzanas y huevos. También puedo ofrecerte un delicioso vino de miel.

—Será un placer para mí compartir la cena contigo, Auri —repliqué con formalidad—. He traído pan y queso.

Auri bajó al patio y, unos minutos más tarde, regresó con una delicada taza de porcelana para mí. Sirvió el vino de miel, y se bebió el suyo a pequeños sorbitos de una taza de mendigo de plata, apenas más grande que un dedal.

Me senté en el tejado y nos pusimos a comer. Yo tenía una gran hogaza de pan de cebada y un trozo de queso duro de Dalonir. Auri tenía manzanas maduras y media docena de huevos con motitas marrones que había conseguido hervir. Nos los comimos con la sal que saqué de un bolsillo de mi capa.

Estuvimos casi todo el rato callados, sencillamente disfrutando de la mutua compañía. Auri estaba sentada con las piernas cruzadas y la espalda recta, y con el cabello ondulando en todas direcciones. Como siempre, su delicadeza hacía que aquella comida improvisada en un tejado pareciera un banquete en el salón de un noble.

—Últimamente, el viento ha arrastrado muchas hojas hasta la Subrealidad —comentó Auri hacia el final de la cena—. Se cuelan por las rejillas y por los túneles. Se acumulan en Bajantes, y no paran de susurrar.

—Ah, ¿sí?

Asintió.

—Y se ha instalado un búho. Una hembra. Ha construido su nido justo en medio del Doce Gris, con todo el descaro del mundo.

—Entonces, ¿eso es algo fuera de lo común?

Auri asintió.

—Por supuesto. Los búhos son sabios. Son cuidadosos y pacientes. La sabiduría excluye la audacia. —Bebió un sorbo de vino, sujetando el asa de la tacita con el pulgar y el índice—. Por eso los búhos no son buenos héroes.

«La sabiduría excluye la audacia.» Después de mis recientes aventuras en Trebon, no podía por menos de estar de acuerdo con esa afirmación.

—Y esta ¿es audaz? ¿Es una exploradora?

—Sí, ya lo creo —contestó Auri abriendo mucho los ojos—. Tiene cara de luna malvada.

Auri rellenó su tacita de plata con vino de miel y vació el resto de la botella en mi taza de té. Después de poner la botella boca abajo hasta verter la última gota, frunció los labios, los acercó a la boca de la botella y sopló produciendo un pitido.

—¿Dónde está mi pregunta? —inquirió.

Titubeé; no estaba seguro de cómo reaccionaría a mi petición.

—Mira, Auri, quería saber si estarías dispuesta a enseñarme la Subrealidad.

Auri miró hacia otro lado con timidez.

—Creía que eras un caballero, Kvothe —dijo tirando, cohibida, de su blusa deshilachada—. Imagínate, pedirle a una chica que te enseñe su Subrealidad. —Bajó la vista y el cabello le ocultó la cara.

Contuve un momento la respiración y escogí con mucho cuidado las palabras que iba a decir a continuación, para no asustarla y que no fuera a esconderse bajo tierra. Mientras yo pensaba, Auri me escudriñaba a través de la cortina de su cabello.

—Auri —dije—, ¿me estás gastando una broma?

Levantó la cabeza y sonrió.

—Sí, te estoy gastando una broma —contestó con orgullo—. ¿Verdad que es maravilloso?

Auri me llevó por la pesada rejilla metálica que había en el patio abandonado hasta la Subrealidad. Yo saqué mi lámpara de mano para alumbrar el camino. Auri llevaba también una luz, una cosa que sujetaba en las manos ahuecadas y que desprendía un débil resplandor verdeazulado. Yo sentía curiosidad por saber qué artilugio era aquel, pero no quería exigirle que me revelara tantos secretos a la vez.

Al principio, la Subrealidad era tal como yo esperaba. Túneles y cañerías. Cañerías de aguas residuales, de agua, de vapor y de gas de hulla. Grandes cañerías negras de hierro basto por las que podías andar a gatas; cañerías de brillante latón más estrechas que un pulgar... Había una vasta red de túneles de piedra que se bifurcaban y se conectaban de forma insólita. Si aquel sitio tenía algún diseño, yo no lo captaba.

Auri me hizo un tour relámpago, orgullosa como una madre reciente y emocionada como una niña pequeña. Su entusiasmo era contagioso, y al poco rato yo también me dejé llevar por la emoción del momento, ignorando mis verdaderos motivos para querer explorar aquellos túneles. No existe nada tan deliciosamente misterioso como un secreto en el propio patio de tu casa.

Descendimos por tres escaleras de caracol de hierro forjado, negro, y llegamos al Doce Gris. Era como estar de pie en el fondo de un cañón. Miré hacia arriba y distinguí la débil luz de la luna, que se filtraba por las rejillas de los desagües, mucho más arriba. El búho había desaparecido, pero Auri me enseñó su nido.

Cuanto más descendíamos, más extraño se volvía todo. Los túneles redondos de desagüe y las cañerías desaparecieron, y los sustituyeron unos pasillos cuadrados y unas escaleras cubiertas de escombros. Había puertas de madera podrida colgando de los goznes oxidados, y habitaciones semiderruidas llenas de mesas y sillas enmohecidas. En una de esas habitaciones vi un par de ventanas tapiadas, pese a que estábamos, si yo no calculaba mal, al menos quince metros bajo tierra.

Seguimos bajando y llegamos a Afondo, una habitación que parecía una catedral; era tan grande que ni la luz azulada de Auri ni la mía, rojiza, alcanzaban a alumbrar los puntos más altos del techo. Alrededor de nosotros había unas máquinas antiguas y enormes. Algunas estaban desmontadas: había engranajes rotos de casi dos metros, quebradizas correas de cuero, grandes vigas de madera que los hongos habían reventado.

Otras máquinas estaban intactas, pero estropeadas por varios siglos de abandono. Me acerqué a un bloque de hierro del tamaño de una granja y desprendí una lámina de herrumbre del tamaño de un plato. Debajo solo había más herrumbre. Cerca había tres grandes columnas cubiertas de una capa de verdín tan gruesa que parecía musgo. La mayoría de aquellas máquinas inmensas era imposible identificarlas; parecían fundidas en lugar de oxidadas. Pero vi una cosa que podía ser una rueda hidráulica, de tres pisos de alto, tumbada sobre un canal seco que discurría como un abismo por el medio de la habitación.

Solo tenía una idea muy vaga del uso que podían haber tenido esas máquinas. Y ni la más remota idea de por qué llevaban siglos allí, bajo tierra. No parecían...

88

Interludio: busco

El ruido de botas en el porche de madera sobresaltó a los hombres que estaban sentados en la Roca de Guía. Kvothe se levantó de un brinco a media frase, y casi había llegado a la barra cuando se abrió la puerta de la taberna y entraron los primeros clientes de la noche de Abatida.

—¡Hola, Kote! ¡Tenemos hambre! —gritó Cob al abrir la puerta. Shep, Jake y Graham entraron tras él.

—Quizá encuentre algo en la cocina —dijo Kote—. Puedo ir a mirar y traer algo enseguida, a menos que queráis beber primero.

—Hubo un coro de amistosa aprobación mientras los hombres se instalaban en los taburetes de la barra. Su diálogo sonaba muy trillado, como un cómodo par de zapatos viejos.

Cronista miraba fijamente al pelirrojo que estaba detrás de la barra. No quedaba en él ni rastro de Kvothe. Era un simple posadero: amable, servicial y tan sencillo que era casi invisible.

Jake bebió un largo trago, y entonces vio a Cronista sentado al fondo de la habitación.

—¡Hombre, Kote! ¡Un cliente nuevo! Vaya, es una suerte que hayamos encontrado sitio para sentarnos.

Shep dio una carcajada. Cob hizo girar el taburete y lo orientó hacia donde estaba Cronista, sentado al lado de Bast; el escribano todavía tenía la pluma suspendida sobre la hoja.

—¿Es un escribiente o algo por el estilo?

—Sí, señor —se apresuró a responder Kote—. Llegó al pueblo anoche.

Cob los miró entornando los ojos.

—Y ¿qué escribe?

Kote bajó un poco la voz, con lo que consiguió que sus clientes dejaran de mirar a su invitado y se fijaran en él.

—¿Recordáis ese viaje que Bast hizo a Baedn? —Todos asintieron, muy atentos—. Pues bien, resulta que tuvo sífilis estando allí, y desde entonces no anda muy fino. Se le ha ocurrido que más valía que redactara un testamento mientras todavía puede.

—Pues hace muy bien, en los tiempos que corren —comentó Shep sombrío. Se terminó la cerveza y dio un golpe con la jarra—. Sírveme otra.

—Dejo todo el dinero que haya ahorrado hasta el momento de mi muerte a la viuda Sage —dijo Bast en voz alta—. Para ayudarla a criar y casar a sus tres hijas, que pronto estarán en edad de merecer. —Miró a Cronista con gesto de preocupación—. ¿Se dice así, en edad de merecer?

—La pequeña Katie ha crecido mucho en el último año, desde luego —caviló Graham. Los otros asintieron.

—A mi empleador le dejo mi mejor par de botas —continuó Bast, magnánimo—. Y todos los pantalones que le queden bien.

—El chico tiene un par de botas muy bonitas —le dijo Cob a Kote—. Me fijé hace tiempo.

—Le encomiendo al padre Leoden la tarea de distribuir el resto de mis bienes materiales entre la parroquia, ya que, como soy un alma inmoral, no las seguiré necesitando.

—Querrás decir «inmortal», ¿no? —preguntó Cronista con vacilación.

Bast se encogió de hombros.

—De momento no se me ocurre nada más —dijo. Cronista asintió y, rápidamente, guardó el papel, las plumas y la tinta en su cartera de cuero.

—Pues ven aquí con nosotros —le dijo Cob a Cronista—. No seas tímido. —El escribano se quedó inmóvil, y luego fue lentamente hacia la barra—. ¿Cómo te llamas, chico?

—Devan —contestó Cronista. Entonces mudó la expresión y carraspeó—. Discúlpeme. Carverson. Devan Carverson.

Cob le presentó a los demás, y luego volvió a dirigirse al recién llegado.

—¿De dónde eres, Devan?

—De más allá del vado de Abbott.

—¿Alguna noticia de por allí?

Cronista se revolvió incómodo en el asiento mientras Kote lo miraba desde el otro lado de la barra.

—Bueno... los caminos están muy mal...

Eso despertó un coro de quejas, y Cronista se relajó. Mientras todavía estaban refunfuñando, se abrió la puerta y entró el aprendiz del herrero, joven, con anchas espaldas y con el olor a humo de carbón en el cabello. Le aguantó la puerta a Carter; llevaba una larga barra de hierro apoyada en el hombro.

—Pareces idiota, muchacho —rezongó Carter al entrar lentamente por la puerta. Caminaba con el cuidado y la rigidez de los que han sufrido alguna lesión recientemente—. Te paseas con eso por ahí, y la gente empieza a hablar de ti como de Martin el Chiflado. Te convertirás en «ese chiflado de Rannish». ¿Quieres pasarte cincuenta años oyendo cosas así?

El aprendiz del herrero levantó la barbilla.

—Que digan lo que quieran —masculló con un deje desafiante—. Desde el día que fui a ocuparme de Nelly no he parado de soñar con esa araña. —Sacudió la cabeza—. Demonios, yo creo que tú tendrías que llevar una barra como esta en cada mano. Esa cosa podría haberte matado.

Carter lo ignoró y siguió andando, despacito y con el semblante rígido, hacia la barra.

—Me alegro de verte por aquí, Carter —dijo Shep alzando su jarra—. Creíamos que te quedarías en cama un par de días más.

—Hace falta algo más que unos cuantos puntos para que me quede en la cama —replicó Carter.

Bast, solícito, le ofreció su taburete al herido, y luego, discretamente, fue a sentarse tan lejos como pudo del aprendiz del herrero. Todos saludaron calurosamente a los recién llegados.

El posadero se metió en la cocina y salió al cabo de unos minutos con una bandeja llena de pan caliente y cuencos humeantes de estofado.

Todos escuchaban a Cronista.

—... si no recuerdo mal, Kvothe estaba en Severen cuando pasó. Se dirigía a su casa...

—No, no estaba en Severen —lo interrumpió el viejo Cob—. Fue cerca de la Universidad.

—Es posible —concedió Cronista—. En fin, el caso es que volvía a su casa por la noche y unos bandidos lo asaltaron en un callejón.

—Fue a plena luz del día —lo corrigió Cob con irritación—. En medio de la ciudad. Lo vio un montón de gente.

Cronista sacudió la cabeza con testarudez.

—Recuerdo que fue en un callejón. En fin, los bandidos pillaron a Kvothe desprevenido. Querían llevarse su caballo... —Hizo una pausa y se frotó la frente con las yemas de los dedos—. No, esperad. Si ocurrió en un callejón no podía ir a caballo. Quizá estuviera en el camino de Severen.

—¡Te he dicho que no fue en Severen! —saltó Cob dando una palmada en la barra, muy enojado—. Que Tehlu nos asista, ¿quieres hacer el favor de dejarlo ya? Te haces un lío.

Cronista se ruborizó de vergüenza.

—Solo he oído esa historia una vez, y hace muchos años.

Kote le lanzó una dura mirada a Cronista y dejó la bandeja, haciendo mucho ruido, en la barra. Todos se olvidaron momentáneamente de la historia. El viejo Cob se puso a comer tan deprisa que estuvo a punto de atragantarse, y para ayudar a bajar la comida bebió un gran trago de cerveza.

—Como todavía no has terminado de comer —le dijo a Cronista mientras se limpiaba la boca con la manga—, ¿te importaría mucho que continuara yo la historia? Para que la oiga el muchacho.

—Si estás seguro de que la sabes... —dijo Cronista, vacilante.

—Pues claro que la sé —repuso Cob, e hizo girar su taburete para colocarse de cara a su público—. Muy bien. Hace mucho tiempo, cuando Kvothe era solo un chiquillo, fue a la Universidad. Pero no vivía en la misma Universidad, porque era un tipo normal y corriente. Él no podía permitirse los lujos que se permitían otros.

—¿Cómo es eso? —preguntó el aprendiz—. Una vez dijiste que Kvothe era tan inteligente que le pagaron para que se matriculara, a pesar de que solo tenía diez años. Le dieron una bolsa llena de oro, y un diamante del tamaño del nudillo de su pulgar, y un potro con una silla de montar y unos arreos nuevos, y herraduras nuevas y una bolsa llena de avena y todo lo demás.

Cob asintió conciliador.

—Sí, tienes razón. Pero lo que voy a contaros ahora pasó uno o dos años más tarde. Y él le regaló gran parte de ese oro a una pobre gente cuyas casas se habían incendiado.

—Se habían incendiado durante una boda —intervino Graham.

Cob asintió.

—Y Kvothe tenía que comer, y alquilar una habitación, y comprar más avena para su caballo. Y para entonces se le había terminado todo el oro. Así que...

—¿Y el diamante? —insistió el muchacho.

El viejo Cob frunció levemente el ceño.

—Si tanta curiosidad sientes, ese diamante se lo regaló a una amiga suya muy especial. Pero esa es otra historia que no tiene nada que ver con la que estoy contando ahora. —Fulminó con la mirada al chico, que bajó la vista contrito y se metió una cucharada de estofado en la boca.

Cob continuó:

—Como Kvothe no podía permitirse todos esos lujos en la Universidad, vivía en la ciudad que había al lado, en un sitio llamado Amary. —Miró con fijeza a Cronista—. Kvothe tenía una habitación en una posada donde le dejaban dormir gratis porque la viuda que la regentaba estaba prendada de él, y él hacía algunas tareas domésticas para pagarse la estancia.

—Y también tocaba —añadió Jake—. Tocaba muy bien el laúd.

—Cómete la cena y déjame terminar la historia, Jacob —le espetó el viejo Cob—. Todo el mundo sabe que Kvothe tocaba muy bien el laúd. Por eso es por lo que la viuda había quedado prendada de él, y tocar todas las noches era una de sus tareas.

Cob dio un rápido sorbo y prosiguió:

—Un día, Kvothe salió a hacerle unos encargos a la viuda, y un tipo desenvainó un puñal y le dijo a Kvothe que si no le daba el dinero de la viuda, lo destriparía allí mismo. —Cob apuntó al muchacho con un puñal imaginario y lo miró amenazadoramente—. No olvidéis que eso pasó cuando Kvothe no era más que un crío. No tenía espada, y aunque la hubiera tenido, los Adem todavía no le habían enseñado a defenderse con ella.

—Y ¿qué hizo Kvothe? —preguntó el aprendiz del herrero.

—Bueno —dijo Cob inclinándose hacia atrás—. Era de día, y estaban en medio de la plaza de Amary. Kvothe iba a gritar para llamar al alguacil, pero siempre tenía los ojos muy abiertos. Y por eso se fijó en que aquel tipo tenía unos dientes muy, muy blancos...

El chico abrió mucho los ojos.

—¿Era un consumidor de denner?

Cob asintió.

—Peor aún, el tipo estaba empezando a sudar como un caballo extenuado, tenía los ojos fuera de las órbitas, y las manos... —Cob abrió también los ojos y alargó las manos haciéndolas temblar—. Así que Kvothe comprendió que aquel desgraciado tenía síndrome de abstinencia, y eso significaba que habría apuñalado a su propia madre por un miserable penique. —Cob dio otro largo trago, alargando la tensión.

—Pero ¿qué hizo? —preguntó Bast, impaciente, desde el fondo de la barra, retorciéndose las manos. El posadero fulminó con la mirada a su pupilo.

Cob retomó su relato:

—Pues veréis, primero vaciló, pero el hombre se le acercó con el puñal y Kvothe se dio cuenta de que aquel tipo no iba a pedírselo dos veces. Así que Kvothe utilizó una magia tenebrosa que había encontrado en un libro secreto de la Universidad. Pronunció tres palabras terribles, palabras secretas, e invocó a un demonio...

—¿Un demonio? —La voz del aprendiz fue casi un grito—. ¿Era como el...?

Cob negó lentamente con la cabeza.

—No, no. Aquel demonio no tenía forma de araña. Era peor. Aquel demonio estaba hecho de sombras, y cuando se abalanzó sobre aquel tipo, le mordió en el pecho, justo encima del corazón, y se bebió toda su sangre como si le sorbiera el jugo a una ciruela.

—Manos ennegrecidas, Cob —saltó Carter con reproche—. El muchacho va a tener pesadillas. Si le metes esas tonterías en la cabeza, se paseará todo un año con esa maldita barra de hierro.

—A mí no me lo contaron así —terció Graham—. A mí me contaron que una mujer quedó atrapada en una casa en llamas, y que Kvothe invocó a un demonio para protegerse del fuego. Entonces entró en la casa y sacó de allí a la mujer, que no sufrió ni la más leve quemadura.

—Pero qué pena me dais —dijo Jake con desdén—. Parecéis niños pequeños en las Fiestas del Solsticio de Invierno. «Los demonios me han robado la muñeca. Los demonios han derramado la leche.» Kvothe no tonteaba con demonios. Había ido a la Universidad a aprender todo tipo de nombres, ¿de acuerdo? Ese tipo lo asaltó con un puñal, y Kvothe pronunció el nombre del fuego y del rayo, igual que Táborlin el Grande.

—Era un demonio, Jake —dijo Cob con enojo—. Si no, la historia no tendría sentido. Fue un demonio lo que invocó, y se bebió la sangre de ese tipo, y todos los que lo vieron quedaron conmocionados. Alguien se lo contó a un sacerdote, y los sacerdotes fueron a hablar con el alguacil, y el alguacil fue y lo sacó por la ventana de la posada esa misma noche. Entonces lo llevaron a rastras a la prisión por aliarse a fuerzas oscuras y esas cosas.

—Seguramente la gente vio el fuego y creyó que era un demonio —insistió Jake—. Ya sabes cómo es la gente.

—No, no lo sé, Jacob —repuso Cob cruzándose de brazos e inclinándose hacia atrás hasta apoyarse en la barra—. ¿Por qué no me explicas cómo es la gente? ¿Por qué no nos cuentas a todos esta condenada historia mientras...?

Cob se calló al oír el ruido de unas botas pisando fuerte en el porche de la entrada. Tras una pausa, alguien tocó el pasador de la puerta.

Todos se volvieron hacia la puerta con curiosidad, porque no faltaba ninguno de los clientes habituales de la taberna.

—Dos caras nuevas en un solo día —comentó Graham, consciente de que tocaba un asunto delicado—. Parece ser que se ha acabado tu mala racha, Kote.

—Debe de ser que los caminos están mejor —especuló Shep mirando su bebida, con un deje de alivio en la voz—. Ya era hora de que la suerte nos sonriera un poco.

El pasador dio un chasquido, y la puerta se abrió despacio, describiendo un lento arco hasta tocar la pared. Había un hombre plantado en la oscuridad, como decidiendo si debía entrar o no.

—Bienvenido a la Roca de Guía —dijo el posadero desde detrás de la barra—. ¿En qué podemos ayudarlo?

El hombre entró en la posada, y la emoción de los granjeros se extinguió cuando vieron la armadura de cuero hecha de retales y la enorme espada que caracterizaban a los mercenarios. Un mercenario que viajara solo nunca era tranquilizador, ni siquiera en las mejores épocas. Todo el mundo sabía que la diferencia entre un mercenario desempleado y un salteador de caminos solo era cuestión de tiempo.

Es más, era evidente que ese mercenario pasaba por un mal momento. Tenía espinas de zarza en la orilla de los pantalones y en el basto cuero de los cordones de las botas. Llevaba una camisa de lino bueno, teñida de un azul real intenso, pero salpicada de barro y con desgarrones. Su cabello formaba una maraña grasienta. Tenía los ojos oscuros y hundidos, como si llevara días sin dormir. Dio unos cuantos pasos y dejó la puerta abierta.

—Veo que lleva un tiempo en los caminos —comentó Kvothe alegremente—. ¿Le apetece beber o comer algo? —Como el mercenario no contestaba, Kvothe añadió—: Ninguno de nosotros le reprochará que prefiera dormir un poco antes de comer. Se diría que ha pasado usted un par de días muy duros. —Kvothe miró a Bast, que bajó de su taburete y se acercó a cerrar la puerta de la posada.

Después de mirar a todas las personas que estaban sentadas a la barra, el mercenario se dirigió hacia un espacio vacío entre Cronista y el viejo Cob. Kvothe compuso su mejor sonrisa de posadero, y el mercenario se apoyó aparatosamente en la barra y murmuró algo.

Al otro lado de la habitación, Bast se quedó inmóvil, con una mano sobre el pomo.

—¿Cómo dice? —preguntó Kvothe inclinándose hacia delante.

El mercenario levantó la cabeza, miró a Kvothe y luego paseó la mirada por toda la barra. Movía los ojos con una lentitud extraña, como si un golpe en la cabeza lo hubiera dejado confundido.

—*Aethin tseh cthystoi scthaiven vei.*

Kvothe se inclinó hacia delante.

—Disculpe, ¿cómo ha dicho? —Como el mercenario no decía nada más, Kvothe miró a los otros clientes que estaban sentados a la barra—. ¿Alguien lo ha entendido?

Cronista miraba al mercenario de arriba abajo, examinando su armadura, el carcaj vacío, su elegante camisa de lino azul. Lo miraba con coraje, pero el mercenario no parecía notarlo.

—Es siaru —aseguró—. Es curioso. No parece ceáldico.

Shep rió sacudiendo la cabeza.

—No. Está borracho. Mi tío también hablaba así. —Propinó un codazo a Graham—. ¿Te acuerdas de mi tío Tam? Dios mío, no he conocido a nadie que bebiera como él.

Con disimulo, Bast hizo un ademán frenético desde la puerta, pero Kvothe estaba entretenido tratando de mirar al mercenario a los ojos.

—¿Habla usted atur? —le preguntó—. ¿Qué quiere?

El mercenario miró brevemente al posadero.

—*Avoi...* —empezó; entonces cerró los ojos y ladeó la cabeza, como si escuchara algo. Volvió a abrir los ojos—. Quiero... —empezó con voz lenta y pastosa—. Busco... —No terminó la frase, y paseó la mirada por la habitación, como si sus ojos no pudieran enfocar bien las cosas.

—Lo conozco —dijo Cronista.

Todos se volvieron hacia el escribano.

—¿Qué? —preguntó Shep.

Cronista estaba furioso.

—Ese tipo y cuatro amigos suyos me robaron hace cinco días. Al principio no lo he reconocido. Entonces estaba recién afeitado, pero es él.

Bast, que estaba detrás del mercenario, hizo un ademán más apremiante, tratando de captar la atención de su maestro; pero Kvothe no le quitaba los ojos de encima al ofuscado mercenario.

—¿Estás seguro?

Cronista soltó una risotada muy poco jovial.

—Lleva puesta mi camisa. Y me la ha destrozado, por cierto. Me costó un talento. Ni siquiera la había estrenado.

—¿Estaba así la otra vez que lo viste?

Cronista negó con la cabeza.

—No, qué va. Era casi elegante, para ser un bandolero. Deduje que debía de haber sido un oficial de bajo rango antes de desertar.

Bast no paraba de hacer señas.

—¡Reshi! —exclamó con un deje de desesperación en la voz.

—Un momento, Bast —dijo Kvothe, y siguió intentando captar la atención del aturdido mercenario. Agitó una mano ante su cara y chascó los dedos—. ¿Hola?

El hombre siguió el movimiento de la mano de Kvothe, pero no parecía entender nada de lo que le decían.

—Yo... busco... —dijo entrecortadamente—. Busco...

—¿Qué? —preguntó Cob, enojado—. ¿Qué busca?

—Busco... —repitió el mercenario sin precisar más.

—Creo que me busca a mí para devolverme mi caballo —dijo Cronista con calma; se acercó un poco más al mercenario y agarró el puño de su espada. Dio un brusco tirón para desenvainarla, pero en lugar de deslizarse suavemente por la vaina, la espada quedó atascada.

—¡No! —gritó Bast.

El mercenario miró como extraviado a Cronista, pero no hizo nada para detenerlo. El escribano, que se había quedado allí plantado con la mano en el puño de la espada, tiró más fuerte, y la espada se deslizó lentamente. La hoja, ancha, estaba manchada de sangre y de herrumbre.

Cronista dio un paso hacia atrás, se serenó y apuntó al mercenario con la espada.

—Y mi caballo solo va a ser el principio. Creo que después va a devolverme mi dinero y va a tener una agradable charla con el alguacil.

El mercenario miró la punta de la espada, que temblaba delante de su pecho. Sus ojos siguieron ese lento movimiento oscilante durante un largo momento.

—¡Déjalo en paz! —chilló Bast—. ¡Por favor!

Cob asintió.

—El chico tiene razón, Devan. Ese tipo no está bien de la cabeza. No lo amenaces así. Parece que vaya a desmayarse en cualquier momento.

El mercenario levantó una mano distraídamente.

—Busco... —dijo apartando la espada como si fuera una rama que le cerrara el paso. Cronista aspiró entre los dientes y apartó la espada, al mismo tiempo que el mercenario pasaba la mano por el filo. Le brotó sangre de la mano.

—¿Lo ves? —dijo el viejo Cob—. ¿Qué te decía yo? Ese infeliz es un peligro para sí mismo.

El mercenario ladeó la cabeza. Levantó una mano y se la miró. Un lento hilillo de oscura sangre resbaló por su pulgar, se acumuló y empezó a gotear en el suelo. El mercenario inspiró hondo por la nariz, y de pronto sus vidriosos y hundidos ojos se enfocaron perfectamente.

Sonrió a Cronista; no quedaba ni rastro de extravío en su mirada.

—*Te varaiyn aroi Seathaloi vei mela* —dijo con una voz grave.

—No... le entiendo —dijo Cronista, desconcertado.

La sonrisa se borró de los labios del mercenario. Sus ojos se endurecieron, llenos de rabia.

—¿*Te-tauren sciyrloet? Amauen.*

—No entiendo lo que me dice —repuso Cronista—. Pero no me gusta su tono. —Volvió a apuntarle en el pecho con la espada.

El mercenario bajó la mirada hacia la gruesa y mellada hoja, y arrugó la frente, como si no entendiera. Entonces volvió a componer una sonrisa, echó la cabeza hacia atrás y rompió a reír.

No fue un sonido humano. Fue un sonido salvaje y exultante, como el estridente chillido de un halcón.

El mercenario levantó la mano herida y agarró la punta de la espada; lo hizo tan deprisa que el metal resonó. Sin dejar de sonreír, apretó con fuerza la mano, doblando la hoja de la espada. La sangre resbalaba por su mano, se deslizaba por el filo de la espada y goteaba en el suelo.

Todos observaban, incrédulos y perplejos. Solo se oía el débil chirrido de los huesos de los dedos del mercenario contra los filos de la espada.

Mirando a Cronista a los ojos, el mercenario giró bruscamente la mano, y la espada se partió produciendo un sonido parecido al de una campana que se rompe. Cronista, aturdido, se quedó mirando la espada; el mercenario dio un paso hacia él y le puso la otra mano en el hombro.

Cronista dio un grito entrecortado y se apartó, como si le hubieran pinchado con un atizador al rojo. Agitó la espada rota, apartando la mano del mercenario y haciéndole un corte en el brazo. En el rostro del tipo no se reflejó ni miedo ni dolor, ni ninguna señal de que se hubiera percatado de que lo habían herido.

Sin dejar de sujetar la punta rota de la espada con la mano ensangrentada, el mercenario dio otro paso hacia Cronista.

De repente, Bast salió disparado hacia el mercenario y lo embistió con un hombro, golpeándolo con tanta fuerza que el hombre destrozó uno de los macizos taburetes antes de empotrarse en la barra de caoba. Rápido como el rayo, Bast le agarró la cabeza con ambas manos y se la golpeó contra el borde de la barra. Enseñando los dientes, Bast golpeó violentamente la cabeza del mercenario contra la madera: una vez, dos...

Entonces, como si el ataque de Bast hubiera despertado a todos los demás, reinó el caos en la taberna. El viejo Cob se apartó de la barra y derribó su taburete. Graham empezó a llamar a gritos al alguacil. Jake intentó correr hacia la puerta, tropezó con el taburete de Cob y cayó de bruces. El aprendiz del herrero fue a asir su barra de hierro, pero se le cayó al suelo y rodó describiendo un arco hasta ir a parar debajo de una mesa.

Bast dio un alarido y se vio violentamente arrojado hasta el otro extremo de la estancia, donde cayó sobre una de las pesadas mesas de madera. La mesa se rompió bajo su peso, y Bast quedó tendido entre los pedazos, inerte como una muñeca de trapo. El mercenario se levantó; le brotaba sangre del lado izquierdo de la cara. Como si no pasara nada, y sin soltar la punta de la espada rota, se volvió hacia Cronista.

Detrás de él, Shep cogió un cuchillo que estaba al lado del trozo de queso que no se habían terminado. Era solo un cuchillo de cocina, de un palmo de largo. Muy decidido, el granjero se acercó por detrás al mercenario y le clavó el cuchillo, hundiéndole toda la hoja junto a la clavícula.

En lugar de derrumbarse, el mercenario giró sobre sí mismo y golpeó a Shep en el rostro con el filo mellado de la espada. Brotó la sangre, y Shep se llevó las manos a la cara. Entonces, con un rápido movimiento, una mera sacudida, el mercenario llevó el trozo de metal hacia atrás y se lo clavó en el pecho al granjero. Shep se tambaleó hacia atrás, hacia la barra, y cayó al suelo con el trozo roto de espada clavado entre las costillas.

El mercenario levantó una mano y tocó con curiosidad el puño del cuchillo que todavía tenía clavado en el cuello. Con expresión de desconcierto más que de rabia, tiró de él. Como no consiguió arrancárselo, el tipo soltó otra salvaje y estridente risotada.

El granjero yacía en el suelo, jadeando y sangrando; el mercenario miró alrededor como si no recordara qué estaba haciendo. Paseó lentamente la mirada por la taberna: por las mesas rotas, por la chimenea de piedra negra, por los enormes barriles de roble. Por último, la mirada del mercenario fue a parar sobre el hombre pelirrojo que estaba detrás de la barra. Kvothe no palideció ni se apartó cuando el mercenario lo miró con fijeza. Se sostuvieron la mirada.

El mercenario enfocó a Kvothe. Volvió a esbozar aquella malvada sonrisa, más macabra aún con la sangre resbalándole por la cara.

—¿Te aithiyn Seathaloi? —preguntó—. ¿Te Rhintae?

Con un rápido movimiento, Kvothe agarró una botella de cristal oscuro que estaba sobre el mostrador y la lanzó al otro lado de la barra. La botella golpeó al mercenario en la boca y se rompió. La atmósfera se impregnó del intenso olor a saúco, empapando la cabeza y los hombros del mercenario, que seguía sonriendo.

Kvothe alargó una mano y mojó un dedo en el licor que se había derramado en la barra. Se concentró, arrugó la frente y murmuró unas palabras. No dejaba de mirar al ensangrentado mercenario, que seguía plantado enfrente de él.

No pasó nada.

El mercenario alargó un brazo y agarró a Kvothe por la manga. El posadero no se movió; su expresión no delataba miedo, ni rabia, ni sorpresa. Solo parecía cansado, embotado y desanimado.

Antes de que el mercenario pudiera asir a Kvothe por el brazo, Bast se acercó a él por detrás y lo inmovilizó. Consiguió sujetar al mercenario por el cuello con un brazo, mientras le arañaba la cara con la otra mano. El mercenario soltó a Kvothe y puso ambas manos sobre el brazo que le rodeaba el cuello, tratando de darse la vuelta. En cuanto el mercenario tocó a Bast, el rostro de este se convirtió en una tensa máscara de dolor. Enseñando los dientes, le hincó los dedos en los ojos a su oponente.

Al fondo de la estancia, el aprendiz del herrero consiguió recuperar su barra de hierro de debajo de la mesa y se irguió con ella en las manos. Echó a correr por encima de los taburetes caídos y de los cuerpos que yacían en el suelo, bramando y enarbolando la barra de hierro por encima del hombro.

Bast, que seguía sujetando al mercenario, abrió mucho los ojos, presa del pánico, al ver acercarse al aprendiz del herrero. Soltó a su presa, retrocedió y tropezó con los restos de un taburete roto. Cayó hacia atrás y se escabulló tan aprisa como pudo.

El mercenario se dio la vuelta y vio que el joven alto se abalanzaba sobre él. Sonrió y le tendió una ensangrentada mano. Fue un movimiento elegante, casi perezoso.

El aprendiz del herrero le asestó un golpe en el brazo. Cuando

834

la barra de hierro lo golpeó, el mercenario dejó de sonreír. Se sujetó el brazo, bufando como un gato furioso.

El joven volvió a enarbolar la barra de hierro y golpeó al mercenario de lleno en las costillas. El golpe lo apartó de la barra y cayó al suelo, donde se quedó a gatas, chillando como un animal degollado.

El aprendiz del herrero asió la barra de hierro con ambas manos y la dejó caer sobre la espalda del mercenario, como si cortara leña. Se oyó un crujido de huesos al romperse. La barra de hierro resonó débilmente, como una campanada lejana amortiguada por la niebla.

Con la espalda rota, el ensangrentado mercenario todavía intentó arrastrarse hasta la puerta de la taberna. Tenía la mirada extraviada y la boca abierta, y emitía un débil aullido, constante y maquinal como el sonido del viento entre los árboles en invierno. El aprendiz lo golpeaba una y otra vez, balanceando la pesada barra de hierro como si fuera una ramita de sauce. Hizo una honda muesca en el suelo de madera, y luego le rompió a su víctima una pierna, un brazo, más costillas. Aun así, el mercenario seguía arrastrándose hacia la puerta, chillando y gimiendo; en lugar de un ser humano, parecía un animal.

Al final, el muchacho le asestó un golpe en la cabeza, y el mercenario dejó de moverse. Hubo un momento de silencio absoluto; entonces el mercenario tosió y vomitó un fluido pestilente, denso como la brea y negro como la tinta.

El muchacho tardó un rato en dejar de golpear el cadáver inmóvil, y cuando paró, siguió sosteniendo la barra por encima de un hombro, jadeando y mirando alrededor con el rostro desencajado. Cuando su respiración se normalizó, se oyó el murmullo de plegarias en el otro extremo de la habitación, donde el viejo Cob estaba en cuclillas con la espalda apoyada en la negra piedra de la chimenea.

Pasados unos minutos, también dejaron de oírse las plegarias, y el silencio volvió a apoderarse de la posada Roca de Guía.

En las horas siguientes, la Roca de Guía se convirtió en el centro de atención del pueblo. La taberna estaba abarrotada, llena de susurros, murmullos y entrecortados sollozos. La gente menos curiosa o con más sentido del decoro se quedó fuera, mirando a través de las grandes ventanas y cuchicheando sobre lo que habían oído.

Todavía no había historias, solo una turbia masa de rumores. El muerto era un bandido que había entrado en la posada a robar. Iba buscando venganza contra Cronista, que había desvirgado a su hermana en el vado de Abbott. Era un hombre de los bosques que había contraído la rabia. Era un viejo conocido del posadero, y había ido a cobrarse una deuda. Era un ex soldado que había enloquecido mientras combatía a los rebeldes en Resavek.

Jake y Carter hicieron hincapié en la sonrisa del mercenario, y aunque la adicción a la resina de denner era un problema de las ciudades, todos habían oído hablar de los consumidores de resina. Tom Tres Dedos entendía de esas cosas, pues había servido como soldado del viejo rey casi treinta años atrás. Explicó que con cuatro granos de resina de denner un hombre podía soportar la amputación de un pie sin sentir ni pizca de dolor. Con ocho granos, sería capaz de cortarse el hueso él mismo con una sierra. Con doce granos, saldría corriendo después, riendo a carcajadas y cantando «Calderero, curtidor».

El sacerdote cubrió el cadáver de Shep con una manta y se puso a rezar a su lado. Más tarde, el alguacil fue a examinarlo, pero era evidente que no entendía nada, y si se tomó esa molestia fue solo porque consideraba que era su obligación, y no porque supiera qué buscaba.

Al cabo de una hora aproximadamente, la multitud empezó a dispersarse. Llegaron los hermanos de Shep con un carro para llevarse el cadáver. Sus ojos, enrojecidos y de expresión adusta, ahuyentaron al resto de espectadores que todavía quedaban por allí.

Sin embargo, había mucho que hacer. El alguacil intentó componer un relato de lo ocurrido a partir del testimonio de los testigos y de las opiniones de los curiosos. Tras horas de especulaciones, empezó a aparecer la historia final. Todos coincidieron en que aquel hombre era un desertor y un adicto a la resina de denner que, casualmente, había sufrido un ataque al llegar al pueblo.

Nadie ponía en duda que el aprendiz del herrero hubiera actuado correctamente ni que hubiera demostrado un gran valor. Sin embargo, la ley del hierro exigía que se celebrara un juicio, así que lo habría el mes siguiente, cuando el cuarto del tribunal pasara por aquella región en una de sus rondas.

El alguacil volvió a su casa con su esposa y sus hijos. El sacerdote se llevó el cadáver del mercenario a la iglesia. Bast recogió los muebles rotos y los amontonó cerca de la puerta de la cocina para usarlos como leña. El posadero fregó siete veces el suelo de madera de la posada, hasta que el agua del cubo dejó de teñirse de sangre cuando escurría la fregona. Al final, hasta los más tenaces curiosos se marcharon, y solo quedaron en la taberna los clientes habituales de las noches de Abatida. Todos menos uno.

Jake, Cob y el resto mantuvieron una conversación entrecortada; hablaron de todo excepto de lo que había pasado, y se aferraron al consuelo de la compañía mutua.

Poco a poco, el agotamiento fue obligándolos a salir de la Roca de Guía. Al final solo quedó el aprendiz del herrero, que miraba ensimismado el interior de la jarra que tenía en las manos. La barra de hierro reposaba cerca de su codo, sobre la barra de caoba.

Pasó casi media hora sin que nadie dijera nada. Cronista estaba sentado a una mesa, fingiendo que se terminaba un cuenco de estofado. Kvothe y Bast iban de aquí para allá intentando aparentar que estaban ocupados. Mientras se lanzaban miradas, esperando que se marchara el chico, iba acumulándose una vaga tensión.

Entonces el posadero se acercó al aprendiz, secándose las manos con un trapo limpio de lino.

—Bueno, muchacho, creo que...

—Aaron —le interrumpió el aprendiz sin apartar la vista de su bebida—. Me llamo Aaron.

Kvothe asintió con seriedad.

—Aaron. Claro. Supongo que te lo mereces.

—No creo que fuera denner —dijo Aaron bruscamente.

Kvothe hizo una pausa.

—¿Cómo dices?

—No creo que ese tipo fuera un consumidor de resina.

—Entonces estás de acuerdo con Cob, ¿no? ¿Crees que tenía la rabia?

—Creo que tenía un demonio dentro —dijo el chico con parsimonia, como si llevara mucho tiempo cavilando esas palabras—. No he dicho nada hasta ahora porque no quiero que la gente piense que estoy loco, como Martin el Chiflado. —Levantó la cabeza—. Pero sigo pensando que tenía un demonio dentro.

Kvothe esbozó una amable sonrisa y señaló con la cabeza a Bast y a Cronista.

—¿Y no te preocupa que nosotros también lo pensemos?

Aaron negó con la cabeza, muy serio.

—Ustedes no son de por aquí. Ustedes han visto mundo. Ustedes saben la clase de cosas que hay por ahí. —Miró de hito en hito a Kvothe y agregó—: Y creo que usted también sabe que era un demonio.

Bast se quedó quieto donde estaba, barriendo cerca de la chimenea. Kvothe ladeó la cabeza con gesto de curiosidad, sin desviar la mirada.

—¿Por qué dices eso?

El aprendiz del herrero señaló detrás de la barra.

—Sé que tiene un grueso bastón de roble para disuadir a los borrachos. Y... —Miró hacia arriba, donde la espada colgaba amenazadoramente detrás de la barra—. Solo se me ocurre una razón por la que agarrara una botella en lugar de eso. Usted no pretendía partirle los dientes a ese tipo. Lo que quería era prenderle fuego. Solo que no tenía cerillas, y no había ninguna vela cerca.

»Mi madre solía leerme el *Libro del camino* —continuó—. En ese libro salen muchos demonios. Algunos se esconden en el cuerpo de las personas, como haríamos nosotros bajo una piel de cordero. Creo que era un tipo normal y corriente al que se le metió un demonio dentro. Por eso no había forma de hacerle daño. Era como hacerle agujeros a una camisa. Y por eso no se le entendía. Hablaba la lengua de los demonios.

La mirada de Aaron volvió a deslizarse hacia la jarra que sujetaba, y asintió para sí.

—Cuanto más lo pienso, más sentido tiene. Hierro y fuego. Eso es para los demonios.

—Los consumidores de resina son más fuertes de lo que crees —intervino Bast desde el otro extremo—. Una vez vi...

—Tienes razón —dijo Kvothe—. Era un demonio.

Aaron levantó la cabeza y miró a Kvothe; luego asintió y bajó de nuevo la mirada hacia su jarra.

—Y usted no ha dicho nada porque es nuevo en el pueblo, y el negocio no va demasiado bien.

Kvothe asintió.

—Y a mí tampoco me hará ningún bien ir por ahí pregonándolo, ¿verdad? —añadió el muchacho.

Kvothe inspiró hondo y soltó el aire lentamente.

—Seguramente no.

Aaron se terminó la cerveza y apartó la jarra vacía.

—Está bien. Solo necesitaba oírlo. Necesitaba saber que no me había vuelto loco. —Se levantó y cogió la pesada barra de hierro con una mano; la apoyó sobre su hombro y se volvió hacia la puerta. Nadie dijo nada mientras el muchacho cruzaba la habitación y salía a la calle, cerrando la puerta tras él. Sus pesadas botas produjeron un ruido hueco en el porche de madera; luego no se oyó nada.

—Ese chico es más listo de lo que parece —comentó Kvothe al cabo de unos instantes.

—Es porque es muy alto —dijo Bast con desenvoltura mientras dejaba de fingir que barría—. Os dejáis engañar fácilmente por las apariencias. Yo ya llevo un tiempo observándolo. Es más listo de lo que la gente piensa. Es muy observador, y no para de hacer preguntas. —Llevó la escoba hacia la barra—. Me pone nervioso.

Kvothe lo miró con jovialidad.

—¿Nervioso? ¿A ti?

—Apesta a hierro. Se pasa todo el día manipulándolo, calentándolo, aspirando su humo. Y entonces entra aquí con esos ojos de lince. —Bast puso cara de desaprobación—. No es natural.

—¿Natural? —intervino Cronista. Había un deje de histerismo en su voz—. ¿Qué sabes tú de lo que es natural y lo que no lo es? Acabo de ver cómo un demonio mataba a un hombre. ¿Eso es natural? —Cronista miró a Kvothe—. Y ¿qué diablos hacía esa cosa aquí, por cierto? —preguntó.

—Buscar, por lo visto —respondió Kvothe—. Eso ha sido lo único que he entendido. ¿Y tú, Bast? ¿Has entendido lo que decía?

Bast negó con la cabeza.

—He reconocido el sonido, pero nada más, Reshi. Las expresiones que empleaba eran muy arcaicas. No he entendido casi nada.

—Vale. Estaba buscando —dijo de pronto Cronista—. Pero buscando ¿qué?

—A mí, seguramente —contestó Kvothe con gesto sombrío.

—No te pongas lastimero, Reshi —le reprendió Bast—. Tú no has tenido la culpa de lo que ha pasado.

Kvothe le lanzó una larga y cansada mirada a su pupilo.

—Lo sabes tan bien como yo, Bast. Todo esto es culpa mía. Los escrales, la guerra. Todo.

Bast fue a protestar, pero no encontró las palabras adecuadas. Tras una larga pausa, desvió la mirada, vencido.

Kvothe apoyó los codos en la barra y dio un suspiro.

—Y ¿qué crees que era, por cierto?

Bast sacudió la cabeza.

—Parecía un *Mahael-uret*, Reshi. Un bailarín de piel. —Lo dijo frunciendo el ceño; era evidente que no estaba convencido.

Kvothe arqueó una ceja.

—¿No era de los de tu clase?

La expresión de Bast, por lo general amable, se tornó iracunda.

—No, no era «de los de mi clase» —dijo, indignado—. Los Mael ni siquiera comparten frontera con nosotros. Son lo más alejado que hay de los Fata.

Kvothe asintió como disculpándose.

—Perdona, es que creía que sabías qué era. No dudaste en atacarlo.

—Todas las serpientes muerden, Reshi. No necesito saber cómo se llaman para saber que son peligrosas. Me he dado cuenta enseguida de que era un Mael. Bastaba con eso.

—Así que seguramente era un bailarín de piel —caviló Kvothe—. ¿No me dijiste que habían desaparecido hace una eternidad?

Bast asintió.

—Y parecía un poco... bobo, y no ha intentado pasar a otro cuerpo. —Bast se encogió de hombros—. Además, seguimos todos con vida. Eso parece indicar que era otra cosa.

Cronista escuchaba esa conversación con gesto de incredulidad.

—¿Estáis diciendo que ninguno de los dos sabe qué era? —Miró a Kvothe—. ¡Acabas de decirle al muchacho que era un demonio!

—Para el muchacho es un demonio —explicó Kvothe—, porque eso es lo que él puede entender más fácilmente, y no se aleja mucho de la verdad. —Empezó a sacarle brillo a la barra—. Para el resto de los habitantes del pueblo, es un consumidor de resina, porque así podrán dormir un poco esta noche.

—Entonces también es un demonio para mí —dijo de pronto Cronista—. Porque tengo helado el hombro que me ha tocado.

Bast se le acercó.

—Se me había olvidado que te ha puesto una mano encima. Déjame ver.

Kvothe cerró los postigos de las ventanas mientras Cronista se quitaba la camisa; todavía llevaba en los brazos los vendajes de tres noches atrás, cuando lo había atacado el escral.

Bast le examinó el hombro.

—¿Puedes moverlo?

Cronista asintió e hizo girar el hombro.

—Cuando me ha tocado me ha hecho mucho daño, como si se me rompiera algo por dentro. —Sacudió la cabeza, irritado por su propia descripción—. Ahora solo lo noto raro. Entumecido. Como dormido.

Bast le hincó un dedo en el hombro, examinándolo con recelo.

Cronista miró a Kvothe.

—El chico tenía razón respecto a lo del fuego, ¿verdad? Hasta que no lo ha mencionado, no lo he enten... ¡aaay! —gritó el escribano apartándose de Bast—. ¿Qué diablos ha sido eso? —inquirió.

—Supongo que los nervios de tu plexo braquial —contestó Kvothe con aspereza.

—Necesito determinar la gravedad de la herida —dijo Bast sin inmutarse—. Reshi, ¿podrías traerme un poco de grasa de oca, ajo, mostaza...? ¿Nos quedan de esas cosas verdes que huelen a cebolla pero que no lo son?

Kvothe asintió.

—Keveral. Sí, creo que quedan algunas.

—Tráemelas, y también una venda. Voy a aplicarle un bálsamo.

Kvothe hizo un gesto con la cabeza y salió por la puerta que había detrás de la barra. Nada más perderse de vista, Bast se inclinó hacia la oreja de Cronista.

—No le preguntes nada de eso —susurró con apremio—. No lo menciones siquiera.

Cronista parecía desconcertado.

—¿De qué me estás hablando?

—De la botella. De la simpatía que ha intentado hacer.

—Entonces, ¿es verdad que trataba de prenderle fuego a esa cosa? ¿Por qué no ha funcionado? ¿Qué...?

Bast le apretó el hombro con fuerza, hincándole el pulgar en el hueco entre las clavículas. El escribano dio otro grito.

—No hables de eso —le susurró Bast al oído—. No hagas preguntas. —Sujetando al escribano por los hombros, lo zarandeó un poco, como haría un padre enfadado con un niño testarudo.

—Dios mío, Bast. Lo oigo aullar desde la cocina —dijo Kvothe. Bast se enderezó y sentó a Cronista en su silla; el posadero salió de la cocina—. Que Tehlu nos asista, está pálido como la cera. ¿Crees que se pondrá bien?

—No es más grave que una congelación —dijo Bast con tono desdeñoso—. Yo no tengo la culpa de que chille como una chiquilla.

—Bueno, ten cuidado con él —dijo Kvothe poniendo un tarro de grasa y un puñado de dientes de ajo encima de la mesa—. Va a necesitar ese brazo al menos un par de días más.

Kvothe peló y aplastó los dientes de ajo. Bast preparó el bálsamo y le aplicó el apestoso mejunje en el hombro al escribano; luego se lo vendó. Cronista permaneció muy quieto.

—¿Te animas a escribir un poco más esta noche? —preguntó Kvothe cuando el escribano se hubo puesto de nuevo la camisa—. Aún estamos muy lejos del final, pero puedo atar algunos cabos sueltos antes de acostarnos.

—Yo todavía aguanto unas cuantas horas —dijo Cronista. Se apresuró a abrir su cartera evitando mirar a Bast.

—Yo también. —Bast miró a Kvothe; estaba resplandeciente—. Quiero saber qué encontraste debajo de la Universidad.

Kvothe esbozó una sonrisa.

—Me lo imaginaba, Bast. —Fue a la mesa y se sentó—. Debajo de la Universidad encontré lo que más deseaba, si bien no era lo que yo esperaba. —Indicó con una seña a Cronista que cogiera su pluma—. Como suele pasar cuando alcanzas el deseo de tu corazón.

89

Una tarde agradable

Al día siguiente me azotaron en el gran patio adoquinado que en otros tiempos se llamara el Quoyan Hayel. La Casa del Viento. Lo encontré curiosamente apropiado.

Como era de esperar, una impresionante multitud acudió a presenciar el castigo. Cientos de alumnos llenaban el patio. Había muchos asomados a ventanas y puertas. Algunos hasta subieron a los tejados para ver mejor. En realidad no se lo reprocho. Resulta difícil renunciar a un espectáculo gratuito.

Me dieron seis latigazos, con un látigo simple, en la espalda. Como no quería decepcionar a mi público, le di algo de lo que más tarde pudiera hablar. Una repetición. No grité, ni sangré, ni me desmayé. Salí del patio por mi propio pie, con la cabeza muy alta.

Después de que Mola me diera cincuenta y siete pulcros puntos de sutura en la espalda, me consolé con un viaje a Imre, donde me gasté el dinero de Ambrose en un laúd precioso, dos bonitas mudas de ropa de segunda mano para mí, una botella pequeña que contenía mi propia sangre y un vestido nuevo para Auri.

Fue una tarde muy agradable.

Casas medio construidas

Todas las noches iba a explorar bajo tierra con Auri. Vi muchas cosas interesantes; algunas quizá las mencione más tarde, pero de momento basta con que diga que Auri me enseñó los numerosos y variados rincones de la Subrealidad. Me llevó a Bajantes, Brincos, el Bosque, Miradero, Grillito, Centenas, Candelero...

Los nombres que Auri les había puesto a esos sitios, que al principio parecían disparatados, encajaron a la perfección cuando por fin vi lo que describían. El Bosque no tenía nada que ver con un bosque. No era más que una serie de salas y habitaciones medio derruidas, con los techos apuntalados con gruesas vigas de madera. En Grillito, un hilillo de agua fresca bajaba por una pared. La humedad atraía a los grillos, que llenaban la alargada habitación de techo bajo con sus canciones. Brincos era un pasillo estrecho con tres profundas grietas en el suelo. Entendí el nombre después de ver cómo Auri saltaba las tres grietas en rápida sucesión para llegar al otro lado.

Pasaron varios días hasta que Auri me llevó a Trapo, un laberinto de túneles entrecruzados. Pese a que estábamos al menos treinta metros bajo tierra, por ellos circulaba un viento constante que olía a polvo y a cuero.

El viento me dio la pista que yo necesitaba. Gracias al viento supe que estaba más cerca de encontrar lo que había ido a buscar. Sin embargo, me fastidiaba no entender el nombre de ese sitio, y sabía que se me escapaba algo.

—¿Por qué llamas Trapo a este sitio? —le pregunté a Auri.

—Se llama así —contestó ella sin más. El viento hacía que su cabello ondulara tras ella como un fino banderín—. Las cosas se llaman por su nombre. Para eso sirven los nombres.

Sonreí de mala gana.

—¿Por qué tiene ese nombre?

Auri me miró y ladeó la cabeza. Su cabello se arremolinó alrededor de su cara, y ella se lo apartó con las manos.

—¿No sabes qué es un trapo? —me preguntó.

—¿Un paño para limpiar?

Auri rió encantada.

—No está mal. —Sonrió—. Inténtalo otra vez.

Traté de pensar en alguna otra cosa que tuviera sentido.

Entonces Auri alargó un brazo y cogió el borde de mi capa, abriéndola hacia un lado para que el viento la hinchara como la vela de un velero. Me miró sonriendo, como si acabara de hacer un truco de magia.

Trapo. Claro. Sonreí también, y luego solté una carcajada.

Una vez resuelto ese pequeño misterio, Auri y yo iniciamos una meticulosa investigación de Trapo. Pasadas unas horas, empecé a tener la impresión de que conocía aquel sitio, de que entendía por qué camino tenía que ir. Solo era cuestión de encontrar el túnel que me llevara hasta allí.

Era exasperante. Los túneles serpenteaban dando amplios e inútiles rodeos. En las raras ocasiones en que encontraba un túnel que trazaba una línea recta, al final no había salida. Había pasillos que torcían hacia arriba o hacia abajo, de modo que no podía seguir por ellos. En uno había unos gruesos barrotes de hierro, sujetos a las paredes de piedra, que cerraban el paso. Otro iba haciéndose cada vez más estrecho, hasta que solo había un palmo de una pared a otra. Otro terminaba en un derrumbe de madera y tierra.

Tras días buscando, por fin encontramos una vieja y enmohecida puerta; la madera, húmeda, se desmenuzó cuando intenté abrirla.

Auri arrugó la nariz y sacudió la cabeza.

—Me despellejaré las rodillas.

Alumbré más allá de la ruinosa puerta con mi lámpara simpática y entendí por qué lo decía. El techo de la habitación que había detrás estaba inclinado, y hacia el fondo solo tenía un metro de alto.

—¿Me esperas aquí? —pregunté mientras me quitaba la capa y me arremangaba la camisa—. No sé si sabría encontrar la salida sin ti.

Auri asintió con cara de preocupación.

—Entrar es más fácil que salir. Hay sitios muy estrechos. Podrías quedar atrapado.

Yo trataba de no pensar en eso.

—Solo voy a echar un vistazo. Volveré dentro de media hora.

Auri ladeó la cabeza.

—¿Y si pasa media hora y no has aparecido?

Sonreí.

—Entonces tendrás que ir a buscarme.

Auri asintió, solemne como una niña pequeña.

Sujeté la lámpara simpática con la boca, proyectando su rojiza luz contra la impenetrable oscuridad que tenía ante mí. Entonces me puse a gatas y empecé a avanzar; la rugosa piedra del suelo me lastimaba las rodillas.

Di varios giros; el techo cada vez era más bajo, hasta el punto de que ya no podía seguir avanzando a cuatro patas. Tras evaluar la situación, me tumbé en el suelo y empecé a reptar, empujando la lámpara delante de mí. Con cada movimiento que hacía, se me tensaban los puntos de la espalda.

Si no habéis estado nunca bajo tierra, dudo que entendáis lo que sentía. La oscuridad es absoluta, casi tangible. Acecha más allá de la luz, esperando para abalanzarse sobre ti como una repentina riada. La atmósfera está inmóvil y viciada. No se oye nada, excepto el ruido que haces tú mismo. Oyes tu propia respiración. El corazón te late ruidosamente. Y no olvidas ni por un instante que miles de toneladas de tierra y piedra presionan sobre ti.

Aun así, seguí arrastrándome, avanzando centímetro a centímetro. Tenía las manos sucias, y el sudor se me metía en los ojos. El camino se hizo aún más estrecho, y cometí el error de dejar un brazo pegado contra el costado. Me entró pánico, y un sudor frío me empapó todo el cuerpo. Me retorcí tratando de extender el brazo delante de mí...

Tras unos minutos angustiosos, conseguí liberar el brazo. Entonces, después de quedarme quieto unos momentos, temblando en la oscuridad, seguí avanzando.

Y encontré lo que estaba buscando.

Tras salir de la Subrealidad, me colé con mucho cuidado por una ventana, abrí una puerta cerrada con llave y entré en el ala de las mujeres de las Dependencias. Llamé suavemente a la puerta de Fela, para no despertar a nadie más. Los hombres no podían entrar solos en el ala de las mujeres de las Dependencias, sobre todo a altas horas de la noche.

Llamé tres veces y al final oí ruidos en la habitación. Tras unos momentos, Fela abrió la puerta; llevaba el cabello muy alborotado. Todavía tenía los ojos entrecerrados; escudriñó el pasillo con expresión de desconcierto. Al verme allí plantado parpadeó, como si no esperara ver a nadie.

Iba desnuda y envuelta en una sábana. He de admitir que la visión de la espléndida y exuberante Fela, medio desnuda, fue uno de los momentos más asombrosamente eróticos de mi corta vida.

—¿Kvothe? —dijo Fela conservando, a pesar de todo, la compostura. Intentó taparse un poco más y lo consiguió solo en parte, pues al tirar de la sábana hacia el cuello, dejó al descubierto un escandaloso trozo de larga y bien torneada pierna—. ¿Qué hora es? ¿Cómo has entrado?

—Dijiste que si alguna vez necesitaba algo, podía acudir a ti —dije con apremio—. ¿Lo decías en serio?

—Sí, claro —respondió ella—. Dios mío, estás hecho un desastre. ¿Qué te ha pasado?

Me miré, y entonces vi en qué estado me encontraba. Estaba cubierto de mugre, y toda la parte frontal de mi cuerpo estaba cubierta de polvo, de arrastrarme por el suelo. Tenía un desgarrón en los pantalones, a la altura de la rodilla, y debajo debía de estar sangrando. Estaba tan emocionado que no me había fijado, y no se me había ocurrido cambiarme de ropa antes de ir a hablar con Fela.

Fela dio un paso hacia atrás y abrió la puerta un poco más, dejándome sitio para entrar. Al abrirse, la puerta produjo una leve ráfaga de aire que apretó la sábana contra el cuerpo de la joven, acentuando por un instante el contorno de su desnudo cuerpo.

—¿Quieres pasar?

—No puedo entretenerme —dije sin pensar, reprimiendo el impulso de quedarme allí con la boca abierta—. Necesito que mañana por la noche te encuentres con un amigo mío en el Archivo. Al sonar la quinta campanada, en la puerta de las cuatro placas. ¿Podrás hacerme este favor?

—Tengo clase —respondió Fela—. Pero si es importante, puedo saltármela.

—Gracias —dije, y me marché.

Casi había llegado a mi habitación de Anker's cuando me di cuenta de que había rechazado una invitación de Fela, medio desnuda, a entrar en su habitación, y eso dice mucho de la importancia de lo que había encontrado en los túneles que había debajo de la Universidad.

Al día siguiente, Fela se saltó la clase de Geometría Avanzada y se dirigió al Archivo. Subió varios tramos de escalera y recorrió un laberinto de pasillos y estantes hasta encontrar el único tramo de pared de piedra de todo el edificio que no estaba forrado de libros. Allí estaba la puerta de las cuatro placas, silenciosa e inmóvil como una montaña: VALARITAS.

Fela miró alrededor con nerviosismo, trasladando el peso del cuerpo de una pierna a otra.

Al cabo de un rato, una figura encapuchada surgió de la oscuridad y se acercó a la rojiza luz de la lámpara de mano de Fela.

La joven sonrió con inquietud.

—Hola —dijo en voz baja—. Un amigo mío me ha pedido que... —Se interrumpió y ladeó un poco la cabeza, tratando de escudriñar la cara que había bajo la sombra de la capucha.

Supongo que no os sorprenderá saber a quién vio.

—¡Kvothe! —dijo con incredulidad, y miró alrededor, presa del pánico—. Dios mío, ¿qué haces aquí?

—Entrar en el Archivo sin autorización —contesté con ligereza.

Fela me agarró y me llevó por un laberinto de pasillos hasta que llegamos a uno de los Rincones de Lectura que había repartidos por todo el Archivo. Me hizo entrar de un empujón, cerró firmemente la puerta y se apoyó en ella.

—¿Cómo has entrado aquí? ¡Lorren se va a poner hecho un basilisco! ¿Quieres que nos expulsen a los dos?

—A ti no te expulsarían por esto —dije con desenvoltura—. Como mucho, pueden acusarte de connivencia. Y por eso no pueden expulsarte. Seguramente solo te multarían, porque a las mujeres no os azotan. —Moví un poco los hombros, y noté el tirón de los puntos de la espalda—. Lo cual, si te interesa mi opinión, no me parece del todo justo.

—¿Cómo has entrado? —repitió Fela—. ¿Te has colado por el mostrador sin que te vieran?

—Será mejor que no lo sepas —dije, saliéndome por la tangente.

Había entrado por Trapo, por supuesto. Nada más oler a cuero viejo y a polvo, supe que estaba cerca. Oculta en el laberinto de túneles había una puerta que conducía directamente al nivel inferior del Archivo. Estaba allí para que los secretarios tuvieran un fácil acceso al sistema de ventilación. La puerta estaba cerrada con llave, por supuesto, pero las puertas cerradas nunca han sido un gran obstáculo para mí. Lo siento.

Sin embargo, no le conté nada de eso a Fela. Sabía que mi ruta secreta solo funcionaría si seguía siendo secreta. Revelársela a una secretaria, aunque fuera una secretaria que me debía un favor, no me parecía buena idea.

—Escucha —me apresuré a decir—. Es totalmente seguro. Llevo horas aquí y ni siquiera se me ha acercado nadie. Todo el mundo lleva su propia luz, así que es fácil evitarlos.

—Es que me has sorprendido —dijo Fela recogiéndose el oscuro cabello detrás de los hombros—. Pero tienes razón, seguramente hay menos peligro ahí fuera. —Abrió la puerta y se asomó para asegurarse de que no había nadie cerca—. Los secretarios realizan controles al azar de los Rincones de Lectura para asegurarse de que no haya nadie durmiendo o... practicando sexo.

—¿Qué?

—Hay muchas cosas que no sabes sobre el Archivo. —Sonrió y abrió más la puerta.

—Por eso necesito tu ayuda —dije mientras salíamos del Rincón de Lectura —. No me aclaro con este sitio.

—¿Qué buscas? —preguntó Fela.

—Un millar de cosas —dije, y no mentía—. Pero podríamos empezar por la historia de los Amyr. O por cualquier ensayo serio sobre los Chandrian. Cualquier cosa sobre cualquiera de los dos, la verdad. No he encontrado nada.

No me molesté en tratar de disimular mi frustración. Me exasperaba haber entrado por fin en el Archivo, después de tanto tiempo, y no ser capaz de encontrar ninguna de las respuestas que andaba buscando.

—Creía que esto estaría mejor organizado —refunfuñé.

Fela se rió entre dientes.

—Y ¿cómo lo harías tú, exactamente? Me refiero a cómo lo organizarías.

—Pues mira, llevo un par de horas pensándolo. Lo mejor sería ordenar los libros por temas. Ya sabes: historia, memorias, gramáticas...

Fela dejó de andar y exhaló un hondo suspiro.

—Será mejor que aclaremos esto cuanto antes. —Cogió al azar un libro delgado de uno de los estantes—. ¿De qué temática es este libro?

Lo abrí y lo hojeé un poco. Estaba escrito con caligrafía antigua de escribano, con trazos delgados e inseguros, difícil de descifrar.

—Parece una autobiografía.

—¿Qué clase de autobiografía? ¿Cómo la clasificarías en relación a otras memorias?

Seguí hojeándolo y vi un mapa meticulosamente dibujado.

—Parece más bien un libro de viajes.

—Muy bien —repuso Fela—. ¿Cómo lo clasificarías dentro del apartado de autobiografías y libros de viajes?

—Los organizaría geográficamente —dije; me estaba divirtiendo con aquel juego. Pasé más páginas—. Atur, Modeg, y... ¿Vintas? —Fruncí el ceño y miré el lomo del libro—. ¿De qué año es esto? El imperio de Atur absorbió Vintas hace más de trescientos años.

—Más de cuatrocientos años —me corrigió Fela—. ¿Dónde pones un libro de viajes que se refiere a un sitio que ya no existe?

—En realidad entraría en el apartado de historia —dije más despacio.

—¿Y si no es exacto? —insistió Fela—. ¿Y si se basa en habladurías en lugar de la experiencia personal? ¿Y si es pura ficción? Los libros de viaje ficticios estaban muy de moda en Modeg hace doscientos años.

Cerré el libro y lo puse en su sitio.

—Empiezo a entender el problema —dije, pensativo.

—No, no lo entiendes —me contradijo Fela—. Solo empiezas a atisbar los bordes del problema. —Señaló las estanterías que nos rodeaban—. Imagínate que mañana te conviertes en maestro archivero. ¿Cuánto tiempo tardarías en organizar todo esto?

Miré alrededor. Había infinidad de estanterías que se extendían hasta perderse en la oscuridad.

—Sería el trabajo de toda una vida.

—La experiencia ha demostrado que se tarda más de una vida —dijo Fela con aspereza—. Aquí hay más de tres cuartos de millón de volúmenes, y eso sin contar las tablillas de arcilla, los rollos de pergamino ni los fragmentos de Caluptena.

Hizo un gesto de desdén y prosiguió:

—Así que pasas años desarrollando el sistema de organización perfecto, que hasta tiene un apartado adecuado para tu libro de viajes autobiográfico histórico de ficción. Los secretarios y tú pasáis décadas identificando, seleccionando y reordenando decenas de miles de libros. —Me miró a los ojos—. Y entonces vas y te mueres. ¿Qué pasa a continuación?

Empecé a entender adónde quería llegar Fela.

—Bueno, en un mundo perfecto, el siguiente maestro archivero continuaría desde donde yo lo había dejado.

—Sí, eso en un mundo perfecto —dijo Fela con sarcasmo; se dio la vuelta y empezó a guiarme de nuevo entre las estanterías.

—Supongo que muchas veces el nuevo maestro archivero tiene sus propias ideas sobre cómo hay que organizarlo todo, ¿no? —apunté.

—Muchas veces no —admitió Fela—. A veces hay varios maestros archiveros seguidos que trabajan aplicando el mismo sistema. Pero tarde o temprano aparece alguien que está convencido de que sabe una manera mejor de hacer las cosas, y hay que volver a empezar desde cero.

—¿Cuántos sistemas diferentes ha habido? —Vi una débil luz roja que avanzaba a lo lejos entre los estantes, y apunté hacia ella.

Fela cambió de dirección para alejarnos de la luz y de quienquiera que fuese que la llevaba.

—Eso depende de cómo los cuentes —dijo en voz baja—. Como mínimo nueve en los últimos trescientos años. La peor época fue hace unos cincuenta años: hubo cuatro maestros archiveros nuevos cada cinco años. El resultado fue que aparecieron tres facciones diferentes entre los secretarios; cada una utilizaba un sistema de catalogación diferente, y cada una creía que el suyo era el mejor.

—Parece una guerra civil —comenté.

—Una guerra santa —me corrigió Fela—. Una cruzada muy discreta y circunspecta donde cada bando estaba convencido de que lo que hacía era proteger el alma inmortal del Archivo. Robaban libros que ya habían sido catalogados según otro sistema. Se escondían los libros unos a otros, o los cambiaban de orden en los estantes.

—¿Cuánto tiempo duró eso?

—Casi quince años. Quizá durara todavía si los secretarios del maestro Tolem no hubieran conseguido, por fin, robar los libros de registro de Larkin y quemarlos. Después de eso, los Larkin tuvieron que rendirse.

—Y la moraleja de la historia es que la gente se apasiona mucho con los libros, ¿no? —bromeé—. De ahí la necesidad de realizar controles al azar de los Rincones de Lectura.

Fela me sacó la lengua.

—La moraleja de la historia es que esto es un lío. Cuando Tolem quemó los registros de Larkin, «perdimos» casi doscientos mil libros. Esos registros eran el único sitio donde estaba anotada la localización de aquellos libros. Y Tolem murió cinco años más tarde. ¿Adivinas qué pasó entonces?

—¿Llegó un nuevo maestro archivero dispuesto a empezar desde cero?

—Es como una cadena interminable de casas a medio construir —prosiguió Fela con exasperación—. Resulta fácil encontrar los libros según el viejo sistema, de modo que así es como construyen el nuevo sistema. El que construye la casa nueva siempre roba madera de lo que ya está construido. Los sistemas viejos siguen ahí, en forma de piezas y trozos desperdigados. Todavía encontramos bolsas de libros que unos secretarios se escondieron a otros hace años.

—Tengo la impresión de que estás un poco picada con este asunto —dije esbozando una sonrisa.

Llegamos a una escalera, y Fela se dio la vuelta y me dijo:

—Todos los secretarios que aguantan más de dos días trabajando en el Archivo acaban picados. En Volúmenes, la gente se queja cuando tardas una hora en llevarles lo que nos han pedido. No se dan cuenta de que no es tan fácil como ir al estante de «Historia de los Amyr» y coger un libro.

Se volvió y empezó a subir por la escalera. La seguí en silencio, apreciando la nueva perspectiva.

91

Persecución

Después de eso, el bimestre de otoño se me hizo mucho más agradable. Poco a poco, Fela fue desvelándome el funcionamiento del Archivo, y yo pasaba todo mi tiempo libre merodeando por allí, tratando de encontrar respuestas para mis mil preguntas.

Elodin hacía algo que podríamos llamar enseñar, pero por lo general parecía más interesado en confundirme que en hacerme entender la nominación. Mis progresos eran tan insignificantes que a veces me preguntaba si existía la posibilidad de progresar.

El tiempo que no pasaba estudiando en el Archivo lo pasaba en el camino de Imre, haciéndole frente al viento, cada vez más frío, ya que no podía buscar su nombre. El Eolio era el sitio donde tenía más probabilidades de encontrar a Denna, y a medida que el clima empeoraba, cada vez la veía allí con más frecuencia. Para cuando cayó la primera nevada, solíamos encontrarnos en uno de cada tres de mis viajes.

Por desgracia, raramente la tenía para mí solo, pues ella casi siempre estaba con alguien. Como había mencionado Deoch, Denna no era de esa clase de mujeres que pasan mucho tiempo a solas.

Y sin embargo, yo seguía yendo a Imre. ¿Por qué? Porque siempre que Denna me veía, se encendía una luz en su interior que la hacía resplandecer unos instantes. Se levantaba de un brinco, corría hacia mí y me agarraba por el brazo. Entonces, sonriente, me llevaba a su mesa y me presentaba a su último acompañante.

Acabé por conocerlos a casi todos. Ninguno era lo bastante bueno para ella, así que yo los despreciaba y los odiaba. Ellos, a su vez, me odiaban y me temían.

Pero éramos cordiales y educados. Era una especie de juego. El tipo me invitaba a sentarme, y yo le invitaba a una copa. Nos poníamos a hablar los tres, y los ojos de él iban oscureciéndose poco a poco al ver cómo Denna me sonreía. Su boca se estrechaba cuando oía la risa que brotaba de ella cuando yo bromeaba, contaba historias, cantaba...

Todos esos tipos reaccionaban igual, tratando de demostrar mediante pequeños gestos que Denna les pertenecía: le cogían la mano, le daban un beso, le acariciaban distraídamente un hombro.

Se aferraban a ella con denuedo. A algunos sencillamente les molestaba mi presencia, porque me consideraban un rival. Pero otros tenían un miedo y una certeza soterrados en la mirada desde el principio. Sabían que Denna se marcharía, y no sabían por qué. De modo que se aferraban a ella como marineros náufragos que se agarran a las rocas pese a que las olas los estrellen contra ellas. Casi sentía lástima por ellos. Casi.

Así que ellos me odiaban, y ese odio brillaba en sus ojos cuando Denna no miraba. Yo me ofrecía para pagar otra ronda, pero ellos insistían, y yo aceptaba con elegancia y les daba las gracias y sonreía.

«Yo la conozco desde hace más tiempo», decía mi sonrisa. «Sí, tú has estado entre sus brazos, has probado el sabor de su boca, has sentido su calor, y eso es algo que yo nunca he tenido. Pero hay una parte de ella que es solo para mí. Tú no puedes tocarla, por mucho que te esfuerces. Y cuando te deje, yo seguiré estando aquí, haciéndola reír. Y mi luz brillará en ella. Yo seguiré estando aquí mucho después de que ella haya olvidado tu nombre.»

Eran muchos. Denna los atravesaba como atraviesa una pluma el papel mojado. Los dejaba, decepcionada. O ellos, frustrados, la abandonaban y la dejaban dolida y triste, pero nunca lo suficiente para llorar.

La vi llorar una o dos veces. Pero no por los hombres a los que había perdido, ni por los hombres a los que había abandonado.

Lloraba en silencio por ella misma, porque había algo profundamente herido en su interior. Yo ignoraba qué era, ni me atrevía a preguntárselo. Me limitaba a decir lo que podía para calmar su dolor y la ayudaba a cerrar los ojos para rehuir la realidad.

A veces hablaba de Denna con Wilem y Simmon. Como eran verdaderos amigos, ellos me daban consejos sensatos y me ofrecían su comprensión, más o menos a partes iguales.

La comprensión la agradecía, pero sus consejos eran inútiles, o algo peor. Me empujaban hacia la verdad, me instaban a abrirle mi corazón a Denna. A perseguirla. A escribirle poemas. A enviarle rosas.

Rosas. Ellos no la conocían. Pese a que yo los odiaba, los amigos de Denna me enseñaron una lección que, de otra forma, quizá nunca habría aprendido.

—Lo que no entiendes —le expliqué a Simmon una tarde que estábamos sentados bajo el poste del banderín— es que los hombres se enamoran continuamente de Denna. ¿Te imaginas lo que eso supone para ella? ¿Lo tedioso que resulta? Yo soy uno de los pocos amigos que tiene. No quiero arriesgarme a perder eso. No pienso abalanzarme sobre ella. Ella no quiere que lo haga. No voy a convertirme en uno más del centenar de pretendientes de mirada lánguida que se pasan el día persiguiéndola como un borrego enamorado.

—Mira, no entiendo qué ves en ella —dijo Sim escogiendo sus palabras con cuidado—. Ya sé que es encantadora, fascinante y demás. Pero parece... —vaciló un momento— cruel.

Asentí.

—Es que lo es.

Simmon me miró, expectante, y al final dijo:

—Pero ¿cómo? ¿No vas a defenderla?

—No. «Cruel» es un buen calificativo para Denna. Pero creo que cuando dices «cruel», tú quieres decir otra cosa. Denna no es mala, ni retorcida, ni rencorosa. Es cruel.

Sim se quedó largo rato callado. Luego replicó:

—Creo que es algunas de esas cosas, y también cruel.

El bueno de Sim, tan sincero y diplomático. Le costaba mucho hablar mal de los demás; solo hacía insinuaciones. Y hasta eso le costaba.

Levantó la cabeza y me miró.

—He hablado con Sovoy. Todavía no se la ha quitado de la cabeza. La amaba de verdad. La trataba como a una princesa. Habría hecho cualquier cosa por ella. Y aun así, ella lo dejó sin darle ninguna explicación.

—Denna es una criatura salvaje —expliqué—. Como una cierva o una tormenta de verano. Si una tormenta derribara tu casa, o derribara un árbol, no dirías que la tormenta era mala. Era cruel. Actuó conforme a su naturaleza y, desgraciadamente, produjo daños. Con Denna pasa lo mismo.

»¿Sabes de qué sirve perseguir a una criatura salvaje? De nada. Si persigues a una cierva, solo consigues asustarla. Lo único que puedes hacer es quedarte quieto donde estás, y confiar en que, con el tiempo, la cierva vaya hacia ti.

Sim asintió, pero vi que no me entendía.

—¿Sabes que este sitio se llamaba Patio de las Interrogaciones? —pregunté cambiando deliberadamente de tema—. Los alumnos escribían preguntas en trozos de papel y dejaban que el viento los arrastrara. Según la dirección en que el papel saliera de la plaza, obtenías diferentes respuestas. —Señalé los espacios entre los grises edificios que me había enseñado Elodin—. Sí. No. Quizá. En otro sitio. Pronto.

La campana de la torre dio la hora, y Simmon suspiró; se daba cuenta de que era inútil prolongar la conversación.

—¿Jugamos a esquinas esta noche?

Asentí. Cuando Sim se hubo marchado, metí una mano en mi capa y saqué la nota que Denna había dejado en mi ventana. La releí, despacio. Entonces recorté con cuidado la parte de debajo de la hoja, donde Denna había firmado.

Doblé la tira de papel con el nombre de Denna, la retorcí y dejé que el viento me la arrancara de la mano y la hiciera girar entre las pocas hojas de otoño que quedaban esparcidas por el suelo.

El trozo de papel danzó por los adoquines. Giraba y giraba, trazando caóticos dibujos que yo no podía entender. Esperé hasta el anochecer, pero el viento no se lo llevó. Cuando me marché, mi pregunta todavía daba vueltas por la Casa del Viento; no me daba respuestas, pero insinuaba muchas. «Sí.» «No.» «Quizá.» «En otro sitio.» «Pronto.»

Por último, estaba el problema de mi enemistad con Ambrose. Yo no bajaba nunca la guardia: sabía que acabaría vengándose. Pero pasaron los meses y no sucedió nada. Al final llegué a la conclusión de que por fin había aprendido la lección y prefería mantener las distancias.

Estaba equivocado, por supuesto. Completamente equivocado. Ambrose solo había aprendido a aguardar el momento oportuno. Consiguió vengarse, y cuando lo hizo, me pilló desprevenido y me vi obligado a marcharme de la Universidad.

Pero, como suele decirse, cada cosa a su tiempo.

92

La música que suena

—Creo que, de momento, eso es todo —dijo Kvothe indicándole a Cronista que dejara la pluma—. Ahora ya tenemos todo el trabajo preliminar hecho. Los cimientos sobre los que construir la historia.

Kvothe se levantó, movió los hombros y estiró la espalda.

—Mañana os contaré una de mis historias favoritas. Mi viaje a la corte de Alveron. Cómo aprendí a luchar con los Adem. Felurian... —Cogió un trapo limpio y se volvió hacia Cronista—. ¿Necesitas algo antes de acostarte?

El escribano negó con la cabeza; sabía cuándo tenía que retirarse.

—No, gracias. No necesito nada. —Lo guardó todo en su cartera de piel y subió a su habitación.

—Tú también, Bast —dijo Kvothe—. Yo me encargaré de recoger. —Hizo un ademán anticipándose a las protestas de su pupilo—. Vete. Necesito tiempo para pensar en la historia de mañana. Estas cosas no se planean ellas solas.

Bast se encogió de hombros y se dirigió también hacia la escalera; sus pasos producían un fuerte ruido en los peldaños de madera.

Kvothe inició su ritual nocturno. Retiró la ceniza de la gran chimenea de piedra y fue a buscar leña para el día siguiente. Salió a apagar las lámparas que había junto al letrero de la Roca de Guía, y vio que había olvidado encenderlas al anochecer. Cerró la puerta de la posada con llave, y tras pensarlo un momento, dejó la llave en la puerta para que Cronista pudiera salir si se levantaba temprano.

A continuación barrió el suelo, limpió las mesas y le sacó brillo a la barra, moviéndose con una metódica eficacia. Por último, limpió las botellas. Mientras realizaba esas tareas, tenía la mirada extraviada, como si estuviera perdido en sus recuerdos. No silbó ni tarareó melodía alguna. Tampoco cantó.

En su habitación, Cronista iba inquieto de un lado para otro; estaba cansado, pero demasiado nervioso para conciliar el sueño. Sacó las hojas escritas de su cartera y las dejó encima de la gran cómoda de madera. Limpió todos sus plumines y los puso a secar. Con cuidado, se quitó el vendaje del hombro, tiró la apestosa venda en el orinal y lo tapó; por último, se lavó el hombro en el lavamanos.

Bostezando, se acercó a la ventana y contempló el pueblo, pero no había nada que ver. Ni luces, ni nada que se moviera. Abrió un poco la ventana y dejó que entrara el fresco aire otoñal. Corrió las cortinas y se desvistió para acostarse, dejando la ropa en el respaldo de una silla. Por último se quitó la sencilla rueda de hierro que llevaba colgada del cuello y la puso en la mesilla de noche.

Cronista se acostó y le sorprendió comprobar que durante el día le habían cambiado las sábanas, que estaban frescas y olían a lavanda.

Tras vacilar un momento, Cronista se levantó y cerró con llave la puerta de la habitación. Dejó la llave en la mesilla de noche; frunció el ceño, cogió la estilizada rueda de hierro y volvió a colgársela del cuello; entonces apagó la lámpara y se metió en la cama.

Cronista pasó casi una hora tumbado en su aromática cama, despierto, volviéndose hacia uno y otro lado. Al final suspiró y se destapó. Volvió a encender la lámpara con una cerilla de azufre y se levantó de la cama. Fue hasta la pesada cómoda, que estaba junto a la ventana, y la empujó. Al principio la cómoda no se movió, pero cuando la empujó con la espalda, consiguió deslizarla lentamente por el liso suelo de madera.

Un minuto más tarde, el pesado mueble estaba apoyado contra la puerta de la habitación. Cronista volvió a acostarse, apagó la lámpara y se sumió en un profundo y plácido sueño.

Cronista despertó y notó algo blando apretado contra su cara. La habitación estaba completamente a oscuras. El escribano se retorció, más por un reflejo instintivo que por el impulso de huir. La mano que le tapaba firmemente la boca amortiguó su grito.

Tras el pánico inicial, Cronista se quedó quieto y dejó de oponer resistencia. Se quedó tumbado, respirando por la nariz, con los ojos muy abiertos.

—Soy yo —susurró Bast sin retirar la mano.

Cronista dijo algo, pero no se le entendió.

—Tenemos que hablar. —Bast se arrodilló junto a la cama contemplando el oscuro bulto de Cronista, retorcido bajo las sábanas—. Voy a encender la lámpara, y tú no harás ruido. ¿De acuerdo?

Cronista asintió. Al cabo de un instante, se encendió una cerilla que llenó la habitación de una luz rojiza e irregular y del acre olor del azufre. Entonces se encendió la lámpara, que proyectó una luz más uniforme. Bast se chupó los dedos y apagó la cerilla.

Cronista, un poco tembloroso, se incorporó en la cama y apoyó la espalda en la pared. Llevaba el torso desnudo; con timidez, se ciñó las mantas alrededor de la cintura y miró hacia la puerta. La pesada cómoda seguía en su sitio.

Bast le siguió la mirada.

—Eso es una muestra de desconfianza —dijo con aspereza—. Más vale que no le hayas rayado el suelo. Esas cosas lo ponen furioso.

—¿Cómo has entrado? —preguntó Cronista.

Bast agitó las manos ante la cara de Cronista.

—¡Silencio! —susurró—. No podemos hacer ruido. Tiene orejas de halcón.

—¿Cómo...? —empezó a decir Cronista, en voz más baja; pero se interrumpió y dijo—: Los halcones no tienen orejas.

Bast lo miró sin comprender.

—¿Qué?

—Acabas de decir que tiene orejas de halcón. Y eso no tiene sentido.

Bast arrugó la frente.

—Ya sabes a qué me refiero. No quiero que sepa que estoy aquí. —Se sentó en el borde de la cama y se alisó los pantalones con afectación.

Cronista agarró las mantas alrededor de su cintura.

—¿Por qué has venido?

—Ya te lo he dicho. Tenemos que hablar. —Bast miró a Cronista con seriedad—. Tenemos que hablar de por qué has venido.

—Me dedico a esto —dijo Cronista con fastidio—. Recopilo historias. Y cuando tengo ocasión, investigo extraños rumores y compruebo si encierran algo de verdad.

—Y ¿qué rumor fue el que te trajo aquí? Por curiosidad.

—Por lo visto, te emborrachaste, te pusiste sensiblero y le constaste algo a un carretero. Tuviste un descuido muy tonto, dadas las circunstancias.

Bast miró a Cronista con profundo desprecio.

—Mírame a la cara —dijo como si hablara con un niño—. Y piensa. ¿Crees que un carretero podría emborracharme? ¿A mí?

Cronista abrió la boca y volvió a cerrarla.

—Entonces...

—Él era mi mensaje en la botella. Uno de tantos. Y tú fuiste la primera persona que encontró uno y vino a fisgar.

Cronista se tomó su tiempo para asimilar esa información.

—Creía que estabais escondidos los dos.

—Sí, claro que estamos escondidos —repuso Bast con amargura—. Estamos sanos y salvos, y él se está convirtiendo en un mueble más.

—Entiendo que esto te agobie —dijo Cronista—. Pero la verdad, no entiendo qué tiene que ver el malhumor con el precio de la mantequilla.

Los ojos de Bast emitieron un destello de rabia.

—¡Tiene mucho que ver con el precio de la mantequilla! —masculló entre dientes—. Y es mucho más que malhumor, ignorante y maldito *anhaut-fehn*. Este sitio lo está matando.

Cronista palideció ante el arrebato de Bast.

—Yo... Yo no...

Bast cerró los ojos y respiró hondo; era evidente que trataba de calmarse.

—Tú no entiendes nada —continuó Bast, como si hablara consigo mismo además de con Cronista—. Por eso he venido, para explicártelo. Llevo meses esperando que aparezca alguien. Cualquiera. Incluso si vinieran viejos enemigos a ajustarle las cuentas, sería mejor que ver cómo se consume. Pero he tenido más suerte de la que esperaba. Tú eres perfecto.

—Perfecto ¿para qué? —preguntó Cronista—. Ni siquiera sé dónde está el problema.

—Es como... ¿Conoces la historia de Martin, el fabricante de máscaras? —Cronista negó con la cabeza, y Bast dio un suspiro de frustración—. ¿Y alguna obra de teatro? ¿Has visto *El fantasma y la pastora*, o *El rey del medio penique*?

Cronista frunció el ceño.

—¿No es esa en la que el rey le vende su corona a un niño huérfano?

Bast asintió.

—Y el niño se convierte en un rey mejor que el verdadero. La pastora se disfraza de condesa y todo el mundo queda asombrado por su encanto y su elegancia. —Titubeó, buscando las palabras que necesitaba—. Verás, existe una conexión fundamental entre lo que uno parece y lo que uno es. Todos los niños fata lo saben, pero vosotros, los mortales, no lo veis. Nosotros sabemos lo peligrosas que pueden resultar las máscaras. Todos nos convertimos en lo que fingimos ser.

Cronista se relajó un poco, pues pisaba terreno conocido.

—Eso es psicología elemental. Si vistes a un mendigo con ropa lujosa, la gente lo trata como a un noble, y el mendigo está a la altura de lo que esperan de él.

—Eso solo es la parte más pequeña —replicó Bast—. La verdad es mucho más profunda. Es... —Bast se atascó un momento—. Todos nos contamos una historia sobre nosotros mismos. Siempre. Continuamente. Esa historia es lo que nos convierte en lo que somos. Nos construimos a nosotros mismos a partir de esa historia.

Cronista arrugó la frente y despegó los labios, pero Bast levantó una mano.

—No, escúchame. Ya lo tengo. Conoces a una chica tímida y sencilla. Si le dices que es hermosa, ella pensará que eres simpático, pero no te creerá. Sabe que esa belleza es obra de tu contemplación. —Bast se encogió de hombros—. Y a veces basta con eso.

Sus ojos se iluminaron.

—Pero existe una manera mejor de hacerlo. Le demuestras que es hermosa. Conviertes tus ojos en espejos, tus manos en plegarias cuando la acaricias. Es difícil, muy difícil, pero cuando ella se convence de que dices la verdad... —Bast hizo un ademán, emocionado—. De pronto la historia que ella se cuenta a sí misma cambia. Se transforma. Ya no la ven hermosa. Es hermosa, y la ven.

—¿Qué demonios quieres decir? —le espetó Cronista—. Solo dices tonterías.

—Lo que digo es demasiado profundo para que lo entiendas —dijo Bast con enojo—. Pero estás a punto de captarlo. Piensa en lo que ha dicho él hoy. La gente lo tenía por un héroe, y él interpretaba ese papel. Lo interpretaba como si llevara una máscara, pero al final se lo creyó. Su ficción se convirtió en realidad. Pero ahora...

—Ahora la gente ve a un posadero —dijo Cronista.

—No —dijo Bast en voz baja—. La gente veía a un posadero hace un año. Él se quitaba la máscara cuando salían por la puerta. Ahora él se ve a sí mismo como un posadero, y lo que es peor: como un posadero fracasado. Ya has visto cómo se ha transformado esta noche cuando han entrado Cob y los demás. Has visto esa sombra de un hombre detrás de la barra. Antes era una interpretación...

Bast levantó la cabeza, emocionado.

—Pero tú eres perfecto. Tú puedes ayudarlo a recordar cómo era antes. Hacía meses que no lo veía tan animado. Sé que tú puedes lograrlo.

Cronista frunció un poco el ceño.

—No sé si...

—Sé que funcionará —insistió Bast—. Yo probé algo parecido hace un par de meses. Conseguí que empezara una autobiografía.

Cronista se enderezó.

—¿Escribió una autobiografía?

—Empezó a escribirla —puntualizó Bast—. Estaba muy emocionado, no hablaba de otra cosa. Se preguntaba por dónde tenía que empezar. Después de la primera noche escribiendo, volvió a ser el de antes. Parecía que hubiera crecido un metro y que llevara un relámpago sobre los hombros. —Bast suspiró—. Pero algo salió mal. Al día siguiente, leyó lo que había escrito y le cambió el humor. Dijo que aquella era la peor idea que había tenido jamás.

—¿Dónde están las hojas que escribió?

Bast hizo como si arrugara una hoja y la lanzara.

—¿Qué ponía? —preguntó el escribano.

Bast negó con la cabeza.

—No se deshizo de ellas. Solo... las tiró. Llevan meses encima de su mesa.

La curiosidad de Cronista era casi palpable.

—¿Por qué no...? —Agitó los dedos—. Ya sabes, podrías recuperarlas.

—*Anpauen*. No. —Bast estaba horrorizado—. Después de leerlas se puso furioso. —Se estremeció un poco—. No sabes cómo se pone cuando se enfada de verdad. No soy tan tonto como para hacerlo enfadar por una cosa así.

—Sí, supongo que tú lo conoces mejor que yo —dijo Cronista sin convicción.

Bast asintió con ímpetu.

—Exacto. Por eso he venido a hablar contigo. Porque yo lo conozco mejor. Tienes que impedir que se concentre en las cosas oscuras. Si no... —Bast se encogió de hombros y repitió la mímica de arrugar y lanzar una hoja de papel.

—Pero yo estoy registrando la historia de su vida. La verdadera historia. Sin las partes oscuras, solo sería un estúpido cuen... —Cronista no terminó la palabra, y, nervioso, desvió la mirada hacia un lado.

Bast sonrió como un niño que sorprende a un sacerdote blasfemando.

—Sigue —dijo con una mirada que denotaba un profundo placer. Una mirada dura, terrible—. Dilo.

—Un estúpido cuento de hadas —obedeció Cronista con un hilo de voz.

Bast esbozó una amplia sonrisa.

—Si crees que nuestras historias no tienen también su lado oscuro, es que no sabes nada de los Fata. Pero aparte de eso, esto es un cuento de seres fata, porque tú los estás recopilando para mí.

Cronista tragó saliva y se recompuso un poco.

—Lo que quiero decir es que lo que él está contando es una historia verídica, y que todas las historias verídicas tienen partes desagradables. La suya más que ninguna, me imagino. Son desordenadas, complicadas y...

—Ya sé que no puedes hacer que no las mencione —le interrumpió Bast—. Pero puedes hacer que no se detenga en ellas. Puedes ayudarlo a recordar lo bueno: las aventuras, las mujeres, las peleas, los viajes, la música... —Bast paró en seco—. Bueno, la música no. No le preguntes sobre eso, ni por qué ya no hace magia.

Cronista frunció el ceño.

—¿Por qué no? Por lo visto, la música...

Bast adoptó una expresión sombría.

—No —dijo con firmeza—. No son materias productivas. Antes te he hecho parar —le dio unos golpecitos en el hombro— porque ibas a preguntarle qué había pasado con su simpatía. Antes no lo sabías. Ahora ya lo sabes. Concéntrate en las proezas, en su astucia. —Agitó las manos—. En ese tipo de cosas.

—En realidad, a mí no me corresponde guiarlo hacia un sitio o hacia otro —dijo Cronista con fría formalidad—. Yo solo soy un recopilador. Solo estoy aquí para registrar la historia. Al fin y al cabo, lo que importa es la historia.

—Al cuerno con tu historia —le espetó Bast—. Harás lo que yo te mande, o te partiré como si fueras una astilla.

Cronista se quedó helado.

—¿Me estás diciendo que trabajo para ti?

—Te estoy diciendo que me perteneces. —Bast se había puesto muy serio—. Hasta la médula. Yo te traje hasta aquí para alcanzar mi objetivo. Has comido en mi mesa, y te he salvado la vida. —Apuntó al desnudo pecho de Cronista—. Me perteneces tres veces. Eso hace que seas mío. Un instrumento de mi voluntad. Harás lo que yo te ordene.

Cronista levantó un poco la barbilla y su expresión se endureció.

—Haré lo que crea conveniente —dijo, y lentamente, llevó una mano hasta el trozo de metal que colgaba de su cuello.

Bast bajó un momento la vista, y luego volvió a alzarla.

—¿Crees que estoy jugando? —preguntó con gesto de incredulidad—. ¿Crees que el hierro te protegerá? —Bast se inclinó hacia delante, apartó la mano de Cronista de un manotazo y asió el disco de oscuro metal antes de que el escribano pudiera reaccionar. Inmediatamente, el brazo de Bast se puso rígido, y sus ojos se cerraron en un gesto de dolor. Cuando los abrió, se habían vuelto de un azul sólido, el color de las aguas profundas o del cielo al anochecer.

Bast se inclinó hacia delante y acercó su rostro a la cara de Cronista. El escribano, presa del pánico, intentó hacerse a un lado y levantarse de la cama, pero Bast lo sujetó por el hombro.

—Escucha lo que voy a decirte, hombrecito —susurró—. No dejes que mi máscara te confunda. Ves motitas de luz en la superficie del agua y olvidas la honda y fría oscuridad que hay debajo. —Los tendones de la mano de Bast crujieron cuando apretó el disco de hierro—. Escúchame. Tú no puedes hacerme daño. No puedes huir ni esconderte. No permitiré que me desobedezcas.

Mientras hablaba, los ojos de Bast palidecieron, hasta volverse del puro azul del cielo a mediodía.

—Te lo juro por toda la sal que hay en mí: si contravienes mis deseos, el resto de tu breve existencia será una orquesta de desgracias. Lo juro por la piedra, el roble y el olmo: te convertiré en mi blanco. Te seguiré sin que me veas y apagaré cualquier chispa de placer que encuentres. Jamás conocerás la caricia de una mujer, un momento de descanso, un instante de paz.

Los ojos de Bast tenían la palidez azulada del relámpago, y su voz era tersa y feroz.

—Y juro por el cielo nocturno y por la luna que si perjudicas a mi maestro, te abriré en canal y saltaré en tus entrañas como un niño en un charco. Encordaré un violín con tus tripas y te haré tocarlo mientras bailo.

Bast se inclinó un poco más, hasta que sus caras quedaron a solo unos centímetros de distancia; tenía los ojos blancos como el ópalo, blancos como la luna llena.

—Eres un hombre instruido. Sabes que no existen los demonios. —Bast compuso una sonrisa terrible—. Solo estamos los de mi raza. —Se inclinó un poco más, y Cronista percibió su aliento, que olía a flores—. No eres lo bastante sabio para temerme como deberías temerme. No has oído ni la primera nota de la música que me impulsa.

Bast se apartó bruscamente de Cronista y se retiró unos pasos de la cama. Se quedó plantado al borde de la parpadeante luz de la lámpara, abrió la mano y el disco de hierro cayó al suelo de madera, resonando débilmente. Al cabo de un momento, Bast inspiró hondo y se pasó las manos por el cabello.

Cronista se quedó donde estaba, pálido y sudoroso.

Bast se agachó y recogió el anillo sujetándolo por el cordel, roto. Le hizo un nudo al cordel con dedos ágiles.

—Mira, no hay ninguna razón para que no seamos amigos —dijo con naturalidad tendiéndole el collar a Cronista. Sus ojos volvían a ser de un azul humano, y su sonrisa, dulce y encantadora—. No hay ninguna razón para que no obtengamos todos lo que queremos. Tú consigues tu historia. Él consigue narrarla. Tú consigues saber la verdad. Él consigue recordar quién es en realidad. Ganamos todos, y cada cual sigue su camino, más contento que unas pascuas.

Cronista alargó un brazo para coger el collar. Le temblaba un poco la mano.

—¿Qué consigues tú? —preguntó con un áspero susurro—. ¿Qué esperas obtener tú con todo esto?

La pregunta pilló desprevenido a Bast. Se quedó quieto un momento, tenso; toda su fluida elegancia lo había abandonado. Por un instante, pareció que fuera a romper a llorar.

—¿Qué quiero? Solo quiero recuperar a Reshi —dijo con voz débil, angustiada—. Quiero que vuelva a ser como era antes.

Hubo un momento de silencio. Bast se frotó la cara con ambas manos y tragó saliva.

—Llevo demasiado tiempo aquí —dijo de pronto. Fue hasta la ventana y la abrió. Pasó una pierna por encima del antepecho y giró la cabeza para mirar a Cronista—. ¿Quieres que te traiga algo? ¿Algo caliente para beber? ¿Más mantas?

Cronista negó con la cabeza, como aturdido. Bast le dijo adiós con la mano, salió por la ventana y la cerró con cuidado.

Un silencio triple

Volvía a ser de noche. En la posada Roca de Guía reinaba el silencio, un silencio triple.

El primer silencio era una calma hueca y resonante, constituida por las cosas que faltaban. Si hubiera habido caballos en los establos, estos habrían piafado y mascado y lo habrían hecho pedazos. Si hubiera habido gente en la posada, aunque solo fuera un puñado de huéspedes que pasaran allí la noche, su agitada respiración y sus ronquidos habrían derretido el silencio como una cálida brisa primaveral. Si hubiera habido música... pero no, claro que no había música. De hecho, no había ninguna de esas cosas, y por eso persistía el silencio.

En la posada Roca de Guía, un hombre yacía acurrucado en su mullida y aromática cama. Esperaba el sueño con los ojos abiertos en la oscuridad, inmóvil. Eso añadía un pequeño y asustado silencio al otro silencio, hueco y mayor. Componían una especie de aleación, una segunda voz.

El tercer silencio no era fácil reconocerlo. Si pasabas una hora escuchando, quizá empezaras a notarlo en las gruesas paredes de piedra de la vacía taberna y en el metal, gris y mate, de la espada que colgaba detrás de la barra. Estaba en la débil luz de la vela que alumbraba una habitación del piso de arriba con sombras danzarinas. Estaba en el desorden de unas hojas arrugadas que se habían quedado encima de un escritorio. Y estaba en las manos del hombre allí sentado, ignorando deliberadamente las hojas que había escrito y que había tirado mucho tiempo atrás.

El hombre tenía el pelo rojo como el fuego. Sus ojos eran oscuros y distantes, y se movía con la sutil certeza de quienes saben muchas cosas.

La posada Roca de Guía era suya, y también era suyo el tercer silencio. Así debía ser, pues ese era el mayor de los tres silencios, y envolvía a los otros dos. Era profundo y ancho como el final del otoño. Era grande y pesado como una gran roca alisada por la erosión de las aguas de un río. Era un sonido paciente e impasible como el de las flores cortadas; el silencio de un hombre que espera la muerte.

Aquí termina el primer día de la historia de Kvothe.
Continuará...

ÍNDICE